KATE KEMP
Lauter kleine Lügen

KATE KEMP

# LAUTER KLEINE LÜGEN

ROMAN

Übersetzung aus dem Englischen
von Barbara Röhl

Lübbe

Cradle to Cradle Certified® ist eine eingetragene Marke
des Cradle to Cradle Products Innovation Institute.

Titel der englischen Originalausgabe:
»The Grapevine«

Für die Originalausgabe:
Copyright © 2024 by Kate Kemp

Published by arrangement with Rachel Mills Literary Ltd.

Für die deutschsprachige Ausgabe:
Copyright © 2025 by
Bastei Lübbe AG, Schanzenstraße 6 – 20, 51063 Köln, Deutschland

Bei Fragen zur Produktsicherheit wenden Sie sich bitte an:
produktsicherheit@bastei-luebbe.de

Vervielfältigungen dieses Werkes für das Text- und Data-Mining
bleiben vorbehalten. Die Verwendung des Werkes oder Teilen davon zum
Training künstlicher Intelligenz-Technologien oder -Systeme ist untersagt.

Textredaktion: Dr. Ulrike Strerath-Bolz, Friedberg
Umschlaggestaltung: zero-media.net, München
Umschlagmotiv: © Trevillion Images: Ildiko Neer & © FinePic®, München
Satz: Dörlemann Satz, Lemförde
Gesetzt aus der Adobe Garamond Pro
Druck und Verarbeitung: GGP Media GmbH, Pößneck

Printed in Germany
ISBN 978-3-7577-0121-5

2 4 5 3 1

Sie finden uns im Internet unter luebbe.de
Bitte beachten Sie auch: lesejury.de

*Für Grace und Gary*

Gefühlen fehlt es oft an struktureller Integrität –
wir stürzen alle kreuz und quer ineinander.

Amy Key, *The Best Is Yet To Come*

# 1

Sieben Stunden danach
*Sonntag, 7. Januar 1979*

Naomi lag im Bad auf den Knien und schrubbte das Schachbrettmuster aus gelben und weißen Fliesen. Richard hatte es so eilig gehabt, sich zu säubern, dass er seine Sachen einfach auf den Boden geworfen und einen großen Schmutzfleck hinterlassen hatte. Von dort aus hatten sich hier und da Schlieren und Spritzer über den Boden, an der Wand hinauf, an die Badewanne und auf den Rand der Dusche ausgebreitet. Naomi warf den Lappen ins Waschbecken, spülte ihn durch, wrang ihn aus. Auch das Becken war verschmiert. Und die Fugen – würden die Flecken rausgehen? Sie schüttelte die Dose, um noch mehr Ajax darauf zu streuen.

Naomis Mutter erklärte gern, eine Frau müsse die Karten ausspielen, die sie ausgeteilt bekam. Sie war nicht wie andere Mums mit ihren Schmorbraten und Strandausflügen, die einem für kleinere Verstöße eher das Taschengeld kürzten als ihre Liebe entzogen. Sie behauptete immer, das sei nicht ihre Schuld, denn sie hätte andere Karten ausgeteilt gekriegt. Später, als Naomi erwachsen war, sagte sie das Gleiche – eine Frau müsse halt die Karten ausspielen, die sie bekam –, doch jetzt war es ein Vorwurf statt einer Ausrede, mit schief hochgezogener Lippe vorgebracht, höhnisch, triumphierend und mit der unausgesprochenen Andeutung, Naomi spiele ihre Karten schlecht aus. Wie bitter, dass sie ihr recht geben musste. *Ich habe das verdient*, dachte Naomi. *Mein eigener verdammter Fehler, weil ich versucht habe, an bessere Karten zu kommen.*

Die Handtücher, der Badewannenvorleger und der Bezug des Klodeckels waren neu, ein Set in Gelb mit braunen Einsprengseln. Eigentlich durfte sie nichts Neues für das Haus kaufen, aber als sie Richard das Bild aus dem Kmart-Katalog gezeigt und die aufgeschlagene Seite vor die Kacheln gehalten hatte, damit er sah, wie gut sie zusammenpassen würden, und alles mit einer weit ausholenden Handbewegung und einem Hüftschwung begleitet hatte, da hatte er gelacht.

»Na schön, dann sollst du sie haben«, hatte er gesagt. »Du komisches kleines Ding.« Jetzt würden sie sie wegwerfen müssen. Ganz gleich, wie oft sie sie waschen würde, diese braunen Spritzer würde sie nie wieder ansehen können, ohne sich zu fragen …

Während Naomi immer wieder schrubbte, wischte und nachspülte, stand sie nicht von den Knien auf, weil sie nicht darauf vertraute, dass ihre Beine sie tragen würden. Sie biss sich heftig von innen in die Wangen, bis sie Blut schmeckte, und wünschte sich, sie würde rauchen.

An ihrem Uhrarmband klebte Blut, gleich neben der Schnalle. Auch das musste weg. Viertel nach drei. Naomi waren die Stunden zwischen Mitternacht und Sonnenaufgang nicht fremd. In letzter Zeit waren sie zu ihren Gefährten geworden, diese Stunden, in denen die Zeit langsamer verging und Gedanken verzerrt erschienen. In denen Probleme ein Eigenleben entwickelten und Ängste auf einen einstürmten. Normalerweise hatte sie in diesen schlaflosen Stunden nur das Haus zur Gesellschaft, das sein Gewicht verlagerte, sich reckte und dann wieder zur Ruhe kam. Doch jetzt konnte sie Richard in der Küche hören, wo er ebenfalls saubermachte. Sie hörte ihm an, dass er mit energischen, gründlichen Bewegungen arbeitete, völlig unbelastet.

Schweiß lief zwischen ihren Brüsten zusammen und sickerte nach unten weiter. Sie trug den Kimono aus Satin, den Richard ihr aus Takamatsu mitgebracht hatte. Er wusste immer, was er für sie besorgen konnte, was ihr gefallen würde. Darin war er gut. Der Kimono klebte an ihrer Haut, wo er sie berührte. Naomi zog ihn enger um sich zusammen und hielt ihn fest, als sie sich auf die Fersen setzte. Sie wünschte, sie könnte aus ihrer Haut schlüpfen und eine andere überstreifen – jede wäre ihr recht gewesen. Sie wünschte, sie hätte eine Mum, die sich um sie kümmerte. Nicht ihre eigene, sondern eine, die beruhigend auf sie einreden und dafür sorgen würde, dass alles gut würde. Sie wünschte, sie wäre selbst keine Mum.

Ein Geräusch auf dem Dach, wahrscheinlich in der Regenrinne – etwas, das darin herumtrappelte – erschreckte sie. Sie warf einen Blick zum Fenster, obwohl die Jalousie heruntergelassen und die Vorhänge vorgezogen waren. Vögel? Ein Opossum? Wahrscheinlich nur diese elende Katze von gegenüber.

Als sie sich umsah, stand Richard in der Tür.

»Hör auf zu heulen«, sagte er. »Das ist nicht fair.«

Er klang nicht mehr wütend. Nur entschlossen.

»Colin ...« Ihre Stimme klang heiser.

Seine auch. »Er ist wieder eingeschlafen. Keine Sorge, er wird nichts erzählen.« Als wäre das ihre größte Sorge.

Das Neonlicht ließ Richards Gesicht überdeutlich hervortreten. In den Bartstoppeln unter seinem Kinn klebte eine Blutspur, und eine weitere in seinem Haar. Er würde noch einmal duschen und sich rasieren müssen.

Richard griff hinter seinen Rücken und zog einen Dufflebag hervor. Er hielt ihn vorsichtig hoch, von sich weg. Seine Muskeln spannten sich an, um diese Haltung zu wahren. Er wurde bleich im Gesicht.

»Was ist das?«, fragte Naomi. »Doch nicht ...« Sie spürte, wie sie schwankte.

»Ich *kümmere mich* darum«, erklärte Richard. »Habe ich dir doch erklärt. Ich werde ein großes Gebiet abdecken – die Hügel und das Einkaufszentrum. Dann gehe ich zurück und sehe, was ich an der Kirche tun kann. Und zum Bach. Hör auf, dir Gedanken zu machen. Und hör auf mit deinem Geheul. Ich bin zurück, bevor es hell wird. Morgen früh gehen wir zur Kirche, alle zusammen, ganz normal.«

Naomi drehte ihr Gesicht zur Wand. Das Gefühl der kalten Kachel an ihrer Wange und das Zählen ihrer stoßartigen Atemzüge beruhigten sie.

Colin war doch nicht wieder eingeschlafen. Als sie die Augen öffnete, stand er dort, wo gerade noch Richard gewesen war. Er war halb so groß wie sein Dad, trug seine Roadrunner-Unterwäsche und sah das Badezimmer aus großen Beuteltieraugen an.

»Alles in Ordnung, Schatz.« *Schatz* war kein Wort, das sie normalerweise gebrauchte. Es fühlte sich an, als würde sie mit der Stimme von jemand anderem sprechen. Colin sah ihr nicht in die Augen. Stattdessen starrte er ihre Knie an; die kreuzförmigen Abdrücke, die sie auf den Fliesen dort hinterlassen hatte. »Alles wird gut.«

Aber es war nicht gut. Nichts würde je wieder gut werden. Nicht jetzt, nachdem Antonio Marietti tot war.

## (Ameisen)

*Ameisen sind soziale Lebewesen. Sie leben in Gruppen, was vernünftig ist, weil sie allein klein sind, und die Welt ist groß und voller Gefahren. Sie arbeiten wegen der Evolution zusammen, damit die Gruppe überlebt. Das hat nichts damit zu tun, ob sie einander mögen oder nett zueinander sind.*

*Die Königin kriegt sämtliche Babys (Massen davon). Der Rest der Weibchen macht alles andere: das Nest bauen, Futter besorgen, sich um die Kleinen kümmern, Gefahren entdecken und Feinde bekämpfen. Die Männchen haben zwei Aufgaben: sich paaren und sterben.*

*Der Sammelbegriff für Ameisen lautet Kolonie, was für einen Sammelbegriff ziemlich langweilig ist, aber das ist nicht ihre Schuld.*

*Korrektur: Es gibt noch andere Sammelbegriffe. Armee. Sowjet. Schwarm. Staat. Nest. Pulk!*

# 2

Der Tag nach dem Mord
*Sonntag, 7. Januar 1979*

Tammy beendete ihren letzten Eintrag, klappte ihr Tagebuch zu, klemmte es unter den Arm und schlüpfte unbemerkt aus der Hintertür. Ein Schwall heißer Luft und der Geruch von ausgedörrter Erde und in der Hitze kochenden Eukalyptusbäumen traf sie wie ein Schlag ins Gesicht. Dieser Sommer war ekelhaft – ungewöhnlich schlimm für Canberra –, und man konnte rein gar nichts tun, als schlaff herumzuhängen. Höllisch langweilig. Das echte Leben, die spannenden Dinge, fanden irgendwo anders statt, passierten anderen Leuten, zogen an Tammy vorbei. Sie hatte sich angewöhnt, grundsätzlich eine finstere Miene zur Schau zu tragen, so wütend war sie über diese ganze Verschwendung. Sie war zwölf Jahre alt, die Zeit lief ihr davon, und sie brannte darauf, ihr eigenes Leben anzufangen.

Es war Sonntagmorgen, noch vor der Kirche. Das Vogelgezwitscher, das in der Morgendämmerung wie hektisches Tratschen geklungen hatte, war zu einem gelegentlichen einsamen, klagenden Krächzen verblasst. Doch als Tammy sich vorsichtig nach draußen wagte, ging der Radau wieder los. Die schamlos nackte Sonne stand wieder an ihrem Platz. Tammy hatte das Gefühl, dass ihr stechender Schein sie verspottete und fühlte sich verlegen unter ihrem grellen Licht. Diese Sonne war immer da und beobachtete einen: *Ich sehe dich. Ich kann bis auf die Knochen in dich hineinschauen.*

Der Garten hatte eine hölzerne Terrasse – ausgedörrt, aber noch nicht verzogen –, einen mit Ziegelsteinen gepflasterten Grillbereich und dann stufenförmig angelegte Ebenen mit Rasen,

Rindenmulch und Pflanzen, die jeweils mit Eisenbahnschwellen befestigt waren und zu den Hügeln führten, die hinter Warrah Place anstiegen. Kein Zaun trennte den Garten und die Hügel, nur die im Laden gekauften Pflanzen wurden immer weniger und wichen ungezähmtem Gestrüpp. Eines Tages würde eine andere Straße hinter ihrer vorbeiführen, und Tammy würde zu dem Garten von jemand anderem aufsehen, seinem Pool, seinen Schlafzimmergardinen. Die Stadt dehnte sich nach und nach aus und fraß sich durch das Land, und Warrah Place war ihr gieriges Gebiss.

Tammy ging hinüber zum Grillbereich, den sie neuerdings als Zentrum für Verhaltensstudien an Ameisen bezeichnete. Den Grill hatte ihr Dad selbst gebaut, und die Ameisen versammelten sich gern in den Spalten zwischen den Backsteinen. Hätte Narelle noch in Warrah Place gelebt und wäre sie noch Tammys Freundin gewesen, dann hätte sie Tammy sowohl einen schwachsinnigen Trottel als auch Klugschwätzerin genannt, weil sie ein Zentrum für Ameisenstudien betrieb, und der Widerspruch wäre ihr vollkommen entgangen. Doch vor einem Jahr hatten Narelle und ihre Familie ihr Leben zusammengepackt und waren zurück aufs Land zu ihren Kühen, Fliegen und Driza-Bone-Wettermänteln gezogen, da sich herausgestellt hatte, dass es nicht jedermanns Sache war, sich ein neues Leben in der Stadt aufzubauen. Nun, Narelle mochte fort sein – zu weit weg, um sich an ihr zu rächen –, aber sie hatte ihre lausigen Meinungen und die angsterfüllten Klumpen in Tammys Bauch zurückgelassen.

Am letzten Schultag Mitte Dezember, als sich die langen Sommerferien vor ihr erstreckten wie eine öde, nur von Weihnachten unterbrochene Landschaft, hatte Tammy ihre Lehrerin, Miss Hoogendorf, angesprochen, die gerade das Klassenzimmer ausräumte, und sie um eine Aufgabe für den Sommer gebeten.

»Aber du hast die Grundschule abgeschlossen«, hatte Miss Hoogendorf eingewandt. »Du hast sie hinter dir und wirst nicht hierher zurückkommen.«

*Ja und?* Tammy hatte geblinzelt. Sie konnte nicht einfach acht Wochen sich selbst überlassen bleiben ohne etwas, das ihr half, über die Runden zu kommen. »Eine naturwissenschaftliche, bitte«, sagte sie. Tammy mochte Naturwissenschaften; ein nüchternes, exaktes Fach.

Miss Hoogendorf verlagerte den Bücherstapel, den sie auf der Hüfte trug. »Hör zu«, sagte sie. »Als Lehrerin sollte ich das nicht sagen, aber mal als Mensch: Lass es gut sein, Tammy? Es sind Ferien. Lebe ein wenig und sieh, wie das läuft.«

Tammy versuchte zu erraten, was sie damit meinte. Was sollte sie gut sein lassen? Sie selbst zu sein?

Beim letzten Elternabend hatte Miss Hoogendorf Tammys Eltern mit einem zuckersüßen, wissenden Lächeln erklärt, Tammy habe ein Problem damit, zwischen den Zeilen zu lesen. »Sie nimmt alles sehr ... wörtlich.« Tammy hatte gemeint, im Leben könne es für alle Beteiligten beträchtlich besser laufen, wenn die Leute einfach sagten, was sie meinten, und das so einfach wie möglich, ohne zu versuchen, andere hinters Licht zu führen. Tammys Eltern hatten der Lehrerin erklärt, sie würden ihrer Tochter helfen, das zu Hause zu üben.

Wäre Miss Hoogendorf zwölf Jahre alt und keine Lehrerin gewesen, dann hätte sie sich mit Narelle Spencer und Simone Bunner angefreundet, nicht mit Tammy. Tammy konnte den Leuten so etwas ansehen. Miss Hoogendorf war jung für eine Lehrerin. Sie kaute Kaugummi in der Klasse, obwohl sie das eigentlich nicht durfte, ließ Blasen an ihren Lippen zerplatzen und streckte dann die Zunge aus, um sie hereinzuholen. Manchmal trug sie keinen BH und Tanktops, die nicht stützten, und Mrs. White, die Schulsekretärin, meinte, sie verstehe nicht – na ja, eigentlich begriff sie es wohl *doch* –, warum der Direktor sie deswegen nicht tadelte. Miss Hoogendorf hatte etwas mit Mr. Rickman gehabt, der die vierte Klasse unterrichtete und den Sportbereich leitete. Aber das hatte nicht lange gehalten: Eine Woche lang kicherte Miss Hoogendorf ständig und redete zu schnell, und in der nächsten starrte sie mit rot geränderten Augen aus dem Fenster.

An diesem letzten Schultag war das oberste Buch auf dem Stapel, den Miss Hoogendorf auf ihrer Hüfte balancierte, *Das unglaubliche Reich der Ameisen*. Daher fiel dieses Buch auch als Erstes hinunter, als Miss Hoogendorf mit einem Pult zusammenstieß, und Tammy steckte es verstohlen in ihre Schultasche, während sie half, den Rest aufzuheben. Und so stellte sie sich selbst eine Aufgabe für den Sommer: *unter Einsatz wissenschaftlicher Experimente und durch Textstudien erstaunliche Tatsachen über das Verhalten und die Gesellschaft der Ameisen zu erforschen.*

Die Tupperdose stand auf dem Boden, wo Tammy sie gestern zurückgelassen hatte, und ihr Deckel war immer noch nur lose aufgelegt. Mit der Spitze ihrer Sandale schob sie ihn vorsichtig beiseite und hockte sich hin, um besser sehen zu können. Darin befanden sich ein keilförmiges Stück Weihnachtskuchen, dessen Guss Risse hatte und gelblich geworden war, sowie eine Ansammlung toter Ameisen. Tammy stieß den Kuchen mit ihrem Stift an und stupste dann gegen die Ameisen. Sie schlug in ihrem Tagebuch eine leere Seite auf und leckte die Spitze ihres Stifts an.

*Sonntag, 7. Januar 1979*
*Warrah Place 6, Canberra*
<u>*Weihnachtskuchen-Experiment*</u>
*Ergebnis: Die Ameisen sind tot.*
*Hypothese 1: Sie haben versucht, den Kuchen hochzuheben, doch er hat sie trotz ihrer phänomenalen Kraft zerquetscht.*
*Hypothese 2: Sie sind nicht wirklich tot, nur zu satt oder betrunken von dem Brandy darin und schlafen sich aus.*
*Hypothese 3: Tod durch Brodifacoum ($C_{31}H_{23}BrO_3$).*
*Hypothese 4:*

Tammy fiel keine vierte Hypothese ein.

Suzi, die in einem ihrer Geheimverstecke gewesen war, kam herübergeschlendert. Eine ihrer Schultern saß höher als die andere, deswegen lief sie wie betrunken. Außerdem war eins ihrer Ohren eingerissen, und ihre Augen saßen ein wenig schief in ihrem Gesicht. Sie war mal eine richtig hässliche Katze.

Suzi schnüffelte um die Dose herum, doch Tammy schob sie weg und drückte den Deckel fest auf. »Verzieh dich«, sagte sie. Sie schloss ein Auge und beobachtete Suzi mit dem anderen. »Vater, vergib ihnen, denn sie wissen nicht, was sie tun.« Das war nicht das richtige Gebet für ein Ameisen-Begräbnis, aber ein besseres kannte sie nicht. Suzi warf ihr einen unglücklichen, anklagenden Blick zu.

Vor drei Jahren war Suzi mit einer toten Eidechse im Maul aus den Hügeln heruntergekommen; super lässig, als gehöre ihr dieser Ort bereits und Tammy wäre ebenfalls ihr Eigentum. Von allen Häusern aus allen Vorstädten von Canberra hatte Suzi sich Tammys Haus ausgesucht. Darüber dachte Tammy oft nach.

An jenem ersten Tag hatte Suzi die Eidechse auf dem Rasen im Garten gefressen, vollständig bis auf die Innereien, die sie auf der Türschwelle liegen ließ.

»Eidechsen-Eingeweide«, meinte Tammys Vater, als er breitbeinig, die Hände in die Hüften gestemmt, darüber stand. Tammy und er hatten vom Wohnzimmerfenster aus die ganze grausige Tat mit angesehen.

»Eidechsen-Eingeweide«, sagte Tammy.

Immer wieder sagten sie es, bis die Worte miteinander verschwammen und sie gar nicht mehr aufhören konnten zu lachen.

Tammys Mum hatte dann die Schweinerei weggemacht, indem sie sie mit einem Buttermesser von der Fußmatte auf ein Stück Zeitungspapier kratzte. Dabei hatte sie die Lippen geschürzt und die Augen zusammengekniffen, um sicherzugehen, dass sie auch jedes Fitzelchen erwischte.

Manchmal, sogar noch Monate später, sah Tammys Dad sie an

und bildete mit den Lippen lautlos *Eidechsen-Eingeweide*, und sie schütteten sich erneut vor Lachen aus, denn damals war Tammy noch ein Kind gewesen, das sich leicht belustigen und beschwichtigen ließ.

Jetzt war von nebenan ein Stampfen zu hören: Joe, der sich den Staub von den Stiefeln abtrat.

Tammy konnte Joe gut leiden, obwohl er schon fünfundsechzig war. Sie mochte Suzi, obwohl sie bloß eine Katze war. Und sie mochte es, Antonio Marietti zu beobachten, der in Nummer zwei lebte, das alle in Warrah Place das italienische Haus nannten.

Über dem Zaun zwischen Tammys und Joes Haus hing ein verblichenes Handtuch. Tammy warf es über den Deckel der Komposttonne und kletterte so darauf, dass ihre nackten Beine das Plastik nicht berührten. Dieses Zeug konnte brennen wie die Hölle. Sie stützte Ellbogen und Kinn auf den Zaun und schaute in Joes Garten.

Tammy sah nicht nur Joe, wie er fröhlich pfiff, während er Zement mischte und Steine schleppte, sondern ihn und Zlata dort stehen, wo der Garten in die Hügel überging, und mit drei Polizisten reden. Was war da los? Tammy konnte nichts hören. Alle drei Polizisten hielten ihre Mützen in den Händen. Joe scharrte mit dem Absatz über den Boden. Während sie weiterredeten, sahen alle die Furche an, die er erzeugte. Er kratzte wieder. Wenn er so weitermachte, würde er einen Graben ausheben. Zlata legte eine Hand auf seinen Arm, und das ließ ihn innehalten. Tammy konnte immer noch nicht hören, was sie sagten.

Tammy schnalzte frustriert mit der Zunge und beugte sich vorwärts über den Zaun. Zlata, die Ohren wie ein Luchs hatte, blickte auf und sah sie. Sie stieß Joe an und wies mit einer Kopfbewegung auf Tammy, und bald schauten alle sie an, die Polizisten eingeschlossen. Sie beendeten ihr Gespräch. Die Polizisten gingen hügelaufwärts davon. Dann kehrte Zlata ins Haus zurück, und Joe trat auf sie zu. Er trug wie üblich kein Hemd. Seine Haut wirkte wettergegerbt und dick. In der Kuhle zwischen seiner Brust und seiner Schulter befand sich eine hervortretende Narbe wie ein glänzendes Zehn-Cent-Stück. Als Tammy ihn einmal danach gefragt hatte, hatte er erklärt, dort habe ihn an dem Tag, an dem er Zlata kennengelernt hatte, Amors Pfeil getroffen. Er konnte so rührseliges Zeug erzählen, und man ließ es ihm durchgehen, weil er alt war.

Heute Morgen schleppte Joe sich langsam und mühsam einher. Er verzog das Gesicht nicht zu seinem üblichen Lächeln, das seine Augen in den Falten verschwinden ließ. Er sagte auch nicht: »Hallo, schönes Fräulein«. Stattdessen rieb er sich den Kopf mit den Händen, als versuchte er wegzuwischen, was darin war; dann legte er sie auf den Zaun zwischen Tammy und sich. Einer seiner Daumennägel war schwarz.

»Ich wünschte, du hättest das nicht gesehen«, sagte er. »Das verheißt nichts Gutes, Tammy, Schätzchen. Nichts Gutes.«

Danach verstummte er. Tammy kaute auf ihren Fingernägeln, um ihre Ungeduld zu verbergen.

Hinter Joe wurde knarrend die Fliegengittertür geöffnet und schlug dann zu. Zlata schon wieder. Sie stand unter dem Schatten des Weinstocks und blickte sich wachsam um. Reife und unreife Traubenbüschel hingen von den Weinranken. Zlatas Züge wirkten in dem gefleckten Licht verzerrt, doch Tammy konnte erkennen, dass sie die Stirn runzelte.

Suzi schlängelte sich an den Kompost heran, knabberte an ihren Pfoten und tat, als lauschte sie nicht.

»Was?«, flüsterte Tammy. »Was wollte die Polizei denn?«

»Antonio«, gab Joe genauso leise zurück und klappte dann den Mund zu. Er fuhr sich mit einer Hand durchs Gesicht, sah in alle möglichen Richtungen und versuchte, Zeit zu schinden. »Ich kann's kaum aussprechen – ganz schlimm.«

Tammy pustete sich den Pony aus der Stirn. Die Sonne brannte ihr auf den Nacken, und ihre Sandalen scheuerten auf ihren verschwitzten Füßen. Sogar durch das Handtuch spürte sie, dass der Deckel des Kompostbehälters unter ihr glühend heiß war.

»Was *ist* mit Antonio?«, fragte Tammy. »Sie können's mir ebenso gut erzählen. Ich weiß schon, dass *irgendetwas* nicht stimmt.«

»Sein Fuß«, erklärte Joe. »Sie haben heute Morgen seinen Fuß – *nur* seinen Fuß – oben in den Hügeln gefunden.«

War Joe verrückt geworden? Brachte er seine Worte durcheinander? »Aber ich habe ihn gestern noch gesehen. Bei dem Freiwilligen-Einsatz in der Kirche. Mit beiden Füßen, auf den Beinen.« Tammy rückte ihre eigenen Beine zurecht, ohne Joe aus den Augen zu lassen.

»Es ist ganz übel«, sagte Joe noch einmal. »Und es ist wahr. Die Polizei sagt das.« Er erschauerte und schluckte heftig.

Polizei! In den Hügeln! Ein entlaufener Fuß! Wie aufregend.

Tammy sah in die Ferne und kniff dabei die Augen zusammen. »Aber warum ist er da *oben*?«, fragte sie, als nähme sie an, Antonio hätte nicht gut genug darauf aufgepasst.

Joe legte seine Hand, die wie Schmirgelpapier war, um ihr Kinn und drehte ihren Kopf wieder zu sich hin. Ihre Lippen wurden zusammengepresst wie ein Fischmaul, während er eindringlich auf sie einredete. »Nein, Tammy, nein, nein, nein, Tammy, nein.« Mit flehendem Blick schüttelte er den Kopf. »Ich habe zu viel erzählt. Nicht schnüffeln, Miss Neugiernase. Schlimme Sache. Ärger. Halt dich fern.«

Tammy zog ihr Gesicht zurück. »Sie brauchen sich keine Sorgen um mich zu machen. Ich bin perfekt auf alles vorbereitet«, erklärte sie, denn manchmal musste man die Leute, auch Joe, daran erinnern. Sie lächelte, um ihn zu beruhigen, doch ihre Gedanken überschlugen sich und gingen hektisch Fragen durch, wobei sie sich nicht sicher war, wo sie landen würden. Was könnte Suzi wissen? Suzi und Tammy gehörten zusammen, aber Suzi gehörte auch in die Hügel.

Joes Miene wirkte warnend. »Halt dich bedeckt, Tammy. Steck die Nase nicht hinein«, sagte er.

Tammys Hände lagen auf dem Zaun, und Joe legte seine darauf und hielt sie fest. Joes Hände zitterten stärker als sonst.

»Geht's dir gut, Joe?«

»Ich bin bei dir. Ich bin super-okay.« Da war es, dieses Lächeln, bei dem seine Augen in den Fältchen verschwanden.

Eine Kakadu-Familie begann zu zanken. Ein Gecko huschte über den Zaun, verharrte plötzlich ohne zu atmen oder sich zu rühren und flitzte dann davon. Suzi verzog sich. Tammy rutschte auf dem Deckel des Kompostbehälters herum und fand ein Stück Handtuch, das noch nicht heiß war. Und die ganze Zeit pochte ihr Herz heftig. Endlich passierte etwas.

Joe wirkte wieder niedergeschlagen. »Hey«, sagte Tammy deshalb, »vielleicht ist es ja bloß irgendein Fuß, der wie der von Antonio aussieht. Vielleicht sogar ein falscher Fuß. Wer weiß das schon? Jemand hätte ihn einfach dort hinlegen können, um sich über uns lustig zu machen.« Doch schon während sie das sagte, wusste sie, dass es unmöglich war. Antonios Fuß war wie sein ganzer Körper wundervoll und gehörte ihm allein. Einen anderen konnte es nicht geben.

Die Mariettis waren letzten Winter nach Warrah Place gekommen und in das italienische Haus gezogen, als Narelle ausgezogen war. Es hieß das italienische Haus, weil Italiener es gebaut hatten, die vor Narelle dort gewohnt hatten, und weil Tammys Dad, der sich mit Häusern auskannte, erklärte, es würde gut nach Italien passen. Mit seinen hohen, hellen Säulen, die sich majestätisch und stolz reckten, behauptete es ungeniert seine Stellung als Nummer zwei. *Spottet ruhig, wenn ihr euch traut.* Viele taten das allerdings. Vor allem nahmen sie Anstoß daran, dass das Haus dreisterweise Treppen im Inneren hatte – nicht wie bei anderen Häusern, auf die das gezwungenermaßen zutraf, da sie in den Hügelhang hineingebaut waren und daher mehrere Ebenen hatten, sondern absichtlich. Zimmer, die übereinander lagen, nur um anzugeben. Trotzdem fand Tammys Dad, es sei an der Zeit, dass in dem italienischen Haus auch Italiener lebten.

»Passt schon«, meinte er.

»Wir werden sehen«, sagte Tammys Mum nur. Sie glaubte, die Leute könnten katholisch sein.

Es war sogar noch schlimmer: Laut der Klatschbörse von Warrah Place waren sie vornehm. Es waren vier: der Mann und die Frau, ein Mädchen und ein Junge. Antonio war der Jüngste. Er war kürzlich vierundzwanzig geworden, wie Tammy später herausfand – es gehörte zu ihren speziellen Interessen, Dinge herauszufinden. Mr. Marietti hatte irgendeine hohe Stellung an der Botschaft. Sie besaßen ein neues Auto, trugen schicke Kleidung und komplizierte Frisuren. Flugreisen waren für sie selbstverständlich, und sie waren sehr von sich überzeugt. Bis auf Antonio. Er war der Einzige, der nicht eingebildet war. Das hatte Tammy auch herausgefunden.

Tammy hatte Antonio an einem kalten Tag im Juli kennengelernt. Ihr Dad und sie waren zu der Milchbar am Carnegie Drive gefahren, ein seltener, heimlicher Ausflug mit einem Blue-Heaven-Milchshake für sie und einem Polly-Waffelriegel für ihren Dad. Die Wolken hingen tief am nebligen Himmel; die Art von feuchter Luft, die einem bis unter die Kleidung kriecht. Sie trug ihren neuen roten Poncho, den sie liebte, und ihre neuen Desert Boots, die sie nicht leiden konnte; deswegen hatte sie sie verschrammt, damit sie abgetragen aussahen.

Antonio stützte sich auf die Theke und kaufte ein Päckchen Zigaretten. Tammy hatte ihn schon gesehen, aber nicht aus der Nähe. Während der Ladenbesitzer mit der Kasse herumfuhrwerkte und Tammys Dad schwankte und sich überlegte, was er wollte, schnappte sich Antonio Kaugummi von einem Ständer; drei Päckchen, vielleicht vier. Er bemerkte, dass sie ihn anstarrte, doch sie konnte nicht anders; sie hatte noch nie jemanden mit einer so selbstbewussten Körperhaltung gesehen. Er wusste genau, wohin mit seinen Ellbogen und Knien; ganz anders als Tammy, die fand, dass ihre zu viel waren, ständig im Weg. Und seine Hände – wunderschön und mit präzisen Bewegungen –, als er das Kaugummi in seine Tasche gleiten ließ, ohne zu bezahlen. Tammy hatte oft das Gefühl, ihre Hände wären irgendwie fremdartige, widerwärtige Gegenstände, die sie zufällig aufgelesen hatte und nicht wieder loswurde. Er zwinkerte Tammy zu und wandte sich dann an ihren Dad.

»Mr. Lanahan, Tachchen.« Die Sprache hatte er gelernt, aber sie ging ihm noch nicht so richtig von der Zunge. Bei jemand anderen hätte das peinlich geklungen.

Tammys Dad legte die Hände auf ihre Schultern und schob sie nach vorn, als wollte er sie vorzeigen. »Das ist Tamara«, erklärte er. »Aber wir nennen sie Tammy. Oder Tam-bam. Oder Tamalamabumm-bam.«

Tammy wäre am liebsten gestorben.

Doch Antonio sang. »Tamara, Tamara, sag nicht Nein, Tamara, ich will dich heut noch seh'n.« Wieder zwinkerte er.

Tammy spürte, dass ihr Gesicht so rot wurde wie ihr Poncho.

Während ihr Dad den Milchshake bestellte, rückte Antonio an sie heran. Er zog ein goldfarbenes, rechteckiges Kästchen aus der Tasche und hielt es zwischen ihrem und seinem Gesicht in die Höhe. Sein Daumen bewegte sich auf und ab: *klick zisch klack, klick zisch klack*. Es war ein Feuerzeug, dessen Flamme hoch und kräftig brannte.

»Magst du mein Zippo, Tamara?« *Klick, zisch, klapper.* »Du siehst den Funken, nicht wahr?« *Klick, zisch, klack.*

Ja, sie sah den Funken.

In den darauffolgenden Wochen wurde Antonio zu ihrem liebsten Beobachtungsobjekt. Sie bemerkte, wie er sich an Gegenstände lehnte; eine Autotür, einen Zaun, einen Rechen oder Spaten. Ihr fiel auf, wie sein Haar an seinen Ohren hochflog. Sie bemerkte seinen Geruch nach Erdnussbutter und Feuer. Ihr fiel auf, dass er oft einen Bleistift hinter dem Ohr klemmen hatte, den er mit einem Messer anspitzte, indem er das Holz in einem hübschen Muster von der Mine wegschnitzte. Manchmal steckte er sich stattdessen eine Zigarette hinters Ohr, und ab und zu steckte er dann zerstreut den Bleistift in den Mund oder versuchte, mit der Kippe zu schreiben, was Tammy jedes Mal wahnsinnig komisch fand. Sie stellte fest, dass er den Anzug, den er manchmal trug, von seinem toten Großvater hatte, obwohl sie nie herausbekam, ob er an dem Anzug oder an seinem Großvater hing. Vor allem aber bemerkte sie sein Augenzwinkern. Er setzte es wie ein Gewürz ein und verstreute es überall. Jeder wurde damit bedacht, sogar die alten Leute, aber er hatte den Trick raus, jedes bedeutsam erscheinen zu lassen, und Tammy sammelte die, die für sie abfielen, wie Muschelschalen.

Sein Zwinkern schenkte ihr ein Gefühl von Macht. Tammy wollte nicht wie eine langweilige Ameisenkönigin sein, die langweilige Babys kriegte. Und sie wollte auch kein Futter holen oder Nester bauen. Tammy wollte eine Soldatin sein, mit riesigen Mandibeln und kräftigem Biss. Sie wollte alle wissen lassen, dass sie Feinde mit einem einzigen Satz erledigen konnte.

Tammy ging zurück zu ihren toten Ameisen und setzte sich in den sonnenfleckigen Schatten des jungen Jacaranda-Baums. Der Schatten vermittelte allerdings nur die Illusion von Kühle. Die ganze Stadt kochte und welkte vor sich hin. Im Dezember, bevor der Sommer seinen ganzen Zorn losließ, hatte Tammy in den Himmel gestarrt und ihn herausgefordert, sein Schlimmstes zu tun, und der Himmel hatte ihren Blick erwidert und gewonnen. Jetzt war sie müde; überdrüssig, die Last des Sommers auf ihrem Rücken und in ihren Lungen herumzutragen. Allen ging es genauso; jeder war die Hitze leid und gereizt.

Tammy fragte sich, wie Antonios Fuß wohl aussah. War er abgerissen, abgehackt oder sauber abgeschnitten? Welche Farbe hatte er? Sie nahm die Kappe ihres Stifts ab und zog eine Linie um ihren Knöchel. Sie stellte sich vor, wie eine Säge an dem Strich entlangschnitt. Was bedeutete es, wenn einem ein Fuß fehlte? Mit einem grauenhaften Gefühl von Entsetzen, das in ihrer Brust seinen Anfang nahm und nach außen ausstrahlte, ging Tammy auf, dass Antonio möglicherweise, vielleicht, sehr wahrscheinlich tot war.

Tammy wurde flau zumute, sie legte den Kopf nach hinten. Licht, das durch das Laub drang, fiel über sie und über den Boden, und bald war sie sich nicht mehr sicher, ob sich das Licht bewegte, die Blätter oder sie selbst. Die auf dem Kopf stehenden Hügel drückten von oben auf sie herunter. Sie stellte sich vor, dass sie auf dem Boden eines Baches lag, unter die Oberfläche gezogen wurde, dass sie keine Luft mehr bekam und Wasser über sie hinwegströmte, über Kieselsteine, über Geröll, während die Sonne immer weiter zurückwich. Sie stellte sich vor, dort auf Antonio zu treffen, und wie ihr Haar sich mit seinem verschlang. Die Zeit existierte nicht mehr. Die Stadt, der Boden, der Himmel und die eklig-klebrige Hitze. Bis es nur noch Tammy und Antonio und die Wellen gab.

Suzi kam herbei, stand über ihr und sah ihr unverwandt in die Augen, als wollte sie ihr sagen, sie solle sich zusammennehmen.

»Danke, Suze.« Tammy setzte sich auf. Sie rieb über den Strich, den sie um ihren Knöchel gezeichnet hatte, und spürte ihre warme Haut unter den Fingern.

Schließlich fiel ihr die Frage ein, die sie Joe hätte stellen sollen. »Wo ist Antonio jetzt, Suzi?«

Suzi ging davon und ließ ihren Schwanz unter Tammys Kinn entlangstreichen.

Tammy schob sich näher an den Grill heran und zählte, oben angefangen, drei Ziegel ab. Dann klemmte sie die Finger um die Ränder des vierten und zerrte ihn heraus. Sie griff in die Höhlung dahinter.

Das Metall war kühl, wurde in ihrer Hand aber rasch warm. Sie strich über die glänzende Spur, die sein Daumen hinterlassen hatte.

*Klick zisch klack, klick zisch klack, klick zisch klack.*

Tammy hatte es schon vor Monaten mitgehen lassen. Es war ihr schwergefallen, es ihm nicht zu sagen, ihm nicht zu erklären, wie gut sie es angestellt hatte, es zu nehmen und zu verstecken, ohne dass er es bemerkte. Hatte er es vermisst? Hatte er in die Tasche gegriffen und den Verlust gespürt? Tammy wollte es gern glauben. Schließlich hatte er ihr das Stehlen beigebracht. Es war ein Symbol der Verbindung zwischen ihnen. Und jetzt konnte niemand anderer es haben; nur sie.

Tammy ging durch die Tür zur Waschküche ins Haus. Sie setzte sich auf die Waschmaschine, um das oberste Regalbrett zu erreichen, und nahm die Schachtel mit den Rattenködern herunter. Schüttelte sie. Noch reichlich da. Gut. Dieses Mal schob sie sie in die Ecke des Regalbretts und stellte einen Behälter mit Schuhcreme, den Glasreiniger und eine Tüte mit alten, in Lumpen gerissenen Kleidungsstücken davor.

Kurz vor der Küche blieb sie mit gespitzten Ohren stehen und schwankte. Sollte sie ihren Eltern das mit Antonio erzählen? Sie ließ sich Zeit, nahm eine ernste Haltung ein, setzte eine dazu passende Miene auf und schaute ausdruckslos drein. Würden sie es bemerken?

»So funktioniert das nicht. Du musst auch *wollen*.« Die Stimme ihrer Mum klang gedämpft, vielleicht hatte sie die Hände vors Gesicht geschlagen. Möglich, dass sie weinte.

»Na schön, ich will«, erklärte Tammys Dad. »Wenn du es willst.« Er würde lachen, der Idiot. Wenn er lachte, würde er alles verderben. »Ich dachte, die Idee wäre, aufzutauchen. Im Publikum zu hocken und mich an den richtigen Stellen hinzusetzen oder aufzustehen.«

»Es ist eine Gemeinde und kein Publikum. Das weißt du,

oder?« Tatsächlich, sie weinte. »Sei kein Mistkerl, Duncan. Das ist nicht nett.«

»Komm schon, Hells-bells. Ich gehe ja. Und ich gebe alles – mit extra-Schmackes.« In der Stille des Hauses hörte Tammy Stoff an Stoff reiben – wahrscheinlich umarmte er sie –, ein Schniefen, einen Kuss.

»Und nenn mich nicht so.« Sie war ärgerlich, aber in ihrer Stimme lagen auch Resignation und sogar der Hauch eines Lächelns.

Plötzlich tauchte Mum auf und rannte Tammy fast um. Sie fuhren beide zurück. »Da bist du ja. Wo hast du gesteckt? Egal, macht nichts. Bürste dir das Haar, Zeit zu gehen.« Sie strich sich selbst übers Haar, zog ihre Bluse glatt, schlüpfte in ihre Schuhe, zog den Reißverschluss ihrer Handtasche zu und schaute Tammy nicht noch einmal an.

Tammy beschloss, den beiden nichts zu sagen. Sie hatten es nicht verdient. Stattdessen hielt Tammy dieses Wissen in sich fest, während sie zur Kirche fuhren, wog es prüfend in den Händen und kostete seine Schwere aus. Wissen war ein Schatz. Jetzt musste sie nur noch entscheiden, wie sie es nutzen wollte.

## (Ameisen)

*Der Fuß einer Ameise heißt Tarsus. Er ist schon sehr klein, aber in noch kleinere Segmente aufgeteilt, wodurch er sehr beweglich wird. Statt Zehen hat er zwei Klauen und ein weiches, klebriges Polster, deswegen können Ameisen so gut klettern und sich festhalten. Eine Ameise ohne Füße ist dazu verurteilt, überall runterzufallen.*

# 3

Tammy blinzelte wie in Zeitlupe und biss die Backenzähne zusammen, um nicht wieder zu gähnen. Sie bemühte sich, Andacht an den Tag zu legen, und dann war da ja auch noch der abgerissene Fuß, über den sie nachdenken musste, aber die Wärme der Sonne drückte auf ihre Augenlider.

Tammy saß am Ende der Bank, beinahe am Fenster. Es roch drückend und süßlich; eine Mischung aus Blumen, Möbelpolitur und menschlichen Körpern, nicht vollkommen unangenehm. Diese Seite der Kirche bestand ganz aus Fenstern; vom Boden bis zur Decke reichende Glaswände, die Tammy das Gefühl gaben, ein Exemplar in einem Glas zu sein. Wer wohl hineinsah? Gott wahrscheinlich. Auf der Innenseite war das Glas auf Körperhöhe eines Kleinkindes hier und da schmutzverschmiert. Draußen sammelten sich an den Rändern und in den Ecken Laub, Schmutz und verfilzte Spinnweben, so wie sich in fernen Ländern Schnee verhalten würde. Jedenfalls vermutete Tammy das mit dem Schnee. Sie sah zu, wie auf dem Parkplatz eine Elster mit dem Schnabel im Schotter stocherte. Ihr fielen die Augen zu. Das Bild eines riesigen Fußes kam auf ihr Gesicht zu. Er wackelte mit den Zehen, und jeder Nagel war ein zwinkerndes Auge. Sie fuhr hoch, löste ihre Schenkel, die an der lackierten Bank klebten, einen nach dem anderen. Und dann wieder. Und noch einmal.

»Musst du aufs Klo?«, flüsterte ihre Mum und wandte Tammy das Gesicht zu, aber nicht ihren Blick. Es war eher ein Tadel als eine Frage.

Tammy schüttelte den Kopf.

Manchmal hasste Tammy ihre Mum über alles. Sie hasste ihre zögerliche Art; die Art, wie sie sich räusperte, obwohl sie nichts zu sagen hatte; das inhaltsleere Lachen, das verzögert kam; sie hasste das Gewicht, das sie an ihren Hüften und Knöcheln trug, sodass sie wie eine Bowlingkugel aussah; hasste ihre spitze Nase, die sie Tammy vererbt hatte. Aber am meisten hasste sie den verbohrten Ernst, mit dem ihre Mum betrieb, was ihre neueste Leidenschaft war: Yoga, Decoupage, Transaktionsanalyse, Makramee, Gymnastik, Religion und so weiter. Eins nach dem anderen, aber niemals war es Tammy, der ihre Leidenschaft galt. Manchmal fragte sich Tammy, wie das Gesicht ihrer Mutter ausgesehen hatte, als sie ein Baby war; ob sie damals Tammy das Gesicht zugewandt und es dort gelassen hatte; ob sie gelächelt hatte. Wenn Tammy jetzt an das Gesicht ihrer Mutter dachte, wenn sie die Augen schloss und es sich vorstellte, dann immer im Profil, verschwommen und im Begriff, sich abzuwenden.

Auf der anderen Seite ihrer Mum beugte sich Tammys Dad nach vorn und warf Tammy ein albernes Grinsen zu. Tammy musterte ihn stirnrunzelnd. Wenn er nicht aufpasste, würde er später etwas zu hören kriegen. Aber ihre Mum war damit beschäftigt, im Takt zur Predigt zu nicken und die Worte von Pastor Martin lautlos mitzusprechen. Dabei schlug sie mit der Faust auf ihren Schenkel, um die wichtigsten Teile zu unterstreichen und ihn anzufeuern, zum Ende zu kommen. Tammy wünschte, er würde sich beeilen. Pastor Martin hatte eine näselnde Stimme, die sich in den Ohren festsetzte wie ein fauliger Geruch in der Nase.

Sie standen auf, um das Glaubensbekenntnis zu sprechen. Tammy schaute sich gern um, um festzustellen, ob sie die, denen es aus dem Herzen kam, von denen unterscheiden konnte, bei denen das nicht so war. Ihre Mum wirkte wie bei der letzten Runde von *Mastermind*, wenn die Uhr tickte. Ihr Dad betrachtete seine Fingernägel, seine Knöchel, seine Armbanduhr; es schien ihn nicht besonders zu berühren, dass Jesus unter Pontius Pilatus gekreuzigt, gestorben und begraben worden war.

Auf der anderen Seite des Mittelgangs entdeckte Tammy Ursula. Sie wusste nicht viel über sie, obwohl sie ungefähr so alt war wie Mum, in Warrah Place lebte und regelmäßig zur Kirche ging. Ursula wohnte mit ihrer Schwester zusammen, und sie hatte auch eine Nichte, die gerade erst hergezogen war. Sie hieß Debbie, was viel cooler war als Deborah oder Deb. Die drei blieben für sich. Vielleicht waren sie ja Snobs.

Ursula hatte den Kopf gebeugt und kniff die Augen zu. Vielleicht genoss sie die wöchentliche Seelenwäsche ja genauso sehr wie Tammys Mum. Doch dann beschlich Tammy das Gefühl, sich in eine private Angelegenheit einzumischen. Ursula wirkte, als leide sie Schmerzen und sehnte sich aufrichtig danach, dass unser Herr Jesus Christus, Gottes eingeborener Sohn, zurückkehren möge, um zu richten die Lebenden und die Toten.

Ursula schlug die Augen auf und wandte Tammy den Kopf zu. Einen kurzen Moment lang starrten die beiden einander offen an und fuhren dann zurück.

War das Cecils laute, unangenehme Stimme, die über die Auferstehung der Toten und das ewige Leben, Amen, frohlockte? Ja, da saß er, drei Bänke hinter ihnen. Und seine Frau Maureen. Die beiden waren Joes Nachbarn auf der anderen Seite, in dem Haus, das in Warrah Place am höchsten lag und auf alle anderen herabsah. Tammy war aufgefallen, dass sie sich gestern frühzeitig von dem Arbeitseinsatz verdrückt und den anderen das ganze Zusammenpacken überlassen hatten.

All dieses Gerede darüber, tot und begraben zu sein, über Gericht und Auferstehung, und keiner von ihnen hatte eine Ahnung davon, was Antonio direkt vor ihrer Nase passiert war. Wenn sie nach Hause kamen, würde Tammy sich mit Mum und Dad hinsetzen, bei ausgeschaltetem Fernseher, und niemand außer ihr würde reden. Sobald sie die Neuigkeit verkündet hätte, die sie in kleine Häppchen aufteilen würde, würden sie mit ihr zu jedem Haus am Warrah Place gehen. *Hört euch an, was Tammy zu erzählen hat,* würden sie sagen. *Ihr solltet euch vielleicht besser setzen.*

Sie nahmen Platz, um ein Kirchenlied zu singen. In der Reihe vor Tammy saßen Colin, der Junge von gegenüber, und sein Dad Richard. Von seiner Mum keine Spur. Richard trug über seinem gedrungenem, stämmigem Hals einen militärischen Haarschnitt. Er wirkte wie jemand in Uniform, sogar, wenn er keine trug. Tammys Mum hatte einmal gesagt, es sei gut, dass Richard in der Navy war und Uniform trug, weil er dazu geboren sei, und Peggy, die seine direkte Nachbarin war und von ihrer Veranda aus in seinen Garten und teilweise in sein Haus sehen konnte, wenn die richtigen Lichtverhältnisse herrschten, meinte, es schade auch nicht, dass alle anderen ihn darin ansehen müssten.

In Richards Nacken saß ein kleiner Leberfleck ein wenig rechts von der Mitte. Es wäre ganz einfach, ihn mit dem Finger anzuschnipsen. Tammy hatte das gleiche Gefühl, das sie überkam, wenn sie im Einkaufszentrum auf der Rolltreppe stand und darüber nachdachte, über den Rand zu klettern und sich in die Etage darunter fallen zu lassen. Sie hatte das nicht vor und würde niemals zugeben, daran gedacht zu haben, aber das Wissen, dass sie es tun könnte, ließ sie befürchten, sie würde es vielleicht doch tun.

Als könnte er ihren Blick spüren und sie vor der Versuchung retten, ihn anzuschnipsen, beugte Richard sich, die Ellbogen auf den Knien, wie zum Gebet nach vorn und drückte die Handflächen zusammen.

Colin rekelte sich und hatte die Füße auf die Bank gelegt. Er knibbelte an einem Stück Schorf an seinem Knie und wirkte nicht verlegen, als er sah, dass Tammy ihn dabei erwischt hatte. Stattdessen starrte er frech und unverwandt zurück. Tammy seufzte. Was konnte man von einem Achtjährigen schon erwarten?

Da saßen sie, Colin und sein Dad, ruhig wie nur was. Sie konnten das mit Antonio unmöglich wissen. Man stelle sich vor – bei dem Gedanken setzte sich Tammy gerader hin –, man stelle sich bloß ihre Gesichter vor, wenn sie es ihnen erzählte. Colin würde sich in die Hose machen.

Nach dem Segen ließ Pastor Martin die Arme sinken, entspannte seine Schultern und lächelte. Er wischte sich die Haare weg, die ihm in die Augen gefallen waren, entfaltete das Mitteilungsblatt und begann die Nachrichten zu verlesen. Es wurden immer noch Ehrenamtler für die Sonntagsschule gesucht, Erfahrung nicht notwendig. Es gab einen neuen Dienstplan für den Blumenschmuck. Ebenfalls neu: Bibelstudium und gesellige Zusammenkunft donnerstagabends bei Helen Lanahan, jeder war willkommen. Bei diesen Worten schossen die Augenbrauen von Tammys Dad nach oben, und er warf Tammys Mutter, die unerschütterlich nach vorn sah, einen Blick zu.

»Und schließlich«, sagte Pastor Martin, »ein großes Dankeschön an Helen, die den gestrigen Freiwilligen-Einsatz organisiert hat. Ich glaube, wir sind uns alle darüber einig, dass die Gartengestaltung wunderbar vorankommt. Gut gemacht, Helen.« Er hielt inne und verbeugte sich in ihre Richtung. »Danke auch an Duncan und Cecil, die zusammen mit vielen fleißigen Helferinnen – danke, Ladys – das anschließende Grillen übernommen haben ...« Tammys Dad wackelte mit dem Kopf und hob einen Arm. »... um alle schwer arbeitenden Menschen zu versorgen. Apropos, wir haben uns gefreut, dich dort zu sehen, Richard.« Noch eine Verneigung, dieses Mal an Richard gerichtet. »Ein unverhoffter Segen. Nur noch eine Anmerkung zu dem Freiwilligen-Einsatz: Ein paar Werkzeuge haben Beine bekommen, also haltet bitte danach Ausschau. Für Einzelheiten wendet euch an Helen. Gott segne euch alle!«

Draußen sah Tammy neidvoll zu, wie Colin und Richard in ihr Auto stiegen und davonfuhren. Vorher allerdings hatte Tammys Mum Richard noch abgepasst, um sich nach Naomi zu erkundigen. »Sie fühlt sich bloß ein wenig krank heute«, sagte er, und Tammys Mum nickte ernst. Auch Ursula wuselte davon. Komisch, dass ihre Schwester nie in die Kirche kam. Wie mochte das innerhalb einer Familie funktionieren, wenn eine Schwester gläubig war und die andere nicht? Wie alt musste man werden, bevor man sich das aussuchen konnte?

Dies war der Teil des Kirchgangs, den Tammy am wenigsten leiden konnte: untätig herumzustehen, während die Erwachsenen Smalltalk betrieben. Einmal hatte sie ihre Mum gefragt, wie sie das schaffte, woher sie das strahlende Lächeln nahm und woher sie wusste, was sie sagen musste. Ihre Mum hatte gelacht. »Oh nein«, hatte sie gesagt, »ich hasse es. Es kommt überhaupt nicht von selbst. Ich muss mich die ganze Zeit dazu zwingen, weil Höflichkeit wirklich sehr wichtig ist.« Tammy wusste, was sie darüber denken sollte. *Wow, erstaunlich, dass sie das kann.* Aber in Wahrheit dachte sie, *wobei verstellt sie sich sonst noch?*

Auf dem Beton zwischen der Kirche und dem Gemeindesaal standen Leute in kleinen Grüppchen zusammen. Von oben mussten sie aussehen wie faule Ameisen, die sich vor der Arbeit drückten. Tammys Dad unterhielt sich mit Cecil.

Cecil war ein Mann, der mehr Raum einnahm, als ihm nach seiner Körpergröße zustand.

»Immer noch halb besoffen von gestern Abend«, erzählte er gerade. »Betriebsfeier unten im Club. Die haben richtig groß aufgefahren.« Er stieß ein abgehacktes Lachen aus, einen verblüffenden Laut.

Maureen stand ein Stückchen hinter ihrem Mann und etwas seitlich von ihm. Sie hielt sich ein wenig krumm und knickte an den Hüften ein. Den Hals streckte sie vor wie ein Huhn, und ihre Augen blinzelten hinter ihrer Brille öfter als normal.

Tammy hatte keine Gleichaltrigen, mit denen sie sich zusammentun konnte. Die Grundschüler saßen noch in der Sonntagsschule, und ihre Eltern wimmelten draußen herum und warteten. Die Highschool-Kids hockten bestimmt hinter dem Pfarrhaus, veranstalteten Mutproben und redeten über Sex. Doch Tammy befand sich in diesem gefährlichen, von Hoffnung beherrschten Territorium zwischen Grundschule und Highschool, unsicher in ihrem aufblühenden Körper und verwirrt von ihren aufkommenden Gefühlen. Bei beidem fürchtete sie, sie nicht mehr unter Kontrolle zu haben.

Tammy suchte sich einen Baum, den sie gut kannte, und kletterte los. Bald waren ihre Hände dort schwarz, wo durch das Harz Schmutz und Teilchen der Rinde an ihren Händen festklebten. Sie wischte sie an ihrem Kleid ab, richtete jedoch wenig aus. Sie stieg höher, bis sie nicht mehr wusste, ob sie sich zu stark festhielt oder nicht gut genug.

Sobald sie wieder klar sehen konnte, schaute sie nach unten und beobachtete die Szene. Da war ihr Dad, der auf einem Mäuerchen vor dem Gemeindesaal saß, die gespreizten Beine baumeln ließ, plauderte und lachte. Er hätte einen Hut tragen sollen. Und da war ihre Mum und bewegte sich von einem zum anderen, von Gruppe zu Gruppe; Gottes beste Cheerleaderin, eine geschäftige Arbeiter-Ameise. In der entgegengesetzten Richtung lag der Bach, der momentan fast ausgetrocknet war. Er war von Bäumen verborgen, doch Tammy fühlte sich durch die Gewissheit, dass er existierte, merkwürdig getröstet. Sie hatte eine gute Aussicht auf die neue Gartenanlage: unberührter Boden, der nach den Wünschen des Komitees für Freiwilligen-Einsätze umgegraben, aufgeteilt und umgestaltet worden war. Es sah aus wie ein Sandkasten für Kinder. Ein Weg aus Trittsteinen schlängelte sich hindurch und wartete darauf, betoniert zu werden. Joes Aufgabe. Tammys Mum war es gelungen, gestern die meisten Bewohner von Warrah Place als Helfer abzukommandieren. Bei dieser Gelegenheit hatte Tammy Antonio zuletzt gesehen, wie er staubige, inzwischen zertretene Fußabdrücke hinterlassen hatte, drüben bei den Bäumen, die den Plänen im Weg gestanden hatten. Inzwischen waren sie mit Kettensägen gefällt worden und lagen in kürzere Stücke zerteilt aufgereiht am Boden. Darüber erhoben sich die übriggebliebenen Bäume, darunter der, auf dem Tammy saß.

Auch Ursulas Nichte war gegen Abend da gewesen. Tammy

hatte von genau diesem Baum aus zugeschaut, wie Debbie Antonio einen Hotdog gebracht hatte. Es war zu viel Soße darauf gewesen. Antonio mochte so viel Soße nicht. Das war nicht Debbies Schuld, denn sie kannte ihn nicht gut; nicht so wie Tammy, sonst hätte sie es richtig gemacht.

War das Antonios letzte Mahlzeit gewesen – eine enttäuschende Wurst?

Tammy fühlte sich schwindelig, ihr Kopf drehte sich wie ein Feuerrad. Sie hielt sich fest und wartete darauf, gerufen zu werden, wenn sie gingen.

# 4

Ursula umklammerte die Rückenlehne eines Stuhls, auf den zu setzen sie sich nicht überwinden konnte. Sie trug noch ihre Sachen aus der Kirche, hatte nicht einmal ihre Schnürschuhe oder ihre Strumpfhose ausgezogen, obwohl ihre Füße und Beine geschwollen waren und in ihren engen Hüllen juckten.

Sie waren im Esszimmer. Auf dem Tisch, an dem Lydia und Debbie saßen, befanden sich die Reste vom Frühstück. Die Margarine, die langsam weich wurde, der *Canberra Courier* von gestern, eine frische Kanne Tee, die Lydia gegen den Schock gemacht hatte, und drei Tassen.

Ursula und Lydia waren vor fünf Monaten von Sydney nach Canberra gezogen, weil sie einen Neuanfang wagen wollten, wo niemand sie kannte. Debbie war vor vier Wochen dazugekommen, weil sie nach den Schwierigkeiten, die sie gehabt hatte, ebenfalls neu anfangen wollte. Sie würde im Februar an die Uni gehen. Im Großen und Ganzen funktionierte diese Konstellation, und sie hatten keine Probleme. Bis jetzt.

Lydia, die Polizistin war, hatte den Anruf eines befreundeten Kollegen angenommen, während Ursula in der Kirche war. Der Schock war zweifach. Der erste war, dass Antonio Marietti tot war. Der liebe Antonio, für den Ursula eine solche Schwäche hatte. Während sie in der Küche darauf warteten, dass das Teewasser kochte, hatte Lydia ihr erzählt, was sie wusste.

»Sag im Moment niemandem, dass er tot ist«, sagte Lydia. »Man hat seinen Fuß gefunden, aber ohne den Rest seines Körpers oder eine Bestätigung aus der Gerichtsmedizin dürfen wir offiziell noch nicht sagen, dass er tot ist. Obwohl wir alle Bescheid wissen. Man erkennt es an der Farbe des Fußes, und die Nachricht hat sich auf dem Revier schon verbreitet. Wenn sie ihn lebend finden, esse ich meine Dienstmütze.«

Das flüsterte sie Ursula außer Hörweite von Debbie zu, wegen des zweiten Schocks.

Debbie hatte mit Antonio geschlafen. Ein paar Wochen lang hatten sie sich heimlich getroffen und eine Romanze unterhalten, die sie vor allen versteckten. Doch so, wie es klang, und nach Debbies niedergeschmetterter Miene zu urteilen, war sie dabei gewesen, sich ernsthaft in ihn zu verlieben.

Ursula ertrug es nicht. Es ging nicht an, dass Debbie das Herz gebrochen wurde. Nicht schon wieder. Nicht nach dem letzten Mal. Es war genug, um Ursula selbst das Herz zu zerreißen.

»Wir sind mit unserer Kraft am Ende, Ursie«, hatte Ursulas Bruder Merv im November am Telefon gesagt. »Vor allem Glenda. Ihre Nerven sind vollkommen zerrüttet.«

»Ich kann mir nicht vorstellen, dass die Sache hoffnungslos ist«, meinte Ursula in dem Wunsch, Debbie in Schutz zu nehmen, ihre Nichte, die sie nicht mehr gesehen hatte, seit sie ein kleiner Stöpsel gewesen war.

»Natürlich nicht«, sagte Merv. »Du hast ja auch keine Kinder. Ich meine das nicht böse. Vielleicht bist du genau deswegen das, was sie braucht.«

»Was sie braucht?«

»Wir haben alles versucht. Vor einem Jahr, als die ganze Katastrophe passiert ist, blieb uns nichts anderes übrig, als darauf zu bestehen, dass sie anderswo lebt. Ich glaube, sie versteht immer noch nicht, dass das, was sie getan hat, auf uns alle zurückfällt, auf die ganze Familie, und uns auf ihr Niveau herunterzieht. Vielleicht dringst du ja zu ihr durch.«

»Ich?«

»Sie hat in der Stadt bei jedem, der es hören wollte, über uns hergezogen. Ich bin Kirchenältester, Ursie. Das geht nicht. Wie kann ich sonntags das Abendmahl austeilen, wenn die ganze Gemeinde weiß, dass mein Kind ein Flittchen ist? Jeder weiß, was mit ihr los ist. Was sie getan hat.«

»Merv, du weißt aber schon, dass ich in Canberra lebe, oder?«, fragte Ursula. »Ich kann nicht einfach vorbeikommen, um mit ihr zu reden.«

»Das Schlimmste habe ich dir noch gar nicht erzählt«, sagte Merv. »Sie hat uns Geld gestohlen, um nach Sydney zu fahren und es wegmachen zu lassen. Das war ein richtiger Schlag ins Gesicht. Und von unserem eigenen Geld. Außerdem wäre das unser Enkelkind gewesen, und sie hat keinen Gedanken an unsere Gefühle verschwendet.« Merv legte eine Pause ein, während Ursula spürte, wie der Kummer sie überwältigte. Arme Debbie. In was für einer unmöglichen Lage sie sich befand. »Ja, natürlich weiß ich, dass du in Canberra lebst. Deswegen ist es ja ideal. Sie hat diese Idee, dass sie zur Uni gehen will.«

Endlich begriff Ursula, warum er angerufen hatte. »Du willst, dass sie bei mir lebt? Hier? In Canberra?«

»Ich würde dich nicht darum bitten, wenn wir nicht am Verzweifeln wären.«

»Ja«, sagte Ursula sofort. »Sag ihr, ich würde mich sehr freuen, wenn sie zu mir zieht.«

Es kam selten vor, dass Ursula sich einer Sache sicher war, doch dieses Mal war sie es. Sie würde Debbie die Liebe schenken, die sie gebraucht hätte, damit alles anders gekommen wäre.

»Musst du das nicht zuerst mit deiner Mitbewohnerin besprechen – wie hieß sie noch? Linda? Lisa?«

»Lydia. Und nein, Lydia wird das vollkommen recht sein.«

Während am Esstisch der Tee in der Kanne kalt wurde, stützte Debbie sich mit den Ellbogen in Toastkrümel und legte das Kinn in die Hände. Ihr Blick wirkte, als wäre sie weit fort. So klang auch ihre Stimme, als sie sprach. »Ich hatte gerade das Gefühl, wieder auf dem richtigen Weg zu sein, versteht ihr? Wieder ich selbst zu werden. Er hat das geschafft. Er war das, was ich brauchte.«

Ursula setzte sich, denn sie fragte sich, ob sie alles noch schlimmer machte, indem sie sich hinter ihrem Stuhl herumdrückte. Sofort bereute sie es. Sich hinzusetzen fühlte sich irgendwie an, als akzeptiere sie die Nachricht und gestehe ihre Niederlage ein. Nur im Stehen konnte sie sich ihr widersetzen. Sie hätte alles getan, um Debbie den Schmerz zu nehmen. Für Debbie und für Antonio. Diesen wunderbaren Jungen, der so lebendig gewesen war und noch so viel vor sich gehabt hatte.

»Wie hätten wir das mit dir und Antonio übersehen können?«, fragte Ursula, weil es einfacher war, als über seinen Tod zu reden. »Schließlich leben wir alle unter einem Dach.«

Ein kurzer Anflug von Belustigung huschte über Debbies Miene. »Weil ihr beiden nicht die Einzigen seid, die Geheimnisse haben können. Ich habe von den Besten gelernt.«

Lydia griff nach Debbies Hand, obwohl Lydia eigentlich niemand war, der oft Händchen hielt. Sie tätschelte sie ein paarmal und legte sie wieder auf den Tisch. »Ich weiß, das ist eine schreckliche Nachricht, und es wird eine Weile dauern, sie zu verarbeiten. Aber denk nach. Kannst du uns irgendetwas über Antonio sagen? Wann hast du ihn zuletzt gesehen?«, fragte sie.

»Gestern Morgen. Nein. Gestern Abend. Nein. Doch, gestern Morgen.«

Lydia runzelte die Stirn.

»Früh. Ich bin nach Hause gegangen, und er zu diesem Kirchendingsda. Dem Freiwilligen-Einsatz. Und ja, da habe ich ihn auch gesehen. Am Abend.« Debbie plapperte, und ihre Worte gingen genauso durcheinander wie ihre Hände.

»Etwas, was du uns nicht erzählst?«, fragte Ursula.

Debbie streckte die Arme aus und wandte sich Ursula zu. Ihr Gesicht verzerrte sich. »Was wollt ihr wissen? Wie er im Bett war? Er war ein verdammtes Tier. Eine Maschine. Er konnte die ganze

Nacht und machte dann immer noch weiter. Wollt ihr wissen, wie groß ...«

»Hör auf«, sagte Ursula, der sich der Kopf drehte. »Werd jetzt nicht vulgär.«

Ihre Blicke trafen sich, und sie starrten sich an, entsetzt darüber, was sie gesagt hatten.

»Tut mir leid«, sagte Ursula. »Das war unangebracht.«

»Mir tut's auch leid. Ich habe das Gefühl, keine Luft zu kriegen. Diese Hitze erstickt mich. Es ist wie eine Sauna hier drin.« Debbie sah sich in dem schuhschachtelgroßen Raum um und betrachtete die dünnen Vorhänge, die den Sonnenschein nicht abhielten. »Ich komme mir vor wie ein Tier im Käfig und möchte am liebsten bloß heulen und schreien und durchdrehen und alles Mögliche mit meinen Zähnen zerfetzen.« Sie krallte die Fäuste in ihr Haar, sodass Ursula Angst hatte, sie würde es sich büschelweise ausreißen.

Dann erschlafften Debbies Schultern und ihr Gesicht, als wäre ein Schalter umgelegt worden, und sie erschauerte. Sie drückte den Daumennagel in einen roten, geschwollenen Schnitt auf ihrer Handfläche. Ursula hätte am liebsten Debbies Hand genommen und ihren Schmerz weggestreichelt, doch sie dachte an die Macht und Dauerhaftigkeit unsichtbarer Wunden. Wie viel Schmerz konnte ein einziges Mädchen ertragen?

Debbie bemerkte, dass Ursula sie beobachtete, und barg die Hände im Schoß. Sie verzog die Lippen und kämpfte mit den Tränen. »Ich wollte nichts sagen, weil es peinlich ist, aber vielleicht lief die Sache nicht so gut, wie ich dachte. Wie ich es mir gewünscht hätte. Ich dachte ... Ich meine, ich weiß, das mit uns war noch neu, wir waren erst ein paar Wochen zusammen, und vielleicht dachte er, es wäre nur ein wenig Spaß, und möglich, dass ich das zuerst auch so gesehen habe. Aber dann dachte ich, es könnte wirklich etwas daraus werden. Versteht ihr?« Sie starrte auf den Tisch. »Ich bin so eine Idiotin.«

Ursula warf ihr einen mitfühlenden Blick zu.

»Am Freitagabend war es komisch. Es fühlte sich ... nicht richtig an, und ich dachte, er würde sich bloß wie ein Mistkerl benehmen. Ihr wisst ja, wie sie sind, mal heiß und mal kalt, so etwas. Und ich bin trotzdem über Nacht geblieben und habe so getan, als wäre es nicht merkwürdig, weil ich es nicht wahrhaben wollte.« Sie schlug die Hände vors Gesicht. »Oh Gott, glaubt ihr, er wusste es? Meint ihr, er hat geahnt, dass ihm etwas zustoßen würde?«

»Keine Ahnung«, sagte Lydia. »Aber du musst der Polizei alles erzählen, woran du dich erinnerst.«

»Ach, Lyds, das können wir nicht«, meinte Ursula. »Was würde das auch ändern? Debbie weiß nichts, was von Nutzen wäre. Sagen wir doch einfach, dass wir nichts wissen, Punkt.«

Lydia lächelte und wies auf sich selbst. Sie hatte sich zur Arbeit fertiggemacht und war in Uniform. »Habt ihr vergessen, dass ihr mit einer Polizistin zusammenlebt?« Sie wandte sich wieder an Debbie. »Schau mich an. Folgendes wird passieren. Polizeibeamte werden uns aufsuchen. Nicht ich. Nicht meine Abteilung. Wahrscheinlich von der Kriminalpolizei. So sieht es jedenfalls aus. Und ihr werdet euch folgendermaßen verhalten: Ihr erzählt ihnen alles, was passiert ist. Alles, was euch einfällt. Glaubt mir, dies ist nicht die Zeit, mit etwas hinter dem Berg zu halten.«

»Bitte, Lydia.« Ursula war sich bewusst, dass sie bockig klang; sie wäre es lieber nicht gewesen, aber sie konnte sich nicht bremsen. »Debbie hat nichts verkehrt gemacht.« Ihre Brille rutschte ihr auf dem Nasenrücken hinunter, sie schob sie wieder hoch. »Kannst du uns da nicht heraushalten?«

Lydias Miene wurde ausdruckslos. Sie lehnte sich zurück und verschränkte die Arme, und als sie wieder sprach, lag die Andeutung einer Warnung in ihrem gemessenen, ruhigen Ton. »Ich kann meinen Job nicht aufs Spiel setzen. Du weißt, wie viel er mir bedeutet. Verlang das nicht von mir.«

Debbie meldete sich zu Wort und zerstreute jede mögliche

Spannung. »Ich will aber nicht, dass die Nachbarn davon erfahren. Von Antonio und mir.«

»Natürlich, wenn du das möchtest«, sagte Ursula.

»Warum?«, fragte Lydia.

»Weil Antonio das so wollte«, gab Debbie zurück.

»Warum?«, fragte Lydia noch einmal.

»Ich glaube, der Grund war seine Familie. Sie sind so eingebildet. Wahrscheinlich wusste er, sie würden finden, ich wäre nicht gut genug für ihn. Er wollte die Scherereien vermeiden.«

»Ich glaube kaum …«, begann Ursula empört.

»Außerdem«, erklärte Debbie, »könnte ich nicht damit umgehen, wenn die Nachbarn alle über mich herfallen und mit ihrem falschen Mitgefühl ihre Nase in meine Angelegenheiten stecken.«

»Stimmt auch wieder«, meinte Lydia.

Ursula betrachtete Debbies Hand, die sie jetzt in die Ellenbeuge ihres Arms, der auf dem Tisch lag, geschoben hatte; die Krümel, ein beschmiertes Messer auf einem Teller, ein Klecks Marmelade, der an dem Glas klebte, und ein weiterer auf dem Tisch. Das würde die Ameisen anlocken. Hatten die beiden zusammen gefrühstückt, während sie in der Kirche war? War die Stimmung leicht und munter gewesen, bevor sie das mit Antonio erfahren hatten? Jedenfalls so sorglos, dass sie die Marmeladenflecke nicht weggewischt hatten.

Durchs Fenster sah man auf Warrah Place hinaus. Von hier aus konnte Ursula vier Haustüren und die Einfahrt des italienischen Hauses erkennen. Hätte sie aufgepasst, dann hätte sie sehen können, wie Debbie dort ein- und ausging. Aber wie sollte sie alles im Blick behalten, auf das sie achten musste? Es war anstrengend, mit zusammengekniffenen Augen in das grelle Licht des Vormittags zu spähen. Dazu musste sie das Gesicht zusammenziehen, und ihre Brille fühlte sich auf ihrer Nase schwer und klebrig an. Oh, dass die Sonne aber auch so hemmungslos scheinen musste! Was für eine Dreistigkeit.

Debbie trat zu Ursula ans Fenster. In der Mitte der Straße versammelten sich Nachbarn, angelockt von Klatsch, von Skandal, von dem prickelnden Schreck über einen abgetrennten Fuß.

»Dieser Mistkerl«, sagte Debbie.

»Wer?«, fragte Lydia.

Ursula runzelte die Stirn. »Was sollen wir machen?«, erkundigte sie sich. »Wäre es schlimmer, wenn wir hinausgehen oder wenn wir es nicht tun?«

»Schau mich nicht an«, gab Lydia zurück. »Ich fahre zur Arbeit.«

Debbie war schon unterwegs und lief mit nackten Füßen vorsichtig über die heiße Einfahrt. Ein Polizeiauto hielt vor dem italienischen Haus an.

»Ursula«, sagte Lydia und lenkte Ursula von dem Fenster ab.

»Ich habe Angst«, erklärte Ursula. »Ich will nicht, dass die Leute Bescheid wissen.«

»Was willst du dann?«

Ursula zögerte und gab dann die gleiche Antwort wie immer. »Das Unmögliche.«

Lydia seufzte. »Ursula«, sagte sie noch einmal, dieses Mal in dem beruhigenden Ton, den sie manchmal an den Tag legte und der die Angst linderte, jedenfalls für eine Weile. »Alles wird gut. Uns wird es gutgehen.«

Lydia trat auf Ursula zu und nahm ihr die Brille ab. Sie legte die Stirn an ihre und atmete ein und aus, ein und aus, ein und aus. Sie bewegten die Gesichter, bis ihre Nasen sich berührten, dann ihre Lippen, ihr Kinn, bis ihre Lippen zu einem sanften Kuss zusammenfanden.

»Und für Debbie wird auch alles gut werden«, meinte Lydia. »Es wird nicht wieder so wie letztes Jahr, denn jetzt hat sie uns. Wir werden ihr beistehen.« Sie küsste Ursula noch einmal. »Geht's dir jetzt besser?«

»Ja.«

Lydia hatte recht. Sie hatte immer recht. Debbie würde wieder in Ordnung kommen. Es würde für sie alle gut werden.

Lydia setzte Ursula die Brille wieder auf und drückte ihre Schultern. »Hab dich ganz lieb«, sagte sie und ging.

Vom Fenster aus sah Ursula zu, wie Debbie mit den Nachbarn zusammenstand. Debbie hatte die Arme verschränkt und gab sich betont forsch, und Ursula spürte den Drang, sie zu beschützen. Sie empfand auch einen Anflug von Groll gegen Antonios Familie. Warum war Debbie nicht gut genug für sie gewesen? Ursula hatte nicht den Wunsch, sich selbst zu offenbaren, aber warum hatte Debbie ihre Beziehung verstecken müssen und musste jetzt auch ihre Trauer verbergen? Das war nicht fair. Debbie hätte schon lange ein einfaches, unkompliziertes Glück verdient.

Ursula presste die Lippen zusammen und wappnete sich. Wenigstens konnte sie dafür sorgen, dass Debbie bei alldem nicht allein sein würde.

### (Ameisen)

*Ameisen bewohnen ein bestimmtes Revier. Sie können es nicht leiden, wenn Ameisen aus anderen Nestern in ihr Gebiet kommen und sich Nahrung holen. Wenn sie das doch tun, dann gibt es einen richtigen Kampf. Ameisenkolonien sind stark, weil sie viele sind, und dadurch tun sie sich gegen jeden zusammen, den sie nicht mögen. Sie tauchen in Schwärmen auf, um die anderen zu drangsalieren und anzugreifen.*

# 5

Mit heruntergedrehten Fenstern fuhren sie durch die Straßen von Canberra nach Hause. Tammys Haar wehte ihr ums Gesicht. Vorn legte ihr Dad die Hand auf das Bein ihrer Mum.
»Zu heiß dafür.« Ihre Mum rückte weg. Kurz darauf griff sie nach seiner Hand und legte sie wieder zurück.
Sie passierten den Rand des Einkaufszentrums und dann öffentliche Gebäude; ein Schachbrett aus Beton und Glas und mit Kies durchsetzten Betonpollern, die genau die richtige Höhe für Bocksprünge hatten. Sogar an einem Sonntag würden wichtige Menschen in klimatisierten Büros wichtige Jobs erledigen, denn die Wirtschaft kommt nicht von selbst in Ordnung, das weiß ja jeder und wenn Premierminister Fraser nicht wollte, dass es ihm genauso erging wie Gough Whitlam, den die Queen hinausgeworfen hatte, der arme Kerl, dann brauchte er alle Hilfe, die er kriegen konnte. Tammys Dad war früher oft am Sonntag kurz ins Büro gegangen, aber momentan musste er Gott an die erste Stelle setzen.
Sie fuhren weiter stadtauswärts und schlängelten sich durch kurvenreiche Vorstadtstraßen mit frisch angelegten Rinnsteinen. Immer noch wahrte Tammy ihr Geheimnis. Sie platzte fast unter dem Drang, es zu erzählen, und fürchtete sich zugleich davor. Mit einem Mal, und zu ihrem eigenen Schock, wurde ihr klar, dass der Mensch, dem sie am liebsten davon erzählen würde, Antonio war. Unerwartet überrollte sie von Neuem ein Verlustgefühl; ein Eindruck, als würde sie davongeschleppt, während ihre Eingeweide hinter ihr herschleiften.
Sie fuhren an einem einsamen Sportplatz vorbei, der hinter einem Maschendrahtzaun lag. Vorbei an einer Milchbar und einem

Getränkemarkt mit heruntergelassenen Läden. An der Schule, die über die Ferien geschlossen war und verlassen und still wirkte.

Durch ihr Fenster erhaschte Tammy Blicke darauf, wie andere Menschen ihren Sonntag verbrachten. Kinder auf Fahrrädern. Lenker mit Streamern. Ältere Jugendliche, die an den Motorhauben von Autos lehnten. Langes Haar, kurze Shorts, enge T-Shirts, weißliche Sonnencreme auf den Nasen. Dads, die den Grill anwarfen. Mit Hemd, ohne Hemd, kurze Schatten. Badetücher auf dem Rasen. Jemand klatschte mit einem Paketsprung in einen Pool (die Glückspilze!). Ein Ghettoblaster. Hüpfkästchen. Das Klatschen eines Schlägers gegen einen Ball. Hechelnde Hunde, lang ausgestreckte Katzen. Und über allem der Geruch von klebrigem Asphalt.

Als sie sich dem Spielplatz am Carnegie Drive näherten, schlug Tammy die Augen nieder. Es war bekannt, dass sich die Kids aus der neunten Klasse hier herumdrückten. Gerüchte wollten wissen, dass sie letztes Jahr am ersten Schultag die Außenseiter unter denen, die in die siebte Klasse kommen würden, abgefangen, niedergehalten und ihnen mit Permanent-Marker Brüste und Schamhaar auf die Uniformen gemalt hatten.

Nach Warrah Place gelangte man, indem man vom Carnegie Drive aus rechts abbog. Zuerst ging es steil aufwärts, und dann erreichten sie ihre kleine Sackgasse, die wie eine Petrischale aussah. Im Zentrum lag eine tropfenförmige Grünfläche, um die herum wachsam neun Häuser hockten. Sie nannten sie die »Insel«. Ab und zu kamen Menschen aus den Häusern und trafen sich dort. Das war der schnellste und einfachste Weg, die Klatschbörse zu füttern.

Im Auto reckten Tammy und ihre Eltern die Hälse und sahen unter anderen Cecil und Maureen, Joe und Zlata und Ursula und Debbie, die um zwei Polizisten herumstanden. Peggy kam gerade aus ihrem Haus über die Straße, eine Zigarette im Mundwinkel, das Kinn vorgestreckt und die Ellbogen kampfbereit gereckt. Leslie, ihr Mann, lief hinter ihr her. Tammy fand, dass Gott sich einen kleinen Scherz erlaubt hatte, als er Peggy und Leslie zusammengebracht hatte. Er hatte Peggy die ganze Lautstärke und Leslie die ganze Größe verliehen. Leslie, ein hochgewachsener, schwerfälliger Mann, besaß eine Sanftheit, die ihn trotz seiner einschüchternden Massigkeit zu einem sicheren Hafen machte. Tammy hatte das Gefühl, jeden Sturm, den Peggy entfachte, aushalten zu können, solange Leslie irgendwo in der Nähe war.

»Herrje«, meinte Tammys Dad.

»Keine Ahnung«, sagte ihre Mum, obwohl niemand sie etwas gefragt hatte.

Diese Zusammenkunft konnte nur einen Grund haben. Tammy hatte sich auf den perfekten Moment vorbereitet, um ihre Neuigkeit zu verkünden, und jetzt würde sie sich beeilen müssen, um die Erste zu sein. Alles andere als ideal, aber da war nichts zu machen. »Ich habe Informationen darüber«, erklärte sie in ihrer wichtigsten Stimme.

»Dann raus damit«, sagte ihre Mum. »Aber schnell.«

Sie erzählte den beiden von Antonios Fuß, während ihr Dad mit seinem aufs Gaspedal trat, um ihren kleinen Datsun 180B ihre steile Auffahrt hinauf und in den Carport zu lenken. Ihrer Geschichte fehlte die richtige Dramatik, und ihre Mum und ihr Dad sahen einander an und nicht Tammy; nicht einmal, als ihre Mum meinte: »Bist du dir sicher, dass du nicht übertreibst?«

»Wenn *wirklich* etwas daran ist, wieso hast du nicht eher etwas gesagt?«, setzte sie hinzu. Sie stiegen aus dem Auto, gingen mit großen Schritten die Einfahrt entlang und waren schon halb unten, als Tammy noch ihre Autotür zuschlug.

Suzi hielt ihnen einen Platz auf der Insel frei. Der Polizist, der das Reden übernommen hatte, trug eine schlecht sitzende Uniform mit Schweißrändern unter den Armen. Zwischen seinen Worten atmete er laut durch den Mund. Er reichte dem anderen Polizisten, der neben ihm stand, nur bis zur Schulter. Diese Schultern waren kräftig und sein Kragen frisch gebügelt. Seine reglose Miene und die heruntergezogenen Mundwinkel passten ausgezeichnet zum Ernst der Lage. Wenn jemand die Wahrheit herausfinden würde, dann er, entschied Tammy.

In dem Kreis war kein Platz für Tammy. Am äußeren Rand stehend spitzte sie die Ohren, um alle Worte aufzuschnappen, verstand aber immer nur ein paar auf einmal.

*Die Suche läuft gerade.*
*Ja, eine positive Identifizierung.*
*Schwere Verletzungen.*
*Vermisst, vermutlich tot.*
*Zu früh, um sicher zu sein.*

Vermutlich tot. Das klang endgültig und ungewiss zugleich. Jetzt wurde Tammy klar, dass sie nicht wirklich daran geglaubt und damit gerechnet hatte, dass es wahr war.

Genau wie Tammy blieb Mrs. Lau aus dem Kreis ausgeschlossen. Mrs. Lau bewegte sich schwerfällig, nicht nur wegen der Hitze. Es war, als wären unsichtbare Gewichte an ihre Schultern und Hüften geschnallt, die sie herunterzogen. Alles an ihr sah müde aus, mit Ausnahme ihrer Augen, denen nichts entging. Jetzt stellte sie sich auf die Zehenspitzen und hielt Ausschau nach einer Lücke. Ihre Schuhe klatschten gegen ihre Fußsohlen, als sie außen herumging. Als der große Polizist zu reden begann, verstärkte sie ihre Bemühungen.

»Immer mit der Ruhe, Liebchen«, sagte er. »Wir kommen gleich zu Ihnen.«

Doch das passierte nicht. Nichts dergleichen. Sie versicherten allen, dass sie zur gegebenen Zeit jeden Haushalt besuchen würden, stiegen dann in ihr Auto und fuhren davon. Alle sahen zu, wie sie um die Rundung der Sackgasse bogen.

»Tja«, meinte Cecil. »Wahrscheinlich sollten wir uns organisieren. Ihr habt es ja gehört. Sie wollen alle Informationen, die wir liefern können. Ich bin bereit, das zu koordinieren und alles Relevante zu sammeln, um es weiterzugeben. Wenn jemand also etwas zu sagen hat, soll er zu mir kommen.«

»Ach, lass die Finger davon, Cec«, meinte Peggy.

Manchmal knirschte und rumpelte Peggys Stimme wie ein Sack voll Steine, die sich aneinander rieben, sodass Tammy ganz vergaß, darauf zu achten, was sie eigentlich sagte.

Cecil fuhr fort, als hätte sie nichts gesagt. »Irgendwelche Ideen bisher?«

Niemand sagte etwas. Wie sollte Tammy etwas herausfinden, wenn niemand etwas sagte?

»Wer passt eigentlich auf deine Kinder auf?«, wollte Cecil von Sheree wissen.

»Ja, ich sollte besser zurückgehen«, sagte Sheree und blieb, wo sie war.

Sheree hatte drei Kinder und keinen Mann. Sie lebte an der Ecke in Nummer eins. Cecil war der Ansicht, dass Nummer eins ein wenig stärker zum Carnegie Drive hin lag, sodass Sheree und ihre abgerissenen Kinder streng genommen nicht nach Warrah Place gehörten, ganz gleich, was das Postamt dazu meinte. Tammys Dad arbeitete für die Nationale Hauptstadt-Entwicklungskommission. Er fand, es sei ja gerade das Schöne an einer am Reißbrett entwickelten Stadt und ein Grund zum Stolz, dass in den Vorstädten eine sozioökonomische Mischung entstehe, sodass am Warrah Place das große italienische Haus und Sherees sozialer Wohnungsbau einander auf entgegengesetzten Straßenseiten gegenüberstehen konnten. Tammys Mum meinte, sie sei sich da nicht so sicher, und es wäre vielleicht besser, wenn sie deutlicher getrennt wären. Ihr wisst schon, damit jeder weiß, wo er hingehört. Dann hielt Tammys Vater dagegen, vielleicht wolle Tammys Mum nicht daran erinnert werden, dass sie in schlimmeren Häusern als dem von Sheree und manchmal ganz ohne Haus aufgewachsen sei, aber das sei schließlich keine Schande. *Halt die Klappe, Dunc, und komm mir nicht von oben herab*, sagte Tammys Mum dann. Tammy hatte keine Ahnung, was sie davon halten sollte, aber Folgendes wusste sie: Cecil war sehr von sich überzeugt, und Sherees Kinder waren schmierige kleine Wilde.

»Na schön«, sagte Cecil. »Wenn ihr es nicht sagt, spreche ich es aus. Wir denken es doch alle. Es war einer von seinen eigenen Leuten, der das getan hat. Von der zwielichtigen Sorte – nichts gegen dich, Joe.«

Tammy vermutete, dass Cecil das sagte, weil er alle, die keine Australier waren, in einen Topf warf. Dabei kam Joe aus Jugoslawien und nicht aus Italien wie die Mariettis.

»Ich meine«, fuhr Cecil fort, »seht euch doch dieses Haus an.«

Das taten sie. Alle drehten sich um wie ein Mann, als gäbe es dieses Mal etwas Neues zu sehen.

»Die stecken eindeutig mit schlechtem Geld unter einer Decke, wenn ihr wisst, was ich meine«, fuhr Cecil fort.

»Was, mit der Mafia?« Tammys Dad klang schockiert.

Cecil tippte sich an den Nasenflügel.

Tammy nahm sich vor, ihren Dad zu fragen, was eine Mafia war. Wie schnell sich alles verändert hatte: Sie hatte ein Geheimnis gehütet, und jetzt war Antonio vermutlich tot, und Tammy wusste weniger als alle anderen. Ihr Hirn fühlte sich wie Suppe an; jedes Mal, wenn sie versuchte, eine Idee zu fassen zu kriegen, entzog sie sich ihr. Wer könnte so etwas getan haben? Und ausgerechnet Antonio? Nichts davon ergab Sinn.

Mrs. Lau, die immer noch ausgeschlossen war und weiter ignoriert wurde, seufzte und schlappte zurück zu ihrem Haus. Mit vorgebeugtem Körper ging sie ihre Einfahrt hinauf.

»Wie kommst du darauf? Auf das mit dem schlechten Geld?«, erkundigte sich Peggy bei Cecil. »Oder ist das nur Spekulation?«

»Ich für meinen Teil weiß ganz sicher, dass Antonio Marietti ein Dieb war«, erklärte Cecil.

Maureen keuchte auf. »Oh nein, das war er nicht. Ganz bestimmt nicht. Nicht dieser liebe Junge.«

»Halt lieber den Mund über Dinge, von denen du nichts verstehst, ja?«, sagte Cecil zu seiner Frau. Sein Gesicht war von der Hitze rot und fleckig wie rohes Hackfleisch.

»Aber wir mochten ihn alle so gern. *Jeder* hatte ihn gern. Ich kann einfach nicht glauben, dass er …«

»Lass es, Maur.« Cecil sprach langsam, als redete er mit einem Kind und drohe ihm eine Strafe an.

Peggy sog scharf den Atem ein. Sie befeuchtete sich die Lippen, und ihr Blick huschte zwischen Maureen und Cecil hin und her. Manchmal, wenn Ameisenkolonien zu groß wurden, mussten sie entscheiden, welche Ameisen entbehrlich waren, und sie opfern. Tammy vermutete, dass Cecil Maureen zum ersten Opfer bestimmen würde. Und sie argwöhnte, dass Maureen freiwillig dazu bereit wäre.

Tammy wünschte, Cecil würde den Mund halten. Sie wollte nicht, dass alle anderen wussten, dass Antonio ein Dieb war.

»Bist du dir *ganz* sicher, Cec?«, fragte Tammys Dad. Tammy war froh darüber, dass man sich wenigstens bei ihm darauf verlassen konnte, dass er Zweifel säte und richtige Antworten verlangte.

»Allerdings, schließlich hat er mich bestohlen. Ein Senftopf aus massivem Silber mit passendem Löffel und allem, von meinem Dad geerbt. War eines Tages verschwunden, nachdem Antonio ein paar Jobs bei mir erledigt hat. Ich wette, er hat ihn schnell für ein hübsches Sümmchen versetzt.«

Tammy hatte nicht gewusst, dass der Topf für Senf war. Ihr hatte er wegen des hübschen blauen Glaseinsatzes gefallen. Jetzt dachte sie an ihn. Er lag, tief in einer Socke versteckt und ganz nach hinten geschoben, in ihrer Schublade. Als sie hörte, wie Cecil Antonio beschuldigte, ihn gestohlen zu haben, vermittelte ihr das ein warmes Gefühl tief in ihrem Inneren, als wäre sie mit Antonio verbunden und sie beide wären ein Team.

»Damit bist du bisher der Einzige mit einem Motiv«, meinte Peggy zu Cecil. Sie wirkte entzückt.

Cecil zog ruckartig seine Hosen hoch. »Halt die Klappe, Peg. Von uns war es keiner. So, wie diese Leute sich aufführen – nix für ungut, Joe. Murksen andere ab, als wäre das ganz normal. Ganz bestimmt war es einer von denen.«

»Seine Familie kannst du nicht meinen«, sagte Tammys Dad. »Die sind seit vor Weihnachten in Italien.«

»Apropos«, meinte Cecil. »Findet es noch jemand seltsam, dass sie sich ständig nach Italien verdrücken und ihren Jungen hier lassen, damit er sich allein durchschlägt, vor allem zu Weihnachten? Er hatte schließlich nichts, was ihn hier gehalten hätte. Keinen richtigen Job. Hat sich bloß irgendwie herumgetrieben.«

»Ach, du meine Güte, meint ihr, jemand hat ihnen Bescheid gegeben?«, fragte Tammys Mum. Ihre Stimme bebte, und alle schauten irgendwohin, konnten einander aber nicht ins Gesicht sehen. Währenddessen wob Suzi ein unsichtbares Netz zwischen ihnen, indem sie sich um sie herum und zwischen ihren Beinen hindurch schlängelte. »Wie alt war er eigentlich? Weiß das jemand?«

»Neunzehn«, erklärte Peggy, deren Hobby es war, Informationen über andere Leute zu sammeln. Sie war gut darin, aber nicht so gut wie Tammy, denn Tammy wusste genau, dass Antonio vierundzwanzig war. Das hatte er ihr selbst erzählt. Neunzehn – also wirklich! »Erst neunzehn.« Tammy fand, dass Peggy versuchte, betrübt zu klingen, und es beinahe schaffte.

»Was hat er eigentlich getrieben, wenn er keine Gelegenheitsarbeiten für uns gemacht hat?«, wollte Cecil wissen. »Hat jemand eine Ahnung?«

Darauf wusste niemand eine Antwort.

»Können auch die da drüben gewesen sein«, sagte Cecil und wies mit einer Kopfbewegung auf die Tür der Laus, die sich vor nicht allzu langer Zeit hinter Mrs. Lau geschlossen hatte.

»Da könntest du recht haben«, sagte Peggy, und Tammy starrte sie an. Alle anderen taten es ihr nach. Es sah Peggy nicht ähnlich, Cecils Meinung zu sein. »Na ja, sie essen auch Hunde, Ratten und solches Getier, oder?«

»Wirklich?«, fragte Maureen.

»Na ja, vielleicht nicht *sie persönlich*«, meinte Peggy. »Aber ihre Leute schon. Ich habe einen Dokumentarfilm darüber gesehen. Ist euch aufgefallen, wie sie sich aus dem Staub gemacht hat, sobald die Fragen anfingen?«

Alle sahen gleichzeitig zum Haus der Laus.

»Sie haben diese riesigen Messer.« Sheree schaute immer noch das Haus der Laus an und hatte die Arme unter ihren Brüsten verschränkt. »Ihr wisst schon, um Knochen durchzuschneiden.«

»Küchenbeile«, sagte Cecil.

Maureen keuchte. »Also, ich hatte ja keine Ahnung!«

»Es gibt so viel, was wir über die nicht wissen«, fuhr Cecil fort. »Das ist ja das Problem.«

»Wie wär's, wenn wir uns mal beruhigen mit den Schuldzuweisungen.« Debbie hatte zum ersten Mal das Wort ergriffen. Sie klang zornig. Ursula berührte sie an der Schulter, aber Debbie schüttelte sie ab. Tammy ging näher heran, damit sie Debbies Gesicht besser erkennen konnte. Hatte sie etwa geweint?

»Wer bist du denn?«, verlangte Cecil zu wissen.

Warum sagte er das? Cecil wusste doch, wer sie war. Sie waren alle bei dem Straßenfest gewesen. Tammy hatte mitgehört, wie Cecil letzte Woche mit ihrem Dad über Debbie geredet hatte. »Eine von denen mit den haarigen Beinen, du weißt schon, eine von diesen Emanzen.« Cecil lachte, und seine Augen leuchteten auf. »Will demnächst an der Uni anfangen. Ich habe gefragt, was sie machen will, und rate mal, was sie gesagt hat – darauf kommst du nie. Frauenstudien. Frauenstudien!«, sagte er noch einmal, weil er beim ersten Mal derart vor Lachen gebrüllt hatte. »Ich hab zu ihr gesagt, sie kann mich alles fragen, was sie wissen will, dafür braucht sie nicht zur Uni zu gehen! Und sie hat gesagt – stell dir das vor – sie hat gesagt *genau wegen Männern wie dir ist dieses Fach so notwendig.* Also habe ich zu ihr gesagt: *Wenn es so notwendig ist, schreibe ich mich besser ein, vor allem, wenn es so voll hübscher kleiner Wesen ist, wie du es bist.* Das hat ihr gefallen, sie hat es verdammt noch mal *geliebt.*« Etwas an dem, was er gesagt hatte, musste komisch gewesen sein, denn Tammys Dad hatte gelacht, wenn auch nicht so viel wie Cecil.

Debbie starrte Cecil weiter an, doch er ignorierte sie. Das Gespräch war versiegt, auch wenn niemand ging. Arme hingen schlaff herunter. Einige traten von einem Fuß auf den anderen. Peggy stopfte sich den Mund mit noch einer Zigarette, ihre Wangen wurden hohl, als sie daran zog. Tammy bemerkte, dass um ihren Fußknöchel immer noch eine schwache Kugelschreiber-Spur lag. Sie leckte ihren Finger an und rieb darüber. Als sie sich aufrichtete, sah Peggy sie mit zusammengekniffenen Augen an.

»Ich möchte bloß wissen, warum der Mörder ihm den Fuß abhacken musste«, sagte Peggy mit leiser Stimme zu der Gruppe.

Zum ersten Mal hatte Tammy gehört, dass jemand das Wort *Mörder* aussprach, und sie konnte nicht unterscheiden, ob der Ruck, der sie durchlief, Angst oder Aufregung war.

»Das ist ja wohl kaum die Hauptfrage«, meinte Cecil. »Die Hauptfrage ist, warum ihn überhaupt jemand umgebracht hat.«

»Aber das Verstümmeln war ja wohl nicht nötig, oder?«, fragte Peggy. »So grauslich brauchte es nicht zu sein.«

An diesem Punkt dachten alle mehr nach, als sie redeten, bis von der anderen Straßenseite das Jammern eines Kindes herandrang.

»Ach, Mist«, sagte Sheree. »Ich bin dann mal weg.« Widerwillig schlurfte sie davon.

Die Tür von Nummer drei wurde geöffnet, und Richard kam heraus. Er trug seine Uniform und hatte einen Koffer bei sich. Er lud ihn in den Kofferraum seines Autos und kam dann zur Insel herüber. Alle richteten sich ein wenig auf.

»Was meinst du denn zu dem Ganzen?«, fragte Tammys Dad ihn.

Richard hielt inne. »Ich wäre sehr vorsichtig damit, bei diesem Stand der Dinge vorschnelle Schlüsse zu ziehen.«

Daraufhin stieß Peggy ein *Hmpf* aus, verschränkte die Arme und warf Cecil einen betont, zornigen Blick zu.

Es musste nett sein, wenn andere einem zuhörten, sodass man nicht so schrecklich schnell reden musste, bevor jemand einen unterbrach, dachte Tammy. Richard sprach immer ruhig, mit vielen Pausen, in denen die Leute innehielten, sich vorbeugten und abwarteten, was er als Nächstes sagte. Das Ganze wirkte merkwürdig beruhigend. Tammy hatte es einmal zu Hause versucht. Sie hatte sich ganz still neben den Fernseher gestellt, während *Are You Being Served?* lief, und ruhig verkündet, von jetzt an wolle sie Tamara gerufen werden, nicht Tammy. Sie war nicht sicher, ob ihre Mum sie bemerkte. Ihr Dad allerdings schon. »Was machst du da?«, sagte er. »Stehst rum, als hättest du einen Stock im Hintern.« Keiner von ihnen hatte angefangen, sie Tamara zu nennen.

»Die meisten sind Antonio bei dem Freiwilligen-Einsatz begegnet«, sagte Richard. »Hat ihn danach jemand gesehen?«

Niemand sagte etwas.

Tammys Mum hatte schon immer Probleme damit gehabt, mit Schweigen umzugehen. »Wir waren bei den Letzten und haben den Arbeitseinsatz gegen halb sieben verlassen, stimmt's, Duncan?«, sagte sie. »War er zu diesem Zeitpunkt noch da? Ja, definitiv. Ich weiß noch, dass ich mich von ihm verabschiedet habe. Oh, lieber Gott im Himmel, wir haben ihn dort zurückgelassen. Und dann ...«

Richard sah sie freundlich an. »Ihr konntet es ja nicht wissen, Helen. Niemand konnte ahnen, was passieren würde, was immer das war. Wir wissen es immer noch nicht genau. Ich habe vorhin mit der Polizei geredet. Ohne Leiche können sie sich nicht sicher sein. Ich weiß, es sieht übel aus, aber hoffen wir das Beste.«

Helen wandte sich an Joe. »Das mit deinem Werkzeug tut mir leid, vor allem, nachdem du so viel gearbeitet hast. Ich vermute mal, du hast es noch nicht gefunden?«

»Keine Sorge«, meinte Joe. »Es taucht schon irgendwann wieder auf.«

»Jemand muss es versehentlich genommen haben«, sagte Richard. »Ich wette, du kriegst es heute noch zurück.«

Tammy wünschte, sie würden wieder über Antonio reden.

»Hast du irgendwas gesehen, als du heute Morgen joggen warst?«, wollte Tammys Dad von Richard wissen. »Irgendetwas Verdächtiges? War die Polizei schon in den Hügeln?«

»Ich war heute Morgen nicht laufen. Ich fürchte, ich lasse nach.«

»Ist aber richtig so«, meinte Tammys Dad. »Viel zu heiß.«

»Wird es eine Beerdigung geben?«, meldete sich Ursula zu Wort und drehte das Kreuz an ihrer Halskette. Sie sprach schnell, als hätte sie schon eine Weile nach dem Mut gesucht, etwas zu sagen.

»Überstürzen wir mal nichts«, meinte Cecil. »Sie haben ja noch nicht mal eine Leiche. Na, jedenfalls keine komplette.« Er lachte, und Ursula wich schaudernd zurück.

»Es wird bestimmt eine Beerdigung geben, Ursula, falls Antonio wirklich tot ist«, sagte Richard behutsam. »Aber vielleicht muss die Polizei zuerst ihre Ermittlungen abschließen.«

»Trotzdem«, fuhr Cecil fort, »hat das viel Sinn? Ich meine, wer außer uns würde schon hingehen? Ich bezweifle, dass viele hingehen würden, selbst wenn seine Familie dafür zurückkommt. Ein wenig peinlich für sie, schätze ich. Also, die Beerdigung meines Vaters, als er starb, war riesig, nicht wahr, Maur? Die Kirche war so brechend voll, dass alle stehen mussten.« Er wiegte sich vor und zurück und klimperte mit dem Kleingeld in seiner Tasche. »Nö«, sagte er leiser. »Ich glaube nicht, dass sie sich mit einem richtigen Begräbnis abgeben.«

Tammy hielt den Blick auf Debbie gerichtet. Sie fragte sich, ob sie die Leute zu sehr anstarrte. Die Gruppe begann auseinanderzugehen.

»Verdammt, ist das heiß«, meinte Cecil. Er wedelte mit den Armen und verbreitete einen Geruch um sich, bei dem man tot hätte umfallen können. »Ich schmore hier im eigenen Saft.«

*Eklig*, dachte Tammy. »Hier stinkt's«, sagte Debbie im selben Moment.

Debbie trug kurze, abgeschnittene Jeans, ein T-Shirt, auf dem »Macht Politik, keinen Kaffee« stand, und lang herabhängende Ohrringe. Sie hatte einen keck zurückfrisierten Stufenschnitt, gerötete Wangen und einen temperamentvollen Blick. Sie sah aus wie jemand, der bereit war, es mit allem, was die Welt – oder Cecil – ihr an den Kopf werfen würde, aufzunehmen und es niederzustrecken. Tammys Kleid, das mit roten Punkten auf dunkelblauem Hintergrund gemustert war, war weder lang noch kurz. Es hatte Träger, aber keine Spaghettiträger. Es war in jeder Hinsicht langweilig, kindlich und peinlich.

Debbie ging ohne ein weiteres Wort, was enttäuschend war. Auch andere machten sich langsam auf den Weg. Niemand hatte irgendetwas über Antonio gesagt, was auch nur im Entferntesten nützlich war. Es sah nur aus, als verdächtigte jeder alle anderen. Menschen verhielten sich in Gruppen anders. Tammy hatte in der Schule genug mitgemacht, um das zu wissen. Man hätte allerdings meinen – und hoffen – mögen, Erwachsene wären darüber hinweg.

Richard wandte sich zum Gehen, doch Tammys Mum hatte sich angepirscht und vertrat ihm den Weg.

»Wir haben uns gefreut, deine Neuigkeiten zu hören«, sagte sie.

Zuerst wirkte seine Miene verständnislos. »Ja«, sagte er dann. »Danke.«

»Die arme Naomi. Du brauchst dir keine Sorgen zu machen, während du fort bist. Ich werde sie im Auge behalten und nach ihr sehen, damit du beruhigt bist.«

»Das ist sehr nett von dir.« Er lächelte, trat beiseite und war verschwunden.

Tammy und Suzi blieben noch ein wenig länger. Sie wandten ihrem eigenen Haus, dem der Laus und dem italienischen Haus den Rücken zu und musterten mit zusammengekniffenen Augen das von Richard und Naomi. Was war diese Neuigkeit, über die ihre Mum so begeistert war? Und woher wusste Tammys Mum davon?

Tammy wünschte, Wolken würden heranziehen und der Himmel sich verdunkeln. Doch dieser Tag war genau wie jeder andere in diesem Sommer. Die Sonne knallte unerbittlich herunter und strahlte hartnäckig. Antonio hätte Besseres verdient.

Auch Tammy verdiente Besseres. Es war genauso gekommen, wie sie befürchtet hatte. Die Nachricht hatte ihr ganz allein gehört, und die Erwachsenen hatten sie ihr weggenommen und für sich vereinnahmt. Tja, sie wussten alle nicht, was für eine gute Beobachterin sie war. Ihr wissenschaftlich geschulter Verstand war gut mit Einzelheiten. Ehe sichs jemand versah, würde sie herausfinden, was Antonio zugestoßen war, und dann hätte sie wieder die Oberhand.

# 6

Guangyu Lau verließ die Versammlung auf der Insel, weil ihr nichts anderes übrigblieb. Was würde passieren, wenn sie alles erzählte und sich Gehör verschaffte? Manchmal fragte sie sich das. Was wohl hervorbrechen und welchen Schaden es anrichten würde. Oft verbrachte sie die Nacht damit, Worte zu formulieren, die sie nie aussprechen würde.

Während Guangyu ihre Einfahrt hinaufging, spürte sie, wie sich Blicke in ihren Rücken bohrten. Sie holte ihre Tasche, die sie in ihrer Eile im Auto vergessen hatte, weil sie hören wollte, warum die Polizei in Warrah Place war. Auf der Hälfte ihres Heimwegs von der Arbeit war Guangyu der Polizeiwagen aufgefallen, der ihr folgte, und bei jeder Kurve war ihre Besorgnis gewachsen. Sie hatte das Steuer mit beiden Händen umfasst, ihr Blick war zwischen der Straße und ihren Spiegeln hin- und hergehuscht. Als sie, immer noch mit der Polizei im Nacken, nach Warrah Place eingebogen war, hatte sie das Gefühl gehabt, so von einem Pferd getreten worden zu sein, dass es ihr den Atem raubte.

Guangyu war vormittags Tierärztin in Teilzeit und in Vollzeit der seelische Mülleimer ihrer Familie. Sie hatte sich um mehr Schichten in der Klinik beworben, bekam aber keine. Am Sonntag behandelte die Praxis nur Notfälle, und das war Guangyu vollkommen recht. Echte Katastrophen waren eine Atempause von den imaginären, die ihr durch den Kopf gingen.

Heute Vormittag hatte sie einen Pudel mit Bindehautentzündung und ängstlichen Besitzern behandelt – ein einfacher Fall. Als Nächstes eine schwangere weiße Maus – eine Überraschung für die Besitzer, die geglaubt hatten, im Tierladen nur Männchen gekauft zu haben. Danach hatte ein Mann von außerhalb der Stadt, der auf der Durchreise war, ein Wallaby gebracht, das er auf der Yass Road überfahren hatte. Er hatte es auf den Schoß genommen, in sein Hemd gewickelt und war nach Canberra hineingefahren. Der Zustand des armen Dings, eines Weibchens, war hoffnungslos. Als Guangyu es einschläferte, meinte sie, seinen dankbaren Blick wahrzunehmen. Der Fahrer sah sie überhaupt nicht an und fragte, ob er das Tier behalten könne und ob es in Ordnung sei, ein totgefahrenes Tier zu essen, solange es noch frisch war und die Schmeißfliegen sich noch nicht darüber hergemacht hatten.

Nachdem sie jetzt zu Hause war, zog Guangyu die Vorhänge einen Spaltbreit auf und knipste die Lampen im Wohnzimmer aus. Dann setzte sie sich auf die Couch. Es war still. Jennifer war wahrscheinlich in ihrem Zimmer, ihrem Heiligtum. Guangyu hasste es, dass sie nicht wusste, was ihre Tochter dort trieb, und dass sie keine Ahnung hatte, was dem Mädchen durch den Kopf ging und welche Richtung ihre umherschweifenden Gedanken wohl einschlugen. Fünfzehn war ein gefährliches Alter.

Wo Herman war, spielte keine Rolle. Er war sogar abwesend, wenn er da war. Wahrscheinlich war er sich der Polizei oder der Versammlung auf der Insel gar nicht bewusst, obwohl er wusste, was Guangyu in der Nacht gesehen hatte. Sie bezweifelte, dass er bei einer Gegenüberstellung irgendeinen ihrer Nachbarn erkennen würde.

Als sie noch in Hongkong lebten, hatte Herman grenzenlose Energie gehabt und ohne Punkt und Komma geredet. Guangyu erinnerte sich noch daran, wie er das erste Mal von der Arbeit nach Hause gekommen war und von Australien erzählt hatte. Bald war es täglich Thema geworden. Hermans Abschluss in Wirtschaftswissenschaften war begehrt, gesucht und wurde gut bezahlt. Aufgeregt hatte er Guangyu, Jennifer und Jia Li von Häusern mit eigenem Garten erzählt und mit so vielen Zimmern, dass jeder eins bekommen könne – manche hatten sogar ein Gästezimmer. Und jede Küche war mit einem Backofen ausgestattet. Australien:

ein riesiges, exotisches Land voller Überfluss. Sie könnten nach Canberra ziehen, dem Dreh- und Angelpunkt von Wirtschaftsreform und Fortschritt. Stolz hatte Herman ihnen Broschüren gezeigt, in denen die Freizeitbeschäftigungen geschildert wurden, die man sich aussuchen konnte: Buschwandern, Radfahren, Segeln, Reiten, Paddeln in den Stromschnellen, die einheimische Tierwelt. Und ehe sie sichs versahen, waren aus ihren Träumen Pläne geworden.

Doch kurz nach dem Umzug vor drei Jahren hatte Herman sich in sich selbst zurückgezogen. Einst war er ein gesprächiger, hochangesehener Mann gewesen, doch jetzt wirkte er verloren und träge. Wenn man ihn ansprach, reagierte er erschrocken wie ein in die Enge getriebener Hamster. Guangyu hatte jetzt jede Menge Zimmer und einen Backofen in der Küche, aber keine Ahnung, wo ihr Mann geblieben war.

Sie nahm Jia Lis Notizbuch vom Couchtisch. Darin stand in der präzisen Handschrift ihrer Schwiegermutter:

*national*
*feministisch*
*Fördermaßnahmen für Minderheiten*
*Koriander*

Nach Hermans und Guangyus Heirat hatte Hermans Mutter darauf bestanden, Englisch zu lernen. Zuerst hatte Herman sie unterrichtet. Sie war langsam und akribisch und schlug Herman auf die Hände, wenn er auch nur eine Spur von Ungeduld zeigte. Später war sie zu Tonbandkassetten und Übungsbüchern übergegangen. Guangyu bewunderte Jia Lis Fortschritte widerwillig, obwohl sie es tat, da war sich Guangyu sicher, damit Herman und Guangyu keine Privatgespräche führen konnten. Sie war unter der Kolonialherrschaft aufgewachsen und hatte gewusst, wo ihr Platz war, und jetzt war sie entschlossen, Guangyu zu zeigen, wo ihrer war.

Jia Li erweiterte ihren Wortschatz, indem sie, mit einem Wörterbuch bewaffnet, ABC Radio hörte. Ihre Wortlisten lagen überall im Haus verstreut.

Guangyu blätterte die Seite um.

*verlogene Schlampe*
*arbeitsloser Schmarotzer*
*Scheidung*
*fauler Sack*
*Marihuana*
*Flittchen*
*Flachwichser*

Jia Li tauchte lautlos auf. »Warum machst du das Licht aus?«

»Hallo, Ma.« Guangyu schob das Notizbuch hinter ein Kissen.

»Und warum ruhst du mitten am Tag deine faulen Knochen aus?«

Jia Lis Verachtung war ihr an ihrer Mundhaltung abzulesen. Oft konnte sie Guangyu zutiefst verunsichern, indem sie nur eine Lippe verzog, und so pflegte Guangyu ihre kleinen rebellischen Akte – die Suppe versalzen oder den Reis nicht ganz gar kochen, Jia Lis Notizbücher wegräumen, abends die Stationen auf dem Radio verstellen – still und heimlich und hielt sich damit ganz gut schadlos an ihr.

Guangyu stand auf und knipste die Lampen wieder an.

»Du bist müde«, sagte Jia Li. »All diese Sorge. Schlecht für die Gesundheit. Nicht gut.«

Nebeneinander saßen sie auf der Couch. Manchmal wirkte Jia Li weicher, und Guangyu fragte sich, ob sie sich die unausgesprochene Kritik nur einbildete und ob sie doch noch zu einem ungezwungeneren Umgang finden könnten.

»Ich überlege, ob ich Jennifer wegschicken soll, bis die Schule anfängt.«

Jia Li stieß einen kehligen Laut aus, der sowohl Zustimmung als auch Ablehnung hätte bedeuten können.

»Was machen deine Füße?«, fragte Guangyu. Jia Li litt schwer unter Hühneraugen. Die Winter in Canberra hatten ihnen schwer zugesetzt.

»Schlimm.«

»Die Polizei war draußen«, sagte Guangyu. »In unserer Straße.«

Bevor sie heute Morgen zur Arbeit gefahren war, hatte Guangyu Herman wachgerüttelt, als sie Polizisten entdeckt hatte, die sich mit ihren unverkennbaren Mützen und blauen Hemden einen Weg durch die Hügel bahnten. Einige von ihnen hatten Spürhunde dabeigehabt. Jia Li war aufgetaucht wie immer, wenn die beiden zusammen waren. Guangyu hatte Herman und Jia Li erzählt, was sie in der Nacht gesehen hatte, da sie das Gefühl hatte, dass etwas nicht stimmte, obwohl sie nicht sagen konnte, was genau. Die beiden hatten sie ausdruckslos angestarrt, und keiner von ihnen hatte etwas beizutragen gehabt. Sie trug die Last immer noch allein.

»Sie haben gesagt, Antonio, der Junge von nebenan, wird vermisst und ist wahrscheinlich tot. Sie suchen nach seiner Leiche.«

»Wahrscheinlich tot«, wiederholte Jia Li, als wollte sie es auf eine Vokabelliste schreiben.

»Die Polizisten haben gesagt, sie wollen mit uns reden. Ich werde etwas für ihren Besuch backen.«

»Ja, sie waren schon da. Haben mir von dem Jungen erzählt. Sie sind heute Morgen gekommen, während du bei deinem Tierdoktor-Job warst.«

»Warum hast du das nicht gesagt? Wollen sie wiederkommen?«

»Nicht nötig.«

»Was haben sie gesagt? Was hast *du* gesagt? Hast du ihnen erzählt, was ich gesehen habe?«

»Ich habe vielen Dank gesagt, und nein danke, wir haben nichts zu sagen. Und habe sie weggeschickt.« Sie vollführte eine Handbewegung, als verscheuchte sie etwas.

»Aber ...«

»Sie nennen uns Chinesen!« Jia Li stand auf. »Dieser Mister Polizist hat gesagt *ihr Chinesen habt gute Manieren*. Mit den Manieren hat er recht, aber ich warte, bis sie uns jemanden schicken, der uns Hongkonger nennt und nicht Chinesen.« Sie verschränkte die Arme, um zum Ausdruck zu bringen, dass das ihr letztes Wort war. Jia Li ließ sich keine Gelegenheit entgehen, Guangyu daran zu erinnern, dass sie Außenseiterin und auf dem Festland geboren war, nicht in Hongkong. Um Guangyu ins Gedächtnis zu rufen, dass sie keine nützlichen Beziehungen in die Ehe eingebracht hatte. Dass sie eine verschwendete Chance war.

»Aber Ma ...«

»Und das sage ich jetzt *dir*: Diese Menschen sind nicht unsere Leute. Ihre Angelegenheiten sind nicht unsere. Das sind *schlechte* Angelegenheiten.« Sie zeigte beim Reden mit dem Finger auf sie, ganz ähnlich wie dieser abscheuliche Mann, Cecil. »Außerdem will ich wissen, was du uns zu Mittag kochst.«

Letzte Nacht war Guangyu in aller Frühe draußen gewesen – diese Zeit, die zu spät ist, um als Nacht bezeichnet zu werden, aber zu früh, um den Tag zu beginnen. Gegen vier Uhr. Nächtliche Schweißausbrüche hatten sie mehrmals aufstehen lassen, um sich etwas zu trinken zu holen, draußen frische Luft zu schnappen und Freiraum von Herman zu haben, der wie ein Klotz im Bett schlief.

Die Luft war still und zum Schneiden dick. Sollte sie versuchen weiterzuschlafen oder den Versuch aufgeben? Aus keinem ihr ersichtlichen Grund überfiel Guangyu ein Gefühl von Gereiztheit, gefolgt von einer Hitzewelle. Sie kroch ihr den Nacken hoch, während ihr Herz raste. Sie kochte innerlich. Sie war erst achtundvierzig Jahre alt, die Wechseljahre waren früher als erwartet gekommen. Mit den Hitzewallungen konnte sie momentan leben; es war ohnehin so heiß. Der Zorn – und wie er sie in böse Gedanken verwickelte – war das Schwierigste. Sich immer zu fragen, ob er berechtigt war oder ob ihr verräterischer Körper ihr Streiche spielte. Sie wurde verrückt dabei. War es möglich, dass auf der ganzen Welt Frauen herumliefen und so taten, als stünden sie nicht Sekunden davor, umzukippen oder an die Decke zu gehen, und vorgaben, nichts hätte sich verändert? Häufte jede Frau im Lauf der Jahre Zorn an wie Zins und Zinseszins? Sie hatte niemanden, den sie fragen konnte.

Diese Woche hatte Guangyu ein erstes graues Haar gefunden, das sich an ihrer Schläfe eingenistet hatte. Ein Initiationsritus, ein neues Kapitel. Sie war dankbar für dieses graue Haar, eine körperliche Manifestation ihres verborgenen Schmerzes. Sie hoffte, es würde ihr mehr Respekt einbringen, obwohl noch so viel graue Haare ihre Beziehung zu Jia Li nicht umkehren könnten.

Unter den Oleanderbüschen kam die Nachbarskatze hervor und hielt schnurgerade auf Guangyu zu. Sanft stieß sie ihr Bein mit dem Kopf an. Guangyu lächelte. Tiere waren die beste Aufmunterung. Sie kraulte die Katze hinter den Ohren und tastete nach dem harten Klumpen aus Narbengewebe auf einem davon. Sie fuhr mit dem Finger an den Rippen der Katze entlang und an ihren Vorderbeinen hinunter und entdeckte die beiden Knochen, die gebrochen und schief zusammengewachsen waren. Sie strich unter dem Hals der Katze entlang, um die Schilddrüse abzutasten.

»Alles gut«, sagte sie. Diese Katze war eine Überlebenskünstlerin. »Kluge Katze.«

Guangyu sah in die Ferne; in dem farblosen Licht hoben sich die Silhouetten einsamer Bäume und Gruppen von Büschen ab. Eine rennende Gestalt schob sich in ihr Blickfeld. Richard. Er war leicht zu erkennen – extrem gute Haltung, groß. Er ging oft in den Hügeln laufen, daran war nichts Ungewöhnliches. Aber so früh? Die Sonne war noch nicht aufgegangen. Möglich, dass er der morgendlichen Hitze zuvorkommen wollte, also vielleicht doch nicht seltsam. Doch dann sah Guangyu, dass er einen ungewöhnlichen Umriss aufwies. Er hatte eine Art Tasche auf den Rücken geschnallt. Sie behinderte ihn beim Laufen und ließ ihn ungelenk wirken, obwohl er sich schnell bewegte. Merkwürdig, nicht wahr – in unmittelbarer Nähe seines Zuhauses mit einer Tasche zu joggen? Diese Menschen kamen Guangyu auf so vielerlei Weise eigenartig vor. Woher sollte sie wissen, wie sie das einordnen sollte?

Dann blieb Richard stehen und sah sich verstohlen in alle Richtungen um. Guangyu war froh, dass sie kein Licht gemacht hatte. Ihr Instinkt gebot ihr, still zu stehen und den Blick niederzuschlagen. Über Tag hatte sie kein Problem damit, Richard zu begegnen, und tauschte gern ein freundliches Wort mit ihm aus, aber bei Nacht mochte sie sich nicht sehen lassen.

Und was war mit jener Nacht vor vielen Monaten, als die Luft kalt statt drückend gewesen war und sie Richard und Helen bei einem – wie sollte man das sonst nennen? – Rendezvous gesehen hatte? Es war im Garten der Lanahans gewesen, und Guangyu, die sich wieder einmal vor ihrem Nachtschweiß in den Garten geflüchtet hatte, war in ihren Gedanken von Stimmen unterbrochen worden, die über den Zaun drangen, aus nur wenigen Metern Entfernung. Guangyu erinnerte sich noch lebhaft, so schockiert war sie darüber gewesen. Die beiden hatten einander berührt und in eindringlichem Ton miteinander geflüstert; Helen verstört und Richard nachdrücklich. Dann waren sie ruckartig auseinandergewichen.

Und dann. All die Nächte voller Geräusche aus dem italienischen Haus auf der anderen Seite, die aus einem offenen Fenster durch stille Nächte, windige Nächte, kühle und heiße, regnerische, mondbeschienene und pechschwarze Nächte herangetragen wurden. Stöhnen, Keuchen, Wimmern und Schreien. Nur wenn Antonio allein zu Hause war und seine Eltern und Schwester nicht.

Sollte Guangyu der Polizei das alles erzählen? Einen Teil davon? Woher sollte sie wissen, was wichtig war? Und wie in aller Welt sollte Guangyu überhaupt darüber reden, ohne Schande über sich zu bringen?

Die Leute sollten vorsichtiger mit ihren Geheimnissen umgehen, so wie Guangyu selbst. Ja, Jia Li hatte recht. Nicht nötig, der Polizei irgendetwas davon zu erzählen. Außerdem, wenn man einmal zu reden anfing, wo sollte man aufhören? Richard war zwar derjenige, den Guangyu in den Hügeln gesehen hatte, doch es war seine Frau, die ihr ein unangenehmes Gefühl vermittelte. Jedes Mal, wenn Guangyu Naomi sah, konnte sie das Gefühl nicht abschütteln, dass alles an ihr nur gespielt war. Aber was sollte die Polizei damit anfangen? Es würde nichts Gutes dabei herauskommen, wenn sie sich einmischte.

# 7

Zwölf Jahre vor dem Mord
*1967*

Naomi lebte in einem großen Haus in einer kleinen Stadt. Nur sie und ihre Mom; ein Dad war nicht in Sicht, keine Geschwister. Das Haus war ein Erbe verstorbener Großeltern, und es war verfallen, obwohl reichlich Geld für seinen Unterhalt vorhanden war. Sie gewöhnten sich an, die schlimmsten Zimmer zu meiden, und hatten keinerlei Besucher, um die sie sich Gedanken machen mussten, oder Spielkameraden, die nach der Schule oder zu Pyjamapartys vorbeigekommen wären. Das Haus lag gegenüber dem Kriegerdenkmal der Stadt und neben dem öffentlichen Schwimmbad. Das Hintergrundgeräusch während Naomis früher Jahre war das von anderen Kindern, die Spaß hatten. Zu den Gründen, aus denen Naomi nicht ins Schwimmbad durfte, gehörte: Es war zu früh nach dem Mittagessen; es war zu kurz vor dem Abendessen; es war zu heiß, und sie würde sich die Haut verbrennen; es war zu kalt, und sie würde sich den Tod holen; das Chlor würde ihre Haare strohig machen; unheimliche Männer lauerten in Schwimmbädern; wir wollen doch nicht zur Schau stellen, was wir haben, indem wir in Badeanzügen herumstolzieren wie brünstige, schlampige Luder.

Einer der oft wiederholten Lieblingssprüche von Naomis Mutter lautete: *Niemand kann Jammerlappen leiden.* Sie sagte das so häufig, dass Naomi es aufgab, Widerspruch gegen irgendwelche Einschränkungen zum Ausdruck zu bringen oder sich etwas anderes zu erhoffen.

Es war ein sehr eingeschränktes Leben.

1967 wurde Naomi achtzehn. Sie ging in die letzte Klasse der

Highschool. Größtenteils glaubte sie, zufrieden damit zu sein, innerhalb der engen Grenzen der Fantasie und des Willens ihrer Mum zu leben. Doch dann schlug ein Lehrer einen Klassenausflug in die Stadt vor. Sydney! Die große Stadt! Da begann es: das wachsende Gefühl, am Rande eines Abgrunds zu leben. Das Gefühl von Sehnsüchten, die sich gegen ihre Ketten stemmten; von Worten, die noch keine Gestalt angenommen hatten und ihr im Hals steckenblieben. Zusammen mit dieser Empfindung kam ein Echo, ein Gefühl von etwas Vergessenem, das weggeschoben und übertapeziert worden war. Naomi spürte plötzlich das Bedürfnis, ihre Sinne beieinander zu haben. Sie war bereit und gleichzeitig vollkommen ahnungslos.

An einem schwülen Abend drei Wochen später betrat Naomi eine Bar in der George Street in Sydney, nicht weit vom Circular Quay. Sie hatte sich das Gesicht gewaschen und trug ein vorteilhaftes Kleid, das sie sich von einem der anderen Mädchen geliehen hatte. Das Haar hatte sie sich hinter die Ohren zurückgestrichen. Sie war wie geblendet von dem Glanz. Ihr Blick huschte überall umher und wusste nicht, wo er anhalten sollte. Und dann sah sie einem Mann in die Augen. Er lächelte, und sein Lächeln hielt sie fest.

Es hätte ebenso gut niemals passieren können. Wie groß war die Wahrscheinlichkeit, dass sie überhaupt nach Sydney gekommen war, oder dass ihre Gruppe einen Spaziergang durch die Gärten und zur Baustelle des neuen Opernhauses unternahm, oder dass die Marble Bar in der Nähe lag und gerade erst begonnen hatte, für zwei Stunden am Abend auch Frauen einzulassen?

Richard lud sie auf einen Drink ein, der süß schmeckte und stark war.

»Ich will alles über dich wissen«, erklärte er und nippte an seinem Bier.

Naomi war verlegen. »Ich hatte noch nie viel von mir selbst zu erzählen.«

»Vielleicht hattest du ja noch niemanden, der dir zuhört.«

Nachdem Naomi in dem Kleid nach Taschen gesucht hatte, die es nicht hatte, legte sie die Hände in den Schoß.

»Was ist deine Lieblingsfarbe?«, fragte er.

»Kommt darauf an. Ändert sich ständig.«

»Worauf kommt es an?«

»Das ändert sich auch.«

Sie kicherte, und Richards Lächeln wurde breiter. Naomi gefiel die Form seiner Hand, wenn er sein Bierglas hielt.

»Was sind deine Hobbys?«

Naomi runzelte die Stirn und dachte darüber nach. »Ich glaube, ich hab keine.«

»Also, was fängst du denn gern mit deiner Zeit an?«

»Was für Zeit?«

»Aha. Sehr witzig«, meinte Richard. »Kluges Mädchen.«

War sie das? Was wollte er damit sagen? Naomi hatte gemeint, dass sie nie das Gefühl hatte, Zeit zu haben, die ihr gehörte. Es war ihre Mum, die über die Zeit der Familie bestimmte.

»Ich zähle Atemzüge«, erklärte sie. »Das mache ich.«

Richard sah sie eindringlich an. Er streckte eins seiner langen Beine von dem Stuhl, auf dem er saß, in ihre Richtung aus. Naomi schaute sich in der Bar um und prägte sich Bilder ein, über die sie später nachdenken könnte. Die Bar war schick und edel, ganz mit Marmor, Gold, Schnitzereien, Ölgemälden, Buntglas, Säulen und Bögen ausgestattet. Sogar die Decke war mit komplizierten Mustern ausgeschmückt. Diese ganze Pracht war zu viel, um sie aufzunehmen, daher konzentrierte sich Naomi auf Gesichter und ihren Ausdruck, Körperhaltungen, Bewegungen und wie sich dadurch die Räume zwischen Menschen veränderten. Sie war sich bewusst, dass Richard sie immer noch ansah.

»Wenn du willst, lade ich dich zu einem weiteren Drink ein, aber wenn du nicht daran gewöhnt bist, solltest du vielleicht besser nichts mehr trinken«, erklärte er.

Naomi zuckte die Achseln. »Deine Entscheidung.«

Er bestellte ihr eine Limonade und hatte schon seine nächste Frage parat.

»Was ist dein Lieblingsessen?«

»Oh, das ist einfach«, gab sie sofort zurück. »Mettwurst, und Käse und Marmelade auf Toast. Aber der Toast muss kalt werden, bevor man etwas darauf tut, damit er nicht labbrig wird; er sollte knusprig wie ein Cracker sein. Und der Käse muss von Kraft sein – du weißt schon, der in dem Silberpapier. Und die beste Marmelade ist Aprikose.«

»Und wie oft isst du diese Kombination?«

»Jeden Tag.«

Richard sah sie an wie seinen Lieblingsnachtisch. Naomi war sich ziemlich sicher, dass sie richtig verstand, was er als Nächstes sagte, doch sie wollte absolute Gewissheit, und außerdem wollte sie es noch einmal hören.

»Was?«, fragte sie und legte eine Hand um ihr Ohr.

Richard beugte sich auf sie zu.

»Du bist exquisit«, sagte er.

Am nächsten Tag fuhr Naomi zurück in ihre Heimatstadt, zurück in die Schule, zurück zu ihrer Mum. Es war eine überstürzte Romanze, heimlich über Briefe geführt. Die Postbotin war eingeweiht, denn sie hatte Mitleid mit Naomi, nachdem deren Mum sie einmal furchtbar runtergemacht hatte, weil nach einem Regenschauer die Post feucht gewesen war. Sie hielt Richards Briefe an Naomi im Postamt fest, damit sie sie nach der Schule abholen konnte, und begrüßte sie an den Tagen, an denen sie einen hatte, übertrieben grinsend und mit zwei gereckten Daumen.

Diese Briefe übten eine außerordentliche Wirkung auf Naomi aus. Sie hielten sie fester zusammen und gaben ihr Definition. Sie hatte immer das Gefühl gehabt, zu lose und aus fadenscheinigem Stoff zusammengenäht zu sein und beim leisesten Anlass – mit einem Schnitt, dem Herausziehen einer Stecknadel oder dem kräftigen Zug an einem Faden – auseinanderfallen zu können. Aber jetzt – *endlich* – hatte sie feste Gestalt, das Gefühl für eine Zukunft und ein Territorium, das sie betreten könnte. Es gab einen Mann – einen attraktiven Mann –, der sie begehrte.

Sie verlobten sich bei einem Anruf, den Naomi an ihrem letzten Schultag von der Telefonzelle vor dem Schwimmbad aus machte.

»Ich weiß, was ich will«, erklärte Richard.

Nicht nötig, Naomi zu fragen, was sie wollte. Das war sonnenklar.

Der Hochzeitsempfang fand im Rathaus statt. Sie hätten sich eine Feier im Club in der Stadt leisten können, der eine halbe Stunde weiter an der Straße lag, doch Naomis Mum meinte, das sei sinnlos, denn die Ehe werde ohnehin nicht halten. Richard war charmant gewesen. Er hatte sie von der ersten Begegnung an *Mum* genannt und sie zum Lachen gebracht – eine fast unmögliche Meisterleistung. Er wurde spielend mit allem fertig. Nichts brachte ihn aus der Ruhe. Er hatte die kultivierte Ausstrahlung eines Städters, war aber trotzdem entgegenkommend, sympathisch und interessierte sich für andere Menschen.

»Sobald er seinen Spaß hatte, wird er deiner überdrüssig werden«, erklärte Naomis Mum ihr. »Was nicht seine Schuld ist. So würde es jedem Mann gehen. Du wirst eher früher als später dein jugendliches Aussehen verlieren, hör auf meine Worte. Richard ist ein Mann, der mehr von einer Frau braucht, als du ihm geben kannst. Das kannst du mir ebenfalls glauben.«

Aber Naomi gehörte jetzt Richard. Sie brauchte sich von ihrer Mum nichts mehr gefallen zu lassen.

### (Ameisen)

*Ameisen leben in Rissen und Spalten, in Wänden und in Dächern. Das ist sehr klug, denn das heißt, dass sie in der Nähe von Plätzen sein können, wo Menschen zuckerhaltige Nahrungsmittel aufbewahren, und trotzdem schwer zu finden sind. Wenn Ameisen sterben, bleibt ihr Gehäuse zurück, was die ganze Kolonie verraten könnte. Aber größtenteils fegen die Leute sie auf wie Staubkörnchen oder Müll, ohne zu bemerken, dass es tote Körperteile sind.*

# 8

Am Tag nach dem Mord
*Sonntag, 7. Januar 1979*

Sie hatten ihr Sonntagsessen verzehrt: Lammbraten – »zu heiß für Soße«, hatte Tammys Mum gemeint, »wir kommen ohne aus« –, zubereitet in dem neumodischen, in die Wand eingelassenen Backofen, der eine Zeitschaltuhr hatte und sich selbst einschalten konnte, während sie in der Kirche waren.

»Bist du dir sicher, dass er nicht das Haus abbrennt, während wir unterwegs sind?«, hatte Tammys Mum beim ersten Mal gefragt.

»Besser, wenn wir draußen sind als drinnen«, räumte Tammys Dad ein. »Ja, ich bin mir sicher«, setzte er dann hinzu.

Tammys Mum putzte diesen Ofen öfter als alles andere. Ständig griff sie nach dem Lappen, strich lange und zärtlich über den Ofen, wandte sich ab und kam dann wieder, um ihn noch ein paarmal abzutupfen. Tammy hätte sich am liebsten über sie lustig gemacht und sich wie immer mit ihrem Dad verbündet, aber es war sinnlos; er war genauso glücklich über den Ofen, weil er sich endlich leisten konnte, ihr etwas Nettes zu schenken. Ein Farbfernseher wäre schöner gewesen, aber niemand hatte Tammy nach ihrer Meinung gefragt.

Sie aßen schnell, denn sie rechneten halb damit, dass die Polizei im Zuge der Ermittlungen an ihre Tür klopfen würde, und wollten vorbereitet sein und nicht mit vollem Mund dasitzen, wenn es soweit war.

»Zieh dir die Schuhe an, Tammy«, sagte ihre Mum, sobald sie fertig waren. »Wir gehen über die Straße, um nach Naomi zu sehen, weil sie wieder nicht in der Kirche war. Wenn es sein muss, können wir von dort aus Ausschau nach der Polizei halten.«

Tammy hielt das für einen guten Plan. Seit die Neuigkeit sich in Warrah Place verbreitet hatte, war Naomi nicht mehr gesehen worden. Vielleicht hatte sie etwas Nützliches zu sagen.

Vor dem italienischen Haus standen zwei Polizeiautos, aber Beamte waren keine zu sehen. Inzwischen war blauweißes Band vor dem Grundstück aufgespannt und erfüllte die ganze Straße mit einem Gefühl drohender Gefahr.

»Heißt das, dass sie im Haus etwas gefunden haben, Mum?«, fragte Tammy.

Ihre Mum reckte die Nase in Richtung Haus wie ein Frettchen, so als könnte sie eventuelle Neuigkeiten erschnüffeln. Sie gab Tammy keine Antwort.

Sonnenschein glitzerte auf den Fensterscheiben. Keine Chance, nach drinnen zu sehen. Keine Aussicht, festzustellen, ob jemand herausschaute. Antonio wurde vermisst, und der Rest der Familie war fort, daher dürfte eigentlich niemand dort sein. Erschauernd wandte Tammy dem Haus den Rücken zu.

Ein Stück vertrockneter, rissiger Rasen erstreckte sich zwischen der Straße und der Haustür von Nummer drei. Ein paar Bäume standen über die Fläche verstreut wie ein erstarrtes Spiel von »Mutter, Mutter, wie weit darf ich reisen?«, wobei die Haustür die Mutter darstellte. Zwei junge Eukalyptusbäume standen weiter im Hintergrund und gingen auf Nummer sicher. Vom Spielfeldrand aus schaute eine Reihe Lilly-Pilly-Pflanzen zu.

Tammys Mum klopfte an die Tür. »Ju...huu, Naomi?«
Keine Antwort.

»Naomi?«, rief sie noch einmal, leiser dieses Mal, obwohl sie eigentlich hätte lauter werden sollen.

Immer noch nichts. Sie öffnete die Tür und steckte den Kopf hindurch.

»Naomi? Ich bin's bloß, Helen.«

Es fühlte sich verkehrt an, einfach hineinzugehen, aber was hätte Tammy sonst machen sollen, da ihre eigene Mutter voranging? Früher einmal waren Tammys Mum und Maureen beieinander ein- und ausgegangen – damals, bevor Tammys Mum angefangen hatte, im selben Ton wie eine Verkäuferin mit Maureen zu reden. Das Zurückprallen der Fliegengitter-Tür und ein langes, fröhliches *Halloooo* waren genug gewesen. Doch das hier fühlte sich nicht so an.

Drinnen roch es wie in einem Wohnwagen, den man abgeschlossen und in der Sonne geparkt hat. Tammy blinzelte die Nachwirkungen des Tageslichts aus ihren Augen. Die Vorhänge und Jalousien waren zugezogen, und Licht fiel durch die Schiebetür ein, die vom Essbereich in den Garten führte, und durch die Spalten an den Rändern der Fenster drang Helligkeit ein.

Tammys Mum plauderte munter weiter, eine Litanei, die nur zum Ausdruck brachte, dass sie nicht viel zu sagen hatte. *Wollte nur kurz vorbeischauen ... immer noch schrecklich heiß ... hast du gehört ...?*

Sie blieb stehen, als sie auf Colin stieß, der zusammengekauert auf dem Boden vor der Schlafzimmertür seiner Eltern saß. Er sagte nichts, sondern spähte sie nur über seine Knie hinweg an. Tammys Mum trat mit ausgestreckten Armen näher heran, als ginge sie auf ein verletztes Tier zu, das beißen könnte. Sie legte die Hand auf seinen Kopf, eine Berührung, die irgendwo zwischen einem Segen und einem Klaps lag.

»Jetzt ist ja alles gut.« Sie klopfte an die Schlafzimmertür, stieß sie auf und ging hinein. »Oh, du mein lieber Gott im Himmel.«

Tammy stellte sich auf die Zehenspitzen und versuchte, an der Schulter ihrer Mutter vorbeizuspähen. Vor noch nicht allzu langer Zeit war ihre Mutter jemand gewesen, der *Oh Gott* gesagt hatte, bis sie beschlossen hatte, dass es durch das Hinzusetzen von *du mein lieber* und *im Himmel* von einer Lästerung zu einem Gebet wurde. Sie hatte eine Begabung dafür, die Bedeutung von Dingen zu ändern, wenn sie wollte. Tammy wünschte, sie könnte diesen Dreh auch herausbekommen.

Tammy war noch nie in dem großen Schlafzimmer gewesen. Die Tür war immer geschlossen gewesen, und jetzt sah sie auch, warum: Man kam wie in eine andere Welt.

Alle Möbel waren weiß. Hochglanz-weiß. Eine nierenförmige Frisierkommode mit drei ausgeklappten Spiegeln darauf. Glamour in Dreifachausfertigung. Einige der Schubladen standen offen, und ihr Inhalt quoll heraus. Auf der Platte befanden sich Flaschen und Tiegel mit und ohne Deckel, Bürsten, Puderquasten. Das Ganze wirkte verlockend wie ein Zauberkasten.

An der Wand hing ein Gemälde mit einem verschnörkelten Goldrahmen. Darauf waren drei Mädchen am Strand zu sehen, älter als Tammy, aber nicht viel. Sie wateten nackt im seichten Wasser, und Schaum und Gischt sammelten sich um ihre Knöchel. Eine von ihnen hatte sich zu den anderen umgedreht und winkte sie mit verstohlenem, listigen Lächeln zu sich, als führten sie alle etwas im Schilde, das Tammy nicht verstehen würde. Unter dem Bild befand sich das riesige, mit weißem Samt bezogene Kopfteil des Betts. Im ganzen Zimmer lagen Teppiche, die wie Wolken aussahen.

Tammys Mum schob sich näher an das Bett heran, und jetzt entdeckte Tammy auch endlich Naomi. Sie lag in sich gekrümmt da, wie zusammengeklappt oder als fehlte ihr der Mittelteil. Sie hob den Kopf. Ihre Augen blickten wild, ihre Haut wirkte käsig. Auf einer Seite klebte ihr das Haar am Kopf. Ein Speichelrinnsal lief ihr aus dem Mund, und sie wischte es mit dem Handballen weg.

»Antonio«, stöhnte sie.

»Dann hast du es auch gehört«, sagte Tammys Mum. »Ja, natürlich. Richard wusste Bescheid. Ihr habt sicher darüber gesprochen. Furchtbar, nicht wahr?«

»Oh Gott, Richard!«

»Mach dir keine Sorgen, weil Richard fort ist. Er hat mich schon um Hilfe gebeten. Alles ist besprochen. Ich bin hier, falls du irgendetwas brauchst.« Während sie sprach, strich sie die Bettdecken glatt. »Komm, wir setzen dich auf. Wir wissen nicht, ob die Polizei die Leiche schon gefunden hat.« Ihre Stimme klang wie ein Schlaflied, weich und begütigend. »Antonio, meine ich. Es klingt so unpersönlich, ihn ›die Leiche‹ zu nennen, findest du nicht auch? Jedenfalls wissen wir noch nichts Genaues. Sobald ich es herausfinde, gebe ich dir Bescheid. Ich komme gar nicht über den abgehackten Fuß hinweg. Ich meine, was für ein Verrückter macht so was? Es ist so bizarr.«

»Hör auf«, sagte Naomi. »Ich ertrage das nicht.«

»Ich auch nicht. Man darf gar nicht daran denken. Kannst du dir vorstellen, wie verkommen man sein muss, um so etwas zu tun?«

»Ich glaube, mir wird schlecht.«

Tammys Mum schob Tammy wieder aus dem Zimmer und machte die Tür hinter ihr zu.

Colin benahm sich immer noch komisch, umschlang seine Knie und starrte auf den Boden. *Jämmerlich*, dachte Tammy. Beide, Naomi und er. Die Sache mit Antonio hatte alle mitgenommen, Tammy noch mehr als alle anderen. Warum mussten Colin und Naomi sich interessant machen, indem sie sich so anstellten? Tammy beschloss, Colin in Ruhe zu lassen und sich umzuschauen, solange niemand sie aufhalten konnte.

In der Küche war nicht viel zu sehen. Die Arbeitsplatten waren sauber gewischt. Über dem Wasserhahn hing ein zusammengefalteter Spüllappen. Nicht einmal ein Toaster oder ein Wasserkocher standen draußen. Nichts. Wer lebte denn so? Auf der Frühstückstheke stand eine hölzerne Schüssel mit überreifen Aprikosen. Sie hatten etwas Widerwärtiges, sogar Anstößiges an sich; diesen Geruch kurz vor dem Verfaulen und die achtlose Art, sie zu vergessen. Ein säuberlicher Ameisenpfad verlief von der Fußleiste aus an der

Frühstückstheke hinauf und in die Schüssel. Kluge Tierchen. Eine Ameise zog Tammys Blick auf sich. Sie bewegte sich in die entgegengesetzte Richtung, gegen den Strom. Sie krabbelte nicht mit den anderen in Reih und Glied auf die Aprikosen zu, sondern bewegte sich stolpernd über die anderen hinweg und lief trotzdem weiter. Debbie. Diese Ameise war Debbie, die ihren eigenen Weg wählte und niemandem erlaubte, ihn ihr zu versperren. Tammy sah zu, bis die Ameise durch einen Spalt in der Fußleiste verschwand.

Sie ging weiter und blieb an der Schwelle zum Wohnzimmer stehen. Von den wenigen Gelegenheiten, bei denen man sie zum Spielen mit Colin hergeschickt hatte – völlig ungeachtet des Altersunterschieds oder des Umstands, dass Mädchen sich schneller als Jungs entwickelten –, wusste sie, dass Kinder dort nicht hineindurften. Der Eingang lag offen da; ein breiter Bogen ohne Tür, durch nichts anderes als eine Hausregel abgetrennt.

Tammy streifte ihre Sandalen ab und stellte sie ordentlich nebeneinander auf die Fliesen. Sie hob die Füße, einen nach dem anderen, um sie zu inspizieren. Schmutzig. Sie überlegte, die Sandalen wieder anzuziehen, doch die Fliesen kühlten ihre erhitzten Füße, und sie wollte den weichen blauen Teppich unter ihren nackten Zehen spüren. Sie ging hinein.

Drinnen war es dunkler, und wieder musste Tammy warten, bis ihre Augen sich darauf eingestellt hatten. Dabei wurde sie sich des Tickens einer Kaminuhr bewusst, das lauter und durchdringender zu werden schien; ein Klang, der einzig zu diesem Raum gehörte. Die Uhr stand in der Mitte des Kaminsimses und wurde von zwei riesigen, mit Pfauenfedern gefüllten, Vasen flankiert. Schwere Vorhänge, viel größer als die Fenster selbst, hingen bis auf den Boden, wo sie sich stauchten. Sie passten zu den Sofas; alle waren mit dem gleichen blauen Stoff bezogen. Ein Kronleuchter hing so tief herunter, dass Tammy Angst hatte, sich direkt unter ihn zu stellen.

Tammy drehte sich um und ging zurück, als sie in der Nähe des Eingangs ein riesiges Bild an der Wand hängen sah. Ihr Inneres machte einen Satz, sodass sie fast hinfiel. Drei Augenpaare sahen sie eindringlich an. Sie krallte die Zehen in den Teppich, während sie schwankte, tief durchatmete und sich dann aufrichtete.

Es war ein beinahe lebensgroßes, gerahmtes Familienporträt; ein richtiges aus einem Fotostudio mit einem gefleckten Hintergrund (blau natürlich), kein einfacher Schnappschuss, wie ihn ein Verwandter gemacht hätte. Tammy starrte die Menschen auf dem Bild so neugierig an, wie man das im echten Leben nicht durfte.

Auf dem Foto lächelte Richard strahlend und hieß einen willkommen. Tammy konnte erkennen, dass Naomi ganz kurz vor dem Klicken den Blick von Richard gelöst und auf die Kamera gerichtet hatte. Sie lächelte mit offenem Mund und konnte ihre Heiterkeit über die lustige Bemerkung, die Richard wahrscheinlich gerade gemacht hatte, nicht verbergen. Colin, auf diesem Bild ein Kleinkind, war auf dem Arm seines Vaters. Die Hand seiner Mutter lag auf einem seiner molligen Schenkel. Im Gegensatz zu den Mienen seiner Eltern starrte Colin ausdruckslos in die Kamera und war sich anscheinend nicht bewusst, dass er den beiden genug war, dass sie einander genug waren und wie außerordentlich das war.

Tammy beschloss abrupt, dass sie nicht mehr im Wohnzimmer sein wollte. All dieses Blau wurde ihr zu viel. Bevor sie ging, kniete sie am Bein eines Couchtisches nieder, fuhr mit dem Daumennagel daran entlang und kratzte, bis sich ein winziger Splitter löste, dann ein größeres Stück und dann noch ein dickeres. So. Sie hatte ihre Spur hinterlassen.

Sie barg die Holzsplitter in ihrer Handfläche. Viel war das nicht. Die Pfauenfedern auf dem Kaminsims schienen ihr zuzunicken und sie herauszufordern. Sie suchte sich eine von den hinteren aus, bog und drehte sie, zerrte daran, während das Ticken der Uhr zu einem missbilligenden Schnalzen wurde – *tss, tss, tss* –, bis sie ein Auge herausgelöst hatte. Viel besser. Sie steckte es zusammen mit den Splittern in die Tasche und freute sich über ihren Erfolg und darüber, jetzt so schnell wie möglich von dort zu verschwinden.

Als sie durch den Essbereich ging, fühlte sie sich leichter, obwohl die Luft stickig und feucht war und der eklig-süße Geruch der Aprikosen in der Luft lag. Aus dem Schlafzimmer hörte sie gedämpft die Stimme ihrer Mum.

Mitten auf dem Tisch stand, von Platzsets umgeben, ein Wäschekorb wie ein Topf mit Essen, das darauf wartet, ausgeteilt zu werden. Tammy zog ihn auf sich zu. Die Kleidungsstücke darin waren klamm. Nach ihrem Geruch zu urteilen, waren sie gewaschen worden, allerdings stieg von ihnen auch definitiv etwas Muffiges auf. Wie lange sie wohl schon dort standen und darauf warteten, aufgehängt zu werden? Offenbar eine ganze Weile; teilweise waren sie schon trocken und die Knitter festgebacken. Tammy durchwühlte sie. Handtücher. Colins Pyjamas und schäbige Unterwäsche. Etwas Seidenweiches, Glattes, Geblümtes – exotisch. Richards Sachen: Shorts, Socken, Hosen, ein Surfer-T-Shirt mit tosenden Wellen und Flecken auf der Vorderseite. Wahrscheinlich benutzte er es zum Anstreichen.

Am Boden des Korbs schlossen sich Tammys Finger um etwas Hartes. Sie zog ein kleines Büchlein mit grünem Einband hervor. REPUBBLICA ITALIANA. PASSAPORTO, las Tammy und formte die Silben angestrengt mit den Lippen. Es klappte auf einer Seite mit einem kleinen, körnigen Foto von Antonio auf. Er war sofort erkennbar und sah doch enttäuschenderweise dem Antonio, den sie kannte, überhaupt nicht ähnlich. »Was kann ich tun, um dir zu helfen?«, flüsterte sie ihm zu. Tammy starrte immer noch das Foto an und versuchte, Antonio darauf zu finden, als ein schabendes Geräusch sie aufschreckte. Sie ließ den Pass in den Wäschekorb fallen und stieß einen leisen Schrei aus.

Ein Augenpaar richtete sich auf sie. Scheinbar körperlos spähte es durch die Schiebetür und blickte sie unverwandt an. Die Augen blinzelten. Das war kein Bild an einer Wand.

Tammys erster Gedanke war, dass ihr Antonios Gespenst erschien; ihr nächster, dass der Heilige Geist gekommen war, um sie für das, was sie im Wohnzimmer getan hatte, zu strafen. Dann sah sie, dass es nur Sheree war, die die hohlen Hände ums Gesicht gelegt hatte und die Nase an das Fliegengitter drückte. Das Geräusch, das sie gehört hatte, kam von einem von Sherees Kindern, das versucht hatte, die Fliegengittertür aufzureißen.

Sheree winkte Tammy zu. »Mach mal die Tür auf, ja, braves Mädchen.«

Tammy schob den Wäschekorb unter den Tisch und öffnete die Tür. Sie kamen herein, die Entenmama und hinter ihr ihre drei Küken mit den schmierigen Gesichtern. Zuerst die fünfjährige Samantha in einem Frottee-Strampler, der ihr zu klein war. Sie warf Tammy einen verächtlichen Blick zu, als sie an ihr vorbeistolzierte. Die Nächste war das Baby, Jacinta, die schmierigste von allen, die nur eine tief hängende Windel trug und den halben Dreck von draußen hereinschleppte, größtenteils in ihren Haaren. Und dann Monique, die drei war und mit einem Dreirad mit rostiger Lenkstange und einer ausgeblichenen roten Plastikablage über den Rand des Türrahmens und ins Haus strampelte.

»Danke, Kiddo«, sagte Sheree und tätschelte Tammy am Kinn.

Sheree hielt geradewegs auf Naomis Schlafzimmer zu und ging hinein, ohne anzuklopfen. Samantha ging direkt zu einem Küchenschrank und öffnete ihn, ohne zu fragen. Sie nahm ein Paket Kekse heraus, steckte einen in den Mund und gab dann ihren Schwestern je einen. Erstaunlicherweise bot sie auch Tammy einen an, aber sie hielt ihn in den Fingern, statt ihr das Päckchen entgegenzustrecken. Tammy schüttelte den Kopf, obwohl es welche mit Schokoladenchips waren. Sie bereute es sofort, doch es war zu spät, um zurückzurudern.

Unterdessen lieferten sich in Naomis Schlafzimmer Tammys Mum und Sheree einen verbalen Schlagabtausch, und zwar so laut, dass jeder ihre Stimmen hören konnte, die klangen, als stemmten sie beide die Hände in die Hüften. Tammy ging zurück zu Colin, der immer noch so reglos an seinem Platz saß, dass ihm inzwischen der Hintern eingeschlafen sein musste. Dann kam ihre Mum heraus, kniete sich neben Colin und fragte ihn, was er tun wolle.

»Mittagessen«, sagte er. »Ich will etwas essen. Bitte.«

»Dann ist das abgemacht«, sagte Tammys Mum und warf Sheree über die Schulter einen triumphierenden Blick zu. »Komm mit mir, Kleiner. Deine Mum fühlt sich ein wenig krank und muss sich etwas hinlegen. Ich mache dir etwas zu essen zurecht, du armes Ding.«

Tammy ging ihre Sandalen holen und stieß sich unterwegs den Zeh an dem Dreirad an. In dem Korb lag eine Schlumpfine-Figur. Sie passte perfekt in Tammys Handfläche und war nicht mehr zu sehen, als sie die Faust darum schloss, also nahm sie sie als Rache für ihren Zeh mit.

Draußen waren die Polizeiautos vor dem italienischen Haus verschwunden. Stattdessen stand da ein Transporter von einer Nachrichtenagentur. Ein Reporter mit einem Mikrofon und ein Mann mit einer Kamera winkten Tammys Mum zu.

»Nicht jetzt«, rief sie und schirmte ihr Gesicht gegen die Kamera ab. »Sehen Sie nicht, dass ich *Kinder* dabeihabe?«

Colin hielt sich dicht bei Helen, versteckte sich hinter ihr und versuchte, auf seinen kurzen Beinchen mit ihr mitzuhalten.

Tammy schenkte den Nachrichtenleuten nicht so viel Beachtung, wie sie es sonst vielleicht getan hätte. Sie war mit Kopfrechnen beschäftigt. Sie hätte sich treten können, weil sie den Pass nicht mitgenommen hatte, aber sie brauchte ihn nicht, um sich daran zu erinnern, was sie gesehen hatte. Unter Antonios Foto hatte ein Datum gestanden: 25. Mai 1959. Das hieß, Antonio war neunzehn, nicht vierundzwanzig. Sie rechnete noch einmal nach und kam zum selben Ergebnis. Antonio hatte sie angelogen. Es traf sie wie ein Tritt in den Bauch.

# 9

Zwei Wochen vor dem Mord
*Samstag, 23. Dezember 1978*

Als Richard am frühen Nachmittag in die Einfahrt einbog, war er erfreut, Antonio im Vorgarten anzutreffen, aber nicht glücklich darüber, dass er die Pflanzen goss. Dazu war es viel zu früh am Tag, und die Sonne stand noch zu hoch. Alles würde verbrennen.

Richard schloss vorsichtig die Autotür, denn er wollte Naomi noch nicht aus dem Haus locken. Er nahm die Sonnenbrille ab und hängte sie in den Ausschnitt seines Hemds.

Antonio riss am Schlauch und schlug damit wie mit einer Peitsche, um einen Knick zu lösen. Dann ging er auf die Seite des Hauses. Er tat so, als hätte er Richard nicht gesehen, was Richard amüsant fand. *Meinetwegen*, dachte er. Als Jugendlicher hätte er sich vielleicht genauso verhalten, wenn sein Chef aufgetaucht wäre, während er bei der Arbeit war.

Antonio galt allgemein als umgänglicher Bursche, obwohl er sich Richard gegenüber ein wenig reserviert verhielt. Er war in der Straße beliebt und plauderte gern. Niemand hatte etwas Negatives über ihn zu sagen, und Leslie hatte sich persönlich für den Jungen verbürgt. Für Richard waren das wichtige Gesichtspunkte. Er konnte nur jemand Vertrauenswürdigen an seinem Haus und in der Nähe seiner Familie dulden. Antonio war allerdings auch ziellos und hatte keinen Ehrgeiz, was Richard verdross. Er konnte das nicht begreifen. Wie war es möglich, dass jemand neunzehn Jahre alt war und immer noch keine Ahnung hatte, was er mit seinem Leben anfangen sollte; keinen Antrieb, keine Ambitionen? Wahrscheinlich waren seine Eltern enttäuscht von ihm, aber Richard gab den Eltern genauso viel Schuld wie Antonio. Was aus einem Kind wurde, fiel darauf zurück, wie es großgezogen worden war; auf die Eltern selbst. Es war Aufgabe der Eltern, für eine kontinuierliche Führung und eine feste Hand zu sorgen. Zu viele Eltern drückten sich vor ihrer Verantwortung.

»Hallo«, sagte Richard und kam näher.

Zur Antwort brummte Antonio etwas und zog noch einmal an dem Schlauch.

»Ich wollte kurz mit dir sprechen, bevor ich hineingehe, von Mann zu Mann«, erklärte Richard. »Nein, nicht über deine Arbeit«, setzte er hinzu, als Antonio alarmiert aufblickte. »Damit ist alles in Ordnung.«

Seine Arbeit war eigentlich nicht vollkommen akzeptabel. Richard hatte ihn im Verdacht, ein Faulpelz zu sein. Er schien schrecklich lange für die einfachsten Aufgaben zu brauchen. Aber andererseits war Richard auch ein praktischer, zupackender Mensch. Er war daran gewöhnt, von anderen, die nicht so waren, enttäuscht zu sein. Außerdem waren die Gelegenheitsarbeiten ums Haus herum nur ein zweitrangiger Grund, aus dem Richard ihn wirklich hier haben wollte. Er brauchte einen Verbündeten, einen Partner, ein zweites Paar Augen für die Zeit, in der er selbst nicht hier sein konnte.

»Ich vermute mal, dass Naomi nicht allzu viel mit dir redet«, sagte Richard, »aber wahrscheinlich hast du bemerkt...« Er unterbrach sich und versuchte zu entscheiden, wie er das ausdrücken sollte. »Seit ein paar Jahren neigt sie zu Stimmungsschwankungen.«

Richard unterbrach sich, um festzustellen, ob Antonio ihm folgen konnte, doch Antonios Miene wirkte bewusst ausdruckslos und verriet nichts.

»Stimmungsschwankungen, bei denen sie in sich gekehrt wirkt und grübelt. Und ihr Verhalten kann unberechenbar werden. Ich kann mich in letzter Zeit des Eindrucks nicht erwehren, dass wir auf eine Krise zusteuern.« Richard legte eine Pause ein und reckte die Arme, um seine Anspannung zu lösen. Sein ganzer Körper summte vor Energie und war einsatzbereit. Er hatte schon lange die Hoffnung aufgegeben, dass alles von selbst in Ordnung kommen würde, und jetzt wartete er nur auf den richtigen Zeitpunkt, um einzugreifen. Das Einschreiten war der einfache Teil. Richard war ein Macher. Was er hasste, war das Warten. »Es ist schwierig, das im Auge zu behalten, wenn ich unterwegs sein muss. Deswegen wollte ich mit dir reden.«

Antonio drehte den Wasserhahn an der Wand zu. Dann beugte er den Arm so, dass er einen rechten Winkel bildete, und begann, den Schlauch um Hand und Ellbogen zu wickeln.

»Im Großen und Ganzen ist sie eine gute Mum«, fuhr Richard fort. »Versteh mich nicht falsch. Es ist nur so, dass sie manchmal abgelenkt ist. Besorgt. Und Colin, na ja, er braucht immer noch eine Mum, die auf Draht ist und sich daran erinnert, dass er da ist. Er …«

Frauenstimmen, die von der Straße herandrangen, unterbrachen Richards Gedankengang, und Antonio drückte sich an die Lilly-Pilly-Büsche, um nicht gesehen zu werden.

Es waren die Polizistin Lydia in Uniform und ein Mädchen, die durch Warrah Place in Richtung Carnegie Drive gingen. Richard trat zu Antonio und kauerte sich hin, doch er war zu groß, um hinter den Lilly-Pillys in Deckung zu gehen, und unterdrückte ein Lachen. Er kam sich vor wie ein Schuljunge, der sich hinter dem Fahrradschuppen versteckt.

»Ah, das wird die Nichte sein«, meinte Richard leise, sobald die Frauen vorbei waren.

Antonio wandte den Blick ab.

»Verstehe.« Richard kicherte. »Du bist schon verschossen in sie, oder, Kumpel? Das ging ja schnell. Ist mir damals auch oft so gegangen, in den guten alten Zeiten.« Richard stand auf, um den Frauen nachzuschauen. »Hübsch ist sie ja.«

Antonio hängte den zusammengerollten Schlauch über den

Hahn. »Ihrem Jungen geht's gut«, sagte er. »Sie brauchen sich keine Sorgen zu machen.«

Erst nachdem Antonio gegangen und Richard ins Haus getreten war, überlegte er, ob Antonio sich eher vor Lydia als vor der Nichte versteckt hatte; und speziell, ob er der Polizistin aus dem Weg gehen wollte. Heute Nachmittag hatte Antonio mürrisch und wenig mitteilsam gewirkt, was Richard auf Antonios Alter und den Umstand schob, dass er sich von ihm eingeschüchtert fühlte. Aber was, wenn mehr daran war? Wenn der Junge Probleme mit der Polizei hatte?

## (Ameisen)

*Anders, als man glauben könnte, kontrolliert die Königin die anderen Ameisen nicht. Sie ist nicht ihre Chefin. Ihr Job ist bloß, Babys zu kriegen. Aber es ist eine gute Idee, dafür zu sorgen, dass sie am Leben bleibt, denn nach ihrem Tod lebt die Kolonie nur noch ein paar Monate weiter. Manche Ameisenköniginnen können, wenn niemand auf sie tritt, bis zu dreißig Jahre alt werden. Die Königin hat zwei Paar Flügel, die sie abwirft, sobald die Ameisen ein neues Nest für neue Babys bauen. Vielleicht, damit sie nicht alles hinwirft und davonfliegt.*

# 10

Am Tag nach dem Mord
*Sonntag, 7. Januar 1979*

»Was möchtest du auf dein Sandwich, Colin? Ist kaltes Lamm in Ordnung?«, rief Tammys Mum aus der Küche, während sie Butter aufs Brot strich.

Colin und Tammy schauten vom Wohnzimmertisch aus zu. Colin sah Tammy an, aber woher sollte sie wissen, was er wollte? Sie zuckte mit den Schultern.

»Ja, bitte«, sagte Colin.

»Gurke?«

Colin beugte sich zu Tammy hinüber. »Meint sie im Sandwich?«

»Ja«, sagte Tammy. »Mit Lamm und Gurke.«

»Zusammen? Auf einmal?«

»Ja.«

»Im selben Sandwich?«

»Was ist los mit dir?«

Colin schlug die Augen nieder und redete aus dem Mundwinkel. »Ich hatte noch nie mehr als eine Sache in einem Sandwich. Auf Toast schon, aber nicht in einem Sandwich.«

»Wirklich?«

»Ist das gut? Soll ich es machen?«

Tammys Mutter lehnte mit verschränkten Armen an der Wand. Sie war gekommen, um festzustellen, warum es so lange dauerte.

»Kommt darauf an, was du gern magst«, meinte Tammy.

»Wow«, sagte Colin. »Das ist ja wie ein Sandwich-Eintopf.«

»Was? Nein«, sagte Tammy. »Das hat gar nichts mit einem Eintopf zu tun. Es ist bloß ein Sandwich.«

»Auflauf«, erklärte Tammys Mum. »Ein Auflauf-Sandwich. Kein Eintopf. Eintöpfe sind etwas für Bauern, und wir sind keine Bauern.« Ihre Schultern zuckten. Wann hatte Tammy sie das letzte Mal lachen sehen? Und wann hatte sie angefangen, Auflauf statt Eintopf zu sagen? Es war trotzdem der gleiche alte Hammelhals und im selben alten Schongarer gekocht.

»Auf keinen Fall. Keine Bauern«, sagte Colin. Wusste er überhaupt, was Bauern waren? »Okay, ich nehme ein Auflauf-Sandwich bitte.« Er lachte ebenfalls.

»Ihr seid beide verrückt«, sagte Tammy. Das Gelächter ärgerte sie. Nach einem Morgen voll emotionaler Anspannung wirkte es merkwürdig und misstönend.

»Oi«, rief Tammys Dad. Er steckte mit dem Kopf in einem Küchenschrank. »Wer hat die Dose mit dem Weihnachtskuchen offen gelassen? Die Ameisen sind in die Dose gekommen.«

»Sind sie tot?«, rief Tammy.

»Nein, verdammt noch mal nicht.«

»Ein Auflauf-Sandwich, kommt sofort!«, sagte Tammys Mum.

Nach seinem Sandwich war Colin immer noch aufgekratzt. Offensichtlich hatte er nur etwas zu essen und ein Lachen gebraucht, um sich von der miesen Stimmung abzulenken, die vorhin bei ihm zu Hause geherrscht hatte.

Tammys Dad war in einer ganz eigenen Stimmung. Er hatte einen Sessel dicht vor den Fernseher im Wohnzimmer gezogen und schaute in Shorts und Unterhemd das Cricket-Spiel. Er hatte die Beine verknotet, denn er musste aufs Klo, konnte aber nicht gehen, weil er überzeugt davon war, dass ein Wicket fallen würde, sobald er den Raum verließ. Bis jetzt hatte Australien bei den Ashes zwei Spiele verloren und eins gewonnen. Tammys Dad hatte jede Menge fester Meinungen über Cricket. Über Kerry Packer, der keinen Respekt vor dem Spiel gezeigt hatte, indem er sich für seine World Series die besten Spieler unter den Nagel gerissen hatte.

Über die Spieler, die sich davonmachten, um mehr Geld zu verdienen – *Schande über dich, Greg Chappell* – und die Integrität des Spiels herabwürdigten. Er erzählte jedem, der es hören wollte, dass es ein verdammter Hohn war, jawohl. Er fühlte sich persönlich verraten, und Tammy tat er leid; größtenteils, weil er sich wegen eines Spiels zum Narren machte, das hauptsächlich daraus bestand, auf dem Rasen herumzustehen und auf einen Catch zu warten oder auf der Bank zu sitzen, bis man als Schlagmann an die Reihe kam.

»Meinst du nicht, wir sollten das Cricket ausschalten?«, fragte Tammys Mum, die sich nicht für Cricket interessierte. »Aus Respekt vor Antonio?« Sie saß auf der Couch, hatte ihre Bibel aufgeschlagen und machte sich Notizen für die Predigt nächste Woche, wobei sie allerdings das Fenster im Auge behielt für den Fall, dass die Polizei kam. Sie hatte auch vorgeschlagen, Tammys Dad könne sich etwas schicker zurechtmachen, und er hatte gemeint, er hätte nicht vor, bei diesem Wetter noch mehr Klamotten anzuziehen, nicht an seinem verdammten freien Tag, Polizei hin oder her.

»Ich lenke mich bloß ab, Hells«, erklärte er. »Wenn ich länger darüber nachdenke, was irgendein kranker Mistkerl Antonio angetan hat, werde ich noch verrückt. Du kannst ihm gern in einem anderen Zimmer Respekt zollen, falls du das Bedürfnis hast.«

Tammy und Colin pendelten lustlos von einem Zimmer ins andere und konnten sich für nichts entscheiden. Es war zu heiß, um irgendetwas im Freien zu unternehmen, daher landeten sie schließlich in Tammys Zimmer. Darin standen zwei Betten: das von Tammy und ein Gästebett. Die Idee war gewesen, dass Freundinnen bei Tammy übernachten könnten, doch dazu war es nie gekommen. Zwischen den Betten stand ein neuer Schreibtisch, startbereit für ihre Hausaufgaben an der Highschool. Er war aus Kiefernholz und roch wichtig. Tammy lag lang ausgestreckt auf der blauen Daunendecke ihres Betts, und Colin hockte auf dem Rand des roten Oberbetts auf dem Gästebett. Er war zapplig, wie kleine

Jungs es normalerweise sind, zuckte mit den Beinen und wackelte auf dem Boden mit den Füßen.

Als Colin anfing, mit dem Finger auf sein Knie zu trommeln, trat Tammy ein Bild von Antonio vor Augen, wie er eine Zigarette aus seinem Päckchen klopfte. Eine Woche war das her, vielleicht auch zwei. Tammy war mit einer Tasse Wasser und einem Vergrößerungsglas auf der Insel gewesen und hatte festzustellen versucht, ob Ameisen schwimmen können. Als sie ihn aus seinem Haus kommen sah, war sie zu ihm hinübergeflitzt, sodass sie sich unter dem großen Baum bei der Einfahrt der Laus begegneten. Antonio war kein Mensch, der zu Hause hockte; man begegnete ihm eher unterwegs, wenn er irgendwo herkam oder hinging. Peggy, die mit verschränkten Armen von ihrem Vorgarten aus zusah, hatte Tammy betont ignoriert. Antonio hatte die Zigarette zwischen den Lippen aufgefangen und noch eine weitere hervorgeschüttelt. Er hatte sie Tammy angeboten und gelacht, als sie zurückgefahren war und nicht wusste, was sie tun sollte. Dann hatte er sich die eine Zigarette mit einem Streichholz angezündet, das er auf seinen Körper zu anriss. Tammy hatte man beigebracht, dass es nur sicher war, ein Streichholz von sich weg anzuzünden. Ob er sein Zippo gesucht hatte? Würde sie es wagen, ihn danach zu fragen? Nicht allzu offensichtlich – vielleicht könnte sie sagen, dass sie es vermisste, es zu sehen, und sich wunderte. Antonio hatte Tammy mit der Hand, in der er seine Zigarette hielt, das Haar hinters Ohr zurückgestrichen. Sie war zusammengezuckt. Rauch war ihr ins Auge gekommen, und sie blinzelte heftig. Antonio hatte noch einmal gelacht. »Lauf zu, Tamara. Geh spielen.«

Tammy konnte nicht glauben, dass sie die Babysitterin für Colin spielen sollte, wo sie doch allein sein musste, um über Antonio nachzudenken und einen Plan zu schmieden. Aber vielleicht konnte Colin sich nützlich machen. Sie griff nach ihrem Tagebuch und blätterte nach hinten. Sie schrieb *Warrah Warriors Watching*, unterstrich es und überlegte dann noch einmal. Die Alliteration gefiel ihr, aber sie strich das »s« durch. Hier gab es nur eine Kriegerin; sie war auf sich allein gestellt.

»Was glaubst du, was dein Dad dazu sagen würde, dass Sheree einfach in euer Haus marschiert kommt, als gehörte es ihr? Und was würde er davon halten, dass ihre Kinder eure Kekse essen?«, fragte sie.

»Ich glaube nicht, dass ihm das mit den Keksen etwas ausmachen würde«, meinte Colin. »Er steht nicht besonders auf Plätzchen.«

Interessant, dachte Tammy und machte sich eine Notiz. Dann würde das mit Sheree Richard *doch* stören. Sie konnte es ihm nicht verübeln. Tammy versuchte es noch einmal.

»Wüsstest du einen guten Grund, aus dem Antonios Pass in eurem Haus sein sollte?«

Colin dachte eine Weile über die Frage nach. »Ja«, sagte er. »Wahrscheinlich, weil er ihn dort liegengelassen hat.«

Tammy fiel wieder ein, dass Antonio in Colins Haus gearbeitet hatte und entschied, dass Colins Antwort akzeptabel war – *gerade eben so* –, aber nicht hilfreich. Die anderen beiden Fragen, die sie hatte, waren wichtiger und dringlicher, aber sie konnte sie Colin nicht stellen: Warum hatte Antonio sie über sein Alter angelogen? Und wenn er in diesem Punkt gelogen hatte, worüber könnte er noch die Unwahrheit gesagt haben?

»Ich nehme nicht an, dass du irgendwelche atemberaubenden Details über Antonio oder das, was ihm passiert ist, weißt?« Einen Versuch war es wert.

»Ich habe nichts gesehen und kann absolut nichts dazu sagen«, erklärte Colin.

»Na ja. Offensichtlich. Ich hätte auch nicht damit gerechnet, dass du etwas gesehen hättest. Aber hast du jemanden darüber reden gehört?«

Das schien ihm egal zu sein.

»Hast du vorhin den Transporter von den Nachrichten gesehen?«, fragte Tammy. »Glaubst du, wir kommen in die Zeitung?« Wenn es möglich war, dass ihr Bild in der Zeitung erschien, dürfte sie sich vielleicht einen anständigen Haarschnitt machen lassen.

Colin stand auf und öffnete eine Kleiderschranktür. »Kann ich hier reinschauen?«

»Sieht aus, als wärst du schon dabei.« Tammy klappte ihr Tagebuch zu.

»Wow.« Er öffnete auch die andere Tür. »Ist ... ist das alles deins? Die ganzen Sachen?«

»Irgendwie schon.«

Tammys Kleiderschrank war bis zum Platzen voll mit Sachen; reihenweise zusammengequetschte Kleiderbügel und vollgestopfte Fächer. Eine Ansammlung von Farben und Überfluss, die einen nur so ansprang. Tammys Mum war Schnäppchenjägerin und kaufte, wenn es Sonderangebote gab, Kleidung, die Tammy mehrere Nummern zu groß war. Diese Kleidungsstücke warteten auf ihre Zeit; darauf, dass Tammy hineinwuchs. Ihre Mum behielt auch alle Sachen, aus denen Tammy herausgewachsen war; nur für alle Fälle. Auch diese Sachen warteten auf ihren Einsatz: auf die Beinahe-Babys, die nie kamen.

Colin stand vor dem Kleiderschrank und ließ den Blick schweifen. Seine Augen huschten umher wie im Schnelldurchlauf. Er trug immer noch dieselben Sachen wie in der Kirche.

»Erinnerst du dich an Narelle, die vor den Mariettis im italienischen Haus gelebt hat?«, fragte Tammy. »Also, sie war meine beste Freundin. Sie war genauso alt wie ich, sodass wir richtig erwachsene Gespräche führen konnten, verstehst du?«

Colin sagte nichts. Er streckte eine Hand aus und ließ die Fingerspitzen über die Kleider gleiten; schnell über einige und ausführlicher über andere. Ein blaues Samtcape schien ihn zu faszinieren. Er fuhr mit den Fingern darüber, hin und her, vor und zurück, doch als er zu einem Kleid kam, das aus einem hauchdünnen, fließenden Stoff bestand, der schimmerte, wenn er die Finger darunter bewegte, keuchte er auf.

»Wie nennt man diesen Stoff?«, fragte er.

»Keine Ahnung. Was hast du überhaupt hier zu suchen?«, gab Tammy zurück. Sie hoffte, dass das nicht zur Regel werden würde. Sie musste Experimente durchführen, Chemikalien abmessen, Pläne schmieden, Dinge herausfinden. Sie hatte keine Zeit, ein kleines Kind zu bespaßen.

»Mum. Ihr ist hundeelend.«

»Was hat sie denn?«

Colin neigte den Kopf zur Seite. »Sie hat sich ins Bett gelegt, weil sie in anderen Umständen ist. Das hat deine Mum gesagt.«

Ja, das klang nach etwas, das ihre Mum sagen würde. Zuerst war Tammy verwirrt und fragte sich, wie Naomi, die so zart und adrett war, jemandem Umstände machen könnte. Und dann begriff sie natürlich. Gott sei Dank hatte sie ihre Frage nicht laut ausgesprochen und sich blamiert.

»Darf ich?«, fragte Colin und zog ein schlichtes gelbes Kleid mit orangefarbenen Biesen hervor, aus dem Tammy schon vor Jahren herausgewachsen war.

»Wenn du willst«, meinte Tammy. Als sie ihn musterte, stand er vor ihr auf dem Kopf, denn inzwischen lag sie auf dem Rücken und hatte die Beine übereinander geschlagen an die Wand gelegt, und ihr fiel auf, dass seine Sachen schmierig waren. Außerdem fiel ihr wieder ein, dass in dem Wäschekorb in Colins Haus keine Shorts oder T-Shirts von ihm gelegen hatten. »Hat deine Mum deine Sachen nicht gewaschen?«

»Sollte sie?«

»Du hast nicht viel Ahnung, oder?«

Colin begann, Kleidungsstücke aus dem Schrank zu nehmen. Er hielt sie vor seinem Körper in die Höhe, legte einige auf das Gästebett und hängte andere zurück. Tammy hielt die Beine still und drehte sich um, um ihn genauer zu beobachten. Colin durchwühlte die Sachen nicht einfach; er ließ die Geister der Beinahe-Babys frei.

Tammy setzte sich auf, jetzt war sie eifrig dabei.

»Ja, weiter so«, sagte sie. »Zieh an, was du willst.«

Colin war zu seiner ersten Wahl zurückgekehrt, dem gelborangen Kleid. Er räusperte sich und warf Tammy einen betonten Blick zu.

»Was?«, sagte sie.

Colin seufzte. »Dreh dich bitte um.«

»Ach ja.« Tammy drehte sich um und setzte sich mit dem Gesicht zur Wand im Schneidersitz auf ihr Bett. »Aber du bist bloß ein Kind.«

»Trotzdem.«

Das *trotzdem* ärgerte Tammy. Was wollte ein Junge wie Colin mit solch einem Wort? Tammy hätte das Wort gern für sich behalten und wollte es nicht mit ihm teilen. Dennoch setzte Tammy Colin auf die Liste der Dinge, die heute nicht so waren, wie sie sein sollten.

Joes Zittern.

Naomis wilder Blick, als sie den Kopf vom Bett gehoben hatte.

Sheree.

Und Antonio. Sein Pass. Seine Lüge. Sein Fuß.

Colin betrachtete sich im Spiegel. Das Kleid hing ihm von den Schultern herunter, und darunter schauten seine dummen Knie und dünnen Beine hervor. Er strich seinen Pony mit der Handfläche glatt. Suzi kam herein, um ihn anzusehen, und rieb sich an seinen Beinen. Colin wirkte zufrieden mit sich selbst.

»Weißt du«, sagte er, »ich wette, Narelle vermisst dich auch.«

»Was hast du schon für eine Ahnung davon?«, fragte Tammy, denn gemein zu sein war leichter, als die Wahrheit zu sagen. Sie konnte sich selbst nicht ertragen, stand auf und ging hinaus.

Vom Esszimmer aus konnte man den Eingangsbereich sehen, der darunter lag; ein hölzernes Geländer trennte die beiden Räume.

Tammy hatte eine Stelle, die sie mochte, in der Ecke des Geländers, wo sie sich hinhocken konnte und die Haustür und einen Teil der Diele im Blick hatte. Es war eine ausgezeichnete Stelle zum Lauschen, wo sie hören konnte, was im Eingangsbereich, und, wenn die Tür offen war, auch im Wohnzimmer gesprochen wurde.

Tammy sah zu, wie ihre Mum müßig in ihrer Bibel blätterte, und dachte wieder an die Beinahe-Babys. Sie wollte freundliche Gedanken über sie pflegen und gab sich die größte Mühe, aber Eifersucht ist hinterlistig – sie setzt sich in einem fest wie Weinranken und macht sich breit. Wieso war es fair, dass ihre Mum ihre ganze Aufmerksamkeit den Kindern schenkte, die nie geboren worden waren, und nicht dem Kind, das sie schon hatte?

# 11

Helen hatte eine Seite Notizen über das Gleichnis vom vierfachen Ackerfeld angelegt. Ihr kamen viele Gedanken über steinige Böden und von Dornenranken überwucherte Erde. Als Duncan den Fernseher leiser drehte, blickte sie auf. Das Spiel wurde für eine Teepause unterbrochen. Duncan setzte sich auf die Couch und widmete ihr seine ganze Aufmerksamkeit. Das war seine Art und gehörte zu seinen Vorbereitungen auf ein Gespräch, ganz gleich, ob sie eins wollte. Sie legte ihr Notizbuch zwischen sie beide, behielt die Bibel im Schoß und beschloss, als Erste zu beginnen.

»Was glaubst du, warum die Polizei von *vermutlich tot* redet? Wenn sie sich nicht sicher sind, warum sollten sie es dann überhaupt sagen?« Helen schnitt Duncan die Antwort ab. »Es ist verstörend«, meinte sie. »Was mir Sorgen macht, ist, dass ihn nach dem Freiwilligen-Einsatz anscheinend niemand mehr gesehen hat. Wir wissen nicht mal, ob er danach noch nach Hause gegangen ist.«

Duncan wartete weiter darauf, dass er an die Reihe kam.

»Das Ganze war meine Idee. Ich habe alles geplant und alle zum Mitmachen angehalten, auch Antonio. Was, wenn ich dadurch mit einem Todesfall in Verbindung stehe, falls er überhaupt tot ist, nur, weil ich etwas Gutes tun wollte? Der Einsatz sollte doch alle zusammenbringen! Gemeinschaftsgeist und so. Richard schien nicht zu glauben, dass beides zusammenhängt, oder? So sicher, wie er sich war, dass Joes Werkzeug wieder auftauchen würde.«

»Ach, Mist, Joes Werkzeug«, sagte Duncan, als hätte er die Verbindung gerade erst gezogen. »Schätze, es wird die Alarmglocken schrillen lassen, wenn sie verschwunden bleiben. Das ist das Letzte, was der arme Kerl gebrauchen kann.«

Duncan legte eine kleine Pause ein und wechselte dann das

Thema. »Das ist eine gute Sache, was du da machst, Hells-bells. Für Naomi. Dass du auf den Jungen aufpasst.«

Darüber wollte er also reden.

»Jetzt ist sie nicht mehr so stolz, oder?«, meinte Helen. Sogar Duncan gegenüber fiel es ihr schwer zuzugeben, wie sehr sie sich wünschte, Freundschaft mit Naomi zu schließen. Dass sie sich um Colin kümmerte, lieferte ihr eine Eröffnung. Duncan schaute sie immer noch an, daher sprach sie weiter. »Außerdem konnte ich ihn nicht mit dieser Frau allein lassen. Sheree. Habe ich dir erzählt, dass sie da war und ihre Nase in die Angelegenheit gesteckt hat? Es war so komisch, wie sie einfach hereinmarschiert kam und Colin mitnehmen wollte. Sie kommt ja kaum mit denen klar, die sie schon hat. Du hättest sehen sollen, in welchem Zustand die Kinder waren. Praktisch kleine Wilde.«

»Ich meine ja nur, dass du auf dich aufpassen sollst. Sei vorsichtig.« Er berührte ihr Haar. »Bitte pass auf, Liebling.«

»Du brauchst dir keine Sorgen zu machen. Ich bin nicht mal neidisch auf sie. Nein.«

Im Fernsehen lief Werbung für Rolltore. »Findest du nicht, wir sollten uns eins holen?«, fragte Helen und gestikulierte in Richtung Bildschirm. Sie stellte die Frage nicht zum ersten Mal. Dieser Werbespot kam so oft, und die Tore sahen mit ihrer Fernbedienung so schick aus. Doch Duncan erklärte, baustatisch betrachtet würde das an ihrem Carport niemals halten, ganz abgesehen von dem zusätzlichen physikalischen Problem, auf der steilen Steigung anzuhalten, um die Steuerung zu bedienen. Helen war immer noch der Meinung, dass sie gute Chancen hatte, Duncans Meinung zu ändern. Er machte sie gern glücklich.

Doch Duncan blickte sie, nicht den Fernseher, mit fragender Miene an, und Helen beschlich das vertraute Gefühl, dass Duncan mehr sah, als er sich anmerken ließ, mehr Gedanken hatte, als er in Worte fasste. Sie hoffte, dass er gescheit genug war, den Deckel darauf zu halten.

»Okay«, erklärte sie. »Ich sage das nur einmal und nur zu dir. Ich begreife nicht, wieso Naomi wieder schwanger wird, obwohl sie nie gesagt hat, dass sie noch ein Kind will. Und ich kapiere auch nicht, wieso Sheree schwanger wird, wenn ein Mann sie nur ansieht. Ich meine, sie war nie verheiratet und hat drei unterschiedliche Dads, die sich nicht kümmern ...«

»Hey! Ich bin auch ein Dad, der nicht viel macht. Und als du mit Tammy schwanger geworden bist, waren wir auch nicht verheiratet.« Duncan grinste und fuhr mit dem Finger an Helens Nase entlang. Sie hatte den starken Drang, seine Berührung wegzuwischen.

»Das ist etwas anderes. *Wir* sind anders.«

Er beäugte die Bibel in ihrem Schoß. »Und werden mit jedem Tag noch anders als andere.«

»Was soll das hei...«

»Uups.« Er sprang auf. »Der Kommentator ist wieder auf Sendung.«

Duncan drehte lauter und ließ sich in seinem Sessel nieder. Helen atmete erleichtert durch. Aber er war noch nicht fertig. Er machte wieder leiser und hängte sich mit angezogenem Ellbogen über die Lehne, als setzte er ein Auto zurück.

»Hör zu, ich habe nachgedacht ...« Er unterbrach sich und schien nicht zu wissen, wie er weitermachen sollte. »Diese Sache mit Antonio ... Nicht nur das ... Aber auch, denn hier wird eine Menge los sein. Ich meine, die Medien sind schon aufgetaucht wie auf einem Rummel, alle sind nervös, und das Ganze wird stressig werden, nicht wahr? Es fällt schwer, nicht ständig daran zu denken. Trotzdem ist es eher so, dass im Allgemeinen ...«

»Duncan. Spuck es aus.«

»Ich finde, du solltest wieder arbeiten gehen.« Er fuhr mit den Fingern durch seinen Bart und zuckte zusammen.

»Was?«

»Also, wenn du willst.«

»Warum?«

»Sag noch nicht Nein. Denk richtig darüber nach.«

»Brauchen wir das Geld?«

»Es liegt nicht am Geld. Wir hatten es noch nie so gut.«

»Es ist wegen der Kirche, stimmt's? Das passt dir nicht.«

»Nee, das ist es überhaupt nicht.«

Er seufzte schwer, und das war auch richtig so. Was erwartete er denn von ihr?

»Ich dachte bloß, das könnte eine gute Sache sein. Du weißt schon, dir wieder das Gefühl geben, zu etwas nütze zu sein. Nein«, setzte er hastig hinzu. »Nein, ich meinte nicht nützlich.« Er hob resigniert eine Hand. »Ich meine, das Gefühl, etwas Sinnvolles zu tun – ja, eher so.«

Helen dachte an das Parlamentsgebäude, das bald geschlossen werden würde, falls der Bau des neuen jemals fertig würde. Sie dachte über den fensterlosen Schreibsaal nach, der weit von den Sitzungssälen entfernt lag, mit seinen nackten Betonsteinen und der Decke, von der die Farbe abblätterte, wo Opossums, die dort ihre Nester bauten, hineingepisst hatten. Wenn man länger bleiben musste, hörte man die Opossums herumtrippeln, scharren und knurren. Sie dachte an den Geruch des Durchschlagpapiers, das Klirren von Schlüsseln, das Schnappen von Handtaschen-Verschlüssen, roten Lippenstift, Parfüm und stickige Luft, Deckenbeleuchtung, Tratsch, Gerüchte, Andeutungen und einen gewissen Tonfall. Lange, lange Tage, an denen sie sich so sehr nach draußen wünschte, dass ihre Haut vor Sehnsucht prickelte.

»Aber Tammy ...«, sagte Helen.

»Sie ist älter, kann mehr selbst erledigen. Wir könnten das schaffen.«

»Wie soll das denn gehen? Du bist vollkommen mit deiner Arbeit ausgelastet, nur um mitzuhalten. Du könntest mir nichts abnehmen. Außerdem ist die Arbeitslosigkeit so hoch. Es gibt einfach keine Jobs.«

»Wenn du nicht arbeiten willst, könntest du auch weiterlernen. Einen Kurs machen oder so etwas.«

»Ich habe an einer Olivetti gelernt. Die sind inzwischen wahrscheinlich überholt.« Duncan öffnete den Mund, als wollte er etwas einwerfen. »Genau wie Schreibsäle, mit den ganzen modernen Fotokopierern, die es heute gibt.«

»Büromädchen werden immer gebraucht.«

»Ich bin ja wohl kaum ein Mädchen.«

»Du verstehst nicht, was ich meine.«

Oh, sie verstand ihn ganz genau. Es war sonnenklar. Er wollte, dass sie den Wunsch nach einem zweiten Kind aufgab. Er war bloß zu feige, das offen zu sagen.

Beim letzten Mal war Helen im Winter schwanger gewesen, ungefähr um die Zeit, als die Mariettis eingezogen waren. Sie hatte neue Stiefel. Gebrauchte aus dem Second-Hand-Shop, aus alter Gewohnheit und alldem, aber neu für sie. Kniehoch. Geschnürt, mit siebzehn Haken auf jeder Seite. Ein ziemlicher Zirkus, sie zuzubinden, aber die Sache wert. Höhere Absätze, als sie sonst trug, und eine halbe Nummer zu groß. Aber besser als zu klein. Und nur wenige Schrammen. Helen deckte sie mit schwarzem Filzstift ab, und das erfüllte den Zweck; sie waren so gut wie neu.

Duncan hatte die Italiener am Tag zuvor kennengelernt und meinte, sie wären in Ordnung; kein Grund zur Sorge. Peggy meinte, sie seien *très chic*, aber auch eingebildet, und es könne ihnen nicht schaden, sich etwas zurückzuhalten. Das machte Helen nervös, vor allem, weil sie Ausländer waren. Sie hatte keine Ahnung, wie man sich bei gebildeten Leuten verhielt, und das Gefühl, das ihr das vermittelte, gefiel ihr nicht. Doch sie waren neu und im Hintertreffen und wollten sich einfügen, da würden sie in diesem Fall doch bestimmt dankbar sein, wenn man ihnen eine freundliche Hand entgegenstreckte. Oder?

Sie wäre vielleicht nicht gegangen, wenn sie nicht den Artikel über Kontrollüberzeugung in der *Cosmopolitan* gelesen und den Test dazu ausgefüllt hätte. Wie sich herausstellte, hatte Helen eine hohe Punktzahl für eine externe Kontrollüberzeugung.

Es gab einen Familienwitz, mit dem ihr ältester Bruder Scott angefangen hatte, der gutmütig behauptete, Helen halte mit den vielen Selbsthilfe-Büchern, die sie las, ganz allein die Populärpsychologie über Wasser. *Verrückter Voodoo-Bullshit* sagte ihr Dad dazu und pflegte mit den Händen um Helens Kopf herumzuwedeln, als wirkte er einen Zauber. Und alle lachten. Er strahlte dann und klopfte ihr auf die Schulter – alles harmlos. Helen lachte ebenfalls, denn wenn nicht, hätten sie gesagt: *Seht sie euch an, wie trübsinnig sie ist*, und behauptet, das beweise, dass keins ihrer Bücher wirke.

Diese Sache mit der Kontrollüberzeugung war etwas anderes. Das sagte ihr wirklich etwas. Sie besaß alle klassischen Eigenschaften einer Person, die überzeugt davon war, dass Dinge ihr eher *zugefügt* wurden, als dass sie sie durch ihre Handlungen hervorrief; dass sie äußeren Kräften ausgeliefert war statt ihren eigenen Fähigkeiten und Entscheidungen. Die Transaktionsanalyse hatte sie hinter sich gelassen – dieses Zeug von wegen *Ich bin o.k., du bist o.k.* Zuerst war es ihr aufregend vorgekommen und schien wirklich die Lösung zu sein, aber schließlich hatte sie akzeptieren müssen, dass dieser Methode der Tiefgang fehlte und sie zu eingeschränkt war, um zu dem Leiden am Grund ihrer Seele vorzudringen.

Tja, das würde ab jetzt alles anders werden. Sie würde über ihr eigenes Schicksal entscheiden, sich die Kontrolle zurückholen und sie übernehmen, wie es ihr zustand. *Wir beide, Kleines, übernehmen das Kommando.* Sie konnte ebenso gut damit anfangen, die neuen Nachbarn kennenzulernen.

Helen hatte ihre Stiefel geschnürt. »Komm, Kleines, gehen wir«, sagte sie, die Hände auf ihren Bauch gelegt.

Sie war ungefähr in der neunten Woche, vermutete sie. Dieses Mal würde es gutgehen. Dieses Mal hatte sie Gott auf ihrer Seite;

Gott, der nicht geizig mit seiner Macht war, der sagte: *Worum ihr mich in meinem Namen bittet, werde ich euch gewähren.* Dieser höchsten und wohlwollenden – *bitte, dieses Mal, Gott, drück die Daumen* – babyspendenden Macht. Nein, nicht die Daumen drücken; das war ihre externe Kontrollüberzeugung. Sie hatte das Sagen, kein Daumendrücken nötig.

Es ist nichts dabei, sagte sie sich, während sie auf die Haustür zuging. Du brauchst ihnen nur deinen Namen zu sagen und sie in Warrah Place willkommen zu heißen. Einfach nur natürliche, häusliche Freundlichkeit.

Im Schotter neben ihrer Haustür hatte sich eine junge *Grevillea juniperina* »Molonglo« niedergelassen, die sich selbst ausgesät hatte, während das Haus mit dem Hin und Her der alten und neuen Besitzer beschäftigt gewesen war. Freches kleines Ding. Sie hockte sich hin, um die wachsartigen, spinnenbeinigen Blüten besser sehen zu können. Sie hoffte, die Italiener würden sie stehen lassen, zweifelte aber daran; die kratzigen Blätter schreckten manche Leute ab, und nicht jeder mochte Gelb.

Mr. Marietti öffnete die Tür, lächelte und bat sie, ihn Giorgio zu nennen. Dann trat eine Pause ein – lange genug, um peinlich zu werden? –, bis er sie hereinbat.

Giorgios Haar war in perfekten Kammfurchen zurückgekämmt und kräuselte sich in seinem Nacken. Seine Zähne waren lächerlich gerade, und er stellte sein ganzes Gebiss zur Schau, wenn er lächelte. Als er Helen hereinbat, streifte ihre Hand seinen Pullover. Noch nie hatte sie so etwas Weiches berührt. Sie hatte von Kaschmir gehört; vielleicht war das welcher. Seine Hosen waren geschnitten, um Eindruck zu machen, obwohl es Samstag war. Wer trug schon an einem Samstag Anzughosen?

Er führte sie in das vordere Zimmer, von dem aus man über Warrah Place hinaussah. In seinem früheren Leben war es einfach ein Wohnzimmer gewesen, ein Durcheinander aus bunten Beanbags und Kinderspielzeug hatte über dem Boden verstreut gelegen. Jetzt war der Raum trotz seines desorganisierten Zustands verwandelt. Die Möbel aus dunklem Holz waren in einem edlen Beige gepolstert, wodurch die langweiligen alten Steingutfliesen wunderschön wirkten; eher orange als braun, eher modern als unelegant.

Der Junge, den Duncan erwähnt hatte – Antonio – hockte zusammengesunken auf einer umgedrehten Kiste vor einem großen Farbfernseher und stellte die Kanäle ein. Er winkte und rief »Ciao«, ließ sich aber nicht von seiner Aufgabe ablenken, sondern schlürfte nur etwas aus einem Kaffeebecher. Dann stellte er ihn auf einer überladenen Anrichte ab, die schief mitten im Zimmer stand und offensichtlich zum Abladeplatz geworden war.

Helen wusste nicht, ob sie sich setzen sollte. Einen Platz hatte man ihr nicht angeboten. Eine Couch gab es, doch darauf stand ein offener Koffer, aus dem Kleidungsstücke quollen. Die wenigen unbelegten Stühle standen mit der Lehne zur Wand wie bei einer Tanzveranstaltung in einem Gemeindesaal im Busch; hoffnungsvoll und ignoriert.

Warum hatte sie nicht daran gedacht, etwas mitzubringen? Sie versuchte sich zu sagen, dass sie und ihr Baby genug waren. Nicht ihre Schuld, dass diese Leute das nicht wussten.

»Meine Frau wäre entzückt, Sie kennenzulernen«, erklärte Mr. Marietti – Giorgio. (War das ein Husten oder ein Schnauben, was Antonio da ausstieß?) »Leider schläft sie. Ich weiß, ich weiß – wer schläft schon um die Mittagszeit? Aber wenn sie schläft, jammert sie wenigstens nicht, oder?«

»Oh, es ist Mittagszeit?«, fragte Helen, die in letzter Zeit gegessen hatte, wann sie Lust hatte, denn schließlich aß sie jetzt für zwei. »Komme ich ungelegen?«

»Wie Sie sehen«, sagte er und wies auf den Raum, »herrscht bei uns Unordnung. Wir leben in Kisten.« Wahrscheinlich meinte er *aus* Kisten. Er war also doch nicht so perfekt. »Meine Frau, sie hofft, wenn sie nicht auspackt, wird sie in Rom aufwachen, und

Canberra wird es nie gegeben haben. Unterdessen müssen wir Kisten durchwühlen, wenn wir einen Teller oder eine Tasse brauchen. Was soll ich sagen? Wir leben wie Wilde.«

Eine junge, umwerfend schöne Frau stürzte mit hoffnungsvoller Miene in den Raum und wirkte dann niedergeschlagen, als sie Helen erblickte.

»Hallo«, sagte Helen und trat vor. »Ich bin willkommen.«

*Mist.*

»Ich meine ...«

»Meine Tochter Francesca«, stellte Giorgio vor.

»Meine Schuhe?«, fragte Francesca.

Helen schaute auf ihre Stiefel hinunter. Hier im Haus war das Licht besser und fiel durch hohe, nach Norden gehende Fenster auf den Kachelboden. Ihre eilig angebrachten, groben Striche mit dem Filzstift waren deutlich zu erkennen. »Nein, meine Schuhe«, sagte sie, blickte auf und bemerkte, dass Antonio ebenfalls ihre Stiefel ansah. Er drehte sich wieder zum Fernseher um, doch vorher hatte sie noch sein hämisches Grinsen gesehen.

»Sie sind nicht der Bote«, meinte Francesca. Es klang nicht wie eine Frage, daher antwortete Helen nicht darauf. Francesca brach, offensichtlich verärgert, in schnelles Italienisch aus.

»Sie vermisst ihre Schuhe. Was für ein Drama, nicht?« Giorgio seufzte. »Sie dachte, Sie wären der Bote von der Fluggesellschaft, der ihre Schuhe bringt.«

»Wie konnten die denn ein Paar Schuhe verlieren?«, fragte Helen.

»Kein Paar. Einen Koffer voll. Einen riesigen Koffer mit Schuhen.« Giorgio breitete die Arme aus. »Man könnte meinen, dass ihr Leben von einem Koffer voller Schuhe abhängt«, meinte er und erhob doch noch die Stimme. Francesca warf ihm einen vernichtenden Blick zu, doch Giorgio schüttelte den Kopf. »Frauen und ihre Schuhe«, meinte er zu Helen.

Er schaute Helens Stiefel an, dann ihr Gesicht und betrachtete sie offenbar mit neuen Augen. Sie hatte das Gefühl, dass er sie taxierte, als versuchte er, etwas an ihr zu begreifen.

Giorgio und Francesca stritten laut auf Italienisch. Feindseligkeit sah auf allen Gesichtern gleich aus, ob Ausländer oder nicht. Antonio machte, ebenfalls auf Italienisch, eine Bemerkung, und Francesca ging auf ihn los. Ihr Streit heizte sich auf, bis Francesca ihm eine Kopfnuss versetzte. Antonio lachte, was sie noch stärker gegen ihn aufbrachte.

Helen hatte keine Ahnung, was sie tun sollte. Konnte sie sich hinausschleichen? Sollte sie? War es in deren Kultur nicht grob unhöflich, einen Gast so zu ignorieren? Warum in aller Welt war sie hergekommen? Würden diese Leute sich anders benehmen, wenn Duncan hier wäre? Da war sie sich sicher. Menschen reagierten immer anders – herzlich – auf Duncan.

Helen rieb sich kreisförmig mit der Hand über die Brust, eine Taktik, um sich zu beruhigen, die sie als Kind entwickelt und niemals abgelegt hatte. Sie stellte sich einen Schutzschild vor, der sie und ihr Baby umgab. Im Kopf hörte sie weißes Rauschen. Sie konnte nicht denken. Sie fühlte sich klaustrophobisch, eingesperrt, wie erstickt. Die Stimmen klangen gedämpft und wichen zurück. Die Luft wurde dünner; sie konnte nicht genug davon einatmen. Ihr Mund wurde trocken. Sie versuchte, gerader zu stehen, doch sie spürte, wie etwas in ihr verrutschte. Ihre Stiefel waren zu eng. Ihre Wolljacke kratzte. Jemand zupfte an ihrem Ellbogen.

Giorgio. Er stand jetzt neben ihr. Sie versuchte, ihn anzusehen, doch ihr Blickfeld verschwamm, und der Boden kippte und kam auf sie zu. In diesem Moment lief die Zeit rückwärts, und sie war wieder ein kleines Mädchen und lag auf der Rückbank des Buick, auf die alle drei Kinder gestopft worden waren wie Gepäckstücke, und versuchte einzuschlafen. Sie roch den Alkohol, die Zigaretten und die Thunfisch-Sandwiches, deren Geruch an ihrem Dad und seiner Kleidung hing und durch das ganze Auto zog. Giorgio schob sie nach vorn. Warum schubste er sie?

Sie legte eine Hand auf ihren Bauch, auf ihr Baby. *Oh, mein Baby.* Die andere wedelte nutzlos herum. Die Zeit verlief noch langsamer, und Helen bemerkte staunend, dass in diesem Moment ihre linke Hand wieder die Führung übernahm und wusste, dass sie ihr Baby schützen musste; dass all die Schuljahre, in denen man sie ihr hinter dem Rücken festgebunden hatte, um sie zu zwingen, den Stift mit der rechten Hand zu halten, nicht dagegen ankamen, dass ihre Linke wusste, was sie zu tun hatte. Ihre rechte Hand suchte immer noch Halt. Sie musste sich irgendwo festhalten. Gerade, als sie begriff, dass Giorgio sie zu einem Sessel lenkte, fand ihre suchende Hand Halt, und erst, als er zurückfuhr, wurde ihr klar, dass sie in seinem Schritt gelandet war. Ein bellendes, raues, boshaftes Geräusch: Antonio lachte. Helen sank auf den Sessel und steckte den Kopf zwischen die Knie.

Als sie sich nach und nach ihrer Umgebung wieder bewusst wurde, bemerkte sie als Erstes, wie hart die Sessellehnen waren, die sie umklammerte. Sie hob den Kopf und sah, dass Francesca das Zimmer verlassen hatte und Giorgio und Antonio sie anstarrten.

Draußen nieselte es. Helen hatte keinen Mantel mitgenommen. Als sie nach Hause ging, wurde das Nieseln zu Regen. Dicke Tropfen landeten auf ihr, als sie unter dem Melaleuca-Baum im Vorgarten der Laus hindurchging. Die aus Eisenbahnschwellen angelegte Treppe neben der Einfahrt wurde bei feuchtem Wetter glitschig, daher ließ sie sich Zeit.

Als sie ihr Haus erreichte, war sie durchnässt. Erleichtert, weil sie wieder sicher zu Hause war, nahm Helen drinnen immer zwei Treppenstufen auf einmal und knickte sich auf der letzten den Knöchel im Stiefel um. Diese albernen, zu großen, zu hohen, angemalten Stiefel. Weinend schnürte sie sie auf. *Uns geht's gut, Kleines, uns geht's gut, Kleines* intonierte sie dabei wie ein Gebet.

Warum war sie diejenige, die sich schämen musste, obwohl sie, soweit sie sich besinnen konnte, nichts verkehrt gemacht hatte? Keiner dieser Mariettis schämte sich auch nur im Geringsten dafür, wie sie sich benommen hatten, oder machte sich nur das geringste Gewissen wegen der Macht, die sie über ihre Gefühle ausübten.

An diesem Abend nahm Helen zwei Wärmflaschen mit ins Bett. Tief in der Nacht, während Duncan laut atmete, zerrte sie die Decken bis unters Kinn hoch und spürte ein Reißen, etwas, das sich in ihr ablöste. Sie wusste es schon, bevor sie nachsah, ob sie blutete. Es dauerte acht Tage, bis die Fehlgeburt abgeschlossen war. Sie bekam eine Blutvergiftung und musste Antibiotika nehmen, von denen sie sich eine Pilzinfektion zuzog.

Helen gab den Italienern die Schuld an allem.

Duncan sprang aus seinem Sessel auf und schrie. Aha, ein Wicket. Nein, kein Wicket. Australien war am Schlag. Der fünfzigste Run für Allan Border.

»Ich frage mich, was die Familie machen wird«, meinte Helen. »Falls sie zurückkommen.«

»Wer?«, fragte Duncan.

»Die Mariettis.«

Helen begriff nicht, warum diese Leute sich überhaupt damit abgegeben hatten, nach Australien zu ziehen, da sie ständig zwischen Canberra und Rom hin- und herflogen, obwohl Giorgio der Einzige war, der hier einen Job hatte. Vermutlich wollten sie vor allem beweisen, dass sie sich die ganzen Flugtickets leisten konnten. Nur Antonio hatte sich anscheinend Mühe gegeben, sich einzuleben, und blieb zurück, wenn der Rest der Familie Giorgio auf seinen Geschäftsreisen begleitete.

»Sie kommen diese Woche zurück«, erklärte Duncan. »An welchem Tag, weiß ich noch nicht. Kommt auf die Flüge an.«

»Woher weißt du das?« Und wieso hatte er ihr nicht früher davon erzählt?

»Hab sie angerufen. Während du auf der anderen Straßenseite warst. Dachte, das gehört sich so. Ich habe mit Giorgio gesprochen.«

»Was hat das gekostet? Ein internationaler Anruf, nicht bloß ein Ferngespräch. Und auch noch tagsüber!«

»Kann nicht behaupten, dass ich in erster Linie an die Kosten gedacht habe. Herrgott, Helen, ihr Sohn ist verschwunden und zu Schaden gekommen.«

»Natürlich«, sagte Helen. Wieso hatte Duncan überhaupt deren Telefonnummer in Italien? »Wie geht's ihnen?«

»Was glaubst du denn?« Duncan schlang beide Hände um den Nacken und dachte über das Unmögliche nach. »Eigentlich klang Giorgio eher wütend als alles andere. Ich bin froh, dass ich ihm die Nachricht nicht überbringen musste. Die Polizei hatte schon bei ihnen angerufen. Das war interessant, weißt du. Die Polizei hat ihn nach Antonios Gemütsverfassung gefragt. Bin mir nicht sicher, was sie damit sagen wollten. Jedenfalls hat Giorgio erzählt, Antonio hätte ihn gestern vor dem Freiwilligen-Einsatz angerufen. Am Morgen nach unserer Zeit, Mitternacht in Rom. Giorgio hat ihn abgewimmelt, weil er müde war. Antonio hat gesagt, er habe ihnen etwas zu erzählen und werde nach dem Arbeitseinsatz noch mal anrufen.«

»Was war es?«

»Tja, das ist es ja gerade«, sagte Duncan. »Das wissen sie nicht. Jetzt sieht es so aus, als würden sie es nie erfahren. Er hat nicht mehr zurückgerufen. Giorgio sagt, er weiß im Herzen, dass Antonio tot ist.«

»Ich weigere mich, das zu glauben«, gab Helen zurück. »Viele Menschen, denen ein Arm oder Bein fehlt, führen ein vollkommen normales Leben.«

»Ich glaube nicht, dass du in Betracht ziehst ...«

»Richard hat gesagt, wir sollen das Beste hoffen, und ich finde das auch. Alles andere ist zu schrecklich, um darüber nachzudenken. *Vermutlich* tot ist nicht dasselbe wie *richtig* tot.«

»Oh, das hätte ich fast vergessen«, sagte Duncan ein paar Minuten später. »Giorgio hat auch erklärt, warum die Polizei ihm gesagt hat, woher sie wissen, dass es Antonios Fuß war. Joe hat ihn identifiziert. Es war der Fuß, an dem er das Muttermal hatte.«

»Schon seltsam«, meinte Helen.

»Nicht wirklich. Es war ein sehr großes Muttermal. Jeder von uns hätte es wiedererkannt.«

»Nein, ich meine, es ist seltsam, dass Joe vorhin auf der Insel nichts davon erwähnt hat. Findest du das nicht eigenartig? Dass wir alle darüber reden und er nicht mal erwähnt, dass er den Fuß gesehen und identifiziert hat?«

»Ich würde da nicht allzu viel hineininterpretieren. Joe hält sogar an den besten Tagen nichts von Menschenmengen.«

Trotzdem fand Helen, es sei nicht fair, dass manche Leute aus Warrah Place Informationen vor anderen zurückhielten. Jeder war erschüttert. Alle hatten Angst. Alle mussten damit umgehen, dass sie nicht wussten, was als Nächstes passieren würde. »Ich wünschte, ich wüsste, was Antonio seinen Eltern sagen wollte«, erklärte sie. »Das wird mir jetzt wirklich keine Ruhe lassen.«

»Was immer es war, Giorgio hat gesagt, Antonio hätte glücklich geklungen. Er war fürchterlich niedergeschlagen, als er mir das erzählt hat. Als ich ihm zugehört habe, musste ich darüber nachdenken, wie ungerecht es ist, dass er seinen Sohn verloren hat, und habe an seinen Schmerz gedacht. Ich habe solches Glück, dich und Tam zu haben.« Duncan rückte näher heran, legte eine Hand auf Helens Schulter und sah ihr forschend ins Gesicht. »Zwischen uns dreien ist doch alles gut, oder? Vielleicht sind wir alles, was wir ...«

Zum Glück klopfte es an der Tür.

### (Ameisen)

*Manche Käfer gelangen durch ruchlose Mittel in Ameisennester – das heißt mit Tricks. Sie ernähren sich, indem sie den Saft aus jungen Ameisen saugen, die noch Larven sind und sich nicht wehren können.*

# 12

Tammys Beine krampften, denn sie steckte an der Stelle fest, an der sie kauerte, aber damit würde sie schon fertig werden. Ein ausgezeichneter Beobachter musste sich mit so etwas abfinden, und es hatte sich ausgezahlt. Jetzt wusste sie, dass Antonio seinem Dad etwas Wichtiges hatte erzählen wollen. Und dass Joe Antonios Fuß mit eigenen Augen gesehen hatte. Ein Klopfen an der Tür hinderte sie daran, zu ihrem Tagebuch zurückzukehren und über alles nachzudenken. Es war ein energisches Klopfen, das es ernst meinte und nicht warten wollte.

Peggy platzte herein und wedelte mit einer Zeitung.

»Zeitung!«, rief sie unnötigerweise. Sie schnaufte und röchelte, denn sie war nach dem kurzen Weg über die Insel und die Einfahrt hinauf außer Puste. »Die von gestern!« Sie hielt Tammys Mum und Dad eine aufgeschlagene Seite vors Gesicht. »Da!«

Drei Köpfe beugten sich zusammen über die Zeitung. Die gekrümmten Rücken sahen wie Käfer aus.

»Grasfeuer«, sagte Tammys Dad. »Kein Wunder bei dieser Hitze. Trotzdem nicht besonders besorgniserregend.«

»Ein Toter«, sagte Tammys Mum. Sie fasste sich an den Hals. »Herrgott im Himmel.«

»Nein, nicht das«, sagte Peggy und faltete die Zeitung zusammen. »Das war bloß ein Bankräuber, den die Polizei erschossen hat. Da. Die Schweine. Wilde!«

»Wildschweine?«, fragte Tammys Mum. »In Canberra?«

Peggy verschränkte selbstgefällig die Arme, während Tammys Dad die Zeitung genauer ansah und sich dann aufrichtete.

»Aber wir sind nicht mal in der Nähe der Stellen, wo die Schweine gesehen wurden«, meinte er. »Und der Ranger hat sie ausgeschaltet. Wir haben Antonio alle danach noch lebend gesehen.«

»Ja, und?«, gab Peggy zurück. »Die Schweine haben jede Menge Schaden angerichtet. Das muss bedeuten, dass es ganz viele von ihnen gibt. Überall.« Sie wirkte ganz verzückt. »Ihr wisst doch, wie groß die werden können, nicht wahr?«

»Du glaubst doch sicher nicht, ein Schwein hätte ihn ... *gefressen*?«

Tammys Mum zuckte beim Sprechen zusammen, und Peggy vollführte eine unverbindliche Handbewegung, um anzudeuten, dass sie die Möglichkeit nicht ausschloss.

»Keine Ahnung«, meinte Tammys Dad. »Hört sich ein wenig weit hergeholt an. Ich vermute, die Polizei wird den Rest von Antonios Leiche jeden Moment finden. Bin mir nicht sicher, ob es besonders gut ist, unterdessen zu spekulieren.«

»Richard hat gesagt, wir sollten keine voreiligen Schlüsse ziehen«, meinte Tammys Mum.

»Jedenfalls, Peggy«, fuhr Tammys Dad fort, »hat es sich draußen vorhin angehört, als würdest du Cecil beschuldigen.«

»Wie ich schon sagte, entweder das eine Wildschwein oder das andere.« Das schien Peggy zu erheitern, denn sie brach in ein Kichern aus, das bald in Husten umschlug.

»Sind die Reporter noch draußen?«, erkundigte sich Tammys Mum. »Gefällt mir nicht, dass sie da herumlungern. Das ist respektlos.«

»Sie werden nicht lange bleiben«, meinte Tammys Dad. »Es läuft einen Tag in den Nachrichten, und dann ziehen sie weiter.«

»Hab niemanden gesehen«, sagte Peggy, nachdem sie sich von ihrem Hustenanfall erholt hatte. »Erzählt Cecil das mit den Schweinen übrigens nicht. Ich möchte sein Gesicht sehen, wenn ihm klar wird, dass er als Letzter davon erfährt. Du meine Güte, ist das hier warm. Dieses Zimmer heizt sich in der Sonne wirklich auf, was? Zu wem soll ich jetzt gehen? Ich habe Naomi heute noch nicht gesehen.«

»Das würde ich nicht tun«, sagte Tammys Mum.

»Wieso denn?«

»Bin mir nicht sicher, ob sie Besuch verträgt. Sie ist ein wenig angeschlagen, du weißt schon, ziemlich schlimme Morgenübelkeit.«

»Ach ja? Na, sie wird nichts dagegen haben. Ich schaue nur kurz herein.« Peggy hatte sich Tammys Versteck genähert, und jetzt drehte sie sich um, reckte den Hals und fixierte Tammy. »Ich habe dich gesehen, junge Dame.« Sie war so nahe, dass Tammy ihren auslaufenden Lippenstift sehen konnte, ihre aufgemalten Augenbrauen und den Blick, der Tammy festnagelte. »Schleichst in deinem eigenen Haus herum. Na ja! Hütet euch vor Schweinen! Hooroo.«

Tammy beschloss auf der Stelle, Peggys Wildschweintheorie zu ignorieren; hauptsächlich, weil Peggy die Lorbeeren ernten würde, wenn sich diese Vermutung als wahr erwies.

Als sie zurück in ihr Zimmer ging, traf sie Colin tief und fest schlafend auf dem Gästebett an. Er trug jetzt ein anderes Kleid: geblümt, mit einem Spitzenkragen und Rüschen am Saum. Er war von einem Durcheinander aus Stoffen, Farben und Mustern umgeben, die nicht zusammenpassten. Mit dem Kopf lag er auf einem weichen, gesteppten Morgenmantel in einem ganz zarten Blauton, der nach vielen Wäschen noch heller geworden war. Hätte er keine Turnschuhe an den Füßen gehabt, dann hätte er ausgesehen wie der Engel auf der Spitze des Weihnachtsbaums.

Man stelle sich vor, jemand von der Schule würde sehen, wie sie mit Colin abhing, wenn er sich so ausstaffiert hatte. Er war ein jämmerlicher Ersatz für eine gleichaltrige Freundin; nicht, dass die Bewerberinnen für diesen Platz bei ihr Schlange stehen würden. Dafür hatte Simone Bunner gesorgt.

Tammy fühlte sich gedemütigt, weil Peggy sie beim Lauschen

erwischt hatte. Besonders unfair war, dass es Erinnerungen an all die Demütigungen wachrief, die sie im vergangenen Jahr erlitten hatte. Sie war von einer zur anderen gesprungen wie eine Marionette an zu straffen Fäden. Alles hatte in den letzten Sommerferien angefangen, bevor Antonio gekommen war und bevor Narelle sich gegen sie gestellt hatte.

An einem faulen Tag, der ansonsten wenig bemerkenswert war, ging Tammy zu Narelle hinüber. Sie waren schon so lange befreundet, dass Narelle zu einem Teil von Tammys Selbstgefühl geworden war. Unter sich nannten sie einander die Warrah Warriors; absolut unbesiegbar. Andere nannten sie das dynamische Duo und behaupteten, sie glichen sich wie ein Ei dem anderen und brächten doppelten Ärger. Man konnte sich die eine unmöglich ohne die andere vorstellen.

Tammy hatte neue Jeans. Sie war elf und bekam Hüften. *Weibliche Formen*, hatte Peggy Tammys Mum so laut zugeflüstert, dass Tammy es gehört hatte. Das Wort machte Tammy höllische Angst.

Sie kletterte über den Zaun in den Garten der Laus, zog den Kopf ein und bewegte sich in der Deckung durch die Oleanderbüsche. Dann ging es über den nächsten Zaun in Narelles Garten. Von hinten sah das italienische Haus gar nicht so unheimlich aus.

»Hi-le-gi Na-le-ga re-le-gelle. Ich-le-ich-bin'se-le-ge«, rief Tammy in ihrer Geheimsprache, die niemanden täuschte, sie aber zusammenschweißte. Sie hörte eine Bewegung aus dem Inneren des Zimmers. In dem Fliegengitter an Narelles Fenster befand sich ein kleiner Riss von der Größe eines Kinderfingers. Mit einer routinierten Bewegung drückte Tammy den Riegel im Inneren zurück, und das Gitter schwang auf.

Merkwürdigerweise war niemand da. Sie kletterte hindurch. Doch Tammys Nackenhärchen stellten sich auf. Sie mochte keine Streiche, und es sah Narelle nicht ähnlich, ihr einen zu spielen …

Unter dem Bett drang ein Kichern hervor, gefolgt von *Psst*-Lauten. Das Kichern stammte nicht von Narelle, denn das kannte Tammy auswendig. Die Quelle des Kicherns rutschte auf dem Bauch hervor und stand auf. Danach kam Narelle heraus, die ihr T-Shirt glattstrich und zu Boden sah.

»Das ist Simone Bunner, und sie ist gerade nach Canberra gezogen, und ihre Mum ist eine Kollegin von meiner, und sie hat eine Schwester, die in die neunte Klasse kommt, und Simone wird in unserem Jahrgang in der Schule sein, ist das nicht toll?«, sprudelte Narelle hervor, ohne Luft zu holen.

»Ich bin Tammy Lanahan«, erklärte Tammy. Sollte sie der anderen die Hand schütteln? Ihre Hand war schon auf halbem Weg zu Simone, doch dann überlegte sie es sich anders und wischte sie stattdessen an ihrer Jeans ab.

Simone sah Tammy an und mampfte mit offenem Mund Kaugummi. Tammy war klar, dass sie abgecheckt wurde und der Prüfung nicht standhielt.

»Ich weiß, wer du bist, Tammy Lanahan.«

»Simone hat Nagellack mitgebracht.« Narelle lachte nervös.

»Cool«, meinte Tammy.

Tammy hatte keine Ahnung von Nagellack. Ihre Mum trug keinen. Er war exotisch; etwas für andere Leute.

»Ein Jammer«, sagte Simone. »Es ist nur genug für uns beide da.« Sie stand Schulter an Schulter mit Narelle da.

Auf Narelles Schreibtisch befanden sich fünf Flaschen Nagellack in unterschiedlichen Formen und von verschiedenen Marken, in Braun-, Rosa- und Rottönen.

»Außerdem«, sagte Simone, nahm eine von Tammys Händen und musterte sie, »glaube ich kaum, dass du die Aufmerksamkeit auf abgekaute Fingernägel lenken solltest. Meine Mum sagt, das ist eine schmutzige Angewohnheit. Was meinst du, Tammy?«

Tammys Haut brannte, wo Simone sie berührte, doch sie wagte nicht, sich zu rühren. Sie stand wie vor den Kopf geschlagen da und wusste nicht, was sie sagen sollte. Sie sah Narelle an, doch die sagte auch nichts.

»Ach, du meine *Güte*«, sagte Simone schließlich verärgert und ließ Tammys Hand los, als wäre sie glühend heiß. »Und Narelle hat gesagt, du wärest *intelligent*. Ich mache es dir einfach, ja? Zeit, dass du gehst. Ta-da. Raus mit dir.« Sie scheuchte Tammy mit einer Handbewegung zum Fenster.

Tammy wandte sich mit vor Scham glühenden Wangen ab und kletterte inmitten eines unangenehmen, aufgeladenen Schweigens wieder aus dem Fenster. Dabei blieb der Saum ihrer Jeans, ihrer schönen neuen Schlaghosen, an dem Riegel hängen, und sie musste den Arm rückwärts ausstrecken und versuchte verzweifelt, ihn zu lösen, verzweifelt, ihn nicht zu zerreißen, verzweifelt, nicht hinzufallen, obwohl sie auf einem Bein balancierte, und musste mit aller Kraft versuchen, nicht zu weinen.

»Lass sie«, meinte Simone zu Narelle. »Sie stellt sich nur an, weil sie nicht gehen will. Armselig, wirklich.«

Von da an war alles nur noch schlimmer geworden.

Noch vier Wochen, bis die Schule wieder anfing. Narelle wohnte nicht mehr in Warrah Place, kam nicht mehr in die Schule, lebte nicht mehr in Canberra. Simone schon. Tammy hatte nicht genug Zeit, eine neue Persönlichkeit zu entwickeln und alles in Ordnung zu bringen, was Simone an ihr hasste. Aber was, wenn sie diesen Fall löste und herausfand, was mit Antonio und seinem Fuß passiert war? Dann würde sie im Mittelpunkt stehen, und Tammy wusste genau, was dann sein würde: Tammy würde dazugehören, und Simone wäre außen vor.

Neben dem Gesicht des schlafenden Colin zog Tammy ihre Schreibtischschublade auf und nahm die Schlumpfine heraus. Was für eine inspirierte Idee von ihr, sie mitzunehmen!

Draußen, wo der Transporter des Nachrichtensenders gestanden hatte, war ein Ölfleck zurückgeblieben, der in metallischen

Regenbogenfarben schillerte. Ein heißer, trockener Windstoß ließ das Absperrband der Polizei flattern und knistern, und dann ließ die Bö nach, und das Band hing wieder schlaff herab. Nach dem Lärm und dem Gedränge auf der Insel vorhin war es jetzt totenstill, und die Straße lag verlassen da, aber Tammy hatte immer noch das Gefühl, beobachtet zu werden. Sie zog den Kopf ein und ging zielbewusst einher, als tue sie genau das, was sie sollte.

In Sherees Garten waren überall kaputte bunte Plastikteile verstreut. Da lag ein eingefallener Hüpfball, der die Hälfte seiner Luft verloren hatte und dessen schiefes Grinsen wie eine unheimliche Grimasse wirkte. Ein Eimerchen mit Erde. Eine rote Luftmatratze. Ein Berg Hundehäufchen, die weiß ausgebleicht waren. Dabei hatte die Familie nicht mal einen Hund. Und da lag eine nackte Puppe bäuchlings im Gras. Ihr glatter Hintern ragte in die Luft, ihre Arme waren abgerissen.

Tammy klopfte an die Fliegengittertür, bevor sie am Ende noch kniff.

»Herein«, rief Sheree.

Tammy traf Sheree auf allen vieren in der Küche an, wo sie gebackene Bohnen vom Boden aufwischte. Ächzend stand sie auf.

»Diese verdammten Kinder bringen mich noch um«, sagte sie. »So. Was kann ich für dich tun?«

Tammy reckte ihr die Hand mit der Schlumpfine entgegen. »Das hier ist irgendwie in unser Haus geraten. Keine Ahnung, wie. Muss Colin gewesen sein.«

»Danke, Schätzchen. Kann nicht sagen, dass wir sie vermisst hätten. Hier liegt so viel Kram herum.«

»Vielleicht sollten Ihre Kinder besser auf ihre Sachen aufpassen«, meinte Tammy.

»Wem sagst du das?«

Tammy wollte schon anfangen, Sheree darüber ins Verhör zu nehmen, wo sie gestern Abend gewesen war, sagen wir zwischen dem Ende der Freiwilligenaktion und dem frühen Morgen. Doch dann sah sie auf dem Boden etwas, was sie mit offenem Mund erstarren ließ. Wieso hatte sie das nicht gesehen, als sie hereingekommen war? Musste daran liegen, dass hier so viel herumlag.

»Wie kommen die denn hierher?«, fragte sie. Es war ein Paar Sandalen, ähnlich wie Flipflops, aber schick und mit dicken dunklen Lederriemchen. Sie gehörten Antonio und waren Tammy so vertraut, als gehörten sie ihr. Er hatte sie den ganzen Sommer über getragen.

Sheree lachte verlegen. Sie wollte sie schon aufheben, überlegte es sich dann aber anders.

»Ach, die«, meinte sie und blieb davor stehen. »Du weißt ja, wie das geht. Wenn es heiß ist, ziehen alle ihre Schuhe aus, und sie können überall landen.«

Sogar Sheree musste klar sein, dass ihre Antwort unzureichend – und verdächtig – klang, denn sie schob Tammy aus der Tür.

»Wie lange sind die schon hier?«, fragte Tammy.

»Geh lieber nach Hause, Kleine«, sagte Sheree. »Sonst macht sich deine Mum noch Sorgen.«

»Hat *er* sie hiergelassen oder jemand anderer?«

»Tschüs.«

Ein aufgeregtes Prickeln stieg in Tammy auf, als Sheree ihr die Tür vor der Nase zumachte. Sie hatte Sheree mit Antonios Sandalen erwischt. Noch war sie nicht sicher, was das zu bedeuten hatte, doch Sherees schuldbewusste Miene verriet ihr, dass es sich ganz bestimmt lohnen würde, das herauszufinden.

## CANBERRA COURIER

*Montag, 8. Januar 1979*

**ABGETRENNTER FUSS
LÖST MORDERMITTLUNG AUS**

Am frühen gestrigen Morgen entdeckten Wanderer in den Außenbezirken von Canberra einen abgetrennten Fuß. Die Polizei hat bekanntgegeben, dass der Fuß Mr. Antonio Marietti, 19, aus Warrah Place gehört.

Mr. Mariettis Nachbar, Mr. Josip Pavlović, hat ihn anhand eines auffälligen Muttermals in der Form einer Acht auf dem Fuß eindeutig identifiziert. Mr. Pavlović hat es abgelehnt, einen Kommentar abzugeben oder zu erklären, warum er sich beim Fund von Mr. Mariettis Fuß in der Nähe aufhielt.

Zuletzt wurde Mr. Marietti am Samstagabend, dem 6. Januar, bei einer kirchlichen Veranstaltung gesehen und kehrte anschließend nicht wie erwartet nach Hause zurück. Bis heute hatte die Polizei erklärt, Mr. Marietti gelte als vermisst und wahrscheinlich tot, aber jetzt können wir berichten, dass eine Ermittlung wegen Mordes eröffnet wurde.

»Ohne eine Leiche ist es immer eine heikle Entscheidung, von einem Mordfall zu sprechen«, erklärte Detective Sergeant Mark Leagrove vor Reportern. »Doch unsere Gerichtsmedizin konnte rasch herausfinden, dass der Fuß post mortem abgetrennt wurde. Wir wissen also, dass Mr. Marietti tot ist, und bisher deutet alles auf einen Mord hin.«

Mehrere Zugänge zu den Hügeln sind abgesperrt worden, und die Öffentlichkeit ist gebeten worden, sich fernzuhalten, während die Polizei nach der Leiche sucht. »Ich weiß, dass es ein öffentliches Interesse daran gibt, was passiert ist, aber wir bitten die Bevölkerung, sich fernzuhalten. Es ist von größter Wichtigkeit, dass wir Mr. Mariettis Leiche schnell finden. Wir möchten nicht, dass unsere Arbeit dadurch behindert wird, dass potenzielle Tatorte verunreinigt werden, selbst unabsichtlich.«

Eine weitere von Mr. Mariettis Nachbarinnen, Miss Sheree Williams, erklärte Reportern: »Die Polizei hat gesagt, wir sollen uns keine Sorgen machen, aber wie soll das gehen? Ich habe Kinder. Ich habe Antonio nie gut gekannt, höchstens im Vorbeigehen ›Hi‹ gesagt, aber alle konnten ihn gut leiden. Wer hätte ihm das bloß antun können?« Sie kämpfte sichtlich mit ihren Emotionen. »Ich kann es einfach nicht glauben«, setzte sie hinzu. »Was ist nur aus diesem Land geworden?«

Die Polizei des Hauptstadtdistrikts appelliert an die Bevölkerung, sich zu melden, falls jemand Informationen hat.

# 13

Fünf Monate vor dem Mord
*Sonntag, 6. August 1978*

Duncan hockte neben einem Rhododendron-Busch am Rand seines Grundstücks und tastete den Boden ab. Sie hatten starken Frost gehabt, und die Erde war hart, aber nicht gefroren. Diese Stelle würde gehen.

Nebel hing über den Hügeln der Umgebung und ließ sie höher erscheinen, als sie waren. Es war noch früh, und später würde die schwache Sonne den Dunst auflösen, doch jetzt spürte Duncan, wie die feuchte Luft sich um ihn legte und war froh darüber.

Helens letzte Fehlgeburt war vier Wochen her. Zur Abwechslung gab sie den Mariettis die Schuld und nicht sich selbst, und Duncan musste beschämt zugeben, dass ihm das lieber war, als selbst die Verantwortung zugeschoben zu bekommen. Doch Helens Verbitterung war schwer zu ertragen, gegen wen sie sich auch richtete. Natürlich konnte er das nicht laut sagen. Seine Aufgabe war, Helen unter allen Umständen zu unterstützen, und er war gut darin. Aber wer hätte gedacht, dass es so anstrengend sein würde, sich auf die Zunge zu beißen, zu nicken und leise und zustimmend zu murmeln? Er war erschöpft.

Das hier war nur für Duncan. Etwas, was er für sich selbst tun musste. Er lehnte die Schaufel an den Busch und zog die Babyschühchen aus seiner Manteltasche. Sie waren aus weißer Wolle gestrickt und mit schimmernden Satinbändchen geschnürt. Winzig. Zierlich. Überflüssig. Duncan hob sie an sein Gesicht und roch daran. Er küsste die Schuhspitzen.

Überall im Garten waren die Erinnerungsstücke an jede einzelne Fehlgeburt verstreut, und Duncan kannte alle Stellen auswendig. Zu Beginn hatte er immer geglaubt, es werde das letzte Mal sein, und wenn sie es noch einmal versuchten, würden sie ein Baby bekommen. Inzwischen sah er sich bereits nach weiteren geeigneten Stellen um. Es fühlte sich wie Betrug an; an Helen und an den Babys – seinen Kindern –, an die er nicht mehr glaubte. Er glaubte nur nicht, dass er noch länger damit umgehen konnte. Mit der Hoffnung. Sein Herz ertrug keine Hoffnung mehr.

Duncan legte die Schühchen auf ein Taschentuch auf dem Boden, damit sie nicht schmutzig wurden, und begann zu graben. Die Schaufel schepperte und kratzte über kleine Steine. Sie drang in verdichtete Erde ein. Es ging schwer, Duncan musste sich richtig ins Zeug legen.

Die Gestalt, die aus dem Nebel auftauchte, hatte ihn erreicht, bevor er bemerkt hatte, dass sie näher kam.

»Herrgott.« Duncan richtete sich auf und griff sich an die Brust. »Wo kommst du denn her?«

»Tut mir leid«, sagte Antonio. »Ich habe gerufen, aber ich glaube, Sie haben mich nicht gehört.« Er erklärte Duncan, er sei in den Hügeln spazieren gegangen.

»Ganz allein?«

Antonio sah ihm in die Augen. »Ich bin daran gewöhnt.«

Duncan folgte Antonios Blick zu den Schühchen auf dem Boden. »Symbolisch«, erklärte er. »Für den Verlust. Armes kleines Ding.« Er spürte, wie ihm die Trauer den Hals zuschnürte. »Eine Fehlgeburt«, setzte er hinzu, für den Fall, dass er Verwirrung gestiftet hatte.

»Kommt Ihre Frau noch dazu?«

Duncan schüttelte den Kopf. »Sie weiß nichts davon. Sie hat genug zu verarbeiten.« Er grub weiter. Antonio stand daneben, die Hände in den Taschen. »Du brauchst nicht zu bleiben«, sagte Duncan über die Schulter hinweg.

»Es macht mir nichts aus«, erklärte Antonio. »Solange es Sie nicht stört.«

Erstaunt stellte Duncan fest, dass es ihm nicht nur nichts ausmachte, sondern dass er froh war, Gesellschaft zu haben. Dass jemand Zeuge seines Kummers war, verstärkte ihn noch, aber auf eine Art, die sich richtig und angemessen anfühlte. Seine Schultern bebten unter dem Schmerz. Tränenüberströmt ging er mit der Schaufel blindlings auf den Boden los, bis Antonio die Hand auf seine legte, sodass er innehielt und die Schaufel zur Ruhe kam.

Antonio übernahm das Graben, während Duncan seine Fassung zurückgewann.

»Du bist ein guter Junge«, sagte Duncan. Er hatte nicht damit gerechnet, dass die Gesellschaft eines anderen Menschen hier ihm das Gefühl geben würde, dass sein eigener Verlust von Bedeutung war.

»Nicht wirklich«, sagte Antonio und wandte sich ab.

Duncan schlug die Schühchen in das Taschentuch ein und legte sie in das Loch, und gemeinsam schaufelten Antonio und er mit den Händen Erde darüber, glätteten sie und schoben größere Steine beiseite.

»Danke«, sagte Duncan, doch Antonio war schon auf dem Heimweg. Im Gehen beugte er sich über eine Zigarette, um sie anzuzünden.

Am nächsten Tag stattete Duncan dem Rhododendron-Busch einen Besuch ab. In dem Erdhügel steckte ein kleines, symmetrisches Kreuz mit gleich langen Seiten. Es war aus Kiefernholz geschnitzt und wurde in der Mitte von Schnur zusammengehalten.

# 14

Zwei Tage nach dem Mord
*Montag, 8. Januar 1979*

Eine Fliege war im Zimmer gefangen. Summte unaufhörlich. Und jetzt noch eine. Doppelte Raserei. Sie stießen gegen das Fenster, gegeneinander, schienen in Naomis Schädel aneinanderzugeraten.
Auf dem Radiowecker klickten die Minuten.
Trockenes Schlucken.
Andere Geräusche: eine Autotür, der Motor, Reifen auf der Straße; das Motorrad des Postboten: Stopp, Start, Aufjaulen, Stopp; Vögel: sanftes Gurren, ärgerlicher Protest, ein Kookaburra, der ausrastete; Sheree, die ihre Kinder anschrie; ein Klopfen an der Tür, zweimal, noch mehr.
Was für einen Tag hatten sie?
Warum konnte sie nicht schlafen?
Es musste Tag sein. Durch Spalten im Vorhang fiel Licht herein, das ihr wehtat. Naomi drückte mit dem Finger auf ihr angeschwollenes Augenlid. Es schmerzte stärker. Sie drückte fester und spürte, wie der Schmerz an ihrer Augenbraue entlanglief.
Etwas roch verdorben.
Auf ihrem Nachttisch stand eine Tasse Tee. Daneben lag ein Pfefferkuchen. Das musste Sheree gewesen sein. Der Tee war hell, und eine Schicht schwamm auf der Oberfläche. Naomi steckte sich das Gebäck in den Mund.
Hatte Sheree Colin ins Bett gebracht? Wann?
Sie vermutete, dass Colin jetzt bei Helen war. Wahrscheinlich ging es ihm gut. Sie sollte wohl dankbar sein. Aber ausgerechnet *Helen*. Diese scheinheilige Kuh.

Helen hatte keine Ahnung, wie gut sie es hatte. Einen Mann, dem es wichtig war, was sie wollte. Einen Mann, den *nur* kümmerte, was sie wollte. Was würde Naomi nicht geben … Hätte Naomi das gehabt, dann hätte sie nicht zu lügen brauchen. Einen Turm von Lügen aufbauen, der so hoch war, dass er nicht stehenbleiben konnte.

Sie zerfiel in Fragmente; Teile von ihr lösten sich von ihr. Zerflatterten. Sie beobachtete das alles emotionslos. Wenn sie schon zerbrach, dann auch richtig.

*Du hattest schon immer einen Drang zum Theatralischen.* Die Stimme ihrer Mum. Unwahr und unfair. Den größten Teil ihrer Gefühle brachte Naomi nie zum Ausdruck. Sie wollte nicht an ihre Mum denken.

Naomi wälzte sich auf die Seite. Sie war nur leicht erschrocken, als sie begriff, dass der schale Geruch von ihr stammte. Ihr Nachthemd war steif und unter ihren Achseln und auf der Vorderseite verkrustet.

Wenn Richard hier wäre, würde er sie ins Bad führen, sie vielleicht sogar tragen, und sie waschen. Das hatte er früher schon getan, sie konnte sich daran erinnern. Doch Richard war nicht hier.

Naomi rutschte aus dem Bett und auf den Boden. Ihre Knochen fühlten sich an wie Brei.

Ihr Nachthemd war hochgerutscht. Naomi umfasste ihre Schenkel und kratzte mit ihren Nägeln darüber, sodass rote Striemen entstanden. Sie zog ihre Haut straff, bis sie weiß wurde, und ließ sie wieder los.

Der Teppich war aus 100 Prozent Polyester, 50 Prozent reduziert. Nicht cremeweiß oder gebrochen weiß, sondern knallweiß. Ein lächerlicher Kauf für ein Paar mit Kind. Sie war vollkommen verliebt in ihn gewesen. Ganz aufgedreht darüber, Familie zu spielen. Sie wusste noch, wie Richard die Augen verdreht hatte, als sie sagte, sie wolle den Teppich. Aha, noch eine Erinnerung. Wenn sie noch mehr fand, könnte sie sich vielleicht wieder zusammensetzen.

Die Fliegen brummten weiter.

Die Kleiderschranktür stand offen. Naomi sah in den Spiegel, aber nicht in ihre eigenen Augen. Sie fixierte einen Punkt über ihrer Schulter, wo der Nachhall eines Gesichts bereits verblasste.

»Ich hasse dich«, sagte sie. »Ich hasse dich, ich hasse dich, ich hasse dich.«

Es stimmte. Am Ende hatte sie ihn gehasst. Aber erst, nachdem er sie zuerst gehasst hatte. Und das nur, weil sie ihn so sehr geliebt hatte.

Ihr Magen überschlug sich wieder, krampfte und bäumte sich auf.

*Oh Gott.*

Auch zu Anfang hatte sie Antonio gehasst. Das Erste, was ihr an ihm auffiel, war sein Haar. Er hatte Wellen, die wie onduliert wirkten, und sie hoffte, dass das nur Zufall war, dachte aber, dass es wahrscheinlich keiner war. Das hätte ihr erstes Warnzeichen sein sollen: Es stand ihr überhaupt nicht zu, sich irgendwelche Hoffnungen bezüglich seines Haars zu machen.

Leslie von nebenan hatte ihn an einem kalten, nassen Montag Ende Juli mitgebracht. Colin war in der Schule. In der Nacht zuvor war es sehr windig gewesen, und eine ganze Sintflut war niedergegangen; dicke Tropfen, die auf das Dach geprasselt waren und einen Höllenlärm veranstaltet hatten. Der Rasen war mit Laub und abgebrochenen Ästen übersät. Die Regenrinnen waren verstopft. Richard hatte abgesprochen, dass Leslie, der Landschaftsgärtner war, gelegentlich Arbeiten für Naomi erledigte, wenn er selbst unterwegs war. Doch jetzt wollte Leslie sich die Arbeit erleichtern. Jedenfalls sagte er das. Wahrscheinlich wollte er aus purer Gutherzigkeit dem italienischen Jungen, der gerade erst nach Warrah

Place gekommen war, Starthilfe geben, indem er ihm etwas Arbeit zuschanzte.

»Es macht Ihnen doch nichts aus, oder?«, fragte Leslie. »Besser als ein alter Knacker wie ich.« Er winkte Peggy zu, die so tat, als sähe sie nicht von ihrer Terrassentür im Nachbargarten aus zu.

Doch Naomi machte es etwas aus. Der Junge strahlte etwas Flegelhaftes, Arrogantes aus.

Antonio trug einen schwarzen Rollkragenpullover unter einem altmodischen Anzug, der ihm zu groß war. Er hatte eine lässige Haltung und legte sein ganzes Gewicht auf eine Hüfte. Er nahm einen Bleistift, der hinter seinem Ohr steckte, und ließ ihn beiläufig zwischen den Fingern kreisen. Die Bewegung hätte ungeduldig oder nervös sein können; unmöglich zu beurteilen. Seine Finger waren lang, schlank und feingliedrig, beinahe feminin. Ganz anders als bei Richard. Als er den Bleistift wieder hinters Ohr steckte, um sich eine Zigarette anzuzünden, bemerkte Naomi seine schmalen Handgelenke, die eine andere Sonne gebräunt hatte.

Leslie erklärte, was für Arbeiten er sonst erledigte. »Frag einfach Naomi. Sie wird dir sagen, was zu tun ist.«

»Sie gibt die Anweisungen?«, fragte Antonio, und Naomi hatte keine Ahnung, ob er das nur klären wollte oder abfällig klang. Ihr stellten sich die Nackenhärchen auf.

Leslie lachte leise. »Richard mag es, wenn sie gut versorgt ist.«

Würde es einen der beiden umbringen, Notiz davon zu nehmen, dass sie hier stand? »Mein Mann ist oft unterwegs«, erklärte sie. Gott, warum hatte sie das Bedürfnis, sich zu rechtfertigen? Richard hätte gewusst, was er sagen sollte, wie man mit diesem Heißsporn fertig wurde. Aber Richard war dieses Mal drei Monate fort und würde erst im Oktober zurück sein. Sie würde allein mit Antonio fertig werden müssen.

»Warum verlässt er Sie denn immer wieder?«, fragte Antonio, als wäre das ihre Schuld; als hätte sie das verdient.

»Sein Job.«

»Ist es sein Job, Sie alleinzulassen?«, fragte er mit einem schiefen Lächeln. »Schöner Job.«

Naomi hatte das Gefühl, dass man mit ihr spielte und sie nichts tun konnte, um das zu verhindern. Er musterte sie gemächlich und mit undeutbarer Miene von oben bis unten. Hätte sie den Blick eher abgewandt, dann wäre es ihr vielleicht entgangen: dieses unsichere Aufflackern in seinem Blick, ein Riss in seiner Fassade.

Er wandte sich von Naomi ab, grinste Leslie zu und schlang einen Arm um dessen breite Schultern. »Donnerstag«, erklärte er. »Ich komme am Donnerstag. Um das da zu reparieren.« Er zeigte auf den Zaun, mit dem alles vollkommen in Ordnung war.

»Aber die Regenrinnen …«, sagte Naomi.

Er entfernte sich bereits.

Sie hasste ihn für seine Dreistigkeit. Sie hasste ihn dafür, ihr das Gefühl zu vermitteln, alt zu sein, weil ihr diese Frechheit etwas ausmachte. Sie hasste sein dummes Haar, seinen dummen Anzug, seine dummen, langen, unmöglichen Wimpern, seine dumme honigsüße Stimme. Doch mehr als alles andere dachte sie immer wieder an diesen unsicheren Blick, diese kurze Unentschlossenheit. Das ließ sie vermuten, dass unter der Oberfläche noch etwas anderes schlummerte. Dass nicht alles so war, wie es auf den ersten Blick erschien.

Später, viel später, sollte Naomi sich fragen, ob sie es damals schon gewusst hatte. Ob sie da schon erkannt hatte, dass sie am Rand eines Abgrunds stand; dass ein Weg vor ihr lag und ihr Zeh schon über der Grenze schwebte.

# 15

Guangyu hatte Feierabend und fuhr zur Mittagszeit wie immer nach Hause. Auf ihrem Beifahrersitz lag der *Canberra Courier* von heute, der auf der Seite mit Antonios körnigem Foto aufgeschlagen war. Die Polizei hatte die Laus noch nicht wieder aufgesucht; jedenfalls nicht, während sie zu Hause war, und natürlich hatte Jia Li ihr nichts erzählt. Als Guangyu heute Morgen gefrühstückt hatte, hatte sie gesehen, dass in den Hügeln immer noch die Suchmannschaften der Polizei unterwegs waren. Vielleicht hatten sie die ganze Nacht gesucht. Ob sie schon eine Leiche gefunden hatten? Die Zeitung bestätigte, was Guangyu von Anfang an für wahrscheinlich gehalten hatte: Antonio war ermordet worden. Doch es gedruckt zu sehen, hatte ihr nicht bei der Entscheidung geholfen, ob sie überhaupt mit der Polizei reden sollte.

Von der Arbeit nach Hause brauchte sie 26 Minuten, aber wenn sie langsam fuhr, konnte sie dreißig Minuten herausschlagen, vielleicht mehr, wenn die Ampeln ihr wohlgesinnt waren. Dies waren kostbare Momente des Alleinseins. Die Stadt stand nicht still, wie es recht und billig gewesen wäre. Dass alles weiterging wie normal, war ebenso verstörend wie der abgetrennte Fuß selbst. Was für andere Gräueltaten ließ man sonst noch zu, wenn sie kein großes Drama auslösten?

Trotz ihrer Sorgen gähnte Guangyu. Letzte Nacht hatte sich ihre Schlaflosigkeit mit Träumen abgewechselt, in denen sie Jennifers abgetrennten Fuß an den merkwürdigsten Orten gefunden hatte; in ihrem Bett, im Suppentopf, in der Dusche – er war überall gewesen, wo ihr Traum wie von selbst hinwanderte. Selbst bei Tageslicht konnte sie das Bild nicht abschütteln. Vielleicht sollte sie Jennifer einen Flug buchen, damit sie den Rest des Sommers in

China verbringen könnte. Sie könnte Jennifer erzählen, es würde ihr guttun, ein engeres Verhältnis zu ihrer Großmutter und zu ihrem Erbe aufzubauen. In Warrah Place stimmte etwas nicht, und Guangyus Instinkt, ihre Tochter zu beschützen, der immer schon stark gewesen war, war noch nie heftiger gewesen. Gleichzeitig glaubte sie nicht, es ertragen zu können, von Jennifer getrennt zu sein und sich über eine solche Entfernung hinweg zu sorgen, ob es ihr auch gut ging. Guangyu wusste nicht mehr weiter.

Sie blinzelte in das grelle Licht und übersah beinahe Ursula, die vor ihr auf dem Fußgängerweg unterwegs war und vom Gewicht eines Einkaufsnetzes, das ihr beim Gehen gegen das Bein schlug, niedergedrückt und aus dem Gleichgewicht gebracht wurde. Sie trug keinen Hut. Alles an ihr wirkte erschöpft. Wie töricht, um diese Tageszeit im Freien herumzulaufen! Sie hatten fast vierzig Grad. Guangyu kämpfte mit ihrer Unentschlossenheit. Nein, sie würde nicht anhalten. Es war Ursulas Entscheidung, draußen herumzulaufen, und Guangyu wollte allein sein. Sie konnte die zusätzliche Belastung nicht gebrauchen. Doch dann erinnerte Ursulas Haltung sie an Jennifer, und ihr brach fast das Herz. Der gesenkte Kopf und das eingezogene Kinn. Dieser steife Gang, jeder Schritt eine Entschuldigung, ein Versuch, mit dem Hintergrund zu verschmelzen.

Guangyu fuhr an den Straßenrand.

»Brauchen Sie Hilfe, Mrs. Lau?«, fragte Ursula langsam und deutlich und spähte durchs Fenster.

Guangyu bereute schon, angehalten zu haben. »Steigen Sie ein.« Mit einer Kopfbewegung wies sie auf die Tür und warf die Zeitung auf den Rücksitz.

»Ah, Sie wollen mich mitnehmen.« Ursula stellte ihre Tasche auf die Rückbank und setzte sich selbst nach vorn neben Guangyu, während diese aufs Steuer trommelte und die Spiegel überprüfte. »Das ist sehr nett von Ihnen. Ich glaube, es war ein Fehler, mitten am Tag draußen herumzulaufen. Normalerweise nehme ich nach der Arbeit den Bus, verstehen Sie, aber ich dachte, ein kleiner Spaziergang könnte mir guttun. Um den Kopf freizubekommen. Das war die Idee. Jetzt sehe ich ein, dass das dumm war. Dumm ...«, sagte sie noch einmal und verstummte dann. Ursula nestelte an ihrem Rock herum, ihrer Handtasche, ihrem Haar, dem Kreuz an ihrer Halskette. Sie schob ihre Brille auf dem Nasenrücken hoch. Ständig in Bewegung. »Es ist schwierig. Wenn ich drinnen bin, stelle ich fest, dass ich mich nach draußen sehne, und sobald ich draußen bin, möchte ich mich am liebsten sofort nach drinnen flüchten. Lächerlich, immer zu wollen, was ich gerade nicht habe. Was ist Ihnen lieber, draußen oder drinnen? Nein, geben Sie keine Antwort. Das war eine dumme Frage.« Ursula zappelte, frustriert über sich selbst, auf ihrem Sitz herum.

Guangyu wusste nicht, was sie sagen sollte. So etwas von theatralisch! Sie blinkte und fuhr vom Bordstein weg. Es herrschte kaum Verkehr, nur wenige Fußgänger waren unterwegs. Vernünftige Menschen trieben sich um diese Tageszeit nicht auf den heißen Straßen herum.

Ursula wedelte mit einer Hand in Richtung der Zeitung auf der Rückbank. »Das habe ich auch gelesen. Heute Morgen auf der Arbeit. Alle haben darüber geredet, ich habe gar nicht zu sagen gewagt, dass das unsere Straße ist.« Für Guangyu deutete *unsere Straße* eine Vertrautheit an, ein Gemeinschaftsgefühl, das sie nicht empfand. »Mord ist ein so unheilschwangeres Wort, nicht wahr? Wahrscheinlich muss das so sein, wo es doch so etwas Furchtbares bezeichnet. Ich hoffe, wir können bald eine Beerdigung abhalten. Es fühlt sich zu schrecklich an, sich nicht verabschieden zu können. Deb – na ja, ich glaube, wir alle brauchen das. Wir hängen alle in der Luft, bis seine Leiche gefunden ist und wir eine Beerdigung abhalten können. Ich habe ständig Angst, ich könnte darüber stolpern. Über seine Leiche. Grauenhaft, nicht wahr? Sich zu fürchten, man könnte sie finden, obwohl sich alle wünschen, dass sie gefunden wird.«

»Ich hätte nichts dagegen, sie zu entdecken«, meinte Guangyu, »wenn das heißen würde, dass diese schreckliche Geschichte vorbei ist. Ich habe mehr Angst vor einem Mörder als vor einer Leiche.«

»Herrje, ja, da haben Sie recht. Das ist so furchteinflößend, dass ich den Gedanken daran ganz verdrängt habe. Sie sind sehr mutig. Ich nicht. Ich wünschte, ich wäre es, aber ich fürchte mich vor allem. Stellen Sie sich vor, ich habe sogar Angst vor der Polizei.« Sofort presste Ursula die Lippen zusammen, als bedauerte sie, zu viel gesagt zu haben. Vielleicht wurde ihr klar, wie lächerlich es war, Angst vor der Polizei zu haben, obwohl sie mit Lydia zusammenlebte. Doch Guangyu wies sie weder darauf hin, noch hakte sie nach. Sie wollte sich nicht in die Ecke drängen lassen und riskieren, dass sie ihre eigenen Gründe enthüllte, warum sie sich vor der Polizei fürchtete.

»Ich arbeite in Teilzeit in der Bibliothek«, fuhr Ursula fort und rettete sie mit ihrem Geplapper beide. »Ich würde gern mehr Stunden übernehmen, aber na ja, das wollen alle anderen auch.« Guangyu hatte das nicht gewusst. Sie wollte Ursula schon von ihrer Arbeit als Tierärztin erzählen und dass sie sich auch mehr Stunden wünschte, doch Ursula sprach schon weiter. »Sie haben eine Tochter im Teenageralter, nicht wahr?« Ja, doch Guangyu hatte keine Chance, das zu sagen. »Sie machen einem so große Sorgen, finden Sie nicht?« Erneut legte Ursula keine Pause ein. »Ich mache mir Gedanken über meine Nichte Debbie. Ihre Eltern – mein Bruder und seine Frau – haben sie praktisch aufgegeben, weil sie ein wenig auf die schiefe Bahn geraten ist. Sie sagen, sie sei ein schlechter Mensch, aber ich finde das nicht richtig. Niemand ist ein hoffnungsloser Fall, und Debbie ist ein liebes Mädchen – sie muss nur wieder auf den richtigen Weg finden. Können Sie mir ein paar Tipps geben? Für den Umgang mit weiblichen Teenagern?«

Dieses Mal wartete Ursula auf eine Antwort, doch Guangyu hatte keine. »Ich habe keine Ahnung«, erklärte sie. »Ich wünschte, ich hätte eine.«

Ursula wies erneut mit einer Kopfbewegung auf die Rückbank. »Ich habe Debbie einen Stapel Bücher aus der Bibliothek besorgt. Klassiker. *Tess von den d'Urbervilles, Anna Karenina, Große Erwartungen* und so weiter. Die Art, die einem hilft, sein eigenes Leben von einer anderen Warte aus zu sehen. Außerdem kann man mit den Klassikern ganz allgemein nichts falsch machen, wenn man an sich arbeiten will.«

Sie fuhren an einem Bus-Wartehäuschen aus Beton und orangefarbenem Plastik vorbei und überholten einen schlangenartigen Gelenkbus, der ebenfalls orange war; eine schrille Annäherung an das tiefe Ocker dieses riesigen Landes. Guangyu fühlte sich versucht, Ursula an der Bushaltestelle hinauszuwerfen, um in Frieden weiterfahren zu können. Doch Ursula schienen die Gesprächsthemen ausgegangen zu sein, Gott sei Dank, und so fuhren sie weiter.

Unterwegs fragte sich Guangyu, ob Ursula Canberra genauso sah wie sie. Eine Stadt aus Botschaften, breiten Straßen, einem künstlichen See, Grünflächen, kantigen Häusern und schicken modernen Kirchen für eine stromlinienförmige Vergebung der Sünden. Gebäude im brutalistischen Stil ragten in die Höhe, jedes ein Einzelstück, ganz anders als Hongkong mit seiner Collage aus Rechtecken, seinem Streben nach geraden Linien und rechten Winkeln, seinen Hochhäusern und den Bergen, die auf die Stadt zurückten. Wasser als Atempause. Die alljährliche Kirschblüte, um alles abzumildern. In Canberra war der freie Raum übermächtig und ließ dem Blick Platz zum Schweifen. Gerüche zogen gemächlich aus der Ferne heran. Manchmal hatte Guangyu das Gefühl, hilflos in dieser Weite zu treiben. Es hatte auch etwas Eigenartiges, in einer am Reißbrett entworfenen Stadt zu leben, unter Menschen, die dieses Land nicht seit unendlichen Generationen ihr eigen nannten. Es machte ihr Leben, ihre Geschichten unsicher und eindringlich zugleich, weil die Jahrhunderte fehlten, in denen das Land ihnen gesagt hatte, wer sie waren. Es war lange her, dass ein Land Guangyu als sein Eigen erkannt hatte.

»Es ist sehr ... groß hier«, sagte Guangyu. Das hörte sich unsinnig an. Sie wusste nicht, was sie sagen wollte.

»Ist Ihr Land nicht auch groß?«, fragte Ursula.

Gereiztheit stieg in Guangyu auf wie eine Hitzewelle. Ursulas Brille war schmutzig – wie konnte sie durch diese fettigen Schlieren sehen? Es ärgerte Guangyu, sie anschauen zu müssen.

Sie hatten an einer Ampel gehalten, ein Auto hinter ihnen hupte. Guangyu fuhr zusammen, bemerkte, dass der Verkehr um sie herum wieder floss, und legte hastig den ersten Gang ein. Jemand zeigte ihr einen Stinkefinger, als er vorbeifuhr, und Ursula schnalzte missbilligend.

»Der arme Antonio«, begann Ursula von Neuem. »Diese Sache mit dem Mord schärft das Denken, finden Sie nicht? Nein, das habe ich nicht richtig ausgedrückt. Es ist eher so, dass es überflüssige und kleinliche Dinge verschwinden lässt. Man sieht nur noch das Wichtige.«

Ursula war noch nicht fertig. »Ich bin auf dem Land aufgewachsen. Immer wieder denke ich daran zurück, wie ich ein Kind auf der Farm war und wie frei ich mich gefühlt habe. Und wie lange es her ist, seit ich mich frei gefühlt habe. Mit meinem Fahrrad am Bach entlangzufahren, über Baumwurzeln zu holpern, dass meine Zähne klapperten. Mit ausgestreckten Beinen, wenn ich ein wenig schneller wurde. Oder im Staubecken zu schwimmen. Wie wohl sich mein Körper im Badeanzug gefühlt hat. Ach, du meine Güte! Jetzt erinnere ich mich, dass ich mich vor Ewigkeiten nicht befangen in meinem Körper gefühlt habe. Wir hatten eine Seilschaukel, die an einem Baum hing. Päckchensprung mit angezogenen Beinen, die Knie an der Nase. Wie die Yabbie-Krebse uns gezwickt haben. Schlamm im Bachbett hinter dem Stauwehr. Wir haben ihn mit den Zehen gegeneinander und in unseren eigenen Rücken geschnippt. Dann haben wir uns am Wassertank getrocknet und das heiße Wellblech auf der Haut gespürt. Sind aufs Dach des Geländewagens geklettert, wenn wir zu lange draußen geblieben waren und Dad uns nach dem Melken holen kam.« Ihre Stimme klang unbeschwert und doch andächtig und voller Freude, als listete sie eine Reihe von Schätzen auf, doch dann wurde sie nachdenklich. »Ich hoffe, Antonio war in seinem Leben glücklich«, meinte sie, »auch wenn es kurz war. Ich denke immer wieder an meine Kindheit und all die Entscheidungen, die wir treffen müssen und was sie uns kosten. Ich hoffe, Antonio hat das alles nicht erleben müssen.«

Merkwürdig, dachte Guangyu, dass Menschen sich manchmal sicherer dabei fühlten, so etwas einem Fremden zu erzählen; jemandem, der ihnen nichts bedeutet. Das passierte Guangyu nicht zum ersten Mal, seit sie nach Australien gezogen war: Menschen gaben entweder zu viel von sich preis oder gar nichts.

Schweigend fuhren sie weiter, während Guangyu ihre zahlreichen Gedanken in eine Art Ordnung brachte. Unerwarteterweise wirkten Ursulas durchlässige persönliche Grenzen so, dass sie die von Guangyu eher lösten als festigten.

»Als ich klein war«, begann sie, »war ich mit meiner Großmutter in unserem Dorf, und wir standen Hand in Hand vor dem Haus unserer Nachbarin. Meine Großmutter ist sehr direkt. Sie hat immer eine Menge zu sagen.« Worauf wollte sie damit hinaus? Ach ja. »Und diese Nachbarin hatte mir eine Ansteckandel geschenkt. Ich sehe sie noch genau vor mir. Eine kleine, emaillierte Brosche mit einer fliegenden Schwalbe. Ich kann mich nicht erinnern, warum sie sie mir geschenkt hat, vielleicht auch ganz ohne Grund, aber für mich war sie etwas ganz Besonderes, und ich war überwältigt von dem Gefühl, wichtig zu sein. Ich wollte mich bedanken, habe aber abgewartet, weil ich wusste, wo mein Platz war und dass ich die Erwachsenen nicht unterbrechen durfte. Doch bevor ich es sagen konnte, hat mich meine Großmutter ausgeschimpft, fest an meinem Arm gerissen und sich für meine Unhöflichkeit entschuldigt, weil ich nicht Danke gesagt hatte.« Guangyus Hals schnürte sich zu. »Ich glaube mich zu erinnern, dass ich mich da zum ersten Mal nicht so frei gefühlt habe, wie Sie es geschildert haben.«

»Ach, du meine Güte«, meinte Ursula, und Guangyu war dankbar, weil es sich nach genau der richtigen Reaktion anfühlte und weil Guangyu jetzt aufhören wollte, davon zu reden.

»Dieses Dorf«, sagte Ursula. »Kommen Sie da her?«

»Ich weiß nicht, woher ich komme«, erklärte Guangyu. »Verrückt, nicht wahr?« Vor ihnen lag eine komplizierte Kreuzung, und Guangyu musste sich konzentrieren, um die richtige Spur zu nehmen. »Kommt darauf an, wen Sie fragen. Mein Mann würde sagen, dass ich zu hundert Prozent Hongkongerin bin. Für seine Mutter werde ich nie Hongkongerin genug sein. Meine Mutter würde behaupten, dass ich immer noch ein Dorfmädchen aus der Provinz Guangdong bin. Für meine Großmutter könnte ich ebenso gut vom Mars sein. Tut mir leid. Ich erkläre das nicht gut.«

»Sie haben das perfekt beschrieben«, meinte Ursula. »Und was würden *Sie* sagen?«

Guangyu lachte. »Ich weiß nicht.« Ihr Lachen versiegte abrupt, sie fühlte sich den Tränen nahe. Verdammte Hormone. Und sobald ihr der Gedanke kam, überlief sie eine neue Hitzewelle. Auf einen Anflug von Sehnsucht nach der Landschaft ihrer Kindheit folgte ein schmerzhaftes Schuldgefühl, weil sie ihr den Rücken gekehrt und versucht hatte, in Hongkong heimisch zu werden. Und wozu? Sie umklammerte das Steuer fester. »In diesem Land sagen die Leute, man soll nach vorn sehen und es anpacken, und dass es auf die Zukunft ankommt. Sie behaupten, Neuanfänge seien im Sonderangebot, und alle würden kaufen.«

»Meine Güte«, sagte Ursula. »Und kaufen *Sie*?«

Guangyu seufzte. »Mein Mann«, erklärte sie, »sagt, die australische Lebensweise stehe uns offen, wenn wir wollen. Das hat er aus dem Radio. Neue Horizonte erschließen. Eine neue multikulturelle Gesellschaft und neue Freunde. *Pfft.* Drei Jahre, und sein einziger neuer Freund ist seine Kamera, verdammtes *klick-klick* hier, verdammtes *klick-klick* da.« Guangyu sollte nicht so über Herman reden, aber ihr war zu heiß, um sich darum zu scheren, und sie entdeckte gerade, dass es, wenn man die Wahrheit sagte, war, als ziehe man an einem Stück Wolle, dass sich immer weiter aufribbelte. »Er erschließt gar nichts. Er verkriecht sich wie ein Einsiedlerkrebs. Und meine Tochter Jennifer ...«

»Ja, erzählen Sie mir von Jennifer. Sie ist ein gutes Mädchen, ja? Still.«

»Bei Ihnen vielleicht. Zu Hause gibt sie nichts als Widerworte.« Guangyu beugte sich tiefer über das Steuer und hielt an einer Abzweigung; sie hatte kurz den Heimweg vergessen. Sie bog nach rechts ab. »Ich mache mir Sorgen um sie. Sie sagt, sie fällt zu sehr auf, und dass sie sich nirgends verstecken kann. Aber warum sollte eine Fünfzehnjährige sich verstecken wollen? Sie sollte ihr Leben genießen! Aber die Leute starren, und sie mag das nicht. Manchmal sagen sie Dinge.«

»Sie will sich verstecken?«

»Versucht es jedenfalls.«

An einer roten Ampel hielten sie hinter einem Lieferwagen. Guangyu mochte Stop-and-Go-Verkehr. Gar nicht so übel, Gesellschaft zu haben, gar nicht schlecht, Zeit mit Ursula zu verbringen. Sie wischte sich den Schweiß aus dem Gesicht. »Aber ich habe das umgekehrte Gefühl«, erklärte sie. Mit einem Mal fühlte es sich wichtig an zu betonen, dass sie nicht genauso war. Sie wollte sich unbedingt verständlich machen. »Ich komme mir versteckt vor. Unsichtbar. Und ich bin es leid. Ich will das nicht. Sogar, wenn Menschen mich anschauen, sehen sie etwas anderes, etwas, von dem sie beschlossen haben, dass ich es bin. Aber nicht mich.«

Laut ausgesprochen klang es absurd, nach einer Schwäche. Aber persönlich machte es Sinn: Guangyu fühlte sich lausig dabei, unsichtbar zu sein. Ihre ganze Ehe hindurch hatte sie zu vergessen versucht, dass sie Chinesin war, und stattdessen versucht, Hongkongerin zu sein. Tat sie jetzt dasselbe in Australien? Hatte sie in ihrem Wunsch, dazuzugehören, ihrem wahren Ich den Rücken gekehrt? Guangyu wünschte, die Ampel würde umspringen, damit sie sich aufs Fahren konzentrieren könnte. Der Lieferwagen vor ihr war schmutzig. Jemand sollte ihn waschen.

»Tut mir leid«, sagte sie. »Keine Ahnung, warum ich das gesagt habe. Ich sollte nicht ...«

»Hören Sie auf. Ja. Ich meine, ja, Sie hätten das tun wollen, weil ...« Ursula drehte sich auf ihrem Platz, um Guangyu wieder anzusehen. »Denn ja. *Ja.* Genauso ist es. Wie Sie gesagt haben. Ganz *exakt.*«

Guangyu warf Ursula einen vorsichtigen Blick zu. Ursula lehnte den Kopf an die Kopfstütze, ihre Hände lagen schlaff in ihrem Schoß. Sie weinte lautlos und ließ ihre Tränen fließen, ohne sie wegzuwischen.

Der Verkehr setzte sich in Bewegung. Bald würden sie zu Hause sein. Nachdem Guangyu zu viel geredet hatte, verstummte sie jetzt.

Als Ursula weitersprach, klang sie staunend. »Ich dachte, niemand wüsste Bescheid. Ich habe geglaubt, niemand sonst wüsste, wie das ist – was es kostet –, in der Welt zu leben und nicht gesehen zu werden.«

Dann lachte sie, ein ungewöhnlicher, freudiger Laut, der Guangyu verblüffte. Doch Guangyu lächelte, denn Ursula war offenbar nicht der Ansicht, dass sie Unsinn redete. Und dann legte sie die Hand vor den Mund und kicherte leise, denn zum ersten Mal seit langer Zeit fühlte sie sich etwas weniger allein. Ausgerechnet Ursula!

Zuerst lachten sie zögerlich und warfen einander schüchterne, verstohlene Blicke zu, mit denen sie sich gegenseitig zum Kichern reizten. Das Gelächter verblüffte Guangyu, und das Erstaunliche daran, das Unerwartete, Unabsichtliche brachte sie noch stärker zum Lachen, bis auch ihre Schultern bebten. Dann schüttelten sich die beiden mit offenem Mund vor schallendem Gelächter aus, bis sie schließlich einen Schluckauf bekamen.

»Ich weiß gar nicht mehr, wann ich zuletzt so gelacht habe«, sagte Ursula.

Guangyu schaute Ursulas Beine an und ihre Hände, die entspannt in ihrem Schoß lagen, und spürte den Drang, sie zu berühren. Eine menschliche Berührung wäre schön. Sie hatte gar nicht gewusst, dass ihr das fehlte. Ihr wurde heiß, und sie wusste, dass ihr Gesicht rot angelaufen war. Ihr Atem ging schneller.

Ursula beobachtete sie. Ein verwirrter Ausdruck huschte über ihre Miene.

»Damit hätte ich nicht gerechnet«, murmelte Guangyu. »Sie und ich. Das ist nett.«

Die Verwirrung auf Ursulas Miene schlug zu Erschrecken um.

»Nein«, versetzte Guangyu schnell. »Keine Sorge. Ich will Ihnen nicht zu nahe treten. So habe ich das nicht gemeint. Ich will nicht mit Ihnen schlafen.« Sie streckte nicht die Hand aus, um Ursula zu beruhigen. Sie behielt die Hände bei sich.

Ursula keuchte auf. »Sie wissen Bescheid?« Sie fuhr zurück bis an die Autotür zurück. »Über Lydia und mich?«

Guangyu nickte knapp.

»*Woher* wissen Sie das?«

»Wenn man außen vor ist, sieht man viel. Manchmal hat man von dort aus eine gute Aussicht.« Guangyu seufzte. »Es ist die Art, wie Sie sie ansehen. Ich habe Herman früher auch so angeschaut. Zuerst dachte ich, dass ich das vielleicht falsch deute, dass es am kulturellen Unterschied liegt. Aber ich bin schon eine Weile hier und glaube das nicht. Ich finde, Liebe sieht wie Liebe aus, ganz gleich, woher man kommt.«

»Ist das ein Trick?«, verlangte Ursula zu wissen. Sie wirkte jetzt wie versteinert, reserviert. »Haben Sie mich deswegen mitgenommen? Um mir zu drohen? Wollen Sie mich erpressen?« Sie umklammerte das Kreuz an ihrer Halskette.

Die ganze angenehme Stimmung war in einem Moment verflogen.

»Nein«, sagte Guangyu. »Nichts dergleichen.«

Sie bogen nach Warrah Place ein.

»Hier, bitte«, sagte Ursula und wies Guangyu mit einer Kopfbewegung an, hinter Pressewagen und einem Polizeiauto zu halten.

Guangyu verstand. In der Straße spielten sich schon genug Dramen ab. Als sie das italienische Haus passierten, sahen sie an der Haustür einen Kameramann und einen Reporter, die mit einem Polizisten redeten. Guangyu fuhr an den Straßenrand, wo sie vom italienischen Haus aus nicht zu sehen waren. Sonst befand sich niemand in ihrer Nähe, abgesehen von zwei Mädchen in Tammys Vorgarten, die ähnliche Frottee-Kleidchen trugen. Nein, nicht zwei Mädchen. Es waren Tammy und dieser arme Junge, Colin. Und die Katze. Die beiden Kinder beugten sich über ein Buch, in das Tammy hineinschrieb.

Ursula machte keine Anstalten, aus dem Auto zu steigen. »Habe ich überreagiert?«, fragte sie. »Ich erschrecke sehr leicht.«

Guangyu wollte so wenig wie möglich sagen. »Ich will Ihnen nichts tun.«

»Wissen alle Bescheid?«, fragte Ursula.

Guangyu zuckte die Achseln. »Ich weiß nicht. Die meisten von ihnen sind dumm. Das wirkt sich zu Ihren Gunsten aus.«

Ursula schnaubte.

»Und Sie erzählen nichts.«

»Hab ich bisher doch auch nicht getan.« Als ob sie jemanden hätte, dem sie das weitersagen könnte.

Schweigen trat zwischen sie und erfüllte den Wagen, und Ursula machte immer noch keine Anstalten zum Aussteigen. Guangyu rührte sich auch nicht, denn sie fürchtete Ursulas Reaktion, hatte Angst, missverstanden zu werden.

»Es fühlt sich merkwürdig an, Sie Mrs. Lau zu nennen«, sagte Ursula. »Darf ich deinen Vornamen wissen? Oder sage ich da etwas Falsches?«

»Gwen«, sagte Guangyu. So wurde sie auf der Arbeit genannt. Es war wahrscheinlich gut genug, und einfach war es auch. »Sag Gwen zu mir.«

»Also, dann danke fürs Mitnehmen, Gwen. Das werde ich dir nicht vergessen. Und, na ja ...«

»Fährst du denn kein Auto?«

»Hab's nie gelernt. Ich weiß, es ist kaum zu glauben, dass jemand, der auf einer Farm groß geworden ist, nicht fahren kann. Die Sache ist einfach die, dass ich es ausprobiert habe und nicht gut darin war. Und dann war immer eins von den größeren Kindern da, das fahren wollte. Jetzt bin ich zu alt. Und ich habe Angst davor, es zu probieren.«

»Huch«, meinte Guangyu. »Ich bringe es dir bei.« Ihr Angebot war spontan, sie hatte es nicht vorher durchdacht. Das sah Guangyu überhaupt nicht ähnlich.

»Ich wäre eine schreckliche Schülerin.«

»Macht nichts. Ich bin eine sehr gute Lehrerin.«

Ursula strahlte wie ein Geburtstagskind bei seiner eigenen Party. Sie öffnete die Tür, stieg aber nicht aus. »Moment mal. Du hast gesagt ›Nenn mich Gwen‹. Heißt du wirklich Gwen?«

»Es ist ziemlich nah dran.«

»Kann ich nicht deinen richtigen Namen wissen? Bitte?«

Guangyu zögerte. Ursula hatte keine Ahnung, was sie verlangte, natürlich nicht, aber die Auswirkungen – die Angst, die Last, die Unentschlossenheit – waren trotzdem gleich.

»Guangyu.«

»Gwarn Ju«, sagte Ursula. »Ist das richtig?«

»Beinahe. Ziemlich gut sogar.«

»Schreib mich nicht ab«, bat Ursula ernst. »Ich werde besser.«

### (Ameisen)

*Manchmal müssen Ameisen sich ein neues Nest suchen. Das kann daran liegen, dass ihr altes Nest auseinanderfällt, dass es zu klein ist, dass sie alle Nahrung gefressen haben oder die Nachbarn unangenehm werden. Vielleicht auch, weil sie es leid sind, dass immer alles dasselbe ist. Was auch immer der Grund ist: Wenn sie ein neues Zuhause brauchen, schicken sie Kundschafter aus. Die Kundschafter haben eine lange Liste von Erfordernissen. Sie können über eine gute Stelle für ein neues Nest entscheiden, ohne zuerst die Erlaubnis der Königin einholen zu müssen.*

# 16

Drei Tage nach dem Mord
*Dienstag, 9. Januar 1979*

Es war Dienstag, zwei Tage nach der Entdeckung von Antonios Fuß, und immer noch machte die Suche nach seiner Leiche keine Fortschritte. Man hatte das Gefühl, die Suche ginge schon Wochen statt Tage. Die Hitze hatte eine Art, diesen Eindruck zu erwecken; sie ließ die Zeit langsamer vergehen und machte die Menschen träge. Man konnte den ganzen Tag schlapp herumsitzen und nichts tun und fühlte sich trotzdem abends geschlaucht. Allein schon das Grübeln konnte einen erschöpfen.

Beim Frühstück sagte Tammys Dad, die Polizei werde die Absperrung der Hügel aufheben und das Suchgebiet erweitern.

»Heißt das, dass wir jetzt wieder in die Hügel gehen können?«, fragte Tammy.

»Auf gar keinen Fall«, erklärte ihre Mum.

Tammys Dad erzählte, Antonios Eltern seien gestern am späten Abend nach Hause gekommen und wären stinkwütend, als wären alle in Warrah Place schuld daran, dass er tot war.

»Es ist einfacher, die Schuld bei anderen zu suchen als bei sich selbst, sogar wenn es schmerzhaft ist«, meinte Tammys Mum.

»Sie haben ihren Sohn verloren, Hells-bells«, sagte Tammys Dad, als wüssten das nicht schon alle.

Die Mariettis hatten ein paar Sachen aus dem Haus geholt und waren wieder gefahren. Niemand wusste, ob sie in ein Hotel gegangen oder zurück nach Italien geflogen waren. Sie waren nicht einmal eine Nacht in diesem Haus geblieben und so schnell wieder abgereist, dass sie sogar vergessen hatten, das Licht auszumachen.

Typisch für Tammys Pech, dass sie im Bett gewesen war und alles verpasst hatte. Ihr einziger Trost war, dass fast alle anderen auch nichts mitbekommen hatten. Beim Frühstück kam Cecil vorbei, um zu sehen, was er herausfinden konnte. Er meinte, es sei nicht fair, dass er sie nicht direkt gesehen hatte. Seiner Meinung nach war es das Mindeste, was er und der Rest der Straße verdient hatten, nachdem sie den Anteil der Mariettis an der Aufmerksamkeit der Medien und der Polizeibefragungen zusätzlich zu ihren eigenen übernommen hatten. »Es ist, als würde man unter einem verdammten Mikroskop leben«, erklärte er. Dann nahm er sich den Toast, der eigentlich Tammy zustand, und sie musste neuen machen.

Tammy hatte zwar die Mariettis nicht gesehen, aber gestern hatte sie mitbekommen, wie die Polizei an Sherees Tür geklopft hatte. Und als Sheree die Tür aufgemacht hatte, hatte sie sie lauter sprechen gehört als normal (und das sollte schon was heißen), als versuchte sie, ihre Nervosität zu überspielen. Als hätte sie etwas zu verbergen.

Tammy hatte auch Ursula und Mrs. Lau gestern zusammen im Auto gesehen, was an und für sich vielleicht nicht besonders interessant war, aber sie hatten angehalten und waren dann ewige Zeiten nicht ausgestiegen. Und *das* war entschieden eigenartig. Falls sie Freundinnen waren, die sich jede Menge zu erzählen hatten, während sie in einem heißen Auto saßen, das nirgendwo hinfuhr, dann hatten sie das bisher geheim gehalten. Und was Tammy anging, waren sämtliche Geheimnisse hochinteressant.

Kurz nach Cecil tauchte Peggy auf, anscheinend um damit anzugeben, dass sie die Mariettis gesehen hatte. »Typisch für dich, Cecil«, meinte sie, »dass du bei einer trauernden Familie herumschnüffelst, um zu sehen, ob sie deine Ansprüche erfüllt.«

Nachdem die beiden aus niemandem mehr weiteren Klatsch herauspressen konnten, gingen sie. Tammy schrieb alles auf, was sie gesagt hatten.

Colin kam als Nächster, auf der Suche nach einem Frühstück.

»Herrje«, meinte Tammys Dad und zauste Colin voller Zuneigung das Haar, »hier geht's ja zu wie in der Grand Central Station.«

Colin wurde langsam zum festen Inventar, das man einfach nicht loswurde. Tammys Mum nannte es *unseren Beitrag leisten*, doch da es Tammy war, an die er sich hängte wie ein schlechter Geruch, trug sie mehr als alle anderen bei und fand es nur vernünftig, dabei auch mitreden zu können. Aber nein.

Tammy und Colin gingen zum Zentrum für Verhaltensstudien an Ameisen. Tammy lehnte sich mit dem Rücken an den Ziegelstein, hinter dem Antonios Zippo versteckt war; aber die Wahrheit war, dass es seinen Reiz verloren hatte, da Antonio nicht mehr lebendig genug war, um es zu vermissen. Es wurde immer schwieriger, sich in allen Einzelheiten daran zu erinnern, wie Antonio aussah, wie seine Stimme klang oder wie er sich bewegte.

Colin entdeckte das Schlupfloch der Schnellkäfer, und für Tammy blieben bloß lausige alte Ohrwürmer übrig. Sie hätte die Käfer irgendwann auch gefunden, und sogar schneller, hätte sie nicht Colin am Hals gehabt, der ohne Ende plapperte.

»Warum machen wir das?« Colin hielt den Deckel mit den Käfern und Ohrwürmern, während Tammy versuchte, einen Klecks weiße Korrekturflüssigkeit auf ihren Rücken anzubringen. Er stellte sich wegen der Käfer an, bloß weil er sie gefunden hatte. Dabei machte sich niemand wirklich etwas aus Käfern. Eigentlich hätte es Nagellack sein sollen statt Korrekturflüssigkeit, aber sie hatte keinen. Sie hätte gewettet, dass Debbie welchen hatte. Sie hatte über Debbie nachgedacht und sich gefragt, ob man sich mit Coolness anstecken konnte, wenn man sich in der Nähe von jemandem aufhielt, der cool war, durch so eine Art Osmose.

»Halt das still«, sagte Tammy. »Es hat so in einem Buch gestanden.«

»Ja, aber wieso?«

»Hör mal«, sagte Tammy. Die kleinen Mistviecher hielten einfach nicht still. »Wenn du mit wissenschaftlichen Methoden nicht klarkommst, kannst du nach Hause gehen.«

Das stopfte ihm das Mundwerk.

Sie ließen die Insekten über dem Ameisennest frei – Tammy musste einige davon mit dem Finger von dem Deckel schnipsen – und warteten. Tammy saß mit gezücktem Stift über ihrem Tagebuch.

Colin wackelte mit den Zehen. Sie hingen über den Rand seiner Sandalen. Er hatte sie ausgesucht, weil Tammy gesagt hatte, sie wären zinngrau und nicht silbern, und er fand das klasse. Er musste lernen, sich in einem Kleid so zu setzen, dass seine schäbige Unterwäsche nicht hervorblitzte, aber Tammy hatte nicht vor, ihm das beizubringen. Sie war weder seine Schwester noch seine Babysitterin oder seine Mum und auch sonst niemand, der irgendwie mit ihm zu tun hatte.

Als Colin heute Morgen aufgekreuzt war, hatte er sich als Erstes auf Tammys Kleiderschrank gestürzt und sich ein kurzes Neckholder-Kleid ausgesucht. Tammy zog Jeans an, damit sie nicht aussah wie er. Gestern hatte sie sich von ihm überreden lassen, zueinander passende Kleider zu tragen, und war dann ärgerlich geworden, denn so kann man sich auch an jemanden anwanzen, ehe der andere weiß, wie ihm geschieht. Jetzt war sie wieder gereizt, aber dieses Mal, weil ihr in ihren dicken Jeans heiß war und Colin viel luftiger angezogen war.

»Wonach halten wir Ausschau?«, fragte Colin.

»Hast du denn überhaupt keine Ahnung? Wir suchen nicht nach etwas Speziellem. Wir zeichnen nur unsere Beobachtungen auf.«

*Krieg.* Tammy hielt Ausschau nach Krieg. Gemetzel. Vielleicht würden die Käfer ja ein paar Ameisen fressen. Oder die Ameisen würden ein Überfallkommando ausschicken. Sie hätte gern ein Überfallkommando gesehen.

Fehlanzeige. Einige Käfer machten sich davon. Ein paar stellten sich tot, oder sie waren es. Die Ameisen nahmen keine Notiz von ihnen.

»Unsere Experimente haben eine zu geringe Reichweite«, erklärte Tammy. »Wir müssen uns breiter aufstellen. Neue Biotope untersuchen, wie Kundschafterameisen. Wir fangen mit Nummer sieben an.«

»Wir können doch nicht in fremde Häuser gehen«, sagte Colin. Tammy zog die Augenbrauen hoch und schnalzte mit der Zunge. »Das ist etwas anderes«, fuhr er fort. »Deine Mum hat mich eingeladen. Aber wir sind nicht in Nummer sieben eingeladen.«

»Sieh mal. Entweder verpflichtest du dich wissenschaftlicher Präzision oder nicht. Wenn nicht, kannst du genauso gut nach Hause gehen.«

»Gut, ich verpflichte mich.«

»Gott sei's geklagt.« Tammy stieß einen langgezogenen, leidgeprüften Seufzer aus. »Dann komm.«

Sie schlichen sich die Einfahrt von Nummer sieben hinauf. Suzi begleitete sie bis zur Einfahrt, aber nicht weiter. Entweder stand sie Schmiere für sie, oder sie wollte sie warnen, dass ihre Aktion vergebliche Mühe war. Inzwischen wurde es immer schwieriger, das bei Suzi auseinanderzuhalten.

Auf halbem Weg nach oben blieb Colin stehen, um auf eine Ameisenstraße am Rand des Betons zu zeigen, und Tammy, die sich bloßgestellt fühlte, schob ihn von der Einfahrt auf eine steile, mit stachligen Büschen bewachsene Böschung, wo der Boden mit Rindenmulch bedeckt war. Auf der Straße waren noch keine Polizeiautos oder Nachrichtenleute zu sehen, aber das machte es auch nicht besser. Sie könnten heimlich gekommen sein und einen beobachten, ehe man überhaupt bemerkte, dass sie da waren.

»Und was jetzt?«, fragte Colin.

»Suchst du nach Ameisen.«

»Und du?«

»Ich halte Ausschau.«

»Wonach?«

»Hör auf, Fragen zu stellen.«

Colin wirkte verdrossen und schimpfte über die Rindenstücke, die ihn am Hintern kratzten, begann aber trotzdem herumzustochern. Tammy nahm Sherees Haus ins Visier, doch da tat sich nichts, also beobachtete sie, nachdem sie den Blick über Warrah Place hatte schweifen lassen, wieder das nächstgelegene Fenster in Nummer sieben. Sie wollte Colin schon rufen, um weiterzugehen und sich auf die Rückseite des Hauses zu schleichen, als sie Debbies Silhouette vorübergehen sah. Ihr Magen überschlug sich, doch sie ließ sich nichts anmerken. Sie kauerte nieder, als wollte sie zu einem Wettrennen starten, und behielt das Fenster weiter im Auge. Sieh an, Debbie tauchte wieder auf, und dann noch einmal. Sie ging auf und ab. Lebhaft. Sie redete, aber nicht mit jemand anderem, sondern nur mit sich selbst. Tammy wusste, wann sie jemanden beobachtete, der glaubte, allein zu sein. Das vermittelte einem ein ganz bestimmtes Gefühl. Sie stand auf, um besser sehen zu können, doch in diesem Moment schaute Debbie Tammy an. Zuerst wandte sie ihr nur das Gesicht zu, dann den ganzen Körper. Tammy rieb sich die Nase und sah in die Ferne, am Haus vorbei. Sie nahm eine gedankenverlorene Haltung ein, die in sichtliche Verblüffung umschlug, als Debbie ans Fenster klopfte. »Oi, ihr kleinen Strolche!«, rief sie.

Colin versuchte wegzulaufen, doch er rutschte immer wieder ab. Tammy war entzückt darüber, erwischt worden zu sein; entzückt darüber, dass Debbie sich ihr zuwandte wie ein Suchscheinwerfer, und noch entzückter, als Debbie die Haustür öffnete.

»Oi«, sagte Debbie noch einmal, und Tammy schleppte Colin zur Tür hinauf. »Was glaubt ihr, was ihr da treibt?«

»Ameisen«, sagte Colin.

»Wir wollen helfen«, erklärte Tammy gleichzeitig.

»Wobei?«, fragte Debbie.

Hätte Tammy zwei Schritte nach vorn getan, dann hätte sie ihr Kinn auf Debbies verschränkte Arme legen können. »Was machst du denn gerade?«, erkundigte sie sich.

Debbie stemmte die Hände in die Hüften. »Plakate malen.«

»Dann helfen wir dabei«, sagte Tammy.

Das könnte auf zwei Arten ausgehen: Entweder würden sie hineingebeten oder hochkant hinausgeworfen. Endlich lächelte Debbie und trat beiseite, damit sie eintreten konnten. »Mir gefällt deine Chuzpe.«

Es kam nicht darauf an, was das heißen sollte, und Tammy würde auf keinen Fall fragen. Ganz gleich, was es war, Tammy hatte es, und es gefiel Debbie. Das reichte.

Im Haus roch es merkwürdig. Nicht so, als koche etwas. Nicht nach Zigaretten. Und auch nicht wirklich nach Parfüm. Es war unvertraut, wie aus einer anderen Welt. Hineinzugehen fühlte sich an, als entscheide man sich dafür, eine Schwelle zu überschreiten, als fasste man einen Entschluss. Tammy tat es gern. Alle ihre Sinne waren geschärft, und ihr Verstand feuerte aus allen Rohren. *Sieh zu und lerne, Tammy.* Sie war noch nie in diesem Haus gewesen; nicht mal, bevor Debbie hergekommen war.

Debbie führte die beiden ins Esszimmer. Tammy und Colin gingen direkt zu der Quelle des Geruchs, der jetzt stärker geworden war und von einem Telefontischchen in der Ecke heranzog.

»Räucherstäbchen«, erklärte Debbie mit verschränkten Armen; offenbar amüsiert über ihr Interesse.

»So ähnlich wie Weihrauch«, sagte Colin. »Wurde dem Jesuskind von den drei Heiligen Königen gebracht.«

»Nein. Nag Champa. Aber schon etwas in der Art«, sagte Debbie.

Debbie trug eine weite weiße Bluse, die auf der Vorderseite über und über bestickt und am Ausschnitt mit einer Schnur zugebunden war. Sie hatte auch einen langen Batik-Rock und ein Fußkettchen an, das klingelte, wenn sie ging, aber das Detail, von dem Tammy den Blick nicht losreißen konnte, war die überkreuzte, schlaff herabhängende Schnürung an Debbies Oberteil. Es wirkte halb offen statt halb geschlossen. Tammys Brüste, soweit sie denn welche hatte – zwei Spiegeleier auf einem Brett, die manchmal schmerzten und juckten –, quälten sie. Tammy zog die Schultern nach vorn, sodass ihre Brust konkav wirkte, um sie unter ihrem T-Shirt zu verstecken.

»Ich dachte, ihr wolltet helfen«, sagte Debbie. »Also, fangen wir an.«

Auf dem Tisch lagen Tonpapier, Holzstöcke und Kreppklebeband. Farbtöpfe standen da, und Pinsel lagen quer über Wassergläsern. Debbie hatte kein Zeitungspapier ausgelegt. Farbkleckse übersäten den Tisch, Debbie selbst und den Teppich. Debbie schien es nichts auszumachen, ob sie Ärger dafür kriegen könnte. Wow!

Ein paar Schilder waren schon fertig gemalt und lehnten an der Wand.

SCHWUL ODER NORMAL, SCHEISSEGAL

LANDRECHTE FÜR DIE ABORIGINES JETZT!

BOYKOTTIERT FRANZÖSISCHEN KÄSE. STOPPT DIE ATOMTESTES IM PAZIFIK.

Andere waren mit Bleistift vorgezeichnet und warteten darauf, mit Farbe nachgezogen zu werden. Zwei davon standen Tammy gegenüber:

GLEICHER LOHN FÜR GLEICHE ARBEIT

FRAUEN GEGEN VERGEWALTIGUNG ALS KRIEGSWAFFE

Debbie hatte gerade mit »STOPPT DEN URANABBAU« angefangen.

»Mir gefällt, wie du den Umriss eines Stoppzeichens um ›STOPP‹ herumgemalt hast. Das ist sehr einfallsreich«, meinte Tammy.

»Also, eigentlich ist das ziemlich Standard«, sagte Debbie.

»Oh.«

»Hier ist eins für dich.« Debbie schob »MEIN KÖRPER, MEINE WAHL« vor Colin hin. »Kannst du innerhalb der Linien ausmalen?«

»Nein«, sagte Colin. »Gar nicht.«

»Vielleicht kannst du stattdessen etwas frei zeichnen, ja?« Sie gab ihm ein frisches Blatt Papier und zog ein Bündel Marker und ein Bündel Bleistifte, die mit Gummibändern zusammengehalten wurden, aus einem Rucksack, der auf dem Boden stand. »Drück dich aus, wie es dir gefällt.« Sie berührte seine Schulter, über der das Band des Neckholder-Kleids lag. »Ist mein Ernst. Indem du dich von Gender-Stereotypen befreist, bist du einer wichtigen, tiefschürfenden Sache auf der Spur. Stell fest, ob du dich durch deine Kunst ausdrücken kannst. Halt dich nicht zurück.«

»Und was soll ich machen?«, fragte Tammy. »Ich könnte Verzierungen an den Rändern anbringen.« Sie nahm »IHR HAUFEN BASTARDE« hoch, drehte es richtig herum, las es und versuchte, ruhig zu bleiben.

Debbie nahm ihr das Plakat wieder weg. »Wie wär's, wenn du dein eigenes machst? Such dir etwas aus, was für dich von Bedeutung ist. Eine Ungerechtigkeit, die ausgeräumt werden muss. Was willst du dazu sagen? Verschaff dir Gehör.«

Tammy begriff die Hauptsache. Das war großartig. Sie hatte sich nicht in Debbie geirrt. Tammy konnte Debbie wirklich in ihrem Leben gebrauchen, vor allem jetzt, da Antonio nicht mehr da war. Sie nahm einen Pinsel und fing an, wobei sie die Hand um den Stiel krallte, um ihre ekelhaften Nägel zu verstecken.

»Wahrscheinlich willst du über Antonio reden«, sagte Debbie. »So wie alle anderen auch.«

*Ja!*, dachte Tammy. Sie waren praktisch schon Seelenverwandte. Doch Colin meldete sich mit einem sehr entschiedenen »Nein« zu Wort.

»Gott sei Dank«, meinte Debbie. »Ich sehe nicht ein, warum wir ständig Trübsal blasen sollen. Etwas anderes: Wieso spioniert ihr herum? Passt bloß auf. Ich mag keine Petzen. Schlimm genug, dass diese Kameraleute sich herumtreiben wie ein Rudel tollwütige Dingos.«

»Oh, dann ist ja gut«, sagte Colin. »Wir sind keine Petzen. Wir sind Wissenschaftler.«

Debbie warf Tammy einen fragenden Blick zu. Tammy erwiderte ihn. *Siehst du, was ich mir gefallen lassen muss?*, signalisierte sie mit den Augenbrauen. *Er hat nichts mit mir zu tun.* Ein Jammer, dass Debbie nicht über Antonio reden wollte. Sie war klug und könnte wahrscheinlich nützliche Beobachtungen und Ideen beitragen. Tammy konnte jede Hilfe gebrauchen, die sie kriegen konnte.

»Sogar Wissenschaftler sollten an die Haustür klopfen wie normale Menschen. Nicht durch Fenster spionieren.« Debbie tauchte ihren Pinsel in den Topf mit der roten Farbe.

Das war eine Einladung, oder? Genauso gut wie *Kommt, wann immer ihr wollt*. Bald würde es das Normalste auf der Welt sein, zusammen abzuhängen, nur zwei normale Menschen (Tammy und Debbie, nicht Colin), die Zeit miteinander verbrachten. Und sie würden darüber staunen, dass es je eine Zeit gegeben hatte, in der sie einander nicht gekannt hatten, und kichernd verschwörerische Blicke wechseln.

»Also eigentlich«, sagte Tammy, »bin ich die Wissenschaftlerin. In letzter Zeit habe ich die Eigenschaften von Gift untersucht. Und seine potenzielle Wirksamkeit im Umgang mit Feinden.«

Debbie blickte ruckartig von ihrem Plakat auf.

»Wissenschaftlich betrachtet natürlich«, erklärte Tammy. »Jedenfalls, ja, lass uns nicht über Antonio reden. Alle anderen machen das schon. So was von langweilig. Reden wir stattdessen über den Freiwilligen-Einsatz. Ich frage mich, ob du dort etwas Ungewöhnliches gesehen hast.«

»Nöö«, sagte Debbie, kippte rote und blaue Farbe auf einen Teller und mischte sie zu Lila zusammen.

»Aha«, gab Tammy zurück, die nicht damit gerechnet hatte, so schnell in eine Sackgasse zu geraten. »Ich auch nicht. Tja, ich frage mich, ob du in letzter Zeit viel mit Sheree zu tun hattest? Hast du sie überhaupt schon kennengelernt? Weil ich mich nämlich gefragt habe, ob irgendetwas mit ihr nicht ganz stimmt.«

»Du fragst dich aber eine Menge«, meinte Debbie.

Das war kein Nein, sondern die Art von Antwort, die man jemandem gab, die wichtige Informationen hatte und vor einem kleinen Kind wie Colin nicht darüber reden wollte.

Tammy beschloss, weniger direkt vorzugehen. »Ich finde deine Tanten sehr interessant. Sie sind bestimmt sehr froh, dass du zu ihnen gezogen bist.« Tammy unterbrach sich, um ihren Pinsel in Farbe zu tauchen und das Kompliment seine Wirkung entfalten zu lassen. »Hat Ursula zufällig irgendwelche besonderen Freundinnen, von denen du weißt?« *Wie Mrs. Lau zum Beispiel*, setzte sie bewusst nicht hinzu.

»Ich weiß jedenfalls, dass du nicht so neugierig sein solltest«, erklärte Debbie in strengem Ton. »Vor allem nicht, was Ursula und Lydia angeht. Lass die beiden in Ruhe.«

Das war eine schmerzhafte Abfuhr.

»Ich mag deine Marker«, sagte Colin nach einer Weile. Tammy hätte sich beinahe für ihn erwärmen können, weil er das Schweigen brach. »Sie werden alle nicht leer. Das ist sogar besser als Fernsehen ... und Ameisen«, setzte er halblaut hinzu.

»Ich sehe nicht fern«, erklärte Debbie. »Das ist so ... mainstream. Dazu ausgedacht, um dir das Hirn zu erweichen, damit du alles mitmachst. Nö, ich interessiere mich eher für Gegenkultur. Kein Schaf zu sein. Einen Unterschied zu machen. Der Unterschied zu *sein*, nicht wahr?«

»Ja«, sagte Tammy.

»Oh«, meinte Colin.

»Schätze, für Kinder und alte Knacker ist Fernsehen okay«, meinte Debbie.

»Puuh«, sagte Colin.

»Ich mag deine Haare«, sagte Tammy, bevor Colin Debbie erzählen konnte, wie oft sie in letzter Zeit ferngesehen hatten.

»Danke«, sagte Debbie.

»Sie passen wirklich zu deinem Gesicht«, erklärte Tammy. »Es ist diese Aufwärtswelle. Die funktioniert wirklich gut.«

Tammy war noch nie beim Friseur gewesen. Ihre Mum hatte in *Women's Weekly* einen Artikel darüber gelesen, wie man seinem Kind mit Hilfe von Klebeband selbst die Haare schneiden kann. In der Anleitung hieß es, man solle den Pony herunterkämmen und dann ein Stück Klebeband darauf drücken. Die Idee war, dass das Klebeband einem eine klare Linie lieferte, an der man entlangschneiden konnte, und das Haar sich leicht mit dem Klebeband wegnehmen ließ, ohne herumzufliegen. Das Problem war nur, dass die Küchenschere stumpf war und sowohl die Schere als auch das Klebeband an Tammys Haar ziepten. Und nachher zog sich der Pony nach oben, sodass eine große, peinliche Lücke zwischen ihrem Haar und ihren Augenbrauen entstand. Tammy hatte geweint. Ihre Mutter nannte sie daraufhin ein undankbares Balg und erklärte, sie werde Tammy nie wieder die Haare schneiden. Doch das war eine Lüge gewesen, eine große, dicke, beklagenswerte Lüge.

»Das ist wirklich mein Ernst«, sagte Tammy. »Es rahmt dein Gesicht so wunderschön und fließend ein.«

Debbies Augen funkelten, sie lächelte verhalten.

»Wir sind gleich, du und ich.« Tammy zeigte zwischen Debbie und sich selbst hin und her.

»Ach ja?«, fragte Debbie.

»Weil du an der Uni anfängst und ich an der Highschool. Wir befinden uns beide in einer Übergangsphase. Alles dasselbe«, setzte sie noch eins drauf.

»Herrgott«, meinte Debbie. »Du kommst schon auf die Highschool? Ich dachte, du wärst viel jünger.«

Tammy zappelte unbehaglich auf ihrem Stuhl herum.

»Meine Güte.« Debbie blies seitwärts die Luft durch die Zähne. »Die werden dich in der Luft zerreißen.«

Tammy legte ihren ganzen Ernst, ihre ganze Aufrichtigkeit in ihre Stimme. »Kannst du mir dabei irgendwie helfen?«, fragte sie.

Debbie lachte, unterbrach sich dann aber abrupt, bevor es richtig angefangen hatte. Sie musterte Tammy aufmerksam wie ein Rätsel oder ein Projekt. »Ja, vielleicht kann ich dir dabei helfen«, erklärte sie.

Tammy wollte nicht als Erste wegschauen.

»Vielleicht könntest du damit anfangen, weniger über Gift und Feinde zu reden«, sagte Debbie. »Und anderer Leute Angelegenheiten ... Komm. Zeig uns, was du geschrieben hast.«

Debbie wirkte jetzt viel weicher; sie strahlte etwas Leises, Sanftes aus. Debbie würde sie auf keinen Fall anlügen oder hereinlegen; nicht so, wie Antonio sie getäuscht hatte.

Tammy hielt ihr Schild hoch und drehte es richtig herum.

SIMONE BUNNER LECKT HUNDESCHWÄNZE

Ihr war der Platz ausgegangen, und die letzten drei Buchstaben waren stärker zusammengequetscht, als ihr lieb war.

Debbie warf einen Blick darauf und lachte. Es brach aus ihr heraus wie eine Explosion.

»Ich habe das aus einigen Graffiti, die ich gesehen habe, extrapoliert«, erklärte Tammy. Sie vermutete, dass Debbie so etwas meinte, wenn sie von Gegenkultur sprach. Sie fand, der Slogan traf es genau; er war ohne Scherz exakt richtig.

Debbie prustete, bis sie fast keine Luft mehr bekam. »Verdammt fantastisch«, meinte sie. »Obwohl ...« Sie beherrschte sich und runzelte die Stirn. »Eigentlich sollten wir es dem Patriarchat heimzahlen, nicht seine Arbeit übernehmen.«

Tammy legte ihr Schild mit der Vorderseite nach unten ab und stützte sich mit den Ellbogen darauf. Die Farbe war noch nass und würde den Tisch beschmieren. Sie hatte keine Ahnung, was sie falsch gemacht hatte, aber sie hatte, und jetzt stimmte alles nicht mehr.

Das Schweigen wurde drückend.

Tammy sah zu, wie Debbie nach einem Marker griff. Debbie trug ihre Fingernägel kurz – wer wollte schon lange, auffällige Nägel? –, aber sie hatten eine hübsche, elegante Form. Ihre Finger bewegten sich anmutig durch die Luft wie eine schwimmende Meerjungfrau, wie eine tanzende Ballerina, wie eine Feder im Wind. Tammy steckte ihre eigenen Hände unter den Tisch. Von jetzt an würde sie sich jedes Mal, wenn sie sich beim Nägelkauen erwischte, selbst ohrfeigen, und zwar fest. Zwei Ohrfeigen, wenn sie sich die Nagelhäutchen abbiss. Drei, wenn dabei Blut floss.

»Weißt du, was ich liebe?«, fragte Tammy. »Ich liebe es, wenn man sich mit jemandem so wohlfühlt, dass man schweigend dasitzen kann und es nicht merkwürdig wird.«

»Uh ... uh«, meinte Debbie. Sie zeichnete einen Schmetterling in die Ecke von Colins Bild, das einen Hund, einen Elefant oder eine Kartoffel oder sonst was zeigte. »Ist das okay für dich?«, fragte sie ihn, und er nickte.

»Wie jetzt zum Beispiel«, sagte Tammy. »Das ist überhaupt nicht komisch oder peinlich.«

»Das ist so hübsch«, meinte Colin. »Du kannst wirklich gut zeichnen. Kannst du mir ein Bild machen, das ich dann ausmalen kann?«

»Klar. Was willst du denn?« Debbie grinste Colin zu und beugte sich weit zu ihm hinüber. Die beiden wechselten einen Blick.

Colin war nichts als ein Wiesel, das sich hineindrängte, wo es unerwünscht war. Er hielt sich bedeckt, tat ganz unschuldig und naiv und schlug dann zu, wenn Tammy schon am Boden war. Nachdem sie sich die ganze Zeit mit ihm abgegeben hatte. Verräter.

»Eine Familie«, sagte Colin.

Langweilig.

»Wirklich?«, fragte Debbie. »Na schön.«

Sie zeichnete *wirklich* gut. Richtig gut. Sie hatte eine Mum und einen Dad gezeichnet und fing gerade mit einem Kind an, als sie die Arme in die Luft reckte und das Papier zusammenknüllte. »Debbie, du *Idiotin*«, rief sie. »Lass dir das eine Lehre sein, oder zwei. Wie leicht die Tyrannei der heterosexuellen Kleinfamilie und deren Auswirkung auf die Kontrolle durch den Staat einen in die Klauen kriegt. Wie schwer es ist, das Patriarchat zu stürzen, wenn es in jeden Aspekt unseres Lebens und Bewusstseins eindringt, wenn der sexuelle Dualismus alle kulturellen Systeme bestimmt, wenn Männer uns durch unsere biologischen Funktionen versklaven. Das ist alles so *verdammt* anstrengend. Aber wir kämpfen trotzdem. Wir kämpfen. Wir kämpfen. Man muss die ... ganze ... Zeit auf der Hut sein, weil verfluchte Männer versuchen, einem die Macht wegzunehmen. Einfach so.« Sie schnippte heftig mit den Fingern, nahm dann die Zeichnung, strich sie auseinander und riss sie in Stücke. »Fangen wir nochmal an. Meine Güte, was würde Germaine dazu sagen?«

»Ist Germaine eine Freundin von dir?«, fragte Colin.

»Meine beste Freundin!«, erklärte Debbie, und Eifersucht durchschoss Tammy wie eine rotglühende Eisenstange. »Hat mir durch, na ja, eine schreckliche Zeit hindurch geholfen.« Grimmig presste sie die Lippen zusammen und begann eine Frau zu zeichnen. »Ich bin ihr einmal begegnet«, sagte Debbie. »Bei einer Signierstunde. Germaine Greer. Ich habe zwei Exemplare von *Der weibliche Eunuch*, eins für den Alltagsgebrauch und eins – das von ihr signierte – für besondere Gelegenheiten.«

Debbie zeichnete fünf Frauen, eine Auswahl von Kindern in verschiedenen Größen und einen Hund. Zwei der Frauen hielten sich an den Händen. Bei einem der Kinder malte sie Gesicht und Arme mit braunem Buntstift aus.

»Wer sind die Leute?«, fragte Colin.

»Eine Familie«, erklärte Debbie. »Wie du wolltest.«

Colin starrte das Bild lange an. »Ist es ohne einen Dad trotzdem eine Familie?«

Debbie schnaubte wegwerfend. »Klar. Warte.« Sie zog das Bild wieder auf sich zu und zeichnete eine Katze. »Für Tammy.« Sie zwinkerte Tammy zu. »Du magst doch Katzen, oder?«

»Ja«, sagte Tammy. Und alles war wieder gut und wunderbar auf der Welt. Einfach so. Unter dem Tisch schnippte sie mit den Fingern.

»Hab deinen Dad eine Weile nicht gesehen«, meinte Debbie zu Colin. »Was steckt dahinter?«

»Er arbeitet woanders«, erklärte Colin. »Um für unsere Sicherheit zu sorgen. Er ist bei der Navy.«

»Sicherheit wovor?«

»Keine Ahnung«, sagte Colin.

»Und ist er ein guter Kerl, dein Dad?«

»Mum sagt, er ist unser Held. Also ist das gut.«

»Es macht dir nichts aus?«, fragte Debbie. »Dass er weg ist?«

»Mein Job ist es, der Mann im Haus zu sein, wenn er weg ist«, sagte Colin, was, dachte Tammy, keine richtige Antwort auf Debbies Frage war.

Debbie war sicherlich auch dieser Meinung, denn danach gab sie Colin auf. Tammy war froh, denn sie fühlte sich ausgeschlossen. Was sollte das Ganze überhaupt? Jeder wusste, dass Richard ein guter Mann war. Einmal hatte sie mitgehört, wie ihre Mum und Maureen sich einig gewesen waren, dass es eine große Schande war, dass es heutzutage nicht mehr integre Männer wie ihn gab. Eine Ausnahmeerscheinung, meinten sie, als machte sie das traurig.

Nachdem ihr Schild fertig und in Ungnade gefallen war, ließ Tammy ihre Aufmerksamkeit schweifen. Sie sah zu, wie kleine Rauchspiralen von dem Räucherstäbchen aufstiegen. Und dann fiel sie fast vom Stuhl: Neben dem Rauchwerk auf dem Telefontischchen lag ein Bleistiftstummel. Aber nicht irgendeiner. Er war mit einem Messer angespitzt worden, sodass es ein auffälliges Muster ergab, das wie Blütenblätter wirkte. So einen Stift hatte Antonio hinter dem Ohr getragen. Wie war Debbie dazu gekommen?

Bevor Tammy richtig überlegt hatte, was sie sagen sollte, sprang sie von ihrem Stuhl auf und schnappte sich den Bleistift. »Was machst du damit?« Es klang wie eine Anklage. Sie senkte die Stimme und versuchte es noch einmal, dieses Mal in einem beiläufigen Ton. »Wo hast du den her?«

Debbie fuhr sich durchs Haar. »Ach, keine Ahnung«, sagte sie, als wäre die Frage ihr Interesse nicht wert. »Ach, warte. Ja, ich weiß. Ursula hat ihn von der Arbeit mit nach Hause gebracht. Sie hat gesagt, sie hätte ihn in der Bibliothek gefunden. Ich wollte ihn ihr zurückgeben.« Debbie nahm Tammy den Bleistift ab und ließ ihn in ihren Rucksack fallen.

*Heiliger Strohsack*, dachte Tammy. Zwei Punkte gegen Ursula. Zuerst ihre heimliche Unterhaltung mit Mrs. Lau im Auto, und jetzt das. Und das war eine große Sache. Was hatte sie mit Antonios Bleistift zu schaffen? Und wieso hatte sie Debbie darüber angelogen, wo sie ihn herhatte?

Tammy beschloss, nichts mehr zu sagen, bis sie alles aufschreiben und darüber nachdenken konnte. Offenbar hatte Debbie keine Ahnung, dass etwas an ihrer Tante zwielichtig war, und Tammy hatte noch nicht genug Informationen, um mit ihr darüber zu reden. Solange musste sie sich normal verhalten.

Debbie erzählte den beiden, sie habe sich zwischen Highschool und Uni ein Jahr freigenommen. Sie war nicht wirklich alt für eine Studentin, aber sie hatte auf jeden Fall mehr Lebenserfahrung als andere Studienanfänger. Sie war nicht nur da, um Spaß zu haben, versteht ihr, sondern sie wollte einen Beitrag leisten.

»Was hast du gemacht?«, fragte Tammy in ihrer besten normalen Stimme. »In deinem freien Jahr?«

»Hab in einem Veteranen-Club Bier gezapft.«

»War das gut?«, fragte Tammy und fragte sich, ob sie das auch machen könne.

»Nein, es war totaler Mist. Ich hab in einem schmierigen Schuppen in einem Loch von Stadt gearbeitet und Bier für Männer gezapft, die fälschlicherweise glaubten, ihre Anziehungskraft wäre so groß wie ihre Gelüste. Hey, das ist kein schlechter Spruch.« Sie zog ein Schreibheft aus ihrer Tasche. »Das könnte ich verwenden. Ich schreibe dieses Essay über das Patriarchat, um schon mal für die Uni vorzuarbeiten. Es geht darum, wie Frauen sich dafür schämen, was Männer ihnen antun; wie sie die Last tragen, die gar nicht ihre ist. Ich nenne es ... Hüterinnen der Scham.«

»Wow«, meinte Colin.

»Cool«, sagte Tammy.

»Irgendwann will ich es veröffentlichen«, erklärte Debbie. »Das ist mein Traum. Dann, eines Abends, werde ich allein zu Hause sein, denn wahrscheinlich suche ich mir bald eine eigene Wohnung, und dann klingelt das Telefon, und es ist Germaine. Und sie wird sagen, es hätte wirklich einen Nerv getroffen, denn es artikuliere etwas, was niemand zuvor gesagt hat, doch wenn man es liest, erkennt man sofort, dass es wahr ist. Sie sagt, es wäre knallhart, bahnbrechend und nicht wie das übliche Zeug, bei dem jeder vom anderen abschreibt. Und danach ruft Germaine mich manchmal spätabends an und sagt: *Ich hoffe, es macht dir nichts aus. Ich wollte nur deine Meinung über etwas hören.*«

»Der helle Wahnsinn«, sagte Colin.

»Wir müssen an unseren Träumen festhalten, nicht?«

Colin wurde ganz still. Debbie berührte ihn vorsichtig und fragte, ob es ihm gut gehe.

»Achte gar nicht auf ihn«, sagte Tammy. »Manchmal ist er nicht ganz da. Ziemlich oft sogar. Er ist nicht besonders schlau, glaube ich.« Das Letzte sagte sie in einem hörbaren Flüsterton.

»Debbie?«, fragte Colin kleinlaut. »Bin ich das Patriarchat?«

Debbie legte den Kopf schief. Tammy auch. Sie wünschte sich, Debbie würde Ja sagen.

»Nöö. Nicht du, Dummerchen.« Debbie zog eine komische

Grimasse und wurde dann ernst. »Aber sieh zu, dass es auch dabei bleibt, ja? Sei auf der Hut.«

»Mach ich«, sagte Colin. »Versprochen ... Debbie?«, sagte er nach einer Weile noch einmal. »Was können wir gegen das Patriarchat tun?«

Debbie grinste. »Wir stürzen es.«

»Können wir das wirklich?«, wollte Colin wissen.

»Verdammt, ja! Und jetzt ist die Zeit dazu. Das ist ja das Großartige an unserer Generation, dass wir uns etwas trauen. Nicht wie die Generation vor uns, wo alle so steif und verbissen sind. Sie können uns nicht mehr vorschreiben, was wir zu tun haben. Das Recht dazu haben sie verloren. Wir können Grenzen verschieben. Grenzen sprengen. Wir können die Welt verändern!«

Es war ein Schlachtruf. Ein Ruf zu den Waffen. Tammy fühlte sich lebendiger, dazugehöriger, gebrauchter als je zuvor. Als wäre sie selig gesprochen worden, zur Kommunion gegangen oder getauft worden, und alles, ohne in die Kirche zu müssen. Das Heilige Sakrament der Debbie. Tammy war dabei. Hundertprozentig bekehrt.

# 17

Drei Wochen vor dem Mord
*Samstag, 16. Dezember 1978*

Debbie hatte sich herausgeputzt, um tanzen zu gehen. Minirock und Plateauschuhe. Goldglitzer auf den Wangenknochen. Ein Tropfen Patschuli-Öl hinter jedem Ohr. Sie hatte sich mit Kajal einen dicken Lidstrich in einem aus den Sechzigern gestohlenen Katzenaugen-Stil gezogen, denn warum sollten die Goths, Vamps und Punks den ganzen Spaß haben? Und wenn sie es für sich selbst machte und nicht, um sich irgendeinem verqueren Schönheitsstandard anzupassen, dann war das doch in Ordnung, oder? Sie hatte sich ihr Busgeld und einen zweiten Trip in ihren BH gesteckt für den Fall, dass der erste nicht wirkte, also hatte sie die Hände frei.

Debbie war vor fünf Tagen in Canberra angekommen, nachdem sie erleichtert ihre Heimatstadt hinter sich gelassen hatte. Sie war bereit, mehr als bereit, die Stadt zu erobern, und sie würde mit einem Gig in der ANU Bar and Refectory anfangen.

Doc Neeson reckte das Mikrofon. Ihr entgegen, nur ihr. Lass dich von den Mistkerlen nicht herunterziehen. Lass dich überhaupt nicht mit den Mistkerlen ein – das war ihr hauptsächliches Problem. Ein Typ neben ihr trug einen Haifischzahn an einem Lederband um den Hals, und Debbie bleckte die Zähne, das ganze Gebiss. Sie hatte Haifischzähne, gierige Zähne zum Reißen und Verstümmeln, und der Kerl warf seinen Kopf hin und her, sodass Schweiß aus seinen Haaren sprühte, und sein Schweiß war ihr Schweiß, und sie warf auch ihren Kopf herum und grinste ihm zu wie eine Irre. Auf der Bühne machten die Brewster-Brüder ihr Ding, woben mit zwei Gitarren den Rhythmus, und der Beat bahnte sich seinen Weg durch ihr zerstörtes Gewebe, reparierte ihre kaputte Gebärmutter, die der Haken des Arztes zerrissen hatte. Der Beat, der Beat, der Beat. Ihre Füße stampften auf den Boden. Ich bin hier, ich bin hier, ich bin hier. Sie reckte die Faust in die Luft. Ich gebe mich nicht geschlagen.

Nasses Haar klatschte auf ihren Rücken und in ihr Gesicht.

Der Typ drängte sich mit den Ellbogen vor sie. Im Stroboskoplicht wirkte sein Haar rot.

Geschlossene Augen.

Edgars rotes Haar. Sein roter Bart. Sein Lächeln. Dieser schiefe Zahn. Sein Haar, sein Bart, sein Lächeln.

Augen auf.

Sie kratzte sich mit den Fingern durchs Gesicht, um sich zu vergewissern, dass es da war.

Rotes Haar. Roter Bart. Dieses Lächeln. Stummelfinger, die ihr für einen Mann seines Alters entzückend kindlich erschienen waren. Gewöhnliche Unterhosen mit Eingriff; die Art, die eine Mutter oder Ehefrau wäscht und zusammenfaltet. Sommersprossen auf seinem Rücken. Wie er sich abwendet und seine Hosen anzieht.

»Edgar?«, fragte sie.

»Entschuldigung.«

Jemand tippte ihr auf die Schulter. Es fühlte sich an wie ein Schlag mit einem Hammer. Ein Gesicht bewegte sich auf sie zu. Zu dicht. Wow. Eine Stimme in ihrem Ohr, ein Presslufthammer in ihrem Hirn. »Könntest du bitte da runtergehen?«

Sie stand auf einer Federboa. Das Mädchen, das ihr ins Ohr schrie, zerrte am anderen Ende. Das Mädchen hatte böse Augen. Schlechte Absichten.

Sie stolperte zu den Klos und ließ sich von anderen Körpern mitreißen. Dann blieb sie stehen und küsste die Wand, um ihr dafür zu danken, dass sie sie aufrecht hielt, sie unterstützte und da war, als sie eine Freundin brauchte.

Als sie herauskam, war das Licht an, und das Innere ihres Kopfes füllte sich mit Neon. Die Roadies packten ein, die Bar leerte sich. Die Federboa hing von der Decke, und Debbie zog daran, bis sie sich löste. Sie schlang sie um ihren Hals.

Draußen wirkte die Stadt mit ihrer Weihnachtsbeleuchtung wie ein Märchenland. Debbie wollte noch nicht den Bus nach Hause nehmen. Sie ging in Richtung City Hill; angezogen von den hohen, dünnen Bäumen, die sich zu der Musik in ihrem Kopf wiegten. Sie nickten und winkten und hießen sie willkommen. Bald fühlte sie sich von Straßen, Autos und Gebäuden angezogen, daher schlug sie den Weg in die Constitution Avenue ein. Autos begrüßten sie hupend, doch sie waren zu schnell für sie und machten sie schwindlig, daher ging sie von der Straße. Als Nächstes entschied sie sich für den Commonwealth Park, weil er am Wasser lag, und Wasser war Leben.

Vor ihr war eine Rauferei im Gang. Ein Haufen Männer. Es war, als würden in ihrem Kopf Schellen zusammengeschlagen. Körper bewegten sich unharmonisch, aus dem Takt und abgehackt. Jemand lag auf dem Boden, umgeben von Beinen, die ihn traten, und Fäusten, die auf ihn einschlugen. *Verdammter Spaghettifresser*, zischten sie. Gelächter. Schweinisches Grunzen.

Die Gestalt auf dem Boden kam ihr bekannt vor. Eine Faust schlug dem Mann ins Auge, und sein Kopf ruckte zurück. Er krümmte sich wie ein toter Käfer.

Die Faust gehörte einem Rothaarigen. Seine Schultern und sein Hals waren sonnenverbrannt. Debbie raste los und stieß einen Schlachtruf aus. Sie landete mitten unter den Männern, schlug mit Ellbogen und Fäusten um sich und knurrte: »Verpisst euch, ihr Drecksäcke.« Unterwegs verlor sie ihre Schuhe.

Sie wichen zurück, wahrscheinlich eher, weil sie schockiert über sie waren, nicht, weil sie sich von ihr bedroht fühlten.

»Bekloppte Schlampe!«, schrie der Rothaarige, während sie den Rückzug antraten.

Der Mann auf dem Boden wimmerte und stöhnte. Sie betrachtete ihn genauer. Die Auseinandersetzung hatte ihr einen klaren Kopf verschafft. Er war aus ihrer Straße. Der Italiener. Ungefähr in ihrem Alter. Sie beugte sich über ihn, um ihn genauer anzusehen. Er weinte nicht, im Gegenteil, er lachte. An seiner Miene sah sie, dass er sie ebenfalls erkannte.

»Hey, dich kenne ich doch.«

Das hätte sie jetzt nicht behauptet. Ja, er war ihr aufgefallen, und sie wusste, dass er sie bemerkt hatte, aber sie war ihm aus dem Weg gegangen, weil sie keinen Bedarf hatte, Männer kennenzulernen. Schon gar keine, die Männlichkeit ausstrahlten, als wären sie der Meinung, man sollte sie in Flaschen abfüllen. Sie war mit den Männern fertig.

»Meine furchtlose Retterin«, sagte er. Er stützte sich mit einem Knie auf den Boden und hielt sich die Rippen. Blut tropfte von seiner Nase.

»Antonio«, sagte er und zeigte auf sich selbst.

»Ich weiß.«

»Du bist Debbie.«

»Ich weiß.«

Er lachte wieder. Dann richtete er sich vorsichtig auf, überprüfte dabei seinen Körper und reckte diesen und dann jenen Teil, um festzustellen, ob sie noch alle einsatzfähig waren. Er ging zu ihren Schuhen und hob sie auf. »Das Mindeste, was ich tun kann, nachdem du mich gerettet hast«, erklärte er und ging weiter, bis er an eine belebte Straße kam. Debbie folgte ihm. Sie hatte den Überblick darüber verloren, in welche Richtung sie unterwegs waren.

Antonio setzte sich auf den grasbewachsenen Seitenstreifen und stellte die Füße auf den Bordstein, sodass sein Kopf zwischen seinen Knien war. Wenigstens blutete seine Nase nicht mehr. Sein Gesicht war zerschlagen. Dreck vom Boden hatte sich mit dem Blut gemischt. Debbie ließ sich neben ihm niedersinken und hatte das Gefühl, nie wieder aufstehen zu können. Das Adrenalin verließ ihren Körper rasch und ließ sie leer und verloren zurück. Sie sah Antonio an.

»Lass mich in deine Augen sehen«, sagte sie. Er hatte einen üblen Schlag abbekommen. Vielleicht musste es behandelt werden.

»Zeig mir *deine*«, sagte er.

»Oha«, sagten beide, als sie es sahen.

»Guter Trip?«, fragte er.

»Hm ... mm.«

»Kommst du schon wieder runter?«, fragte er.

»Hoo, ja«, sagte sie. »Nein«, setzte sie dann hinzu. Sie schwang den Kopf nach rechts und links wie ein Pendel. »Nein. Nein, nein, nein.«

»Ich hab mein Auto hier«, erklärte er.

»Ist es da drin dunkel?« Sie glaubte nicht, dass sie es mit dem grellen Licht in einem Bus aufnehmen könnte. Sie hatte überall Gänsehaut.

Als sie zu Antonios Auto kamen, hielt er ihr die Tür auf, und sie knarrte laut. Er trug immer noch ihre Schuhe in der Hand. Als sie einstiegen, wurde ihr bewusst, dass ihr Rock nach oben rutschte, und auch, dass er nicht hinstarrte. Ihr fiel auf, dass die Federboa um ihren Hals überhaupt keine war, sondern ein zerfleddertes Stück Flitter.

»Mein Dad hat mir bloß diesen Schrotthaufen aus zweiter Hand gekauft.« Er klang aufrichtig gekränkt.

»Heul doch, buh...hu. Armer reicher Junge.«

Debbies Dad hatte sie an ihrem letzten Schultag hinausgeworfen.

Antonio zog den Choke und trat immer wieder aufs Pedal.

»Du lässt es noch absaufen«, meinte Debbie.

»Ich weiß, was ich tue.«

Der Wagen startete. Er ließ den Motor aufheulen und grinste.

Sie passierten einen aufblasbaren Weihnachtsmann auf einem Dach, dem die Luft ausgegangen war.

»Was hast du in der Stadt gemacht?«, erkundigte sich Debbie.
»Geflippert.«
Er war nur ein Junge, der an Flippern spielte. Als sie ihn in Warrah Place gesehen hatte, war sie misstrauisch gewesen, so wie gegenüber allen Männern. Aber wenn man ihn jetzt ansah – er war nur ein Junge, der zusammengeschlagen worden war.
»Was hast du gemacht, um sie gegen dich aufzubringen? Sag's mir nicht. Nichts, stimmt's? Sie waren rassistische Idioten, nicht wahr? Herrgott. Was für Bastarde.«
Er fuhr zum Aussichtspunkt Red Hill. Debbie hatte nichts dagegen. Es fühlte sich sogar genau richtig an; genau der Ort, an dem sie sein sollten.
Antonio parkte das Auto, und sie gingen den Weg hinauf. Das Karussell-Restaurant war über Nacht geschlossen und bis auf den sanften Schein der Nachtbeleuchtung dunkel.
Gott, jetzt hätte sie gern einen Schluck Wasser getrunken. Sie musste es laut ausgesprochen haben, denn Antonio führte sie zu einem Wasserhahn außerhalb der öffentlichen Toiletten. Er fing das Wasser mit seinen gewölbten Händen auf, und sie trank daraus. Sie hatte keinen Grund, nicht ihre eigenen Hände darunterzuhalten, doch er tat es, und sie trank und trank, und es war wunderschön. Antonio spritzte sich Wasser ins Gesicht und tupfte es mit seinem T-Shirt ab, wobei er einen mageren Körper enthüllte. Ganz anders als Edgar, dessen Körper weich und rundlich gewesen war.
Antonio versuchte, über einen Zaun zu springen, doch seine schmerzenden Rippen hinderten ihn daran. Lachend und stöhnend hievte er sich ungeschickt hinüber. Dann gelang es Debbie, trotz ihres Kleids hinüberzuklettern, sie saßen zwischen Felsen, Erde und Büscheln von Spinifex-Gras da.
Die Aussicht war verschwommen; zweidimensionale Umrisse in der Ferne. Die Anzac Parade sah mit ihren Straßenlampen aus wie eine Startbahn, über die der düstere Mount Ainslie wachte.

Antonio zündete eine Zigarette an und machte einen tiefen Zug, bevor er sie an sie weiterreichte und eine zweite für sich anzündete. Mit ausgestreckten Beinen und übereinandergeschlagenen Fußknöcheln lehnte er sich auf einem Ellbogen zurück. Debbie rauchte nicht besonders gern, doch so langsam bekam sie den Bogen heraus. Bis die Uni anfing, würde sie es wahrscheinlich richtig beherrschen.

Antonio schlug nach seinen Knöcheln.

»Kleine Bastarde«, sagte er.

»Du hast bestimmt süßes Blut.«

»Stechen dich die Moskitos nicht?«

»Nöö. Schlechtes Blut«, sagte Debbie. Der Boden war hart und steinig und das Gras kratzig, doch sie fühlte sich vollkommen behaglich.

»Ich habe gehört, dass du ein Jahr Pause gemacht hast«, sagte Antonio. »Zwischen Schule und Uni. Sehr europäisch.«

Wo hatte er davon gehört? Was hatte man ihm noch erzählt?

»Was hast du gemacht?«, fragte er in tadelndem, spöttischem Ton. »Dich selbst gesucht? Bist auf eine spirituelle Suche gegangen? Hast ein Jahr durch Drogen verloren?«

»Verdammt sollst du sein.« Er hielt sie für faul, träge, ein Spatzenhirn. Das hatte sie alles schon gehört.

Sein Körper veränderte sich. Wie, hätte sie nicht genau definieren können, doch er strahlte jetzt eine andere Energie aus, die sich nur auf sie richtete. Er stieß sie mit der Schulter an. »Ernsthaft. Wieso hast du dir das Jahr freigenommen?«

»Ich war beschäftigt«, erklärte Debbie. Warum sollte sie es nicht einfach sagen? Sie brauchte sich für nichts zu schämen. »Damit, schwanger zu sein.«

Er lehnte sich zurück, um sie besser ansehen zu können. »Du hast ein Baby bekommen?« Er spähte hinter sie, als verstecke sie dort ein Baby, und dieses Mal stieß sie ihn mit der Schulter an.

»Ich hatte eine Abtreibung.« Sie holte Luft und sprudelte den

Rest in einem heraus: »Ich habe mit meinem Taschengeld einen Greyhound-Bus nach Sydney genommen und bin in einem schäbigen Hostel in Kings Cross abgestiegen. Ich musste zwei Ärzte davon überzeugen, dass ich mich umbringe, wenn sie mich zwingen, das Kind zu bekommen, also haben sie aufgeschrieben, dass ich ungeeignet für die Mutterschaft bin.«

»*Oddio*«, meinte Antonio. Sie hatte zwar keine Ahnung, was das hieß, aber das machte auch nichts, denn als Nächstes zog er sie an sich, legte fest den Arm um sie und drückte sie an seine angeschlagene Seite, an die Rippen, die er sich gehalten hatte, weil sie voller Prellungen waren und ihn beim Bewegen und Atmen schmerzten. Er barg ihren Kopf in seiner Hand. Das, was ihre Mum und ihr Dad nicht getan hatten. Was Edgar nicht getan hatte. Niemand hatte das bis jetzt getan.

Er wartete lange, bis sie aufgehört hatte, am ganzen Körper zu zittern. »Willst du es mir erzählen?«

Antonio nahm das eine Ende der Glittergirlande, die sie immer noch um den Hals trug, und schlang sie um seinen, während Debbie überlegte, wo sie anfangen sollte.

Debbie hatte ihm zahllose Liebesbriefe geschrieben, in die sie ihr ganzes Herz gelegt hatte. Am Ende der Seiten war ihre Schrift immer kleiner geworden, um all die Liebe, die sie zu geben hatte, hineinzupacken, und dann auf die nächste Seite übergeschwappt. Sie steckte sie in Bücher und übergab sie ihm verstohlen im Klassenzimmer. Sie hätte sich auch Liebesbriefe gewünscht, doch Edgar schrieb ihr nie welche.

Edgar erklärte, es wäre ihnen bestimmt, zusammen zu sein. Sagte, sie wären füreinander geschaffen. Dass er noch nie so für jemanden empfunden hätte. Das Versprechen war unausgesprochen dabei, oder? Später sollte sie jedes Gespräch im Kopf durchkämmen. Ein stillschweigendes Versprechen, oder? War sie dabei, verrückt zu werden?

Antonio lehnte sich zurück, um sie richtig anzusehen. Er verrenkte sich bestimmt den Hals, so lange wandte er sich ihr zu und schaute sie an.

»Verurteilst du mich?«, fragte sie. Bei jemand anderem hätte es sie in Verlegenheit gestürzt, wie er sie musterte, doch anders als sonst läuteten Debbies Alarmglocken nicht.

»Niemals.«

Mehr sagte Antonio nicht, doch er gab aufmunternde Geräusche von sich. Er war auf ihrer Seite. Sie war nicht verrückt.

Zum Showdown war es an dem Abend gekommen, als die Abschlussreden gehalten wurden. Ihrem letzten Tag an der Highschool. Edgar hatte ihr befohlen, damit aufzuhören. Nicht mehr mit ihm zu reden. Ihm nicht mehr zu schreiben. Nicht mehr an seinem Haus vorbeizugehen. Debbie sagte, sie würde es allen erzählen. Er erklärte, niemand würde ihr glauben, sondern die Sache so sehen, wie sie war: eine alberne Schulmädchen-Schwärmerei und eine gemeine Rache. Sie wusste, er hatte recht. Sie hatte keinen Beweis. Nicht einmal das Baby in ihrem Bauch war ein Beweis.

Antonio zog sie wieder fester an sich, obwohl ihm das Schmerzen bereiten musste. Er schüttelte eine Zigarette aus seinem Päckchen, zog sie mit den Lippen heraus und zündete sie mit einer Hand an. Sie teilten sie sich und reichten sie hin und her.

»Deine Eltern«, sagte Antonio. »Waren sie unglücklich wegen des Babys?«

»Das ist die Untertreibung des Jahrhunderts.«

Debbie gab Antonio die Zigarette zurück, und er bedeutete ihr mit einer Handbewegung, sie sollte sie zu Ende rauchen. Er zündete sich eine zweite an. »Ich glaube, unsere Eltern haben so viel damit zu tun, von uns enttäuscht zu sein, dass sie nicht mal auf die Idee kommen, sie könnten *uns* enttäuschen«, meinte er.

»Oh mein Gott, genau, nicht wahr?«, sagte Debbie.

Sie wetteiferten darum, wer es am schlimmsten hatte.

»Ich weigere mich, mit ihnen zur Messe zu gehen«, erklärte Antonio.

»Verflixt«, meinte Debbie. »Heiden auf der Überholspur zur ewigen Verdammnis. Gleichstand. Ich habe mich an der Uni für Frauenstudien eingeschrieben.«

»Ich gehe überhaupt nicht zur Uni.«

»Wieso nicht?«

Antonio zuckte mit den Schultern. »Ich war es leid, ihnen immer alles recht machen zu wollen. Also habe ich damit aufgehört. Macht das Leben leichter. Glücklicher.«

»Verständlich. Schön für dich.« Debbie spürte eine Leichtigkeit, die neu und nicht chemisch induziert war. Sie hatte etwas losgelassen, was sie niedergedrückt hatte. »Du weißt, was ich als Nächstes sagen werde, und dass du mich dabei nicht schlagen kannst. Schwanger von seinem Lehrer zu werden, während man noch zur Schule geht.«

»Edgar war dein Lehrer?«

»Geografie.«

»Wow.«

»Na los, versuch mal, ob du das schlagen kannst«, sagte Debbie kichernd. Sie fühlte sich frei. »Ich gewinne, außer du hast ein Mädchen geschwängert und die Fliege gemacht.« Sie hatte noch etwas anderes, Ernstes zu sagen. »Was ich ihnen – all den Leuten, die mich verurteilt und mies behandelt haben – nicht sagen kann, ist, wie dumm ich war. Weil sie es zuerst gesagt haben.«

Debbie nestelte an den langen Grashalmen herum, zog sie heraus und riss sie durch. Wenn sie genug zusammenbekam, könnte sie daraus vielleicht Kränze für Antonio und sich flechten. Sie musste daran arbeiten. Antonio gähnte und legte sich mit dem Rücken auf den Boden.

»Erzähl mir eine Geschichte«, sagte Antonio. »Eine Einschlafgeschichte.«

»Einmal habe ich mich in sein Haus geschlichen«, sagte Debbie. »Durch die Tür der Waschküche. Ungefähr um die Zeit, zu der unser Baby geboren worden wäre. Habe ich dir erzählt, dass seine

Frau gerade ein Kind bekommen hatte, als er mich geschwängert hat? Das habe ich später herausgefunden. Habe ich dir erzählt, dass er eine Frau hatte? Jedenfalls bin ich durch die Waschküche in sein Haus und in die Küche geschlichen. Bin einfach ganz ruhig hineingegangen. Ich dachte, vielleicht würde ich etwas zu seiner Frau sagen. Oder sie wenigstens zwingen, mich anzusehen. Also kam ich in die Küche und habe gedacht, *was jetzt?* Aber das Baby weinte in einem anderen Zimmer, brüllte wie am Spieß, und ich bin den Flur entlanggegangen, und dann habe ich gehört, dass seine Mum auch weinte. Seine Frau. Sie hat geheult und das Baby angefleht, einzuschlafen. Noch nie hatte ich so etwas Jämmerliches gehört. Stell dir vor, ein Baby anzubetteln. Jedenfalls bin ich zurück in die Küche gegangen, habe das Gas aufgedreht und die Backofentür offengelassen, und dann bin ich durch die Waschküche wieder hinausgegangen.«

Antonio setzte sich auf. So schläfrig war er also doch nicht. »Ja? Das hast du getan?«

»Was glaubst du denn?«

»Ich glaube, dass ich dich nicht gut genug kenne, um zu merken, ob du Witze machst. Aber ich finde, dass ich dich gut genug kenne, um zu wissen, dass dir das so recht ist.«

Bingo.

Ohne dass sie es bemerkt hätten, war es hell geworden. Auf einem Baum in der Nähe hockte auf einem Ast eine Reihe weißer Kakadus wie Klammern auf einer Wäscheleine. Überall um sie herum war auf- und abschwellendes Vogelgezwitscher zu hören.

»Das ist hübsch«, meinte Antonio und sah sich unter den violetten Farbflecken um, die im ersten Tageslicht zu sehen waren. »All die lila Blumen.«

»Lass dich nicht von einem hübschen Gesicht blenden«, sagte Debbie. »Sie sind Verbrecher. Killer. Sie heißen Patersons Fluch.« Die Farmer hassten das Zeug. »Führt bei Rindern und Pferden zu Leberversagen.«

Drei Kängurus tauchten auf, zwei ausgewachsene und ein Junges. Vielleicht waren sie auch die ganze Zeit da gewesen und hatten gelauscht. Als Antonio sie sah, keuchte er und griff nach Debbies Hand. Seine Aufregung wirkte ansteckend; so kindlich. Wirklich süß. Debbie hatte schon oft Kängurus gesehen, aber nicht aus solcher Nähe und keine so neugierigen. Sie drückte Antonios Hand.

»*Maestoso*«, meinte Antonio ehrfürchtig.

Das größte Känguru war ein kräftiges Männchen, ein richtiger Brecher. Debbie verriet Antonio nicht, dass Kängurus boxen konnten und er keine Chance hätte, falls es so weit kam.

Sekunden vergingen, in denen Menschen und Kängurus einander reglos und schweigend ansahen. Debbies und Antonios Gesichter waren sich nahe, sie fühlten und hörten einander atmen. Als die Kängurus schließlich davonsprangen, hatte Debbie das Gefühl, dass ein Austausch stattgefunden hatte. Sie fühlte sich bereichert und beraubt zugleich. Ein Blick auf Antonio verriet ihr, dass er genauso empfand.

Die Sonne war aufgegangen, und das Licht war nichts Besonderes mehr. Sie waren an die Aussicht gewöhnt, die Sonne begann zu stechen. Antonio hatte irgendwann während der Nacht die Schuhe ausgezogen. Auf einem Fuß hatte er ein Muttermal, das wie ein Farbklecks aussah. Auf seinen Zehen wuchsen dunkle Haare. Debbie kam sich in den Sachen von gestern Abend schmutzig und stinkend vor. Der langsam fließende sonntägliche Verkehr wurde dichter, und Hundespaziergänger und Jogger drangen in den Raum ein, der ihnen während der Nacht allein gehört hatte. Die Magie war verflogen.

Antonio erklärte, er habe Hunger. Debbie hatte den Drang, sich die Zähne zu putzen. Sie meinte, sie hätte das Gefühl, die Klo-Fee habe sie besucht und ihr in den Mund geschissen. Antonio lachte und tätschelte ihr den Kopf, der auf seiner Schulter lag.

Sie ließen ein ordentlich aufgeschichtetes Häufchen Zigarettenstummel und ein zusammengekringeltes Stück Flitter zurück.

Sie hatten sich noch nicht einmal geküsst. Er zeigte keinerlei Anzeichen dafür, es probieren zu wollen. Ihre Begegnung war rein und friedlich gewesen; das perfekte Gegenmittel für alles.

# 18

Fünf Monate vor dem Mord
*August 1978*

Peggy erzählte Naomi, Antonio sei charmant. Maureen pflichtete ihr bei. »Ein unverbesserlicher Schürzenjäger«, meinte sie. »So was von witzig.« Naomi konnte sich das nicht vorstellen. Bei ihr war er kurz angebunden. Er tauchte auf, wann er wollte. Wenn sie ihm eine Tasse Tee anbot, lehnte er ab. Er ging, ohne sich zu verabschieden. Was stimmte nicht an ihr, dass er sich kaum dazu überwinden konnte, höflich zu sein?

Nachdem der Zaun eine Woche lang schief gehangen hatte wie betrunken, war klar, dass Antonios Reparatur nichts bewirkt hatte. Naomi sah zu, wie er den Zaun mit zwei Händen festhielt, bis ihm klar wurde, dass er für den Job eine dritte Hand brauchte.

Er sah, dass sie ihn beobachtete und hüstelte. »Wären Sie bereit, mitzuhelfen?«

Naomi hielt den Zaunpfahl fest, und ihr fiel auf, wie er seine Füße aufsetzte, sein Gewicht verlagerte und sich über sie beugte. Er war viel langsamer als Richard, und ihm fehlte dessen rohe Kraft, doch Antonios Körper und seine Bewegungen hatten etwas Anmutiges, Elegantes. Er übte eine Wirkung auf sie aus und zog sie an. Er nahm den Bleistift hinter seinem Ohr weg und steckte ihn zwischen die Zähne. Seine Lippen umschlossen ihn sanft.

Ganz offensichtlich hatte er keine Ahnung, was er tat.

Naomis Lippen zuckten. Er bemerkte es und lehnte resigniert die Stirn an den Zaun. Dann spuckte er den Bleistift in seine Hand.

»Du hast mich erwischt«, sagte er und lächelte betreten. »Wirfst du mich jetzt raus?«

»Natürlich nicht.« Naomi lachte jetzt offen, und Antonio schüttelte den Kopf, verdrehte die Augen über sich selbst und lachte ebenfalls.

»Und was jetzt?«, fragte er.

»Ich schätze, wir schlagen ein paar Nägel ein und hoffen das Beste.«

Als sie nebeneinander auf der feuchten Wiese knieten und ihnen die Arme wehtaten, weil sie den Zaun festhielten, hörten sie auf der anderen Seite Peggys Stimme. Sie war ihnen so nah, dass beide zusammenfuhren.

»Wer ist der hübscheste Junge der Welt?«

»Mr. Solomon. Mr. Solomon. Mr. Solomon«, kam die gekrächzte Antwort.

Antonio sah Naomi verblüfft an, bis Naomi sich lautlos vor Lachen ausschüttete. Sie rückte näher an Antonio heran. »Das ist ihr zahmer Vogel. Sie stellt ihn in seinem Käfig nach draußen, damit er Sonne kriegt. Du würdest nicht glauben, was sie alles zu ihm sagt.«

»Wen hat Peggy am liebsten auf der Welt?« Wieder Peggy.

»Mr. Solomon. Mr. Solomon. Mr. Solomon.«

»Und?«

»Gleichfalls.« Mr. Solomon stieß einen anzüglichen Pfiff aus.

»So ein guter Junge«, sagte Peggy. »Bleib, wo du bist. Ich hole dir einen Tintenfisch.«

Sie hörten, wie Peggy ihre Hintertür aufschob. »Peggy stinkt«, schrie Antonio in einer ziemlich guten Nachahmung von Mr. Solomons Stimme. »Alte Schabracke.«

»Was?« Augenblicklich war Peggy wieder zurück. »Was hast du gesagt?«

»Schabracke«, sagte Mr. Solomon im gleichen Ton wie Antonio.

Naomi und Antonio ließen den Zaun los und schlugen die Hände vor den Mund, um ihr Gelächter zu ersticken. Naomi umklammerte Antonios Schulter.

»Leslie?«, rief Peggy. Ihre Stimme bewegte sich zur anderen Seite der Terrasse.

»Mach ›alter Miesepeter‹«, flüsterte Naomi und erschauerte, als sie Antonios Ohr an ihren Lippen spürte.

»Alter Miesepeter«, krächzte Antonio.

»*Leslie*«, rief Peggy, nachdrücklicher jetzt.

Während Peggy Leslie Vorhaltungen darüber machte, was er Mr. Solomon beigebracht hatte, bzw. was er gesagt hatte, sodass Mr. Solomon es mithören konnte, saßen Naomi und Antonio Schulter an Schulter an den Zaun gelehnt da und warteten darauf, dass ihre stummen Kicheranfälle nachließen.

»Armer Leslie«, meinte Antonio, sobald Peggys und Leslies Stimmen sich ins Haus zurückgezogen hatten. »Ich glaube, ich hab ihn reingerissen.«

Naomi lachte wieder los. »So etwas habe ich noch nie getan.«

Antonio sah sie erstaunt an. »Nie? Du hast noch nie Witze auf Kosten deiner Schulfreundinnen gemacht oder Leuten Streiche gespielt?«

»Ich hatte nicht wirklich Freundinnen.«

»Das kann ich nicht glauben.«

»Wahrscheinlich hat meine Mum sie vergrault.«

Antonio schaute sie an, als wäre sie das Faszinierendste auf der Welt. »Du hast wirklich als Teenager nie Unsinn gemacht? Was hast du denn getan, um zu rebellieren?«

»Habe ich nicht. Ich durfte nicht. Das habe ich alles verpasst.«

»Es ist nie zu spät«, meinte Antonio mit zweideutiger Miene, wurde dann aber ernster, eindringlicher.

»Sei nicht albern«, sagte Naomi. Und dann hatte sie, ganz plötzlich und unerklärlich, das Gefühl, gleich in Tränen auszubrechen. »Entschuldige mich«, sagte sie und wollte aufstehen.

Doch Antonio fasste nach ihrer Hand und hielt sie zurück. »Nicht«, sagte er. »Geh nicht.« Er nahm den Blick nicht von ihr und ließ auch ihre Hand nicht los. »Was habe ich getan? Ich wollte dich nicht verletzen.«

»Ist nicht deine Schuld«, sagte sie. »Du hast einen wunden Punkt getroffen, nichts weiter. Und jetzt komme ich mir sehr dumm vor.« Sie drückte die Stirn an seine Schulter. Sie hätte es nicht ertragen, wenn er ihr Gesicht hätte sehen können.

Einige Zeit saß er vollkommen reglos da. Keiner von beiden sagte etwas.

Dann drehte er behutsam ihr Gesicht nach oben, damit sie einander ansehen konnten.

Er berührte ihr Gesicht mit seinem. Eine ganz zarte, federleichte Berührung. Wangen, Nasen, Stirnen, Fingerspitzen berührten sich kaum und blieben stetig in Bewegung. Sie legte die Hand an die Locken in seinem Nacken.

Naomi spürte, wie er an ihrer Wange lächelte, und dann seinen Atem, als er leise lachte.

»Was ist so komisch?«, fragte sie.

»Nicht komisch«, sagte er. »Wunderschön. Wie Küssen ohne Lippen.«

Beim Wort *Küssen* kehrte Naomi mit einem Plumps wieder in die Realität zurück. Was machte sie hier?

»Das dürfen wir nicht«, sagte sie. »Ich bin verh…«

Schnell stand er auf. Von einem Moment zum anderen hatte er sich zurückgezogen, kühl wie eine Gurke. »Dann eben nicht.«

»Was?«, fragte Naomi. Ihr Körper wollte sich schon zu ihm zurückschlängeln. »Warte.«

Aber er hatte schon Zigaretten und Feuerzeug eingesteckt. Der Bleistift landete wieder hinter seinem Ohr. Mit einer einzigen fließenden Bewegung zog er seine Jacke an und verschwand.

Eine Woche verging, ohne dass Antonio zurückkehrte. Und die ganze Zeit wünschte Naomi sich nur, sie könnte die Zeit bis vor den Punkt zurückdrehen, an dem sie gesagt hatte *Das dürfen wir nicht.* Wollte sie sich den Spaß zurückholen, den sie mit Peggy und Mr. Solomon gehabt hatten? Oder wünschte sie sich, dass jemand an einen ihrer wunden Punkte rührte und keiner von ihnen davonlief? Oder den Kuss, der beinahe passiert war?

Es war alles. Sie wollte all das und noch mehr.

Als er dann doch zurückkam, wirkte es, als müsste er all seinen Mut aufbringen, um vor sie hinzutreten. Er stand mit dem Rücken zur Haustür, die Naomi hinter ihm geschlossen hatte, und kam nicht weiter herein, als wollte er sich die Möglichkeit offenhalten, rasch die Flucht zu ergreifen.

»Ich bin gekommen, um mich zu entschuldigen«, erklärte er steif. »Für das, was ich getan habe. Und weil ich so schnell gegangen bin.«

»Warum hast du es getan?«, fragte sie. »Ich wollte das nicht.«

»Ich weiß«, sagte er und wirkte gequält und beschämt. »Ich habe keine Entschuldigung. Ich bin *idiota*. Das war schrecklich dreist ...«

»Nein, ich meine, dass du gegangen bist. Ich wollte nicht, dass du gehst.«

Er zog die Augenbrauen hoch, setzte zum Sprechen an, unterbrach sich und fing dann wieder an. »Warum hast du dann gesagt, wir sollten das nicht tun?«

»Ich weiß nicht.« Naomi lachte selbstironisch. »Vielleicht weil ich dachte, es würde von mir erwartet, dass ich das sagen sollte. Vielleicht, weil mir nichts anderes einfiel.« Sie zwang sich, zu bleiben, wo sie war, und mit ruhiger Stimme zu sprechen. »Vielleicht, weil ich nicht vernünftig denken konnte, weil du mir so nahe warst.«

Antonio nahm ihre Hand, legte sie an seine Brust und brachte ihr sein hämmerndes Herz dar.

Als sie sich küssten, war Antonio vorsichtig und sanft. Er wartete, bis sie den Kuss tiefer werden ließ. Sie gab das Tempo vor, und er reagierte in gleicher Weise. Es war ein köstlicher, aufeinander eingestimmter Dialog, und ihr Begehren wuchs, je länger sie ihn führten. Richard zu küssen war nie so gewesen. Er würde nie die Kontrolle loslassen, sich ihr niemals ergeben.

»Bist du bereit?«, fragte Antonio. »Für mich?«

Ein absurder Gedanke kam ihr. *Sieh mich doch an, Mum! Und was willst du dagegen machen? Du kannst rein gar nichts tun, um mich aufzuhalten.*

»Ich bin bereit.«

Sie blieben die ganze Nacht wach, redeten und küssten sich. Sie zögerten Antonios Abschied so lange wie möglich hinaus, bevor Colin aufwachte. Doch er schlich sich nicht davon und rannte über die Insel nach Hause, sondern schlenderte lässig einher, rauchte und ließ sich Zeit, als wäre er sich bewusst, dass Naomi aus dem Schlafzimmerfenster jeden seiner Schritte beobachtete. Sobald Colin in der Schule war, kam er zurück. Sie tauschten sich darüber aus, wie verklebt sich ihre Augen anfühlten. Sie lachten über ihre wunden, aufgesprungenen Lippen und Naomis gerötete Haut, die von seinen Bartstoppeln stammte.

Am Wochenende bauten sie im Wohnzimmer mit Colin eine Höhle aus Decken und Stühlen. Dann ging Naomi mit Colin zu Sheree und bat sie, über Tag auf ihn aufzupassen – normalerweise würde sie nicht fragen, erklärte sie; sie hätte nur so viel zu tun, dass Colin sich zu Tode langweilen würde, und sie werde sich gern irgendwann revanchieren.

Den Rest des Tages umarmten sich Naomi und Antonio in der Höhle.

Tagelang drückten sie sich heimlich herum wie idiotisch verliebte Teenager. Naomi spürte, wie ihr Begehren sie überrollte wie ein wildgewordener Stier und begriff nicht, warum Antonio nicht weiter ging. Dann fiel ihr wieder ein, dass er ein Teenager *war* und sie – ganz egal, wie sie sich fühlte – nicht. Sie nahm all ihren Mut zusammen, fasste ihn an der Hand und führte ihn zum Bett.

»Versprich mir etwas«, sagte sie später, als ihr Kopf in seiner Schulterbeuge lag.

»Alles, was du willst.«

»Es ist mir ernst.«

»Mir auch.« Er hatte ihre Finger mit seinen nachgezogen und drückte jetzt ihre Hand. »Kann ich hier drin rauchen?«

»Du kannst alles tun, was du willst.«

Er zündete sich eine Zigarette an. »Wenn das so ist, stelle ich eine Liste auf.« Sie veränderten ihre Stellung so, dass er sich aufsetzen konnte. »Was soll ich dir versprechen?«

»Dass wir nichts voreinander verheimlichen. Nicht zu raten versuchen, was der andere fühlt, denkt oder will.« Naomi stützte sich auf, um ihn besser anschauen zu können. »Keine Spielchen. Nur Ehrlichkeit.«

»Oh Gott, ja«, sagte Antonio. »Was für eine Erleichterung. Es war ein Albtraum, meine Gefühle vor dir zu verbergen. Und ich bin schrecklich schlecht darin.«

# 19

Vier Tage nach dem Mord
*Mittwoch, 10. Januar 1979*

Während der Rest von Warrah Place schlief, stieg Naomi aus dem Bett.

Sie zog ein einfaches Etuikleid an, keine Knöpfe und kein Reißverschluss, die zu anstrengend gewesen wären. Ihre Haut war schmutzig, ihr Mund und ihre Lippen waren trocken und ihr Haar platt und fettig. Es war ihr gleichgültig.

Sie stieg in ihr Auto und fuhr, Antonios Pass auf dem Schoß, zum Einkaufszentrum. Sie ließ die Kupplung schleifen, aber das machte nichts, denn das Auto war nicht real, die Straße war nicht real, und diese dünn besiedelte Stadt und ihre Bewohner wirkten jetzt wie aus einem Cartoon. Nichts war mehr real.

Ein Rolltor an einer Ladenfront wurde scheppernd hochgezogen, als wäre es möglich, dass ein neuer Tag beginnen würde. Sogar um diese Uhrzeit waren Menschen auf Fußwegen unterwegs, stiegen aus Autos, warteten auf Busse, schauten auf ihre Armbanduhren, gähnten. Sie fuhr an einer Baustelle vorbei, wo Arbeiter früh erschienen waren, um einen Vorsprung vor der Hitze zu bekommen. Müllmänner pfiffen fröhlich und riefen einander in scherzhaftem Ton Obszönitäten zu. Bei ihrem Anblick fuhr sie schneller und fragte sich, wie viele Runden sie schon gemacht und wie viele sie noch vor sich hatten.

Vielleicht würde Colin aufwachen, feststellen, dass er allein war, und sich fragen, wo sie steckte. Aber Antonio füllte ihr ganzes Bewusstsein aus. Sein Name durchdrang die Luft, und sie atmete ihn ein: *Antonio, Antonio, Antonio.*

Der Parkplatz des Einkaufszentrums war leer.

Naomi parkte aufs Geratewohl, ohne auf die weißen Linien zu achten. Die erste Mülltonne, die sie erreichte, war voll und stank. Zuerst nahm sie vorsichtig Teile von oben und wühlte dann tiefer; ganz gleich, was ihre Hände berührten. Sie ließ den Inhalt zu Boden fallen, und zu ihren Füßen bildete sich ein Haufen aus Chipstüten, Papiertüchern und Servietten und Essen in unterschiedlichen Stadien der Zersetzung. Schmutzige Windeln. Ein Kleiderbügel. Ein Schuh. Blechdosen. Zigarettenstummel. Durchweichte Kassenzettel und Busfahrkarten.

Sie gab ihre Suche auf und ging zum nächsten, und dann zum übernächsten. Wie viele Mülleimer standen hier?

*Denk nach, Naomi.* Sie versuchte, sich in Richard hineinzuversetzen. Sie war sich sicher, dass er im Einkaufszentrum gewesen war; selbstzufrieden, weil er so klug gewesen war, die Polizei überall hinzulocken, nur nicht zu ihm. Aber welche Stelle im Einkaufszentrum hätte er gewählt?

Sie fand eine Reihe großer Müllcontainer, die abgelegen hinter den Läden standen. Über ihnen summten Abluftventilatoren.

Die Polizei hatte nur Antonios Fuß gefunden. Naomi konnte die Gewissheit nicht ertragen, dass Antonios wunderschöner Körper an einem demütigenden Ort wie einer Mülltonne im Einkaufszentrum ruhte; tot, in Stücke gehackt und ohne eine würdige Beerdigung. Es war unerträglich.

Naomi öffnete die Deckel, und der Gestank ließ sie zurückfahren. Sie beugte sich tief darüber, um armeweise Müll herauszuschaufeln. Immer verzweifelter wurde sie, als der Haufen höher wurde und ihr die Zeit davonlief. Sie hatte nicht durchdacht, was sie tun würde, wenn sie ihn entdeckte, nur, dass sie ihn finden musste.

Und dann kam der Müllwagen in Sicht, und sie rannte davon, um sich vor der Schweinerei, die sie angerichtet hatte, zu verstecken. Vorher nahm sie noch Antonios Pass aus ihrer Tasche, küsste ihn ein letztes Mal und warf ihn in die nächstbeste Tonne. Es schmerzte sie, doch die Gefahr, dass er in ihrem Haus gefunden würde, war zu groß. So verstört sie auch war, ihr Selbsterhaltungstrieb setzte sich durch. Sie musste sich selbst schützen. Und Richard.

Zurück im Auto schloss Naomi die Augen und saß inmitten des stinkenden Mülls anderer Leute und ihrem eigenen Versagen da. *Tut mir leid, mein Liebster.*

Der Parkplatz hatte sich gefüllt. Menschen schlossen ihre Autos ab, erledigten ihre Einkäufe, kamen zurück und fuhren davon. Es wurde heißer, doch Naomi ließ die Fenster oben. Ihr Kleid war feucht, ihre Glieder fühlten sich schwer an, und ihr Atem ging flach.

Es war noch zu früh, um die Bewegungen des Babys zu spüren, aber eine willkommene Sinnestäuschung spiegelte ihr vor, dass das Flattern, das sie spürte, ihr Baby war, das sich bemerkbar machte. Es war ein Zeichen; die Bestätigung dafür, dass das, was als Hoffnung begonnen hatte, zur Gewissheit geworden war. Ein Geschenk. Sie hatte Antonios Körper nicht gefunden, doch ein Teil von ihm wuchs in ihr heran. Ein geheimer Teil, der ihr allein gehörte.

Schließlich startete Naomi den Wagen und fuhr davon, ohne die Läden zu betreten. Sie brauchte nichts außer Antonio. Schützend legte sie eine Hand auf ihren Bauch und bildete mit den Lippen seinen Namen.

# 20

Das Kamerateam, das vor dem italienischen Haus parkte, versperrte die Straße, sodass Lydia gezwungen war, auf der falschen Straßenseite der Sackgasse zu fahren. Was nicht dazu beitrug, ihre Wut zu dämpfen. Die meiste Zeit war sie gern Polizistin, aber heute nicht. Sie passierte Naomi, die aus ihrem Auto stieg und schnurstracks auf ihre Haustür zuhielt. Normalerweise hüpfte Naomi mit ihren kurzen Beinen mädchenhaft einher; wahrscheinlich, um mit Richards großen Schritten mitzuhalten. Jetzt wirkte ihr Gang hölzern. Eine Schwangerschaft machte einen langsam, vermutete Lydia.

Lydia hielt nicht an, um Naomi zu begrüßen oder auch nur zu winken. Sie stürmte in ihr Haus und dann ins Schlafzimmer, wo sie ihre Fliege herunterriss, ihre Jacke aufknöpfte und den Reißverschluss an ihrem Rock hinunterzog; diesem Rock mit der einen mickrigen Gehfalte. Sie schleuderte die Schuhe von sich, gefolgt von ihren Kleidern und ihrer Mütze. In BH und Halbunterrock warf sie ihre von der Polizei ausgegebene Handtasche dem Rest ihrer Uniform hinterher auf den Boden.

»Gute Schicht?«

Debbie lehnte mit verschränkten Armen am Türrahmen und versuchte, ihre Heiterkeit zu bremsen. Lydia hatte ganz vergessen, dass sie zu Hause sein könnte.

Nachdem sie ihre Anspannung abreagiert hatte, sackte Lydias Körper zusammen.

Für ein Elternschlafzimmer war der Raum klein. Er wurde von dem Bett beherrscht. Ein Stuhl stand da, mit Lydias Kleidung überhäuft. Das angeschlossene Bad war eher ein Wandschrank.

Debbie trat ins Zimmer und setzte sich aufs Bett. »Was ist passiert?«

»Nicht so wichtig«, gab Lydia zurück.

»Erzähl das deinen Klamotten«, sagte Debbie und wies mit einer Kopfbewegung auf den unordentlichen Haufen, den Lydias Uniform und ihre Ausrüstung auf dem Boden bildeten.

Lydia setzte sich ebenfalls aufs Bett. Sie fuhr sich durchs Haar, eine Angewohnheit von ihr. Es fiel sofort wieder zurück und hing ihr in die Augen. Sie schob den Friseur immer länger auf, als sie sollte. Jeder anderen Person hätte das vielleicht eine geheimnisvolle Ausstrahlung verschafft, das Gefühl, dass sie etwas verbarg. Aber Lydia war kein Mensch, die mit ihrer Meinung hinter dem Berg hielt. So war sie immer schon gewesen. Was man sah, das bekam man auch. Sie hatte einen kräftigen Kiefer, der ihr eine herrische Ausstrahlung verlieh. Praktisch in ihrem Job.

»Ich war heute so nah daran. Soo dicht.« Lydia hielt Daumen und Zeigefinger mit einem kaum sichtbaren Abstand dazwischen hoch. »Ich bin um eine Ecke gebogen und mitten in einen Drogendeal geraten. Ein großer Fang. Sie sind natürlich gerannt, und dann … Es war eine totale Pleite, vollkommen verkackt. Mit denen da kann ich nicht rennen.« Verächtlich wies sie auf ihre Pumps. »Sobald man losläuft, verliert man sie. Und der Rock ist zu eng. Man kann die Beine gar nicht richtig bewegen. Bis ich die Handtasche aufkriege, um die Handschellen herauszuholen, ist es zu spät. Die Jungs kriegen alle die richtige Ausrüstung und wir nicht.«

»Das ist vollkommen abgefuckt.« Debbie stand empört auf. »Das kannst du dir nicht gefallen lassen. Ernsthaft.«

Lydia war sich nicht sicher, ob sie Debbie all das erzählen sollte. Das Mädchen würde womöglich mit einem verdammten Protestschild auf dem Revier aufkreuzen. Aber es war ein gutes Gefühl, sich alles von der Seele zu reden. »Normaler Streifendienst ist ja wahrscheinlich okay, aber ich würde alles dafür tun, zur Kriminalpolizei zu gehen.«

»Du willst die richtig harten Fälle? Morde und so?« Debbie klang verzagt. Sie hatte ihr Pulver verschossen.

*Verdammt*, dachte Lydia, da war sie aber ganz schön ins Fettnäpfchen getreten. Debbie mochte ja eine harte Schale vorspielen, aber die Sache mit Antonio war alles andere als vorbei. Lydia fühlte sich stellvertretend für die ganze Polizei verlegen und auch teilweise verantwortlich dafür, dass sie bis jetzt weder eine Leiche noch einen Verdächtigen hatten. Und nun würde sie sich bei Debbie an diesem emotionalen Zeug versuchen müssen.

»Hör mal.« Sie legte eine Hand auf Debbies Schulter und war sich unangenehm bewusst, dass sie immer noch in BH und Unterrock dastand. Manche Gespräche erforderten einfach mehr Kleidungsstücke. »Ich weiß ...«

Debbie stand wieder auf und fuhr fröhlich und munter auf dem Absatz herum. Lydia ließ die Hand sinken. Es war unmöglich, mit den Stimmungsschwankungen dieses Mädchens Schritt zu halten.

»Ich wünschte, ich wäre lesbisch«, erklärte Debbie. »Meinst du, es ist zu spät, es auszuprobieren?«

»Ich bin mir nicht sicher, ob es Regeln dafür gibt«, meinte Lydia. »Aber ich glaube, es sich bloß zu wünschen, wirkt leider nicht.«

»Hast du es immer schon gewusst?«

»Jepp.«

»Und das mit Ursula war dir auch immer schon klar?«

»Oh ja.« Lydia trat an den Stuhl, auf dem sich abgelegte Kleidungsstücke türmten, und fand ihre Schlabbershorts, die sie nur zu Hause trug und bei denen das Taillengummi ausgeleiert war. Sie zog sie an und schlüpfte erst dann aus ihrem Unterrock. Dann ein ebenfalls uraltes Tanktop, das auch nur dazu bestimmt war, zu Haus herumzugammeln. »Als ich zum ersten Mal in die Bibliothek ging – normalerweise nicht mein Revier, verstehst du? –, da wollte ich nur meinen kleinen Bruder aus dem Haus kriegen, weil er mit seinem Radau alle auf die Palme gebracht hat. Ich hatte die geniale Idee, mit ihm in die Bücherei zu gehen, weil man da still sein muss. Vielleicht würde er dann einen Moment den Mund halten. Jedenfalls habe ich Ursula da zum ersten Mal gesehen.«

»Und?«

»Und das war's. Ich war erledigt. Sie trug eine grüne Bluse mit einer Schleife am Hals, einen beigen Rock, und ihre Schuhe ...«

»Schnürschuhe, stimmt's?«

»Schnürschuhe«, bestätigte Lydia. »Aber wenn sie sich nach oben gereckt hat, um Bücher ins Regal zu stellen, sind ihre Fersen immer aus den Schuhen gerutscht, und dann musste sie mit den Füßen wackeln, um sie wieder hineinzukriegen. Sie hat immer den Kopf schief gelegt, um den Titel auf dem Buchrücken zu lesen, statt das Buch schräg zu halten. Ich hätte ihr den ganzen Tag zuschauen können.«

»Das ist irgendwie süß«, meinte Debbie. »Glaubst du an all dieses Zeug von wegen Seelenverwandtschaft? Dass es für jeden die richtige Person gibt? Ich hätte nicht gedacht, dass du dieser Typ bist.«

»Früher nicht. Und vielleicht ist es ja nicht bei jedem so. Ich weiß bloß, dass ich Glück gehabt habe.«

Debbie wirkte gedankenverloren.

»Du wirst mich jetzt hassen, weil ich das sage«, erklärte Lydia. Kein junger Mensch ließ sich gern sagen, dass er jung war. »Du bist noch jung. Ich weiß, dass du diesen Antonio gern mochtest. Aber du hast noch jede Menge Zeit, jemanden zu finden, den du liebst. Es wird passieren.«

»Hast du mal irgendwelchen Kollegen von dir erzählt, dass du lesbisch bist?«, fragte Debbie und ließ Lydias letzte Bemerkungen unbeachtet. Auch gut, dachte Lydia. »Hast du dort keine Freunde? Hasst du es, zu verstecken, wer du wirklich bist?«

Lydia konnte nichts dagegen tun, dass ihr das Blut ins Gesicht schoss. Sie zuckte zusammen.

»Warte«, sagte Debbie. »Sie wissen *Bescheid*. Du hast es ihnen erzählt.«

»Nicht mit genau diesen Worten. Es ist nur ...« Lydia wedelte mit den Händen um ihren Körper, um ihr Gesicht herum. »Ich habe auf der Arbeit nie ausdrücklich gesagt, Ursula sei meine Schwester. So gut kann ich nicht lügen. Außerdem kann Ursula leicht als hetero durchgehen. Ich nicht wirklich. Manchmal versuche ich, den Eindruck zu vermitteln, aber ich bin nicht wirklich mit dem Herzen dabei.«

»Weiß Ursula, dass sie es wissen?«

»Nein. Und ...«

»Verstehe.« Debbie vollführte eine Bewegung, als ziehe sie über ihrem Mund einen Reißverschluss zu. »Kein Wort. Unser kleines Geheimnis.«

Lydia fühlte Grauen in sich aufsteigen. Ursula und sie hatten keine Geheimnisse voreinander. Das war etwas, was ihre Beziehung definierte: Keine solchen Barrieren. Aber jetzt hatte sie sich irgendwie in eine Lage gebracht, in der sie mit Debbie ein Geheimnis vor Ursula hatte. Am liebsten hätte sie das zurückgenommen. Es war vollkommen verkehrt und ein Risiko, das sie nie hatte eingehen wollen.

Keine von ihnen hörte das Klopfen oder dass die Haustür geöffnet wurde, daher zuckten sie zusammen, als sie eine tiefe Stimme hörten. »Ju...hu.«

Sie verließen das Schlafzimmer und stellten fest, dass Cecil Maureen, Leslie und Peggy durch die Tür und ins Esszimmer dirigierte.

»Was ...«, begann Lydia alarmiert.

»Gut. Du bist zu Hause«, sagte Cecil. Er schob Maureen mit dem Ellbogen aus dem Weg und bezog am Fenster Stellung.

Lydia sah Debbie ratsuchend an, doch die wirkte genauso verwirrt, wie Lydia sich fühlte. Sie durchsuchte ihren Kopf nach einer guten Ausrede, um sie zum Gehen aufzufordern.

Wieder öffnete sich klappernd die Tür, und Tammy und Colin kamen herein. »Sieh mal, deine kleinen Schatten sind wieder da«, bemerkte Lydia zu Debbie. Tammy und Colin hatten sich angewöhnt, Debbie nachzulaufen wie verliebte Welpen.

Dann kam Sheree mit ihren drei Kindern im Schlepptau herein.

»Wer hat dich denn eingeladen?«, fragte Cecil.

»Ich«, erklärte Leslie. »Du hast gesagt, es wäre wichtig.«

»Krieg dich wieder ein, Cec«, sagte Peggy.

»Ich freu mich auch, dich zu sehen, Cecil«, sagte Sheree.

Peggy zählte die Anwesenden durch. Lydia konnte sich bis jetzt noch keinen Reim auf Peggy machen. Sie war aggressiv, aber Lydia hielt mehr davon, Klartext zu reden, statt von Spielchen und Andeutungen. Leslie mochte sie sehr. Dieser Mann hatte ein Herz aus Gold.

»Hat jemand Joe und Zlata eingeladen?«, fragte Peggy.

»Dachte, es wäre besser, das nicht zu tun«, erklärte Cecil.

»Warum?«, fragte Peggy.

»Geht dich nichts an.«

»Was ist los?«, verlangte Lydia zu wissen, deren Wunsch, genau das herauszufinden, ihren Drang, diese Leute loszuwerden, überwältigte.

»Gute Frage«, sagte Cecil. »Genau das wollen wir wissen.«

Sie hatten sich alle in den kleinen Raum gedrängt und nahmen den ganzen Platz um den Esstisch herum ein. Wie sollte Lydia Ursula erklären, warum sie zugelassen hatte, dass sie hier hereingestürmt waren? Leslie hatte die Arme eng an den Körper gezogen, als versuchte er erfolglos, sich kleiner zu machen. Cecil spähte durch das Fenster die Straße entlang zu dem Team von Berichterstattern, die sich dort sammelten.

»Dachte, es wäre das Beste, uns hier zu treffen«, sagte Cecil. »Fern von neugierigen Augen.« Er ließ den Vorhang los, und als Peggy seinen Platz einnahm, befahl er ihr, zurückzutreten. »Sonst sehen sie dich noch, und wir wollen keine Aufmerksamkeit auf uns ziehen.«

Lydia warf einen Blick auf ihre Uhr. Ursula müsste eigentlich schon zu Hause sein. Na, Gott sei Dank war sie es nicht. Sie würde durchdrehen, wenn sie all diese Leute in ihrem Heim sah. Um ihr Geheimnis zu wahren, gingen die beiden allgemein nicht oft unter Leute und luden vor allem niemanden zu sich nach Hause ein. Manchmal konnte einen schon eine Kleinigkeit verraten, und das wollte Ursula nicht riskieren.

Debbie lehnte mit verschränkten Armen am Türrahmen und hatte die Fußknöchel überkreuzt. Sie wirkte amüsiert.

»Na schön«, sagte Cecil und sah Lydia an. »Und?«

»Und was?«

»Wir wollen wissen, was der neueste Stand ist«, erklärte Peggy.

Alle wandten sich mit erwartungsvollen Mienen Lydia zu. Sogar die Kinder waren still. Einen Moment lang genoss Lydia die Autorität, die sie ihr verliehen, und vergaß ganz, dass sie fadenscheinige Shorts mit einem unzuverlässigen Gummizug trug. Sie sah sich als leitende Beamtin, Spenderin von Informationen und Bestärkung.

»Gut. Also dann.« Sie hatte eine besondere Stimme, einen gewissen Ton für die Arbeit, und die setzte sie jetzt ein. »Eine gründliche Ermittlung ist im Gang, und das dauert manchmal länger, als uns lieb ist«, erklärte sie.

»Zum Beispiel, Spuren zu verfolgen?«, fragte Peggy. »Wie viele Spuren habt ihr denn? Und warum hat uns niemand gesagt, welche Vorsichtsmaßnahmen wir treffen sollen, solange ein Mörder frei herumläuft?«

»Ja«, meldete sich Sheree zu Wort. »In welcher Gefahr schweben wir anderen?«

»Woher sollen wir wissen, ob wir es nicht mit einem Serienkiller zu tun haben?«, fragte Cecil und starrte Lydia aufgebracht an, um noch mehr Wirkung zu erzielen.

»Wie ich schon sagte«, erklärte Lydia, »haben wir ein Protokoll zu befolgen, und die Beamten, die an der Ermittlung beteiligt sind, werden sorgfältig allen Hinweisen nachgehen und ...«

»Blah, blah, blah«, sagte Cecil. »Wir wollen Details.«

»Tja, ich kann nicht wirklich …«, sagte Lydia.

»Kannst du nichts sagen, oder willst du nicht?«, fragte Peggy und beugte sich anklagend vor.

»Hört mal, ich bin nicht bei dem Team, das ermittelt. Ich habe andere Pflichten. Es ist nicht so, dass alle Informationen überall verteilt werden. Es gibt Abläufe …«

»Das sagtest du schon«, meinte Cecil. »Sollen wir wirklich glauben, dass du nichts herausfinden kannst? Sieh mal, wenn jemand aus der Straße unter Verdacht steht, will ich darüber Bescheid wissen. Ich habe ein Recht, das zu erfahren.« Er wurde lauter.

»Du meinst, du willst wissen, ob *du* verdächtig bist«, sagte Peggy.

Wut auf Peggy flammte bei ihm auf, und Lydia fragte sich nicht zum ersten Mal, was in Cecils Haus hinter verschlossenen Türen vor sich gehen mochte. Sie sah Maureen an, die in sich hineinzukriechen schien, und beschloss, sich irgendwann Zeit zu nehmen und sich diskret mit ihr zu unterhalten.

»Was hast du damit gemeint, dass wir Joe und Zlata nicht einladen sollen?«, verlangte Peggy von Cecil zu wissen.

Cecil streckte die Arme aus, obwohl dazu nicht genug Platz war. So viele Körper waren hier wie die Sardinen zusammengepresst, dass es immer heißer wurde und die Luft stickiger. »Hat denn sonst niemand eins und eins zusammengezählt?«, fragte er. »Joes verschwundenes Werkzeug; Werkzeug, das man benutzen könnte, um jemanden zu ermorden und ihm einen Fuß abzuhacken? Und dann ist er derjenige, der besagten Fuß identifiziert?«

»Das weist doch wohl darauf hin, dass er unschuldig ist«, meinte Leslie. »Wenn er etwas damit zu tun hätte, würde er der Polizei ja wohl kaum helfen, indem er den Fuß identifiziert.«

»Oder«, sagte Cecil betont, »es lässt ihn schuldiger aussehen. Weil er rein zufällig dort aufgetaucht ist.«

Er überließ es der Gruppe, das zu verdauen. »Wo bleibt eigentlich Helen?«, fragte er dann Maureen, als wäre ihm gerade wieder eingefallen, dass seine Frau neben ihm stand. »Ich habe dir gesagt, du sollst sie holen.«

»Hab ich versucht«, gab Maureen zurück. »Sie war nicht da. Stattdessen habe ich diese beiden aufgelesen.« Sie nickte Tammy und Colin zu.

Tammy blickte von einem Notizbuch auf, in dem sie geschrieben hatte, als führe sie Protokoll bei diesem Treffen, und kaute am Ende ihres Stifts.

»Ihr zwei«, sagte Cecil zu Tammy und Colin. »Seht zu, dass ihr den Kopf einzieht.« Dann sah er Colin an und fuhr zurück. »Was hast du denn da an, Junge? Du siehst aus wie eine verdammte Schwuchtel.« Dann sprach er wieder die Gruppe an. »Wir brauchen Helen, damit sie die Laus im Auge behält, da sie ihre direkte Nachbarin ist. Ihr wisst schon, berichten, ob etwas Zwielichtiges vorgeht. Da die Polizei verdammt nutzlos ist«, – er warf Lydia Blicke zu, die hätten töten können –, »müssen wir überall nach Verdächtigen Ausschau halten. Nichts ausschließen. Du gibst Helen Bescheid, Maur. Glaubst du, das bringst du fertig?«

»Hey …«, sagte Debbie.

Doch Cecil wehrte mit erhobenen Händen ab. »Bevor du jetzt auf mich losgehst, es hat nichts mit ihrer Hautfarbe zu tun. Nichts mit Rassismus.« Er stieß mit einem Finger in die Luft. »Ich habe nichts gegen sie als Rasse. Ich habe auch nichts gegen die hier im Besonderen. Scheinen oberflächlich gesehen ganz nett zu sein. Es ist nur …«

»Nur was?«, fragte Debbie.

»Dass sie sich nicht viel Mühe gegeben haben. Um sich zu beteiligen.«

»Wie denn? Was erwartest du?«

Cecil schnaubte empört. »Na ja, erstens habe ich noch nie erlebt, dass einer von denen ein wenig Wertschätzung zeigt. Man sollte meinen, sie würden verdammt noch mal etwas Dankbarkeit an den Tag legen.«

»Wofür genau sollten sie dankbar sein, Cecil?« Debbie sprach mit zusammengebissenen Zähnen und sagte seinen Namen sehr sorgfältig.

»Dass sie hier sein dürfen. Alles. All das.« Er reckte den Arm in Richtung Fenster, als wollte er Warrah Place, Canberra und ganz Australien einschließen. »Außerdem«, fuhr er fort und redete sich allmählich in Schwung, »und das sage ich jetzt nett gemeint, aber ich kann mir nicht vorstellen, was sie in Warrah Place sein wollen. Sie wären doch bestimmt irgendwo glücklicher, wo sie hinpassen. Zum Beispiel dort, wo der letzte Schwung Bootsflüchtlinge sich niedergelassen hat, wenn ihr versteht, was ich meine.«

»Aber Cec, die Boat People kommen aus Vietnam«, sagte Sheree.

»Und?«

»Und die Laus sind Chinesen.« Sheree redete wie zu einem ihrer Kinder.

Cecil zuckte mit den Schultern. »Alles dasselbe.«

»Oh mein Gott«, sagte Debbie.

Cecils Aufmerksamkeit galt immer noch Sheree. »Kannst du nicht deinen Garten ein wenig aufräumen?«, sagte er zu ihr. »Direkt gegenüber deinem Haus steht ein Kamerateam.«

»Klar, wenn es dir so wichtig ist.« Sherees Ton war gleichmütig und ihre Miene undeutbar, doch Lydia war klar, dass sie sich über ihn lustig machte. Lydia entschied, dass sie Sheree gut leiden mochte.

»Wenn ich es mir recht überlege«, fuhr Cecil fort, »woher wollen wir eigentlich wissen, dass der Mörder nicht einer deiner Kerle ist, die hier herumschnüffeln? Vor einer Weile hatten wir doch Ärger mit einem von ihnen, nicht wahr?«

Sheree schwieg, doch der verächtliche Blick, den sie Cecil zuwarf, war eindeutig.

»Ihr erinnert euch doch, oder?«, appellierte Cecil an Peggy und Leslie. »Das war vor deiner Zeit«, sagte er zu Lydia, »aber mit dem hättet ihr alle Hände voll zu tun gehabt. Merk dir das, ja? Du könntest deinen Vorgesetzten sagen, sie sollen sich das mal ansehen.« Lydia stemmte weiter die Hände in die Hüften. Sie bemerkte, dass Tammy wieder in ihr Buch kritzelte. »Hat jemand eine Ahnung, wann Richard zurückkommt? Wir könnten hier noch einen vernünftigen Kopf gebrauchen. Ein Jammer, dass Naomi auch außer Gefecht ist.« Er seufzte dramatisch, und Sheree äffte ihn nach, übertrieb seine Körperhaltung und brachte Debbie zum Lachen.

Verblüffenderweise meldete sich Tammy zu Wort. »Findet es noch jemand merkwürdig, dass Antonios Fuß keinen Schuh anhatte?«

»Nein«, sagte Sheree sofort.

»Ich schon«, sagte Tammy. »Ich finde, fehlende Schuhe haben etwas Verdächtiges. Wir sollten uns definitiv darauf konzentrieren.«

»Ich möchte wissen, warum seine Eltern blitzschnell rein und raus waren. Haben bloß ein paar Sachen mitgenommen und sind wieder abgefahren«, meinte Peggy, während Tammy und Sheree komplexe Blicke wechselten, auf die sich Lydia keinen Reim machen konnte.

»Das ist ein sehr gutes Argument«, meinte Cecil.

»Wessen Eltern?«, fragte Maureen.

»Was glaubst du denn?«, gab Peggy entnervt zurück. »*Die von Antonio.*« Lydia fragte sich, ob es jemanden gab, dem Peggy nicht feindselig begegnete.

»Verdammt typisch«, sagte Cecil. »Haben Angst, sich zu zeigen und lassen uns ihre Schweinerei in Ordnung bringen.«

»Ein bisschen hart«, bemerkte Leslie halblaut.

»Ich glaube nicht«, sagte Cecil. »Eher ein bisschen verdächtig, sich mitten in der Nacht einzuschleichen, dann wieder zu verschwinden und nicht bereit zu sein, uns anderen gegenüberzutreten. Sie kommen hierher und lassen sich umbringen, und wir können uns mit den Folgen herumschlagen. Nicht gerade ideal.«

»Hört mal, lasst uns das beenden«, sagte Lydia. »Ich weiß, dass alle sich Sorgen machen. Das heiße Wetter wirkt sich auf uns alle aus und macht uns nervöser und frustrierter. Es ist schwer, einen kühlen Kopf zu bewahren, wenn …«

»So kannst du uns nicht abspeisen.« Cecil unterbrach sie, und sie spürte, wie die Reste ihrer Autorität sich in Luft auflösten.

Eines von Sherees Kids packte mit klebrigen Fingern Lydias Bein. Cecil stand wieder am Fenster und zeigte mit dem Daumen auf einen der Nachrichtenwagen. »Und niemand sollte mit denen reden. Besser so. Denen kann man nicht trauen. Sie lassen uns schlecht dastehen. Habt ihr gehört?« Er starrte Sheree wütend an. »Ein Haufen Bastarde. Niemand redet ein Wort mit ihnen.«

Endlich ging Cecil die Puste aus. Alle tappten hinaus und ließen Lydia und Debbie mit einem stillen Raum und einem Gefühl wachsender Besorgnis zurück. Es machte Lydia nervös. Sie brauchten dringend einen Durchbruch in dem Fall. Sie hatte gesehen, was passieren konnte, wenn eine Gruppe das Vertrauen zur Polizei verlor. Es brauchte bloß einen oder zwei Hitzköpfe, um sie aufzuwiegeln.

# 21

Während in ihrem Esszimmer diese unangemeldete Versammlung stattfand, saß Ursula in einer Bank in der Mitte der Kirche. Nicht zu weit vorn, aber sie versteckte sich auch nicht im Hintergrund. An einem Wochentag dort zu sein, fühlte sich fast an, als schwänze man die Schule, um *Zeit der Sehnsucht* anzusehen oder um die Mittagszeit Wein zu trinken. Oder als hätte man Urlaub und vergessen, welcher Wochentag ist.

Gestern hatte Ursula ihre erste Fahrstunde bei Guangyu gehabt. Am Steuer war sie hoffnungslos, doch ihre aufkeimende Freundschaft war es nicht. Es hatte einen Moment gegeben – so eine dumme Kleinigkeit –, als Ursula erwähnte, sie halte nicht viel von Popmusik, aber da sie jetzt einen Teenager im Haus hätten, müsse sie sie ständig anhören. Und Guangyu hatte ganz unschuldig gefragt, ob Lydia es anders empfinde, mit Debbie zusammenzuleben, da sie Ursulas und nicht Lydias Nichte war. Guangyu hatte nicht ahnen können, wie stark die Frage Ursula erschüttern würde. Nicht die Frage selbst, sondern weil Ursula bei Guangyu nicht darum kämpfen musste, dass ihre Maske nicht verrutschte. Sie konnte Guangyus Frage frei und wahrheitsgemäß beantworten. Und das brachte sie zu der Frage, ob sie *jemals* eine Chance haben würde, offen mit Lydia zusammenzuleben.

»Ich grüße Sie.« Pastor Martin, der aus dem rückwärtigen Teil der Kirche näher kam. Er setzte sich neben Ursula, wobei er einen respektablen Abstand wahrte, aber keinen so großen, dass sie sich mit ihren Gedanken allein fühlte.

»Ich bin nur ... Ich meine, ich wollte ...«, begann sie, unsicher, wie sie ihre Anwesenheit erklären sollte.

Er hob beide Hände, um sie zu unterbrechen. »Nicht nötig.

Kaum verwunderlich nach den furchtbaren Ereignissen des Wochenendes. Ich bin in den letzten Tagen selbst häufig hergekommen, um Trost zu suchen.«

Furchtbare Ereignisse? Ach so, natürlich, er meinte Antonio. Merkwürdig, wie etwas so Bedeutsames und Grauenvolles auch nur einen Moment lang aus ihren Gedanken verschwinden konnte.

»Wir sind alle sehr erschüttert«, erklärte Ursula. »Er hat mir einmal einen großen Gefallen getan.«

In der Woche vor Weihnachten war das gewesen. Ursula schleppte nach der Arbeit Einkaufstaschen nach Warrah Place hinauf. Sie hatte ein paar zusätzliche Artikel eingekauft: die Zutaten für das Stollenrezept ihrer Großmutter. Sie hoffte, dass diese Erinnerung, die Verbindung zu ihrer Familie, Debbie guttun würde. Außerdem hatte sie ein paar flauschige Handschuhe für Lydia gekauft – nicht für jetzt natürlich, aber Lydia hatte im Januar Geburtstag, daher bekam sie nie etwas für den Winter geschenkt. Die Winter in Canberra waren kalt, und das war etwas, worauf man sich freuen konnte, fand Ursula. Für Debbie hatte sie ein Schmuckkästchen aus Korbgeflecht gekauft, das mit kleinen Muscheln geschmückt war.

Bevor sie überhaupt seine Schritte hörte, hatte der italienische Junge, Antonio, zu ihr aufgeschlossen und griff nach einer ihrer Taschen. »Lassen Sie mich«, sagte er. »Nein, wirklich«, setzte er hinzu, als sie protestierte.

Er warf einen Blick in die Taschen und zog die Augenbrauen hoch, als er die Handschuhe sah. Ja, natürlich, sie waren eine dumme Idee. Ursula würde sie umtauschen und etwas anderes für Lydia besorgen. Er nahm das Schmuckkästchen heraus und drehte es in der Hand, um es zu inspizieren.

»Für meine Nichte«, erklärte Ursula. Warum spürte sie das Bedürfnis, das zu erklären?

»Nett«, sagte Antonio. »Das wird ihr gefallen.« Woher wollte er das wissen?

»Haben Sie auch etwas für mich?« Er spähte in die Tasche. »Nein? Oh, jetzt bin ich aber traurig.« Er zog einen Schmollmund.

Als sie sich dem Ende der Sackgasse näherten, warf Ursula nervös einen Blick auf Peggys Haus. Er entging Antonio nicht.

»Machen Sie sich Sorgen wegen des Klatsches? Über Sie und mich?«, fragte er. Er wirkte fröhlich, verschmitzt. Ursula konnte nicht unterscheiden, ob er verschwörerisch klang oder sich über sie lustig machte. Wahrscheinlich Letzteres.

»Du bist albern«, sagte sie.

»Ich weiß. Das ist ein Problem.« Er zwinkerte.

»Sie schüchtert mich ein«, sagte Ursula in einem Anflug von Freimut und warf noch einen Blick auf Peggys Haus. »Sie ist so gut gekleidet. Und ich habe immer das Gefühl, dass sie mich auf dem falschen Fuß erwischt, weil sie sich immer so sicher über alles ist, was sie denkt.«

Antonio wirkte nachdenklich, und Ursula kam sich töricht vor.

»Ich habe ein Weihnachtsgeschenk für Sie«, sagte er, als wäre das eine öffentliche Ankündigung. »Sind Sie bereit?« Was sollte dieser Unsinn? »Es ist ein Geheimnis.« Er beugte sich auf sie zu. »Peggys Geheimnis«, flüsterte er.

Ursula konnte nicht anders, sie beugte sich auch zu ihm hinüber.

»Ihr Geheimnis ist, dass sie eine verbitterte alte Frau ist und das nicht ertragen kann. Eine verschrobene alte Spinnerin. Sie ist neidisch auf Sie. Weil Sie jünger sind als sie. Und sie hat bloß ihren Vogel zum Reden. Und Leslie, den sie wie einen Haufen Müll behandelt. Außerdem verlässt sie die Straße nie. Geht nie irgendwohin. Weil sie Angst hat. Sie ist einsam und verängstigt, und Sie brauchen sich ihretwegen keine Sorgen zu machen.«

Sie hatten das untere Ende von Ursulas Einfahrt erreicht.

»Hier«, sagte Antonio und gab ihr die Einkäufe zurück. »Frohe Weihnachten.«

»Leditschke.« Pastor Martin sprach ihren Namen aus, als lasse er ihn sich auf der Zunge zergehen, und holte sie zurück in die Gegenwart, in der sie in einer Kirche saß und Antonio tot war. »Ein guter, starker lutherischer Name. Gehe ich recht in der Annahme, dass Sie von einem unserer Gründerväter abstammen?«

»Meine Ur-Urgroßeltern«, bestätigte sie. »Obwohl am Ende nur mein Ur-Urgroßvater hier angekommen ist«, sagte Ursula, »mit fünf Kindern unter zwölf Jahren. Seine Frau war auf dem Schiff im Kindbett gestorben, zusammen mit dem Baby, gar nicht weit vom Hafen entfernt. Nach der ganzen langen Reise von Schlesien.«

»Unsere Pioniere haben solche Prüfungen heldenhaft und standhaft in ihrem Glauben bestanden«, meinte Pastor Martin. »Meine Leute sind ein Jahrzehnt nach Ihren gekommen. Es war schwer, aber jene, die die Gemeinde vor ihnen aufgebaut hatten und sie willkommen hießen, haben ihnen den Weg sehr geebnet.«

»Eigentlich«, sagte Ursula, »bin ich hergekommen, um für jemanden zu beten. Ich hatte mich gefragt, ob Sie mir helfen können.«

»Sie brauchen Hilfe beim Gebet? Das ist mein Hauptjob.« Er sagte es, als machte er einen Scherz.

»Hilfe bezüglich der Glaubenslehre.«

»Ich bin kein großer Gelehrter, aber Sie können es ja mit mir versuchen.«

»Ich habe eine Freundin, und die hat einen Neffen«, begann Ursula. Sie stürzte sich ins kalte Wasser und fragte sich, ob sie darin untergehen würde. Aber sie musste Bescheid wissen. Antonios Tod war eine Erinnerung daran, wie schnell ein Leben vorbei sein konnte. »Und der Neffe, nun ja, er glaubt, er hat vielleicht eine Neigung zu … Das heißt, er meint, er hätte möglicherweise … homosexuelle Neigungen.« Ursula errötete heftig.

»Ah, verstehe«, sagte Pastor Martin. »Da tun Sie recht zu beten. Ich meine, das Gebet ist immer eine Lösung, aber in solchen Fällen ist es oft die einzige.«

»Was meinen Sie?«

»Erzählen Sie mir mehr über den jungen Mann. Ist er gläubig?«

»Auf jeden Fall, ja.«

»Und er sucht Hilfe dabei, innerhalb von Gottes Wegen zu leben?«

»Ja. Und er sucht ... Verständnis. Er möchte wissen, ob er in der Kirche angenommen werden wird.«

»Oh, das ist gar keine Frage. Er würde als Kind Gottes vollständig akzeptiert werden.«

Ursulas Herz raste. Sie wusste, dass ihre roten Wangen kurz davor waren, sie zu verraten. »Es ist eine Erleichterung, das zu hören«, sagte sie. »Meine Freundin hat sich solche Sorgen gemacht. Solche Sorgen um ihren Neffen.«

»Er ist sehr gesegnet, sie – und Sie – auf seiner Seite zu haben. Der arme Kerl wird alle Hilfe und Gebete brauchen, die er bekommen kann. Abstinenz ist kein leichter Weg.«

»Abstinenz? Aber ich dachte, Sie sagten ...«

»Vielleicht habe ich mich nicht klar ausgedrückt. Die homosexuelle ... ähm ... Neigung wird nicht als Problem betrachtet; die Heilige Schrift sagt nichts zu diesem Punkt. Schließlich gibt es keinen Beweis dafür, dass Menschen etwas dagegen tun können. Und leider auch keinen Beweis dafür, dass effektive Behandlungsmethoden existieren, um diesen Makel zu korrigieren. Aber die Neigung, das ... ähm ... homosexuelle Verhalten, wenn Sie so wollen, darf auf keinen Fall *ausgelebt* werden.«

Ursula kämpfte darum, richtig einzuatmen, als hätte etwas Bleiernes, Lebloses sich auf ihrer Brust niedergelassen. »Und wenn er nicht abstinent lebt?«

»In der Kirche wäre er immer willkommen. Aber wenn er seine Sünde nicht bereut und versucht, im Einklang mit dem Glaubensbekenntnis zu leben, müsste man ihm das Sakrament verweigern.«

»Verstehe«, sagte Ursula. Ein Leben ohne die Heilige Kommunion – das Geschenk, durch das ihre Beziehung zu Gott stets wiederhergestellt und geläutert wurde – wäre, als würde man ihr das Herz aus der Brust reißen.

»Sollen wir gemeinsam beten?«, fragte Pastor Martin.

Ursula spürte einen starken Drang, davonzulaufen. Ihre Muskeln spannten sich auch fluchtbereit an, doch sie konnte nicht. Sie musste ihre Maske wahren. Sie beugte den Kopf und hoffte, dass sie nicht in Tränen ausbrechen würde.

Ein leises Hüsteln rettete sie. Es war Helen, die im hinteren Teil der Kirche stand und ungeduldig wirkte.

Pastor Martin warf einen Blick auf seine Uhr. »Du meine Güte«, sagte er. »Tut mir leid, Helen. Ich habe nicht auf die Zeit geachtet … Bleiben Sie so lange, wie Sie wollen«, setzte er an Ursula gerichtet hinzu. »Der Heilige Geist wird Sie leiten. Ich muss jetzt gehen. Die jüngeren Mitglieder unserer Herde brauchen meinen Zuspruch.«

»Was ist los?«, fragte Lydia, als Ursula nach Hause kam.

»Nichts«, sagte Ursula.

»Du hast den ganzen Spaß verpasst«, erklärte Debbie. Sie wirkte fröhlicher als seit einiger Zeit, das war wenigstens etwas Erfreuliches.

»Was ist passiert?«, fragte Ursula.

»Nichts«, gab Lydia zurück. »Nichts Wichtiges.«

Ursula wollte die beiden schon weiter ins Verhör nehmen, doch da klopfte es kräftig und offiziell an die Tür.

Es war ein Polizeibeamter, einer von denen, die an jenem ersten Tag auf der Insel dabei gewesen waren, und hieß Mark. Lydia hatte ihr Urteil über ihn abgegeben und erklärt, er verstehe sein Handwerk. Er hatte sie bereits befragt, und sie hatten ihm alles erzählt. Dafür hatte Lydia gesorgt. Warum war er noch einmal gekommen? Debbie, deren merkwürdige Fröhlichkeit augenblicklich verflogen war, ließ ihn herein.

Ursula vermerkte Marks frische, gestärkte Uniform. Sie vermerkte Lydias schäbigen Aufzug und sah, wie Lydia sich in sich zurückzog. Aber Ursula brauchte jetzt Lydias Kraft, denn sie musste für sie beide eintreten. Seit ihrem Gespräch mit Pastor Martin hatte Ursula das Bedürfnis, ihr Geheimnis noch stärker als sonst zu wahren. Wie dumm sie gewesen war, irgendwelche Hoffnungen zu hegen. Sie zupfte an Lydias Arm und zog sie in die Küche.

»Was will er?«, flüsterte Ursula.

»Wahrscheinlich erfahren wir das erst, wenn wir hineingehen und mit ihm reden.« Lydia legte Ursula beruhigend die Hände auf die Schultern. »Sieh mal, wir müssen auch an Debbie denken. Überleg doch, was sie alles durchgemacht hat. Je eher die Ermittlung vorbei ist, desto früher kann sie das verarbeiten, also lass uns so hilfsbereit sein, wie wir können. Nicht wahr? Würde meinem Standing auch nicht schaden, wenn ich mich nützlich machen könnte.«

»Ich habe Angst, Lyds.«

»Ich weiß.«

Aber wusste sie das wirklich? Selbst wenn Ursula ihr Wort für Wort erzählen würde, was Pastor Martin gesagt hatte, würde Lydia es nicht verstehen, nicht vollständig, weil nur Ursula Christin war. Nur Ursula musste sich zwischen ihrer Kirche und ihrer Liebe entscheiden.

»Geh du zuerst«, sagte Ursula. »Ich brauche noch einen Moment, um zu mir zu kommen.«

Ursula ging mehrmals in der Küche auf und ab, bevor sie ins Esszimmer trat. Sie setzte sich so weit wie möglich von Lydia weg, damit sie nicht in Panik geriet und sie berührte.

»… im Umkreis von Woden Plaza.« Marks Ton wirkte offiziell. »Jetzt suchen wir nicht mehr so sehr nach einer Leiche, sondern nach weiteren Überresten.«

»Was?«, fragte Ursula.

»Sie haben noch weitere abgehackte Körperteile von Antonio gefunden«, erklärte Debbie. Sie stieß die Worte hervor, stand auf, ging ein paar Schritte und kam zurück. Sie war so aufgewühlt, dass sie nicht wusste, wohin mit sich. »Obwohl er anscheinend nicht mehr Antonio ist. Jetzt ist er bloß noch *zerstückelte Überreste*.«

»Was?«, sagte Ursula noch einmal schriller und lauter.

Debbie war blass geworden, bis auf ein paar rote Flecken, die auf ihren Wangen und an ihrem Hals aufgetaucht waren. Sie setzte sich wieder. »Ich bin verwirrt«, sagte sie, obwohl sie eher angewidert und wütend als verwirrt klang. »Der Fuß war ja schon schlimm genug. Aber das jetzt? Was in aller Welt könnte jemand für einen Grund haben, seiner Leiche das anzutun?«

»Diese Frage versuchen wir immer noch zu beantworten.«

Ursula spürte einen Ansturm von schlechtem Gewissen, weil sie so mit sich selbst beschäftigt gewesen war. Armer Antonio. Und für Debbie musste es noch schlimmer sein als für Ursula, sich die grauenhaften Einzelheiten über jemanden anhören zu müssen, für den sie Gefühle gehegt hatte. Das sollte man ihr doch wohl ersparen, oder?

Ursula legte eine Hand auf Debbies Arm. Dazu musste sie über den Tisch langen. »Wie wär's, wenn du eine Kanne Tee kochen gehst?«

»Nein, danke«, sagte Debbie. Sie lehnte sich zurück und musterte Mark, als wäre er schuld an Antonios Tod.

»Wir dehnen das Suchgebiet wieder aus«, erklärte Mark Lydia. »Wir haben keine Verbindung zwischen den zwei Schauplätzen hergestellt, den Hügeln und dem Einkaufszentrum, und noch keine Waffe oder Waffen gefunden.« Er rieb sich die Augen; Ursula fragte sich, ob er schlaflose Nächte hatte. »Mir tun die armen Müllmänner leid, die die Entdeckung am Einkaufszentrum gemacht haben. Drei oder vier Tage bei dieser Hitze. Sie können sich das vorstellen.«

»Sind wir der Meinung, dass mehrere Personen involviert sein könnten?«, fragte Lydia. »Angesichts des ausgedehnten Gebiets, das zur Debatte steht?«

»Durchaus möglich. Ich kann es nicht ausschließen. Dieser Fall ist ungewöhnlich, so viel ist sicher«, erklärte Mark. »Hören Sie, es würde uns wirklich helfen, wenn Sie sich hier umhören oder umsehen.« Er beugte sich weiter zu Lydia hinüber und legte die Hände unter dem Kinn zusammen. »Sie haben eine gute kriminalistische Intuition.«

Lydias Miene blieb finster, doch Ursula wusste, dass sie innerlich strahlte. »Die Nachbarn werden nervös«, sagte sie zu Mark. »Die Vorwürfe fliegen nur so, aber soweit ich erkennen kann, werden nur alte Unstimmigkeiten aufgewärmt. Ich glaube nicht, dass in diesem Stadium jemand die Dinge selbst in die Hand nehmen würde, aber Sie sollten darauf gefasst sein, dass möglicherweise Spannungen zwischen den Rassen aufkommen.«

»Was sie meint, ist, dass Cecil Dodds ein rassistisches Schwein ist«, warf Debbie ein.

»Hat Cecil wieder über die Laus hergezogen?«, fragte Ursula. »Dieser Mann!« Sie war erbost. »Jedenfalls weiß ich, dass Guangyu Lau nichts damit zu tun haben kann. Sie war an dem fraglichen Abend bei der Arbeit. Eine nächtliche Notoperation. Sie ist eine ausgezeichnete Tierärztin, verstehen Sie.«

»Gut zu wissen«, sagte Mark. »Danke.« Er schrieb etwas in sein kleines Notizbuch, und sofort bekam Ursula Angst, sie könnte voreilig gesprochen haben. Warum hatte sie geredet, ohne vorher darüber nachzudenken? »Kann mir jemand etwas über die Kreegers in Nummer drei sagen? Ich habe geklopft, aber es hat nie jemand aufgemacht.«

»Oh, dort haben Sie auch keinen Grund zur Sorge«, sagte Ursula. Sie war froh, nicht mehr über Guangyu reden zu müssen, und ignorierte Lydias fragende Miene. »Richard ist unterwegs. Er ist bei der Navy. Kann Wochen, sogar Monate unterwegs sein, aber alle fühlen sich besser, wenn er zu Hause ist. Und Naomi geht es nicht gut, habe ich gehört. So schlimm, dass Helen von gegenüber ihren Jungen zu sich geholt hat. Helen kann Ihnen alles andere erzählen, was Sie wissen müssen.«

Ursula hatte sich gut geschlagen, dachte sie. Jeder würde glauben, sie wäre beliebt und hätte gute Verbindungen in der Gemeinschaft. Niemand würde auf die Idee kommen, dass sie sich isolierte, ein Geheimnis hütete und Lügen über ihre Freundin erzählte.

# 22

Fünf Tage nach dem Mord
*Donnerstag, 11. Januar 1979*

Helen und Duncan fuhren mit großer Geschwindigkeit den Black Mountain hinauf und legten sich in die Kurven. Es war früh am Morgen, aber nicht früh genug für Duncan, der unter den Ersten auf der Baustelle sein wollte.

Helens Schulter knallte gegen die Tür. »Das war ja wohl nicht nötig«, sagte sie.

»Ich reiße mir hier ein Bein aus.« Duncan biss die Zähne zusammen und umklammerte das Steuer.

»Ist nicht meine Schuld.«

»Das habe ich auch nicht gesagt.«

*Nicht laut jedenfalls.*

»Obwohl«, meinte Duncan, »die Verzögerung heute Morgen nicht gerade eine Hilfe war. Ich glaube, ich hatte gestern Abend ganz deutlich gemacht, dass wir früh losfahren müssen.«

»Ich weiß.«

»Ich würde das nicht sagen, wenn es nicht wichtig wäre.«

»Ich weiß.«

»Und ich überlasse dir gern das Auto.«

»Herrje, danke.«

»Ich kann mit Jim zurück ins Büro fahren.«

Es war Donnerstag, der Tag für das Bibelstudium. Helen brauchte den Wagen, um zum Pfarrhaus zu fahren, damit sie die Lesungen und Unterweisungen mit Pastor Martin durchgehen konnte. Sie hatte viel zu tun und hätte gut auf Duncans unausstehliche Stimmung verzichten können.

Als sie sich dem Berggipfel näherten, sah Helen zu dem Turm auf. Er war jetzt fast fertig. Der Bau war seit 1972 im Gang, und es war nicht einfach, die Begeisterung, die von der Frau eines Ingenieurs erwartet wurde, sieben Jahre lang aufrechtzuerhalten. Was für eine reale Auswirkung würde ein Telekommunikations-Turm schon auf ihr Leben haben?

»Meinst du nicht, er hätte ein wenig mehr ... keine Ahnung ... Design haben können?«, fragte Helen.

Duncan starrte sie an und nahm den Blick zu lange von der Straße.

»Ich meinte ja nur ...«

»Helen, wir haben dieses Teil bis zum Abwinken durchgestylt. Wir waren für einen Preis des Beton-Instituts nominiert.« Er beugte sich vor, um durch die Windschutzscheibe zu sehen, und blinzelte in die Sonne. Er seufzte. »Ich weiß, was du meinst. Aber die ganze Abteilung steht schrecklich unter Druck, und es ist niemand mehr da, der eine Vision hätte. Wir haben alle zu viel damit zu tun, nicht gefeuert zu werden.«

Helen spürte einen Anflug von Besorgnis. »Machst du dir jetzt doch Sorgen? Du hast gesagt, dein Job wäre sicher.«

»Er ist sicher. So weit es eben geht.« Er tätschelte ihren Schenkel, als beruhigte er einen Hund. »Wirklich.«

Helen wusste genau Bescheid. Die Frauen redeten untereinander, selbst wenn Duncan alles herunterspielte, um sie zu schonen. Doch das berührte sie nicht. Was machte es schon, wenn Duncan sie beschwichtigen wollte, indem er sie in falscher Sicherheit wiegte? Solange er ihr versprach, dass er seinen Job behalten würde, würde sie ihn beim Wort nehmen.

Aus größerer Nähe sahen die riesigen Ringe des Turms wie ein schlecht zusammengebautes UFO aus.

»Wahrscheinlich wird er tun, wozu er gebaut ist. Telekommunikation und all das«, meinte Helen. Sie hatte gehört, dass die Technologie schon überholt sein würde, wenn der Turm fertig war.

Sie betrachtete es als Zugeständnis, das Duncan gegenüber nicht zu erwähnen.

»Das Restaurant könnte gut werden.«

Helen fand, dass ein Drehrestaurant wahrscheinlich schrecklich modern war. Aber sie vertrug große Höhe nicht gut, neigte dazu, seekrank zu werden, und war immer noch nicht *au fait* darüber, wie man sich in schicken Restaurants benahm. Sie war sich nicht mal ganz sicher, was »au fait« bedeutete oder ob sie sich blamieren würde, wenn sie den Ausdruck falsch gebrauchte – zum Beispiel in einem Restaurant, das sich um sie drehte, bis ihr schwindlig wurde. Im Großen und Ganzen war sie nicht wild darauf.

»Mist«, sagte Duncan, bremste scharf ab und legte ruckartig die Handbremse ein. »Barry ist schon da. Und er hat das grüne Klemmbrett. Mist. *Mist.*«

»Ist das schlimm mit dem grünen Klemmbrett?«

Doch Duncan hatte sich schon seinen Helm geschnappt und ging mit großen Schritten zu einer Gruppe Männer hinüber, die kurzärmlige Hemden trugen und sorgenvolle Mienen zur Schau stellten. Mitten auf seinem Rücken prangte ein feuchter Fleck. Dann blieb er stehen und kam zum Auto zurück. Helen war gerade dabei, auf den Fahrersitz zu rutschen, und bog den Rücken durch, um ihre Rückseite über den Schaltknüppel zu bugsieren. Der Vinylbezug des Sitzes war noch warm und klebrig von Duncans Körper. Er streckte den Kopf durchs Fenster herein.

»Ich mache mir Sorgen um Tammy«, sagte er. »Ich finde, wir müssen uns über sie unterhalten.«

»Was ist mit ihr?«

»Das weiß ich nicht genau. Findest du nicht, dass sie …«

»Was? Ein verwöhntes Gör ist? Langsam größenwahnsinnig wird?«

»Ich wollte sagen: ›unglücklich ist‹.«

»Tammy geht's gut.«

»Ist dir aufgefallen, dass sie ständig in dieses Tagebuch schreibt?«, fragte Duncan. »Was beschäftigt sie denn so?«

»Das ist eine Phase. Alle Mädchen denken zu viel nach. Das ist normal. Ich glaube, ich kenne mich mit jungen Mädchen etwas besser aus als du. Sie müssen launisch sein. Außerdem, hattest du es nicht eilig? Oder hätte ich doch Zeit zum Frühstücken gehabt?«

»Oi, Lanno«, rief einer von Duncans Kollegen. »Komm in die Hufe.« Und damit war die Sache erledigt: Duncan trabte davon.

Helen fuhr den Berg wieder hinunter, durch trockenen Hartlaubwald. Sie war von Eucalyptus mannifera, Eucalyptus haemastoma und Eucalyptus macrorhyncha umgeben. Sie neigte ihr Gesicht zum offenen Fenster, um dichter bei ihnen zu sein, sie zu begrüßen, sie einzuatmen, ihnen Respekt zu zollen. Sie fuhr zu schnell, um das Unterholz richtig erkennen zu können, aber um die Wahrheit zu sagen, waren es die schwindelerregende Höhe, die majestätischen Stämme und der heimelige Duft der Eukalyptusbäume, für die sie eine Schwäche hatte. Sie erinnerten sie an ihre Kindheit; die einzige Zeit, in der sie wirklich glücklich gewesen war.

Als Kind war Helen ungewöhnlich verträumt gewesen. Sie pflegte beinahe unheimlich still dazusitzen und die Adern eines Blatts, die farbigen Strudel im Vogelkot oder die Schnittpunkte in einem Spinnennetz zu betrachten. Sie knackte eine Eukalyptusfrucht mit den Zähnen und streichelte die pudrigen Schuppen eines Bogong-Falters oder die Streifen auf einer Felsoberfläche. Ihr eigener Körper war für sie nicht mehr und nicht weniger als eine Anhäufung von Zellen, die ihr erlaubten, in der Welt herumzukommen. Doch dann kam sie aus ihrer Stille heraus, wurde kribblig, und sie ärgerte sich über die Störung und die Erinnerung an ihre körperliche Existenz, ihrer Anforderungen und Grenzen.

Duncan machte sich also Gedanken wegen Tammy. Es sah ihm ähnlich, ihr seine Sorgen aufzuhalsen und dann zur Arbeit zu gehen.

Helen war immer noch regelmäßig schockiert über Tammy. Als man sie Helen Sekunden nach ihrer Geburt in den Arm gelegt hatten, hatte Helen sie nicht erkannt. Sie wusste nicht, was sie erwartet hatte, nur, dass es nicht Tammy gewesen war. Dieses Baby war eine Fremde, ein ganz eigenes Wesen, getrennt von Helen und ganz bestimmt keine Fortsetzung ihrer selbst – hatte sie damit gerechnet? Sich das erhofft? Sie sah völlig anders aus als Helen auf dem einzigen Babyfoto, das sie von sich besaß und auf dem sie einen dichten, schwarzen Haarschopf hatte. Helen sah Tammy an und dachte *Oh*. Es war auch Staunen dabei. Ein unerwarteter Schauer darüber, jemand vollkommen Unbekannten zu sehen. Aber sie spürte auch einen Verlust, einen Hauch von Enttäuschung.

Als Helen nach Hause kam, stand der Transporter von den Nachrichten nicht mehr vor dem italienischen Haus. Gut. Helen hoffte, dass die Reporter nicht wiederkommen würden. Durch die Hitze, die Polizei, die bohrende Fragen stellte, die aufdringlichen Medien und den Umstand, dass jeder jeden beobachtete und es gleichzeitig hasste, selbst unter Beobachtung zu stehen, fühlte es sich an, als lebte man in einem Dampfkochtopf. Helen hoffte, dass die Bibelstunde die angespannten Nerven beruhigen und Menschen in gegenseitiger Unterstützung zusammenführen würde.

Tammy und Colin übten im Vorgarten Handstand und trugen zueinander passende Spielanzüge. Suzi stand daneben wie ein Schiedsrichter. Helen erinnerte sich, wie sie die Spielanzüge bei Target gekauft hatte; den gleichen Blumendruck in Orange, Gelb, Grün und Rosa, alle in unterschiedlichen Größen. Colin trug den gelben und Tammy den grünen. Sie konnte das nicht weiter ignorieren – Colin und die Mädchenkleider –, nachdem jetzt offensichtlich war, dass das keine einmalige Sache war. Es würde natürlich auf sie zurückfallen, da sie Colin einstweilen betreute. Es erstaunte Helen, dass Naomi ihn nicht zurückhaben wollte. Sie schien vollkommen zufrieden damit zu sein, ihn jeden Tag am frühen Morgen auf die andere Straßenseite zu schicken. Und dann blieb er, bis Tammy zu Bett ging und Helen ihm erklärte, es sei Zeit, dass er nach Hause ging, um auch etwas Schlaf zu bekommen. Je länger das so weiterging, desto wahrscheinlicher würde Naomi ihr dankbar sein oder sich ihr verpflichtet fühlen. Aber wollte Helen das auch? Sie war sich nicht so sicher. Es wäre nur nett, wenn Naomi weit genug auftaute, um zu erkennen, dass sie ausgezeichnete Freundinnen werden könnten.

Die Kinder kamen schreiend auf sie zugelaufen, als sie aus dem Auto stieg, und bettelten um Eis am Stiel. Sie scheuchte sie davon und ging über die Straße, um sich mit dem Kleider-Problem auseinanderzusetzen, solange sie es noch frisch im Gedächtnis hatte und bevor es völlig aus dem Ruder lief.

Helen ging ins Haus, ohne sich mit Klopfen abzugeben, und durchquerte energisch die Küche. Inzwischen wurde die Tür nie abgeschlossen, damit Colin kommen und gehen konnte, wie er wollte. Schon seltsam, dass Naomi sich in einem unabgeschlossenen Haus sicher fühlte, obwohl immer noch ein Mörder frei herumlief.

Aus dem Bad drang das Rauschen der Dusche. Helen machte sich nicht die Mühe, ihre Schritte zu dämpfen oder langsamer zu gehen. Da sie auf den Nachbarsjungen aufpasste, war sie so etwas wie eine Verlängerung von ihm, und daher hatte sie jedes Recht, hier zu sein. Außerdem würde sie schon wieder fort sein, bevor Naomi fertig geduscht hatte.

In Colins Zimmer roch es übel. Aus einer Kommode nahm Helen Unterwäsche, Shorts und T-Shirts. Kräftige Farben, gedruckte Muster und Streifen. Helen hätte gern einen kleinen Jungen gehabt. Vielleicht könnte sie einem Jungen eine gute Mum sein. Auf dem Bett lag ein Haufen Bettzeug. Helen wollte es geraderichten und schlug die Steppdecke zurück. Zum Vorschein kam ein Berg Kleidungsstücke, ein Sammelsurium von Wintersachen.

Und darunter erstreckte sich ein gelber Fleck, und das Laken wellte sich. Nun, das erklärte den Geruch. Sie zog die Steppdecke wieder hoch.

Auf dem Weg nach draußen hielt sie am Wohnzimmer inne. Diesen Raum hatte sie immer schon gemocht. So elegant. Doch jetzt war er dunkel und stickig. Helen ging hinein und öffnete Vorhänge und Fenster. So war es besser. Das Haus begann streng zu riechen, und sie hatte keine Ahnung, wann Richard heimkommen würde. Lüften war das Mindeste, was sie für ihn tun konnte.

Nachdem jetzt Licht hereinströmte, bemerkte Helen, dass der Sofatisch mit Fotoalben übersät war. Sie lagen nicht ordentlich aufgestapelt da, sondern wahllos verstreut, und die meisten waren aufgeschlagen. Sie legte Colins Sachen weg und nahm eins zur Hand. Die erste Seite war ein Titelblatt. *Unsere Flitterwochen* in kunstvoller Schrift, umgeben von ab- und zunehmenden Mondsicheln. Die Schwangerschaft musste Naomi sentimental gemacht haben. Die meisten Schnappschüsse zeigten Naomi am Strand. Helen blätterte schnell darüber hinweg. Auf ein paar Bildern waren Naomi und Richard zusammen zu sehen, vielleicht von einem Passanten aufgenommen. Was die anderen Leute wohl von dem glücklichen Paar gehalten hatten?

Dann stieß Helen auf ein Foto, das Richard allein zeigte. Er stand auf einem Balkon, und hinter ihm lag das Meer. Ein Schatten fiel über einen Teil seines Gesichts. Es war nicht das beste Bild von ihm, doch es war real. Er wirkte entspannt, glücklich. Sein Haar war länger, als er es jetzt trug. Sie zog die selbstklebende Folie zurück, nahm das Foto und strich die Folie wieder zurück. Es war kein Diebstahl, denn wenn sie die Negative noch hatten, konnten sie einen neuen Abzug machen lassen.

Durch das offene Fenster wehten Stimmen herein: Peggy und Leslie auf ihrer hinteren Veranda. Als Helen ihren Namen hörte, trat sie näher ans Fenster.

»Bisschen früh, um sich für Helens Treffen fertigzumachen, oder?«, meinte Leslie.

Peggy gab keine Antwort. »Hast du meine Opal-Ohrringe gesehen?«, fragte sie dann.

»Kannst du in diesem Aufzug wirklich Yoga machen?«

»Wir machen kein Yoga mehr.«

Helen hörte es jedes Mal, wenn Peggy an einer Zigarette zog, obwohl sie Übung darin hatte, weiterzureden, während sie tief inhalierte.

»Dann macht ihr wieder Makramee? Robotik?« Leslie klang, als lächelte er.

»Makrobiotik.«

»Meinte ich doch.«

»Nein«, sagte Peggy. »Sie hat es wieder geändert. Es ist jetzt ... Bibelstudium.«

»Ach, Pegs, das tut mir leid.« Leslie klang aufrichtig niedergeschmettert über Peggys Los, und Helen spürte den Verrat umso mehr, weil sie bei ihm nie damit gerechnet hätte.

»Wahrscheinlich war es nur eine Frage der Zeit«, meinte Peggy, und dann hörte sie nur noch unverständliches Gemurmel. Vielleicht hatte sie sich abgewandt, oder sie zündete sich eine neue Zigarette an. Helen spitzte die Ohren.

»Sie ist ein Witz.« Peggys Stimme war jetzt glasklar zu verstehen. »Am meisten tut mir das Mädchen leid. Und dann Duncan, obwohl er auch teilweise dafür verantwortlich ist. Was hat er sich dabei gedacht, sie zu heiraten?«

Eine Pause trat ein, während der Helen sich wünschte, sie könnte sich losreißen. Es war, als stocherte man absichtlich in einer Wunde herum.

Als Nächster meldete sich Leslie zu Wort. »Joe macht sich schreckliche Gedanken wegen des Jungen.«

»Ach ja? Interessant.«

»Armer Tony. Ich muss ständig an ihn denken.«

»Warum machst du das?«, fragte Peggy und richtete ihren Zorn jetzt gegen Leslie. »Ihn Tony zu nennen, als hättest du ihn besser gekannt, als es der Fall war? Es macht dich nicht interessant, falls dir das noch nicht klar war. Es ist dumm und lässt dich wie einen Idioten aussehen.«

Noch eine Unterbrechung, während Leslie den Schlag verdaute, den Peggy ihm mit ihren Worten versetzt hatte. Warum ließ er sich das gefallen? Warum konterte er nicht? Peggy hätte verdient, dass er ihr mit gleicher Münze heimzahlte.

»Wenn den Leuten etwas an uns komisch vorkommt, werden sie uns verdächtigen«, erklärte Peggy, und Helen vermutete, dass sie immer noch davon redete, dass Leslie dumm dastehen könnte.

»Wen verdächtigen?«

»Uns!«

»Wessen?«, wollte Leslie wissen. »Den armen Jungen umgebracht zu haben?«

»Keine Ahnung. Kann schon sein.«

»Ach, komm schon. Niemand hat irgendeinen Verdacht gegen jemanden.«

»Du alter Depp. Natürlich haben sie das. Ich verdächtige ja auch andere.«

»Aber nicht immer noch die Laus?«

»Man weiß nie«, sagte Peggy. »Und Cecil kann wirklich gemein sein. Ich glaube, wir ahnen nicht mal die Hälfte davon, wozu er fähig ist. Und warum leben zwei Schwestern zusammen und mischen sich nicht unter die Leute? Ich meine, haben sie dich schon mal in ihr Haus gebeten? Wir mussten uns gestern praktisch den Zutritt erzwingen. Sogar Helen – etwas an ihr ist zwielichtig. Ich vermute mal, sie hat eine Vergangenheit.«

»Ich denke, die haben wir alle«, meinte Leslie.

Helen verlagerte ihr Gewicht von einem Fuß auf den anderen und wartete darauf zu hören, was genau Peggy an ihr so zwielichtig fand.

»Die Frage ist«, sagte Peggy, »wer von ihnen sich Gedanken über uns macht.« Sie unterbrach sich und fuhr dann fort. »Weißt du, Bibelstudien sind nicht nur etwas für Frauen, finde ich. Du könntest mitkommen.«

»Immer mit der Ruhe. Das ist doch nicht nötig.« Leslies Stimme nahm einen zärtlichen Ton an. »Du *musst* nicht hingehen, mein Täubchen.«

»Du weißt genau, dass ich muss.«

»Wenn sie über dich reden wollen, finden sie schon eine Möglichkeit, ob du nun donnerstags dabei bist oder nicht.«

Es blieb lange still.

Dann schlug eine Tür zu.

Helen hatte einen grauenhaften Geschmack im Mund. Sie drückte beide Hände an die Brust, so fest, dass weiße Knöchelabdrücke zurückblieben, die sich schnell rot färbten.

Während Helen durch die Küche zurückstolperte, wurde ihr klar, dass die Dusche nicht mehr lief. Sie hatte Naomi ganz vergessen. In ihrer Hast streifte sie den Kühlschrank, sodass Magneten zu Boden klapperten.

Eine Tür wurde geöffnet.

»Hallo?«, rief Naomi vom Badezimmer aus. Ihre Stimme klang ausdruckslos und dünn. »Ist da jemand? Sheree? Colin? Hallo?«

Helen blieb in Bewegung, ohne Naomi zu antworten, ohne die Kühlschrankmagneten aufzuheben, und steckte das Foto von Richard zwischen die Falten von Colins Sachen. Dann zog sie die Haustür hinter sich zu.

Als sie die Insel überquerte, bog das Auto der Laus in ihre Einfahrt ein. Mrs. Lau und Jennifer stiegen aus. Jennifer sah zu Boden, wandte den Blick ab und schaute alles andere an, nur nicht Helen. Aber Mrs. Lau nahm ihre Sonnenbrille ab und musterte Helen reglos, mit starrem Blick und steinerner Miene. Helen hatte vorgehabt, hinüberzugehen und sich zu erkundigen, ob es ihnen gutging, schließlich war direkt nebenan ein Junge ermordet worden.

Eigentlich hatte sie sich mit ihnen darüber austauschen wollen, wie furchtbar das alles war. Sie könnte jetzt zu ihnen gehen; das wäre eine gute Gelegenheit, wahrscheinlich die beste, die sich ihr bieten würde. Aber Helen hatte viel zu tun. Sie musste sich auf die Bibelstunde vorbereiten. Tammy und Colin wollten sicher immer noch Eis. Und sie war nicht gut mit weiblichen Teenagern. Sie machten sie mit ihrer kritischen Art nervös.

Helen winkte – gib dich fröhlich, um Himmels willen – und eilte nach Hause.

**CANBERRA COURIER**

*Donnerstag, 11. Januar 1979*

**MENSCHLICHE ÜBERRESTE IN EINKAUFSZENTRUM GEFUNDEN. POLIZEI STEHT IN MORDFALL IMMER NOCH VOR RÄTSEL.**

Bei dem Mord an Antonio Marietti, 19, aus Warrah Place, steht die Polizei des Hauptstadtterritoriums immer noch vor einem Rätsel. Canberras Müllabfuhr machte gestern eine grausige Entdeckung, die der Polizei bisher entgangen war, obwohl ihre Suche seit vier Tagen im Gange war. Menschliche Überreste, von denen angenommen wird, dass sie zu Mr. Marietti gehören, wurden in einer Mülltonne außerhalb von Woden Plaza gefunden.

Gestern gab Detective Sergeant Mark Leagrove, der die Ermittlungen leitet, gegenüber Reportern eine Stellungnahme ab.

»Wir arbeiten mit Hochdruck rund um die Uhr«,

erklärte er. »Für die Öffentlichkeit besteht kein Anlass zu übermäßiger Sorge. Allerdings rufen wir jeden, der über Informationen verfügt, und wenn sie noch so unwichtig erscheinen, auf, sich zu melden.«

Auf die Frage, ob inzwischen der gesamte Körper des Verstorbenen gefunden worden sei, antwortete er: »Noch nicht, nein.« Gefragt, ob schon Verdächtige ermittelt seien, antwortete er: »Noch nicht, nein.« Antworten, die der besorgten Öffentlichkeit keine Zuversicht einflößen dürften.

Cecil Dobbs, Anwohner von Warrah Place und Sprecher der Bewohner, hatte Folgendes zu sagen: »Niemand hat einen blassen Schimmer, was los ist. Ich kann Ihnen nur sagen, dass die Auswirkung auf die Gemeinschaft riesig ist. Unsere Frauen tun kein Auge mehr zu. Verstehen Sie, wir sind ein wohlhabender Stadtteil. Wir heißen jeden willkommen, aber so etwas dürfte hier nicht passieren. Wir brauchen die Polizei, um das in Ordnung zu bringen. Bei uns in der Straße lebt sogar eine Polizistin. Aber viel hat sie bis jetzt nicht für uns getan. Ich bin ja ganz und gar für Multikulturalismus«, setzte er hinzu. »Aber man muss sich doch fragen, an welchem Punkt er zu weit geht. Wo zieht man die Grenze? Bei Mord etwa?«

Die Ermittlungen werden fortgesetzt.

### (Ameisen)

*Ameisen haben erstaunliche Verteidigungsmechanismen. Eine Art kann ihren Kopf abflachen, um den Eingang zum Nest wie eine Tür zu versperren, und alle anderen Ameisen müssen mit ihren Fühlern anklopfen, um hereingelassen zu werden. Einige Ameisen werfen einfach ihre Beine ab, wenn sie gefangen werden. Manche Ameisen explodieren und versprühen einen gelben Schleim, der sowohl sie selbst als auch ihre Feinde tötet. Wenn eine Kolonie groß genug ist, kommt es nicht darauf an, ob ein paar Ameisen sterben. Das fällt nicht mal auf, weil es jede Menge anderer Ameisen gibt, die problemlos ihre Aufgaben übernehmen können.*

# 23

Tammy kaute noch, als ihre Mutter begann, die Teller abzuräumen. Kotelett und Gemüse zum Abendessen. Klumpiges, schleimiges Kartoffelpüree; ein elendiges Zeug, das an ihrem Gaumen klebte.
Helen schob Colin aus der Tür. »Und jetzt ab nach Hause, Kleiner. Bis morgen.« Widerwillig schlurfte er davon.
Tammy hatte donnerstagabends besondere Aufgaben. Sie musste den Staub von dem Trockenblumenarrangement im Wohnzimmer pusten, warten, bis er sich legte, und dann den Couchtisch polieren. Eine Wand bestand aus unverputzten Ziegelsteinen. Sie zog Spinnweben an, um die sich Tammy zu kümmern hatte. Als donnerstagabends noch Yoga stattgefunden hatte, war es Tammys Job gewesen, die Möbel an die Wände zu schieben. Heute Abend half sie ihrem Dad, zusätzliche Stühle hereinzutragen. Die Esszimmerstühle wirkten neben dem Sofa steif und hoch aufgeschossen und schienen sich zu schämen.
Tammys Mum kam herein, rückte die Stühle zurecht und reichte Tammy einen Staubwedel. »Anständig abstauben, ja?«, sagte sie.
Tammys nächste Aufgabe erforderte sorgfältiges Timing. Sie musste eine Schallplatte so früh auflegen, dass sie noch lief, wenn Besucher eintrafen, aber nicht so früh, dass sie zu Ende war, bevor ihre Mum sagen konnte: »Ach, Tammy, mach das doch aus«, als wären sie Leute, die so oft Musik spielten, dass sie bei dieser Gelegenheit vergessen hatten, sie auszuschalten. Tammy wusste das alles, ohne dass man es ihr zu sagen brauchte, denn es lag ihr im Blut, die Wahrheit darüber, wer man war, zu verbergen.
Sie hatte eine magere Auswahl unter drei Platten: *Songs from Joseph and the Amazing Technicolor Dreamcoat*, *The Magic Flute*

*of James Galway* und Cleo Laines *Gonna Get Through*. Die Cleo-Lane-Platte hatte Tammys Dad ihrer Mum zu ihrem letzten Geburtstag geschenkt. Manchmal legte ihr Dad sie auf und trank Wein dazu. »Komm schon, Hells-bells«, sagte er dann und sang »Just the Way You Are« mit, und manchmal sang Tammys Mum auch, und sie nannten die Platte »Cleo«, als wäre sie eine Freundin, die gelegentlich hereinschaute. Manchmal passierte all das, nachdem Tammy zu Bett gegangen war, weil sie nichts von alldem mitbekommen sollte. In letzter Zeit allerdings nicht mehr. Seit einer ganzen Weile war nichts in der Art mehr passiert.

Tammy hatte Cleo aus der Hülle gezogen und auf den Plattenteller gelegt. »Mum«, rief sie, »ist schon Zeit für Cleo?«

»Nicht Cleo«, rief ihre Mum. »James Galway. Hast du gehört, Tammy? James Galway.«

Maureen traf als Erste ein und brachte Lamingtons mit, diese kleinen, glasierten Kuchenstückchen. Peggy war ihr dicht auf den Fersen und hatte so viel Haar auf ihrem Kopf aufgetürmt – es war ein Wunder, dass die Elstern kein Nest darin gebaut hatten. Die Schokoladenkekse auf ihrem Teller sahen so gut aus, dass es Tammy in die Nase stach.

Als Ursula kam, hatte sich das Zimmer schon gefüllt, und jeder Körper wirkte wie eine Hitzebombe. Auch der Couchtisch füllte sich, und Tammy teilte innerlich die Teller nach der Reihenfolge ihrer Köstlichkeit ein. Die Stühle würden nicht reichen. James Galway wurde von Geplauder übertönt. Alle schienen in die *Mordstraße* kommen zu wollen, vor allem, da sie heute wieder in der Zeitung gestanden hatte. Peggy und Maureen standen jede an einem Fenster. Mrs. Wie-hieß-sie-noch, die Kirchenorganistin, versuchte sie mit einer Dosis frommen Gemeinschaftsgefühls für sich zu gewinnen, doch Peggy blies Rauch in ihre Richtung, sodass sie den Rückzug antrat.

Ursula blieb befangen an der Tür stehen, die Helen hinter ihr schloss. Sie warf einen verlegenen Blick auf den schwer beladenen Couchtisch, und Helen sah auf Ursulas leere Hände hinunter.

»Das wird gut«, bemerkte Peggy nebenbei zu Maureen.

»Tut mir schrecklich leid«, sagte Ursula mit betretener Miene. »Das wusste ich nicht. Niemand hat mir gesagt ... oder vielleicht doch? Jedenfalls hätte ich mir das denken sollen. Alles meine Schuld. Es tut mir leid.«

»Das macht doch nichts. Überhaupt nichts«, gab Tammys Mum zurück, doch ihre Augenbrauen sagten etwas anderes.

Peggy grinste hämisch und Tammy ebenfalls, denn sie wusste, wie es sich anfühlte, die Zielscheibe dieser Augenbrauen zu sein, und sie wusste außerdem, dass Ursula Informationen über Antonios Bleistift für sich behalten hatten, den sie gar nicht hätte haben dürfen, und deshalb alles verdiente, was Tammys Mum austeilte.

Ursula spähte vorsichtig ins Zimmer und sah aus, als wüsste sie nicht, was sie mit sich anfangen sollte. Sie war schwerfällig, fiel aus der Reihe und passte nicht hierher. Dieses vertraute Gefühl verstärkte Tammys Verachtung für Ursula nur noch. Wie konnte jemand bloß so alt werden und nicht daraus herauswachsen?

Tammy richtete ihre Aufmerksamkeit auf Peggy und darauf, wie sie ihre Zigarette in die Höhe hielt, an den Mund führte und wieder zurücknahm, und ihr fiel ein, wie Antonio manchmal seine Zigarette zwischen Daumen und Zeigefinger gehalten und die Asche mit dem Mittelfinger abgeschnipst hatte. So würde Tammy ganz bestimmt auch rauchen. Wie Antonio. Ernsthaft. Sie fragte sich, wie Debbie eine Zigarette halten würde.

Maureen griff nach Peggys Keksteller. Tammy sah ein großes Spinnennetz, das an der Wand hing wie eine Wimpelkette. Sie hatte sich nicht mit Staubwischen abgegeben.

Ursula kam herbei und stand gefährlich dicht an Peggys Hand mit der Zigarette.

»Schnell«, sagte Maureen und fächelte sich mit ihrer freien Hand Luft zu. »Greift zu, bevor sie alle zerlaufen.«

Tammy nahm rasch einen. Ursula griff auch nach einem Keks, doch dann schien ihr einzufallen, dass sie keinen Teller mitgebracht hatte. Nervös sah sie sich nach Tammys Mum um und zog sich wieder zurück.

»Ach, um Himmels willen«, fauchte Peggy.

Als Sheree kam, drehten sich alle um und schauten sie an. Sie war beim Hereinkommen über die Schwelle gestolpert und richtete sich lachend auf. Wenn Sheree lachte, dann laut, aus dem Bauch heraus und so hingebungsvoll, dass man die Plomben in ihren Zähnen sah.

»Vielen Dank für die Einladung, Helen«, sagte sie. »Kann dir gar nicht sagen, wie nett es ist, mal einen Abend unter Erwachsenen zu verbringen. Ich habe das hier mitgebracht.« Sie reichte Helen einen Teller mit Mini-Pastetchen und schwenkte eine Flasche Wein.

Tammys Mum las das Etikett auf der Flasche und rümpfte die Nase.

»Nicht ganz der Abend, der dir vorschwebt, glaube ich, aber trotzdem danke. Ich würde sagen, die stellen wir hierher ...« Sie stellte die Flasche an die Tür. »Dann kannst du sie auf dem Heimweg wieder mitnehmen.«

Sheree blickte sich um und schien es eilig zu haben, sich im Raum umzutun. Sie sah Tammy, Maureen, Peggy und Ursula am Fenster stehen und winkte ihnen so heftig zu, dass ihr ganzer Körper erbebte.

»Und mach dir keine Gedanken über das Geld fürs Babysitten. Ich übernehme das«, sagte Tammys Mum so laut, dass alle es hören konnten.

Sheree drehte sich wieder um. »Ach herrje, du bezahlst sie? Davon hat Debbie kein Wort gesagt. Ich dachte, sie wollte nur nett sein, als sie das angeboten hat. Tja, dankeschön, Helen. Du bist ein echtes Juwel, wirklich.«

Sie traten beide ans Fenster. Inzwischen war die Sonne untergegangen. Insekten bestürmten das Fliegengitter. Pastor Martin war spät dran.

Tammys Mum betrachtete stirnrunzelnd den Teller, den Maureen in den Händen hielt. »Die sollten eigentlich für nachher sein.« Sie versuchte, ihn ihr wegzunehmen, doch Maureen ließ nicht los.

Sheree nahm sich ein Tim Tam. »Uii, ist der klebrig.« Sie verschlang den Doppelkeks mit zwei Bissen und leckte sich die Finger.

»Was ist denn das Thema für heute Abend?«, erkundigte sich Peggy. »Reinkarnation? Tarot? Hast du deinem Freund, dem Pastor, auch erzählt, dass du früher darauf gestanden hast, weil das nämlich noch gar nicht so lange her ist ...«

»Ich dachte, da wir unter uns einen Todesfall hatten, wäre das eine gute Gelegenheit, im Gebet zusammenzukommen«, erklärte Tammys Mum.

»Kommt Guangyu Lau auch?«, fragte Ursula. Sie klang sowohl hoffnungsvoll als auch verstohlen.

»Ich erwarte die Laus nicht, nein«, sagte Tammys Mum und brach den vernichtenden Blick ab, mit dem sie Peggy betrachtete.

Ursula seufzte. »Schade.«

Peggy sah eine Chance, sie zu provozieren. »Hast du sie überhaupt gefragt?«

»Um die Wahrheit zu sagen, nein«, sagte Tammys Mum. »Ich dachte, das wäre unsensibel.«

»Was?«, warf Sheree ein.

Peggy lachte.

»Ich dachte bloß«, erklärte Tammys Mum, »dass sie wahrscheinlich ihre eigene Religion haben. Etwas Östliches vielleicht ...«

»Zum Beispiel den großen Gott des Tarot?«, meinte Peggy.

»Und ich wollte sie nicht mit einer Einladung beleidigen und sie in die Verlegenheit stürzen, sich rechtfertigen zu müssen.« Tammys Mum warf Peggy einen betonten Blick zu. »Einfach nur gute Manieren.«

Tammy schnappte sich noch ein Plätzchen und biss ab, bevor ihre Mum sie daran hindern konnte.

»Geh und schalte den Plattenspieler aus, Tammy«, befahl ihre Mum. Aber Tammy rührte sich nicht. Die Platte war sowieso bald zu Ende. Und dann würde ihre Mum gehen und sie vor der Nadel retten müssen.

»Na schön«, sagte Peggy. »Dann also nur wir, da Naomi mal wieder nicht gekommen ist. Ich nehme an, alle haben die Zeitung gelesen?«

»Hat noch jemand wieder Besuch bekommen?«, fragte Ursula. »Von der Polizei? Wegen der Körperteile, die sie gefunden haben?«

Alle Blicke wandten sich Ursula zu. Sie errötete und griff nach dem Kreuz, das an einer Kette um ihren Hals hing. Es schien ihr viel zu bedeuten, so oft, wie sie es berührte. Tammy wollte es haben. Für ihre Sammlung. Um Ursula das mit dem Bleistift heimzuzahlen. Also, *das* war jetzt eine Herausforderung.

»Wann waren sie denn da?«, fragte Peggy.

»Gestern?«

»Sie wissen das seit gestern, und wir anderen mussten warten, bis wir heute in der Zeitung davon gelesen haben?« Peggy war fuchsteufelswild. »Wo genau sind sie denn gefunden worden?«

»In einer Tüte. In einer Mülltonne«, erklärte Ursula. »Ich dachte, alle wüssten Bescheid.«

»Wo denn jetzt? In einer Tüte oder einer Tonne? Oder in einer Tüte in einer Tonne? Was denn nun?«, verlangte Peggy zu wissen.

»In einer Einkaufstüte aus Plastik. Er – der Polizist – hat das zu Lydia gesagt, nicht zu mir. Keine Ahnung, was für eine Mülltonne. Ich weiß nicht mehr, ob er das erzählt hat oder nicht.«

»Und Sie haben nicht gefragt? Man stelle sich das vor, eine Schwester bei der Polizei zu haben und trotzdem nicht zu wissen, was für Fragen man stellen soll.«

»Ich dachte wahrscheinlich …«

»Sie haben ›Körperteile‹ gesagt. War es ein Teil oder Teile? Welche Teile? In der Zeitung stand nur etwas von Überresten.«

»Ich weiß es nicht. Er hat es nicht gesagt. Oder ich erinnere mich nicht, ob er es gesagt hat.« Ursula war sichtlich bestürzt, rang die Hände, berührte ihre Brust, griff nach dem Kreuz. »Hat keiner von Ihnen einen zweiten Besuch bekommen?«

»Man stelle sich das vor, nicht zu fragen, welche Körperteile!« Peggy konnte sich gar nicht darüber beruhigen. Sie rauchte hektisch und starrte Ursula immer noch an. »Ich glaube, Sie wissen mehr, als Sie zugeben. Ich glaube, Sie haben Insider-Informationen, die Sie für sich behalten. Und ich finde, das lässt Sie verdammt verdächtig aussehen.«

Neben Tammy erschauerte Ursula und schwieg. Sie drückte sich das Kreuz an die Brust. Tammy fand auch, dass sie verdammt verdächtig wirkte. Es war befriedigend, dass noch jemand das fand, selbst wenn es Peggy war. Tammy war damit beschäftigt, sich all ihre Beobachtungen zu merken, um sie später in ihr Tagebuch zu schreiben. Bis jetzt hatte sie eine Doppelseite für Ursula, eine weitere für Sheree und noch eine mit dem Titel *Andere Ereignisse*. Jetzt sah es so aus, als müsste sie die Abteilung für Ursula erweitern.

Schließlich erlöste Peggy Ursula von ihrem aufgebrachten Blick und nahm sich Maureen vor. »Und wie kommt Cecil auf das schmale Brett, mit der Zeitung zu reden, als wäre er unser Vertreter? Sprecher der Bewohner, du meine Güte. Der hat Nerven! Erweckt den Eindruck, als hätte er etwas zu verbergen, indem er sich so aus dem Fenster hängt. Ich hätte nicht übel Lust, selbst mit der Polizei zu reden.«

Maureen ignorierte Peggy vollständig. »Was halten eigentlich alle von den neuen Plastiktüten?«, fragte sie. »Ich mag sie. Stabiler als die aus Papier, findet ihr nicht auch? Ich wünschte, alle Supermärkte würden sie einführen.«

»Ziemlich raffinierte Schweine, die Körperteile in eine Tüte stecken können, was, Peggy?«, meinte Sheree. »Da geht deine Wildschwein-Theorie dahin. Und Maureen, ich finde Plastik spitze. Tolles Zeug. Plastik ist die Zukunft.«

»Was glaubt ihr, warum die Zeitung nicht berichtet hat, welche Körperteile gefunden worden sind?«, fragte Peggy. »Meint ihr, die Polizei hält diese Information mit Absicht zurück? Vor einigen von uns jedenfalls.« Sie sah Ursula hochnäsig an.

»Wieso kommt es darauf an, welche Teile sie gefunden haben?«, meinte Tammys Mum. »Das ist zu grausig, um darüber nachzudenken.«

»Ich will es einfach wissen«, sagte Peggy.

»Aber wieso? Was macht das für dich für einen Unterschied?«, fragte Tammys Mum. »Ich finde solch eine morbide Faszination für die Einzelheiten nicht erbaulich.«

Der Rauch aus Peggys Zigarette hing über ihnen. Die Hitze war drückend. Tammy war von Frauenparfüm und geschminkten, schwitzigen Gesichtern umgeben. Wahrscheinlich war sie nicht die Einzige, die bei dem Gedanken an die blutigen Teile eines toten, zerstückelten Körpers nicht erbaut war. Am liebsten wäre sie zum Einkaufszentrum gegangen und hätte sich umgeschaut, um vielleicht etwas zu finden, das der Polizei entgangen war, aber wie hätte sie das tun können? Sie hatte keine Möglichkeit, allein dort hinzukommen, und Colin klebte ständig an ihr.

»Findet es noch jemand merkwürdig, dass Naomi es überhaupt nicht fertigbringt, sich zu zeigen?«, fragte Peggy. »Sie hat nichts beigetragen.«

»Mir fehlt Naomi«, sagte Maureen. »Sie ist so hübsch. Ein nettes Mädchen.«

»Ha!«, warf Sheree ein. »Naomi ist nicht so toll, wie alle glauben.«

Peggy stürzte sich sofort auf sie. »Was meinst du damit?«

»Nichts«, sagte Sheree. »Vergiss es. Ich habe nicht vor, hinter ihrem Rücken über sie herzuziehen.«

Aber Peggy hatte Sheree am Arm gefasst und steuerte sie von

den anderen weg. »Lass uns ein wenig plaudern, nur du und ich …«, hörte Tammy sie sagen. Sie wollte ihnen schon folgen, denn wenn Sheree etwas über Naomi sagen wollte, dann war es wahrscheinlich nicht wahr und würde alles darüber verraten, warum Sheree versuchte, nicht auf sich aufmerksam zu machen, und daher sollte Tammy darüber Bescheid wissen. Doch Maureen hielt ihr den Teller mit Keksen unter die Nase. »Mal sehen, wer sich eine ganze Pfefferminzschnitte in den Mund stopfen kann, ohne wie eine Kröte auszusehen. Du zuerst.«

Da öffnete sich wieder die Haustür. »Ich grüße Sie!«, rief Pastor Martin aus und trat Sherees Weinflasche um.

»Oh, gut«, sagte Peggy laut. »Dann können wir ja mit der Séance anfangen.«

Tammys Mum kniff den Mund zu einem schmalen Schlitz zusammen.

# 24

Neun Tage nach dem Mord
*Montag, 15. Januar 1979*

Am Nachmittag kam ein Polizist. Naomi sah seine von der Sonne umrissene Silhouette durch die Fliegengittertür. Er war groß, wie Richard, wenn auch stämmiger. Wahrscheinlich keine gute Idee, sein Klopfen weiter zu ignorieren – oder die Aufforderung, ihn anzurufen, die er im Briefkasten hinterlassen hatte, und die Sheree schweigend, aber vorwurfsvoll hereingeholt hatte.

Wenigstens war sie angezogen.

Er kam herein, ohne dazu aufgefordert worden zu sein.

Naomi sagte ihren üblichen Spruch auf und erklärte, warum ihr Mann nicht zu Hause war: dass er bei der Navy sei und deswegen oft längere Zeit fern von zu Hause verbrachte. Ja, wahrscheinlich verlor das Reisen nach einer Weile seinen Reiz; ja, er fehlte ihr, aber sie wusste, dass seine Arbeit wichtig war; und sie bereitete ihm immer einen warmen Empfang, wenn er heimkam, ha, ha.

Während ihrer ganzen Ehe hatte Naomi den stellvertretenden Respekt, den man ihr wegen Richard und seinem Job zollte, akzeptiert und genossen.

Als sie von Richard erzählte, gab der Polizist sich weniger offiziell. Sein Name sei Mark, erklärte er. Sie standen in der Küche, an der Frühstücksbar – der Frühstücksbar, gegen die Antonio sie an einem Nachmittag, an dem sie verzweifelt gewesen waren, geschoben hatte; wo sie sich an ihm aufgebäumt und die Beine um seinen Körper geschlungen hatte.

»Also«, sagte der Polizist. »Ich würde Ihnen gern ein paar

Fragen zum Verschwinden von Mr. Antonio Marietti stellen.« Er schlug ein Notizbuch auf.

Nannten sie das so? Sein Verschwinden? Es klang nach einem Zaubertrick. Vielleicht versuchte der Beamte, sie zu schonen.

Naomi war ein wenig schwindlig. Sie hielt sich an der Bar fest, lehnte sich dagegen und legte die Finger an die Stellen, an denen die von Antonio gewesen waren.

»Sie wirken ein wenig blass.« Er nahm die Hände hinter den Rücken, reckte das Kinn und blies die Brust auf. »Irgendein Grund, aus dem dieses Gespräch Sie nervös machen könnte?«

»Verzeihen Sie«, sagte sie und rieb sich die Stirn und dann die Augen. »Es ist die Morgenübelkeit. Ich kann nichts bei mir behalten. Mir ist ein wenig schwummrig davon.«

Sein Blick huschte zu ihrem Bauch und blieb auf dem Weg nach oben an ihren Brüsten hängen. Er errötete.

»Ach so, verstehe. Sie armes Ding. Sie haben eher die Übelkeit, die den ganzen Tag und auch nachts andauert, stimmt's?«

Er bugsierte sie ins Wohnzimmer, setzte sie auf einen Sessel und zog einen zweiten heran, um ihr gegenüber Platz zu nehmen. Er hatte seine Schuhe nicht ausgezogen und hinterließ schmutzige Abdrücke auf dem Teppich. Er sah sich um – wonach wohl?

»Haben Sie Familie in der Nähe?«, fragte er. »Kann Ihre Mum nicht kommen und Sie unterstützen?«

»Nein«, sagte Naomi. »Sie kann mir ... nicht helfen.«

»Hören Sie. Ich werde Folgendes machen.« Er schrieb etwas in sein Notizbuch, riss die Seite heraus, faltete sie zusammen und gab sie ihr. »Das ist meine Privatnummer.« Er bemerkte Naomis Verblüffung und fuhr schnell fort. »Rufen Sie meine Frau an. Sie heißt Shirl. Sie hatte das ganz schlimm. Bei allen drei Kindern, und jedes Mal schlimmer. Krank wie ein Hund, wurde ohnmächtig, Blutdruck durch die Decke, und ... Sie wissen schon ... hier ...« Er zeigte vage auf seinen Schritt, und nein, Naomi wusste nicht.

»... alles Mögliche, was man sich vorstellen kann. Wenn sie nicht rangeht, versuchen Sie es weiter. Gott weiß, was sie den Tag über treibt. Betrachten Sie es als Dank an Ihren Mann für seinen Einsatz.«

Er erzählte weiter von seiner Frau und seinen Kindern, und Naomi hörte mit halbem Ohr zu, obwohl die Einzelheiten an ihr vorbeigingen. Sie nickte und murmelte hier und da etwas, während sie darauf wartete, dass er auf den Punkt kam.

Als es soweit war, war sie bereit.

»Er hat Arbeiten rund ums Haus für mich erledigt. Gelegenheitsjobs. Größtenteils auf dem Grundstück. Holz gehackt zum Beispiel – bei einem alten Eukalyptus im Garten sind ein paar Äste heruntergekommen. Wie meinen Sie? Ja, tatsächlich ein Yellow-Box-Eukalyptus. Sie können gefährlich werden, schon, aber ich glaube, in diesem Fall hat ein Sturm die Äste abgerissen, sie sind nicht einfach abgefallen. Sie haben recht, bei diesem Wetter sollte man wahrscheinlich aufpassen. Nein, danke für das Angebot, aber machen Sie sich keine Mühe. Obwohl Sie sich natürlich gern selbst umschauen können. Jedenfalls, Mr. Marietti – Anto…« Sie schluckte heftig, es fiel ihr nicht leicht, den Namen auszusprechen, doch sie versuchte es noch einmal. »Alle haben ihn Antonio genannt. Er hat den Zaun repariert, die Bäume ein wenig gestutzt, solche Sachen. Besonders redselig war er nicht. Aber andererseits hätte er mir wahrscheinlich auch nicht viel zu erzählen gehabt. Wir waren schließlich keine Altersgenossen. Sagt man das so? Ich meine, er muss gleichaltrige Freunde gehabt haben, also jünger als ich. Aber davon habe ich keine Ahnung. Ich werde dieses Jahr dreißig. Er hat gearbeitet, ich habe ihn bezahlt. Und das war auch schon alles.«

Am Ende war sie ins Schwafeln geraten, weil sie Angst hatte, Pausen zu machen. Der Polizist – Mark – kritzelte ein paar Notizen. Naomi konnte nicht erkennen, was er geschrieben hatte.

»Das war, während Richard unterwegs war. Nur, um mir behilflich zu sein. Allgemeine Instandhaltungsarbeiten. Ich glaube, das sagte ich schon, ja.«

Andere Worte stiegen ungebeten in ihren Hals auf: *Was würdest du sagen, wenn ich dir alles erzählen würde, was passiert ist? Würdest du finden, dass es meine Schuld war? Dass ich zu viel wollte und jetzt den Preis bezahlen muss? Antonio, mein Antonio, hat den Preis ebenfalls bezahlt, aber ich bin diejenige, die irgendwie ohne ihn weiterleben muss. Jetzt habe ich nur noch Richard. Aber ich kann dir nichts davon erzählen, denn dann wäre ich ganz allein, und das Alleinsein fürchte ich mehr als alles andere. Sogar mehr als Richard.*

Naomi schluckte die Worte hinunter, die sich als totes Gewicht in ihrem Bauch niederließen.

Naomi war es gewöhnt, unausgesprochene Worte mit sich herumzutragen. Während ihrer ganzen Ehe mit Richard hatte sie ein Geheimnis bewahrt, das sie, in Scham gehüllt, tief in sich vergrub, und dieses Geheimnis war, dass sie keine Kinder wollte. Nicht jetzt, überhaupt nie, und nichts würde sie umstimmen. Der Instinkt, Kinder zu wollen, der, soweit Naomi erkennen konnte, bei allen Frauen vorhanden war, fehlte ihr vollständig. Bei ihr hatte die Natur versagt. Es war ihr unmöglich, irgendwelche Begeisterung für die Mutterschaft aufzubringen; nicht, nachdem sie aus erster Hand wusste, welchen Schaden eine schlechte Mutter anrichten konnte.

Zu Anfang hatte Richard es nicht eilig gehabt, und Naomis Geheimnis war sicher gewesen. Sie gingen gemeinsam zum Arzt, um ihr die Pille verschreiben zu lassen. Und dann, sehr rasch und ohne Vorwarnung, hatte Richard es *doch* eilig. Er wünschte sich ein ganzes Haus voll kleiner Kreegers, je mehr, desto besser. Sie gingen gemeinsam zum Arzt, um die Pille abzusetzen und zu fragen, wie lange sie wahrscheinlich warten müssten.

Naomi musste lange suchen, bis sie einen mitfühlenden Arzt fand, mit dem sie allein reden konnte. Der erste weigerte sich, ihr ohne die Zustimmung ihres Mannes die Pille zu verschreiben. Der zweite schwitzte immer stärker und wurde kurzatmiger, während er sie über ihre sexuelle Vorgeschichte und ihre Aktivitäten befragte. Der dritte, Dr. Fraser, eine Frau mit der Energie eines Kelpie-Schäferhunds, drängte ihr eine Probepackung und ein Rezept auf, ohne nach ihrem Familienstand oder auch nur ihrem Namen zu fragen. »Gott«, meinte sie, »ich wünschte, ich könnte die gratis an jede Frau in Australien verteilen. Schicken Sie Ihre Freundinnen zu mir.« Naomi war sich nicht sicher, ob sie Freundinnen hatte. Wahrscheinlich war Freundschaft etwas, was man früh im Leben lernen musste. Sie hielt sich gerade noch davon ab, die Ärztin zu bitten, ihre Freundin zu werden.

Sie versteckte die Pillen in einem Nadelkissen, das sie ausgerechnet mit einer Sicherheitsnadel für Windeln verschloss und in ein Nähkästchen legte, das sie nie benutzte. Täglich öffnete und schloss sie verstohlen die Sicherheitsnadel, sogar, wenn Richard nicht im Haus war.

Richard wurde immer frustrierter. Sie versuchten es jetzt schon vierzehn Monate, und nichts passierte. Er war daran gewöhnt, zu bekommen, was er wollte, also, wo blieb sein Baby? Er glaubte nicht daran, das Schicksal auf die Probe zu stellen, nur daran, auf alles vorbereitet zu sein. Daher brachte er einen stetigen Strom an Babykleidung, Windeln (und ja, Windel-Sicherheitsnadeln), Decken, eine Rassel, ein Bettchen ins Haus – alles Mögliche, was man für ein Baby brauchte.

Wahrscheinlich war es unvermeidlich, dachte Naomi, dass sie irgendwann einen Fehler machen würde. Richard buchte einen einwöchigen Urlaub an der Küste als Tapetenwechsel. Eine Chance, den Stress hinter sich zu lassen und die Batterien aufzuladen. Freizeit, um sich wirklich auf ihre Aufgabe zu konzentrieren. Naomi zog unterschiedliche Verstecke für ihre Pillen in Betracht: ihre Handtasche, die Kameratasche, ihre Jeanstasche, eine Tamponschachtel; oder sie könnte sie innen in den Einband eines Liebesromans kleben. Sorgfältig wog sie die Risiken jedes Verstecks ab. Doch schließlich vergaß sie, sie überhaupt einzupacken. Eine verdammte Woche. Vierzehn Tage nach ihrer Rückkehr begann alles komisch zu schmecken, metallisch. Sie hätte am liebsten nur noch geschlafen. Gegen Ende der darauffolgenden Woche kotzte sie sich die Seele aus dem Leib.

Naomi gab Colin nie die Schuld. Er war nicht verantwortlich dafür, dass sie dumm gewesen war. Es war nicht seine Schuld, dass mit ihr etwas nicht stimmte, dass sie unweiblich und unmütterlich und wertlos war. Sie würde versuchen, es bei ihm wiedergutzumachen. Sie würde Wege finden, um ihre Mängel wettzumachen. Aber sie würde denselben Fehler nicht noch einmal machen.

Doch es passierte wieder. Dieses Mal machte Naomi einfach den Fehler, sich ablenken zu lassen und die Pille zu vergessen, obwohl sie sie zur Hand hatte. Die Stimme ihrer Mum hallte in ihrem Kopf wider: *Blödes, faules Miststück.*

Naomi brachte den Polizisten – Mark, darauf bestand er – zur Tür. Die Sonne war inzwischen so tief gesunken, dass sie hinter dem Haus der Lanahans auf der anderen Straßenseite unterging und die Hügel dahinter wie ein konturloser Umriss wirkten. Lange Schatten reckten sich über die Insel hinweg auf Naomi zu wie Finger, die sich nach ihr ausstreckten.

Sie blieb noch lange, nachdem er gegangen war, dort stehen und hielt dem Blick von Mrs. Lau stand, die auf ihrem Balkon stand. Die beiden Frauen starrten einander nicht zum ersten Mal an. Sie war Naomi unheimlich. Ziemlich dreist von ihr, sie so anzuglotzen. Sie konnte nicht beurteilen, ob sie ihr wohlgesinnt war oder ob etwas Finsteres im Gang war. War es ein Fehler gewesen, dem Polizisten zu erzählen, dass zwischen Antonio und ihr nichts weiter gewesen war als eine lockere Verbindung über die Gelegenheitsjobs? Würde Mrs. Lau etwas anderes behaupten? Hatte sie Naomi je in Antonios Haus gesehen? Naomi hatte zu berücksichtigen vergessen, dass die Frau eine Bedrohung sein könnte.

Ein Schauer überlief Naomi. Sie schlang die Arme um den

Körper und zählte ihre Atemzüge. In ihrer Hand wurde der Zettel mit der Privatnummer des Polizisten feucht und knitterig. In Gedanken spulte sie die letzten Worte ab, die er gesagt hatte, bevor er gegangen war. *Wir werden noch einmal kommen und Haus und Grundstück durchsuchen, da hier praktisch Mr. Mariettis Arbeitsplatz war. Tut mir leid, Sie damit zu belästigen.*

# 25

Elf Tage nach dem Mord
*Mittwoch, 17. Januar 1979*

Guangyu sah zu, wie Jennifer sich kurz vor dem Abendessen Spam-Scheiben briet. Das ärgerte Guangyu. In dem Topf auf dem Herd neben der Bratpfanne stand ausgezeichnete Suppe mit Fischklößchen, die sie essen konnte, wenn sie sich unbedingt den Appetit verderben wollte.

»Ich meine ja nur, dass du in den Ferien so viel Zeit hast«, sagte Guangyu. »Du könntest jede Menge Bücher lesen.«

»Nein, danke«, sagte Jennifer. »Ist nichts für mich.«

»Woher weißt du, dass du sie nicht magst, wenn du es nicht probierst? Ich habe gehört, *Tess von den d'Urbervilles* wäre sehr gut. Gut für Mädchen, die dabei sind, zur Frau zu werden.«

»Verschon mich.« Jennifer wendete das Spam mit einem Pfannenheber. »Ich bin nicht du, Ma. Wenn es dir gefällt, mag ich es wahrscheinlich nicht.«

Guangyu versuchte es mit einer anderen Taktik. »Du könntest einen neuen Sport ausprobieren.«

Schweigen quittierte ihre Worte. Jia Li blickte von ihrem Notizblock auf. Sie saß vor dem Radio und drückte das Ohr an den Lautsprecher. Herman hockte in einem Sessel und sah Fototaschen durch, ohne seine Umgebung wahrzunehmen, gleichgültig und unzugänglich. Von ihm konnte Guangyu weder Hilfe noch Trost erwarten.

»Du könntest dich mit Tammy anfreunden«, schlug Guangyu vor, die einfach nicht wusste, wann sie aufgeben musste. »Sie wohnt gleich nebenan und kommt dieses Jahr auf die Highschool.

Sie ist gar nicht so viel jünger als du.« Guangyu war sich vollkommen bewusst, dass ein Altersunterschied von drei Jahren sich für eine Fünfzehnjährige *sehr* groß anfühlte.

»Ich weiß, was ich tun könnte«, sagte Jennifer und griff nach einem Teller. In Guangyus Herz stieg Hoffnung auf. »Ich könnte mich um meine eigenen verdammten Angelegenheiten kümmern und meine eigenen verdammten Entscheidungen darüber treffen, was ich in meinen Ferien mache.«

»Arme Jennifer«, meinte Jia Li. »Du machst ihr das Leben schwer. Immer sitzt du ihr im Nacken.«

Jennifer setzte sich mit ihrem Teller Spam und einer Gabel neben Jia Li. Die beiden wechselten einen Blick, der Guangyu unverhohlen ausschloss, und stießen einander mit den Schultern an.

»Als ich in deinem Alter war ...«, begann Guangyu, obwohl sie nicht wusste, worauf sie damit hinauswollte.

»Lass mich raten«, sagte Jennifer mit offenem Mund. »Als du in meinem Alter warst, haben die Japaner euch gejagt oder Bomben auf euch abgeworfen? Oder waren es die Kommunisten, die versucht haben, euch umzubringen? Oder euch zu rekrutieren?«

Als Jennifer Kommunisten erwähnte, brachte Guangyu sie zum Schweigen. Nach all den Jahren konnte sie immer noch nicht anders, als immer über die Schulter zu sehen. Wenn ein Nachbar den anderen verriet und Familien ihre eigenen Mitglieder bespitzelten, wurden Worte zu Waffen, und Guangyu konnte die Gewohnheit nicht abschütteln, gewisse Worte vorsichtig zu gebrauchen. Besonders jetzt, da die Atmosphäre in Warrah Place angespannt war, die Nachbarn einander beobachteten und darüber urteilten, wie sie sich Sorgen machten, beobachtet und verurteilt zu werden. Guangyu war sich des Argwohns, der ihr und ihrer Familie entgegenschlug, durchaus bewusst. Sie war sich sicher, dass Jennifer es ebenfalls spürte. Es war unmöglich, die schiefen Blicke nicht zu bemerken oder die Art, wie ihre Nachbarn über die Schulter sahen. Ein Schweigen, das von vielsagenden Blicken begleitet wurde, dröhnte genauso laut wie ein Vorwurf. Sie wusste genau über die Zusammenkünfte in Helens Haus am Donnerstagabend Bescheid, und dass sie nicht einmal eingeladen worden war.

»Wenigstens haben die Kommunisten nicht versucht, euch dazu zu zwingen, Softball zu spielen, Knickerbocker zu tragen oder euch mit kleinen Kindern anzufreunden«, murmelte Jennifer und unterbrach Guangyus Gedankengang.

»Ich hätte nie so ...«, begann Guangyu.

»Mit deiner Ma geredet«, unterbrach Jennifer sie. »Ja, ich weiß.« Sie trug ihren leeren Teller in die Küche.

Jia Li winkte Guangyu zu sich heran. »Du bist zu nachsichtig mit ihr«, sagte sie leise, aber unfreundlich. »Kein Wunder, dass sie keinen Respekt vor dir hat.«

Guangyu setzte sich neben Herman und hoffte, dass diese Nähe ihr helfen würde, sich weniger allein zu fühlen. Das nervöse Flattern in ihrer Brust schmerzte sie körperlich, und sie konnte ihm nicht entkommen. Sie sehnte sich danach, eine Nacht durchzuschlafen. Wenn sie mehr Schlaf bekam, käme sie vielleicht besser mit Jennifer zurecht.

Herman neben ihr hatte den Kopf von der Fotokiste gehoben. Er legte eine Hand auf Guangyus Arm und drückte. Sie war zu müde, um jetzt Interesse an seinen Fotos vorzutäuschen.

Der Druck auf ihren Arm wurde stärker. »Sieh mal«, sagte er.

Er ließ ein Foto in ihren Schoß fallen. Guangyu sah Herman an und dann das Bild. Sie hielt es sich vors Gesicht und dann von sich weg.

Sie keuchte auf. »Das ist ja Pornografie.«

Jennifer war blitzschnell aus der Küche zurück. »Lass mal sehen.«

»Halt den Mund«, sagte Guangyu; ihre Gedanken überschlugen sich.

»Na schön«, murmelte Jennifer. »Ich sage nie wieder was.« Beleidigt zog sie sich in ihr Zimmer zurück.

Jia Li kam in ihren Hausschuhen herbeigetappt und beugte sich über das Foto, um es anzusehen.

Den Vordergrund des Fotos bildete die Nahaufnahme eines Astes des Jacaranda-Baums im Garten, der in voller Blüte stand und herrliche lila Blüten hatte. Das Bild war im Frühling aufgenommen. Im Hintergrund, auf der anderen Seite des Zauns, der ihren Garten von dem des italienischen Hauses trennte, waren zwei nackte Gestalten von der Hüfte aufwärts zu erkennen. Ihre Umrisse waren verschwommen, und sie umarmten einander, sodass es nicht leicht zu erkennen war, welche Arme zu welchem Körper gehörten. Trotzdem waren sie nicht zu verwechseln, sobald man den dichten, welligen Haarschopf und den zarten, mädchenhaften Hals entdeckte: Es waren Antonio Marietti und Naomi Kreeger.

»Weißt du, was das bedeutet?«, sagte Guangyu zu Herman. »Es beweist nicht wirklich etwas, aber wenn ich es der Polizei zeige, wissen sie, dass etwas Zwielichtiges vorging. Etwas, das sich zu untersuchen lohnt. Dann könnten sie mich nicht einfach als verrückt abstempeln.« Andererseits – doch das sprach Guangyu nicht aus –, wenn sie anfangen würde, mit der Polizei zu reden, würden die Beamten dann nicht Fragen über mehr als eine Leiche stellen?

Von Nahem betrachtet wirkte Hermans Gesicht alt. Sein Kinn war erschlafft, er entwickelte Hängebacken. Seine Mundwinkel hingen herab, vielleicht, weil er den Mund nicht zum Reden benutzte.

»Meinst du, ich sollte das der Polizei zeigen?«, fragte Guangyu.

»Deine Entscheidung.«

»Warum hast du es mir dann gezeigt? Findest du nicht, dass es zu riskant ist? Was, wenn die Polizei dann öfter bei uns vorbeikommt? Was, wenn sie anfangen ...« Guangyus Blick und ihr Kopf richteten sich auf Jia Li.

Hermans Wange zuckte, doch sein Blick blieb fest. Vielleicht hatte er ja doch zugehört.

»Es hat einen Mord gegeben. An einem Einwanderer; keiner

von uns, aber doch wie wir.« Er suchte in Guangyus Miene nach Antworten, die sie nicht hatte. »Jung, wie Jennifer.« Er schluckte heftig. Herman hatte Angst, wurde Guangyu klar. »Deine Entscheidung«, sagte er noch einmal.

Jennifer hatte sich bei Guangyu darüber beschwert, dass Mrs. Cheungs Stöhnen, das durch die papierdünne Wand ihrer Wohnung drang, sie nicht schlafen ließ. Jia Li schimpfte, sie könne kein Auge zutun, weil Jennifer sich die ganze Nacht von einer Seite auf die andere wälzte. Guangyu wünschte, sie würden beide den Mund halten und sich an die Hoffnung halten, dass sie bald in Australien sein würden.

Sie waren bereit, Hongkong hinter sich zu lassen, doch es gab einen Stolperstein, und zwar einen großen: Jia Li. Sie hatte keine Geburtsurkunde, keine Dokumente und keine Ausweispapiere, und ohne die lag ihr Auswanderungsantrag auf Eis. Herman lief von einem Behördentermin zum anderen, um die notwendigen Papiere zu beschaffen, doch er wurde immer nur auf das nächste Amt geschickt, bis er sich im Kreis drehte und nicht mehr wusste, wo vorn und hinten war. Guangyu hatte Angst, dass aus ihrem Traum nichts werden würde.

Ein weiteres Problem war Mrs. Cheung. Was würde sie ohne die Laus anfangen? Seit Monaten kümmerten sie sich um ihre alte Nachbarin. Ihr Stöhnen hatte sie auf ihre Zwangslage aufmerksam gemacht. Sie trafen sie immer schwächer werdend, bettlägerig durch ein Geschwür am Bein und in einem stickigen Zimmer an. Der Arzt hatte gesagt, es sei nur eine Frage der Zeit, wollte sich aber nicht darauf festlegen, wie lange genau.

Eines Abends, als Mrs. Cheung nur eine einfache Brühe mit Schweinefett heruntergebracht hatte und ihre Augen trüb zu werden begannen, hatte Herman an dem Schränkchen in ihrem Schlafzimmer gesessen, ihre Korrespondenz sortiert und einen wachsenden Stapel von Papieren zum Wegwerfen aufgeschichtet.

Guangyu fütterte Mrs. Cheung geduldig mit ihrem Löffel und tupfte ihr behutsam das Kinn ab. Sie spürte, wie Herman erstarrte, blickte auf und sah, dass er sie mit aufgerissenen Augen und offenem Mund anstarrte. Sie schaute das Blatt in seiner Hand an, und er drehte es zu ihr um. Eine Geburtsurkunde, datiert auf den 28. November 1892. Das kam der Sache nahe genug. Es würde ausreichen.

Der Plan bildete sich, gewann an Gewicht und wurde wortlos gefasst, und alles innerhalb von Sekunden. Als Herman das Blatt mit zitternden Händen zusammenfaltete, wurde Mrs. Cheung die veränderte Stimmung im Raum bewusst. Sie wandte das Gesicht Herman zu. Guangyu legte die Handfläche an Mrs. Cheungs Gesicht und drehte es gelassen wieder zu sich um. Sie lächelte herzlich und bot ihr noch einen Löffel Brühe an.

In dieser Nacht starb Mrs. Cheung.

Innerhalb einer Woche hatte Jia Li ihre Reisedokumente. Das Geheimnis schmiedete Guangyu, Herman und Jia Li zusammen. Niemand durfte je erfahren, was sie getan hatten.

Das Foto von Antonio und Naomi lag in Guangyus Handfläche, federleicht und doch bedeutungsschwer. Es war ein Segen und ein Zwiespalt. Sie hatte etwas Konkretes in der Hand. Nicht wirklich einen Beweis, aber eine Spur. Es war mehr als nur ihr Wort. Aber das Dilemma war Jia Li – konnten sie ihr Geheimnis bewahren, wenn die Polizei herumzuschnüffeln begann? Und sie stand jetzt vor Guangyu und beugte sich hinunter, um das Foto anzusehen.

»Das geht uns nichts an«, erklärte Jia Li. Wie aus der Pistole geschossen nahm sie Guangyu das Bild aus der Hand. Sie riss es in zwei Teile, dann in Viertel und dann in Achtel, während Guangyu ihre leere Faust ballte.

### (Ameisen)

*Sklavenhalterameisen sind so emsig und spezialisiert, dass sie keine anderen Jobs zu machen brauchen. Sie unternehmen Raubzüge durch andere Nester und töten mit brutaler Gewalt Ameisen und stehlen ihre Babys (Puppen oder Larven genannt). Einige Sklavenhalterameisen sind geschickter. Sie sprühen Chemikalien, die die Ameisen einer anderen Kolonie dazu bringen, gegeneinander zu kämpfen. Oder sie sprühen eine Chemikalie, die die fremden Ameisen so berauscht, dass sie zu kämpfen vergessen, wenn die Sklavenhalter kommen, um die Babys wegzuschleppen.*

*Es kommt selten vor, dass Sklavenhalterameisen eine Kolonie vollständig zerstören. Sie lassen sie geschlagen zurück, aber fähig, sich wieder zu erholen. Damit sie im nächsten Jahr zurückkommen und sie noch einmal überfallen können.*

# 26

Dreizehn Tage nach dem Mord
*Freitag, 19. Januar 1979*

Colin hatte den ganzen Tag über Andeutungen fallen lassen, er wolle nicht nach Hause gehen. »Mum ist völlig fertig«, erklärte er. »Die Polizei hat alles durchsucht.«

»Das mussten sie bloß, weil Antonio dort gearbeitet hat«, sagte Tammy. »Kein Grund zur Aufregung.«

»Mum mag keine Unordnung. Sogar Ameisen zu beobachten ist besser, als Mum und die Unordnung.«

Tammy war sich nicht sicher, wohin sich ihr Ameisenprojekt entwickelte. Sie hatte Tatsachen, aber keine Schlussfolgerungen. Das Gleiche galt für den Mord an Antonio. Sie hatte jede Menge Beobachtungen und Verdachtsmomente, aber keine Ergebnisse. Und der Druck wurde stärker. Dreizehn Tage waren seit dem Mord an Antonio vergangen, und in achtzehn Tagen fing die Schule wieder an. So langsam verzweifelte sie.

Es war Freitagnachmittag, und Tammys Dad hatte ausnahmsweise früher Feierabend gehabt.

Tammy und Colin trugen passende Holly-Hobbie-Nachthemden, von Colin ausgesucht und von Tammy widerstrebend genehmigt. Der Stapel Sachen, die Tammys Mum für Colin geholt hatte, lag unberührt auf Tammys Schreibtisch. Die Nachthemden hatten luftige Ärmel und Rüschen am Saum. Ihre Haut prickelte statisch aufgeladen. Colin hatte eins ausgesucht, das ihm zu groß war. Es schleifte beim Gehen über den Boden, und er rollte ständig die Schultern, damit es nicht herunterrutschte. Er sah wie ein Starlet aus.

»Also, Leute«, sagte Tammys Dad. »Heute Abend sind wir allein. Mum ist übers Wochenende bei einem Gebets-Retreat.« Er sprach das Wort *Gebets-Retreat* vorsichtig aus, als hielte er es mit Ofenhandschuhen fest.

»Was ist ein Gebets-Retreat?«, fragte Colin.

Tammys Dad runzelte die Stirn. »Bin mir nicht ganz sicher.«

»Was macht sie da?«, wollte Tammy wissen.

»Keine Ahnung«, sagte ihr Dad. »Beten, schätze ich.«

»Kann sie das nicht hier?«, fragte Colin.

»Das sind alles ausgezeichnete Fragen«, gab Tammys Dad zurück. »Vielleicht kommt mehr dabei heraus, wenn sie zum Beten an einen speziellen Ort gehen. Extra-Punkte. Aber um ehrlich zu sein, kenne ich mich mit den Regeln nicht aus.«

»Klingt irgendwie logisch«, meinte Colin, aber Tammy war sich nicht ganz sicher, ob die Erklärung theologisch stichhaltig war.

»Ich habe eine Frage über Seelen«, sagte Colin. »Solange wir leben, ist unsere Seele in unserem Körper, stimmt's?«

»Wird wohl so sein«, sagte Duncan.

»Aber was passiert, wenn wir sterben und unser Körper nicht in einem Stück ist?«, fragte Colin in sachlichem Ton, als wüssten nicht alle, dass er von Antonio redete. »Können die Stücke unserer Seele sich wiederfinden? Und wenn nicht, was dann? Kommen unsere Seelen dann trotzdem in den Himmel?«

»Das ist mir zu hoch, Kumpel«, meinte Duncan. »Aber ich glaube, du brauchst dir darüber keine Sorgen zu machen.«

Colin wirkte nicht zufrieden. »Ich vermute«, sagte Tammy deswegen, »dass die Seele zusammenbleibt, ganz gleich, was mit dem Körper passiert. Weil nämlich die Seele im Körper lebt, den Körper aber nicht braucht.«

»Ja, genau«, sagte Duncan. »Gut gemacht, Tam.«

»Zumindest theoretisch«, meinte Tammy. »Ich glaube nicht, dass das wissenschaftlich bewiesen ist.«

Nach einer Weile hörte Tammys Dad auf, sie anzusehen, und wandte sich an Colin. »Wohnst du eigentlich jetzt hier?«

»So ziemlich.«

»Nachts auch?«

Colin zuckte die Achseln. »Nicht wirklich.«

»Dann flitz mal über die Straße und frag deine Mum, ob du heute hier übernachten kannst.«

Colins Miene leuchtete auf. Er raffte den Saum seines Nachthemds und sauste wie ein geölter Blitz davon, bevor Tammys Dad es sich anders überlegen konnte.

»Also, Tamalam Lanahan«, sagte Tammys Dad, sobald Colin fort war. »Was ist das mit Colin und den Kleidern?«

»Keine Ahnung.«

»Hat er keine eigenen Sachen?«

»Doch.«

»Warum zieht er dann deine an?«

»Er mag sie eben, nichts weiter.«

»Hmm.« Ihr Dad reckte sich und rieb sich dann mit beiden Händen den Nacken. »Glaubst du, wir sollten uns deswegen Sorgen machen?«

»Du meinst, wegen Mum?«

»Nöö, nicht wegen Mum.« Schnell sprach er weiter, wie ein Stein, der übers Wasser hüpft. »Ich hatte an Colins Dad gedacht. Wenn er nach Hause kommt und sieht … Ich meine, wenn er denkt, wir hätten aus seinem Jungen einen …«

»Was?«

»Weiß nicht genau. Also, du findest, wir brauchen uns keine Sorgen zu machen? Nein? Dann ist ja gut. Großartig. Okay, dann machen wir uns keine.«

Tammys Mum hatte einen Shepherd's Pie zum Aufwärmen in den Ofen gestellt. In die oberste Schicht aus Kartoffelbrei waren mit einer Gabel gleichmäßige Rillen gezogen. Tammys Dad musterte die Knöpfe am Backofen, drehte ein paar, spähte mit einem offenen und einem geschlossenen Auge durch die Glastür, fragte, ob jemand wüsste, wie man das verdammte Ding bediente, und erklärte schließlich, es sei sowieso zu heiß, um den Ofen laufenzulassen.

Sie aßen Fruit Loops, während sie *Young Talent Time* sahen. Alle schütteten Fruit Loops und Milch in ihre Schalen nach, wie sie wollten, sodass sie ständig aufgefüllt waren. Alle hatten gute Laune, von heiter bis geradezu unbekümmert: Tammys Dad, weil er früher von der Arbeit nach Hause hatte gehen können und ein paar Bier intus hatte; Colin, weil er hier übernachtete; und Tammy beinahe widerwillig, weil ihr Dad auf sie aufpasste, wegen der Fruit Loops, wegen Hollie Hobbie, denn in diesem kurzen Moment hatte sie das Gefühl, jemand hätte eine riesige Pausentaste gedrückt.

Einmal, als Tammys Dad ihr die Milch anreichte, trafen sich ihre Blicke – eine stillschweigende Übereinkunft, dass es nicht nötig war, ihrer Mum irgendetwas von alldem zu erzählen.

Nachher war keine *Zeit zum Baden* mehr, und auch das *putzt euch die Zähne* blieb aus. Sie gingen einfach ins Bett, als sie müde waren; Colin in dem Gästebett in Tammys Zimmer, weil das Gästezimmer bis zum Platzen vollgestopft war mit Yoga-Matten, Makramee-Garn, einem Webstuhl, einem Joghurtbereiter, einem Meditationsgong und anderem längst vergessenen Kram. Und unter all dem Gerümpel standen ein Kinderwagen, ein Kinderbettchen und ein Stubenwagen.

Aber es nutzte nichts. Tammys Zähne fühlten sich pelzig an. Sie versuchte zwar, sie nicht mit der Zunge zu berühren, aber schließlich gab sie auf und kletterte aus dem Bett, um sie zu putzen.

Auf ihrem Rückweg aus dem Bad hörte sie Stimmen aus dem Wohnzimmer und schlich sich zu ihrem Beobachtungsposten an dem hölzernen Geländer.

»Was wissen Sie über Ihren Nachbarn, Mr. Pavlović?«

»Wen, Joe?«, fragte Tammys Dad. »Großartiger Kerl. Einer dieser Typen, die das Salz der Erde sind. Keltert seinen eigenen Wein. Furchtbares Zeug.«

»Hmm. Kam mir ziemlich nervös vor. Was wissen Sie über seine Vorgeschichte?«

»Nicht viel. Ist vor einiger Zeit aus Jugoslawien gekommen, aber wann genau, weiß ich nicht. Ich vermute mal, er war während des Krieges dort, der arme Kerl. War ziemlich schlimm in dieser Gegend, nicht wahr? Aber Joe ist niemand, der darüber redet. Beklagt sich nie über etwas. Allgemein ein sehr fröhlicher Typ.«

»Mr. Pavlović hat bei uns Mr. Mariettis Fuß identifiziert.«

»Das hätte jeder gekonnt«, meinte Duncan. »Antonio hat diese Art italienischer Flipflops getragen. Wir kannten sein Muttermal alle.«

»Von einem Ihrer Nachbarn haben wir die Information, dass Mr. Pavlović Werkzeug vermisst.« Der Polizist sagte es nicht, aber Tammy hätte alles darauf gewettet, dass es Cecil gewesen war, dieser Schuft.

»Richtig. Seit dem Arbeitseinsatz für die Kirche.«

Der Polizist schlug etwas in seinem Notizbuch nach, und Tammy wünschte sich, sie hätte ihres zur Hand. »Eine Hacke. Spaten. Axt. Kettensäge. Eine Leiche zerlegt sich nicht von allein. Sie wussten, dass das Werkzeug verschwunden war, und sind nicht auf die Idee gekommen, das könnte von Interesse für uns sein?«

»Na ja, wenn Sie es so sagen, verstehe ich, was Sie meinen.«

»Die Sache ist die, Mr. Lanahan, unsere Gerichtsmedizin hat die Überreste, die wir bergen konnten, analysiert. Die Schnittspuren an den Knochenfragmenten passen zu den Ketten einer Motorsäge.«

»Schauen Sie, Joe ist ein guter Kerl, da bin ich mir sicher.« Tammy war sich auch sicher. Das Verschwinden des Werkzeugs war Zufall, Zeitverschwendung. Irgendein Mistkerl hatte es mitgehen lassen oder verlegt. Sie war stolz auf ihren Dad, weil er sich für Joe einsetzte. »Hören Sie«, fuhr ihr Dad mit gedämpfter Stimme fort, »was können Sie mir über die gefundenen Überreste sagen, und wissen Sie, wie viel noch irgendwo da draußen ist? Die Sache ist die, dass einem die Fantasie durchgehen kann, wenn man etwas nicht weiß.«

»Seit der Entdeckung im Einkaufszentrum ist nichts weiter aufgetaucht.«

»Und die ... Teile ... die dort gefunden worden sind?«

»Ist ein wenig grauslich. Ich erspare Ihnen die Einzelheiten.«

Tammys Dad blickte sich um, sah zum Essbereich und an Tammy vorbei. Tammy erstarrte. »Ich kann damit umgehen.«

»Zu Anfang war das nicht leicht zu beurteilen, wir haben schließlich Sommer ...« Der Polizist verstummte. Vielleicht hätte er sich die Einzelheiten gern selbst erspart. »Jedenfalls sind die Überreste ... gemischt ... ich meine, unterschiedliche ... Teile. Ein Unterarm. Eine Hand. Ein Teil eines Beins.« Tammy hörte, wie ihr Dad pfeifend durch die Nase ein- und ausatmete. »Alles in Metzgerpapier gepackt.«

Tammys Dad legte beide Hände auf seinen Kopf und beugte sich aus der Hüfte vor. »Ach, herrje«, sagte er, nachdem er zittrig Luft geholt hatte. »Metzgerpapier?«, fragte er, als er sich aufrichtete. »Ich hatte gehört, es wäre eine Plastiktüte gewesen.«

»Ach ja?«, gab der Polizist scharf zurück. »Ja, da war neben dem Metzgerpapier auch eine Plastiktüte. Wo haben Sie das gehört?«

»Meine Frau hat es mir erzählt. Klatsch aus dem Bibelclub, glaube ich.«

Tammy taten die Beine weh, sie verkrampften sich vom Hocken und ihrer reglosen Haltung. *Ein Unterarm. Eine Hand. Ein Teil eines Beins.* Im Kopf wiederholte Tammy die Punkte, damit sie sie später aufschreiben konnte.

»Um die Wahrheit zu sagen, ist es zumindest eine kleine Erleichterung«, meinte Tammys Dad.

»Wie denn das, Mr. Lanahan?«

»Dass es am Einkaufszentrum gefunden worden ist. Als der Fuß in unseren Hügeln entdeckt wurde, hat sich das alles zu nahe angefühlt. Aber vielleicht war das ja ein zufälliges – furchtbares, aber zufälliges – Ereignis. Ein Zufallsmörder aus irgendeinem beliebigen Grund. Zufall, dass der Fuß hier oben gelandet ist.« Er unterbrach sich, während der Polizist wartete und zuließ, dass das Schweigen sich in die Länge zog. Tammys Dad rieb sich den Nacken wie immer, wenn er nervös war. »Ein Jammer, dass Richard an diesem Morgen sein Jogging versäumt hat, wissen Sie. Vielleicht hätte er ja etwas gesehen. Oder er hatte Glück, dass er nicht gegangen ist. Er ist fit und könnte sich verteidigen, aber trotzdem, wer möchte in den Hügeln einem Irren über den Weg laufen?«

Der Polizist sah in sein Notizbuch. »Mr. Kreeger aus Nummer drei? Er geht normalerweise in den Hügeln joggen?«

»Wenn er zu Hause ist, schon. Sehr gewissenhaft damit. Ich sollte mich schämen.« Er klopfte auf seinen Bauch.

»Und Ihre Nachbarn auf der anderen Seite? Was halten Sie von denen?«

»Den Laus? Hatte noch nie Probleme mit ihnen. Bleiben für sich. In der Straße haben wir jemanden mit altmodischen Ansichten, Sie kennen diese Sorte.« Der Polizist wahrte eine ausdruckslose Miene. »Aber ich fresse meinen Hut, wenn bei denen etwas Verdächtiges vorgegangen ist.«

»Fällt Ihnen sonst noch etwas ein, was ich wissen sollte?«

»Nein. Da fällt mir nichts ein. Aber, darf ich fragen ... Ich meine, all diese Fragen über die Nachbarn, und das ist alles ziemlich schlimm und ein Schock für alle, und ich habe diese Tochter, sie ist erst zwölf und neigt dazu ... jedenfalls mache ich mir Sorgen um sie. Und ich passe auf einen Jungen auf, der Fragen nach Seelen stellt. Je länger sich die Sache hinzieht, umso mehr frage ich mich, ob die Kinder damit fertigwerden. Wir alle. Was ich wissen will, ist, falls Sie das sagen dürfen: Glauben Sie, das war ein einmaliges Ereignis?«

»Sie meinen, ob der Mörder womöglich wieder zuschlägt?«

»Verdammt, wenn Sie das so sagen, klingt das so unheilvoll. Aber ja, wird er?«

»Die Sache ist die, Mr. Lanahan: Normalerweise nehmen wir in solchen Fällen die Familie oder die ethnische Gemeinschaft des Opfers unter die Lupe, weil es kein Zufall ist, auf diese Art zu sterben. Jemand hatte einen Grund für den Mord. Mr. Mariettis Familie war allerdings zum Zeitpunkt seines Todes nicht im Land. Und er hatte keine Verbindung zur italienischen Gemeinde in Canberra.« Der Detective zog ein Taschentuch hervor und wischte sich die Nase. »Wir wissen, dass er in der Straße Gelegenheitsjobs erledigt hat. Wir glauben, dass er sich für so etwas wie einen Frauenhelden hielt. Abgesehen davon wissen wir nicht wirklich, was er mit seiner Zeit angefangen hat, was er den ganzen Tag gemacht hat. Das Bild, das wir daraus ableiten, ist, dass Mr. Marietti abgesehen von den Kontakten, die er hier in Warrah Place aufgebaut hat, in unserem Land keine weiteren hatte.«

»Sie wollen also sagen, dass …«

»Ich rate Ihnen, nicht so schnell allem zu trauen, was Sie über jemanden zu wissen glauben. Und außerdem würden wir uns über jede Information, die Sie uns liefern können, wirklich alles, sehr freuen.«

Tammy huschte wieder ins Bett und zog die Knie bis an die Brust hoch. Auf der anderen Seite ihres Schreibtischs lag Colin bis auf das regelmäßige Auf und Ab seiner Brust reglos da und atmete entspannt.

Der Polizist hatte es offensichtlich auf Joe abgesehen. Armer, unschuldiger Joe.

Und was war mit dem armen, toten Antonio? Teile von ihm hatte man in einer Mülltonne gefunden, als wäre er einfach nur Abfall. Sie fühlte sich stellvertretend für ihn gedemütigt. Es kam ihr vor wie ein enormer Druck; als werde sie unter etwas Schwerem zusammengedrückt und könne sich weder rühren noch atmen. Das gleiche Gefühl, das sie im letzten Jahr in der Schule so oft gehabt hatte.

Eine Weile war alles gut gelaufen. Keine größeren Zwischenfälle. Es gab ein Muster: Tammy wurde eingelassen und dann wieder ausgestoßen. Rein, raus, rein, raus, bis ihr Hören und Sehen verging. Wenn sie mitmachen durfte, drückte sich Tammy um Narelle, Simone und auch andere Mädchen herum, aber nur am Rande, und niemand forderte sie zum Gehen auf. Zugleich war Tammy bewusst, dass Zettelchen herumgereicht wurden, nur nicht zu ihr; dass Insider-Witze erzählt wurden, in die sie nicht eingeweiht war; dass sie bestenfalls toleriert wurde. Jemand mit Selbstachtung hätte sich vielleicht zurückgezogen, aber Tammy tat das nicht.

Dann kam ein Tag kurz vor Ostern, als alle Bäume gelb, orange und rot geworden waren und lautes Gelächter praktisch sichtbar in der kalten Luft stand. Die Aluminiumbänke auf dem Spielplatz waren seit einem plötzlichen nächtlichen Frosteinbruch nicht mehr zu heiß, um darauf zu sitzen, sondern zu kalt.

Es war vor dem ersten Klingeln. Das Laub war noch frisch; noch nicht zertrampelt und rutschig. Die Mädchen traten beim Gehen und Reden die Blätter in die Luft. Tammy fühlte sich leicht und frei. Sie lachte, um es den anderen nachzutun, nicht, weil sie hörte, was sie sagten.

Simone blieb stehen, und die anderen auch.

»Ich würde gern von Tammy wissen, was sie so lustig fand«, sagte Simone.

Tammy wurde der Mund trocken. Sie hatte nichts zu ihrer Verteidigung vorzubringen.

»Ich finde es sehr interessant, dass jemand, der angeblich so schlau ist, sozial so verpeilt ist. Ich meine, nicht bloß ein bisschen, sondern sie merkt rein gar nichts. Findest *du* das nicht interessant, Tammy?«, setzte Simone hinzu und legte den Kopf zur Seite.

Narelle war die Erste, die mit ihrem Gelächter das Schweigen brach, und zuerst war Tammy dankbar dafür. »Sie ist so blöd«, sagte Narelle dann jedoch, »dass sie nicht mal darauf antworten kann.«

Tammys Schreibtisch hatte zwei Schubladen, die unter der Platte hingen wie ein Euter. Auf der Seite, die Tammys Bett gegenüber lag, klebte eine Reihe Überreste von runden Stickern. Der klebrige Rückstand hatte einfach nicht abgehen wollen, und jetzt schlief Tammy jede Nacht davor. Die Sticker, eine Werbung für Tatts-Lotto, waren in der Zeitung gewesen, und Tammy hatten die bunten Farben gefallen. Sie hatte das Schriftband mit *Dank deinen Glücksbällen* über die glänzenden Lotteriekugeln geklebt. Als Tammys Mum das sah, schnalzte sie missbilligend mit der Zunge. »Ich wünschte, du hättest vorher gefragt«, sagte sie, »denn das schickt sich nicht für dein Zimmer.« Sie hatte erklärt, *Bälle* sei ein anderes Wort für die Hoden eines Mannes. Danach hatte Tammy keine Lust mehr darauf gehabt, dass eine Reihe Hoden sie im Schlaf beobachtete, daher hatte sie versucht, die Aufkleber abzukratzen. Immer wieder versuchte sie aufs Neue, den Rest des Klebstoffs abzubekommen, und genau das tat sie jetzt auch.

Tammy sah zu dem anderen Bett hinüber, um festzustellen, ob Colin noch schlief, und bemerkte, dass er sie mit großen Augen anschaute.

»Ich brauche Hilfe bei einem Plan«, erklärte Tammy. Es stimmte: Sie brauchte alle Hilfe, die sie kriegen konnte. Wenn sie das schaffte, würde niemand sie mehr dumm nennen. Und sie könnte gleichzeitig Joe retten und seinen Namen reinwaschen.

»Oh, gut. Ich mag Pläne«, sagte Colin. »Wird es Spaß machen?«

»Vielleicht.« Oder auch nicht. Doch die Lage war schlimm, also war es auf jeden Fall besser, als nichts zu tun. »Sieht so aus, als hätte ich dich am Hals, also musst du auch dabei sein. Wir werden als Team arbeiten.«

Tammy stellte fest, dass sie hoffte, er würde einverstanden sein. Jetzt wurde ihr klar, dass sie sich ohne ihr Zutun daran gewöhnt hatte, dass er herumlungerte; dass sie nicht mehr allein war und daran, wie gut es war, jemanden zu haben, an den man sich anschließen konnte – selbst wenn es bloß Colin war.

Colin sagte nichts. Vielleicht hielt er ja die Luft an. Der einzige Teil von ihm, den Tammy sehen konnte – sein Kopf auf dem Kissen – sah so aus, als existiere er getrennt von seinem Körper.

»Weißt du noch, wie wir die Nachbarn beobachtet und unsere Erkenntnisse in das Ameisen-Protokoll eingetragen haben? Tja, das hat einen Grund. Einen ernsten Grund.« Sie unterbrach sich, um zu überprüfen, ob er ihr auch zuhörte. »Ich versuche herauszufinden, was Antonio passiert ist. Ich bin wirklich gut darin, Dinge herauszufinden, zu spionieren und so.« Sie wollte nicht angeben, aber es war die Wahrheit.

Colin brauchte lange, um zu antworten. »Ich kann dir nicht helfen«, flüsterte er. »Ich bin erst acht.«

»Das ist eine Einschränkung, stimmt. Aber verstehst du, ich habe mich bereits entschieden und schon angefangen, deshalb kannst du genauso gut mitmachen.« Tammys munterer Ton widersprach dem Gefühl, das in ihr aufstieg: Sie wollte, dass Colin das zusammen mit ihr anging, sie hatte sich an ihn gewöhnt und mochte nicht mehr allein sein. Ihr lief die Zeit davon, sie brauchte Hilfe, und sie hatte keine Ahnung, was sie tun sollte, wenn er Nein sagte. »Bitte, Colin.«

»Ich will nicht«, erklärte Colin. »Aber ich möchte ein Team mit dir sein. Können wir nicht einen anderen Plan verfolgen?«

»Nein. Du musst mir bei diesem helfen«, sagte Tammy – jetzt spielte sie sich nicht mehr auf oder schmeichelte ihm. »Das ist meine einzige Hoffnung.«

»Fühlst du dich dann besser?«, fragte er. »Hörst du dann auf, nachts zu weinen?«

»Ich glaube schon.«

»Ja, dann okay.«

»Ja?«

»Ja«, sagte Colin, dieses Mal bestimmter. »Heißt das, dass wir nichts mehr mit den Ameisen zu machen brauchen?«

Aber Tammy hörte schon nicht mehr zu. Sie war zu beschäftigt damit, sich Simones Gesicht vorzustellen, wenn die herausfand, dass Tammy ihren Sommer nicht nur mittendrin in einer Mordermittlung verbracht, sondern den Fall auch gelöst hatte.

### (Ameisen)

*Falls ihr glaubt, dass Ameisen nicht kommunizieren, weil sie keine Worte gebrauchen, dann irrt ihr euch gewaltig. Ihre Drüsen produzieren eine enorme Anzahl von chemischen Komponenten, um Nachrichten zu übermitteln. Statt durch die Nase empfangen sie Nachrichten durch Sensoren an ihren Antennen. Sie können alle möglichen Botschaften senden und empfangen: über einen bevorstehenden Angriff, wo Futter zu finden ist, wer in der Kolonie ein- oder ausgeschlossen ist, über ihre Jobs usw. Was sie aber nicht tun, ist lügen oder den anderen Ameisen ihrer Kolonie absichtlich Informationen vorenthalten. Sie brauchen untereinander nicht zu erraten, was zur Hölle los ist.*

# 27

Vierzehn Tage nach dem Mord
*Samstag, 20. Januar 1979*

Als Tammy am nächsten Morgen aufwachte, war der Himmel schon hell, aber die Sonne war noch nicht aufgegangen. Sie fühlte sich energiegeladen und bereit, aufzustehen und den Tag anzugehen. Die beste Art, Joe die Polizei vom Hals zu schaffen, war ihnen zu zeigen, wo sie stattdessen suchen sollten. Dafür brauchte sie Beweise; etwas Stichhaltigeres als das, was sie schon gegen Ursula und Sheree in der Hand hatte. Würde es sich lohnen, Debbie für das Team anzuwerben? Tammy war unentschlossen. Auf der einen Seite konnte ein Team, das aus ihr und Colin bestand, nicht viel bewegen. Auf der anderen war es unerlässlich, dass Tammy weiterhin das Sagen hatte. Vielleicht würde Debbie glauben, sie könnte die Führung übernehmen, weil sie älter war. Und vielleicht würde sie einen Anfall kriegen, weil sie ihre Tante Ursula ausspionieren sollte. Lieber noch abwarten, dachte Tammy.

Außerdem war Samstag. Das hieß, Zeit für Dads berühmtes Frühstück. Manchmal erschien ihr der Duft des Specks in ihren Träumen. Wenn ihre Mum den Speck briet, war die Schwarte wie Gummi. Man konnte sich die Kiefer bei dem Versuch verrenken, sie zu kauen. Doch ihr Dad bekam die Schwarte so knusprig hin, dass sie beim Hineinbeißen krachte und auf der Zunge zerging. Und dann die Eier. Die Spiegeleier ihrer Mum hatten auf der Oberseite immer noch zähen, klebrigen Glibber, aber ihr Dad briet die Eier, bis sie beinahe verbrannten; bis die Unterseite ein braunes Spitzenmuster bekam und das Dotter noch ein wenig weich war, aber nicht über den ganzen Teller auslief.

Doch als Colin und Tammy aufstanden, zog nicht der typische Geruch des Samstagmorgens aus der Küche heran. Der Fernseher lief nicht.

Sie fanden nur einen Zettel.

*Musste kurz zur Arbeit. Tut mir leid.*
*Tut nichts, was ich nicht auch tun würde. Haha.*
*Man sieht sich. Haha.*
*Dad*
*P.S.: Geht nach dem Frühstück zu Joe und Zlata, bis ich zurück bin.*
*P.P.S.: Ernsthaft, trödelt nicht herum. Geht direkt dorthin.*

Also kein Samstags-Frühstück. Und keine Fruit Loops mehr da. Und keine Milch. Tammy und Colin aßen trockene Weetabix und strichen Margarine und Vegemite darauf. Colin fand das toll.

Tammy erlaubte Colin wieder, ihre Sachen auszusuchen. Wahrscheinlich war es nicht klug, ihm nachzugeben, aber die Wahrheit war, dass es ihr nichts mehr ausmachte. Er entschied sich für Sommerkleidchen mit Regenbogenstreifen und schmalen Trägern. Sie waren weit und luftig; perfekt, um Luft hereinzulassen, obwohl Tammys Kleid unter den Armen schon kniff. Bei Colin waren die Farben durch den Sonnenschein vergangener Sommer zu Pastelltönen verblasst.

Sie hatten noch keine zwei Schritte nach draußen getan, als Colin stolperte und sich das Knie aufschlug, direkt auf der alten Kruste und allem. Es war schlimm. Colin hielt die Hände darüber, trotzdem rann Blut an seinem Knie hinunter. Er spähte zwischen seinen Fingern hindurch und atmete schnell.

»Na, komm schon«, sagte Tammy.

Sie zog ihn ins Bad und ließ Wasser aus dem Hahn an der Badewanne über sein Knie laufen, während Colin versuchte, dafür zu sorgen, dass seine Schuhe trocken blieben. Er zog sein Kleid hoch und steckte den Saum mit einer Hand in seine Unterhosen. Er nahm die andere Hand von seinem Knie weg, als sie es ihm sagte. Er hielt still, als sie es ihm befahl. Als sie ihm sagte, er solle sich an ihrer Schulter festhalten, damit er nicht wieder hinfiel, tat er es.

Tammy war sich nicht sicher, ob sie alles richtig machte. Aber Suzi, die wie eine Sphinx dasaß und jede von Tammys Bewegungen verfolgte, hatte noch nicht eingegriffen.

Colin presste die Lippen fest zusammen, als Tammy sein Knie mit einem Handtuch abtupfte, und kniff die Augen zu, als sie das Mercurochrom herausholte. Er zitterte vor Anstrengung, das Bein stillzuhalten und keine Miene zu verziehen.

»Du darfst heulen, weißt du«, sagte Tammy und malte sein Knie knallrot an, damit keine Bazillen hineinkamen.

»Aber du sollst sehen, dass ich tapfer sein kann.«

»Tapferkeit wird überschätzt. Rache ist besser.« Tammy schnüffelte an dem Mercurochrom und musterte das Etikett auf der Flasche. Ob Mercurochrom giftig war?

»Wie soll ich mich an der Stufe bei der Hintertür rächen?«, fragte Colin. »Jedenfalls habe ich jetzt nicht mehr das Gefühl, weinen zu müssen. Danke.«


Tammy stand auf der Komposttonne und hielt Colin die Hand entgegen, um ihm hochzuhelfen. Er hielt ihre fest, ließ aber auch die Füße fest auf dem Boden. Suzi sprang auf den Zaun und wartete geduldig.

»Soll ich jetzt auch alles aufschreiben?«, fragte er.

»Was?«

»Was ist mit Fragen? Sollen wir zuerst besprechen, was wir fragen wollen?«

»Was?«

»Für unsere Spionage-Mission.«

»Oh«, sagte Tammy. »Nein. Nichts in der Art. Halt einfach Augen und Ohren offen. Aber unauffällig.«

»Gut«, sagte Colin. »Soll ich einen Hut aufsetzen?«

»Was?« Sie hielten sich immer noch an den Händen, und Tammy schüttelte ihre, um sich loszumachen. »Wenn sie wissen, was wir wollen, erzählen sie uns nichts.«

»Tammy?«

»Ja?«

»Warum sollten sie uns überhaupt etwas erzählen? Wir sind bloß Kinder.«

»Die perfekte Tarnung«, meinte Tammy. Sie griff wieder nach seiner Hand, die er hatte baumeln lassen.

Die Pergola vor Joes und Zlatas Hintertür war mit dichten, lang herabhängenden Weinranken und Bougainvillea überwuchert. Tammy hatte immer das Gefühl, durch ein magisches Portal zu treten. Doch dahinter lag nur eine gewöhnliche Küche. An der Wand hing eine elektrische Insektenfalle, die Art, die man auch in Fish-and-Chips-Buden findet. Sie erzeugte ein bläuliches Licht und ein Summen, und mit jedem Brizzeln und jedem Funken starb wieder ein Insekt.

»Endlich!«, rief Joe und reckte die Arme hoch. Er gab Tammy immer das Gefühl, als hätte er sehnsüchtig auf ihr Kommen gewartet, aber heute erreichte seine Begeisterung nur ungefähr 47 Prozent ihrer normalen Stärke.

Joe bat sie herein und lehnte sich an die Küchenbank. Er trug Shorts von Hard Yakka und Socken. An einem seiner Socken schaute der große Zeh hervor. An der Hintertür standen seine Stiefel, die tiefe Falten um die Knöchel hatten, mit ausgebreiteten Schnürsenkeln. Einer lag auf der Seite wie ein totgefahrenes Tier an einer Straße. Joe trommelte mit den Fingern auf die Bank.

Am Tisch saß Leslie von der anderen Straßenseite und hielt eine kleine Tasse Kaffee in seinen großen Händen. Seine Miene zeigte freudige Erwartung. Leslie war zu den Mahlzeiten meist bei Joe und Zlata anzutreffen.

»Was tust du da hinein?«, fragte er Zlata.

Zlata stand an ihrem üblichen Platz vor dem Herd. In einer heißen Pfanne zischten und dampften große Tomatenstücke. Auf der Bank warteten drei Teller mit dicken Scheiben von Zlatas selbst gebackenem Brot.

»Essig. Bringt den süßen Geschmack zur Geltung«, erklärte sie.

»Essig«, sagte Leslie. »Wer hätte das geahnt? Du bist erstaunlich, Zlata.«

Tammy sah Zlata sogar von hinten an, dass sie lächelte.

»Wollt ihr beide auch was?«, fragte Zlata.

»Wir haben schon gegessen«, sagte Tammy, denn gekochte Tomaten waren eklig, sogar die von Zlata.

»Wir sind pappsatt«, sagte Colin.

Joe war nur körperlich anwesend. Er starrte aus dem Fenster und wirkte besorgt.

Zlata häufte die Tomaten auf das Brot und stellte einen Teller vor Leslie hin. Sie berührte Joe an der Schulter, damit er wieder zu sich kam.

»Schmeckt so viel besser, wenn das Brot nicht getoastet ist«, meinte Leslie. »Wer hätte das geahnt?«

Leslie hatte jede Menge kleiner Sprüche auf Lager, zum Beispiel: *Wer hätte das geahnt, besser spät dran als pünktlich, aber tot, immer langsam voran,* oder: *Das ist Jacke wie Hose.* Alle zusammen vermittelten den Eindruck, dass er jemand war, auf den man sich verlassen konnte.

Als Zlata vor Joes Nase mit den Fingern schnippte, setzte er sich ebenfalls zum Essen.

»Ich habe heute etwas Zeit«, sagte Leslie zu Joe. »Wie wär's, wenn wir nach deinem Werkzeug suchen? Ich wette, wenn wir uns wirklich konzentrieren, können wir es finden.«

Joe zuckte hilflos die Achseln. »Sinnlos. Ich habe gesucht. Ich bin damals in der Nacht nochmal mit einer Taschenlampe zurückgegangen zu dem Platz, wo wir gearbeitet haben, und habe gesucht. Aber kein Werkzeug. Und jetzt habe ich noch ein großes

Problem.« Seufzend rieb er sich die Augen. »Ich bin allein gegangen, und niemand hat mich gesehen. Die Polizei hat mich gefragt, und ich habe es gesagt. Aber niemand hat mich gesehen, also glaubt mir vielleicht niemand.« Sein nächster Atemzug war zittrig.

Zlata legte ihm eine Hand auf den Arm, erinnerte ihn mit einem Blick daran, dass Tammy und Colin da waren, und schüttelte leicht den Kopf. »Genug«, sagte sie, obwohl die beiden eigentlich noch nicht annähernd genug gehört hatten. Tammy hätte gern genau gewusst, um welche Uhrzeit Joe zum Ort des Arbeitseinsatzes zurückgekehrt war. Vielleicht könnte sie dann kalkulieren, um welche Zeit Antonio gegangen war. Außerdem wollte sie genau wissen, wo er nach seinem Werkzeug gesucht hatte. Vielleicht würde sie dann darauf kommen, wo es abgeblieben war.

»Herrje, was riecht denn hier so?« Cecil stand an der Tür und trat ungebeten ein, sodass Joe heftig zusammenfuhr.

Zlatas Miene wirkte, als wären ihr plötzlich die Tomaten schlecht geworden.

Cecil ging geradewegs zu Leslie. »Ein leises Wort, wenn es dir nichts ausmacht.« Mit einer Kopfbewegung wies er zur Tür.

Leslie warf einen bedauernden Blick auf seinen noch halb vollen Teller, wischte sich mit Essig vermischten Saft vom Kinn, schob geräuschvoll seinen Stuhl zurück und folgte Cecil nach draußen.

Als Leslie wieder hereinkam, wirkte er kleinlaut, und seine Miene war angespannt. Er sah aus, als hätte er eine Fliege heruntergeschluckt. Er trank einen großen Schluck Kaffee.

Also, *das* war jetzt interessant. Was in aller Welt hatten die beiden geredet? Leslie hatte mit Antonio zusammen gearbeitet, daher wusste er vielleicht etwas, was Cecil wissen wollte, oder umgekehrt.

Joe fing Tammys Blick auf und schüttelte den Kopf. »Es geht hier um eine wichtige Materie«, erklärte er.

»Wir, das heißt, Tammy und ich, interessieren uns sehr für anderer Leute Material«, sagte Colin und wackelte, an Tammy gerichtet, mit den Augenbrauen.

Tammy warf ihm einen Blick zu, der hätte töten können.

Joe sah zwischen den beiden hin und her, und der Blick, der schließlich bei Tammy landete, wirkte nicht eigentlich warnend, sondern ängstlich.

Leslie klatschte in die Hände und rieb sie sich, als schließe er mit einer Stimmung ab und eröffnete eine andere. »Habt ihr beiden heute nichts zu tun?«, fragte er Tammy und Colin.

»Irgendwie nicht«, sagte Tammy. Sie ging auf Nummer sicher, bis sie wusste, was im Angebot war.

»Kommt doch mit zu uns, wenn ihr wollt«, sagte er. »Peggy würde sich über die Gesellschaft freuen.«

Tammy war sich sicher, dass Peggy nichts dergleichen tun würde. Aber Peggy war eine Klatschbase. Vielleicht wusste sie etwas, das herauszufinden sich lohnte. Außerdem hatten Peggy und Leslie einen Pool, und heute war es wieder affenheiß.

»Wir kommen gleich«, sagte Tammy.

»Das war grauenhaft«, meinte Tammy. »Was sollte das mit dem Material?«

Sie waren über den Zaun zurück in Tammys Garten geklettert, und Tammy hatte ein Strategietreffen am Grill anberaumt. Suzi nahm ebenfalls daran teil.

»Wenn du kein Geheimnis für dich behalten kannst, bist du raus«, erklärte Tammy.

»Aber ich habe doch gar nichts von Antonio gesagt.« Colin war nicht zerknirscht oder grinste verlegen. Er stand hochaufgerichtet und trotzig da. »Ich bin sogar ziemlich gut mit Geheimnissen, wenn du das wissen willst.«

»Geh deine Badehose holen und komm dann wieder hierher«, befahl Tammy.

Während Tammy und Colin die Insel überquerten, bog an der Ecke eine große Gruppe Menschen nach Warrah Place ein und blieb vor dem italienischen Haus stehen. Sie sahen zu ihm auf, als wäre es eine Kunstgalerie oder ein Museum. Ein paar von den Leuten erkannte Tammy als Bewohner der Carnegie Street wieder. Innerhalb von Sekunden stürzte Sheree aus ihrem Haus und in ihren Vorgarten.

»Hey!«, schrie sie. »Ja, ihr! Ich rede mit euch. Warum bringt ihr euch keinen Liegestuhl und ein Lunchpaket mit und macht einen Ausflug draus?« Sie stemmte die Fäuste in die Hüften und starrte die Eindringlinge aufgebracht an. »Los, haut bloß alle ab.«

Tammy und Colin saßen mit zusammengepressten Knien nebeneinander auf einer harten Couch im Fernsehzimmer. Unter ihren Kleidchen hatten sie ihre Badesachen an.

»Und dann hat sie das mit dem Lunchpaket gesagt«, erklärte Colin kichernd. »Das war so was von komisch.«

»Das sagtest du schon.« Peggy betrachtete sie von einem Bügelbrett aus und musterte argwöhnisch Colins Knie, das die Farbe einer roten Ampel hatte. »Das hat sie gut gemacht, diese Leute loszuwerden. Ich kann es nicht leiden, von anderen angestarrt zu werden wie ein Zirkuspferd.« Sie bügelte mit einer Hand und rauchte mit der anderen. Ab und zu schnippte sie ohne hinzusehen Asche in einen Aschenbecher, der hinter ihr in einem Regal stand. »Steh mal auf«, sagte sie zu Colin.

Er gehorchte.

»Dreh dich rum.«

Er tat es.

»Wer hat dir diese Sachen angezogen?« Peggy wedelte mit ihrer Zigarette und richtete sie auf Colins Kleid.

»Ich«, sagte er.

»Hmmpf.« Sie bügelte weiter, und Colin setzte sich. »Etwas schräg zum Stoff Geschnittenes würde dir besser stehen.«

»Gut zu wissen, Peggy, danke«, sagte Colin. »Weißt du, was das ist?«, flüsterte er dann Tammy zu. »Haben wir so etwas?«

»Und wie ist es Ihnen in letzter Zeit ergangen, Peggy?«, fragte Tammy und ignorierte Colin. Ihr fiel auf, dass Peggy sich nicht damit abgegeben hatte, ihr zu sagen, was ihr stehen würde.

»Ich verdampfe praktisch.« So sah sie auch aus. Wenn man Peggy die Schminke und die Haare wegnehmen würde, bliebe nicht viel von ihr übrig. »Und du?«

»Oh, dasselbe«, sagte Tammy. Sie rieb sich den Hals, zupfte am Träger ihres Badeanzugs und schaute sehnsüchtig nach draußen, zum Pool.

Peggy brummte etwas.

In Peggys Nähe zu sein, war anstrengend, sogar wenn man saß. Sie war ständig in Bewegung; kleine, abgehackte, immer wieder unterbrochene Bewegungen. Keine Pause dazwischen; wie ein Spielzeug zum Aufziehen, das nie auslief. Ihr ganzer Körper war unterwegs, und sie verlagerte ihr Gewicht hierher und dorthin, überall. Sogar ihre Augen richteten sich nie lange auf eine Stelle. Zwischen den Zügen an ihrer Zigarette huschten ihre Finger durch die Wäsche, die sie bügelte, wie eine Spinne, und ließen knallpinke Nägel aufleuchten.

Der Fernseher lief. Colin sang die Werbung für Care for Kids mit. Er wackelte mit dem Kopf und den Knien, und sein Kleid schwang hin und her.

Tammys und Peggys Blicke trafen sich in gemeinsamer Belustigung, was sich merkwürdig anfühlte.

Tammy schubste Colin, damit er den Mund hielt. Sie versuchte es noch einmal.

»Es ist so schwer, sich abzukühlen, verstehen Sie, wenn man keinen Pool hat.«

»Ihr habt doch in eurem Garten jede Menge Platz für einen Pool!«, meinte Peggy.

»Genau das sage ich ja schon seit *Jahren*«, erklärte Tammy. »Aber wir haben immer noch keinen.«

»Was für ein Elend.«

»Sie haben ja keine Ahnung.« Das war Tammy ernst. Peggy konnte schließlich schwimmen gehen, wann sie wollte.

»Habt ihr keine Eltern, die auf euch aufpassen?«, fragte Peggy. Sie sah Colin an.

»Meine Mum ist krank«, erklärte Colin besorgt.

»Hab ich gehört. Bisschen ungewöhnlich, dass sie es so schlimm hat. Sie übertreibt es aber nicht, um etwas Ruhe und Frieden zu kriegen, oder? Oder aus irgendeinem anderen Grund?« Colin sah auf seinen Schoß hinunter, und Tammy hätte ihm am liebsten gesagt, er solle Peggy ignorieren und dass sie bloß eine alte Gewitterziege sei. »Ging es ihr auch so schlecht, als du unterwegs warst?«

»Weiß ich nicht mehr«, sagte Colin.

Peggy lachte; ein Laut, der wie eine Mischung aus etwas war, das über Wellblech kratzte, und einem startenden Traktor. »Da hast du auch wieder recht«, räumte sie ein. »Und was ist mit dir, Fräuleinchen?«

»Dad ist arbeiten«, erklärte Tammy.

Peggy wartete.

»Und Mum ist bei einem Gebets-Retreat.«

Peggy stellte das Eisen aufrecht hin, es zischte. »Ich persönlich finde ja, dass Nabelschau und Grübelei Luxus sind«, meinte sie. »Du kannst deiner Mum ruhig erzählen, dass ich das gesagt habe. Ich finde auch, dass sie sich am Riemen reißen sollte. Sie ist nicht die Einzige, die Probleme hat. Das kannst du ihr auch weitersagen. Sie sollte sich darauf beschränken, Dinnerpartys zu geben. Wir könnten alle eine gebrauchen.«

Leslie kam mit einer Kanne Tee herein, also zupfte Tammy noch einmal eine Runde am Träger ihres Badeanzugs. Colin kapierte und wedelte sich mit seinem Kleid so kräftig Luft zu, dass die Badehosen, die er darunter trug, zu sehen waren.

»Wollt ihr beide schwimmen gehen?«, fragte Leslie.

»Das ist noch nicht entschieden«, sagte Tammy.

Colin zappelte neben ihr, bis sie ihm fest auf den Fuß trat.

»Dann sagt einfach was, wenn ihr Lust darauf habt«, sagte Leslie.

Tammy und Colin wechselten einen hoffnungslosen Blick.

»Was ist denn mit euch beiden los?«, fragte Peggy und schenkte sich eine Tasse schwarzen Tee ein. »Warum sagt ihr nicht einfach, dass ihr schwimmen wollt?«

»Das sind die Regeln«, platzte Colin heraus. »Helen hat das gesagt. Wir dürfen nur schwimmen, wenn wir dazu eingeladen sind, und wir dürfen nicht fragen oder auch nur andeuten, dass wir schwimmen gehen wollen, weil das auf dasselbe hinausläuft, und Gott sieht immer bis in die dunklen Tiefen unserer Beweggründe, und nichts bleibt verborgen. Also würde Er Bescheid wissen, und wir wüssten, dass Er es weiß, und deswegen ist es sinnlos, wenn man zu schummeln versucht. So sind die Regeln, stimmt's, Tammy?«

Leslie schüttete sich aus vor Lachen. Peggy nicht. Sie musterte Tammy mit einem durchdringenden Blick, bei dem Tammy das Gefühl hatte, ihre Haut werde auf links gedreht. Es war, als könnte nicht nur Gott bis in ihre dunklen Tiefen sehen.

»Betrachtet euch als eingeladen und kommt schwimmen, wann immer ihr wollt«, sagte Leslie und ging wieder hinaus.

Colin sprang auf und begann zu tanzen.

»Oh nein«, sagte Peggy jedoch. »Ich glaube nicht. Heute wird nicht geschwommen. Vielleicht ein andermal, aber nur, wenn ihr vorher fragt. Ich habe nicht vor, gegen Helens Regeln zu verstoßen. Und auch nicht gegen Gottes Regeln.«

Es war zum Schreien – diese grundlose Gemeinheit. Tammy hätte es jetzt gleich tun können: aufstehen und schreien, schreien, schreien, bis sie alles herausgebrüllt hatte und nichts mehr übrig war.

»Vielleicht wissen Sie das noch nicht«, sagte Tammy und beglückwünschte sich, weil sie regungslos blieb und in gleichmütigem Ton sprach, »aber ich bin jetzt mit Debbie befreundet. Und sie hat mir erzählt, Antonio hätte gesagt, in Warrah Place gebe es eine alte Schachtel, die auf jung macht, aber ich bin mir nicht sicher, was das bedeuten soll oder wen er gemeint hat. Haben Sie eine Ahnung, Peggy?«

Noch ein Blick von Peggy, der sich anfühlte, als würde sie erstochen. »Ich finde nicht, dass du dich mit etwas abgeben solltest, was mit Antonio zu tun hat«, erklärte Peggy.

»Wieso? Wissen Sie etwas?«, fragte Tammy.

»Und *du*?«, gab Peggy zurück. »Vielleicht hat deine neue Freundin Debbie dir ja etwas erzählt?«

»Was wissen Sie schon über Debbie?«

»Und was weißt *du* über Debbie?«, fragte Peggy. »Vielleicht hat sie dir ja erzählt, warum Antonio vor seinem Tod aus dem Land fliehen wollte?«

»Er wollte *was*?«, fragte Tammy. »Haben Sie sich das ausgedacht?«

»Sie haben seinen Pass im Einkaufszentrum gefunden, als sie die ... du weißt schon.«

Tammy drehte sich zu Colin um, doch der klebte am Fernseher und bekam nichts mit. Schöner Spion! »Das ergibt doch keinen Sinn«, meinte Tammy. Sie wusste ganz genau, wo Antonios Pass war, und das war nicht das Einkaufszentrum. »Da liegen Sie falsch.«

»Ich habe das so gehört. Gerüchteweise.«

»Ich glaube Ihnen nicht«, sagte Tammy. Log Peggy, nur um Tammy von der Spur abzubringen?

»Hör mal, ich habe es direkt von dem Detective«, erklärte Peggy. »Ich habe gehört, wie Lydia und er vor Lydias Haus darüber geredet haben. Du bist nicht die Einzige, die lauschen kann.«

Tammys Gedanken rasten, stolperten in Sackgassen und durchkämmten alles, was sie schon wusste. Es konnte nur eine Erklärung geben: Sheree musste ins Haus gegangen sein – inzwischen war klar, dass sie kein Problem hatte, sich bei Naomi auszubreiten – und den Pass genommen haben. Aber was dann? Hatte sie ihn jemand anderem gegeben? Oder hatte sie ihn zusammen mit Antonios Körperteilen selbst zum Einkaufszentrum gebracht?

Peggy starrte Tammy so durchdringend an, dass sie ein Ruck durchfuhr. Wie lange saß Tammy schon schockstarr und mit offenem Mund da?

»Keine Ahnung, was du zu treiben glaubst«, sagte Peggy, »aber halt dich da raus. Das ist keine Sache für Kinder, vor allem nicht für Kinder, die eine hohe Meinung von sich selbst haben und ihre Nasen in anderer Leute Angelegenheiten stecken.«

»Ich muss mal aufs Klo«, sagte Tammy, und Peggy erlöste sie von ihrem Blick.

Im Badezimmer lag Kermit-grüner Teppich, und es hatte einen Kronleuchter, obwohl der Raum winzig war. Auf dem Badewannenrand stand ein überquellender Aschenbecher.

Das Medizinschränkchen war voll, aber nichts erweckte Tammys Aufmerksamkeit oder sah vielversprechend aus.

Sie huschte durch den Flur und steckte den Kopf in ein anderes Zimmer. Schon besser. Kein Bett. Nur Kleider. An zwei Wänden hingen vollgestopfte Kleiderstangen. Tammys Kleiderschränke waren nichts dagegen. Colin würde durchdrehen, wenn man ihn hier loslassen würde. Auf einer weiteren Wand waren Kleider wie Kunstwerke ausgestellt. Tammy musste widerstrebend zugeben, dass das irgendwie cool war. An der letzten Wand, am Fenster, stand eine Frisierkommode, und die machte wirklich etwas her. Hier könnten Make-up, Schmuck und Haare zu einem Fulltime-Job werden.

Tammy wusste, wonach sie suchte, und fand es rasch: Peggys korallenroten Lippenstift. Sie zog die Kappe ab und drehte ihn hoch. Nicht mehr viel übrig. Er hatte, von Peggys Lippen geformt, eine konkave Form mit einer Spitze am Ende angenommen. Das Ganze hatte etwas Unheimliches.

Sie steckte den Deckel wieder auf und schob ihn vorn in ihren Badeanzug.

Für wen hielt Peggy sich, dass sie Tammy sagte, sie sei zu neugierig!

Der Lippenstift hätte ausreichen sollen, damit Tammy sich besser fühlte, doch so kam es nicht. Nicht, wenn man noch die Sache mit der hohen Meinung von sich selbst und die Geschichte mit dem Pool hinzuzählte.

Auf einer langen Stange steckten viele Ringe. Den obersten hatte Tammy schon oft gesehen. Einen riesigen Opalring, der praktisch Peggys ganze Hand bedeckte und farbglitzernd durch die Luft fuhr, wenn Peggy rauchte. Tammy nahm ihn von der Stange. Er fühlte sich in ihrer Hand kalt und schwer an. Sie brauchte nicht lange, um einen dicken Wollmantel zu finden, der an einer Stange hing. Er war von einem tiefdunklen Braun. Es würde noch ewig dauern, bis es wieder kalt genug war, um Mäntel zu tragen. Tammy ließ den Ring in eine der Taschen fallen.

Ein lautes, schrilles Gelächter aus nächster Nähe erschreckte Tammy fast zu Tode. Es klang genauso wie Peggys Traktor-Motor-Lachen, aber in einer höheren Tonlage.

»Hände hoch«, sagte die Stimme. »Oh, oh, jetzt geht's aber los.«

Tammy spähte vorsichtig aus dem Raum. Auf der anderen Seite des Flurs stand eine Tür halb offen. Es war ein blumiges, rüschiges Schlafzimmer. Viel Stoff, Kissen auf dem Bett. Schwere geraffte Vorhänge. Neben dem Bett befand sich auf einem Gestell ein Käfig, und darin saß ein Wellensittich und beobachtete Tammy.

»Heißes Eisen«, sagte der Vogel und nickte so heftig mit dem Kopf, dass sein ganzer Körper mitmachte. »Auf und davon.«

Tammy drückte sich an die Wand im Flur. Sie ließ sich nicht gern bespitzeln, nicht einmal von einem Vogel.

Tammy ging zurück zum Fernsehzimmer, trat ein und zog sich dann wieder zurück, als sie hörte, was Leslie sagte. »Ich mache mir Sorgen um Joe.« Sie war nicht gesehen worden. »Cecil hat mit der Polizei über ihn geredet. Und dann hatte Cec die Dreistigkeit, mir zu raten, mich von Joe fernzuhalten, falls ich nicht auch Schwierigkeiten kriegen will, und wenn ich das nicht mache, soll ich auf Widersprüche in Joes Geschichte achten. Ihm Fragen stellen und alles Mögliche, und versuchen, ihn beim Lügen zu ertappen. Joe macht sich Sorgen, weil er kein Alibi für diese Nacht hat.«

Leslie und Peggy wandten Tammy den Rücken zu. Hinter ihnen saß Colin und war in *Rocky and Bullwinkle* versunken. Falls sich jemand umdrehte, konnte Tammy leicht vorschützen, dass sie gerade zurückkam, statt im Türrahmen zu stehen.

»Sosehr ich Cecil auch hasse, er könnte da einer Sache auf der Spur sein«, meinte Peggy. »Vielleicht bist du ja blind, weil du eine Schwäche für Joe hast. Schließlich hat er schon im Gefängnis gesessen.«

»Wo hast du das denn her?«, fragte Leslie hörbar verblüfft.

»Von dir, Dummkopf.«

»Ich habe Kriegsgefangenenlager gesagt.«

»Das ist jetzt Haarspalterei.«

»Und ich hätte das gar nicht sagen sollen«, gab Leslie zurück. »Ich glaube, Joe will nicht, dass jeder das weiß.«

»Ich bin ja wohl nicht jeder«, sagte Peggy. »Du musst zugeben, dass er in den Mord verwickelt sein könnte. Hat er je eine Erklärung dafür geliefert, warum er an dem Morgen, als er den Fuß identifiziert hat, draußen in den Hügeln war?«

»Jetzt klingst du schon wie Cecil.«

Tammy bekam den vernichtenden Blick mit, den Peggy Leslie zuwarf.

»Ich wünschte, Richard wäre hier«, meinte Peggy. »Der Junge sagt, er kommt erst in einer Woche wieder.« Sie nickte Colin zu. »Ich frage mich, ob man irgendwie Kontakt zu ihm aufnehmen kann.«

Tammy hatte genug gehört. Falls irgendjemand von Richards Überlegungen profitieren würde, dann sie, über Colin. Munter rauschte sie ins Zimmer. Leslie nahm Peggys Tasse und die Teekanne und ging in Richtung Küche davon.

»Komm, wir gehen«, sagte Tammy zu Colin.

Sie waren schon fast aus der Tür, als Peggy hinter ihrem Bügelbrett hervorsprang, Tammys Arm packte, ihn ihr umdrehte und zog. Das tat weh. Der Lippenstift klebte über Tammys heftig pochendem Herzen an ihrer Haut.

»Hör mir gut zu«, sagte Peggy. Tammy war ihr noch nie so nahe gewesen, und es gefiel ihr nicht. Ihr stinkender Atem machte die Wirkung ihres Parfüms zunichte. Ihr Make-up war verkrustet und blätterte ab, sodass die tiefen Ringe unter ihren Augen durchschienen. Peggy sah Tammy in die Augen, und Tammy musterte Peggys Mund. »Um Gottes willen, Mädchen, glaub nicht, dass du mit Dingen umgehen kannst, die zu hoch für dich sind. Das hier ist kein Spiel. Es ist gefährlich.«

»Klar«, sagte Tammy. Peggys Griff lockerte sich, und Tammy machte ihren Arm los. »Regen Sie sich ab.«

Peggys Blick glitt an Tammy vorbei in den Garten, in dem Suzi herumstrich. »Und halt deine räudige Katze von hier fern. Sie ist eine Bedrohung für die Vögel.«

Tammy wünschte, sie hätte statt des Rings einen Ohrring versteckt, nur einen. Es würde Peggy noch mehr zur Weißglut treiben, nur einen zu haben, aber nicht den anderen.

»Was haben die beiden sonst noch gesagt, während ich nicht im Zimmer war?«, wollte Tammy von Colin wissen, während sie über die Insel stapfte.

»Keine Ahnung. Ich hab nicht hingehört.«

»Erbärmlich!« Tammy schnaubte entnervt. »Erzähl mir von Sheree. Warum war sie an dem Tag, an dem ich mit Mum da war, in eurem Haus?«

»Weiß nicht. Weil sie Mums Freundin ist. Na ja, war. Und dann war sie es auf einmal nicht. Jetzt vielleicht doch. Keine Ahnung.«

»Davon habe ich nichts! Was hast du Peggy über deinen Dad erzählt?«, verlangte Tammy zu wissen. Colin schien angesichts ihrer Wut zusammenzuschrumpfen.

»Nichts.« Colin sah aus, als wäre er den Tränen nahe. »Ich habe gar nichts von meinem Dad gesagt.« Er musste sich anstrengen, um mit ihr mitzuhalten. »Tammy, müssen wir das wirklich machen? Ich glaube, ich bin kein guter Spion.«

»Das kannst du laut sagen«, meinte Tammy, überholte ihn und wünschte, sie wäre stattdessen mit Debbie zusammen, der einzigen Person, die ihr nicht das Gefühl gab, dass alles hoffnungslos war.

# 28

Drei Wochen vor dem Mord

---

*Donnerstag, 19. Dezember 1978*
*2 Uhr 28*

Lieber Antonio,
 ich kann nicht schlafen. Wie bringst du das fertig? Jeder Teil von mir ist wach und aufgedreht, und mein Hirn rast mit Überschallgeschwindigkeit im Zickzack in alle Richtungen. Also dachte ich, ich schreibe ein paar Gedanken auf, während du schläfst. WIE kannst du bloß schlafen?
 Ich finde es einfacher, mich auf Papier auszudrücken. Das war immer schon so. Aber besonders seit Edgar (dem Ex/Lehrer/dem Elend) und all dem Mist habe ich mir noch eine Schutzschicht wachsen lassen, wenn ich mit anderen zusammen bin, und das kann die Leute abschrecken, was größtenteils gut ist, weil die meisten Menschen mies sind, aber es kann auch ab und zu eine Gelegenheit kommen, da will man jemanden EIN BISSCHEN an sich heranlassen.
 Ich kann nicht glauben, dass du in meinem Bett schläfst; und das ungefähr 52 (aber wer zählt schon? Ha!) Stunden, nachdem wir uns begegnet sind und diese magische Nacht an dem Aussichtspunkt verbracht haben. Du siehst jetzt so jung und unschuldig aus. Ich kann nicht glauben, dass ich je auf einen Mann wie Edgar reingefallen bin. Deine Wimpern sind umwerfend. Ich würde für sie STERBEN.
 Ich habe nicht entschieden, ob ich dir das geben werde.

Findest du es nicht witzig, dass wir zum ersten Mal an einem ganz normalen Montagabend miteinander geschlafen haben? Keine Fummelei, nachdem man Drogen genommen hat. Kein Alk. Findest du nicht, dass Montag der am wenigsten sexy Tag der Woche ist? Das lässt uns so verdammt gesund und normal klingen, als wären wir schon ein tattriges altes Ehepaar. Es war aber toll. Fandest du es toll? Gib keine Antwort darauf – dass lässt mich so bedürftig klingen, und das bin ich nicht. Macht es dir etwas aus, dass ich den ersten Schritt getan habe? Ich habe genug davon, dass die Gesellschaft Frauen erzählt, sie sollen herumhängen und darauf warten, dass ein Kerl die Initiative ergreift.

Ich hätte nie gedacht, dass ich mal mit jemandem zusammenkommen würde, der schon über Edgar und das, was passiert ist, Bescheid weiß. Ich dachte immer, wenn ich jemanden kennenlerne, den ich mag (und ich sage noch nicht, dass du das bist, also bilde dir bloß nichts ein), würde ich einen Weg finden müssen, um es ihm zu erklären, oder damit leben, es ihm nicht zu sagen, nachdem wir zusammengekommen sind. Es ist nett, nicht diesen Druck zu haben, entscheiden zu müssen, ob oder wann ich es sage.

Wir könnten einfach ein wenig Spaß haben und sehen, wie es sich entwickelt. Die Sache kühl und beiläufig angehen. Wenn du das so willst, könnte ich damit leben. Ich schätze, ich werde bald genug rauskriegen, ob du der Typ bist, der mit einem ins Bett springt und sich dann davonmacht. Oder bist du der Typ, der sagt, was er will, und seine Gefühle zum Ausdruck bringt? Wenn du in dieser Hinsicht schüchtern bist, ist das eine Sache, und das wird FRUSTRIEREND, aber ich würde mich damit abfinden. Aber wenn du mir etwas verschweigst, unehrlich bist oder Spielchen treibst, dann kannst du das vergessen, denn dann bin ich verschwunden. Ich habe (WIE DU WEISST) auf die harte Art gelernt, dass mein Respekt für mich selbst an erster

Stelle steht und dass es mein Recht ist, Respekt von anderen zu verlangen. Ich erniedrige mich für niemanden; nicht mal für jemanden, dessen Augen und Oberlippe so sexy sind, wie ich das noch nie gesehen habe.

Bald muss ich dich wecken, damit wir dich hinausschmuggeln können, bevor Ursula und Lydia aufstehen. Ich kann nur sagen, Gott sei Dank, dass sie mir das Fernsehzimmer gegeben haben. Ideal ist das nicht, denn meine Güte, ich würde gern LÄRM machen, wenn ich mit dir zusammen bin (zwinker, zwinker). Das wird alles besser, wenn deine Familie abreist und wir in deinem Haus sein können. Keine Ahnung, warum du nicht mit ihnen nach Italien fährst – das kannst du mir später erzählen –, aber ich bin froh, dass du es nicht tust.

Ich hätte noch SO VIEL zu sagen, aber verdammt, die Taschenlampe verreckt gerade.

Debbie.

---

*Mittwoch, 20. Dezember 1978*
*5.14 Uhr*

Lieber Antonio,
 ich hatte den absolut BESTEN Tag mit dir. Ich kann nicht glauben, dass du noch nie bei Vinnie's warst. Ich bin die Königin der Second-Hand-Läden, und es wird dich umhauen, wie viel Spaß wir haben können. Meinst du, du würdest mir erlauben, dich zu schminken, oder bist du in der Hinsicht ein wenig komisch (VERKLEMMT)?

Ich werde nie vergessen, was deine Mum für ein Gesicht gemacht hat, als sie gesehen hat, wie du an der Häkeldecke gerochen und nachgesehen hast, ob sie Flöhe hat. Und wie sie die Nase über die Boney M.-Unterhosen gerümpft hat! Ich dachte, ich lache mich TOT! Ich muss immer noch grinsen. Ich persönlich finde ja, dass Pailletten dir stehen. Hat deine Mum sich inzwischen eingekriegt? Ich dachte, sie kriegt einen Herzkasper.

Nachdem ich jetzt wieder zu Hause bin, ist mir jedenfalls aufgegangen, dass ich gar nicht weiß, wann ich zuletzt so gelacht habe. Bestimmt LANGE vor Edgar und dem ganzen Mist, und ich weiß, dass ich mich für dein Verständnis bedankt habe, aber ich glaube nicht, dass dir so richtig klar ist, wie viel es mir bedeutet hat, jemandem mein Herz ausschütten zu können, der mich nicht verurteilt oder wie eine Dreckschlampe behandelt. Es ist, als hätte sich eine dunkle Wolke verzogen, und zum ersten Mal seit langer Zeit kann ich das Gute sehen. Mir war nicht mal klar, wie verdammt WÜTEND ich die ganze Zeit war, bis es vorbei war. Also danke (noch mal) dafür, dass du mich wieder zum Lachen gebracht hast (oh Gott, das klingt so abgedroschen). Damit hätte ich nie gerechnet. Ich hätte nicht mit DIR gerechnet. (Doppelpackung Kitsch).

Das ist jetzt aber wirklich genug sentimentales Zeugs, weil du sonst schneller weg bist, als man hinsehen kann. (Trotzdem danke, ernsthaft.)

Ich kann vollkommen verstehen, warum du deiner Mum das mit uns verheimlichen willst. Sie ist GRUU-SELIG. Ich bin so froh, dass sie alle über Weihnachten nach Italien verduften. Kann es nicht abwarten, das ganze Haus für uns zu haben. Sex in deinem Auto klang nach einer tollen Idee und, sehen wir der Sache ins Auge, es ist besser als nichts; aber ein verrenkter Hals und ein blauer Fleck am Hintern sind nicht gerade übermäßig romantisch, haha.

Okay, also, ich kann akzeptieren, dass du niemand bist, der etwas aufschreibt. Ist schon in Ordnung. Du hast andere Fähigkeiten (zwinker, zwinker). Außerdem schreibe ich genug für uns beide, haha. ABER – man weiß nie, vielleicht entdeckst du es ja für dich, wenn du es probierst (nur so ein Hinweis). Schau weiter in deinen Briefkasten, ja? Weil ich nämlich so ein Gefühl habe,

dass ich mich dir gegenüber weiter auf diese Art ausdrücken werde. Beim Schreiben fühle ich mich so frei wie sonst nie, und es wird dir helfen, mein WAHRES Ich besser zu verstehen. Wenn wir zusammen sind, habe ich immer noch das Gefühl, meine Schutzschicht bis zu einem gewissen Grad zu wahren, und ich weiß, dass du weißt, warum ich eine so harte Schale entwickeln musste, aber ich werde einige Zeit brauchen, um sie vollkommen abzulegen.
Debbie
Xxxxxxxxxxxxxxxxxxxxxxxxx$^{\text{(hoch unendlich)}}$

---

*Freitag, 22. Dezember 1978*
*23.44 Uhr*

Lieber Antonio,
korrigiere mich, wenn ich mich irre, aber ich fand, dass du heute merkwürdige Vibes ausgestrahlt hast, und ich hatte das Gefühl, dass du unter der Oberfläche vollkommen ausflippst, obwohl du versucht hast, es zu verstecken. Inzwischen solltest du wissen, dass ich auf die harte Tour gelernt habe, tief zu blicken, und solche Untertöne immer wahrnehme. Sinnlos, wenn du versuchst, mir irgendwas zu verheimlichen. Ich sage das nicht, um dich zu erschrecken. Das ist einfach eine Tatsache.
Du findest, dass ich zu heftig rangehe, stimmt's? Weil ich dir einen Teil meines wahren Ichs offenbare? Tja, die Sache ist die: Du solltest vielleicht darüber nachdenken, was es über dich aussagt, wenn dir die Wahrheit Angst macht. Und noch etwas: Es geht eigentlich gar nicht um dich. Vielleicht könntest du ja von deinem hohen Ross runterkommen und begreifen, dass es in Wirklichkeit um mich geht und ich mich dafür entscheide, etwas Bedeutsames mit dir zu teilen, und dass du dich entscheiden könntest, das respektvoll aufzunehmen.

Und überhaupt, wo steckst du? Ich habe in den letzten drei Stunden alle halbe Stunde an deine Tür geklopft und bin mir wie eine totale Idiotin vorgekommen. Ich dachte irgendwie, weil es Freitagabend ist und du das Haus jetzt für dich hast, könnten wir zusammen sein, aber keine Sorge, das ist nicht so wichtig.
Debbie

---

*Samstag, 23. Dezember 1978*
*10.32 Uhr*

Lieber Antonio,
ich bin gerade aus deinem Haus zurück, und warum muss ich bloß jedes Mal, wenn ich dich gesehen habe, gleich anfangen, darüber zu schreiben, sobald ich zu Hause bin?
Ja, NATÜRLICH glaube ich dir. Es ist nur so, dass ich so leicht zu verunsichern bin, und dann dreht sich mein Hirn im Kreis, bis ich nicht mehr weiß, was real ist und was nicht. Das ist nicht deine Schuld. Ich bin dafür verantwortlich, das im Griff zu haben. Wenn du sagst, dass nichts los ist und du nicht wegen meiner Briefe ausflippst, dann ist es eben so, und mehr gibt es dazu nicht zu sagen.
Debbie

P.S.: Allerdings kam es mir heute Morgen so vor, als wärest du immer noch irgendwie verpeilt. Du hast nie wirklich gesagt, wo du gestern Abend gewesen bist.

*Sonntag, 24. Dezember 1978*
*16.45 Uhr*

Lieber Antonio,
 keine Ahnung, warum es mich gerade so aus der Fassung gebracht hat, als ich dich an deinem Briefkasten gesehen habe. Ich bin es gewöhnt, meine Briefe ungesehen einzuwerfen wie ein Ninja auf einer geheimen Mission. Ich sehe übrigens auch immer in meinen Briefkasten, nur für alle Fälle (Anspielung).
 Jedenfalls komme ich mir wie eine schrecklich dumme Gans vor. Keine Ahnung, warum ich die Broschüren in Weihnachtspapier eingepackt habe, denn sie sind wirklich KEIN Geschenk. Feministische Schriften sind viel wichtiger und bedeutsamer als irgendein banales Geschenk. Jedenfalls, oh Gott, dein Gesichtsausdruck! Und erst jetzt, zu Hause, geht mir auf, dass du dachtest, ich hätte dir ein Geschenk besorgt (na ja, WIE BLÖD, es war ja auch so verpackt) und vielleicht ein komisches Gefühl hast, weil wir uns nicht beschenken, oder weil du mir nichts besorgt hast, was 100 Prozent IN ORDNUNG ist. Definitiv.
 Jedenfalls, denk mal an mich. Ich langweile mich zu Tode, mir ist heiß und ich schwitze, und mir schläft auf der harten Kirchenbank der Hintern ein, obwohl ich lieber mit dir heiß und schweißüberströmt wäre.
 Debbie

---

*Dienstag, 26. Dezember 1978*
*8.13 Uhr*

Lieber Antonio,
 wer hätte je gedacht, dass ich am BESTEN Weihnachtsabend meines Lebens mit dir in einer kalten Badewanne sitzen und mich betrinken würde??

Ich liebe es einfach, wie wir praktisch wie von selbst zusammengekommen sind, so wie eine Jahreszeit in die andere übergeht und dann zur nächsten wird, und man kann den exakten Moment, in dem sie sich abwechseln, gar nicht genau fassen. Das ist eine umständliche Art zu sagen, dass ich es klasse finde, dass wir nicht zu definieren brauchen, was wir sind, oder es aussprechen müssen, weil wir es einfach SEIN können. Wir können uns von der Natur und der WAHRHEIT dessen, was wir erschaffen, leiten lassen, während wir patriarchalische Muster über Sex und Beständigkeit vermeiden und nicht immer jedes verdammte Ding in verdammte reduzierende Kategorien zu stecken brauchen. Ich glaube, ich will damit ausdrücken, dass es eine SCHÖNHEIT, eine Art BEFREIUNG ist, nicht zu definieren, was wir sind, und das finde ich so erfrischend.

So lange war mein Ziel, meine Fantasie, meine Mission eine feministische Utopie ohne Männer. Ich habe immer gedacht, wenn ich die Wahl hätte, die Option, die MACHT, alle Männer abzuschaffen, würde ich es sofort tun. Doch jetzt glaube ich, dass du vielleicht die eine Ausnahme bist, die bleiben dürfte. Aber bilde dir bloß nichts darauf ein.

Außerdem, damit du es nur weißt, dank dir habe ich am ganzen Körper Knutschflecken, was zu einer peinlichen Unterhaltung mit Tante Ursula führen würde, wenn sie nicht so abgelenkt davon wäre, ihr wahres Ich zu verheimlichen. Sie bemerkt es gar nicht. Danke, dass du bereit bist, niemandem von Lydia und ihr zu erzählen. Es ist wirklich wichtig. Jedenfalls, halte dich bereit, das mit den Knutschflecken wieder anzugehen, haha.

Debbie

xxxxx usw.

---

*Mittwoch, 27. Dezember 1978*
*11.34 Uhr*

Lieber Antonio,
 wo steckst du? Dein Auto steht im Carport, aber du machst nicht auf. Gut, dass ich nicht der paranoide Typ bin, haha.
 Gott, es ist so heiß, ich STERBE.
 Jedenfalls habe ich gedacht, wenn das Manifest der 343 zu schwere Kost für dich ist, wie wäre es mit dem Redstockings Manifesto? Es ist außerdem sehr kurz, man könnte also sagen, dass es keine anstrengende Lektüre ist, und obwohl es inzwischen schon ein wenig älter ist (fast zehn Jahre!), ist es immer noch wegweisend und könnte als Sprungbrett für weitere Lektüre und Diskussionen über Frauen als unterdrückte Klasse dienen.
 So oder so, gib mir Bescheid.
 Debbie

P.S.: Ich vermute mal, du gehst zu dem Straßenfest heute Abend?

---

*Donnerstag, 28. Dezember 1978*
*1.25 Uhr*

Lieber Antonio,
 das war ja zum Totlachen! Das Straßenfest war das Leben in der Vorstadt IN TÜTEN!
 Nicht meine Szene, aber von einem anthropologischen Standpunkt aus interessant zu beobachten.
 Ich verstehe ja, warum du das mit uns nicht öffentlich machen willst. Ich respektiere das, und ich brauche niemandes Billigung. Sollen sie doch zum Teufel gehen. Alle zum Teufel. Das einzig Wichtige ist, was unter vier Augen passiert, und wir wissen beide, dass das stimmt. Aber glaub nicht, mir wäre nicht

aufgefallen, dass du mich wie ein Luchs beobachtet hast, als ich mit Richard und seiner Frau geredet habe. Es war REIZEND, aber du brauchst nicht eifersüchtig zu sein. Konventionell gut aussehende Kerle wie er waren noch nie mein Typ. Sie erweisen sich immer auf eine lahme, langweilige Art als arrogant. Die Mühe nicht wert. Du bist viel eher mein Geschmack – gut, aber auch interessant aussehend.

Wann sehe ich dich das nächste Mal?

Debbie.

P.S.: Ich habe gerade deinen Bleistiftstummel in meinem Bett gefunden. Ich liebe ihn. Die Art, wie du ihn gespitzt hast, ist so elegant und hübsch. Ich liebe es, dass du eine künstlerische Seite hast. Hat du ihn absichtlich hier gelassen? Jedenfalls behalte ich ihn als Geisel, bis du wieder zurück in meinem Bett bist.

---

*Freitag, 29. Dezember 1978*
*21.48 Uhr*

Lieber Antonio,

wie wäre es, wenn wir an Silvester wieder zum Aussichtspunkt fahren? Du weißt schon, noch einmal dorthin gehen, wo das mit uns richtig angefangen hat? Oder möchtest du lieber eine privatere Feier (zwinker, zwinker)? Du entscheidest.

Weißt du, es ist ein komisches Gefühl, dass ich dich seit dem Straßenfest nicht mehr gesehen habe. Ich habe dir SO VIEL zu erzählen – sämtliche Kleinigkeiten eigentlich. Mir gefällt, wie du zuhörst. Ich mag es, wie du den Kopf senkst und auf unsere Hände hinuntersiehst, als könntest du dich dann besser konzentrieren, als würdest du mir ins Gesicht sehen, und ich mag es, wie ich mich dann sicher fühle und dir noch mehr anvertrauen will. Zum Beispiel heute. Das war eine solche Kleinigkeit, aber sie hat mir sehr viel bedeutet. Ich war im Zeitungsladen, und vor mir stand ein Typ in der Schlange. Und nachdem er bezahlt hatte, hat er sich umgedreht, und wir haben einander in die Augen gesehen. Es war kein komischer oder unheimlicher Augenkontakt, darum ging es gar nicht, sondern darum, wie er mich angeschaut hat. Ich hatte das Gefühl, real zu ein. Als ob ich existierte. So lange habe ich mich wie ein Schatten meiner selbst gefühlt, als würde ich nur mechanisch alles abarbeiten, was zum Leben gehört, aber wäre nicht präsent, würde nicht teilhaben. Jedenfalls frage ich mich, ob es von Dauer sein wird, dieses Gefühl, wieder ein ganzer Mensch zu sein.

Debbie

---

*Sonntag, 31. Dezember 1978*
*15.36 Uhr*

Wo steckst du?

Du fehlst mir. Fühlt sich irgendwie nett an, jemanden zu vermissen. Es macht mir nichts aus. Aber glaubst du, das bedeutet, dass meine Entschlossenheit, als unabhängige Frau auf eigenen Füßen zu stehen, Schwachsinn ist? Manchmal mache ich mir deswegen Sorgen, obwohl ich das niemandem außer dir eingestehen würde.

Jedenfalls, wo zur Hölle bist du?

---

*19.47 Uhr*

Du hast ganz schön Glück, dass ich das locker nehme. Stell dir vor, ich wäre anhänglich und abhängig und nicht mit meiner eigenen Gesellschaft und meinem Intellekt zufrieden. Stell dir vor, ich würde mich darauf verlassen, dass du richtig etwas in diese Beziehung/Freundschaft/oder was immer du das nennen oder NICHT nennen würdest, einbringst. Das wäre richtig mies für mich, aber es wäre schlimmer für dich, weil du dann nämlich RICHTIG IN DER KLEMME STECKEN würdest, haha.

---

*Montag, 1. Januar 1979*
*11.02 Uhr*

Ernsthaft, hast du eine andere?

---

*Freitag, 5. Januar 1979*
*15.53*

D.
    Heute Abend, bei mir?
    A.

# 29

Sechzehn Tage nach dem Mord
*Montag, 22. Januar 1979*

»Lauter«, sagte Guangyu, und Ursula trat fester aufs Gaspedal.

»Gut«, sagte Guangyu. »Jetzt leiser.«

Ursula ließ sowohl das Gaspedal als auch die Kupplung los und würgte das Auto wieder ab.

»Ich bin so eine dumme Nuss«, meinte Ursula. »Warum kann mein Hirn meinen Füßen nicht befehlen, unterschiedliche Dinge zu tun?«

»Macht nichts«, sagte Guangyu. »Noch mal, bitte.«

Sie saßen in Guangyus Auto auf einem Feldweg auf der anderen Seite der Hügel. Vierzehn Tage waren vergangen, seit Guangyu Ursula nach Hause gefahren hatte; es war ihre vierte Fahrstunde. Eine dumme Idee. Und auch noch illegal. Ursula hatte noch nicht einmal den provisorischen Führerschein für Anfänger. Auf der anderen Seite war es eine großartige Idee. Guangyu konnte sich nicht erinnern, wann sie zuletzt so viel Spaß gehabt hatte. Es machte ihr nichts aus, in der Nachmittagssonne in ihrem Auto zu sitzen, in dem es heiß wie in einer Sauna wurde. Das Reinwürgen der Gänge, das Aufjaulen des Motors und das Sich-Einstellen darauf, dass danach so gut wie nichts kam, das Ruckeln und Springen oder das Fahren mit getretener Kupplung bei den wenigen Gelegenheiten, bei denen sie sich tatsächlich in Bewegung setzten.

Gemischte Gefühle bereiteten ihr allerdings ihre mangelnden Fortschritte. Auf der einen Seite konnte Guangyu nicht gut mit dem Ausbleiben von Erfolg umgehen. Auf der anderen waren diese Nachmittage mit Ursula, von deren grauenhaften Fahrkünsten abgesehen, segensreich wutfrei verlaufen. In dieser kurzen Zeit war die Gereiztheit, die sie plagte, von ihr abgefallen wie ein Mantel, den sie abgeschüttelt und beiseitegelegt hatte. Sie hatte immer noch nicht entschieden, was sie deswegen unternehmen sollte – oder nicht –, dass sie Richard an dem Morgen, an dem Antonio verschwunden war, in den Hügeln gesehen hatte. Jetzt, Wochen später, fragte sie sich, ob sie sicher sein konnte, dass es Richard gewesen war, den sie in diesem ungewissen Morgenlicht gesehen hatte. Vollkommen sicher? Ja, sie wusste, was sie gesehen hatte. Doch an diesen wunderbaren Nachmittagen mit Ursula erlaubte sich Guangyu den Luxus, nicht darüber nachzudenken.

Guangyu liebte es, Ursula bei ihren ernsthaften Bemühungen zuzusehen. Guangyu wünschte sich, Jennifer würde sie so zuschauen lassen; dass sie nicht so verlegen, unsicher und geheimniskrämerisch bei allem wäre, was ihr wichtig war.

Ursula umklammerte das Steuer, als wollte sie es erdrosseln. Sie würgte den Motor erneut ab.

»Sollten wir es nicht lieber aufgeben, weil es nichts bringt?«, fragte Ursula.

»Niemals«, gab Guangyu zurück. »Ich weigere mich. Dann hätte ich ja als Lehrerin versagt.«

Ursula tätschelte mit feuchten Augen das Armaturenbrett. »Komm schon, meine Schöne«, sagte sie. »Lass mich nicht im Stich. Guangyus Ego verlässt sich auf uns.« Sie warf Guangyu ein Grinsen zu. »Hat sie einen Namen?«

»Wer?«

»Dein Auto.«

Was sollte dieser Unsinn?

»Wir müssen uns einen ausdenken«, erklärte Ursula und trommelte mit den Fingern sanft aufs Steuer.

Ihr Ziel waren ein hoher, allein stehender Eukalyptusbaum und sein Schatten, eine wohltuende Präsenz, die knapp außerhalb ihrer Reichweite lag. Ursula überprüfte ihre Spiegel.

Dieses Mal legte Guangyu die Hand auf Ursulas linkes Bein und drückte es hinunter. »Lauter«, sagte sie, und dann verringerte sie den Druck auf Ursulas Bein. »Leiser.«

»Genau die richtige Lautstärke.« Guangyu nahm die Hand weg, und Ursula ließ langsam die Kupplung kommen. »Jetzt.«

Sie rollten im Schneckentempo los und fuhren im ersten Gang bis zu dem Baum.

Guangyu jubelte und riss beide Hände hoch.

Ursula tat es ihr nach.

»Bremsen!«, schrie Guangyu.

Sie hoppelten und blieben dann stehen.

Ursula streichelte das Armaturenbrett und gab gurrende Laute von sich. »Gut gemacht«, sagte sie. »Du auch, Guangyu. Dein Ego ist unversehrt.«

»Freuen wir uns nicht zu früh.«

Aber Ursulas Lachen wirkte ansteckend, und Guangyu konnte diesem Gefühl von Sorglosigkeit nur nachgeben. Sie hängten beide die Ellbogen aus den offenen Fenstern. Wenn nur eine Brise wehen würde! Sie erstickten in der stehenden Luft.

»Hildy«, sagte Ursula.

»Was?«

»So nennen wir sie. Dein Auto. Nach Hildegard von Bingen.«

»Wem?«

»Hildegard von Bingen, der Äbtissin aus dem zwölften Jahrhundert. Hast du noch nie von ihr gehört? Sie war alles, was eine Frau damals nicht sein sollte.« Ursula nahm ihre Sonnenbrille ab. Guangyu gefiel es, Ursulas Augen blitzen zu sehen. »Eine Visionärin und Mystikerin. Und Medizinerin. Sie hat Musik komponiert und Bücher, Theaterstücke und Gedichte verfasst. Sie hat über alles geschrieben: Religion und Kunst, Wissenschaft und Politik und Philosophie und, mal sehen, was noch? Medizin und Kräuter. Sie hat sich keinen Pfifferling darum geschert, was andere davon hielten. Das ist das Ding. Sie hat einfach getan, was sie wollte; ist hingegangen, wo ihre Fähigkeiten sie hingeführt haben.« Ursula errötete. »Sie ist so etwas wie meine Heldin.«

Guangyu hätte am liebsten noch mehr Fragen nach dieser Äbtissin gestellt, deren Geschichte zu unglaublich klang, um wahr zu sein. Sie hätte auch gern mehr darüber erfahren, was Ursula tun würde, wenn sie dorthin gehen würde, wo ihre Anlagen sie hinführten.

Doch Ursula legte fröhlich beide Hände auf das Armaturenbrett. »Ich taufe dich auf den Namen Hildecar von Holden. Kurz Hildy«, erklärte sie und schlug ein Kreuz.

»Du bist übergeschnappt«, meinte Guangyu.

»Weißt du …«, begann Ursula, unterbrach sich dann aber. Sie wirkte ernüchtert. So war das bei Ursula. Ihre Stimmung konnte kippen, als hätte jemand einen Schalter umgelegt. »Du wirst mich für töricht halten, und es ist peinlich, es auszusprechen. Ich wollte auch gar nichts sagen für den Fall, dass du mich missverstehst, aber ich habe andererseits das Gefühl, es sagen zu wollen …«

Guangyu wartete. Inzwischen hatte sie sich daran gewöhnt, dass Ursula immer lange Vorreden machte, wenn sie etwas sagen wollte, das ihr wichtig war.

»Ich sage ständig im Kopf deinen Namen. Wieder und wieder. Im Gehen spreche ich bei jedem Schritt eine Silbe. Ich mache es, ohne es richtig zu merken.« Während sie sprach, warf sie Guangyu verstohlene Blicke zu. Doch jetzt sah sie Guangyu fest an; falls sie den Drang hatte, wegzusehen, gab sie ihm nicht nach. Es machte sie verletzlicher, und ihre Gefühle und ihr Zögern bei der Wahl ihrer Worte wurden sichtbarer. Merkwürdig, wie eine so einfache Handlung eine Freundschaft festigen konnte. »Es ist wie eine Schwärmerei – ach, du meine Güte, jetzt willst du sicher eine Meile weit wegrennen –, aber eine freundschaftliche Schwärmerei. Gibt es so etwas? Wenn ich deinen Namen sage, frohlockt mein Herz, und ich danke Gott für dich. Jeden Tag bin ich dankbar für dich.«

Sie sah konzentriert auf ihre Hände, die auf dem Steuer lagen, und auf ihrem Gesicht lag ein versonnenes Lächeln. Das Schweigen zog sich in die Länge, doch Guangyu spürte nicht den Drang, es zu füllen. Sie kannte Ursula gut genug, um zu wissen, dass da noch mehr kam. Und so passierte es auch. »Ich frage mich, ob es verkehrt ist, offen über eine Freundschaft zu diskutieren. Oder sollte sie einfach für sich existieren, ohne dass man sie kommentiert?«

Guangyu war kein großer Fan davon, Freundschaften zu schließen, und sie fand Ursula merkwürdig, manchmal sogar sehr eigenartig, aber sie hatte nie das Gefühl, erraten zu müssen, was Ursula dachte. War das ein unerwarteter Vorteil einer interkulturellen Freundschaft? Wenn man die kulturellen Regeln der anderen Person nicht kannte, konnte man dann in ihrem Verlauf seine eigenen Regeln aufstellen?

»Früher dachte ich, es wäre nicht so wichtig, keine Freunde zu haben«, fuhr Ursula fort. »Außerdem dachte ich, wenn jemand mein Geheimnis kennt, würde das dieser Person Macht über mich geben; die Macht, mir wehzutun. Ich habe nicht begriffen, dass es eine andere Art von Geheimnis geben könnte, eine mit der Macht, Nähe zu erzeugen.«

»Geht mir genauso«, sagte Guangyu. Eines Tages in näherer Zukunft würde sie Ursula erklären, dass es für sie einen Unterschied machte, wenn man sie wertschätzte, in Ehren hielt. »Es ist nett, eine Freundin zu haben.«

»Ich fürchte, ich habe dich in Verlegenheit gestürzt«, meinte Ursula. »Du wirkst aufgebracht. Tut mir leid.«

»Hast du nicht. Ich bin in den Wechseljahren. Es ist grauenhaft. Ich hasse es. Ich hasse alles daran.«

»Herrje«, sagte Ursula. »Da habe ich ja noch was vor mir.« Sie nahm ihren Tennis-Visor ab und fächelte Guangyu damit Luft zu.

»Hör auf zu wedeln«, sagte Guangyu. »Es ist zu heiß.«

Ursula hörte auf. Sie hielt den Visor im Schoß fest und nestelte an dem Gummizug. »Jedenfalls, ich wollte sagen, dass ich deinen Namen mag. So ein hübscher Name.«

»Ist er nicht.«

»Was?«

»Mein Name. Er ist nicht hübsch. In China ist es Tradition, Mädchen blumige, weiche, feminine Namen zu geben. Meine Mutter hat mit der Tradition gebrochen und mir einen männlich klingenden Namen gegeben.«

Guangyu sah zu, wie ein Skink aus einem Erdloch in der Nähe eines Baumstamms auftauchte. Das Tier saß auf dem Boden und streckte die kurzen Beine aus. Er ließ seine blaue Zunge vorschnellen und witterte nach Beute.

»In China wird auch erwartet, dass eine Ehefrau ihrem Mann einen Sohn schenkt. Es ist ihre Pflicht. Ich habe mir eine Geschichte darüber ausgedacht, dass meine Mutter das Gefühl hatte, versagt zu haben. Ich dachte, mit meinem Namen hätte meine Mutter kompensieren wollen, dass sie keinen Jungen bekommen hatte, oder sich an mir rächen, weil ich kein Junge war. Dabei ergab das gar keinen Sinn, da sie in jeder anderen Hinsicht eine liebevolle Mutter war. Dann erfuhr ich die Wahrheit.« Guangyu unterbrach sich, weil sie das Gefühl hatte, auch den Rest der Dinge aufzurühren, die sie lange in den finsteren Winkeln ihres Kopfes aufbewahrt hatte. »Aber von so etwas willst du nichts hören«, sagte sie.

»Oh, mach das jetzt nicht«, sagte Ursula. »Ich will davon hören. Ich will alles wissen.«

Guangyu entschied sich für eine Einleitung. »Ich habe eine spezielle Erinnerung aus der Zeit, als wir vor den Japanern geflohen sind. Wir alle, das ganze Dorf, mussten unser Zuhause verlassen. Da war ich acht.« Guangyu erinnerte sich vage an einen weiten grauen Himmel und allgemeine Empfindungen: das Jucken ungewaschener Kleidung, Erschöpfung, kalte Füße, Hunger, beißender Rauchgestank. Heute wusste sie, dass Dörfer, Ortschaften und ganze Großstädte niedergebrannt worden waren. Einige Jahre später (aber nicht lange genug danach) sollte Guangyu

Kriegsfilme und Dokumentationen ansehen, und ihr wurde klar, dass die Geräusche – das insektenhafte Sirren von Flugzeugen, das zu einem Grollen herabsank, und dann das Stürzen, der Aufprall und die Explosion von Bomben – nicht in ihrer Erinnerung festgehalten waren, sondern tief in ihren Knochen saßen. »Ich habe bei meiner Mutter gejammert und gejammert. Wahrscheinlich war ich hungrig und hatte es unbequem. Und ich war müde. Immer wieder habe ich gesagt, wie unfair das alles sei. Und meine Mutter – sie blieb stehen. Der Karren und die anderen Dorfbewohner schleppten sich weiter, und wir beide standen da.« Guangyu erinnerte sich an den Geschmack von Staub auf der Zunge. Staub, den ein vorbeifahrender Militärjeep aufwirbelte. Sie wusste noch, wie das Haar ihrer Mutter, das normalerweise makellos und fest zurückgekämmt war, sich aus ihrem Knoten gelöst hatte. Sie erinnerte sich, dass die Stimme ihrer Mutter, die für gewöhnlich so glatt war wie die Glasur auf Porzellan, rau klang. »Meine Mutter hielt ihr Gesicht dicht vor meines, und sie lächelte nicht. Deshalb wusste ich, dass es ihr todernst war. *Ich weiß, dass es nicht fair ist*, sagte sie. *Das war es nie und wird es nie sein.* Dann erklärte sie mir, sie hätte ihr Bestes getan, um mich darauf vorzubereiten, indem sie mir meinen Namen gab. Dass ich in meinem Namen etwas mit mir trage, das eigentlich Männern vorbehalten sei, und der Rest liege bei mir. Ich habe es nicht begriffen. Ich war zu jung, um zu verstehen, was sie meinte. Aber seitdem hatte ich ein besseres Gefühl, was meinen Namen angeht.«

»Das begreife ich nicht«, meinte Ursula. »Was hat sie dir zu geben versucht? Kraft? Mut?«

»Nein, ich glaube nicht. Meine Mutter war – ist – eine respekteinflößende Frau. Sie trägt die Last vieler Leben in einem einzigen in sich. Kraft und Mut besitzt sie im Überfluss. Ich glaube, was sie mir geben wollte, war ein Teil der Leichtigkeit eines Mannes. Diese Art, in der ein Mann vielleicht einfacher durchs Leben geht als eine Frau.«

»Die Leichtigkeit«, wiederholte Ursula. »Gefällt mir, wie das klingt. Ich wünschte, jemand würde mir etwas davon schenken.« Sie sah Guangyu offen an, wie es ihre Art war. »Hast du es je eingesetzt? Ihr Geschenk an dich?«

Die Frage verblüffte Guangyu, und ihre eigene Antwort ebenfalls. »Darüber habe ich nie nachgedacht. Ich habe nur darüber nachgedacht, dass sie es mir geschenkt hat. Nicht darüber, wie ich es gebrauchen könnte.«

»Jetzt gerade könnte ich ein wenig von der Kraft und dem Mut deiner Mutter vertragen«, sagte Ursula, »weil ich dir etwas gestehen muss.« Ihre Stimme klang so nervös, dass Guangyu sich Sorgen um ihre Freundin machte. »Und du wirst nicht glücklich darüber sein. Der Polizist hat mich so in Aufregung versetzt, dass ich den Kopf verloren habe. Ich fürchte, ich bin ins Fettnäpfchen getreten.«

Guangyu stand lange vor Naomis Haustür; sie zögerte und tat nichts. Ursulas Worte *Ich habe die Polizei über dich angelogen* gingen ihr im Kopf herum. Sie war Ursula nicht böse. Guangyu wusste, wenn man Menschen in seinem Leben hatte, konnte es chaotisch und unkontrollierbar werden. Ursula war es wert, obwohl Guangyu jetzt in der Klemme steckte; obwohl sie jetzt tun musste, was untypisch für sie war, nämlich handeln. Vielleicht war das ja genau das, was sie brauchte: etwas, um ihre Unentschlossenheit loszuwerden, sie in Zugzwang zu bringen. Wenn sie Ursulas Lüge darüber, wo sie gewesen war, als Antonio umgebracht wurde, abfangen wollte, musste sie mehr über Richard erfahren und herausbringen, was er an jenem Morgen in den Hügeln gemacht hatte. Dann würde sie entscheiden, ob sie genug hatte, um die Polizei zu informieren.

Neben der Haustür stand ein Kübel mit einer Pflanze, an der die verwelkten Blüten entfernt werden mussten. Dahinter, in dem kleinen dunklen Raum zwischen Topf und Backsteinmauer, steckten Briefe. Nicht nur Werbung, obwohl davon reichlich vorhanden war, sondern offiziell wirkende Umschläge. Es war, als hätte jemand auf dem Weg vom Briefkasten zur Haustür beschlossen, sie loszuwerden, und hätte bei Letzterem gezögert. Sollte Guangyu sie aufheben? Der Winkel war ein idealer Lebensraum für Rotrücken-Spinnen.

Guangyu ließ die Briefe, wo sie waren, und klopfte, gelassen wie ein Mann, an die Tür.

Naomi führte sie in die Küche, wo sie ihr nach einer Pause, während der Guangyu spürte, dass Naomi sich wünschte, sie würde weggehen, eine Tasse Tee anbot. Dann machte Naomi sich fürchterlicherweise daran, den Tee zu kochen.

Naomi trug ein sauberes Kleid, doch ihr Gesicht wirkte verhärmt. Sie bewegte sich ohne ihre gewohnte Eleganz und Leichtigkeit und achtete anders als früher nicht auf ihr Äußeres. Wiederholt legte sie kurz eine Hand auf den Bauch. Guangyu dachte zurück an ihre Schwangerschaft mit Jennifer; an das Entzücken, aber auch daran, was es kostete, einen neuen Körper in seinem eigenen wachsen zu lassen.

»Teebeutel drinnen oder draußen?«, fragte Naomi. Sie hatte schon Milch hineingekippt.

»Egal«, sagte Guangyu, denn an diesem Punkt war es das.

Ein fürchterlicher Gestank stieg aus einer Schüssel mit schimmeligen und zusammengefallenen Aprikosen auf, die in ihrem eigenen klebrigen Saft standen. Ameisen waren, berauscht vom Zucker, in ihrem Festmahl ertrunken. Naomi bemerkte Guangyus Blick, nahm alles weg und warf es mitsamt der hölzernen Schüssel und allem in den Mülleimer. *Wie außerordentlich!*, dachte Guangyu.

Naomi nahm eine Keksdose aus einem Schrank, öffnete sie und bot sie Guangyu an. »Sorry«, sagte sie dann, als sie sah, dass sie leer war. Sie stellte die Büchse weg und verschränkte die Arme.

Die beiden waren wie zwei Wölfe im Käfig, die einander wachsam und misstrauisch umkreisen und darauf warten, dass der andere den ersten Schritt tut.

Guangyu spürte eine überwältigende Erschöpfung. Sie war der

Spielchen überdrüssig, die Menschen trieben, der leeren Räume, die unausgesprochene Worte offen ließen. Sie spürte, wie sich die Hitze staute, wo ihr Rock in ihre Taille einschnitt. Sie hatte sich um Ursulas willen nett anziehen wollen, als würde das etwas ausmachen. Ihre Schuhe drückten an den Zehen.

»Neunzehn ist sehr jung zum Sterben«, sagte sie, da sie nicht wusste, wo sie anfangen sollte.

Naomi wandte Guangyu den Rücken zu und beschäftigte sich damit, ihre Hände an einem Geschirrtuch abzuwischen. Sie faltete es sorgfältig zusammen und hängte es über den Griff der Backofentür. Als sie sich wieder zu Guangyu umdrehte, war ihre Miene vollkommen gefasst.

»Was haben Sie denn gemacht, als Sie neunzehn waren?«, fragte Guangyu und versuchte sich an einer indirekten Herangehensweise.

»Herrje, das ist so lange her. Ich bin jetzt neunundzwanzig. Mit neunzehn war ich noch nicht lange verheiratet und musste noch lernen, eine Ehefrau zu sein. Vollkommen überfordert.« Sie stieß ein perlendes Lachen aus, das für Guangyu gezwungen klang, und wischte den Tropfen auf, den der Teelöffel auf der Arbeitsplatte hinterlassen hatte. »Aber dann ist ja alles gut geworden.«

Bei Naomi konnte man so schwer unterscheiden, dachte Guangyu, wann sie schlichtweg log und wann sie nur versuchte, einen gewissen Eindruck zu erzeugen oder sich gesellschaftlichen Gepflogenheiten zu beugen.

»Und was haben Sie gemacht? Mit neunzehn?« Naomi blies auf ihren Tee und trank einen Schluck. Sie standen sich immer noch auf den gegenüberliegenden Seiten der Frühstücksbar gegenüber. Naomi hatte Guangyu keinen Platz angeboten.

»Mit neunzehn?«, fragte Guangyu und ließ sich Zeit. Besser, sie dachte nicht allzu eingehend über die Worte nach. »Ich bin aus dem Krieg in China in das Elend in Hongkong geflüchtet. Habe versucht, aus dem Nichts heraus neu anzufangen.«

»Dann haben Sie gewonnen«, sagte Naomi mit säuerlicher Miene. Ihr Körper wirkte steif. Sie lockerte ihre Haltung und entschuldigte sich fast sofort. »Gott, wie abscheulich von mir. Tut mir leid. Normalerweise bin ich keine Zicke. Ich wäre nie so tapfer gewesen wie Sie. Oder mit dem fertig geworden, was Sie erlitten haben.«

»Konnte ich auch nicht, bis ich musste.«

Die Sonne stand jetzt tiefer am Himmel. Lange Rechtecke aus Licht fielen über den Boden und den Esstisch. Guangyus Blick folgte dem Licht in den Garten, wo sie Tammy und Colin entdeckte. Tammy spähte durch einen Spalt im Zaun zu Sherees Haus und hielt einen gezückten Stift über ein Buch.

»Was machen die beiden da?«, fragte sie Naomi.

Naomi folgte Guangyus Blick. »Oh. Ich frage mich, seit wann sie hier sind«, meinte sie. »Ich vermute, sie spielen irgendein Rollenspiel. Wäre es nicht nett, wieder ein Kind zu sein und zu tun, als wäre man jemand anders?« Ein seltener Moment, in dem Guangyu das Gefühl hatte, dass Naomi aus sich herausging.

Colin sah aus, als hielte er überhaupt nichts von dem Spiel, dachte Guangyu. Er saß mit dem Rücken zum Zaun da. Das Kleid, das er trug, bauschte sich um seine Knie, und er zog mit dem Finger Muster in die Erde. Guangyu fragte sich, ob die Kleider zu dem Spiel gehörten.

»Hören Sie, ich will ja nicht unhöflich sein, aber warum sind Sie hier?«, fragte Naomi.

»Ihr Mann, schlägt er Sie?« Das war ungeschickt und viel plumper, als Guangyu eigentlich wollte, doch sie musste sich irgendwie einen Eindruck von der Beziehung der beiden verschaffen. Ihr war aufgegangen, dass Naomi Angst vor Richard haben könnte. Das wäre eine Erklärung für ihre Verschlossenheit und Guangyus Gefühl, nicht zu wissen, was wahr war. Vielleicht war es nicht sicher für Naomi, die Wahrheit zu sagen. Möglich, dass Richard das mit Antonio und ihr herausgefunden hatte und ihr drohte.

»Du meine Güte«, meinte Naomi. »Sie reden aber nicht um den heißen Brei herum, was?« Sie lachte und wurde dann gleich wieder ernst. »Nein. Niemals.«

»Er hat andere Mittel und Wege.« Das war keine Frage.

Naomi trat unruhig von einem Bein aufs andere. »Das ist nicht …«, begann sie. »Ich finde wirklich nicht …«, versuchte sie es noch einmal. »Sehen Sie, ich habe weder Zeit noch Energie für so etwas. Vielleicht wissen Sie nicht, dass es mir in letzter Zeit nicht gut geht. Richard ist kein prügelnder Ehemann. Wie kommen Sie überhaupt darauf? Er ist ein Mann, der weiß, was richtig ist. Jeder wird Ihnen das sagen.« Sie strich sich das Haar aus dem Gesicht zurück. »Trinken Sie jetzt Ihren Tee?«

Guangyu gab keine Antwort.

»Sie beobachten alles ganz genau, oder?«, fragte Naomi. »Keine Ahnung, was Sie zu wissen glauben, aber bei Richard sind Sie auf dem falschen Dampfer.«

Guangyu sagte immer noch nichts, denn je länger Naomi redete, desto sicherer war sie, dass Richard etwas mit dem Mord an Antonio zu tun hatte. Bei dem Gedanken an Hermans Foto und Naomis Affäre war sie nicht einmal ganz überzeugt davon, dass Naomi nicht auch mit unter der Decke steckte. Ein Streit unter Liebenden, der aus dem Ruder gelaufen war? Zu viele Möglichkeiten. Doch wenn sie jetzt zur Polizei ginge, würde sie dann sich selbst oder Ursula – die Guangyu ein falsches Alibi verschafft hatte – in Schwierigkeiten bringen?

»Ich finde, Sie sollten jetzt gehen«, erklärte Naomi. »Es gibt nichts mehr zu sagen.«

Guangyu blieb, wo sie war, und trank widerstrebend einen Schluck Tee.

»Hören Sie, Richard ist ein Mann mit Prinzipien«, fuhr Naomi fort. »Er weiß, was er will und wofür er steht. Und er weiß, wovon er nichts hält. Vor allem wird er es sich nicht gefallen lassen, dass Sie Lügen über ihn verbreiten.«

»Und wenn er nicht bekommt, was er will?«, fragte Guangyu. »Wenn er etwas nicht duldet?«

Die Frage hing in der Luft, beide Frauen hingen ihren eigenen Gedanken nach. Guangyu versuchte, eine Hitzewallung durch Atmen zu bezähmen, und hasste den Gedanken, Naomi könnte glauben, das Gespräch hätte ihr zugesetzt. Sie beobachtete Colins schmächtige Gestalt. Er sah zu Boden, wobei sein gesenkter Kopf aus einem dünnen Hals entsprang. Solch ein kleiner Kopf, und so niedergedrückt. Sie hätte um diesen Jungen weinen mögen.

»Sie sind noch jung«, sagte Guangyu in einem weicheren Ton. »Neunundzwanzig ist gar nichts. Ihnen stehen noch viele Türen offen.«

»Wie alt sind Sie?«

Die Frage war berechtigt. Höflichkeiten hatten sie lange hinter sich. »Achtundvierzig«, erklärte sie. »Alt.«

»Aber nicht alt genug, um mich zu bemuttern.«

»Ich bin nicht hier, um Sie zu bemuttern«, sagte Guangyu. »Ich bin gekommen, um Sie zu warnen.«

»Warnen?«

Die Worte, die Guangyu auf der Zunge lagen, waren zum Greifen nahe: *Sie warnen, weil ich überlege, der Polizei von Ihrem Mann zu erzählen ... Weil ich ihn gesehen habe ... Weil ich ein Foto von Ihnen und Antonio gesehen habe ... Dass ich meine Worte sorgfältig wähle ...*

»Sie daran zu erinnern, dass Sie Optionen haben. Für sich selbst, Ihren Jungen und Ihr Baby.«

Sie sahen einander an. Keine wandte den Blick ab, bis es unangenehm wurde, und trotzdem schauten sie einander an, bis es mehr als unangenehm wurde und sich zu etwas anderem wandelte; etwas, das den Widerstand überwand. Etwas voll unausgesprochener Worte, die nur ihre Augen würdigten. Sie würden noch Zeit haben, sie laut zu sagen.

»Wenn ich das nächste Mal vorbeikomme«, erklärte Guangyu und lächelte, »zeige ich Ihnen, wie ich Tee mache. Ich bin eine gute Lehrerin.«

# 30

Vier Monate vor dem Mord
*September 1978*

Im September beherrschte »You're the One That I Want« von Olivia Newton-John und John Travolta die Hitlisten. Die Rolling Stones brachten »Beast of Burden« heraus, und Blondie veröffentlichte schon das zweite Album in diesem Jahr. Papst Johannes Paul I. starb nur 33 Tage nach seinem Amtsantritt. Die UdSSR und die USA führten Atomtests durch. Bei einem Erdbeben im Iran kamen 25 000 Menschen ums Leben. Indien erlebte eine Flutkatastrophe. Israel und Ägypten unterzeichneten in Camp David ein Friedensabkommen. Eisenbahner und Lehrer streikten. Und der Streit zwischen Aborigines und Regierung um den Uranbergbau schwelte weiter. All das ging an Naomi vorbei. In ihrem Kopf war nur Platz für Antonio.

Bei Richard war sie immer dankbar für seine Aufmerksamkeit gewesen, sein Begehren. Bei Antonio gab sie ihrem eigenen nach. Die Tiefe und das Ausmaß dessen, was sie empfand, was sie wollte, war erstaunlich. Antonio hatte sie befreit. Naomi wusste ganz genau, dass sie verloren war. Jetzt gab es kein Zurück mehr.

Richard würde bis Oktober fort sein, der Monat gehörte ihnen. Das Haus lief ausgezeichnet weiter, ohne dass irgendwelche Instandhaltungsarbeiten erledigt wurden. Sie stahlen sich die Stunden, in denen Colin in der Schule war, um sich aneinander zu erfreuen. Doch bald war das nicht mehr genug. Sie verließen sich darauf, dass Sheree abends und manchmal auch nachts auf Colin aufpasste. Als sie Fragen zu stellen begann, mussten sie sie einweihen. Naomi versicherte Antonio, dass Sheree niemandem etwas verraten würde. *Es kann sie sowieso niemand leiden*, erklärte sie. *Ich bin die einzige Freundin, die sie hat.* Antonio entfernte ein paar Bretter aus dem Zaun, sodass Colin sich zwischen den beiden Häusern bewegen konnte, ohne in Warrah Place neugierige Blicke auf sich zu ziehen. Naomi wusste, dass Colin eine Mutter brauchte; sie war nicht dumm. Doch Naomi hatte das Bedürfnis, mehr als eine Mutter zu sein, und manchmal auch, keine Mutter zu sein. Das war ja wohl nicht zu viel verlangt. Und Sheree machte es nichts aus.

Als Antonios Dad aus Rom zurückkehrte, fürchtete Naomi, Antonio mit ihm teilen zu müssen.

»Er beachtet mich bloß, wenn ich ihn ärgere«, erklärte Antonio. »Das Beste ist, wenn ich ihm aus dem Weg gehe.«

Schlussendlich machte es keinen großen Unterschied. Giorgio arbeitete bis spät am Abend und war selten zu Hause.

An einem düsteren, nassen Dienstag waren Naomi und Antonio in dessen Zimmer und hörten Opern von seinem Plattenspieler. Naomi begriff nicht, warum die Arien sie bewegten, doch Antonio verstand das nicht nur, sondern schien es sogar zu erwarten. Er hatte etwas Weltkluges an sich, eine Melancholie, die er durchscheinen ließ, wenn sie zu zweit allein waren, aber nie in der Öffentlichkeit.

»Was war das?«, fragte Naomi, als die letzten Noten verklangen.

»Puccini. ›O mio babbino caro‹«, erklärte Antonio, der jetzt wieder im Zimmer und bei Naomi war. Während die Musik lief, war sein Blick leer geworden. Er war anderswo gewesen, an einem Ort, der Naomi verschlossen blieb.

»Woher kennst du diese Musik?«

Antonio deutete ein Schulterzucken an. »Ich habe sie immer schon geliebt. Sie ist das Einzige, was mir das Gefühl gibt, dass jemand da draußen mich versteht.« Er lächelte betrübt. »Und dann ist die Musik zu Ende.«

Naomi wünschte sich, er würde so empfinden, wenn er mit

ihr zusammen war. Sie wollte nicht, dass die Musik ihm etwas schenkte, was sie ihm nicht geben konnte. *Man stelle sich vor, eifersüchtig auf ein Lied zu sein*, dachte sie.

Antonio drehte den Kopf, um die Nase an ihrem Hals zu reiben. »Aber jetzt habe ich ja dich«, sagte er, und ihr Herz erhob sich in schwindelnde Höhen.

Als es Zeit war, Colin von der Schule abzuholen, nahm Naomi ein grünes Büchlein aus Antonios Regal. »Was ist das?«

»Nur mein Pass«, erklärte er.

»Wieso liegt er denn draußen?« Sie konnte die Sorge nicht aus ihrer Stimme verbannen. Ging er fort? Ohne ihr Bescheid zu sagen?

»Nur so«, sagte er und nahm ihn ihr ab. »Meine Mum wollte bloß ein paar Angaben. Sie droht, mir ein Flugticket zu kaufen. Sie will, dass ich zu Weihnachten nach Rom komme.«

»Warum hast du mir das nicht erzählt?«

»Weil ich nicht fliegen werde.« Antonio warf den Pass hinter sich, streckte die Arme nach Naomi aus und zog sie wieder auf sein Bett. »Ich kann doch jetzt nicht fortgehen.«

Naomi klopfte die Stelle hinter Antonio ab, bis sie mit der Hand auf den Pass stieß. »Ich glaube, den nehme ich an mich, nur für alle Fälle«, erklärte sie.

»Meinetwegen.« Er lachte. »Nimm ihn. Ich brauche ihn nicht; außer, wir brennen zusammen durch.«

Naomi glaubte ihm das vollkommen. Trotzdem nahm sie den Pass mit, als sie an diesem Tag nach Hause ging.

Antonios Mum und seine Schwester kehrten eine Woche später nach Canberra zurück. Warum konnten sie sich nicht entscheiden? Naomi wünschte, sie wären weggeblieben. Das hieß, dass sie jetzt vorsichtiger sein musste, um nicht gesehen zu werden. Die Heimlichtuerei war anstrengend, und Naomi ärgerte sich darüber. Das war nicht fair. Immer wieder ging ihr ein Spruch durch den Kopf:

*So sollte das nicht sein.* Warum sollten sie etwas verstecken müssen, das sich so richtig anfühlte?

Eines Samstagmorgens schickte Naomi Colin zu Sheree und wartete auf Antonio. Jede Minute, in der er nicht hier war, war eine Vergeudung.

»Was hat dich aufgehalten?«, fragte sie, als er endlich auftauchte.

»Tammy hat mir aufgelauert.« Er verdrehte die Augen.

»Was wollte sie?«

»Nur plaudern.«

»Du solltest sie nicht ermuntern«, sagte Naomi, immer noch ärgerlich. »Du weißt doch, dass sie dich anhimmelt.«

Antonio zuckte zusammen. »Ich habe ihr erzählt, ich wäre vierundzwanzig, aber das scheint nicht geholfen zu haben.« Dann setzte er diese übertrieben unschuldige Miene auf, die überhaupt nicht unschuldig war und die Naomi so sehr liebte. »Was soll ich sonst noch machen? Nicht meine Schuld, wenn ich unwiderstehlich bin.«

»Aber dass du allen schöne Augen machst, ist deine Schuld«, gab Naomi lachend zurück. Ihre frostige Stimmung verflog schnell. »Du kannst mir nicht erzählen, dass dir das keinen Spaß macht.«

Antonio wurde nachdenklich. »Ganz ehrlich? Ein wenig. Aber größtenteils begreife ich es nicht. Und ich habe keine Ahnung, was die richtige Antwort darauf ist.« Er blies die Wangen auf und schien zu einer Entscheidung zu kommen. »Hör zu, ich erzähle dir das jetzt, obwohl dich das von mir abbringen wird ...«

»Unmöglich.«

Er lächelte. »Ich war ein schmächtiges Kind. Und klein. Meine Freunde haben sich früher entwickelt, und die Mädchen mochten sie am liebsten. Ich bin immer nur so mitgelaufen. Ich habe einen späten Wachstumsschub gekriegt, und dann sind wir nach Australien gegangen und ...«

»Und jetzt bist du ein schöner Mann, nach dem alle Mädchen verrückt sind.«

»Aber es gibt nur ein Mädchen, aus dem ich mir etwas mache.« Er zog sie an sich. »Erinnerst du dich, was für ein Idiot ich war, als wir uns kennengelernt haben? Habe versucht, charmant, kultiviert und geheimnisvoll zu wirken. Oh, das ist zu peinlich. Was für ein Kretin ich war!« Schüchtern sah er sie aus niedergeschlagenen Augen an. »Ich war so eingeschüchtert von dir und deiner Schönheit und meinen Gefühlen für dich. Ich war der Sache überhaupt nicht gewachsen. Ich habe immer noch Angst, dass ich alles verpatze.«

Naomi lachte. »Und ich dachte, du würdest mich hassen! Ich konnte mir keinen Reim darauf machen, was mit mir nicht stimmte … Beunruhigt dich sonst noch etwas?«, setzte sie nach einer Weile hinzu, denn er wirkte bedrückt und war nicht ganz er selbst.

»Nichts Wichtiges«, sagte er. »Ich will unsere gemeinsame Zeit nicht verderben.«

»Nein, raus mit der Sprache.« Wurde er ihrer überdrüssig? Was, wenn er eine Gleichaltrige kennenlernte; jemanden, mit dem er sich nicht zu verstecken brauchte? »Erzähl es mir.«

»Ich hatte bloß gerade einen Streit mit meinen Eltern.«

Erleichterung überwältigte Naomi. »Weswegen?«

»Die Uni. Mein mangelnder Ehrgeiz. Dass ich meine Zeit vergeude. Ich wollte dir nicht davon erzählen, weil du vielleicht ihrer Meinung bist. Oder du denkst vielleicht, dass ich zu jung für dich bin, weil ich Eltern habe, die mir im Nacken sitzen, und du nicht.«

Naomi nahm seine Hand. »War es schlimm?«

Antonio wandte das Gesicht ab. »Sie wollen, dass ich erwachsen werde und Entscheidungen treffe, aber wenn ich etwas beschließe, ist es ihnen nicht gut genug. Ganz gleich, was ich anfange, es wird nie gut genug sein.«

Naomi drehte sein Gesicht wieder zu ihr und wischte ihm eine Träne ab. »Du brauchst nicht verlegen zu sein. Nicht vor mir. Ich mag es, dass du so mit mir reden kannst. Außerdem, wenn du wirklich wissen willst, wie es ist, wenn ein Elternteil dir im Nacken sitzt, solltest du meine Mum kennenlernen.«

»So schlimm?«

»Sie ist ein verdammter Albtraum.«

Antonio lächelte. »Ich habe noch nie gehört, dass du fluchst.«

»Weil ich es nicht darf. Ich meine, normalerweise mache ich das nicht. Habe mir das nie angewöhnt.«

»Du darfst nicht?«

»Richard zieht es vor, wenn Frauen sich gepflegt ausdrücken.« Sie hatte ihre schweigende Übereinkunft gebrochen, nicht über Richard zu reden, und sie wollte sich sofort wieder davon distanzieren, doch dann kam ihr eine schockierende Erkenntnis. Sie prustete vor Lachen.

»Was?«, fragte Antonio. »Was ist so komisch?«

»Mir ist nur gerade etwas aufgegangen«, erklärte sie. »Ich wollte meiner Mum so unbedingt entfliehen, weil sie jedes bisschen meines Lebens kontrolliert und eingeschränkt hat, dass ich mich in eine Ehe mit einem Mann gestürzt habe, der ... Ich schätze, ich habe die strenge Seite an ihm übersehen, weil ich einfach so froh war, dass jemand für mich sorgen wollte.«

Antonio sah sie an, als versuchte er zu begreifen, was das alles bedeutete.

»Oh Gott, wir sind gleich, du und ich«, sagte Naomi. »Kein Wunder, dass ich ...« Etwas hielt sie davon ab, *dich liebe* zu sagen. »Glaubst du, es ist möglich, sein Leben zu ändern?«, fragte sie stattdessen.

»Klar.«

»Nicht nur sein Leben zu ändern, sondern zu verändern, was das Leben sein *könnte*.«

Antonio sah sie fragend an.

»Meine Mum hat immer gesagt ...« Naomi verzog das Gesicht zu der höhnischen Miene ihrer Mutter und ließ ihre Stimme kehlig und knurrend klingen.« ... dass *eine Frau die Karten ausspielen muss, die sie in der Hand hat.*« Sie sprach mit ihrer normalen Stimme weiter. »Glaubst du, man kann nicht nur unterschiedliche Entscheidungen treffen, sondern auch ändern, welche Optionen einem offenstehen?«

Antonio ließ sich Zeit und wog ihre Frage ernsthaft ab. »Ich finde, eine Frau wie du kann alles machen, was sie will«, erklärte er dann.

»Na ja, dass *das* nicht stimmt, weiß ich.« Naomi lachte, um ihre Enttäuschung zu überspielen. Richard und ihre Ehe waren die Karten, die sie in der Hand hielt, und sie sah keine Möglichkeit, etwas daran zu ändern.

»Unser Altersunterschied macht dir nichts aus?«, fragte Antonio. Zum ersten Mal fragte sie sich, ob er ihn störte.

»Ich nehme ihn gar nicht wahr. Ich ...« Schon wieder hätte Naomi beinahe *ich liebe dich* gesagt. Sollte sie? Was, wenn er es nicht zurücksagte?

»Wie sollte das möglich sein, wo du mir das Gefühl gibst, gleichzeitig zu fliegen und zu ertrinken?«, fragte Antonio. »*Oddio*, hilf mir.« Er legte die Hände um ihr Gesicht. »Ich liebe dich.«

»Ich liebe dich auch«, sagte sie. »Ich liebe dich. Ich liebe dich. Ich liebe dich«, wiederholte sie dann, als wäre ein Damm gebrochen.

Ende September bemerkte Naomi plötzlich, dass es Frühling geworden war. Die Sonne schien jetzt heller und schenkte eine neue Wärme, die immer wieder von einem Südwind davongeweht wurde. Die Goldakazien standen in voller Blüte. Gartenfächerschwanz-Eltern verteidigten lautstark ihre Nester, und männliche Kookaburras veranstalteten einen Höllenradau, um eine Partnerin anzulocken.

An einem warmen Tag murrte Antonio, weil er im Haus festsaß und sie nie gemeinsam irgendwo hingehen konnten. Also riskierten sie einen Spaziergang zur Milchbar in der Carnegie Street. Naomi wagte nicht zu fragen, ob seine schlechte Laune damit zu tun hatte, dass es fast Oktober war und damit Richards Rückkehr bevorstand.

Es begann halbherzig zu regnen, nicht stark genug, um sich mit einem Schirm abzugeben. Naomi wünschte, sie hätten einen mitgenommen, weil es romantisch war, sich einen Schirm zu teilen und sie die Szene gern den Erinnerungen hinzugefügt hätte, die sie sammelte, um darüber nachzudenken, wenn sie getrennt waren. Sie wollte so viele Erinnerungen anhäufen, dass sie sich sagen konnte: *Siehst du. Das ist real. Wir haben eine gemeinsame Geschichte.*

Antonio kaufte Zigaretten. Naomi lutschte an einem Chupa Chups, saß auf einem Fahrradständer wie ein Schulmädchen und ließ die Beine baumeln, um ihre nagende Sorge zu vertreiben: dieses Gefühl, dass ihnen die Zeit davonlief. Antonio hatte Probleme mit der Plastikhülle des Päckchens. Er stand über dem Mülleimer vor dem Laden und zerrte mit den Zähnen daran. Als er die Folie endlich losbekam, applaudierte Naomi, obwohl sie im letzten Moment fürchtete, er könnte das als sarkastisch verstehen. Als Antonio sich mit dem Rücken zum Wind wegdrehte, um eine Zigarette anzuzünden, bremste am Bordstein ein roter Monaro voll junger Burschen ab.

»Oi, Spaghettifresser«, rief einer vom Rücksitz aus. Den Ellbogen aus dem Fenster gehängt, starrte er Naomi, aufgestachelt vom Gekicher seiner Kumpane, anzüglich an. Naomi wusste, was jetzt kam. »Besorg es ihr, Kumpel. Wir hatten sie alle schon. Mach es ihr ordentlich.« Sie fuhren davon, und Gelächter und das Heulen des Motors folgten ihnen.

Antonio setzte eine finstere Miene auf, nicht gegen das davonfahrende Auto, sondern gegen Naomi gerichtet. »Du kennst diese Männer? Du bist mit jedem Einzelnen von ihnen zusammen gewesen?«

Naomi lachte nervös; sie konnte nicht anders. »Sei nicht dumm. Natürlich nicht. Nein. Das ist bloß ein Haufen Schwachköpfe am Steuer.« Warum konnte sie nicht aufhören zu lachen?

»Gefällt dir das etwa?«, fragte Antonio, und Naomi hatte einmal mehr das Gefühl, dass er sie musterte und verurteilte, genau wie an dem Tag, an dem sie sich begegnet waren. »Aufmerksamkeit von diesen ... Schwachköpfen? Das macht dich ... was? Glücklich? Gibt dir das Gefühl, begehrenswert zu sein? Gefällt es dir, wenn sie so etwas zu mir sagen?«

Naomis Gelächter erstarb sofort. »Nein. Gott, nein.« Sie trat zu ihm, hakte ihn unter, nahm seine Hand und schloss seine Finger um ihre. Sie begann, ihre Atemzüge zu zählen. »Bring mich nach Hause, Antonio. Gehen wir nach Hause, wo wir allein sind und alles andere unwichtig ist.«

Antonio ließ ihre Hand los und schüttelte ihren Arm ab. Mit einer Kopfbewegung wies er nach vorn.

Helen kam auf dem Weg auf sie zu. Was hatte sie gesehen?

Naomi schützte Überraschung vor. »Ach, du meine Güte, hallo. Dachte ich mir doch, dass du es bist. Wie schön, dich zu sehen. Wir haben gerade ein paar ... Sachen eingekauft. Für Antonio. Für seine Arbeit an unserem Haus.« War das übertrieben? Sie sollte sich bremsen. Was, wenn Helen ihre Einkäufe sehen wollte?

»Ist das nicht aufregend?«, sagte Helen ohne auch nur ein *Hallo*. »Du bist sicher ganz aus dem Häuschen.« Antonio ignorierte sie.

Naomi überlegte, was Helen meinte, doch ihr fiel nichts ein.

»*Richard*, du Dummerchen.« Sie schlug auf Naomis Arm. »Nur noch weniger als eine Woche. Ich wette, du zählst schon, wie oft du noch schlafen musst.«

»Natürlich. Ja! Kann es kaum erwarten.« Sie versuchte, Begeisterung in ihre Stimme zu legen, doch sie klang sogar für ihre eigenen Ohren ausdruckslos und künstlich. Es war zu riskant, sich zusammen nach draußen zu wagen. Es war nicht fair, aber sie würden vorsichtiger sein müssen.

»Entschuldigen Sie mich«, sagte Antonio. »Ich habe zu arbeiten.«

Später lehnte Antonio sich gegen das weiße Kopfende des Betts in Naomis Schlafzimmer. Er zündete sich mit einem Streichholz eine Zigarette an. »Hast du mein Zippo gesehen?«, fragte er gereizt und schüttelte das Streichholz, um es zu löschen. »Ich vermisse es schon die ganze Woche. Ich will es wiederhaben.«

In ein paar Tagen würde sich Richard über den Zigarettengeruch im Haus beklagen, und Naomi würde sagen, dass Sheree angefangen hatte zu rauchen und ständig vorbeikam und sich eine ansteckte. *Tja, dann bitte sie, das nicht zu tun*, würde Richard sagen. *Ja, okay, mache ich*, würde Naomi sagen, und Richard würde lachen. *Nein, machst du nicht, du bist hoffnungslos und kannst dich nicht durchsetzen*, würde er sagen und ihr vielleicht auf die Nase tippen.

Antonios Fuß lag neben ihrem Bein; im Licht des späten Nachmittags wirkte sein Muttermal eher wie ein Schatten. »Was soll jetzt aus uns werden?«, fragte sie ihn und hoffte, er hätte die magische Antwort, auf die sie nicht gekommen war. Sie zog die Decke über seinen Fuß.

»Findest du es hässlich?«, fragte er und streckte den Fuß unter der Decke hervor. »Ich hatte deswegen immer schon Komplexe.«

»Nicht hässlich, aber der Umriss – wie ein Stundenglas – erinnert mich immer daran, dass uns die Zeit davonläuft.«

Antonio legte seine Zigarette in den Aschenbecher, nahm Naomis Gesicht in beide Hände und drehte es so, dass ihre Wangen einander berührten. Er zog das Knie an, sodass sein Fuß näher kam. »Schau noch mal hin. Was siehst du jetzt?«

Naomi ließ sich Zeit und genoss es, sein Gesicht an ihrem zu spüren; seinen Geruch, seine Nähe.

»Die Ewigkeit.«

# 31

Sieben Monate vor dem Mord
*Sonntag, 20. Mai 1978*

Helen hatte sich ein Stück Zahn abgebrochen. Ihr eigener dummer Fehler. Sie hatte schwache Zähne und hätte wissen sollen, dass sie damit keine Mandelschale knacken sollte. Ständig suchte ihre Zunge nach der Stelle und strich darüber.
 Duncan kam in die Küche und musterte sie.
 »Du siehst aus wie ein Kamel«, meinte er.
 Sie warf ihm einen finsteren Blick zu.
 »Du weißt schon, so, wie sie mit ihrem Mund mahlen.«
 »Verzieh dich.«
 »Ein sexy, braves Kamel.« Er versuchte, die Nase an ihr zu reiben, doch Helen duckte sich unter seinem Arm hindurch und entzog sich seiner Umarmung.
 »Ich habe hier allerhand zu tun«, sagte sie.
 »Wenn es dich stört, hättest du zum Zahnarzt gehen sollen«, meinte er.
 »Hatte keine Zeit.«
 »Soll ich dir die Schultern massieren?«
 »Nein, danke.« Ehrlich gesagt, wollte sie einfach in Ruhe weitermachen.
 »Wie wär's mit einem Drink?«
 »Hab einen.« Mit einer Kopfbewegung wies sie auf ihren Sherry in einer Teetasse.
 Duncan zog die Augenbrauen hoch.
 »Für den Zahn.«
 »Dann nehme ich ein Bier.«

»Lieber nicht. Ich bin mir nicht sicher, ob du genug gekauft hast«, erklärte Helen. Es war Sonntag, und der Getränkeladen war geschlossen. »Was, wenn die Männer mit Bier anfangen und dann dabei bleiben?«

Sie gaben an diesem Abend eine Dinnerparty, und Duncan hatte den Auftrag gehabt, die Getränke zu besorgen. Etwas Anständiges in kleinen Flaschen, nicht die billige Plörre, die in Ballonflaschen verkauft wurde. Bier. Spirituosen. Alkoholfreies zum Mixen. Portwein für nach dem Essen. Helen hoffte, dass der Abend ein Erfolg werden würde. Es war eine Art verspäteter Willkommensparty für das neue Paar, das vor einem Monat gegenüber eingezogen war: Richard und Naomi. Sie hatten einen kleinen Jungen, nur das eine Kind. Helen kannte die Geschichte dahinter nicht und wusste nicht, warum sie nur eins hatten.

Vor vierzehn Tagen war Helen 39 geworden, und in ihrer Vorstellung waren ihr Geburtstag und die Dinnerparty miteinander verknüpft. Sie würde nie die Beachtung auf sich selbst lenken, indem sie das zum Ausdruck brachte, doch sie wollte, dass die Party sich wie eine Feier anfühlte. Sie wollte, dass sie ihr irgendein anderes Gefühl vermittelte, nur nicht dass ihre Dreißiger ihr durch die Finger rannen und sie immer noch kein zweites Baby hatte.

Helen hatte sich ein neues Kleid aus einem Liberty-Druckstoff genäht. Es war in der Taille gesmokt und hatte Puffärmel und ein Schößchen. Sie war seit Jahren hinter einem Liberty-Muster her gewesen. Das Kleid war ein Triumph, und sie liebte es.

Jetzt war es zu spät dazu, aber Helen wünschte, sie hätte daran gedacht, neue Vorhänge für das Wohnzimmer zu nähen. Der Chintzstoff war hübsch, aber es wäre nett, etwas Neues zu haben; vielleicht ein knalliges Apfelgrün, etwas, das frisch wirkte.

Duncan griff nach dem kleinen Berg Trauben, die Helen mühsam geschält hatte. Sie versetzte ihm einen Klaps auf die Hand.

»Die nicht. Wenn es sein muss, nimm eine von denen.« Sie wies mit einer Kopfbewegung auf die ungeschälten Trauben.

»Du schälst sie?«, fragte er. »Wofür sind die?«
»Garnierung.«
»Raffitückisch.«
Helen hatte keine Zeit, ständig Kommentare abzugeben. »Könntest du nachsehen, ob die Stühle ordentlich an den Tisch angeschoben sind?«
»Hells-bells!«, sagte er.
Sie löffelte Sahne in einen Spritzbeutel.
»Hells-bells«, sagte er noch einmal und wartete, bis sie den Beutel weglegte.
»Was?«
»Wenn du mich heute Nacht brauchst, sag Bescheid. Ich weiß, dass es diese Zeit ist und du daran denkst.«
»Schon zu spät.«
»Wann?«
»Heute Morgen.«
»Ach, Hells.« Inzwischen konnten sie darüber reden, dass ihre Periode begonnen hatte, ohne das Wort auszusprechen. »Tut mir leid. Wir probieren es nächsten Monat wieder, ja?«
Natürlich würden sie es noch einmal versuchen. Das war keine Frage. Sie würden es weiter probieren, bis sie noch ein Baby bekam.
Duncan sah aus, als wollte er sie noch einmal umarmen, doch er hatte den richtigen Moment verpasst. Helen hatte die große Schüssel mit Schokoladen-Mousse aus dem Kühlschrank genommen. Sie trug sie zur Arbeitsplatte, schenkte sich noch einen Sherry ein und begann, die Mousse mit der Sahne zu dekorieren.

Maureen und Cecil trafen als Erste ein. Peggy und Leslie waren ihnen dicht auf den Fersen und sorgten für einen Stau an der Haustür. Peggy trug ein eng anliegendes Kleid aus einem lila Stoff mit Paisley-Druck. Es war umwerfend. Ihr Haar war zu einer komplexen Frisur toupiert, und sie war mit Accessoires behängt. Ihr Schmuck wirkte auf ihrer zarten Gestalt riesig.

Cecil klopfte Helen zur Begrüßung auf die Schulter. Doch bei Peggy duckte er sich unter dem Baldachin hindurch, den ihr Haar bildete, und küsste sie verdächtig nahe an ihrem Mund auf die Wange. »Nettes Parfüm, Pegs.« Er schnüffelte an ihr. »Stark.« Er klopfte seine Taschen ab. »Maur, flitz noch mal schnell nach Hause, ja, und hol mir meine Kippen, damit ich nicht den ganzen Abend bei Peggy schnorren muss.«

Maureen zog die Wolljacke, die sie gerade ausgezogen hatte, wieder an und ging rückwärts aus der Tür.

Richard und Naomi kamen zu spät – nicht viel, aber trotzdem, und sie entschuldigten sich nicht, als sie auftauchten, kurz nachdem Maureen zurückgekehrt war. Ihre Wangen waren rosig, und sie strahlten etwas aus, bei dem sich Helen sicher war, dass sie gerade Sex gehabt hatten; keinen routinemäßigen Gewohnheitssex, um ein Baby zu machen, sondern heißen, spontanen Sex von der Art, gegen die man sich nicht wehren kann und die man haben muss, weil man sonst explodiert. Sie stellte sich vor, wie Naomi sich nachher hastig anzog und ihren Lidstrich in einem Schwung zog. Dann einen Hauch Lippenstift und schnell mit der Bürste durchs Haar gefahren, weil ihr schwingender Bob nicht mehr brauchte, und wie sie immer noch kicherte, während Richard sie betatschte und vorschlug, sie hätten noch Zeit für eine zweite Runde, wenn sie sich beeilten. Sein Haar war noch feucht vom Duschen.

Naomi trug ein Nackenträger-Top und Capri-Hosen. Capris waren zwar nicht mehr die neueste Mode, doch an Naomi saßen sie perfekt. Aber dieses Oberteil – herrje, dieses Top! Es war aus marmoriertem Organza in Grün- und Goldschattierungen und glitt über Naomis Haut wie Sonnenlicht über Wasser. In ihrem Nacken war es mit einer großen Schleife gebunden, deren Enden über ihren Rücken herabhingen.

Es war so göttlich, dass Helen in Tränen hätte ausbrechen können. Ihr eigenes Kleid begann unter den Armen zu scheuern, wo sie den gesmokten Stoff zu straff gezogen hatte und er Falten warf. Der Reißverschluss rieb ihr eine Stelle am Rücken wund, und Helen griff ständig hinter sich, um daran herumzunesteln.

Helen fühlte sich hin- und hergerissen: Sie spürte gleichzeitig den Wunsch, Naomis Schönheit zu huldigen, und den, sie zu verunstalten. Wäre Naomi ein Gemälde gewesen, hätte Helen nicht gewusst, ob sie es rahmen lassen oder mit einer Schere darauf losgehen sollte. Die Beschämung war doppelt: zuerst der Umstand, dass sie, Helen, zu kurz kam, immer zu kurz kam, wie Naomi bewies; und dann die Tatsache, dass ihr das so viel ausmachte.

»Drinks!«, verkündete Duncan und unterbrach Helens Musterung von Naomis Schulter noch gerade rechtzeitig, bevor es eigenartig wurde und alle es bemerkt hätten.

»Das ist doch mal ein Wort«, sagte Cecil.

Helen sorgte dafür, dass ihre Miene sich aufhellte und ihre Stimme munter klang. »Wer möchte auch einen Brandy and Dry?«, fragte sie in einem fröhlichen Singsang-Ton.

»Brandy ohne Dry für mich«, sagte Peggy.

»Braves Mädchen«, meinte Cecil. »Man sollte den Alkohol ernstnehmen.«

»Niemand ein Bier?«, fragte Duncan.

Der erste Gang verlief reibungslos. Schinken Royale. Das Gespräch floss dahin, Gelächter stieg auf, und Duncan schenkte regelmäßig Moselwein nach.

Maureen half Helen, die Teller abzuräumen, und spülte sie rasch ab, damit Helen den Hauptgang auftragen konnte: Hähnchen mit Aprikosen. Ofenkartoffeln mit saurer Sahne und Schnittlauch. Heißer Makkaroni-Salat mit Brokkoli und Sojasoße für einen exotischen Touch. Helen war zufrieden. Sie hatte im Voraus handgeschriebene Kopien der Rezepte angefertigt für den Fall, dass jemand darum bitten würde.

»Es läuft so wunderbar«, meinte Maureen. »Du machst das großartig.«

Es lief wirklich gut. Helen kam sich vor wie eine richtige, vollendete Erwachsene. Sie vermutete, dass den meisten Frauen so etwas leichtfiel, weil sie es wie per Osmose von ihren Müttern übernahmen. Sie war stolz auf sich, weil sie das zustande gebracht hatte.

»Richard hat mir alles über das Leben bei der Navy erzählt«, sagte Helen. »Gott, er ist so was von attraktiv.«

Maureen kicherte wie ein junges Mädchen. »Ich wüsste gar nicht, was ich zu ihm sagen sollte. Duncan an meinem Ende des Tischs war schrecklich nett. Wahrscheinlich hast du mich dort hingesetzt, damit er sich um mich kümmert.«

Das hatte Helen nicht; sie hatte nur nicht gewusst, wo sie Maureen platzieren sollte.

Aus dem Esszimmer drang schallendes Gelächter.

»Komm«, sagte Helen. »Für Peggy und Naomi.« Sie wies auf zwei Teller. »Ich nehme die für die Jungs.«

»Erzähl uns von dieser Diät aus Israel«, sagte Peggy, sobald Helen wieder auf ihrem Platz saß.

Duncan wirkte verlegen und war sichtlich nicht sicher, ob er das hätte erwähnen sollen.

Helen hätte das vielleicht tatsächlich gestört, wäre sie nicht ausgelassen gut gelaunt und schon halb betrunken gewesen.

»Es ist die israelische Armee-Diät. Vielleicht hast du davon gehört«, sagte sie zu Richard, »als Militär und so.« Er schüttelte den Kopf. »Jedenfalls geht sie acht Tage lang, viermal zwei Tage, und an jedem der beiden Tage isst man nur ein Nahrungsmittel. Äpfel. Dann Käse. Dann Hühnerfleisch. Dann Salat. Ich habe sie letzten Monat gemacht.«

»Wie soll man das alles jeden Tag essen?«, erkundigte sich Peggy, die ihr Essen auf dem Teller herumschob, aber bis jetzt noch nichts in den Mund gesteckt hatte.

»Nein«, erklärte Helen. »Man isst zwei Tage nur Äpfel, dann zwei Tage nur Käse ...«

»Wie viel Käse?«, fragte Peggy.

»Keine Ahnung«, sagte Helen, die beim Arzt im Wartezimmer in einer Zeitschrift von der Diät gelesen hatte und jetzt die Lücken füllen musste, an die sie sich nicht mehr erinnerte. »So viel man will, glaube ich.« Helen hatte an diesen zwei Tagen genug Käse gegessen, um ein Schiff zum Kentern zu bringen.

»Da bräuchte man eine Menge Alk, um das durchzuhalten, was, Hells?«, meinte Cecil. »Apropos ...« Er tippte an sein leeres Weinglas, und Duncan trat in Aktion. »Hast du auch einen Roten, Dunc? Trink mit, Helen – ein kräftiger Rotwein lässt einem Haare auf der Brust wachsen.«

»Bei der Diät ist kein Alkohol erlaubt«, sagte Helen. »Nur schwarzer Tee oder Kaffee. Ich nehme, was gerade offen ist, Duncan.«

»Gott, wie traurig«, meinte Naomi. »Ich meine, großartig, wenn es bei dir funktioniert, Helen, aber ich könnte das niemals durchhalten. Ich habe nicht die geringste Willenskraft.«

*Tja, wir können nicht alle in Caprihosen gut aussehen, ohne es auch nur zu versuchen*, dachte Helen. »Man muss sich einfach darauf konzentrieren«, sagte sie laut, »nichts weiter.« Helen hatte die Diät vier Tage durchgehalten. Zu einem neuen Versuch hatte sie sich noch nicht aufgerafft.

»Ich finde das bewundernswert«, sagte Maureen. »Du hast eine so enorme Selbstdisziplin. All diese Diäten. Keine Ahnung, wie du das schaffst.«

Duncan fing Helens Blick auf und nickte ihr aufmunternd zu, während er seine Runde um den Tisch machte und Wein nachschenkte. Helen machte es nichts aus, nicht wirklich, dass niemand ihren Geburtstag erwähnt hatte.

Leslie war still und aß. Seine großen Hände wirkten tapsig, wenn sie Besteck hielten statt einen Spaten oder Rechen. Er verputzte sein Essen, tauschte dann verstohlen den Teller mit Peggy und schlug wieder zu. Als er bemerkte, dass Helen ihn beobachtete, wurde er rot.

»Ein wunderbares Mahl, Helen«, sagte er.

»Das Futter ist top«, meinte Cecil, unterbrach die Nahrungsaufnahme und hob, an sie gerichtet, das Glas. Die anderen taten es ihm nach.

Helen spürte ein warmes, zufriedenes Gefühl in sich aufsteigen. Dann musterte sie die Teller. Abgesehen von Leslies erstem Teller, der vor Peggy stand, war sie die Einzige, die komplett aufgegessen hatte. Ihr Essen hinunterzuschlingen war eine Gewohnheit, über die sie nicht nachdachte; sie hatte es in ihrer Jugend mit zwei älteren Brüdern gelernt, die immer auf ihren Teller lauerten.

Nachdem sie ihren Teller geleert hatte, wusste Helen nichts mit ihren Händen anzufangen, außer ihren Wein zu trinken. Beim Dessert wandte sich das Gespräch Sheree aus Nummer eins zu.

»Hat gerade wieder geworfen«, sagte Cecil, »und schon wieder drückt sich ein neuer Kerl bei ihr herum. Schätze, du musst Dunc an der kurzen Leine halten, sonst schnappt sie sich ihn als Nächsten«, meinte er zu Helen. Sein Lachen klang eher wie ein schrilles Kreischen; er wurde vom Alkohol laut.

Helen fiel auf, dass Cecil Naomi nicht den gleichen Rat gab.

»Duncan weiß es besser, als sich zum Narren zu machen«, sagte Helen.

Cecil stand schwankend auf, hielt sein Weinglas hoch und verkündete, es sei eine wunderbare Zeit, um am Leben zu sein.

»Setz dich hin, du Riesenbaby«, sagte Peggy, doch sie lachte wie alle anderen.

»Was ich nicht begreife …«, sagte Helen – lauter, als sie beabsichtigt hatte. »… ist, dass sie einen Mann bloß von der Seite anzusehen braucht, und sie ist schwanger. Das ist ja wohl nicht fair, oder?« Sie betrachtete die Schmierspuren der Schokoladenmousse in ihrer Schüssel. Sie bereute, davon gegessen zu haben; ihr wurde langsam übel. Sie rieb sich mit den Knöcheln über die Brust.

Wenn Helen betrunken war, wurde sie rührselig und sentimental, das wusste sie selbst. Sie sollte jetzt den Mund halten.

»Ist das denn zu viel verlangt?«, fragte sie. »Weil ich das nämlich nicht finde. Noch ein Baby zu haben.«

»Komm schon, Schätzchen, Kopf hoch«, sagte Cecil. »Du bist ein Dutzend von ihrer Sorte wert. Manche Leute haben keine Kinder verdient.« Er hatte recht. Er hatte so verdammt recht. »Aber eins hast du doch. Das ist mehr als nichts. Mehr als manche Leute, was, Spatz?« Er sah Maureen an. »Nein, hat bei uns nicht geklappt. Haben uns schon vor Jahren damit abgefunden. Irgendwas stimmt da unten nicht.« Mit einer Kopfbewegung wies er auf Maureens Schoß. Maureen zog ein Gesicht wie eine Teekanne mit einem Sprung. »Muss so sein. Mit meinen Schwimmern ist alles in Ordnung. Wahrscheinlich auch egal. Maur hat alle Hände voll damit zu tun, sich um mich zu kümmern. Das reicht. Du gehörst nicht zu den Leuten, die das Leben leicht nehmen, was, Maur?«

»Es ist einfach nicht fair«, wiederholte Helen. Sie sollten nicht über Maureen reden. Jetzt war Helen an der Reihe.

»Warum kommst du nicht mit in unsere Kirche?«, fragte Maureen; es war nicht das erste Mal, dass sie diesen Vorschlag machte. »Vielleicht findest du dort Trost. Mir geht das jedenfalls so.«

»Ich will keinen Trost«, gab Helen zurück. »Ich will ein verdammtes Baby.«

Ihr war egal, dass alle sie anstarrten. Sie wollte einfach, dass jemand das in Ordnung brachte.

»Eine zivilisierte Gesellschaft zeichnet sich durch ihren christlichen Glauben aus, weißt du«, meinte Cecil. »Das unterscheidet uns von allen anderen.«

»Was für ein Haufen Mist«, sagte Peggy. »Ich bin vollkommen zivilisiert, ohne dass ich so tue, als glaubte ich an Zauberei.«

»Ich hatte überlegt, es mal mit Buddhismus zu versuchen«, meinte Naomi.

»Wirklich?«, fragte Helen unwillkürlich, obwohl das Gespräch schon wieder vom Thema abkam.

Buddhismus hatte Helen noch nicht ausprobiert. Vielleicht könnte das zur Grundlage einer Freundschaft zwischen Naomi und ihr werden. Vielleicht könnten sie anfangen, beieinander hereinzuschauen, auf eine Tasse Tee und ein Plauderstündchen, oder einfach so. Vielleicht würden sie ja beide gleichzeitig schwanger. Vielleicht ...

»Das meint sie nicht ernst«, sagte Richard.

Naomi presste die Lippen zusammen.

»Kann sie nicht selbst sagen, was sie meint?«, fragte Peggy.

Richard beugte sich vor und musterte Peggy einen Moment lang, doch dann lehnte er sich wieder entspannt auf seinem Stuhl zurück. »Natürlich«, sagte er. Er legte die Hand um Naomis Nacken. »Aber wir sind Christen. Wir gehen zur Kirche.«

»Ach ja?«, sagte Helen. Das hatte sie nicht gewusst. Vielleicht würde sie es doch mit der Kirche probieren.

»Was ist mit euch beiden?«, sagte Cecil zu Peggy und Leslie. »Keine Kids? Genug unter der Motorhaube hast du ja, Pegs, lassen wir den Motor mal aufheulen. Beruhigt euch, alles nur Spaß. Nix für ungut, Les.«

Richard begann die Dessertschälchen zusammenzuräumen. »Ich gehe dir zur Hand, Helen.«

Wie lange saßen alle schon mit den abgegessenen Schälchen vor sich da? Helen sprang auf, um den Rest einzusammeln.

Die Küche war ein einziges Chaos. Helen wollte nicht, dass Richard das sah, spürte aber gleichzeitig einen Kitzel, weil er dort war, als hätte er eine Schwelle in einen privaten Raum überschritten. Jede Oberfläche war zugestellt. Das Spülbecken war voll. Richard schien weder zu wissen, wohin er die Schälchen stellen sollte, noch wohin mit sich selbst. Helen nahm ihm die Schüsseln ab. Sie überlegte, sie auf den Boden zu setzen, stellte sie dann aber in den Kühlschrank.

Richard verschränkte die Arme. »Helen, dein Schmerz tut mir sehr leid. Es ist nicht dasselbe wie bei einer Frau, aber ich kenne auf meine eigene Art auch die Enttäuschung, die darauf folgt, wenn man sich Hoffnungen auf ein Baby gemacht hat.«

Das verschlug Helen die Sprache. Es berührte etwas Tieferes, als sie im Esszimmer an die Oberfläche gelassen hatte. Sie hatte ihren Ärger gezeigt, aber nicht ihren Schmerz. Nur Richard hatte ihren Schmerz wahrgenommen. Sie schluchzte los, bevor sie sich Einhalt gebieten konnte, und als sie einmal angefangen hatte, konnte sie einfach nicht wieder aufhören. Er versuchte nicht, sie davon abzuhalten, und das berührte sie tiefer als irgendetwas seit langer Zeit.

»Oh Gott«, sagte sie und schlug die Hände vors Gesicht. »So kann ich nicht wieder dort hinein.«

»Gehen wir kurz nach draußen. Die frische Luft wird dir guttun.«

Ein kühler Hauch lag in der Luft. Sie standen mit dem Rücken zum Haus auf der hinteren Terrasse. Die Nacht war klar, die Sterne waren zu sehen. Richard steckte die Hände in die Taschen.

Helen betupfte sich die Stellen unter den Augen mit den Fingern. Sie wollte nicht aufgequollen aussehen.

»Oh Mann«, sagte sie. »Ich glaube, ich habe was im Auge. Autsch, das sticht.«

»Halt still.« Richard umfasste ihre Schultern. »Bei diesem Licht kann ich nicht richtig sehen. Blinzle weiter.«

Sein Gesicht schwebte direkt vor ihrem. Jetzt oder nie, und Helen konnte den Gedanken nicht ertragen, dass es nie sein würde. Sie beugte sich vor und drückte ihre Lippen auf Richards Mund. Ihr Auge brannte immer noch, aber momentan war ihr das so egal, dass sie ebenso gut blind werden könnte.

Wie lange dauerte es, bis Richard reagierte? Später würde Helen sich immer wieder fragen, ob er wirklich gezögert hatte.

Als er zurücktrat, verlor Helen, die sich immer noch auf ihn zubeugte, das Gleichgewicht und stolperte. Richard hielt sie fest, damit sie nicht stürzte, und zusammen taumelten sie gegen den

Vogelbeerbaum, dessen Äste über die Terrasse hingen und sich bis in den Garten der Laus erstreckten, bis sie wieder sicheren Boden unter den Füßen hatten.

»Schieben wir das auf den Alkohol und die Emotionen«, sagte Richard und ließ sie los. Er war so freundlich. So sanft. »Ich habe nicht vergessen, dass du eine verheiratete Frau bist. Und ich bin ein verheirateter Mann.« Er war so prinzipienfest. »Fertig?« Er nickte in Richtung Tür. Er hatte die Hände wieder in die Taschen gesteckt. »Komm, es ist kalt. Du solltest wieder reingehen.«

Als sie an den Tisch zurückkehrten, war ein Gespräch über Spitznamen im Gang.

»Es ist so niedlich, dass er dich Spatz nennt«, sagte Naomi gerade zu Maureen.

»Ach ja?«, gab Maureen zurück. »Es ist eine Abkürzung für Spatzenhirn.«

Naomi prustete vor Lachen. Sie war betrunken, die dumme Kuh. »Was glaubt ihr, haben alle Ehepaare Spitznamen füreinander?« Helen sah, wie Naomi und Richard einen vertraulichen Blick wechselten. »Was ist deiner, Duncan? Wie wär's mit Funky Dunc? Das passt. Ich nenne dich ab jetzt Funky Dunc.« Flirtete sie etwa mit ihm?

»Gekauft«, sagte Duncan. »Aber mir fällt für mein Leben nichts ein, das sich auf Naomi reimt, sorry.«

»Niemand hat gesagt, dass es sich reimen muss«, gab Helen gereizt zurück.

Cecil hob sein Weinglas, um noch einen Trinkspruch auf Gottweiß-was auszubringen; Helen beachtete ihn nicht mehr. Sie ertrug den Gedanken nicht, dass Richard und Naomi kitschige Spitznamen füreinander hatten. Sie fühlte sich definitiv angetrunken und wünschte, alle würden nach Hause gehen.

Cecil stand wieder auf – wollte er etwa *noch* einen Toast ausbringen? –, wedelte dramatisch mit dem Arm und drosch Maureen dabei auf den Mund.

»Ups, hatte dich gar nicht gesehen«, sagte er.

Helen lachte. Sie wollte nicht; es war eine unwillkürliche Reaktion auf die Absurdität des Ganzen, Maureens Gesichtsausdruck, als ihr Kopf zurückfuhr.

»Herrgott«, sagte Peggy.

Maureen lächelte zittrig. Sie hatte Blut auf den Zähnen. »Nichts passiert«, erklärte sie.

»Ich gehe Eis holen«, sagte Duncan.

»Nicht nötig«, sagte Maureen. Sie schob ihren Stuhl zurück. »Vielleicht sollte ich gehen. Nicht nötig, dass alle anderen aufbrechen.«

Cecil schaute auf seine Uhr. »Ganz recht. Zeit, nach Hause zu gehen. Verabschiede dich, Maur.«

Alle beschlossen zu gehen, als wäre Cecil ein Anführer oder Schaffner.

Jemand knipste die Deckenlampe an, damit Peggy ihre Streichhölzer finden konnte. Der Tisch sah aus wie ein Schlachtfeld.

Richard und Naomi gingen zuletzt, weil Naomi plötzlich zur Toilette musste und anscheinend nicht warten konnte, bis sie in ihrem Haus auf der anderen Straßenseite war.

Helen sah ihnen von der offenen Haustür aus nach. Sie bekam jetzt schon rasende Kopfschmerzen, sowohl vom Weinen als auch vom Alkohol.

Peggys Zigarette glühte bei jedem Zug rot auf. Leslie und sie standen an ihrem Hauseingang, als Richard und Naomi die Einfahrt hinuntergingen. Richard hatte den Arm so um Naomi geschlungen, dass ihre Schulter unter Richards Arm lag. Er küsste sie auf den Scheitel, und seine Stimme drang durch die stille Luft zu ihnen.

»Herrgott, sag mir, dass wir das nie mehr machen müssen. Diese Leute. Ich kann sie nicht ausstehen.«

Diese Leute? Er musste die anderen meinen. Bestimmt nicht Helen, nicht nach der Verbindung, die vorhin zwischen ihnen entstanden war. Tja, Helen konnte diese Leute auch nicht leiden. Trotzdem hätte sie gern Richards Liste *dieser Leute* gesehen, nach dem Grad ihrer Abscheulichkeit geordnet. Und sie hätte gern gewusst, wo sie auf dieser Liste stand.

Duncan kam herbei und blieb hinter Helen stehen. Er legte das Kinn auf ihre Schulter. Es fühlte sich schwer und unangenehm an. Er schlang einen Arm um ihre Taille.

»Ich habe vollkommen vergessen, den Portwein anzubieten«, sagte er. »Tut mir leid. Macht es dir was aus?«

»Warum hast du niemandem gesagt, dass ich Geburtstag habe?«, fragte Helen.

»Weil heute nicht dein Geburtstag war«, sagte er verdattert.

»Aber ich hatte Geburtstag!«

»Jesus, Hells, warum hast du es nicht gesagt, wenn sie das wissen sollen?«

»Weil es nicht richtig wäre, es selbst zu sagen.«

Wahrscheinlich durch den Alkohol oder weil sie abgelenkt gewesen war, hatte Helen ihren abgebrochenen Zahn ganz vergessen. Jetzt machte er sich wieder bemerkbar, zusammen mit der aufgescheuerten Innenseite ihrer Wange. Wie konnte etwas so Winziges so viel Schaden anrichten?

Sie entzog sich Duncans ungeschickter Umarmung und fuhr mit den Fingern wieder und wieder über ihre gesmokte Taille, um sich zu beruhigen.

## (Ameisen)

*Holzameisen haben einen komischen Namen, weil sie nichts mit Holz bauen, sondern nur Holz zerstören. Sie bauen ihre Nester in Holz und fressen sich an der Maserung entlang, um Gänge und Galerien zu erzeugen. Wenn die Struktur eines Hauses von Holzameisen befallen ist, erfährt man das wahrscheinlich erst, wenn es zu spät und der Schaden schon geschehen ist.*

# 32

Siebzehn Tage nach dem Mord
*Dienstag, 23. Januar 1979*

Tammy war draußen auf der Terrasse und riss trübsinnig Beeren von dem Vogelbeer-Baum ab. Naomi war heute Morgen aufgetaucht. Sie war anscheinend aufgestanden, hatte sich angezogen und war wieder ins Leben zurückgekehrt, um Colin auf einen Ausflug zur Bank mitzunehmen. So hatte sie es ausgedrückt, als wäre es etwas Besonderes. *Colin kann heute nicht mit dir spielen. Wir machen einen Ausflug zur Bank.* Das war schließlich nicht die Royal Canberra Show! Und Tammy und Colin hatten wichtige Dinge zu tun.

Aber das wahre Problem war, dass Tammy den kleinen Schwachkopf vermisste. Es war so unfair, ihr Colin zuerst aufs Auge zu drücken, zu warten, bis sie sich an ihn gewöhnt hatte und bei sich haben wollte, und ihn ihr dann wegzunehmen. Für jeden, der Augen im Kopf hatte, war offensichtlich, dass Colin nicht gehen wollte, aber auch bei ihm kümmerte es niemanden, was er wollte.

Über den Zaun drang Gelächter heran, daher warf Tammy einen Blick in den Garten der Laus. Sie hörte Mrs. Laus Stimme aus dem Haus, und ihr gingen zwei Dinge gleichzeitig auf: erstens, dass das Gespräch einseitig war. Mrs. Lau musste am Telefon sein. Zweitens hörte sie sich anders als sonst an. Normalerweise klang ihre Stimme schroff; sie ging sparsam mit Worten um, war förmlich. Doch jetzt klang ihre Stimme weich, mit Höhen und Tiefen und freigebig, und man hörte, dass sie lächelte.

Sie redete mit einem Freund oder einer Freundin, jemandem, den sie mochte.

»Dann morgen, um die übliche Zeit ... Mir gehen langsam die Ausreden aus ... Letztes Mal habe ich Herman erzählt, ich gehe in die Bibliothek ... [Lachen] ... Natürlich will ich ... Ich glaube auch ... Ich könnte dir niemals böse sein ... Ja, in Ordnung ... und kein Wort zu Lydia, falls du das schaffst, es ist nicht legal, bis ... ja ... [Lachen] ... Also dann bye ... bye, Ursula.«

Tammy fuhr vom Zaun zurück. Sie hatte es doch *gewusst*! Ursula war in etwas Zwielichtiges verwickelt (*nicht legal!*), und jetzt wusste sie, dass Mrs. Lau mit ihr unter einer Decke steckte. Das war genauso belastend wie der Diebstahl von Antonios Bleistift und die Lüge, um ihn zu verschleiern. Ursula hatte sogar Geheimnisse vor Lydia – weil Lydia ihre Schwester war, oder weil Lydia Polizistin war?

Tammy war schon halb die Einfahrt hinuntergelaufen, als sie stehen blieb. Sie brauchte einen Plan. Sie kehrte um und ging in ihr Zimmer, um ihre Notizen zu konsultieren und auf- und abzugehen, bis Ursula zur Arbeit fahren musste.

»Deine Haare!«, sagte Tammy, als Debbie die Tür öffnete.

»Jepp«, sagte Debbie, drehte sich um und ging vor zu ihrem Zimmer.

Debbies zuvor langes Haar war zu einem kurzen Pagenkopf geschnitten. Die Haarspitzen hatten jetzt eine andere Richtung und waren nach innen und unter das Deckhaar gedreht, nicht in einer Welle nach außen. Doch Tammy störte nicht so sehr der Haarschnitt an sich, sondern eher, dass Debbie vorher nicht mit ihr darüber geredet hatte. Tammy hätte Debbie auf jeden Fall in eine so wichtige Entscheidung einbezogen. Und Tammy war, mit oder ohne Colin, schon so oft bei Debbie gewesen, wie sie es rechtfertigen konnte.

»Bist du allein?«, wollte Tammy von Debbie wissen, die ihr den Rücken zudrehte.

»Keine Ahnung. Kann schon sein. Wahrscheinlich.« Debbie

hatte grauenhafte Laune. »Ich habe auf nichts Lust, außer schlapp abzuhängen. Du kannst bleiben, wenn du willst. Oder gehen. Mir egal.«

Jedes Mal, wenn Tammy versuchte, das Gespräch auf Ursula zu bringen, lenkte Debbie davon ab. Es sah aus, als würde Tammy heute nicht mal einen Anfang finden. »Was ist bloß mit dir *los*?«, sagte sie zu Debbie, die schon davonging.

Debbie gab keine Antwort. Sie lief die Treppe zum Fernsehzimmer hinunter und verschwand.

Eigentlich, dachte Tammy, war das eine Gelegenheit, die sie bisher noch nicht gehabt hatte. Sie durchquerte die Küche und ging einen Flur entlang, in den sie noch nie einen Fuß gesetzt hatte.

Eine Zimmertür stand offen. Heureka! Die Kleider, die auf dem Bett lagen, gehörten definitiv Ursula. Rock und Bluse. Ein BH mit der Außenseite nach oben und vorgeformten Cups, die Tammy ansehen, aber nicht anfassen mochte. Strümpfe, die wie schlaffe Haut aussahen.

Zwei Nachttische. Beide schienen in Gebrauch zu sein. Merkwürdig. Beide hatten eine Lampe. Auf einem stand ein Glas Wasser, auf dem anderen eine Tasse. Auf dem Nachttisch, der Tammy am nächsten war, lag ein Buch mit dem Titel *Die Dornenvögel*. Auf dem Umschlag war ein abgestorbener Baum zu sehen, und es wirkte langweilig.

Letztes Jahr hatte Tammy eine Folge von *Columbo* gesehen, in der jemand Hinweise zwischen den Seiten eines Buchs hinterlassen hatte. Sie legte ihr Tagebuch aufs Bett und griff nach den *Dornenvögeln*. Sie blätterte es durch und schüttelte es aus. Nichts. Es machte nichts, weil auf dem anderen Nachttisch ein ganzer Stapel Bücher lag. Sie trat um das Bett herum, um sie zu erreichen. Obenauf lag ein Buch, das *Der Lendenschurz* hieß. Auf dem Cover waren zwei verschwommene Gestalten zu sehen, was komisch war. Tammy wollte schon die Seiten durchstöbern, wurde aber von dem

Rest des Durcheinanders auf dem Nachtkästchen abgelenkt. Ein Brillenetui, Handcreme, ein Taschentuch, eine Uhr, eine Flasche Oil of Olaz. Ein Tellerchen mit Kleinkram, darunter – erstaunlicherweise – Ursulas Kreuz, das auf seinem zusammengerollten Kettchen lag.

Tammy legte das Buch weg, griff nach dem Kreuz und ließ die Kette durch ihre Finger gleiten. Ihr fiel wieder ein, wie sehr sie sich bei dem Bibelabend gewünscht hatte, es zu stehlen, und geglaubt hatte, sie würde nie eine Chance bekommen.

Im Bad begann hinter der geschlossenen Tür eine Dusche zu rauschen. Natürlich! Jetzt war klar, warum die Kleidungsstücke auf dem Bett lagen. Warum hatte sie sich nicht vergewissert, dass Ursula und Lydia nicht zu Hause waren? Ein großer Fehler! Tammy machte vorsichtig einen Schritt, um sich schleunigst zu verdrücken, als sie hörte, wie die Haustür aufgeschlossen wurde und Schlüssel auf eine Oberfläche klapperten. Sie saß in der Falle. Kein Ausweg, kein Versteck in Sicht. Schritte kamen näher.

Tammy ging auf alle viere und kroch in eine Ecke neben einen mit Kleidungsstücken beladenen Stuhl, wo sie Teppichstaub einatmete. Auf ihrer anderen Seite hing die Gardine schlaff herab wie ein träges Gespenst. Das Kreuz grub sich in ihre Handfläche. In der Ecke war es dunkel, und der Stuhl verbarg Tammy fast vollständig. Nur ihr Kopf schaute hervor. Wenn sie regungslos genug blieb, kam sie vielleicht unentdeckt davon. Sie holte tief Luft.

Lydia trat im selben Moment ein, in dem Ursula aus dem Bad kam. Bis auf ihre beschlagene Brille war Ursula vollkommen nackt.

Lydia lachte, als wäre es das Normalste auf der Welt, ihre Schwester splitterfasernackt zu sehen.

Ursula lächelte und wirkte vollkommen unbefangen. »Erwischt«, meinte sie trocken. »Wie du siehst, habe ich wieder vergessen, meine Brille auszuziehen.«

»Du würdest deinen Kopf vergessen, wenn er nicht angewachsen wäre«, meinte Lydia.

Ursula warf ihre Brille auf den Kleiderstapel auf dem Bett und drehte sich wieder in Richtung Bad um. Doch Lydia hielt ihre Hand fest, zog Ursula zu sich und schloss die Tür zum Flur mit einem Tritt. Es wirkte wie ein Tanzschritt.

Lydia stand hinter Ursula, und beide wandten die Gesichter Tammys Ecke zu. Tammy starrte Ursula mit offenem Mund an, und dann sah sie Lydia an, die vollkommen darin aufging, Ursula zu betrachten. Lydia schlang einen Arm um Ursulas Taille und legte die Hand sanft um Ursulas Brust. Ihre andere lag auf Ursulas Hüfte, wo ihre Finger sich weich in Ursulas Haut drückten. Sie presste die Lippen auf Ursulas Hals und ließ sie dort. Das Ganze strahlte eine unfassbare Zärtlichkeit aus.

Ursula legte den Kopf zurück, neigte ihre Wange auf Lydia zu und schloss die Augen. Ihre genüssliche, friedliche Miene passte überhaupt nicht zu allem, was Tammy über Ursula zu wissen glaubte.

Nach und nach wurde Tammy sich bewusst, dass Lydia erstarrt war, und sie erschrak. Sie riss den Blick von Ursula los und sah, dass Lydia stirnrunzelnd Tammys Tagebuch musterte, das auf dem Bett lag. Tammy wurde schwindlig; sie hielt sich instinktiv an den Kleidern auf dem Stuhl fest, um das Gleichgewicht nicht zu verlieren. Die Kleidungsstücke rutschten zu Boden, und Lydias Blick fuhr zu Tammy herum.

Als Ursula Tammy sah, schrie sie auf. Von Panik ergriffen kreischte sie ebenfalls. Ursula schnappte sich die Sachen auf dem Bett und hielt sie sich vor den Körper, um sich zu bedecken.

Die Bewegung riss Tammy aus ihrer Starre. Sie ergriff ihr Tagebuch, flüchtete und stieß im Flur mit Debbie zusammen.

»Was soll das Geschrei?«, verlangte Debbie zu wissen, doch dann sah sie Lydias Gesicht im Türrahmen und Ursula im Hintergrund. »Ach, Mist.«

Debbie hielt Tammy an den Schultern fest.

»Aber sie sind Schwestern!«, rief Tammy mit einer Stimme, die wie ein Jammern klang, bevor Debbie noch irgendetwas weiter sagen konnte. »Schwestern können nicht ... Das ist nicht ...« Sie hatte keine Ahnung, was sie sagen wollte, doch sie hatte das Bedürfnis, Protest gegen das einzulegen, was sie gerade gesehen hatte.

»Ach, Tammy«, sagte Debbie mit mitleidigem Unterton. »Natürlich sind sie *keine* Schwestern.«

Tammy riss sich los, rannte durch die Küche und stieß sich dabei die Hüfte an einem Stuhl an. Debbie folgte ihr. Tammy zerrte an der Tür und versuchte verzweifelt, in die Freiheit zu entkommen.

»Du darfst das niemandem erzählen«, erklärte Debbie. »Hör mir zu, Tammy. Versprich mir, dass du nichts verrätst.«

Die Tür rührte sich nicht. Je heftiger Tammy an dem Knauf zerrte, desto verstockter blieb sie verschlossen. Tränen ließen ihr Blickfeld verschwimmen. Dann hatte sie einen Moment der Klarheit. Das war die Fliegengittertür! Sie drückte dagegen statt zu ziehen, die Tür öffnete sich, und sie rannte die Einfahrt hinunter.

»Du darfst das *wirklich* niemandem erzählen«, rief Debbie ihr nach. »Versprich es.«

Tammys Gedanken rasten mit Millionen Stundenkilometern in alle Richtungen, landeten jedoch alle in einer Sackgasse.

Am Fuß der Einfahrt bog sie um die Ecke, und genau in dem Moment, in dem sie allein sein musste, um Sinn in das zu bringen, was sie gesehen hatte, fand sie sich mitten in einer Versammlung wieder. Ihre Mum. Peggy und Cecil, diese Neugiernasen. Sheree und ihre Kinder. Suzi. Und zwei Polizisten; dieselben, die an jenem Tag auf der Insel dabei gewesen waren. Einer davon war der, der sie zu Hause aufgesucht und mit ihrem Dad geredet hatte.

Tammy versuchte, einen Bogen um sie zu schlagen, und stolperte beinahe über eines der Kids. Sie versuchte weiterzulaufen, doch Suzi war ihr im Weg.

»Wow, Tammy«, sagte ihre Mum. »Alles in Ordnung?« Sie legte

einen Arm um sie, was von außen betrachtet vielleicht so aussah, als wäre es nett von ihr.

Tammy war außer sich vor Wut über diesen Übergriff. Weil man sie aufhielt, weil Peggy immer ihre Nase in alles hineinstecken musste, weil die Polizei so nutzlos war und weil alle sie so eingehend musterten.

Dann bemerkte sie, was einer der Polizisten in der Hand hielt. Eine Axt; alt, aber liebevoll gepflegt. Eine Hacke, bei der der rote Streifen auf dem Stiel verblasst war und abblätterte. Ein Spaten, ein Lieblingsstück, weil seine Gewichtsverteilung für genau die richtige Balance und die richtige Hebelwirkung sorgte. Eine Kettensäge. Sie erkannte das Werkzeug sofort.

»Was wollen Sie damit?«, verlangte Tammy zu wissen.

»Sie stellen bloß ein paar Fragen zu diesem Werkzeug, das drüben im Bachbett gefunden worden ist ...«, sagte Tammys Mum.

»Das gehört Ihnen nicht«, sagte Tammy. »Sie können es nicht haben. Es gehört Joe. Geben Sie es zurück!« Jetzt schrie sie.

Sie stürzte sich auf das Werkzeug und riss es dem verblüfften Polizisten aus der Hand. Axt, Spaten und Kettensäge polterten zu Boden, und Sheree zerrte ihr kleinstes Kind hinter sich davon. Tammy drückte die Hacke an die Brust.

»Joe?«, fragte der andere Polizist; der, der zu ihnen nach Hause gekommen war und mit ihrem Dad gesprochen hatte. »Josip Pavlović aus Nummer acht?«

Alle sahen zu Joes und Zlatas Haus auf.

»Danke, junge Dame«, sagte der Polizist. »Das war die Bestätigung, nach der wir gesucht haben. Ein bedeutender Fortschritt in der Ermittlung. Noch kein vollständiges Bild, aber die Identifizierung der Waffen ist eine große Hilfe. Dafür solltest du eine Belohnung bekommen.« Er wandte sich an Helen. »Was sagen Sie, Mum – eine Belohnung für Ihr Mädchen?«

Tammy verlor sämtliches Gefühl in den Gliedmaßen.

Ihre Arme sanken herab, und die Hacke fiel zusammen mit ihrem Tagebuch zu Boden. Sie schnappte sich das Buch und rannte los.

Sie rannte nach Hause und hielt nicht an, obwohl ihre Beine brannten, als sie die Einfahrt hinauflief. Sie blieb nicht stehen, bis sie sich bäuchlings auf ihr Bett warf, und selbst da trat sie noch um sich und schrie in ihr Kissen. Erst, nachdem sie nicht mehr zappelte, wurde Tammy klar, dass sie trotz des ganzen Tohuwabohus ihrer Entdeckung und ihres Entdecktwerdens, trotz der schrecklichen Sache mit Joes Werkzeug immer noch Ursulas Kreuz umklammerte. Die Kette schnürte ihr den kleinen Finger ab, und das Kreuz selbst hatte einen roten Abdruck auf Tammys Handfläche hinterlassen, wie ein Brandzeichen. Tammy schüttelte ihre Hand, um sie zu befreien. Sie nahm *Das unglaubliche Reich der Ameisen* von ihrem Schreibtisch und schob die Kette zwischen die Seiten.

### (Ameisen)

*Der Stich der tropischen Riesenameise ist so schmerzhaft, dass es sich wie eine Schusswunde anfühlt. Er kann einen in den Wahnsinn treiben, so schlimm ist der Schmerz. Manche Leute sind wie tropische Riesenameisen. Das Problem ist nur, dass man es ihnen nicht ansieht. Man sollte sie zwingen, ein Schild um den Hals zu tragen. Aber andererseits, was, wenn man selbst die tropische Riesenameise ist und es gar nicht weiß?*

# 33

Achtzehn Tage nach dem Mord
*Mittwoch, 24. Januar 1979*

Tammys Dad würde bald zur Arbeit gehen. Die anderen hatten eigentlich keinen Grund, so früh auf zu sein, aber die Hitze hatte sie aus den Betten getrieben. Tammy, ihre Mum und ihr Dad und Colin probierten abwechselnd den neuen Hängesessel auf der Veranda aus. Colin war der Erste und drehte sich damit im Kreis. Die anderen saßen auf der Treppe und warteten darauf, an die Reihe zu kommen wie Mannschaftskameraden auf der Reservebank. Doch Tammy war nicht mit dem Herzen dabei. Wenigstens hatte Naomi ihr Colin zurückgegeben. Sie war sicher, wenn er bei ihr gewesen wäre, wäre sie nicht in Ursulas und Lydias Schlafzimmer gegangen, und sie hätte ihr großes Plappermaul nicht über Joes Werkzeug aufgerissen.

Als das Wehklagen losging, standen alle auf. Das war nicht die Art von Geräusch, bei dem man sitzen bleiben konnte. Es war so laut, dass sie nicht beurteilen konnten, aus welcher Richtung es kam. Tammy spürte, wie es an ihrem Rückgrat hinauf- und hinunterlief und sich in ihrer Brust festsetzte.

Dann sahen sie Zlata. Sie wirkte zusammengesunken und stürzte voran, als würde sie von den Geräuschen angetrieben, die aus ihrem Inneren aufstiegen. Ihr Geheul klang unmenschlich, eher wie das eines verwundeten Tieres. Es wurde lauter, als sie sich die Einfahrt der Lanahans heraufkämpfte und flehend die Arme reckte. Sie trug immer noch ihre Schürze, die mit mehligen Fingerabdrücken übersät war. Ihre Haarspangen, die normalerweise exakt an ihrem Platz saßen, hingen schief und konnten ihre widerspenstigen Wellen nicht zähmen. In einer Mischung aus Hüpfen und Schlurfen stürmte sie vorwärts und zog ein Bein nach, das aussah, als hätte es vergessen, was seine Aufgabe war.

Sie rannten ihr entgegen. Tammys Dad erreichte sie gerade, als sie mitten in der Einfahrt zusammenbrach. Er fing sie auf, indem er unter ihre Arme griff, und beide fielen schwer auf den Beton.

»Mein Josip, mein Josip, mein Josip«, schluchzte sie, ein schmerzerfülltes Mantra. »Mein Josip. Mein Josip, mein Josip.«

Tammys Mum fasste Zlata am Arm und versuchte sie hochzuziehen. Doch es nutzte nichts, sie war schlaff und rutschte aus ihrem Griff. Daher setzte sich Tammys Mutter neben sie, mitten auf der Einfahrt, und umarmte sie. Tammy setzte ein Knie auf den Boden, stand dann wieder auf und wich zurück, um neben Colin stehenzubleiben. Sie wusste nicht, wohin mit sich. Es war unerträglich, das mit anzusehen, doch sie konnte sich nicht abwenden.

Die drei – Zlata und ihre Mum und ihr Dad – wirkten wie ein verkrüppeltes Tier. Ihre Körper verschwammen zu einem Fleck, aus dem ihre Beine in merkwürdigen Winkeln hervorragten.

»Es wird wieder gut«, sagte Tammys Mum. »Was auch immer passiert ist, es wird wieder gut.«

Warum sagten Erwachsene so etwas, obwohl sie das gar nicht wissen konnten und obwohl manchmal Dinge definitiv nicht gut waren?

»Nein«, sagte Zlata. »Nein«, wiederholte sie dann kräftiger. »Sie verstehen nicht.« Sie drehte sich um und packte Tammys Dad am Arm, klammerte sich an ihn wie an ein Rettungsfloß. »Er kann nicht dort sein. Er *kann* nicht. Sie müssen ihn da herausholen. Ihn bei der Polizei herausholen. Die Polizei kommt und bringt ihn weg.« Sie hörte auf zu zittern und wurde totenstill. »Sie erschießen ihn.«

»Zlata«, sagte Tammys Dad. »Hören Sie mir zu. Niemand wird Joe erschießen.«

»Nein, nein, im Krieg«, erklärte Zlata. »Sie erschießen ihn. Sie schießen ihn in den Rücken und schleppen ihn weg.« Sie legte eine verkrampfte Hand an die Brust, in der Nähe ihrer Schulter, und Tammy dachte an die vielen Gelegenheiten, bei denen sie die runde, schimmernde Narbe an Joes Schulterblatt und ihren Zwilling auf seiner Brust gesehen hatte. »Sie bringen ihn in ein Lager, und sie ... sie ... sie ...« Was immer es war, sie konnte es nicht aussprechen.

Zlata schüttelte den Kopf und vertrieb jede Spur von Schwäche. Sie reckte die Schultern. Jetzt strahlte sie stählerne Entschlossenheit aus. Zum ersten Mal nahm Tammy ihren unerschütterlichen, durchdringenden Blick wahr, ihre leichte Stupsnase, die elegante Form ihres Munds beim Sprechen und die starke Ausstrahlung der Frau, die Zlata einmal gewesen sein musste. Die sie hatte sein müssen. Die sie immer noch war.

»Josip überlebt es nicht, gefangen zu sein. Nicht noch einmal.«

Tammys Dad stand auf, und dieses Mal ließ Zlata sich von ihm und Tammys Mum aufhelfen.

»Häng dich für mich ans Telefon, Helen«, sagte Tammys Dad. »Sag, ich habe Durchfall oder so was. Sieh nur zu, dass es glaubwürdig klingt, damit sie nicht denken, ich mache krank. Sag ihnen, die Pläne sind einsatzbereit. Verstanden? Sie sind einsatzbereit.«

Während er sprach, setzte er Zlata ins Auto. Zlata kurbelte ihr Fenster herunter und gab Tammys Mum ihre Schürze. Ungeduldig blickte sie nach vorn; bereit, ihre Mission in Angriff zu nehmen.

Tammy war sich nicht sicher, was genau Joe passiert war. Aber eines wusste sie ganz genau: Es war definitiv ihre Schuld.

An diesem Abend war Tammy mit ihrer Mum allein zu Hause. Colin war daheim. Naomi hatte ihn vorhin gerufen und gesagt, er müsse ihr zu Hause helfen. Tammys Dad war nicht mehr zur Arbeit gefahren. Er hatte den ganzen Tag auf dem Polizeirevier zugebracht. Zur Teezeit hatte er angerufen, um zu sagen, er habe

Joe nach Hause gefahren, finde aber, er solle bei Joe und Zlata bleiben, und dass es sich nicht richtig anfühle, sie schon allein zu lassen. Tammy bot an, ebenfalls hinüberzugehen – sie wollte mit eigenen Augen sehen, wie viel Schaden sie angerichtet hatte –, doch ihr Dad meinte, es sei wahrscheinlich besser, damit noch zu warten.

War das alles passiert, weil Tammy sich in die Sache mit Antonio einmischen wollte, um sich an der Schule beliebt zu machen? Meinte ihre Mum das, wenn sie davon redete, dass Gott in die dunklen Tiefen unserer Beweggründe sah?

Tammys Mum erklärte, sie fühle sich ein wenig flau, und ob überbackener Toast mit Mais zum Abendessen in Ordnung sei? Sie aßen ihn auf dem Schoß vor der *Paul Hogan Show* und ließen sich von den Wogen des Konservengelächters überspülen. Keine von ihnen fiel ein. Nachher spülte Tammys Mum, und Tammy wusch sich die Haare. Sie hatte sie mehrere Tage nicht ausgebürstet und kam mit dem Kamm kaum durch. Sie nahm ihn mit auf die Couch im Wohnzimmer. Ihre Mum saß schon dort. Es kam nicht oft vor, dass die beiden beieinander Gesellschaft suchten, doch Tammy mochte jetzt nicht allein sein. Vielleicht erging es ihrer Mum genauso.

»Komm«, sagte ihre Mum und nahm ihr den Kamm ab.

Sie schimpfte nicht, weil sich Tammy nicht um ihre Haare gekümmert hatte. Tammy biss die Zähne zusammen und jammerte nicht, als der Kamm an den Knoten in ihren Haaren zerrte.

»Oh, es ist nett, sich ein wenig hinzusetzen«, meinte Tammys Mum, als hätten sie nicht gerade beim Abendessen gesessen. Sie sagte *sich ein wenig hinsetzen* immer so, als wäre es das Beste – das Höchste –, was sie sich erhoffen konnte. Für Tammy hatte sich das immer schon deprimierend – einschränkend – angehört, doch jetzt fragte sie sich, ob sie auch ein paar Beschränkungen gebrauchen könnte. Jemanden, der sagte: *Warte mal ab und setz dich einen Moment*, bevor sie wieder etwas Katastrophales anrichtete.

Trotzdem fragte sich Tammy, ob ihre Mum sich nicht jemals mehr als das gewünscht hatte.

»Debbie findet, du solltest zur Uni gehen«, meinte sie.

»Ach ja? Ha!« Tammys Mum bearbeitete einen hartnäckigen Knoten. »Sei nicht albern. Leute wie ich gehen nicht zur Uni.« Sie unterbrach sich. »*Du* kannst das aber. Du *wirst* studieren.«

»Wieso sind Leute wie ich anders als Leute wie du?«

»Weil ich verdammt noch mal dafür gesorgt habe.« Sie kämmte Tammys Haar noch einmal durch und legte den Kamm auf ihr Knie. »Du bist Debbie aber nicht lästig, oder?«

Tammy wackelte mit dem Bein, damit der Kamm hin- und herwippte. Sie wollte sehen, wie weit sie gehen konnte, bevor er aus dem Gleichgewicht geriet. Das Problem war, dass man erst merkte, wo die Grenze lag, wenn man es zu weit trieb.

»Alles gut bei dir?«, fragte ihre Mum ohne Vorwarnung. »So allgemein im Leben, meine ich.«

Tammy hielt das Bein ruhig und dachte über die Frage nach. »Weiß nicht.«

Die Worte hingen zwischen ihnen in der Luft.

»Und bei dir?«, fragte Tammy.

Sekunden vergingen, und Tammy glaubte schon, ihre Mum würde nicht antworten. »Ich weiß auch nicht«, sagte sie dann.

Ihre Mum lehnte sich auf der Couch zurück. Sie hob ihren Rocksaum über die Knie und wedelte ein paarmal damit, um sich kühle Luft zuzufächeln. Spannung wich aus ihrem Körper; ein Zusammensacken, ein Einsinken. Ihre Knie fielen auseinander. Ihre Hand, die neben ihr auf der Couch lag, bewegte sich nach außen und berührte Tammys Bein. Sie streifte sie nur leicht. Dann wandte sie Tammy das Gesicht zu. »Schönes Paar sind wir«, meinte sie. Und dann schloss sie die Augen.

Da die Augen ihrer Mum geschlossen waren, hatte Tammy Gelegenheit, sie genau anzusehen; so, wie sie es nicht getan hatte, seit sie die erste Ahnung von Selbstwahrnehmung, eines Bewusstseins ihrer selbst, erlebt hatte. Jetzt musterte Tammy die Impfnarbe ihrer Mum, eine runde Vertiefung in der Wölbung ihres Armmuskels. Sie kam Tammy so vertraut vor, als hätte die Nadel in ihre eigene Haut gestochen. Diese Stelle war ihr Kissen und ihr Trost gewesen. Sie musterte den Knubbel, der den Ellbogen ihrer Mum darstellte; die Form ihrer Nagelhäutchen mit ihren kleinen Monden, die genau wie bei Tammy aussahen; die gewölbten Kuppen ihrer Daumen; das schlaffe, reglose Fleisch ihres Schenkels; die blasse, rissige Haut an ihrer Ferse, diese Reihe von Sprüngen, die zu sehen war, wenn sie einen Knöchel über den anderen schlug. All das, ihren ganzen Körper, hatte Tammy einst für ihr eigenes Revier gehalten.

Tammy hatte ein unbestimmtes Gefühl, dass Geheimnisse eine Währung waren, die man gegen Vertrautheit eintauschen konnte. Von außen hatte sie das immer wieder miterlebt: pikanter Klatsch, im Flüsterton weitergegeben, um Bündnisse zu festigen, um eine Grenze zu ziehen, die eine Freundschaft, die von ihr umschlossen wurde, stärkte und sie von anderen, die nicht eingeweiht waren, abschottete.

Tammy war im Besitz eines Geheimnisses. Sie kam gar nicht auf die Idee, zu überlegen, ob es noch als Währung taugte, wenn man es nicht weitererzählen durfte. Leise Bedenken meldeten sich, doch sie schob sie beiseite. Sie sehnte sich nach dem Tonfall der Mum aus ihren Erinnerungen, dem Klang ihres zärtlich ausgesprochenen Namens.

Tammy holte tief Luft und wagte den Sprung.

»Mum«, sagte sie und stieß wiederholt das Bein ihrer Mum an, bis die etwas brummte. »Du weißt doch, dass Ursula und Lydia Schwestern sind, oder?«

»Hm.«

»Na ja, sie sind es eben nicht.«

Tammys Mum schlug ein Auge auf. »Was sind sie nicht?«

»Schwestern.«

Tammys Mum öffnete beide Augen. »Was redest du da?«

Tammy wusste nicht weiter. Sie hatte keine Ahnung, was sie sagen, wie sie erklären sollte, was sie gesehen hatte.

»Ich will nicht, dass du dir Geschichten ausdenkst«, sagte ihre Mum. »Oder hässlichen Klatsch weitererzählst.«

»Ich habe sie selbst gesehen«, erklärte Tammy. Ihre Mum hob den Kopf. Tammys Stimme klang jetzt kleinlaut, und sie sah in ihren Schoß hinunter. »Sie hatten nichts an«, sagte sie. Das war nahe genug an der Wahrheit, jedenfalls war eine von ihnen nackt gewesen.

»Weiter«, sagte ihre Mum. Ihre Stimme klang gefährlich ruhig und verstörend konzentriert.

»Und ich habe gesehen, wie sie sich geküsst haben.«

Auch das war genau gesagt nicht wahr. Aber Tammy wusste nicht, wie sie sonst die Wahrheit sagen sollte, ohne die verheerende Auswirkung zu beschreiben, die es auf sie gehabt hatte, wie Ursula und Lydia zusammengepasst hatten, und die Liebe, die in jeder Berührung und jedem Blick zwischen ihnen gelegen hatte. Sie wollte ihrer Mum nicht sagen, dass sie das Bild von Lydias Hand auf Ursulas Brust und der anderen auf Ursulas Hüfte nicht hatte abschütteln können.

»Bist du dir sicher?«

»Außerdem hat Debbie gesagt, sie wären keine Schwestern.«

Damit war alles klar.

»Du meine Güte«, sagte ihre Mum.

Tammy hatte das Gefühl, dass sie beide ihre eigenen Gedanken hatten, was die beiden Frauen wohl im Bett zusammen taten, und sie spürte, wie ihr Gesicht rot anlief.

»Du meine Güte«, sagte ihre Mum noch einmal, aber dieses Mal redete sie mit sich selbst, nicht mit Tammy. Tammy war unwichtig geworden. »Da ist so viel zu bedenken ... Die Auswirkungen ... Was man dagegen unternehmen kann.«

Bei diesen Worten spürte Tammy, wie sich die schwache Verbindung zwischen ihnen auflöste, und sie fühlte sich eine Million Mal schlechter als vorher. Niemand durfte ihr je wieder vertrauen, nicht einmal – ganz besonders nicht – sie selbst.

# 34

Neunzehn Tage nach dem Mord
*Donnerstag, 25. Januar 1979*

Ursula war in beschwingter Stimmung – eine ganz neue Entwicklung. Ihr Körper hatte sich gelockert, und all die Ängste, die normalerweise Beachtung forderten, schienen einen Schritt zurückgewichen zu sein. Die Gefahr war unter Kontrolle. Sie hatte Raum zum Atmen, sich zu bewegen und in diesem merkwürdigen Leben zu existieren, das Augenblicke des Staunens und des Überflusses mit sich brachte, wenn man nur die Augen öffnete, um sie zu sehen. Sie hatte den Nachmittag mit Guangyu verbracht; sie waren gefahren, hatten geredet und ihre Freundschaft gepflegt.

*Danke, Herr, für den Segen, den Guangyu bedeutet. Mögest du ihr Herz mit Freude erfüllen.*

Ursula hatte beschlossen, doch zum Bibelstudium zu Helen zu gehen. Als Debbie Ursula und Lydia versicherte, Tammy würde auf gar keinen Fall weitererzählen, was sie gesehen hatte, war es ihr leichtgefallen, ihr zu glauben. Ursula wollte ihr glauben, denn der Preis dafür, es ihr nicht abzunehmen – die Rückkehr der panischen Angst und der Verlust ihres Friedens – war zu hoch.

»Ich weiß, dass sie nichts erzählen wird, ernsthaft, weil ich ihr gesagt habe, sie soll es nicht tun«, erklärte Debbie, was ihr einen ungläubigen Blick von Lydia eintrug. »Wirklich, dieses Kind würde alles tun, was ich sage. Ich könnte ihr befehlen, einen Welpen zu ermorden, und sie würde es tun.«

»Töten«, sagte Lydia. »Es ist nur Mord, wenn man einen Menschen umbringt, nicht bei einem Tier.«

»Interessant«, meinte Debbie. »Klingt so, als wären Menschen mehr wert als Tiere, aber ich bin mir nicht sicher, ob manche Leute die Kriterien erfüllen. Jedenfalls wird sie nichts sagen.«

»Du klingst schrecklich selbstzufrieden deswegen«, meinte Ursula.

»Ja, nicht wahr?«, gab Debbie lachend zurück. »Ich erlaube meiner Macht, mir zu Kopf zu steigen. Ist ein echter Trip.«

Ursula backte den Aprikosenkuchen ihrer Grandma und arrangierte die Stücke ordentlich auf einer Platte.

»Hast du etwas übrig, was ich mit zu Sheree nehmen kann?«, fragte Debbie und zeigte mit einer Kopfbewegung auf den Kuchen. »Helen bezahlt mich wieder fürs Babysitten, aber Sheree schwänzt die Bibelstunde, und wir trinken bei ihr etwas. Sag Helen nichts davon. Ich will das Geld trotzdem.«

In dem Moment, in dem Ursula in Helens Wohnzimmer trat, wusste sie Bescheid. Die gute Laune, die sie von zu Hause mitgebracht hatte, war aus der Tür, bevor sie hinter ihr zugefallen war. Alle waren schon da, obwohl sie pünktlich kam, saßen schon da und waren offensichtlich schon früher zusammengerufen worden. Es war, als trete man durch einen Vorhang auf eine Bühne, und einem würde klar, dass man die Hauptattraktion ist.

Ursula wurde sich ihrer Kleidung übermäßig bewusst: Ihr Rockbund grub sich in ihre Haut; ihre Schuhe fühlten sich plötzlich über ihrem Spann zu eng an; ihre Bluse war wie ein Leichenhemd, das unter ihren Atemzügen, die zu laut und zu flach gingen, und ihrem zu schnell schlagenden Herzen bebte. Ihre Uhr hing schwer an ihrem Handgelenk. Die Luft war heiß und abgestanden und schnürte ihr die Kehle zu. Sie hielt ihre Kuchenplatte zu fest, mit beiden Händen, weil sie Angst hatte, sie fallenzulassen.

*Herr, du hast mich bei meinem Namen gerufen. Ich bin dein. Rette mich.*

Pastor Martin schenkte ihr ein verhaltenes Lächeln, in dem mehr Besorgnis als Wärme lag, als hätte er Angst vor ihr.

Peggy und Maureen nahm sie als finster dreinblickende Gesichter auf der anderen Seite des Raums wahr. Sie waren zu weit entfernt, um ihre Rettung zu sein, und ihre Beziehung zu vage, um sich ihres Mitgefühls sicher zu sein. Ach, was hätte sie darum gegeben, Lydia an ihrer Seite zu haben!

Das Mädchen, Tammy, stand mit dem Rücken zur Wand und hielt die Arme steif an den Körper gedrückt. Ein Blick in ihr beschämtes Gesicht bestätigte Ursula, was sie schon wusste.

Der Rest der Gesichter war ein Meer aus Zuschauern, die auf Action warteten, auf Drama und Blutvergießen.

Bis auf Helen. Das hier war Helens Haus, Helens Show, und sie hatte sich selbst für eine tragende Rolle vorgesehen. Wo Pastor Martins Lächeln lasch wirkte, ließ das von Helen die Luft gerinnen. Ihre offene, bescheidene Körperhaltung war eine Täuschung, eine Rolle, die sie spielte. Mit Bewegungen, die glatt wie Sirup waren, nahm sie Ursula den Teller ab.

*Rette mich, Herr. Ich flehe dich an, hab Erbarmen und rette mich.*

Als Nächstes ergriff Helen Ursulas Handgelenk. Sie hätte ihr ebenso gut Handschellen anlegen können.

»Machen Sie sich keine Sorgen«, sagte Pastor Martin und wirkte besorgt. »Wir sind zusammengekommen, um für Sie zu beten.«

»Wir müssen über Sie und Lydia reden«, erklärte Helen.

»Meine Schwester Lydia ...«, begann Ursula, wusste dann aber nicht weiter. Sie räusperte sich und versuchte es noch einmal, doch sie geriet ins Stocken. »Meine Schwester Lydia und ich ...«

»Hören Sie auf«, fauchte Helen. »Wir wissen Bescheid. Wir wissen, dass Sie keine Schwestern sind. Die ganze Gemeinde weiß Bescheid.« Sie wandte sich an Pastor Martin. »Sehen Sie? Ich hab's Ihnen doch gesagt. Sie lügt immer noch.«

»Was gesagt?«, verlangte Peggy zu wissen. »Was zum Teufel geht hier vor? Worüber wisst ihr Kirchenleute alle Bescheid?« Ihre Stimme war sogar von der anderen Seite des Raums aus gut zu verstehen.

Ursula begriff endlich, warum sie sich bei Peggy immer befangen fühlte. Peggy war ein Mensch, der nie mit etwas hinter dem Berg hielt, und Ursula war jemand, der immer alles zurückhielt.

»Die Bibel lehrt uns, die Sünde zu hassen, aber den Sünder zu lieben«, erklärte Helen, ignorierte Peggy und hielt immer noch Ursulas Handgelenk fest. Sie begann, Ursulas Hand zu streicheln. »Wir sprechen aus Liebe, Ursula.«

Helens Berührung war unerträglich. Ursula riss ihre Hand zurück. Sie umfasste ihre eigenen Ellbogen, zog sich in sich zurück und versuchte, sich vor Helens Ansturm von Liebe zu den Sündern zu schützen. Sie schüttelte den Kopf und begann klagende Laute auszustoßen. Zuerst war sie sich nicht bewusst, dass sie sie erzeugte, doch dann konnte sie nicht damit aufhören. Es war ein Laut, wie ihn Dingos mitten in der Nacht ausstoßen. Trauerten Dingos? Schrien sie ihr Wehklagen laut heraus?

*Der Herr ist mein Licht und meine Rettung – wen sollte ich fürchten? Der Herr ist das Bollwerk meines Lebens – vor wem sollte ich Angst haben?*

Rechts und links von sich spürte sie eine Präsenz. Würden sie sie niederhalten? Ihr einen Exorzismus aufzwingen? Sie hatte natürlich von so etwas gehört. Würde sie sich fügen, falls es so weit kam?

Doch es waren Maureen und Peggy, die neben ihr standen. Sie waren beide klein und schmächtig – in einem Kampf würden sie nicht viel ausrichten können -, doch ihre Gegenwart bildete einen Schutzschild um Ursula. Es verschaffte ihr Zeit, sich daran zu erinnern, wer sie war: ein kostbares Kind Gottes. Er hatte sie bei ihrem Namen gerufen. Sie wurde geliebt, von Gott und von Lydia.

Das wusste sie. Trotzdem schmerzte es, dass ihre tiefinneren Gefühle ausgebreitet wurden, damit andere sie nach Belieben sezieren konnten. Nur Tammy schaute zu Boden.

Peggy hatte etwas gesagt, doch Ursula hatte nicht zugehört. Was auch immer sie geäußert hatte, es brachte Helen in Rage.

»Peggy, das hier ist mein Haus, und dies ist eine Bibelstunde«, erklärte Helen mit angespannter Stimme. »Wenn du das respektieren kannst, darfst du gern bleiben. Hier hat Pastor Martin das Sagen und nicht du.«

»Vielleicht sollten wir mit einer Lesung beginnen?«, meinte Pastor Martin. Er war verwirrt und stotterte ungeschickt herum. Was musste er von ihr halten? Sie wusste, was er wahrscheinlich dachte. Aber er war ein schwacher, wankelmütiger, charakterloser Mann. Bei ihm würde sie keinen sicheren Hafen finden.

»Ich finde wirklich, wir sollten damit anfangen, Ursula die Wahrheit zu sagen«, erklärte Helen.

»Tammy«, sagte Maureen mit erstaunlich klarer Stimme, »geh deinen Vater holen. Hopp, hopp.«

Doch Duncan war schon da. Er bezog neben Tammy Stellung, und zum ersten Mal schaute Tammy Ursula in die Augen. Das Gefühl, das Tammy ihr mit diesem Blick vermittelte, sagte alles. Duncans Blick schweifte durch den Raum und richtete sich dann auf Helen.

»Zeit zu gehen«, erklärte Duncan, an den ganzen Raum gerichtet. »Der Club ist vorbei.«

»Lass es, Duncan«, sagte Helen. »Wir haben das im Griff.«

»Wenn wir vielleicht einfach ...«, begann Pastor Martin.

»Sie«, sagte Duncan. »Halten Sie bloß den Mund.« Es war deutlich, dass er vor Wut kochte und kaum einen Versuch unternahm, es zu verbergen. »Raus. Alle. Verschwindet aus meinem Haus.« Er wurde lauter. »Du hast eine Grenze überschritten, Hells«, erklärte er, als wollte er einem weiteren Einwurf von Helen zuvorkommen. »Das ist nicht richtig. Es ist nicht recht.«

Da fiel Ursula wieder ein, dass sie Beine hatte. Sie wich zurück, bis sie die Haustür im Rücken spürte, drehte sich um, öffnete die Tür und flüchtete.

# 35

Fünf Minuten, nachdem Duncan energisch die Tür hinter dem letzten Besucher geschlossen hatte, stürmte Lydia herein, ohne anzuklopfen und völlig außer Atem. Ihr Blick schweifte suchend durchs Wohnzimmer, während Tammy und ihre Eltern stocksteif und wie vor den Kopf geschlagen dastanden.

»Wo ist sie?«

Lydia brüllte. Sie kochte vor Zorn. Nein, sie war nicht nur aufgebracht, sie platzte fast vor Wut. Sie sprühte ihr aus den Augen und lag in ihrer Stimme, und ihr ganzer Körper war angespannt wie eine Feder kurz vor dem Losschnellen. Tammy hätte damit rechnen müssen, doch die Realität dessen, was sie getan hatte und was sich überdeutlich auf Lydias Gesicht malte, brachte ihr Herz zum Rasen und drehte ihr den Magen um. Es war unvermeidlich und verschlug ihr trotzdem den Atem, als es passierte.

Tammys Dad riss sich als Erster aus seiner Erstarrung. »Lydia, es ... Es tut mir leid, sie ist nicht hier.«

Lydia schob sich an ihm vorbei und ging auf Tammys Mum los. »Sie dämliche Schlampe.« Ihre Stimme klang jetzt unheimlich ruhig, und das war irgendwie noch schlimmer. »*Was haben Sie getan?*«

Tammys Mum stand auf der anderen Seite des Couchtischs. Die unberührten Teller mit Essen, darunter Ursulas Kuchen, wirkten unpassend fröhlich.

»Ich? Also, so etwas!« Äußerlich war Tammys Mum ganz Zorn und Empörung, doch sie sah nervös zu Tammys Dad und suchte Rückendeckung. Er verschränkte die Arme, schwieg und sah zu.

»Sie wusste es. Sie wusste, dass das, was sie getan hat, falsch war. Selbst, wenn es Ihnen nicht klar ist. Warum wäre sie sonst weggelaufen?«

»Sie glauben, sie schämt sich? Dafür, was sie ist? Unseretwegen?« Bei dem letzten Wort brach Lydias Stimme.
»Sie müssen das doch verstehen!«, appellierte Tammys Mum an Lydia und trat auf sie zu. Doch wo Ursula vor Helen zurückgeschreckt war, hielt Lydia die Stellung. Dieses Mal war es Tammys Mum, die stockte und den ausgestreckten Arm an ihrer Seite herabsinken ließ. »Es ist alles aus Liebe geschehen. Aus Liebe und dem Bestreben, das Richtige für unsere Gemeinde zu tun. Das müssen Sie doch verstehen. Wir empfinden nur Liebe für ...«
»Sie blöde Wichserin.« Lydia sprach jedes Wort überdeutlich aus. Es schien durchaus möglich, dass sie auf Tammys Mum losgehen und sie schlagen würde. »Das hat nichts mit *Ihren Empfindungen* zu tun.«
»Bitte«, sagte Tammys Mum. »Achten Sie auf Ihre Sprache.« Ruckartig fuhr ihr Kopf zu Tammy herum.
Lydia bedachte Tammy mit einem starren Blick, der geradewegs durch sie hindurchging.
»Wissen Sie, Helen, Sie würden mir glatt leidtun, wenn Sie nicht so gefährlich wären. Ihre Gefühle, Ihre Beweggründe – das hat alles keine Bedeutung. Das einzig Wichtige ist der Schaden, den Sie angerichtet haben.« Seufzend fuhr sie sich durchs Haar. »Was denn – Sie glauben, Sie könnten sie ändern? Sie glauben, diese Macht zu haben? Was sollte das hier?« Sie streckte die Arme aus, sodass sie den Raum umfassten. Ihr Blick blieb an den Tellern mit Kuchen und Keksen hängen. »Sie dachten, Sie könnten sie so beschämen, dass sie nicht mehr ist, wer sie ist? Denn hier kommt die Wahrheit: Ursula schämt sich nicht. Sie liebt, was wir sind.« Der schrille Ton verschwand aus Lydias Stimme, und Tammy erinnerte sich so lebhaft an das Bild von Lydias Lippen, die Ursulas Hals berührten, dass sie spürte, wie ihre eigenen Lippen prickelten. »Sie hat nur Ihre Kirche mehr geliebt.«
Geschlagen und niedergedrückt, ihre Wut verpufft, wandte Lydia sich zum Gehen.

»Es sind vor allem die Lügen«, sagte Tammys Mum. »Sie hat uns getäuscht. Sie beide haben das getan. Die ganze Zeit haben Sie vorgegeben, etwas zu sein, was Sie nicht sind.«

Lydia drehte sich wieder um und schnaubte verächtlich. »Jeder tut so, als wäre er etwas, was er nicht ist.« Der Blick, den sie Tammys Mum zuwarf, war vernichtend.

»Aber die Lügen!« Tammys Mum konnte es einfach nicht auf sich beruhen lassen, konnte Lydia nicht gehen lassen. »Sie haben uns alle zum Narren gehalten. Das findest du doch auch, Duncan, oder? Angesichts von all dem, womit wir zu tun haben – einem *Mord*, verflixt! – müssen wir unsere Gemeinschaft schützen. Wenn die beiden in diesem Punkt lügen, wer weiß, worüber sie noch die Unwahrheit sagen?«

Gestern noch hätte Tammy das als denkwürdig betrachtet, hätte es auf die Liste der Punkte gesetzt, die Ursula verdächtig machten. Aber jetzt nicht mehr. Nicht jetzt.

»Das reicht, Helen«, sagte Tammys Dad. »Und ich habe dir noch mehr zu sagen, sobald wir unter uns sind.« Tammy wusste, dass er vor allem sie meinte, nicht Lydia. Es war neu und verstörend, dass er so energisch auftrat; sie hatte keine Ahnung, wie sie das fand oder wo es hinführen könnte. »Aber jetzt halt erst mal den Mund. Ich schäme mich für dich.« Er trat noch einen Schritt auf Lydia zu. Jetzt standen die beiden Helen gegenüber. Tammy befand sich seitwärts von ihnen, war in der Mitte zwischen ihnen gefangen. Sie wollte sich rühren, stand aber wie angewurzelt da. Die Worte ihres Vaters *Ich schäme mich für dich* durchfuhren sie. Sie verdiente sie, obwohl er sie damit gar nicht angesprochen hatte.

Das hätte das Ende sein können, hätte Tammys Mum sich nicht noch einmal zu Wort gemeldet. »Ich sehe nicht ein, warum ich hier die Böse bin, obwohl ich nicht gelogen habe. Außerdem kämpfen wir alle mit dieser scheußlichen Hitze. Sie macht alle hektisch. Menschen überreagieren.«

»Oh Gott, was haben Sie ihr angetan?«, fragte Lydia. Sie fuhr sich mehrmals durchs Haar. Tammy sah, dass sich dabei sogar ihre Kopfhaut verzog. »Ich werde das jetzt sagen, obwohl ich nicht glaube, dass es zu Ihnen durchdringt, weil Sie arrogant sind, und bei Gott, ich würde Ihnen gern einen oder zwei Dämpfer aufsetzen.« Lydia atmete schwer. »Wir sind Ihnen *nichts* schuldig, Helen. Kriegen Sie das in Ihren dicken Schädel? Nicht die Wahrheit. Keine Erklärung. Nichts. Was wollen Sie von uns? Dass wir Sie um *Erlaubnis* bitten? Für wen zum Teufel halten Sie sich?«

Die Frage blieb in der Luft hängen, und Tammy spürte, dass sie sie ebenfalls traf.

Tammys Dad ging mit Lydia zur Tür. »Werden Sie zurechtkommen?«, fragte er. »Und Ursula auch?«

»Keine Ahnung«, sagte Lydia.

»Es tut mir so leid. Es tut mir leid, dass ich dem nicht eher ein Ende gemacht habe. Werden Sie Ursula mein Bedauern ausrichten?«

»Ja, wenn ich sie sehe. Falls ich sie sehe. Sie ist nicht nach Hause gekommen. Ich habe nur davon erfahren, weil Peggy und Maureen gekommen sind, um mir davon zu erzählen.«

»Wohin könnte sie gegangen sein?«

»Ich weiß es nicht.« Lydia versagte die Stimme, und das wirkte furchteinflößender als ihr Zorn. »Sie kann nicht Auto fahren. Sie wird zu Fuß unterwegs sein.«

»Ich helfe bei der Suche. Wir wollen doch nicht, dass sie allein herumläuft. Und hören Sie, wenn Sie irgendetwas brauchen, rufen Sie mich an«, sagte Tammys Dad. Die beiden steckten die Köpfe zusammen. Er öffnete die Tür.

Lydia sah ein letztes Mal zurück in den Raum. Ihr Blick wirkte ausdruckslos. »Eines Tages werden Sie bereuen, was Sie getan haben. Und ich hoffe, dass das schlechte Gewissen Sie dann bei lebendigem Leib auffrisst.«

Das Zufallen der Tür hallte laut durch den Raum, und dann herrschten Leere und Schweigen. Tammy hatte das Gefühl, sich nicht bewegen zu dürfen, um es nicht zu stören. Ihr Dad legte den Unterarm an die Tür und stützte den Kopf auf den Arm.

»Duncan«, sagte Tammys Mum.

»Jetzt nicht«, sagte er. »Ich habe die Nase voll. Ich kann dich nicht mal ansehen.«

Dann war er ebenfalls aus der Tür, weg, verschwunden, fort.

Es nutzte nichts. Tammy konnte nicht schlafen. Sie lag in ihrem Bett und stellte sich eine Zukunft vor, in der jeder wusste, wie abstoßend sie war. Alles, was sie anfasste, ging schief. Sie schob die Hände unter den Körper; sie durfte nichts anrühren. Sie stellte sich vor, ihre Lippen wären zugenäht; sie durfte nicht sprechen. Sie stellte sich Mauern vor, die um ihre Gedanken gebaut waren; sie durfte sie nicht hinauslassen.

In ihrem Elend hörte sie Lydias Stimme: *Ich hoffe, dass das schlechte Gewissen Sie bei lebendigem Leib auffrisst.* Und das war auch richtig so.

Joe und Zlata. Ursula und Lydia. Wem würde Tammy sonst noch Schaden zufügen, wenn sie nicht die volle Last der Schuld für das spürte, was sie getan hatte? Von jetzt an würde sie sich zurücknehmen und den Mund halten; ganz gleich, was passierte oder was sie herausfand. Sie würde ihren Mund nicht mehr aufreißen. Sie würde keine Fehler mehr machen.

Tammy wollte nicht einschlafen, weil sie nicht morgen früh aufwachen und sich von dem neuen Tag vormachen lassen wollte, dass alles gar nicht so schlimm sei. Das Tageslicht hatte so eine Art, einem das einzureden. Sie musste ihr schlechtes Gewissen in voller Stärke aufrechterhalten, groß und im Vordergrund ihrer Gedanken, und hoffen, dass es sie zügeln, sie in Schach halten würde.

Als Nächstes hörte sie Simones Stimme: *Ich finde es sehr interessant, dass jemand, der angeblich so schlau ist, sozial so verpeilt ist.*

Tammy hatte ihre Daunendecke zu Boden getreten. Ihre Beine

waren in ihr Laken verwickelt, und ihr Nachthemd hatte sich um ihren Körper verheddert. Etwas Weiches streifte ihren Arm: der Vorhang, der sich in der Brise hob. Etwas noch Weicheres strich über ihr Gesicht: die Brise selbst. Sie wehte aus den Hügeln herab, durch Tammys Fenster, und traf auf ihr Gesicht. Suchte sie nach Geheimnissen und trug sie auf ihrem Hauch weiter? Tammy stellte sich vor, wie die Brise über sie hinwegzog, durch sie hindurch, ganz Warrah Place erfüllte, sich durch die Häuser und über sie hinweg bewegte und in die ganze Stadt vordrang. Bei dem Gedanken kam sich Tammy klein vor. Wie absurd, zu glauben, dass sie irgendeine Rolle dabei spielen könnte, herauszufinden, was Antonio zugestoßen war.

In der Brise hörte sie Antonios melodisches Lachen: *Lauf zu, Tamara. Geh spielen.*

Tammy war nichts weiter als eine Ameise, die sich vormachte, sie hätte irgendeine Chance, während sie zwischen den Füßen von Riesen herumwimmelte.

Die Brise trug von Neuem Lydias Stimme heran und ließ sie in Wellen immer wieder über Tammy hinwegspülen: *Für wen zur Hölle halten Sie sich?*

Tammy warf einen Blick zu Colins Bett hinüber und vergaß kurz, dass er nicht da war. Er schlief wieder bei sich zu Hause. Anscheinend kehrte Naomi langsam ins Land der Lebenden zurück. Sein Bett war gemacht, die Daunendecke glattgestrichen, und sein Nachthemd lag darauf wie ein außer Gefecht gesetzter Geist. Ob sie ihn zurückbekommen würde? Ihr fehlte sein schlichtes Gemüt. Sie vermisste es, wie leicht es fiel, mit jemandem zusammen zu sein, der von nichts eine Ahnung hatte. Es fehlte ihr, dass er sie nicht hasste.

Endlich erbarmte sich die Brise Tammys und brachte ihr Debbies Worte. *Ja, vielleicht kann ich dir dabei helfen.*

Debbie. Tammy musste Debbie finden, in ihrer Nähe sein. Es würde reichen, sie nur zu sehen. Und Tammy wusste, wo sie war.

Die Straße bewahrte noch die Hitze des Tages und verbrannte Tammy die Fußsohlen, aber sie hatte die Insel schon erreicht, und wenn sie jetzt zurückging, um ihre Sandalen zu holen, würde sie der Mut verlassen. Doch sie blieb kurz stehen und sah zurück zum italienischen Haus. Im ersten Stock brannten noch alle Lichter, sodass es wie eine Landebahn wirkte, die Antonio den Weg nach Hause wies.

Sie musste aufhören, an Antonio zu denken. Er lebte nicht mehr. Er ging sie nichts an. Jetzt brauchte sie Debbie: Debbie, die Tammy helfen würde, einen Weg nach vorn zu finden, und sie nicht zurückziehen würde.

Sherees Garten war immer noch ein Spielzeug-Friedhof. Der Mondschein fiel auf Müll, dessen größter Teil nicht bewegt worden war, seit Tammy vor ein paar Wochen hier gewesen war. Sie hatte nicht vergessen, dass sie Antonios Schuhe in Sherees Haus gesehen hatte. Ihr gefiel die Vorstellung nicht, dass Debbie sich zu eng mit Sheree anfreunden könnte, aber jetzt steckte sie in einer Zwickmühle. Sie war entschlossen, sich an ihren Schwur zu halten und sich nicht mehr einzumischen. Andererseits, würde sie Debbie eine schlechte Freundin sein, wenn sie sie nicht vor Sheree warnte?

Ein wenig Beobachtung konnte nicht schaden.

Unter dem Küchenfenster stand eine Bank. Ein paar ihrer Latten waren verrottet und gesplittert, die rote Farbe war verblichen und blätterte ab. Das Fliegengitter vor dem Fenster wimmelte von Insekten, die Einlass begehrten. Das Fensterbrett war mit leeren Schmetterlingshüllen übersät. Tammy wischte sie weg und drückte die Nase an das Fliegengitter.

Drinnen herrschte grünes Licht. Jemand hatte mit Klebeband grünes Zellophan über der Glühbirne befestigt. Mit ihrer grünlichen Haut sahen Debbie und Sheree aus wie Wesen aus einer anderen Welt; außerirdisch und schaurig. Da stand ein Klapptisch – diese Art, die zu einem Gartenmöbel-Set gehörte –, ein paar Stühle und eine Klappliege. Es herrschte Chaos – Kinderkram überall. So viel Zeug und nichts, was sich zu stehlen lohnte. Antonios Schuhe waren nicht mehr da.

Die beiden waren schon eine Weile dabei. Debbie und Sheree waren zu betrunken, um leise zu reden. Sie strahlten eine Energie und Aufregung aus, die Tammy geradezu ansteckten. Sheree stand aufrecht und tanzte – na ja, sie wiegte sich eher – zu Country-Musik aus dem Kassettenrecorder und trank dabei immer wieder aus einer Tasse. Debbie saß auf einem Stuhl, hatte ein Bein über die Seite gehängt und drehte sich eine Zigarette. Sie trug große, holzgeschnitzte Ohrringe, die ihre Ohrläppchen langzogen und wie Pendel schwangen, wenn sie den Kopf bewegte.

»Wie kannst du dir bloß diesen Mist anhören?«, fragte Debbie lachend. »All dieses Gejammer und Gemecker über Männer. *Männer behandeln mich schlecht. Wie kann ich meinen Mann halten? Jemand stiehlt mir meinen Mann, heul, heul, heul.* Ich meine, wer schert sich denn darum, zum Teufel?«

»Ich«, erklärte Sheree. »Ich schon. Ich bin auf einer Mission, mir einen neuen Mann zu besorgen.« Sie tanzte um den Tisch herum. »Und dieses Mal keinen Sozialschmarotzer. Ich will einen anständigen Mann mit einem ordentlichen Job.«

»Ich nicht«, sagte Debbie. »Ich hab das hinter mir. Ich habe stattdessen die Uni.«

»Ich wollte auch studieren.«

»Du?«

»Nicht nötig, so schockiert dreinzuschauen. Ja, ich hatte das alles schon geplant.«

»Was ist passiert?«

»Daryl Travers ist passiert. Hinter dem Schuppen auf dem Fußballplatz. Und neun Monate später war Samantha da.«

»Aber macht es dich nicht schrecklich wütend, zu kurz zu kommen?«, fragte Debbie.

*Ja. Genau die richtige Frage*, dachte Tammy.

»Weißt du was, ich habe gar nicht genug Energie, um wütend zu sein. Größtenteils versuche ich bloß, irgendwie durchzukommen. Einen weiteren Tag mit den Kindern zu überleben.« Sheree lachte. »Weißt du, wie viel Stück Zucker ich inzwischen in den Tee nehme? Fünf. Fünf Stück Zucker. Um bis zur nächsten Tasse Tee oder bis zum nächsten Keks durchzuhalten. Ich weiß, dass ich manchmal eine ziemlich miese Mum bin. Mist, vielleicht sogar meistens. Aber ich schätze, ich gebe mir Mühe.« Sie leckte ihren Finger an und wischte an etwas auf dem Tisch herum. »Früher habe ich immer nur ein Stück Zucker genommen.«

»Aber die Ungerechtigkeit. Das muss dich doch belasten.«

»Ungerechtigkeit ist bloß ein aufgeblasenes Wort dafür, dass das Leben nicht fair ist, und das weiß ich selbst. Rumjammern hilft da auch nicht.« Die Kassette war zu Ende. Sheree stand auf, drehte sie um und drückte die Play-Taste. Jetzt tanzte sie nicht mehr. Sie hatte die Lippen zusammengepresst. »Ich bin nicht dumm, weißt du? Die Leute halten mich für blöd, weil ich arm und alleinstehend bin.« Sie knibbelte an etwas herum, was auf ihr T-Shirt gespritzt und dort getrocknet war. »Bis auf Männer. Was Männer angeht, bin ich dumm wie Scheiße. Es ist, als hätte ich einen Tunnelblick. Ich sehe immer bloß die Schwachköpfe.« Sie grinste einfältig, und ihre Zähne schimmerten grün in dem seltsamen Licht.

»Hör mal, ich gehe zu diesen Treffen bei der Lobby für Wählerinnen«, erklärte Debbie. »Du solltest mal mitkommen. Die Kinder kannst du mitbringen. In der Beziehung sind sie da gut. Sie sind offen für alle möglichen Leute. Die Ideen, die sie haben ... könnten wirklich viel bewirken.«

»Du glaubst ernsthaft, sie könnten mir dabei helfen, dass ich es schaffe, meine Kinder zu ernähren und anzuziehen? Oder dafür sorgen, dass ich von der Stütze wegkomme? Oder mir jemanden schicken, der mir das Baby abnimmt, damit ich mal allein aufs Klo gehen kann? Ich will dir die Sache ja nicht miesmachen, aber was ich brauche, ist ein Kerl mit einem Job. Ein anständiger Kerl. Das reicht mir. Und feste Lippen muss er haben. Ich will jemanden mit richtig vollen Lippen.«

»Lippen?« Debbie prustete vor Lachen. »Wovon redest du?«

»Dünne Lippen kann ich nicht ausstehen. Du weißt schon, wenn man sich küsst und die Lippen rutschen einfach weg. Nöö, man braucht einen Mann mit vollen Lippen. Man kann sehr viel an einem Mann nach seinen Lippen beurteilen.«

Draußen drückte Tammy die Lippen auf ihren Arm. Sie machte sie steif, drückte fester und quetschte sie gegen ihre Zähne.

»Ich muss Pipi.« Das war Monique, die, eine Hand in ihrer Hose, neben dem Tisch stand.

Sheree zog mit einem Fuß ein Töpfchen unter dem Tisch hervor, zog Monique die Hose aus und setzte sie darauf. Debbie wandte den Blick ab. Tammys Zehen verkrampften sich, und sie drückte sie mit den Fingern. Als Monique fertig war, zog Sheree sie auf den Schoß. Monique krallte die Faust in Sherees Haar und schlief wieder ein.

Tammy rieb sich die Waden und bewegte ihren Hintern. Sie wollte nicht, dass ihr die Glieder einschliefen. Dann hörte sie Antonios Namen, und ihr Kopf ruckte wieder zum Fenster herum.

»Hast du mal darüber nachgedacht, wie das wohl für ihn war? Am Ende, meine ich«, sagte Sheree und streichelte Moniques Haar. »Ich muss immer daran denken.«

Ein langsamer, trauriger Song lief.

»Lieber nicht«, meinte Debbie. Sie hob Flaschen an und schüttelte jede einzelne, bis sie eine fand, in der noch ein Rest zu finden war.

»Ich frage mich, ob er an einem Punkt erkannt hat, dass er erledigt war. Ob er in Panik geraten ist und sich gewehrt hat. Oder ob er es akzeptiert hat. Früher dachte ich, Sterben würde mir nicht allzu viel ausmachen. Ich glaube nicht daran, dass danach noch etwas kommt, also würde man gar nicht merken, dass man tot ist.«

»Gott, das ist ein bisschen makaber.«

»Jetzt, wo ich Kinder habe, ist das etwas anderes. Weil ich auch an sie denken muss. Ich glaube nicht, dass ich aufgeben könnte, ohne mich bis ganz zum Schluss zu wehren.«

»Du findest also, dass nur Leute mit Kindern einen Grund zum Leben haben?«, fragte Debbie. »Na, besten Dank.«

»Nein, das meine ich nicht. Es ist nur so, dass für mich persönlich ...«

»Hör mal, können wir das lassen?«

Die Stimmung war umgeschlagen. Sheree wirkte mürrisch, Debbie war verärgert. Die Brise wehte in Tammys Nachthemd und die Gardine am Fenster, doch drinnen rührte sich nichts bis auf Sheree, die mit Monique, die immer noch auf ihrem Schoß saß, hin- und herschaukelte.

»Tut mir leid«, sagte Debbie leise und ließ den Kopf hängen. »Mir fällt es schwer, darüber zu reden, weil ich mit ihm zusammen war. Ich meine, wir waren ein Paar, Antonio und ich. Wir waren seit Wochen zusammen.«

*Was?* Tammys Beine zuckten und gaben unter ihr nach. Sie klammerte sich mit Fingern und Zehen fest, um nicht ganz von der Bank zu rutschen. Sie hatte sich das Schienbein aufgekratzt, doch das spürte sie kaum. Ihr Fehltritt hatte ein Klappern erzeugt, und ihr verblüfftes Aufkeuchen hatte laut durch die Nachtluft gehallt. Aber das war schon in Ordnung; sie war nicht gesehen worden. Im Haus sperrte Sheree den Mund auf, genau wie Tammy eben. Tammy hielt sich mit beiden Händen an der Fensterbank fest.

Debbie? Debbie und *Antonio*?

»Ja, da brat mir einer 'nen Storch«, sagte Sheree. »Oh Mann. Dafür brauchen wir mehr Alk.« Sie setzte Monique auf die Klappliege und öffnete eine Pappbox mit Wein. Sie drückte auf den Innenbeutel und goss Wein in Debbies Tasse. »Du armes Ding.« Sie schüttelte den Kopf. »Arme Irre.«

Tammy wollte davonlaufen, doch ihre Beine rührten sich einfach nicht. Sie schwitzte in den Kniekehlen und unter den Armen.

Ihre Haut prickelte am ganzen Körper. Wenn Ameisen in Bedrängnis waren, schieden sie stinkende Chemikalien aus. Würde der Geruch von Tammys Schmerz durchs Fenster hineinziehen? Gab es noch jemanden, der etwas darum geben würde?

Debbie fuhr sich mit beiden Händen durch ihr kurzes Haar. »Ich will dein Mitleid nicht«, erklärte sie. »Ich wünschte, ich hätte dir nicht davon erzählt.« Sie wirkte aufgewühlt. »Reden wir weiter von dir. Willst du nicht etwas aus deinem Leben machen?«

»Mache ich schon. Ich bin eine Mum. Da hat man jede Menge zu tun.«

»Nein, ich meine, *richtig* etwas tun. Für dich. Für deine Zukunft. Jetzt bist du im Prinzip bloß eine Sklavin. Und ich kann dir sagen, wenn du glaubst, dass ein Mann die Lösung ist, bist du wirklich blöd.«

»Hey. Das ist ein bisschen ...«

»Und vielleicht bist du auch ein wenig blöd, was Kinder angeht.«

»Was?«

»Heutzutage kann man Abtreibungen kriegen. Es ist dein Recht. Jede Frau hat ein Recht darauf. Denk doch bloß an all die Frauen über all die Jahre, die eine wollten und keine bekommen konnten.« Debbie unterbrach sich abrupt. Sie zog den BH-Träger hoch, der ihr von der Schulter rutschte, beugte sich vor und stützte die Ellbogen auf die Knie. »Ich sage ja nur, dass es nicht so zu sein bräuchte. Du hättest dich für eine Abtreibung entscheiden *können*. Das ist alles.«

»Du meinst, ich hätte abtreiben *sollen*.« Sheree stand auf und stellte sich vor Monique, die auf der Campingliege weiterschlief. Sie drückte die Stopptaste auf dem Kassettenrecorder.

In der Stille, die darauf folgte, zuckte Debbie mit den Schultern. »Meinetwegen.« Sie stand ebenfalls auf. »Ich will dir ja nichts. Es ist nur traurig, Menschen zu sehen, die im Leben unglücklich sind, obwohl es anders hätte kommen können.« Sie griff nach ihrer

Tabakdose und steckte ihre Blättchen und Streichhölzer hinein.
»Ich mach mich auf den Weg.«

Sherees Miene war grimmig. Sie stemmte die Hände in die Hüften und schirmte die schlafende Monique immer noch mit ihrem Körper vor Debbies Blick ab. »Du solltest wissen, dass du bloß sein Flittchen für nebenbei warst«, erklärte sie. »Antonio hat dich betrogen. Mit Naomi. Eine ausgewachsene Affäre war das. Verliebt und alles. Ich habe noch nie erlebt, dass jemand so verschossen war wie er in Naomi. Und sie in ihn. Die letzten Monate haben sie gerammelt wie die Karnickel.«

Als Tammy dieses Mal die Füße bewegte, brach sie durch die Latten, und das Holz splitterte. Jetzt konnte sie den Schrei, den sie ausstieß, nicht unterdrücken. Sekunden später tauchten zwei schockierte Gesichter am Fenster auf, während Tammy auf den Boden kletterte, ihre Glieder irgendwie zum Funktionieren brachte und dann über die Straße davonflitzte.

»Mist.« Sherees Stimme folgte ihr. »Mist, Mist, Mist.«

# 36

Ein Monat vor dem Mord
*Dezember 1978*

Die ersten beiden Oktoberwochen, in denen Richard Heimaturlaub hatte, waren die reine Folter für Naomi. Antonio war ihr so nahe, gleich auf der anderen Straßenseite, und doch nicht erreichbar. Dann ging Richard wieder arbeiten, kam aber an jedem Wochenende nach Hause. Naomi und Antonio stahlen sich unter der Woche so viel Zeit, wie sie konnten, aber es war nie wieder dasselbe wie in jenen berauschenden Septembertagen. Richards Anwesenheit war spürbar, selbst wenn er nicht zu Hause war. Immer deutlicher drängte sich für Naomi die Erkenntnis auf, dass Antonio das war, was sie wollte und brauchte. Und zwar auf alle Arten, auf die Richard es nicht war.

Es ging auf Weihnachten zu. Antonios Familie blieb weiter in Canberra und schob ihre Reise nach Rom bis wenige Tage vor dem Fest auf. Sheree wurde langsam gereizt, weil sie so oft auf Colin aufpasste, und bald würde Colin in den langen Sommerferien ganz zu Hause sein. Das Januarwetter kam früh und lockte die Menschen aus ihren Häusern, sodass es immer schwieriger wurde, ihr Geheimnis zu wahren und Naomi das Gefühl bekam, dass die Zeit mit ihr spielte und ihr diese perfekten, privaten Augenblicke raubte, in denen sie stillzustehen schien. Sie hasste die Weihnachtsdekorationen und die Musik in den Läden. Sie hasste die Adventskerzen in der Kirche. Sie hasste es, dass es in der Schule auf die Ferien zuging und Forderungen an sie gestellt wurden: die Aufrufe und Erinnerungen, die Bastelaktionen mit Klebstoff und Glitter, die Aufführung zum Jahresende und die Schulversammlung. Und jedes Wochenende machte Richard wieder Bemerkungen darüber, dass sie blass aussah und schlecht gelaunt war, sodass sie noch angestrengter so tun musste, als sehnte ihr Herz sich nicht nach jemand anderem. Die Gefahr, entdeckt zu werden, wuchs.

Eine Woche vor Weihnachten tauchte Antonio mit einem blauen Auge auf.

»Lass, es ist nichts«, sagte er, als sie großes Aufhebens darum machte.

»Das ist kein Nichts.« Naomi ertrug den Gedanken nicht, dass er verletzt war. »Wo ist das passiert? Wie?«

»Wirklich. Mach dir keine Gedanken. Bloß ein paar Rowdys Samstagabend am See.«

»Wie konnten sie so etwas tun? Erzähl mir, was passiert ist.« Naomi barg sein Gesicht an ihrer Brust und streichelte sein Haar. Er zappelte und machte sich von ihr los. In letzter Zeit war er häufiger gereizt, was Naomi darauf schob, dass er eifersüchtig auf die Zeit war, die sie mit Richard verbrachte. Aber sah er denn nicht, dass es für sie schlimmer war, weil sie ein Doppelleben führen musste?

»Sinnlos, dir jetzt davon zu erzählen. Ich habe nicht das Bedürfnis, weiter darüber zu reden. Jedenfalls war es, weil ich Ausländer bin. Das verstehst du sowieso nicht.«

Sie gingen trotzdem ins Bett. Naomi liebte ihn, als wollte sie die Zeit zurückdrehen, während sie trotzdem an die Zukunft dachte.

»Hast du das neue Mädchen schon kennengelernt? Eine Nichte, die gerade bei Ursula und Lydia eingezogen ist.« Naomi hatte sich geschworen, Debbie bei Antonio nicht zu erwähnen. Sie dachte schon seit Tagen über sie nach – darüber, dass sie neu hier war; dass sie fast gleichaltrig mit Antonio war; wie frei und ungebunden sie war. »Ich wette, sie steht jetzt schon auf dich.« Oh Gott, *warum* sagte sie bloß so etwas zu ihm? »Vielleicht bist du mich ja schon leid.« *Halt den Mund, halt den Mund, halt den Mund!*

»Ich bin dich nicht leid.« Antonio schüttelte eine Zigarette aus seinem Päckchen, doch Naomi legte eine Hand auf seinen Arm, damit er sie nicht anzündete. »Tut mir leid, hatte ich vergessen.« Sogar bei einer solchen Kleinigkeit – nicht mehr im Schlafzimmer zu rauchen – drängte sich Richard zwischen sie. »Ich bin das alles ...« Er wedelte mit seiner unangezündeten Zigarette. »... nur so überdrüssig.«

Antonio stieg aus dem Bett und begann sich anzuziehen.

»Hör auf«, sagte Naomi. »Hör auf, dich anzuziehen. Wir haben noch Zeit. Erzähl mir etwas Interessantes. Erzähl mir davon, wie wir zusammen nach Italien gehen werden.«

Antonio sah sie an, während er sein T-Shirt überstreifte und sich den Bleistift hinters Ohr steckte. »Ich bin es leid, über Tag im Haus zu sein. Da fühle ich mich eingesperrt. Faul. Nutzlos.« Er bewegte die Füße nicht, aber er hätte das Zimmer ebenso gut schon verlassen haben können und pfeifend die Straße hinuntergehen.

»Aber es passt so für uns«, sagte Naomi. »Wir haben ohnehin so wenig Zeit.« Sie sollte ihm das alles nicht erklären müssen.

»Wird es dir zu viel?«

»Nicht, wenn wir zusammen sind. Wenn wir zusammen sind, kann ich mit allem fertigwerden. Ich könnte es mit der ganzen Welt aufnehmen.«

»Das klingt dramatisch.«

»Kann schon sein. Aber es ist auch die Wahrheit.«

Er beugte sich über sie, um sie zu küssen. Naomi verschränkte die Hände hinter seinem Nacken. Antonio löste sich als Erster aus dem Kuss und drückte ihre Arme auseinander. »Ich liebe dich«, sagte er. »Wirklich.« Seine Miene wirkte herzzerreißend betrübt.

Warum bat er sie dann nicht, Richard zu verlassen? *Er* musste die Frage stellen, um zu beweisen, dass er sich genauso danach sehnte wie sie. Wusste er denn nicht, dass sie darauf wartete? Wusste er denn nicht, dass sie ohne zu zögern mit einem tiefempfundenen *Ja* antworten würde?

Am nächsten Tag kam Antonio überhaupt nicht. Nachdem sie den ganzen Tag die Uhr angestarrt hatte, holte Naomi Colin zur Abendessenszeit bei Sheree ab und versprach zum wiederholten Mal, irgendwann demnächst einen ganzen Tag Sherees Kinder zu nehmen.

»Darauf warte ich immer noch«, meinte Sheree. »Ich nehme dich beim Wort.«

Naomi ging nach Hause und nahm Colin fest in den Arm. Ihr Herz war inzwischen wie aus Wachs und hatte eine Form angenommen, die in Antonios Hand passte. Manchmal hatte sie Angst, dass er es nicht so festhielt, wie er gekonnt hätte. Sie begehrte ihn so sehr, dass es fast eine Art Wahnsinn war.

Am nächsten Tag tauchte Antonio auf. In solch einem Aufzug hatte sie ihn noch nie gesehen.

»Was ist *das* denn?«, fragte Naomi und ging einmal komplett um ihn herum.

Er trug weiße, mit Pailletten bestickte Schlaghosen. Eine lange Weste mit orientalischen Stickereien. Einen modisch drapierten Seidenschal. Federn im Haar.

»Aus dem Trödel«, erklärte er. Er hatte sich anscheinend ohne sie wunderbar amüsiert.

»Second-Hand-Laden«, sagte sie. »Niemand nennt es Trödel.«

Er gab keine Antwort. Er roch anders. Sie wollte unbedingt fragen, wo er gewesen war, aber genauso verzweifelt wollte sie es nicht wissen.

»Von gebrauchten Sachen kriegt man Flöhe«, sagte sie, piekte in die Weste und rümpfte die Nase. »Oder Läuse.«

Antonio lachte. »Genau das hat meine Mum auch gesagt.«

»Du siehst lächerlich aus.«

»Auch das hat sie gesagt. Sagst du mir als Nächstes, ich soll mein Zimmer aufräumen?«

Er trat einen Schritt zurück und schlug den Blick nieder. Wollte er schon wieder gehen? Er war doch gerade erst gekommen!

»Bleib hier«, sagte sie. Sie schlang die Arme um ihn und vergrub das Gesicht an seinem Hals, um zu verbergen, dass sie sich schämte. »Bleib hier und schlaf mit mir.« Sie leckte ihm das Ohr. »So. Ich wette, das hat deine Mum noch nie zu dir gesagt.«

Antonio umfasste ihre Schultern und hielt sie auf Armeslänge von sich weg. »Naomi«, sagte er. Seine Stimme und seine Miene drückten Widerwillen aus.

»Jetzt klingst du wie *meine* Mum«, sagte sie, und er lächelte verhalten, als verteile er seine Zuneigung portionsweise. »Bleib«, bat Naomi noch einmal.

Antonio blieb, doch nachher konnte Naomi den Eindruck nicht abschütteln, dass er nur mit ihr geschlafen hatte, um ihr einen Gefallen zu tun. Während er sich anzog, saß er mit dem Rücken zu ihr auf der Bettkante wie zum Zeichen seiner Zurückweisung.

Am nächsten Tag kam Antonio nicht. Naomi war vor Sorge außer sich.

Der Tag darauf war ein Freitag, drei Tage vor Weihnachten und der letzte Tag, bevor Richard auf Heimaturlaub nach Hause kommen würde. Antonio tauchte am Abend auf. Naomi schickte Colin im Schlafanzug durch die Lücke im Zaun zu Sheree. Er ging wortlos, doch vorher fing sie noch einen vorwurfsvollen Blick von ihm auf, der ihr das Gefühl gab, er wäre der Vater und sie das Kind.

»Es ist unmöglich«, erklärte Antonio. »Ich kann mich einfach nicht von dir fernhalten.«

Er war zerknirscht, verzweifelt und konnte nicht genug von ihr bekommen. Er liebte sie wie ein Ertrinkender und rang keuchend nach Luft. Sie grub die Finger in seinen Rücken und hinterließ dort Kratzspuren. Danach weinte Antonio.

Als Richard nach Hause kam, schob er Naomi auf die Couch zu und setzte sich ihr gegenüber, sodass er sich auf der gleichen Höhe befand wie sie und nicht über ihr aufragte. Er sah ihr in die Augen und erklärte ihr in seinem sanften Tonfall, er mache sich Sorgen um sie, und zwar schon seit einiger Zeit. Sie war zerstreut, launisch und aß nicht richtig. Er erklärte ihr, er habe sich mit dem Konteradmiral getroffen. Sie würden bald mit dem Bau eines neuen Standorts für die Akademie der Streitkräfte in Canberra beginnen. Kurzfristig würde sich nichts ändern, aber dort würden sich neue Möglichkeiten eröffnen. Richard könnte einen Job mit geregelten Arbeitszeiten bekommen. Er könnte jeden Abend zu Naomi und Colin nach Hause kommen. An den Tagen, an denen Naomi noch müde war, könnte er Colin Frühstück machen. Naomi stieß unwillkürlich einen schrillen Schrei aus, den Richard als Aufregung oder zumindest Zustimmung zu deuten schien. Doch zuerst, erklärte Richard, sollte sie sich von einem Arzt untersuchen lassen, sobald sie Weihnachten und Neujahr hinter sich hatten. *Wir lassen dich untersuchen,* sagte er. Er sagte, er werde jemanden finden, um ihre Nerven in Ordnung zu bringen, und er würde den Termin selbst machen. Naomi nickte und versprach, zu so einem Termin zu gehen, wenn er glaubte, es sei das Beste. Alles, wenn er bloß aufhörte, sie so anzusehen.

Am Tag nach dem zweiten Weihnachtstag fand das Straßenfest von Warrah Place statt. Cecil hatte vor fünf Jahren den Anstoß dazu gegeben, und inzwischen hatte es einen festen Platz im Kalender der Anwohner. Für Naomi und Richard würde es das erste Mal sein.

Cecil und Duncan parkten ihre Autos auf der Straße, um die Carnegie Street von Warrah Place abzusperren. Dann rollten alle den Grill ans Ende ihrer Einfahrt, liefen hin und her und schleppten Kühlboxen, Klappstühle, Tapeziertische und mehr Essen heran, als alle zusammen verzehren konnten. Sie bauten alles auf der Insel auf, umgeben von den Grills, die auf der Straße stehen blieben.

Maureen ging mit einer Flasche Sonnenlotion umher, die sie jedem aufzudrängen versuchte, obwohl die Schatten schon lang waren und die Sonne längst nicht mehr so stach. Sheree brachte Wassereimer, in denen ihre Kinder sitzen konnten, und forderte sie auf, so zu tun, als wären es Planschbecken. Die Laus trugen Essen für sich selbst nach draußen, nicht für andere, setzten sich an den Fuß ihrer Einfahrt und aßen es. Richard merkte an, dass sie den Bogen mit dem Straßenfest noch nicht so ganz heraus hatten, aber wenigstens gaben sie sich Mühe. Peggy steuerte, soweit Naomi das beurteilen konnte, nur Brandy und Zigaretten bei. Cecil brachte eine Kühlbox voller Garnelen, erklärte, wie man sie garen musste, und machte eine große Show daraus. Naomi konnte den Geruch nicht ertragen. Joe hatte selbst geräucherte Forellen, und auch davon drehte sich ihr der Magen um.

Naomi hörte mit, wie Tammy ihre Mum fragte, ob sie den Weihnachtskuchen holen solle. *Nein, das ist ein guter*, sagte Helen, *lass ihn zu Hause*. Sie schnappte auf, wie Helen Maureen erzählte, Richard habe das ganze Essen organisieren müssen, weil Naomi keinen Finger krumm gemacht habe.

Lydia arbeitete. Ursula ließ sich nicht blicken. Debbie war da, wirkte jung und frisch und sah mindestens genauso oft, wenn nicht öfter, in Antonios Richtung wie Naomi.

Antonio hatte sich der Länge nach auf einer Picknickdecke ausgestreckt, nahm alle Bierflaschen an, die ihm angeboten wurden, und trank sie schnell aus. Er tat, als wäre er ein Löwe, und jagte Sherees Kinder umher, die vor Freude quietschten. Er schnitt Tammy Grimassen, die versuchte, nicht zu lachen, das arme Mädchen. Er aß, stapelte Teller, rauchte mit seinen schlanken Fingern Zigaretten und hielt sich so gut wie möglich von Richard fern. Richards Hand lag besitzergreifend auf Naomis Rücken. Sie war sich bewusst, dass er mit Debbie redete und sie mit Antonio aufzog.

Sheree nahm ihren Arm und zog sie von Richard weg. »Mensch«, sagte sie, sobald sie außer Hörweite waren. »Ich kann dich nicht decken, wenn du dich so offensichtlich benimmst. Du musst aufhören, Antonio anzustarren wie ein liebeskranker Welpe.«

Naomi schüttelte sich. »Ist das wirklich so offensichtlich?«

»Bis jetzt nur für mich. Niemand sonst scheint etwas gemerkt zu haben. Aber pass auf. Oder sieh zu, dass du von hier verschwindest.«

Das schien ihre einzige Option zu sein. Naomi erklärte Richard, sie müsse sich hinlegen, und ging, doch vorher schenkte sie Antonio noch einen glühenden Blick. Sie versuchte es ihm mit aller Kraft zu vermitteln: *Ich gehöre dir. Ich gehöre dir. Ich bin für immer dein, und nur dein.*

Dann schob sich Debbie in ihre Blickrichtung. Sie trat mit einem Hula-Hoop-Reifen auf Antonio zu. »Aufstehen«, sagte sie. »Das wird ein Spaß. Ich zeige dir, wie es geht.«

Am Tag vor Silvester musste Richard zurück zur Arbeit. Sheree lud Naomi und Antonio zu einer Silvesterfeier zu sich ein; nur sie drei und die Kids. Naomi hatte das Gefühl, zusagen zu müssen. Sie quetschten sich alle durch die Lücke im Zaun. Doch je weiter der Abend fortschritt, umso lauter und betrunkener wurde Sheree und spielte ihre Country- und Westernkassetten wieder und wieder ab. Naomi sehnte sich immer verzweifelter danach, mit Antonio allein zu sein. Sie hielten sich vor Sheree an den Händen, knutschten, küssten sich verstohlen und berührten einander so oft und so intensiv, wie sie konnten. Sie waren wie Kinder bei einer Schulfete, sodass Sheree die Augen verdrehte wie ein Riesenrad. Doch es war nicht genug. Sie hatten ohnehin so wenig Zeit füreinander, da konnten sie es sich nicht leisten, sie mit anderen zu teilen.

»Nöö, kommt gar nicht in Frage«, erklärte Sheree, als sie versuchten, sich zu verabschieden. »Ein jämmerlicher verdammter

Abend. Nach allem, was ich für euch getan habe, habt ihr nicht einen einzigen Abend für mich Zeit? Nur bis Mitternacht. Danach könnt ihr euch verdrücken und euch das Hirn wegvögeln.«

»Sorry«, sagte Naomi und drückte sich aus der Tür, Antonios Hand in ihrer.

»Einer Freundin auszuhelfen ist eine Sache«, meinte Sheree, »aber sie auszunutzen, ist etwas ganz anderes, Naomi.«

Sheree war richtig sauer. Außer sich vor Wut sogar. Doch daran konnte Naomi jetzt nicht denken. Sie würde es ein andermal wiedergutmachen.

Sie waren schon auf halbem Weg zum Zaun, als Antonio sagte: »Meine Schuhe.«

»Lass sie dort«, sagte Naomi kichernd. »Wir können jetzt nicht wieder hineingehen. Sie macht uns die Hölle heiß.«

Sie liebten sich, als klammerten sie sich an den Rest des Jahres, als würde der morgige Tag ihnen nicht mehr gehören.

Antonio zündete sich eine Zigarette an, und Naomi hinderte ihn nicht daran.

»Ich muss dir etwas sagen«, erklärte Naomi und griff nach einer Teetasse, damit er sie als Aschenbecher benutzen konnte. Sie schmiegte den Kopf an die Stelle zwischen seiner Schulter und seiner Brust; den Platz, den sie als ihren betrachtete. Er nestelte müßig an ihrem Haar. Dreimal öffnete sie den Mund zum Sprechen und zögerte jedes Mal. Dann schloss sie die Augen. »Ich bin schwanger«, sagte sie.

Seine Hand, die auf ihrem Haar lag, erstarrte. Er tat noch drei langsame Züge und stieß jedes Mal den Rauch in einem schmalen Strom aus.

»Ist das ein Trick?«

Naomi schüttelte den Kopf, nein.

»Eine Falle?«

Naomi wusste nicht, was sie ihm antworten sollte. Würde ihr jemand abnehmen, dass sie ganz einfach vergessen hatte, die Pille zu nehmen? Dass sie, während sie verzweifelt nach Gründen gesucht hatte, warum er bei ihr bleiben müsste, während sie spürte, wie er ihr entglitt, rein zufällig schwanger geworden war? Naomi war sich nicht sicher, ob sie es selbst geglaubt hätte. Vielleicht existierte ein Teil von ihr – ein Teil, der gewusst hatte, was Naomi wollte, bevor der Rest von ihr es erkannte –, der einen Weg gefunden hatte, um Antonio festzuhalten und ihn gewählt hatte.

»Bist du dir sicher?«

»Ja.« Es war unverkennbar. Genauso hatte sie sich bei Colin gefühlt.

»Ist es von mir?«

»Ja.«

»Bist du dir sicher?«

»*Ja!*«, erklärte sie nachdrücklich. Es war unvorstellbar, dass das Baby nicht von ihm war. Denn sie wollte ein Kind von Antonio und nicht von Richard. Alles andere ergab keinen Sinn.

Antonio zog den Arm unter ihrem Kopf hervor. Sie klammerte sich daran wie ein Kleinkind. Sie richtete den Blick auf einen unsichtbaren Punkt in der Luft und begann, ihre Atemzüge zu zählen. Atmete durch die Nase ein und durch den Mund aus. Eins. Zwei. Drei. Vier.

»Was machst du da?«, fragte Antonio. »Du siehst komisch aus.« Er pflückte ihre Finger von seinem Arm.

»Warte«, sagte sie.

»Ich habe dir doch gesagt, dass du zu viel für mich bist.«

Naomi hätte am liebsten mit ihm über Bedeutungsnuancen gestritten. So hatte er das überhaupt nicht gesagt. Er hatte durchblicken lassen, dass diese *Sache* – diese wundervolle Idee mit dem Durchbrennen, ihre Situation – schwierig war. Sie wollte ihn darauf festnageln, was er ursprünglich gesagt hatte. Daran durfte er jetzt nichts ändern.

»Wie konntest du das zulassen?« Er sah sich hektisch nach seinen Zigaretten um und entdeckte sie unter einem Kissen. »Du bist doch ein großes Mädchen, Naomi. Ich dachte, du weißt, was du tust.«

»Du kannst jetzt nicht gehen«, sagte sie. Er knöpfte sich bereits die Hose zu. »Wir müssen darüber reden, was uns passiert ist und was wir tun sollen.«

»Wir? Uns? Diese Sache ist *dir* passiert. Weil du nicht aufgepasst hast.«

Von draußen drang Geschrei herein. Jemand blies eine Trompete. Autohupen gellten. Mitternacht. Ein neues Jahr.

»Bitte, Antonio.« Naomi spürte, wie sie ganz ruhig wurde. Wenn sie nur mit ihm reden könnte. Ihn an alles erinnern, was er gesagt hatte, alles, was sie miteinander geteilt hatten, wie sie einander zu besseren Menschen gemacht hatten. Sie würden einen Weg finden. Sie mussten. »Weißt du noch, wie du gesagt hast, ich könnte alles tun, was ich will? Also, ich will das hier. Mit dir.«

»Ich habe mit einer anderen geschlafen.« Eine Bombe. Er mochte sie nicht einmal ansehen, als er alles zerschlug.

Bevor sie ihn fragen konnte, setzte er noch etwas anderes hinzu. »Ich habe es getan, weil es einfach war. Und weil das hier schwer ist. Zu schwer.«

Antonio nahm sich nicht einmal die Zeit, sein Hemd anzuziehen. Er nahm es in die Hand, ging damit aus der Tür und hielt nur inne, um ihr über die Schulter einen Blick zuzuwerfen. Nur einen einzigen, und der war sekundenschnell vorüber.

Ein Rauchkringel stieg von der Zigarette auf, die in der Teetasse liegengeblieben war. Naomi wurde übel.

Tage vergingen, und Antonio kam nicht zurück. Naomi vergaß zu essen, sie vergaß sich zu waschen, sie vergaß Colin. Sie konnte nur an Antonio denken und das Begehren, das sie für ihn empfand, nicht abschütteln. Am liebsten hätte sie sich die Zunge abgebissen, damit sie seinen Namen nie wieder beiläufig und ohne nachzudenken aussprach. Als wäre sein Name nicht schon mit ihrem Körper verwoben. Sie hätte sich am liebsten die Augen ausgerissen, damit sie ihn nicht zufällig sah. Als wäre sein Bild nicht in ihr Herz eingebrannt.

Am nächsten Freitagabend kam unerwartet Richard zurück. Er hatte vorgehabt, ihr zu erklären, dass er wegen des Freiwilligeneinsatzes für die Kirche am Samstag zurückgekehrt sei, doch als er sah, in welchem Zustand sich Naomi und das Haus befanden, schenkte er ihr reinen Wein ein und erklärte, er sei krank vor Sorge um sie gewesen – und gut, dass er auf sein Bauchgefühl vertraut hatte. Er bemerkte nichts zu dem Geschirr und der schmutzigen Wäsche, die sich türmten, zum Essen, das draußen stehen geblieben und verdorben war, zu Naomis verfilztem Haar. Mit leiser Stimme, die kein Urteil über sie fällte, fragte er sie, ob sie wisse, wo Colin sei. Sie war zornig auf ihn, weil er so besonnen reagierte und ihr keinen Grund zum Aufbegehren gab. Früher hatte sie es geliebt, dass ihn nichts in seiner moralischen Überlegenheit erschüttern konnte, weil sie das Gefühl hatte, dass er sie damit ebenfalls auf diese Stufe erhob. Doch jetzt hasste sie ihn dafür. Sie brannte geradezu auf einen Streit.

Nach einer Nacht, in der sie wach neben Richard gelegen hatte, der tief und fest schlief, wusste Naomi, was sie zu tun hatte. Hoffnung mochte sie ja keine mehr haben, doch sie konnte sich für die Wahrheit entscheiden. Die Wahrheit war größer als Richard oder sie selbst. Die Wahrheit musste ans Licht kommen.

Naomi kleidete sich an. Sie zog Schuhe an und trug Lippenstift auf. Sie hatte eine Aufgabe zu erledigen und würde sich Selbstvertrauen holen, wo auch immer sie es herkriegen konnte.

Colin saß auf einem Kissen vor dem Fernseher, wo die samstägliche Zeichentrickserie lief. Naomi zauste ihm das Haar. Er war wirklich ein lieber kleiner Junge. Sie schloss die Tür hinter sich und sperrte ihn im Wohnzimmer ein. Dann nahm sie Richard bei der Hand und führte ihn in ihr Schlafzimmer.

»Hal...*lo*«, sagte er, legte die starken Hände auf ihre Hüften und trat die Tür hinter ihnen zu. Wenn er wollte, hatte er die Kraft, sie zu zerquetschen.

»Setz dich, Richard.« Sie schob ihn aufs Bett zu. »Ich habe dir etwas zu sagen.« Die gleichen Worte, die sie zu Antonio gesagt hatte. Doch dieses Mal klang ihre Stimme stumpf. Keine Wärme, keine Bedeutung, keine Dringlichkeit. Ihre Ehe und ihre Familie standen auf dem Spiel, aber nicht ihr Herz. Dieses Mal nicht.

Wenn Richard auf dem Bett saß, war er fast genauso groß wie Naomi im Stehen. Er blickte zu ihr auf und grinste. Sein Blick glitt zu ihrem Bauch, dann wieder hinauf zu ihren Augen, und er verstand ihr Schweigen als Bestätigung. »Ich wusste es!« Er stürzte auf sie zu, schloss sie in die Arme, wirbelte sie herum und setzte sie dann behutsam wieder ab. »Hast du es Weihnachten schon gewusst? Ich wette ja, du hinterlistiges kleines Biest.« Ihm schossen die Tränen in die Augen. »Ich habe nie aufgegeben, weißt du? Sogar, als alles verloren schien, als wir es all die Jahre versucht haben und nichts passiert ist. Ich habe nichts gesagt, weil ich wusste, dass es dir auch wehgetan hat. Aber ich habe nie aufgegeben.«

»Setz dich wieder hin«, sagte sie. »Das Kind ist nicht von dir.«

Sein Blick wurde kalt, seine Miene zu Stein. Während Naomi darauf wartete, dass Richard etwas sagte, hörte sie im Hintergrund das schwache, blecherne Plärren des Fernsehers. »Ich finde, da musst du mir schon mehr erzählen«, erklärte er ausdruckslos. »Über deine Affäre.«

»Keine Affäre«, sagte Naomi. Das war so ein billiges, unzureichendes Wort. Ein Wort, das nichts damit zu tun hatte, was sie für Antonio empfand. Affären waren etwas, was andere Leute hatten. »Ich liebe ihn.«

»Wer ist es?«

»Antonio.« Der Klang seines Namens, laut im Raum ausgesprochen statt in ihrem Kopf, ließ sie in Tränen ausbrechen. Sie sank zu Boden.

Richard sah zu, wie sie weinte. »Sag mir, was du willst«, sagte er.

»Was wir tun können, um alles wieder in Ordnung zu bringen.« Er klang vernünftig, und nur ein leichtes Blähen seiner Nasenlöcher wies darauf hin, dass nicht alles gut war.

»Das kannst du nicht«, gab Naomi zurück. »Nichts kann mehr in Ordnung gebracht werden, weil mein Herz gebrochen ist und nie wieder heilen wird. Es ist vorbei.« In diesem Moment vergaß sie, dass Richard ihr Ehemann war. Er verhielt sich wie ein Freund, der ihr Trost spenden konnte, oder ein Elternteil, der sein Kind liebte.

Richard stand auf und zog sein Hemd aus.

»Was machst du?«, fragte Naomi.

Er nahm ein altes T-Shirt von Billabong aus einer Schublade und zog es an. Es war blau, aber zu Grau verblasst, und über der Brust waren tosende Wellen aufgedruckt. Naomi fühlte sich bei dem Anblick seekrank. »Ich gehe zu dem Freiwilligen-Einsatz.« Sein Gesicht und sein Tonfall wirkten hölzern, leer. »Und wenn er dich wollte? Wenn es nicht vorbei wäre? Würdest du dann zu ihm gehen?«

»Sofort.« Da war es; ein Aufflackern von etwas, ein Zucken in seiner Wange, das an seiner Nase zerrte. »Tut mir leid, wenn dir das wehtut. Das ist nicht meine Absicht. Ich stelle nur eine Tatsache fest. Es wäre mir unmöglich, nicht mit ihm zu gehen.«

»Verstehe.«

Das hier war der Richard, der Naomi vertraut war. Er hatte eine Art an sich, eine einstudierte Ruhe, die er erfolgreich anwendete. Er nutzte sie, um Menschen das Gefühl zu vermitteln, er wäre auf ihrer Seite.

Doch während Sekunden vergingen, die von nichts ausgefüllt wurden, nahm Naomi in Richards angespannten Zügen eine Unterströmung wahr, die sich anfühlte wie statische Elektrizität. Was wie Gelassenheit wirkte, war in Wirklichkeit kalte, eisern beherrschte Wut. Er ragte hoch und starr über ihr auf, während sie wie ein Häufchen Elend am Boden lag.

Naomi war inzwischen vollkommen gleichgültig, was er ihr antat. Was konnte sie sich jetzt noch erhoffen? Sie beobachtete Richards Gesicht, die verborgenen Berechnungen, die er innerlich anstellte, und wartete.

Ohne ein weiteres Wort verließ er sie, ohne Notiz von Naomi zu nehmen oder alles, was gesagt worden war, zu würdigen. Sie würde weiter warten müssen.

# 37

Zwanzig Tage nach dem Mord
*Freitag, 26. Januar 1979*

Der Himmel färbte sich rosa, als Debbie quer durch Warrah Place zu Nummer drei ging. Die Sonne machte sich bereit für einen weiteren harten Arbeitstag. Hoch am Himmel stand das Kreuz des Südens. Debbie sah zu ihm auf und fragte sich, ob sie das Richtige tat.

Die Idee hatte Form angenommen, sobald Debbie Sherees Haus verlassen hatte. Seitdem hatte sie darüber nachgegrübelt und kein Auge zugetan. Sie bereute, Sheree von Antonio und sich erzählt zu haben. Was erhoffte sie sich von dem, was sie jetzt vorhatte? Sie hatte keine Ahnung. Sie wusste nur, dass es ihr unerträglich war, in der großen Liebesgeschichte zwischen Antonio und Naomi unsichtbar, belanglos und eine bloße Fußnote zu sein. Denn das war sie, nicht wahr? Eine große Liebe, hatte Sheree gesagt, oder jedenfalls so ähnlich. Was, wenn Debbie als Erste mit ihm zusammengekommen wäre? Jedenfalls hätte sie Naomi ganz bestimmt keine Chance gegeben.

Debbie beschloss, es zuerst an der Haustür zu versuchen, doch sie rechnete damit, zur Hintertür zu gehen und vielleicht durch ein Fenster klettern zu müssen. Die Leute hatten begonnen, nachts ihre Türen abzuschließen. *Naomi nicht*, dachte Debbie, als die Haustür sich leicht öffnen ließ. *Interessant.*

Debbie ließ sich einen Moment Zeit, um sich zu fassen. Wie gut hatte sich Antonio wohl in diesem Haus ausgekannt? Schon die erste Tür im Flur stand offen. Colin schlief mit entspannten, lockeren Gliedern auf einem gestreiften Laken. Die nächste Tür führte ins Bad. Die Morgendämmerung schien schon durch das Milchglasfenster, in ihrem Licht wirkten die gelben und weißen Kacheln zu fröhlich für Debbies Geschmack.

Und dann öffnete Debbie die Tür zu Naomis Schlafzimmer und blieb am Fuß des Bettes stehen.

Naomi schlief in der Mitte der Matratze, den Kopf auf einem Kissen, die Wange auf ihre gefalteten Hände gelegt. Sie hatte ein Laken über ihren Körper gezogen, unter dem sich die sanften Rundungen ihrer Schulter und Hüfte abzeichneten. Debbie hatte sie sich anders vorgestellt, erwachsener, älter, doch die Gestalt hier war kleiner als Debbie selbst. Sie wirkte kindlich, verletzbar. Ihr Mund stand offen, und ihr Atem rasselte leicht in ihrer Kehle; noch kein Schnarchen, aber beinahe. Es ließ jeden ihrer Atemzüge wie ein leises, verblüfftes Aufkeuchen wirken. War der Laut Antonio vertraut gewesen? Hatte er ihn liebenswert gefunden? Hatte er eine Seite des Betts vorgezogen? Hatten sie einander berührt, wenn sie schliefen?

Debbie hatte sich auf alle möglichen Arten jedem Gespräch entzogen, das Naomis Schwangerschaft erwähnte. Sie hatte ihr absichtlich keine Beachtung geschenkt, da sie nicht an ihre eigene Schwangerschaft und deren Ende erinnert werden wollte. Bis jetzt. Jetzt wühlte sich der Schmerz, den sie damals empfunden hatte, frisch wie beim ersten Mal durch ihren Körper, und Debbie akzeptierte diesen Ansturm und hielt ihm stand.

Sie beschloss, dass es unwichtig war, wessen Baby Naomi erwartete. Für sie machte es keinen Unterschied. Der Schaden war auf jeden Fall geschehen.

Während Naomi allmählich erwachte, wartete Debbie darauf, dass sie sie bemerkte. Naomi riss die Augen auf und fuhr ruckartig hoch. Sie streckte die Hände nach rechts und links aus. Suchte sie nach Antonio? Nach Richard?

Bevor Naomi etwas sagen konnte, verkündete Debbie, wozu sie hergekommen war: »Er hat dich geliebt. Ich dachte, du solltest das wissen. Frag mich nicht, woher ich das weiß, denn das werde ich dir nie verraten. Aber du solltest es wissen. Er hat dich bis zum Schluss geliebt. Nur dich.«

Es kostete sie Kraft, das auszusprechen. Und jetzt musste sie gehen.

In der Tür blieb sie noch einmal stehen. »Er hat dich nicht verdient, verstehst du?«, sagte sie, ohne sich zu Naomi umzudrehen. »Jetzt ist dir das vielleicht kein großer Trost, aber vielleicht wird es das eines Tages sein. Und wenn du noch mehr gute Taten von mir erwartest, kannst du das vergessen. Das hier ist mein Limit.«

»Warte«, krächzte Naomi. »Geh noch nicht. Ich ...«

Debbie schloss die Tür, ließ Naomi und ihr Baby hinter sich. Es gab nichts mehr zu sagen.

Auf dem Heimweg sah Debbie zu Antonios Haus, bevor sie sich Einhalt gebieten konnte. Es war wie ein motorisches Gedächtnis. Sie ließ sich Zeit, um die ganze Stärke seiner Zurückweisung zu spüren und eine weitere harte Schutzschicht um ihr Herz zu legen. Nie wieder. Die Härchen in ihrem Nacken stellten sich auf, sie riss den Blick los. Im Haus nebenan, gegenüber von Naomis Haus, stand Mrs. Lau reglos auf ihrem Balkon und beobachtete alles. Debbie schauderte es.

# 38

Drei Wochen nach dem Mord
*Samstag, 27. Januar 1979*

Bevor Naomi ihren Samstagmorgen überhaupt begonnen hatte, kam Richard in einem Kingswood Kombi nach Hause.
»Wo ist dein Auto?«, fragte sie.
»In Zahlung gegeben.«
Sie ging um den Wagen herum. »Können wir uns das leisten?«
»Können wir es uns leisten, den Wagen nicht zu wechseln?«
Alarmiert blickte Naomi auf. »Aber du hast gesagt, du hättest das Auto gesäubert. Du hast gesagt, es wäre kein Problem.«
»Entspann dich.« Er legte einen Arm um ihre Schultern. »Nur um auf Nummer sicher zu gehen, um an alles zu denken. Wir sind in Sicherheit, es ist für alles gesorgt. Vertrau mir.« Er küsste sie auf die Nase. »Schau dir mal den Vordersitz an. Perfekt zum Knutschen.«
Naomi interessierte sich nicht für das Auto oder fürs Knutschen. Sie hörte immer noch Debbies Worte – *er hat dich geliebt* – und Antonios Namen aus ihrem Mund. Je stärker sie sich von Richards Nähe abgestoßen fühlte, desto deutlicher schob er sich in ihr Blickfeld, desto mehr redete er und desto mehr Jovialität strahlte er aus. Er beschloss, dass sie eine Spritztour machen und einen Tagesausflug zum Cotter-Fluss unternehmen würden. Sie würden als glückliche Familie Spaß zusammen haben, ob es ihr passte oder nicht.
Der Cotter war ein Naturschutzgebiet am Murrumbidgee-Fluss und ein großartiges Gebiet zum Grillen und Wandern. Die Landschaft war umwerfend, besonders im Herbst, wenn man das

Gefühl hatte, dass rundherum eine Farbexplosion stattfand. Das Wasser war, falls man mutig genug war, um hineinzugehen, ein Wildwasserbach, der von den Snowy Mountains herabstürzte. Ein Ausflug zum Cotter-Park war immer etwas Besonderes.

Colin saß still auf der Rückbank: eine kleine einsame Gestalt auf dem riesigen Sitz. Er trug Shorts und ein T-Shirt, aus denen er herausgewachsen war. Er war klug genug gewesen, wieder seine eigenen Sachen anzuziehen, bevor Richard gekommen war. Naomi war froh darüber. Sie hatte noch nicht entschieden, wie sie es fand, dass er Mädchenkleider trug, und hätte Richards unvermeidliche Fragen darüber nicht ausgehalten.

Richard sang zur Musik aus dem Radio, trommelte auf das Steuer und war sich nicht bewusst, dass die Sonne auf seinem Ehering glitzerte und die Reflexe Naomi in die Augen stachen.

»Im Herbst ist der Cotter schöner«, meinte Naomi.

Richard warf ihr einen Blick zu und sprach Colin über die Schulter an. »Hey, Colin, Mum zieht eine griesgrämige Miene. Heitern wir sie doch mit ein paar Strophen von ›Ten Green Bottles‹ auf.«

»Dazu ist er zu alt«, sagte Naomi.

»Du bist heute aber wirklich eine Meckerziege«, sagte Richard in demselben fröhlichen Ton, in dem er Colin angesprochen hatte. »Wir werden uns schon amüsieren, du wirst sehen.«

Hatte Richard immer schon mit ihr geredet wie mit einem Kind? Warum hatte ihr erst Antonio in dieser Hinsicht die Augen geöffnet? Wieso hatte sie nicht von Anfang an begriffen, dass Richard so war? Herrisch, manchmal durchaus gutmütig, aber er musste immer die Kontrolle haben.

In ihrer Erinnerung ließ Naomi den Tag, an dem sie Richard von Antonio erzählt hatte, noch einmal Revue passieren. Was hätte sie anders machen können? Welche Worte gebrauchen? Hätte sie schweigen sollen? Die Gewissensbisse zerrissen sie. Zu schmerzhaft war die Erkenntnis, dass sie ihren Anteil an Antonios

Tod gehabt hatte, und noch schlimmer wurde es, weil sie jetzt wusste, dass er sie geliebt hatte. *Er hatte sie geliebt.* Sie schloss die Augen und tat so, als wäre Antonio noch am Leben. Wenn das Auto anhielt, würde Antonio dort auf sie warten, und Richard würde sich in Luft auflösen. Es würde sein, als hätte Richard nie existiert.

»Schon besser«, meinte Richard. Naomi schlug die Augen auf. Er grinste ihr zu wie in einem Moment der Verbundenheit. »Ich sehe dich gern lächeln. Wir sollten öfter Gäste einladen. Dinnerpartys geben. Damit ich mit deinem strahlenden Lächeln angeben kann.«

Es war wieder ein heißer Tag. Man hatte das Gefühl, diese Hitze herrschte schon seit Ewigkeiten, doch heute wehte auch ein leichter Wind, was ein totales Feuerverbot bedeutete. Die Grillplätze am Cotter waren geschlossen. Da sie keine Möglichkeit hatten, ihre Würstchen zu braten, aßen sie trockenes Brot, auf das sie Ketchup strichen. »Wir müssen uns eben einschränken wie die Bushranger, wenn sie kein Feuer anzünden konnten, um ihren Standort nicht zu verraten«, erklärte Richard. »Das wird ein Abenteuer.« Das Brot fühlte sich in Naomis Mund wie Gummi an. Colin aß seines, ohne sich zu beklagen.

Die öffentlichen Toiletten waren verdreckt. Tote Fliegen hingen in Spinnweben, andere summten lebendig, fett und faul herum. Dreck und Sand waren von draußen hereingetragen worden und verschmutzten den Boden und die Waschbecken. Der Geruch, der ohnehin schon schlimm war, wurde durch die Hitze noch verstärkt. Doch Naomi hatte einen kurzen Moment des Alleinseins, gerade lang genug, um wieder zu Atem zu kommen, aber nicht ausreichend, um erholsam zu wirken. Ihre Schwangerschaft war ihr inzwischen anzusehen, und in solchen Momenten, in denen sie für sich war, legte Naomi die Hände über ihr Baby und stellte sich vor, dass Antonios Finger sich mit ihren verschlangen. Sie streifte die Schuhe ab und stellte die nackten Füße auf den kühlen Beton. Sie hielt die Handgelenke unter den Kaltwasserhahn und befeuchtete sich den Nacken. In dem schmierigen Spiegel über dem Waschbecken übte sie eine ausdruckslose, gelassene Miene, denn sie wusste, sie musste ihre Schwäche überspielen. Wichtiger noch, sie musste die ersten verborgen aufglühenden Regungen ihrer Kraft verbergen.

Der Wasserspiegel neben den Klettergerüsten war stark zurückgegangen. Das verbleibende Nass hatte Emus angelockt, die sich abkühlen wollten. Sie saßen im seichten Wasser und wirkten in ihren schweren Federmänteln erschöpft und verwelkt. Naomi setzte sich auf eine Bank im Schatten, während Richard mit Colin zu einem hohen Klettergerät ging.

»Ich glaube, das ist eher für die großen Kinder«, meinte Naomi.

»Er *ist* ein großer Junge«, sagte Richard. »Hast du im Auto selbst gesagt.«

Gehorsam kletterte Colin los, angestachelt von Richard. Er legte eine Pause ein und warf einen nervösen Blick nach unten.

»Komm schon«, rief Richard. »Manche Mädchen in deinem Alter können höher klettern.«

Colin kletterte weiter.

»Ich will, dass du bis zu der Plattform an der Spitze kommst«, sagte Richard.

Colin war auf halbem Weg nach oben. Er stieg jetzt langsamer, sorgfältig setzte er die Füße auf und sah zu, dass er festen Halt fand, bevor er sein Gewicht verlagerte. Seine kleinen Knie zitterten, und Naomi spürte seine Angst. Doch er hielt nicht an.

Auf der Plattform klammerte sich Colin an die Stange in der Mitte. Dort hing ein Seil, an dem man hinunterrutschen sollte.

»Guter Junge! Wusste ich doch, dass du das kannst.« Richard warf Naomi einen vielsagenden Blick zu. »So, und als Nächstes will ich, dass du Folgendes tust: Halt den Knoten im Seil fest, renn los und spring über den Rand. Ich will, dass du so weit hinausschwingst, wie du kannst, und ich fange dich auf.« Richard baute sich zwischen Naomi und Colin auf.

»Ich glaube nicht, dass er das will«, murmelte Naomi.

»Ich will nicht«, sagte Colin. Er klang, als wäre er den Tränen nahe.

»Davon will ich nichts hören«, sagte Richard. »Komm schon, sei ein Mann.« Er knurrte es geradezu. »Vertrau mir. Ich lasse dich schon nicht fallen.« Er streckte die Arme so aus, dass sie einen Korb bildeten. »Hab mal ein bisschen Schneid, mein Sohn.«

Colin rührte sich nicht. Der Wind blies ihm das Haar in die Augen.

»Er will nicht«, sagte Naomi.

»Misch dich nicht ein«, gab Richard zurück.

»Er hat Angst.«

»Das ist ja der Sinn der Sache. Ich bringe ihm bei, seine Ängste zu überwinden. Das ist wichtig. Ich muss wissen, dass er mir vertraut. Ich muss wissen, dass *er* weiß, dass er mir trauen kann.«

»Bitte zwing mich nicht dazu.« Colin hielt sich mit einer Hand fest und wischte sich mit der anderen Nase und Augen.

»Mach es einfach«, sagte Richard. »Niemand kann Jammerlappen leiden.«

Seine Worte wischten Jahre weg, und Naomi hörte wieder die Stimme ihrer Mutter: *Niemand kann Jammerlappen leiden.* Dieselben Worte. Der gleiche Tonfall.

Naomi beschattete ihre Augen und sah zu Colin hoch. Sie wusste, wie es sich anfühlte, klein zu sein und diese Worte zu hören. Sie wusste, wie sie ein Leben prägen konnten. Sie wusste, wie es war, niemanden zu haben, der dafür sorgte, dass es aufhörte.

Auf der Bank neben Naomi krabbelte ein Weihnachtskäfer an einem Gummibaumblatt entlang. Naomi betrachtete die schimmernden Segmente seines Rückens und dachte bei sich, dass man sich alles erlauben konnte, wenn man so umwerfend aussah. Einfach auf einem Blatt zu sitzen, war schon Angeberei. Unterdessen trieb Richard Colin weiter an. *Spring, Junge, lass dir Eier wachsen und spring,* rief er ihm zu. Der Weihnachtskäfer reckte die Flügel und bereitete sich auf seinen Start vor. Er warf sich in die Luft und segelte im Wind davon, um einen anderen Ort zu finden, an dem er spektakulär aussehen konnte.

Schließlich drehte Colin sich um und kletterte auf demselben Weg, den er hinaufgestiegen war, wieder hinunter.

»Was mich enttäuscht«, meinte Richard auf der Heimfahrt, »ist, dass du es nicht mal probiert hast. Jetzt wirst du nie erfahren, ob du es geschafft hättest.« Er warf Naomi, die ihn böse anstarrte, einen Blick zu. »Das gilt auch für dich und dein Ehegelübde«, stieß er mit zusammengebissenen Zähnen hervor.

Als sie nach Hause kamen, saßen Peggy und Leslie mit Cecil in ihrem Vorgarten. Sobald Richard aus dem Auto stieg, stürzten sie sich auf ihn. Naomi fragte sich, wie lange sie dort herumgelungert und darauf gewartet hatten, genau das zu tun.

»Todschick«, meinte Cecil. Er meinte das neue Auto. »Da geht es jemandem aber gut.«

»Macht Sinn, sich etwas Größeres zu besorgen«, sagte Richard. »Du weißt schon, wenn die Familie wächst.« Stolz sah er Naomi an und ließ den Blick so auf ihr ruhen, dass es allen auffiel.

Peggy erklärte, sie hätten über Joe und seinen Zusammenstoß mit der Polizei geredet.

»Da denkt man, man kennt jemanden«, sagte Cecil. »Aber das zeigt mal wieder, dass man bei Ausländern nicht vorsichtig genug sein kann, sogar bei welchen, von denen man denkt, sie sind in Ordnung. Er hat immer so fröhlich gewirkt. Vielleicht war das ja ein Zeichen.«

Colin wich zurück und lief zum Haus der Lanahans.

»Mit einem Lächeln kann man viel verstecken«, meinte Peggy. Sie hustete wie ein Motor, der nicht richtig starten will.

»Ich finde, es ist für uns schwer zu begreifen, was der Krieg einem Mann antun kann«, erklärte Richard. »Joe hat die italienische Besatzung Jugoslawiens erlebt. Furchtbare Sache. Dass die Mariettis hierhergezogen sind, na ja, das muss schlimme Erinnerungen wachgerufen haben.«

»Das hatte ich nicht bedacht«, räumte Peggy ein.

»Ich freue mich, dass wenigstens die meisten von uns Aussies sind«, meinte Cecil. »Bin stolz darauf, sagen zu können, dass ich waschechter Australier bin, seit vier Generationen und kein Ende abzusehen. Meine Leute stammen von Werftarbeitern ab. Respektable Branche. Würde mich nicht überraschen, wenn ein paar von euch Halunken von Sträflingen abstammen.« Er stieß Peggy grob in die Rippen und lachte.

»Wahrscheinlich wirst du der Presse wieder Unwahrheiten über uns erzählen«, sagte Peggy, doch Cecil wirkte keineswegs beschämt.

Naomi warf einen Blick auf die Straße. Heute stand kein Presse-Transporter hier. Sie hoffte, dass sie das hinter sich hatten; dass die Reporter aufgegeben hatten und zu einer neuen Story weitergezogen waren.

»Obwohl«, fuhr Peggy fort, »wenn du etwas über Helen erzählen willst, halte ich dich nicht auf.« Peggys Miene wurde säuerlich. »Ich will bloß wissen, ob wir in Gefahr sind; ob es denkbar ist, dass Joe sich gegen uns wendet.«

»Ich vertraue Joe«, sagte Leslie. »Außerdem hat die Polizei ihn laufen lassen. Ich schätze, er ist eher aus dem Schneider als alle anderen.«

Peggy wirkte nicht überzeugt. »Was meinst du?«, fragte sie Richard.

»Ich glaube schon, dass die Polizei ihre Gründe hatte, ihn zu verhören«, sagte Richard. »Aber ohne Beweise konnten sie ihn wohl nicht länger festhalten.«

»Dann könnte er immer noch verdächtig sein, trotzdem der

Mörder sein, aber die Polizei hat nicht genug, um ihn einzusperren. Meinst du das?«, fragte Peggy.

Richard zog die Augenbrauen hoch und zuckte mit den Schultern.

»Habe ich nicht von Anfang an gesagt, wir müssten Joe im Auge behalten?«, sagte Cecil.

»Moment mal«, sagte Naomi. »Hier steht das Leben eines Mannes auf dem Spiel.«

»Unser aller Leben sind in Gefahr«, gab Cecil zurück. »Das ist ja gerade meine Sorge.«

Richard presste die Lippen zusammen.

# 39

Dreiundzwanzig Tage nach dem Mord
*Montag, 29. Januar 1979*

Ursula lebte seit vier Tagen in Guangyus Haus – seit sie nach der Bibelstunde am Donnerstag völlig aufgelöst aufgetaucht war. Sie hatte Jennifer dazu eingespannt, im Schutz der Dunkelheit ihre Nachrichten an Lydia zu überbringen, denn sie wagte sich selbst nicht aus dem Haus. Sobald Herman oder Jia Li aussahen, als wollten sie fragen, wie lange Ursula bleiben würde, brachte Guangyu sie zum Schweigen. Soweit es sie betraf, konnte sie bleiben, so lange sie wollte. Jennifer nahm das Ganze erstaunlich gelassen auf. »Ich finde es nett, dass du eine Freundin hast«, meinte sie. »Dann hast du etwas anderes zu tun, als mich zu schikanieren.«

In der ersten Nacht hatten die beiden Frauen nebeneinander auf der Couch im Wohnzimmer gesessen und schließlich unruhig geschlafen, unterbrochen von Heulanfällen (Ursula) und Reden (größtenteils Ursula). Am Morgen waren Ursulas Augen rot und wund. Die von Guangyu fühlten sich vom Schlafmangel kratzig an; ihr Rücken schmerzte und war verdreht.

»Ich weiß, du findest, dass ich überreagiere«, meinte Ursula. Sie hatte so viel geweint, dass sie dehydriert war und pochende Kopfschmerzen hatte.

Guangyu wehrte ab und wollte es abstreiten, aber doch, es stimmte. Guangyu konnte verstehen, dass es eine üble Sache war, Ursula bei der Bibelstunde in eine Falle zu locken, und das alles so öffentlich. Aber musste man das *wirklich* so hochhängen?

»Da dir das so wichtig ist, kann ich mich allerdings nur fragen, ob es eine andere Kirche gibt, die vielleicht … ich weiß nicht …

entgegenkommender ist«, meinte Guangyu. »Es wäre doch trotzdem derselbe Gott, oder?«

Guangyu sah Ursula ins Gesicht, während diese den Schemel, der vor ihr stand, anstarrte, als wäre er das Interessanteste, was sie je gesehen hatte.

»Tut mir leid«, sagte Guangyu. »Jetzt habe ich dich beleidigt.«

»Nein, gar nicht. Ich will dir etwas erklären, aber ich weiß nicht, wo ich anfangen soll.« Guangyu liebte es, wie sich Ursulas Gedanken auf ihrem Gesicht zeigten, obwohl sie noch nicht wusste, was sie enthielten. Sie sah zu, wie sie sich klärten. »Wir weißen Australier glauben vielleicht, dass dieses Land uns gehört, aber wir waren nicht immer hier. Wir waren nicht die Ersten. Wir kommen alle von anderswoher. Und es mag so aussehen, als wären wir alle gleich, doch das sind wir nicht. Wir alle tragen unsere Geschichte in uns – zum größten Teil eine unsichtbare. Und meine hat unentwirrbar damit zu tun, dass ich Lutheranerin bin.«

Ursula wirkte, als wollte sie hier aufhören. »Du musst mir mehr erzählen, damit ich es verstehe«, sagte Guangyu daher.

»Ich habe noch nie versucht, das jemandem zu erklären. Nicht mal mir selbst.« Bedächtig trank Ursula einen Schluck Wasser. »Die Lutheraner, die hierherkamen, haben sich gemeinsam angesiedelt, und ihr Glaube hat sie noch stärker zusammengeschweißt als ihre Herkunft. Als Kindern hat man uns eingeschärft, wie glücklich wir uns schätzen können, Religionsfreiheit zu haben, und wie dankbar wir unseren Vorfahren für alles sein müssen, was sie ertragen haben. Das macht die Bande so stark, untereinander und mit den Generationen vor uns.« Ursula tastete immer wieder nach der Kette mit dem Kreuz, die nicht mehr um ihren Hals hing. Es war eigenartig, sie ohne das Schmuckstück zu sehen.

Guangyu schwieg. Sie wusste, wenn sie Ursula Freiraum zum Nachdenken und Reden ließ, würde Ursula sich in diesem Raum vortasten. Das hatte sie gelernt, weil Ursula dasselbe für sie getan hatte.

»Als ich klein war«, fuhr Ursula fort, »hatten wir immer diese Familienpicknicks im Park, zu denen Hunderte von Menschen kamen. Ich kenne viele meiner Cousins und Cousinen zweiten und dritten Grades. Ich habe zwei Familienbücher, in denen die Verzweigungen des Stammbaums Hunderte von Seiten einnehmen.« Ursula rieb sich durch das müde Gesicht und rubbelte ihre Augen, bis die Lider herunterhingen.

»Erzähl weiter.« Guangyu legte Ursula aufmunternd eine Hand aufs Knie.

»Verstehst du, für mich bedeutet die Kirche nicht nur den Glauben. Dann hättest du recht, ich könnte mir eine andere Kirche suchen. Aber Lutheranerin zu sein ist mein Erbe, das, was ich immer schon war, wo ich hineingeboren bin. Wenn ich kein Teil dieser Kirche sein kann, bedeutet das, dass meine Grundmauern zerfallen und ich keinen festen Boden mehr unter den Füßen habe.«

Während Ursula sprach, dämmerte der Morgen. Die Nacht wich wie immer dem Tag, und Ursula stand wieder da, wo sie angefangen hatte und wusste immer noch nicht, was sie tun sollte.

In den folgenden Tagen dachte Guangyu über ihre eigenen Grundfesten nach. Vielleicht musste es im Leben ja nicht immer darum gehen, voranzukommen und fortzugehen. Vielleicht konnte es auch um Rückkehr gehen. Sie hatte so lange ihren Blick von China abgewandt. Es wäre nett, sich umzudrehen und wieder stolz darauf zu sein, Chinesin zu sein. Sie würde ihre Mum anrufen. Vielleicht eine Reise planen.

Am Montagmorgen nach der Bibelstunde brachte Guangyu eine Tasse Tee ins Wohnzimmer, wo Ursula auf der Couch schlief.

Ursula hob verschlafen das Gesicht, lächelte aber. »Du verwöhnst mich«, sagte sie und setzte sich auf. »Vielleicht gehe ich nie wieder nach Hause.«

»Soll mir recht sein«, meinte Guangyu.

Ursulas Miene verdüsterte sich, von schwierigen Gedanken umwölkt. »Es ist aber Zeit. Ich habe es hinausgeschoben, weil ich überall, wo ich hinschaue, Schmerz sehe. Entweder verliere ich Lydia oder meine Kirche. Aber eins ist sicher: Lydia fehlt mir.« Sie stand auf. Zum ersten Mal seit Tagen wirkte sie entschlossen. Sie begann auf- und abzugehen, und ihr Gesicht und ihre Bewegungen belebten sich, als sie in Schwung kam. »Was auch immer passiert, ich bin Lydia das Recht schuldig, ein Teil davon zu sein. Das ist doch richtig, oder?« Guangyu war sich nicht sicher, ob sie sie fragte oder sich selbst. »Ich habe festgesteckt und versucht, einen schmerzlosen Weg zu finden, ohne etwas zu verlieren. Aber es gibt keinen. Jetzt weiß ich nur eins: Der größte Verlust wäre, nicht mit Lydia zusammen zu sein. Ich kann nicht ohne sie leben.«

Angesichts von Ursulas Zwiespalt fühlte Guangyu sich hilflos. Sie konnte nichts dazu beitragen; hatte keine Lösung, die den Weg ebnen könnte. Sie wünschte, sie könnte sich nützlicher machen.

»Meinst du, Lydia wird verstehen, warum ich nicht nach Hause gekommen bin? Ob meine Nachrichten genug sind?«, fragte Ursula. »Wird sie mir verzeihen?«

»Das wird sie«, sagte Guangyu. »Wenn du ihr erklärst, dass du getrauert hast.«

»Getrauert?«

»Um deine Fundamente. Zuerst trauert man. Dann baut man neu auf.«

Wenn sie es so ausdrückte, klang es einfach. Doch Guangyu hatte nichts davon getan. Nicht getrauert. Keine neuen Grundlagen geschaffen. Stattdessen hatte sie versucht, ohne festen Boden unter den Füßen zwischen unterschiedlichen Kulturen zu balancieren, die beide nichts von ihr wissen wollten. Es war Zeit, dass sie Halt fand.

Es klopfte schüchtern an der Tür. Wäre Guangyu nicht im Wohnzimmer gewesen, dann hätte sie es vielleicht überhört. Während sie zur Tür schlurfte, wurde das Pochen lauter und hartnäckiger. Es war Naomi in einem dünnen Nachthemd und darüber einer Wolljacke, die sie auf links angezogen hatte.

Wortlos trat Guangyu zurück und ließ Naomi ein. In dem Moment, in dem die Tür hinter ihr zufiel, sprudelte Naomi eine Rede heraus, die zumindest anfänglich wie eingeübt klang. »Nach reiflicher Überlegung, nachdem Richard übers Wochenende zu Hause war und nach einem Vorfall am Freitagmorgen, einem unerwarteten Besuch, von dem ich erstaunlicherweise sagen muss, dass er den Kopf geklärt und für Bestärkung gesorgt hat – *meinen* Kopf, und *mich* bestärkt, meine ich –, muss ich trotz der Risiken, die das nach sich zieht, mit Ihnen reden. Und nein, bitte unterbrechen Sie mich nicht, bis ich gesagt habe, wozu ich hergekommen bin. Wo war ich noch gleich?« Naomi unterbrach sich, um Luft zu holen und hielt eine Hand hoch, um Guangyu zu stoppen, als diese sich räusperte. »Nein. Bitte. Ich muss das hinter mich bringen, bevor ich kneife. Ich glaube, dass Sie in Bezug auf Antonios Tod einiges über meinen Mann wissen oder vermuten. Sie haben ja so etwas angedeutet, als Sie mich aufgesucht haben. Ja?«

»Ja, aber ...« Als Naomi sie unterbrach, warf Guangyu einen Blick über die Schulter.

»Die Sache ist, ich weiß, dass Sie ... gewisse Ansichten haben, und ich habe keine Lust, mir Vorhaltungen anzuhören, obwohl ich es verdiene, das stimmt. Also. Die Sache ist die, dass ich die ganze Zeit Angst hatte, etwas zu sagen, die Pferde scheu zu machen, verstehen Sie? Auf dem Weg hierher habe ich mich ganz oft fast gedrückt. Ich dachte – dumm von mir, jetzt verstehe ich das auch –, alles könnte wie immer bleiben. Nun ja, vielleicht nicht genauso, weil, na, *Sie wissen schon*, aber ich dachte, wir könnten irgendwie damit leben, reparieren, was falsch gelaufen ist und so weiter. Aber jetzt stelle ich fest, dass ich mehr Angst davor habe, nichts zu sagen, als davor, *etwas* zu sagen. Können Sie mir folgen?«

»Vielleicht«, meinte Guangyu. »Bis zu einem gewissen Grad. Aber ...«

»Deswegen bin ich hier. Ich dachte, ich wäre ganz allein auf der Welt, und dann sind Sie zu mir gekommen. Ich hatte gedacht, alles wäre hoffnungslos, und das könnte durchaus immer noch so sein. Und, na ja, zuerst haben Sie mir Angst gemacht. Aber dann haben Sie gesagt, ich hätte Optionen.«

Sie unterbrach sich, was die ideale Gelegenheit für Guangyu gewesen wäre, zu Wort zu kommen, doch Guangyu fühlte sich schwindelig. Sie hatte Naomi noch nie so viel oder so schnell reden gehört. Sie, die normalerweise zurückhaltend und distanziert war, hatte jetzt die Schleusen geöffnet, ihre Worte überstürzten sich.

»Ich brauche Ihre Hilfe«, fuhr Naomi fort. »Keine Ahnung, wie ich das anstellen soll – da kommen Sie ins Spiel –, aber ich weiß, dass ...« Sie holte tief Luft. »Ich weiß, dass ich nicht länger mit einem Mörder zusammenleben kann.«

Von der offenen Wohnzimmertür her erklang ein Keuchen. Naomi erschrak.

Sie stieß Guangyu mit der Schulter beiseite und stürzte ins Wohnzimmer. Guangyu folgte ihr und stellte fest, dass Naomi und Ursula sich gegenüberstanden. Sie hatten beide die Hände vor den Mund geschlagen und starrten einander aufgewühlt an.

»Sie hätten das sagen können«, warf Naomi Guangyu vor. »Dass sie hier ist. Und lauscht.«

»Ich habe es versucht«, gab Guangyu zurück.

»Unter den Umständen hätten Sie sich mehr Mühe geben können.«

»Soll ich das so verstehen«, sagte Ursula, immer noch mit den Händen vor dem Gesicht, »dass Sie Richard als Mörder bezeichnen? Dass er Antonio umgebracht hat?« Naomi schwieg. *Da ist sie,* dachte Guangyu. Die Bestätigung, dass ihre Augen und ihr Instinkt sie nicht getrogen hatten. Dass sie nicht verrückt war. »Ach, du lieber großer Gott«, sagte Ursula.

Ein schmales Gesicht tauchte an der Tür auf. »Nicht jetzt, Ma«, sagte Guangyu und beförderte Jia Li aus dem Zimmer. Sobald die

Tür geschlossen war, stieg die Spannung im Raum. Sie hätte sich jeden Moment entladen können.

»Was macht sie hier?«, fragte Naomi und zeigte auf Ursula. Ihr Blick fiel auf das Kissen und die Decke auf der Couch und die Tasse Tee auf dem Schemel.

»Ich habe hier Zuflucht gesucht«, erklärte Ursula. »Aber wir haben jetzt andere, dringlichere Probleme.«

»Was?«, sagte Naomi.

»Ursula ist hier, weil sie eine Freundin brauchte, nachdem sie grausam behandelt worden war«, erklärte Guangyu.

Ein mitfühlender Blick von Guangyu und ein dankbarer von Ursula wurden zwischen den beiden Frauen gewechselt.

Naomi sah Ursula neugierig und mitleidig an.

»Um Himmels willen, ihr beiden, seid nicht so nett zu mir«, sagte Ursula. »Wenn ihr so lieb zu mir seid, breche ich zusammen.«

Eine Weile schienen die Frauen in ihre eigenen Gedanken versunken. Guangyu hatte das Gefühl, dass sich die Ereignisse endlich zuspitzten. Sie wusste allerdings nicht, was Naomi von ihr wollte.

»Aber warum?«, fragte Ursula. »Das verstehe ich nicht. Warum sollte Richard ...« Sie schien die Worte nicht aussprechen zu können.

Guangyu bemerkte, wie Naomi instinktiv die Hand auf den Bauch legte, und sah, dass es auch Ursula aufgefallen war. Die Erkenntnis dämmerte gleichzeitig in Ursulas Gesicht und in Guangyus Kopf. Ursula errötete.

»All diese Geheimnisse!«, meinte Ursula. »Wie könnt ihr bloß so leben?«

Guangyu zog, an Ursula gerichtet, die Augenbrauen hoch, und diese quittierte den stummen Tadel mit einem Seufzen und nickte.

»Ja, schon gut, du hast ja recht«, sagte sie.

Seit Naomi gesagt hatte und *da kommen Sie ins Spiel*, waren Guangyus Befürchtungen gewachsen wie ein Ballon, der langsam, aber stetig aufgeblasen wird.

»Ich weiß immer noch nicht, was Sie von mir wollen«, sagte sie zu Naomi.

»Ich darf auf keinen Fall mit hineingezogen werden«, erklärte Naomi, als wäre das ihr letztes Wort. »Was heißen soll«, fuhr sie fort, »dass ich nicht diejenige bin, die zur Polizei gehen kann.«

Guangyu wurde bang ums Herz.

»Ich muss behaupten, dass ich keine Ahnung hatte«, sagte Naomi. »Sonst werden sie mich als Komplizin behandeln. Ich habe mir das gut überlegt. Es ist die einzige Möglichkeit.«

Nicht zum ersten Mal fragte sich Guangyu, welchen Anteil Naomi an dem Mord gehabt hatte. Zumindest hatte sie offensichtlich die ganze Zeit Bescheid gewusst. »Es kommt auf die Wahrheit an«, erklärte sie.

»Nur relativ«, gab Naomi zurück.

»Wie bitte?«, fragte Guangyu.

»Die Bedeutung der Wahrheit ist relativ zur Bedeutung anderer Dinge«, sagte Naomi. »Am wichtigsten ist Colin.«

*Ein wenig dreist*, dachte Guangyu angesichts dessen, wie wenig Beachtung Naomi ihm in letzter Zeit geschenkt hatte. »Sehr praktisch für Sie«, sagte Guangyu. So langsam wurde sie gereizt. Schweiß rann zwischen ihren Schulterblättern herunter. Sie hatte das Gefühl, manipuliert und in eine Ecke gedrängt zu werden, und sie hatte keine Ahnung, was sie dagegen tun sollte. Entging ihr hier etwas? Sie betrachtete Naomi genauer und sah ein unverstelltes Gesicht, aus dem sie ihr offen in die Augen sah. Ihr Blick war direkt, und ihm fehlte dieses Ausweichende, das Guangyu immer den Eindruck vermittelt hatte, dass sie etwas verbarg.

»Eltern können einem Kind auf verschiedene Arten Schaden zufügen«, sagte Naomi mit zögerlicher Miene und schlug die Augen nieder. »Ich kenne beide Seiten aus Erfahrung. Ich hoffe nur, dass es nicht zu spät für Colin ist, um das zu überwinden.« Sie strahlte beinahe greifbar Trauer aus.

»Wahrscheinlich empfinden alle Eltern das von Zeit zu Zeit«, meinte Ursula. »Es ist bestimmt nicht annähernd so schlimm, wie Sie glauben.« Sie legte Naomi einen Arm um die Schultern, doch diese lehnte sich nicht an.

»Ich will nicht, dass Sie mir ein besseres Gefühl geben«, sagte Naomi. »Ich war eine furchtbar schlechte Mum, das ist die Wahrheit, und es ist Zeit, mich dieser Tatsache zu stellen. Aber ich bin nun mal die Mum, die Colin hat, der arme Kerl. Er kann sich keine andere suchen. Nein.« Behutsam wies sie Ursulas erneuten Versuch, sie zu trösten, zurück und lächelte ihr dabei zittrig zu. »Bitte erzählen Sie mir nicht, alles sei in Ordnung. Das ist es nicht, und ich muss wie eine Erwachsene damit umgehen.«

»Warum geben Sie dann nicht zu, die Wahrheit vor der Polizei verborgen zu haben?«, fragte Guangyu.

»Weil ich dafür sorgen muss, dass für Colin alles gut wird. Er braucht mich«, sagte Naomi. »Sie haben ihn doch gesehen. Was glauben Sie, was mit kleinen Jungs passiert, die gern Mädchenkleider tragen?«

»So, wie ich das sehe, nicht allzu viel.« Guangyu war noch nicht bereit, ihr Misstrauen ganz zurückzustellen. »Er hatte keine Probleme. Helen hat sich ganz gut um ihn gekümmert.«

»Aber Naomi hat recht«, sagte Ursula. »Nachdem ich selbst einen Zusammenstoß mit Helens spezieller Art von Fürsorge hatte, möchte ich sie eigentlich nicht in der Nähe des Jungen wissen. Wenn Naomi ihn so lieben kann, wie er ist, braucht er sie. Naomi darf nicht hineingezogen werden.«

Guangyu hätte am liebsten eine Auszeit ausgerufen. Um sich ohne Naomi mit Ursula zu beraten. Um ihre Gedanken zu ordnen. »Trinken wir eine Tasse Tee.«

»Nein, danke«, sagte Naomi.

Guangyu griff nach einem Kissen, schüttelte es auf und legte es wieder weg. Dann nahm sie die Decke von der Couch, faltete sie sorgfältig zusammen und hängte sie über eine Lehne. Sie kam sich vor wie eine Besucherin in ihrem eigenen Haus. Zweifellos meinte

Naomi wirklich, was sie sagte. Das hier war kein ausgefeilter Trick. Unbehaglich trat sie von einem Fuß auf den anderen. »Was schlagen Sie vor?«, fragte sie Naomi.

»Ich finde, Sie sollten zur Polizei gehen und sagen, Sie hätten etwas gesehen. Keine Ahnung, was. Vielleicht haben Sie Richard in den Hügeln gesehen. Oder an der Kirche oder am Bach. Sie sagen, Sie seien nicht früher zur Polizei gegangen, weil Sie nicht besonders gut Englisch sprechen.« Guangyu warf ihr einen vernichtenden Blick zu. »Oder Sie sagen, Sie hatten zu große Angst, um früher zu gehen. Vor Richard oder sonstwas.«

»Ich *habe* ihn in den Hügeln gesehen«, erklärte Guangyu in zwei schockierte Gesichter hinein. »Deshalb bin ich darauf gekommen. Und ich bin nicht zur Polizei gegangen, weil ich *wirklich* Angst hatte.«

»Sie haben das die ganze Zeit für sich behalten?«, verlangte Naomi zu wissen. »Aber Sie haben gerade gesagt, die Wahrheit sei wichtig. Warum haben Sie es der Polizei nicht gesagt?«

»Ach, kommen Sie schon«, sagte Ursula. »Die Wahrheit ist nie so einfach, wie die Leute glauben.«

Guangyu erkannte erstaunt, dass Ursula sich in einer Krise gut bewährte, solange sie jemand anderen betraf.

»Ich würde zur Eile raten«, erklärte Ursula. »Jeder Moment des Zögerns macht es noch schlimmer. Für Sie – für euch beide –, aber ich muss auch an De... Na ja, es kann nur gut für alle sein, wenn das vorbei ist.«

Naomi kaute an ihrem Daumennagel. Sie wirkte unsicher, kindlich. »Ich weiß nicht«, sagte sie. »Vielleicht muss ich zuerst Richard wiedersehen. Er ist in ein paar Tagen zurück. Dann kann ich abschätzen, wie ich die Sache angehe und *wann*. Ich muss mich vorbereiten, Vorkehrungen treffen.« Sie knibbelte mit den Fingern an dem Nagel herum. »Mit einem Mal habe ich große Angst. Ich meine, mehr als sonst. Ich glaube *nicht*, dass Richard Colin etwas antun würde, aber wie soll ich mir da sicher sein? Ich hätte vorher auch behauptet, er sei nicht in der Lage, jemanden umzubringen.« Nervös wandte sie sich an Guangyu. »Was meinen Sie?«

»Ich meine«, sagte Guangyu und richtete dabei ihre Aufmerksamkeit auf Ursula, die kaum wahrnehmbar nickte, »das muss Ihre Entscheidung sein, Naomi.« Noch ein Nicken von Ursula, zögernd, aber bestimmt. »Wann wir es der Polizei sagen. Ihre Wahl. Wir dürfen Colin nicht in Gefahr bringen.«

»Wenn das so ist, muss ich wohl hierbleiben«, erklärte Ursula. Ein schmerzlicher Ausdruck huschte über ihr Gesicht. »Ich kann noch nicht zurück zu Lydia. Ihr kann ich nichts verheimlichen. Selbst wenn ich es versuche, würde ich alles ausplaudern.«

Guangyu wurde klar, dass dieser Weg, auf den sie sich noch nicht einmal geeinigt hatten, enorme Folgen nach sich ziehen würde. Mit einem Mal sehnte sie sich danach, bei Jennifer zu sein, sie zu nehmen und weit von hier fortzubringen.

»Ich hätte früher zu Ihnen kommen sollen«, meinte Naomi zu Guangyu und wandte sich dann an Ursula. »Tut mir leid, dass ich Sie bei Lydia in eine schwierige Lage bringe.«

»Ja, besonders schön ist das nicht«, sagte Ursula. »Aber ich weiß auch, dass es dauern kann, bis die richtige Lösung sich zeigt.«

Ursula griff nach den Händen der anderen beiden. Guangyu nahm die von Naomi, weil sie sich dazu verpflichtet fühlte und es eine offensichtliche Unterlassung wäre, es nicht zu tun. Die drei standen als verlegenes Kleeblatt da.

»Sind wir uns einig?«, fragte Ursula.

»Einverstanden.« Naomi nickte. Sie drückte vorsichtig Guangyus Hand.

»Na schön«, sagte Guangyu.

Jetzt fühlte es sich nicht mehr peinlich an. Sie ließen sich Zeit, schenkten einander Kraft, empfingen welche von den anderen und ließen dann los.

# 40

Vierundzwanzig Tage nach dem Mord
*Dienstag, 30. Januar 1979*

Naomi saß im Wartezimmer und behielt die Uhr im Auge. Wenn der Minutenzeiger noch einmal herumlief und sie immer noch nicht aufgerufen worden wäre, würde sie gehen. Sie zählte mit, und als die sechzigste Sekunde sich näherte, biss sie die Zähne zusammen. Noch eine Runde, beschloss sie.

»Naomi Kreeger?«

Dr. Fraser stand in der Tür ihres Sprechzimmers und blickte von den Notizen in ihrer Hand auf.

»Mal sehen«, sagte sie, sobald sie beide auf ihren Stühlen saßen und die Tür geschlossen war. Mit dem Finger zog sie einen älteren Eintrag auf Naomis Karteikarte nach. »Sie bräuchten ein neues Rezept für die Pille.« Sie unterbrach sich. »Es ist sogar überfällig.« Scharf blickte sie auf.

»Ich bin schwanger«, erklärte Naomi.

»Ach, du meine Güte. Die Pille hat versagt?«

»Ich habe vergessen, sie zu nehmen.«

Dr. Fraser warf ihr einen strengen, abschätzigen Blick zu, und Naomi spürte, wie ihr Mut sie verließ.

»Ich fürchte, wenn Sie sie nicht einnehmen, wirken sie auch nicht«, sagte Dr. Fraser.

Naomi konnte sich nicht überwinden, Dr. Fraser anzuschauen. Sie war sich sicher, dass sie eine missbilligende Miene sehen würde. Sie starrte unverwandt ein Schaubild des Innenohrs an, das an der Wand hing.

»Steigen Sie mal auf den Untersuchungstisch, ich taste Sie ab«, sagte Dr. Fraser. »Dann können wir darüber reden, was für Optionen Sie haben.«

»Deswegen bin ich nicht gekommen«, erklärte Naomi.

»Nicht?«

Naomi griff in ihre Handtasche und zog einen dicken Stapel Papiere hervor. »Ich war bei der Bank, um ein eigenes Konto zu eröffnen«, sagte sie, »und sie haben mir diese ganzen Formulare gegeben. Aber ich kann mir überhaupt keinen Reim darauf machen. So etwas habe ich noch nie gemacht.« Sie streckte Dr. Fraser die Formulare entgegen.

»Das ist nicht wirklich …«, begann Dr. Fraser und unterbrach sich dann. Naomi sah zu, wie eine Reihe undeutbarer Gedanken sich auf ihrem Gesicht abmalten. Dann wurde ihre Miene weicher. »Ach was, schauen wir uns das mal an.«

»Außerdem«, sagte Naomi, »können Sie mir erklären, wie man sich um einen Job bewirbt? Vielleicht noch nicht jetzt«, sagte sie und klopfte auf ihren Bauch. »Aber eines Tages. Ich will wissen, wie man das macht.«

## (Ameisen)

*Wenn Regen in ihre Nester kommt, ist das schlecht für Ameisen. Die Eingänge zu den Nestern liegen oft hoch oben, um das Risiko zu begrenzen, aber wenn es stark regnet, werden die Gänge im Nest überflutet und brechen ein. Wenn dann alle Ameisen zu Hause im Nest sind, ertrinken sie alle auf einmal, finito. Und wenn die Ameisen nicht zu Hause sind, ist das trotzdem schlimm. Der Regen spült ihre Wege und ihre Duftchemikalien weg, mit deren Hilfe sie einander finden. Ameisen, die ihre Freunde nicht finden können, verlaufen sich; und wenn sie sich verlieren, sterben sie.*

# 41

Fünfundzwanzig Tage nach dem Mord
*Mittwoch, 31. Januar 1979*

Tammy fand Colin zusammengekauert am Boden ihres Kleiderschranks. Seine Knubbelknie zeigten nach oben. Er hatte wieder die Sachen an, die er an jenem ersten Sonntag getragen hatte. Brauner Seersuckerstoff, der ihn blass wirken ließ. Er sah jünger aus.

»Da bist du ja«, sagte Tammy. »Gehen wir.«

»Wohin?«

»Keine Ahnung.«

Colin rührte sich keinen Millimeter von der Stelle und sah Tammy nicht einmal an.

Tammy kniete sich vor ihm auf den Teppich. »Wie wär's, wenn wir nach den Ameisen schauen? Ich habe ihnen Eiswürfel aus Getränkesirup dagelassen.«

Colin schüttelte den Kopf, ein wenig heftiger, als Tammy lieb war.

»Willst du Vogelbeeren pflücken, damit wir uns damit bewerfen können?«

»Nein, danke.«

»Dein Dad kommt heute nach Hause, stimmt's?«

Colin schwieg.

»Rutsch mal zur Seite.« Tammy kletterte in den Schrank, schloss die Tür hinter sich und bereute es sofort. Der helle Spalt zwischen den Schranktüren konnte sie nicht ganz davon überzeugen, dass es immer noch Tag war und draußen ihr Zimmer lag. Sie bekamen nicht genug Luft, und Colins kleiner Körper, der sich an sie drückte, wirkte wie eine Wärmflasche. Die Säume aufgehängter Kleider kitzelten ihr Gesicht; unruhige, tanzende Baby-Geister.

Seit Donnerstagabend hatte Tammy nur an Debbies Verrat gedacht. All diese Gespräche, all dieses Gerede darüber, auf derselben Wellenlänge zu sein, und kein einziges Mal hatte Debbie die Kleinigkeit erwähnt, dass Antonio und sie Sex gehabt hatten. Als sie jetzt neben Colin saß, dachte Tammy an Naomi, die auch mit Antonio geschlafen hatte. Colin und sie hatten nur einander. Es war Tammys Aufgabe, ihn vor der Wahrheit über seine Mutter zu beschützen, darüber, was sie getan hatte.

Tammy hatte so viel Zeit mit anderer Leute Lügen verschwendet. Und sie wusste immer noch nicht, was mit Ursula und Mrs. Lau los war, warum Ursula Antonios Bleistift hatte, warum Antonios Schuhe bei Sheree standen, wie in aller Welt sein Pass zum Einkaufszentrum gelangt war oder warum Antonio über sein Alter gelogen hatte. Sie hatte von alldem die Nase voll. Von jetzt an konnten die Leute ihren Mist ohne sie bauen. Der Einzige, an den sie noch glaubte, war Colin.

»Ich spiele Fuzzy-Felt mit dir, wenn du willst, das mit den Filztieren«, sagte Tammy. »Den Bauernhof oder das Meer, du kannst dir den Hintergrund aussuchen. Oder wir könnten den Fernseher anmachen und warten, bis die *Curiosity Show* kommt. Oder Listen von Verbrechen aufstellen und uns für jedes ausgeklügelte Strafen ausdenken.«

Tammy spürte mehr, als dass sie sah, wie Colin den Kopf schüttelte. Sie saßen noch eine Weile da, und Tammy begann zu verstehen, was den Reiz des Kleiderschranks ausmachte. Sie mochte es, Colins warmen Atem auf ihrer Schulter zu spüren. Wenn sie ganz, ganz leise waren, ob sie dann hierbleiben konnten, bis die Schule anfing, oder noch länger? Solange Colin bei ihr war, konnte sie wahrscheinlich eine ganze Weile aushalten. Aber nein, irgendwer würde sie irgendwann finden, sogar heute schon oder vielleicht bald. Sie könnten jede Minute entdeckt werden.

Tammy stieß die Tür mit dem Fuß auf, kletterte hinaus und zog Colin hinter sich her. »Ich hab eine Idee«, sagte sie. »Komm mit.«
»Aber ich will niemanden sehen«, sagte Colin. »Nur dich.«
»Brauchst du auch nicht. Wir machen eine Buschwanderung. Nur du und ich. Wir gehen in die Hügel.«
»Aber das dürfen wir nicht.«
»Wenn man sich daran hält, was man darf, ist das auch keine Garantie dafür, keinen Ärger zu kriegen.«

Tammy schickte Colin noch aufs Klo, bevor sie aufbrachen, während sie Sandwiches mit Vegemite machte. Er kam in einem Kleid mit Querstreifen in knalligem Rosa, Orange und Grün zurück. Tammy erkannte es von Fotos wieder. Es war ein Zeltkleid, das Helen als Minikleid getragen hatte, als sie mit Tammy schwanger war. Bei Colin reichte es gerade bis über die Zehen seiner Turnschuhe. Beim Gehen ließen seine Knie es vor ihm hochfliegen. Er sah aus wie ein Drachen. Damit ihm die Träger nicht von den Schultern rutschten, hatte er sie im Nacken mit einer himmelblauen Satinschärpe zusammengebunden, die er von einem anderen Kleid abgenommen hatte. Die Schärpe fiel ihm über den Rücken wie ein Wasserfall.
»Was ist mit Elstern?«, fragte Colin.
»Es ist nicht die Jahreszeit, in der sie ihre Nester verteidigen«, erklärte Tammy. »Sie werden uns in Ruhe lassen.«
Aber Colin hatte immer noch Angst, also nahm Tammy einen leeren Eiscreme-Kanister aus dem Schrank und setzte ihn auf seinen Kopf. »Perfekt«, meinte sie und überzeugte sich davon, dass er noch darunter hindurchsehen konnte. »Gib mir das wieder, und ich male Augen darauf.« Jeder wusste, dass Elstern einen nicht angriffen, wenn sie glaubten, dass man sie anschaute.
Colin verschwand wieder, während Tammy zwei runde, starre Augen mit kurzen Wimpern aufmalte. Als er zurückkam, trug er den Hut, den Tammys Mum zum Wäscheaufhängen aufsetzte und

den er in der Waschküche hatte mitgehen lassen. Es war ein alter Angelhut von Tammys Dad mit einer breiten Krempe, den Helen mit Blumenapplikationen, einer Bastschleife und einem langen weißen Band aufgehübscht hatte. Das Band hing jetzt bei Colin zusammen mit der blauen Schärpe auf seinem Rücken hinunter.

»Du kannst das da nehmen.« Colin wies mit einer Kopfbewegung auf den Eisbehälter. »Ich nehme den hier.«

Das Motorengeräusch eines Autos, das die Einfahrt heraufkam, ließ Tammy und Colin an das Fenster mit der Aussicht auf Warrah Place laufen. Hinter dem Steuer saß mit grimmiger Miene Helen. Als sich der Wagen dem Carport näherte und aus dem Blickfeld verschwand, bog ein weiteres Auto nach Warrah Place ein und umrundete das Ende der Sackgasse. Tammy spürte, wie Colin neben ihr erstarrte. Richard parkte rückwärts in die Einfahrt von Nummer drei ein, und aus dem Carport von Nummer sechs tauchte Helens Hinterkopf auf, nach und nach gefolgt vom Rest ihres Körpers. Sie ging die Einfahrt hinunter, wahrscheinlich, um mit Richard zu reden. Colin schob die Hand in die von Tammy, und die beiden blieben nicht, um zuzusehen. Tammy schnappte sich die in Frischhaltefolie gewickelten Sandwiches und den Eiscontainer, und sie gingen durch die Hintertür hinaus.

»Pass mit den Oleanderbüschen auf«, sagte Tammy, als sie die Grenze zwischen Garten und Gestrüpp überquerten. »Wenn du ein Blatt ins Auge kriegst, kannst du blind werden. Und sieh zu, wo du hintrittst«, setzte sie hinzu. »Wir wollen doch nicht, dass du dich wieder langlegst.«

Colin raffte mit der Faust das Kleid über seinen Knien zusammen.

»Wenn du durch die Nase atmest«, erklärte Tammy, »kannst du Energie sparen.« Sie war sich nicht sicher, ob das stimmte, aber es klang wissenschaftlich. Und praktisch. Sie hatte den aufrichtigen Wunsch, sich nützlich zu machen.

Sie gingen ein Stück und schauten erst dann zurück. Joe war

eine kleine Gestalt in seinem Garten und wandte sich von den Hügeln ab. Seit er vom Polizeirevier zurück war, war der freundliche Ausdruck aus seinen Augen verschwunden, wenn er Tammy ansah. Sie akzeptierte das, weil sie sein Lächeln nicht verdiente. Sie hatte sich nicht überwinden können, ihn um Verzeihung zu bitten, denn vielleicht würde er ihr tatsächlich verzeihen, und auch das hatte sie nicht verdient.

Der Himmel schien sie niederzudrücken. Sie entfernten sich weiter. Tammy hörte Kies unter ihren Sandalen knirschen, sah, wie trockene Grasbüschel sich wiegten, hatte das Rascheln von Colins Kleid im Ohr und hörte ihren eigenen mühsamen Atem. Aber keine Vögel. Wo steckten die Vögel?

Als die Dächer von Warrah Place so klein geworden waren, dass sie unter ihnen lagen wie die von Spielzeughäusern, fasste Colin Tammys Hand lockerer. Sie hielten an, um sich zu setzen und die Sandwiches zu essen. Die Brise war kräftiger geworden, aber etwas stimmte nicht. Als Tammy auf die Bäume hinunterschaute, die die Vorstädte vom Unterholz trennten, wurde ihr klar, dass die Luft sich zwar bewegte und die Bäume sich mit ihr wiegten. Doch was fehlte, war das Rascheln und Aufblitzen von Farben, mit dem die Vögel hin- und herflogen. Der Himmel in der Ferne, über der Stadt, war dunkelviolett wie ein blauer Fleck geworden und schien leck zu sein.

Tammy wies auf einen einzelnen Eukalyptusbaum, der sich in einiger Entfernung erhob. »Wir gehen bis zu diesem Baum«, erklärte sie Colin. »Und dann entscheiden wir, was wir als Nächstes machen.«

»Okay«, sagte Colin; seine schlichte Antwort fuhr Tammy durchs Herz.

»Tammy«, sagte Colin, »weißt du noch neulich, als Debbie gesagt hat, sie würde auf keinen Fall heiraten und sich an jemand anderen anketten, und wie sie gesagt hat, jeder, der seinen Namen ändert, wenn er heiratet, hätte Sch... äh, Mist im Hirn?«

»Hmm.« Tammy wollte gerade nicht über Debbie nachdenken, denn Tammy hatte alles, was Debbie sagte, aufgesogen wie ein Schwamm, und jetzt hing alles wieder in der Schwebe. Tammy war schwindelig davon, zu viel zu wissen und gleichzeitig keine Ahnung zu haben.

»Meinst du, ich bin ein schlechter Feminist, wenn ich heiraten will? Ich meine, nicht jetzt. Zuerst muss ich älter werden. Und wäre ich ein besonders schlechter Feminist, wenn ich meinen Namen ändern würde? Weil ich nämlich nichts dagegen hätte, Colin Lanahan zu heißen.«

Tammy schürzte die Lippen und warf Colin einen Seitenblick zu.

»Vergiss nicht, dass ich größer sein werde, wenn ich älter bin, und das wäre ein zusätzlicher Vorteil. Denk auch daran, dass Australien groß ist und wir anderswo hingehen könnten, weil wir dann erwachsen wären. Irgendwo weit weg von hier, und wir würden zusammen gehen, und dann bräuchtest du nicht mehr einsam zu sein.«

Tammy ging schneller und ließ Colin abgeschlagen hinter ihr herlaufen.

»Aber wenn du Geschlechtsverkehr haben wolltest, das würde ich nicht wollen, weil es eklig ist und die Leute davon dumm werden.«

Tammy blieb stehen und sah ihn an. »Was weißt du denn darüber?«

»Genug. Mehr als genug sogar. Hast du etwas zu trinken mitgenommen? Ich hab Durst.«

Tammy hatte nicht an Getränke gedacht, ein großer Fehler.

Mit gebeugten Köpfen gingen sie weiter, um zu sehen, wo sie hintraten. Ab und zu schauten sie auf, um den Baum im Blick zu behalten. Diese methodische Gangart, bei der sie einen Fuß vor den anderen setzten, wirkte hypnotisch und beruhigend. Tammy spürte, wie ihre Sorgen zurückwichen; sie gehörten jetzt anderswohin. Sie stießen auf Reifenspuren und folgten ihnen dankbar bis zu dem Baum, wo sie abrupt endeten. Sie setzten sich, lehnten sich mit dem Rücken an den Stamm und streckten die Beine aus wie Radspeichen. Ein Gecko flitzte vor ihnen davon, als wäre er empört über die Störung.

Ihnen war heiß, und sie fühlten sich klebrig, doch die Sonne hatte ihren Biss verloren. Nachdem sie jetzt angehalten hatten, ließ Tammy ihren Blick weit schweifen. Die dunklen Wolken, die sie vorhin gesehen hatte, waren in Bewegung gekommen und verschluckten das Licht. Sie brachten den Wind mit, dessen Böen ihre Haut kühlten und ihnen Gänsehaut bereitete. Die Luft surrte und brizzelte. Als Colin wieder nach Tammys Hand griff, ließ sie es zu. Die höher liegenden Äste des Baums neigten sich knarrend. Es fühlte sich an, als hätte der Himmel etwas sehr Wichtiges zu sagen und könnte nicht mehr lange warten. Die Wolken rasten jetzt in dichter Formation auf sie zu. Der Donner nahm seine Kraft zusammen, bevor Tammy bereit dafür war. War das Gottes Stimme, die da so bedrohlich grollend heranrollte?

Mit einem Knall, der Tammy vom Kopf bis zu den Zehen durchlief, barst der Himmel. Fast sofort zuckten Blitze, und Tammy riss Colin hoch, rannte und zerrte ihn hinter sich her. Sie setzte sich die Eisdose auf den Kopf und hielt sie mit der freien Hand fest. Noch mehr Donner hallte darin wider.

»Wir müssen von dem Baum weg!«, schrie sie.

Sie rannten weiter, doch der Donner nahm die Verfolgung auf. Blitzschläge ließen sie die Richtung wechseln, und in der Düsternis zwischen ihnen liefen sie im Zickzack dahin. Steine lagen ihnen im Weg, an denen sie sich die Zehen anstießen und über die sie stolperten. Einige Steine waren glatt und flach, andere stachen sie in die Fußsohlen.

Der erste dicke Regentropfen klatschte neben Tammys Sandale auf den Boden und wirbelte kreisförmig Staub auf. Weitere folgten, ein dicker Flatschen nach dem anderen. Sie überzogen den

Boden mit einem Tupfenmuster, bis sie zu Rinnsalen zusammenflossen, die an der Oberfläche blieben und nicht in die Erde einsickerten. Und dann, mit einem Mal, durchnässte ein übermächtiger Wolkenbruch Tammy und Colin innerhalb von Sekunden bis auf die Haut.

In allen Richtungen bot sich dasselbe Bild: einheitliches Grau und strömender Regen. Tammy zog den Kopf ein und lief in Schlangenlinien, als wäre es möglich, den prasselnden Tropfen auszuweichen. Die Regentropfen, die auf die Eisdose auf ihrem Kopf einhämmerten, übertönten alles andere bis auf den brausenden Himmel. Von Colin nahm sie nur die glitschige Hand wahr, die sich an ihre klammerte; bis auf die Momente, in denen ein Blitz seine aufgerissenen Augen und seinen zusammengekrümmten Körper erhellte. Falls er etwas sagte, hatte sie keine Chance, ihn zu verstehen.

Sie rannten halb, und halb stolperten sie. Tammys Hoffnung schwand. Sinnlos, weiterzulaufen. Sie kauerten sich nieder. Zuerst gingen sie nur in die Hocke, um sich nicht in den Matsch aus Erde und Wasser zu setzen, doch irgendwann schmerzten ihre Beine, und sie ergaben sich. Sie rutschten rückwärts, bis sie mit dem Rücken an einem Felsbrocken saßen. Doch er war nutzlos, kein Schutz für sie. Nichts konnte den Ansturm des Regens aufhalten. Inzwischen waren sie entsetzlich durstig, daher nahm Tammy die Eisdose herunter, um damit Wasser aufzufangen. Damit gab Tammy die letzte Schicht auf, die sie noch vom Himmel trennte, und war ihm vollkommen ausgeliefert. Colin trank das erste Wasserrinnsal aus, das nächste und das übernächste. Tammy wartete, entschlossen, ihn zu beschützen, obwohl sie sich selbst noch nie mehr wie ein Kind gefühlt hatte. Obwohl sie fast mit Sicherheit beide heute Nacht in den Hügeln sterben würden.

Zeit verging, vielleicht wenig, vielleicht viel. Immer noch kam der Regen herunter. Tammy beschloss, dass es Zeit war, weiterzugehen. Dieses Mal redete sie ein ernstes Wort mit sich selbst und zwang sich, eine Richtung auszuwählen, nur eine. Sie wandte ihr das Gesicht zu und reckte die Schultern. »Hier entlang«, rief sie Colin zu. »Wir gehen in diese Richtung.« Als hätte sie eine Ahnung. Ihre nassen Füße rutschten beim Gehen in ihren glitschigen Sandalen herum, und sie umfasste Colins Hand fester. Ihre Beine waren wund, wo die nassen Shorts auf ihrer Haut scheuerten. Wasser lief ihr in die Augen und tropfte von ihrem Kinn hinunter.

Colin jammerte nicht. Im Aufflackern eines Blitzes sah sie, dass sein Haar platt anlag und tropfte. Sein Kleid klebte ihm am Körper und verhedderte sich zwischen seinen Beinen. Tammy ging langsamer, damit er mithalten konnte. Sie stapften und rutschten im Schneckentempo einher, doch solange sie in Bewegung blieben, hatten sie die Chance, vielleicht eine Straße oder sogar ein Haus zu erreichen. Eine Grenze, eine Trennlinie bildete sich zwischen dem Inneren von Tammys Körper und der Außenwelt. Eine große innere Ruhe überkam sie. Tammy konzentrierte sich angespannt auf ihren Atem. Sie spürte, wie er ihren Körper durchlief, ihre Muskeln und Knochen zusammenwebte und ihre Haut festhielt, sodass kein Teil von ihr sich ablöste. Sie schickte ihren Atem hinaus, damit er auch Colin einschloss.

Colins Hand glitt aus Tammys Fingern und holte sie ruckartig in ihren Körper und seine unangenehme Lage zurück. Er war im Schlamm ausgerutscht und der Länge nach auf den Rücken gefallen. Tammys Atem wurde unregelmäßig. Sie war erschöpft. Sie war hungrig. Sie setzte sich neben Colin. Es konnte nicht schaden, noch einmal auszuruhen. Nun, da sie sich nicht mehr bewegten, drang die Kälte bis tief in Tammys Knochen. Man konnte unmöglich glauben, dass es jemals heiß gewesen war oder je wieder sein würde. »Sommer« war nur ein bedeutungsloses Wort.

Endlich ließ der Regen nach und pladderte nur noch, statt sie zu bombardieren. Tammy wurde bewusst, dass es dunkel war und dass Colin weinte.

»Es tut mir schrecklich leid, dass ich dich hergebracht habe«, sagte Tammy. Jetzt konnte sie ihre eigene Stimme auch außerhalb ihres Kopfes hören.

»Das ist es nicht«, sagte Colin. »Ich habe den Hut deiner Mum verloren. Meinst du, ich kriege Ärger? Soll ich zurückgehen und ihn suchen?«

»Wir kehren auf keinen Fall um.« Tammy hatte keine Ahnung, aus welcher Richtung sie gekommen waren. »Du kriegst keine Probleme. Und wenn doch, verteidige ich dich. Und überhaupt, falls jemand Schwierigkeiten bekommt, dann ich.«

»Wenn das so ist, verteidige *ich* dich.«

Der Regen wurde schwächer und hörte dann abrupt auf. Das passierte so unvermittelt, dass Tammy sich fragte, ob sie sich alles nur eingebildet hatte. Die Wolken zogen davon, nachdem sie ihre Aufgabe erledigt hatten, und enthüllten eine spektakuläre, mit Sternen übersäte Himmelskuppel. Die Nacht war gekommen wie ein Dieb, der das Licht gestohlen hatte.

»Was glaubst du, wie spät es ist?«, fragte Colin.

Tammy wusste es nicht.

Colin schmiegte sich enger an Tammy. »Können wir noch ein wenig hierbleiben?«

Tammy fand eigentlich, dass sie in Bewegung bleiben sollten. Es bestand eine geringe Chance, dass sie rein zufällig die richtige Richtung einschlagen würde. Aber ihre Beine fühlten sich wie Betonklötze an, und ihre Füße taten schrecklich weh.

Der unendlich weite Himmel gab Tammy das Gefühl, entwurzelt und gewichtlos zu sein.

Tammy und Colin schmiegten sich aneinander und schlummerten ein.

Tammy erwachte davon, dass Colin sich reckte und streckte. Sie hatte keine Ahnung, wie lange sie geschlafen hatten. Ihr Nacken war steif, und sie war durstiger denn je.

Als etwas Warmes, Weiches Tammy streifte, erschrak sie zu Tode. Colin schüttete sich vor Kichern aus.

Es war Suzi. Sie schlängelte sich um die beiden herum, streifte sie und war eine tröstliche Präsenz. Sie stieß Tammy sanft mit dem Kopf an, und Tammy vergrub das Gesicht an Suzis Hals und ließ all die Angst, die sie beiseitegeschoben hatte, um für Colin tapfer zu sein, in sie hineinrinnen. Suzi nahm alles auf.

Dann entfernte sie sich ein paar Schritte und wartete. Tammy stand auf und versuchte, ihre Shorts abzuklopfen, aber sie waren schlammverkrustet. »Wie wir aussehen!«, meinte sie lachend.

Doch Colin lachte nicht. Er war noch nicht mal vom Boden hochgekommen. Tammy sah nervös zu Suzi, die jetzt weiter davongewandert war. Ihre Gestalt verschwand in der Dunkelheit.

»Das war furchteinflößend, aber jetzt ist alles gut«, erklärte Tammy. »Suzi bringt uns zurück.«

Colin schien immer noch zu zögern. »Ich hatte keine Angst vor dem Sturm.« Zuerst dachte Tammy, dass er angab, doch das sah Colin überhaupt nicht ähnlich. Und dann senkte er die Stimme. »Sogar in dem Unwetter habe ich mich hier bei dir sicherer gefühlt als da unten«, sagte er. Er wies in die Richtung, die Suzi eingeschlagen hatte.

»Du meinst, weil dort ein Mörder herumläuft?« Natürlich hatte er Angst. Mord war furchteinflößend, und noch schlimmer, Tammy hatte ihn überredet, ihr dabei zu helfen, Leute auszuspionieren. Er musste geglaubt haben, er würde am Ende einem Mörder gegenüberstehen. Sie hätte bei ihm vorsichtiger sein sollen.

Colin sagte nichts weiter, aber er stand auf und nahm erneut Tammys Hand. Sie brachen auf und folgten Suzi.

»Apropos Mord«, meinte Tammy. »Für einen Hotdog könnte ich jetzt einen begehen.«

»Makkaroni mit Käsesoße«, sagte Colin. »Wie deine Mum sie macht.«

»Burger mit allem.«

»Sogar Ananas?«

»Ananas ja. Rote Bete nein.«

»Igitt, Rote Bete«, sagte Colin.

»Einen Blue-Heaven-Milchshake«, sagte Tammy.

»Ich nehme Schokolade.«

»Bist du hungrig genug, um Thunfisch-Frikadellen und Erbsen zu essen?«

»Bääh, aber ja.«

»Was ist mit einem durchgeweichten Salatbrötchen? Oder Tomatengelee? Oder Tapiokapudding? Oder gebackene Bohnen mit Eiscreme, aber du musst beides zusammen essen?«

Doch Colin antwortete nicht mehr.

»Wenn wir nach Hause kommen«, sagte er, »suchen wir dann immer noch nach Spuren wegen Antonio?«

»Nein, auf gar keinen Fall, absolut nicht«, erklärte Tammy. Sie dachte an ihr altes Ich, das es für eine gute Idee gehalten hatte, Colin als Helfer einzuspannen; an diese Person, die von ihrer eigenen Wichtigkeit so überzeugt gewesen war, dass sie nicht erkannte, was für eine Gefahr sie war. Es war ihr peinlich. »Wir tun das Gegenteil. Wir werden absichtlich *nichts* herausfinden, was uns nichts angeht. Und wenn wir zufällig auf etwas stoßen, werden wir es ganz schnell vergessen.«

»Und niemandem davon erzählen?«

Tammy tat, als würde sie ihre Lippen mit einem Reißverschluss zuziehen. »Keiner Seele.«

»Wenn das so ist«, erklärte Colin, »muss ich dir etwas sagen.«

Colin redete im Gehen und vertraute ihr fragmentarische, fest verschnürte Erinnerungsfetzen an, unterbrach sich nur, um Luft zu holen, und wurde von Tammy nicht unterbrochen. Während er erzählte und sie immer weitergingen, dämmerte am Horizont der Morgen.

# 42

Jener Abend
*Samstag, 6. Januar 1979*

»Mich von dir scheiden lassen?«, sagte Colins Dad zu Colins Mum. »Sei nicht blöd. Warum sollte ich? Ich liebe dich.« Er benutzte nicht seine normale Stimme, um *Ich liebe dich* zu sagen.

»Ich gehe zurück zum Freiwilligen-Einsatz und sehe nach, ob sie noch Hilfe beim Einpacken brauchen«, erklärte Colins Dad. »Colin nehme ich mit. Sieh zu, dass du dich zusammenreißt, bis wir wieder zurück sind.« Colins Mum versuchte etwas zu sagen, aber Colins Dad ließ sie nicht. »Auf geht's, Colin«, sagte er. Colin verstand nicht, was los war, doch er begriff immerhin so viel, dass er tat, was man ihm sagte.

Die Sonne ging unter. An der Kirche war niemand mehr und Colins Dad erklärte ihm, es sei seine Aufgabe, Müll aufzusammeln. Jede Menge Servietten lagen herum. Metzgerpapier wurde von einem Stein festgehalten. Colin wedelte mit den Armen, um Elstern von den leeren Brottüten zu verscheuchen. Sie rissen die Schnäbel auf und krächzten ihn an.

Colins Dad hielt eine Axt und eine Hacke in einer Hand und den Griff einer Kettensäge in der anderen. Colin hätte ihm lieber mit dem Werkzeug geholfen, nicht mit dem Abfall. Da war auch ein Spaten, den er tragen könnte. Sein Dad sah zu den Bäumen, und Colin erblickte Antonio, der dort saß und in ihre Richtung schaute. Am liebsten hätte er ihm Hallo gesagt. Wenn sein Dad Antonio grüßte, könnten vielleicht alle Freunde werden, und seine Mum würde aufhören zu weinen.

Colins Dad legte einen Finger an die Lippen. »Zurück ins Auto, und zwar pronto. Und bleib dort.«

Vom Beifahrersitz aus sah Colin zu, wie sein Dad die Hacke wie ein Schlagholz fasste; sah ihn gehen, als trete er auf den Rasen des Cricket-Stadions in Melbourne, um sechs Punkte zu machen.

Vom Auto aus konnte Colin Antonio nicht erkennen. Ein Haufen Baumstämme lag im Weg. Doch er sah, wie die Hacke geschwungen wurde und hörte das Geräusch – eher ein Knacken als ein dumpfer Aufschlag, was überraschend war. Nach dem ersten Schlag schaute Colin nicht mehr hin, doch er konnte seine Ohren nicht abschalten, obwohl alle Fenster hochgedreht waren.

Der Teppich im Fußraum des Wagens war kratzig. Er roch nach Füßen und Benzin. Winzige Steinchen bohrten sich in den Schorf an Colins Knie. Der Sitz, der sich neben seinem Gesicht befand, war heiß, und das Vinyl war alt und rissig. Colin zog die Stiche mit dem Finger nach und zählte ab, wie viele es bis zum Knick des Sitzes waren. Wenn er richtig zählte, würde sein Dad zurückkommen. 56 Stiche. Noch mal, um sicherzugehen. 57 Stiche. Falsch. Mach es richtig. 56 Stiche. Noch mal. 57 Stiche. Das nächste Mal würde entscheiden. 54 Stiche. Colin rieb sich die Augen.

Er war Batman in seiner Fledermaus-Höhe, der auf die richtige Sendezeit und den richtigen Kanal wartete, damit er in Aktion treten und die Welt retten konnte.

Er war die kleine rote Lokomotive, und seine Fäuste, Ellbogen, Knie und Füße waren die Eisenbahnräder. Zum Jaulen einer Kettensäge schnaufte er dahin und stieß Dampf aus.

Colin schmeckte noch die Wurst vom Grill. Er mochte die kleinen schwarzen Bröckchen, die das Brot schmutzig aussehen ließen.

Colins Dad sagte, zwei Würstchen reichten, aber heimlich aß Colin drei.

Colin riskierte einen Blick. Sein Dad grub mit einem Spaten, als wäre der Arbeitseinsatz noch im Gang und nicht schon seit Ewigkeiten zu Ende und als wäre in der Zwischenzeit nicht etwas Schreckliches passiert.

Als der Kofferraum geöffnet und dann wieder zugeknallt wurde, wachte Colin auf. Nach einer Weile wurde er wieder geöffnet und geschlossen. Und noch einmal. Dann wurde die hintere Tür geöffnet, das Auto bebte und roch komisch, und dann wurde die hintere Tür zugemacht. Colins Dad setzte sich auf den Fahrersitz. Er sah komisch aus, roch komisch und atmete schwer, als wäre er weit gerannt. Er zog seine Gartenhandschuhe aus. »Sitz gerade«, sagte er. »Und schnall dich an.« Colin legte den Gurt an. Draußen war es dunkel.

Colin ging allein ins Bett, konnte aber nicht schlafen. Seine Mum heulte wie eine Sirene; als würde ihre eigene Stimme sie ersticken. Die Geräusche kamen aus der Küche, hallten durch den Flur und krochen durch den Spalt unter Colins Zimmertür, unter seine Steppdecke, unter sein Laken und unter sein Kissen. Sie bahnten sich einen Weg unter Colins Hände und in seine Ohren. Sie holten ihn aus dem Bett, ließen ihn aufstehen und durch die Tür treten.

Am Ende des Flurs sah Colin seine Mum am Boden liegen. Sein Dad stand über ihr. »Ich gehe jetzt duschen, und du wirst dich beruhigen«, erklärte sein Dad. Mit einer Hand hatte er ihr Haar gepackt. »Es ist jetzt passiert«, erklärte Colins Dad. »Alles wird gut.« Er sah Colin an. Sein Blick warnte Colin, nicht einmal daran zu denken, näher zu kommen.

Colins Mum saß auf einer Couch im Wohnzimmer. Colin warf ihr von der Tür aus einen verstohlenen Blick zu. Neben ihr stand eine Tasse Tee, und Colins Vater kniete vor ihr. Er hielt ihre beiden Hände. »Das hat mir kein Vergnügen bereitet«, sagte Colins Dad. »Aber du musst verstehen, dass ich dazu gezwungen war. Die Gelegenheit war da, und ich habe sie ergriffen.«

»Warum musstest du so boshaft und grausam sein?«, verlangte Colins Mum zu wissen. »Ihn in Stücke zu hacken? Es ist ... Ich ertrage das nicht.« Sie beugte sich vor, nur ein bisschen, und erbrach sich in ihren Schoß. Dann zog sie den Saum ihres Nachthemds darüber. »Das ist barbarisch.« Colins Dad rieb seiner Mum den Rücken, als könnte ihr wieder schlecht werden. »Ich finde, dass du überreagierst«, meinte er. »Das war eine rein praktische Entscheidung, um die Suche der Polizei in verschiedene Richtungen zu lenken.« Seine Hand kreiste wieder und wieder auf ihrem Rücken.

»Den einen Trost kann ich dir geben«, erklärte Colins Dad. »Er hat nicht gelitten. Wahrscheinlich hat er gar nichts mitgekriegt, so hinüber war er. Sturzbesoffen und stank nach Bier. Er hat mich nicht kommen sehen und nicht mal Zeit, Angst zu haben. Na schön, momentan bedeutet dir das vielleicht nicht viel, aber irgendwann, wenn du in der Lage bist, alles objektiver zu sehen, findest du das vielleicht beruhigend.«

»Wir sind ein Team, du und ich und Colin«, sagte Colins Dad. »Verstehst du? Wir schaffen das zusammen.« Er legte Colins Mum die Hände auf die Schultern und hielt sein Gesicht direkt vor ihres. »Du musst nicken, damit ich weiß, dass du verstanden hast.«

Colins Mum starrte ihn blinzelnd an, und lange tat sie nichts anderes. »Aber warum er?«, fragte sie dann. »Warum nicht ich?« Colins Dad wirkte verwirrt. »Weil das keinen Sinn gehabt hätte«, sagte er. »Warum sollte ich etwas zerstören, das mir gehört?«

Colins Dad war in Colins Zimmer. Er roch nach Seife. Im Hintergrund lief die Waschmaschine. »Colin«, sagte sein Dad. »Ich will dir das erklären. Ein Mann muss für das eintreten, was ihm gehört. Wenn du älter bist, musst du das wissen. Du kannst es ebenso gut jetzt lernen. Es ist nicht immer leicht. Und nicht immer schön. Aber ein Mann hat Verantwortung, Colin. Ein Mann muss seine Familie beschützen, was bedeutet, dass er alles, was seine Familie bedroht, ausschalten muss. Ein Mann weiß auch, wann er den Mund zu halten hat. Also kein Wort, nicht wahr? Für deine Mum, Colin. Um deine Mum zu beschützen und die Familie zusammenzuhalten. Zeig mir, dass du verstanden hast.« Colin nickte. »Guter Junge.« Colin begriff nicht, warum sein Vater ihn immer wieder mit seinem Namen ansprach.

Türen wurden geöffnet und geschlossen. Vorhänge wurden fest zugezogen. Lichter und Wasserhähne gingen an und aus. Schritte. Flüstern. Wimmern. Weinen und Weinen und Weinen.

Colin erwachte in einem nassen Bett. Zuerst war das Pipi an seinen Beinen warm. Dann wurde es kalt. Dann brannte es. Er schob seine nassen Unterhosen an seinen Beinen hinunter, knüllte sie zusammen und trat sie ans Fußende seines Betts. Aus seiner obersten Schublade zog er seine Road-Runner-Unterhosen und zog sie an. Dann nahm er aus der untersten Pullover und Hosen und häufte sie auf den feuchten Fleck in seinem Bett, und schließlich zog er die Steppdecke hoch und legte sie über das Ganze. Er trat zurück und starrte das Ungeheuer an, das er erschaffen hatte.

Colin hörte seinen Dad in der Küche. Im Badezimmer war Licht. Colin warf einen Blick hinein. »Mum«, sagte Colin.

»Alles in Ordnung, Schatz«, sagte die Frau, die Colins Mum ein wenig ähnlich sah.

# 43

Sechsundzwanzig Tage nach dem Mord
*Donnerstag, 1. Februar 1979*

Als Colin alles erzählt hatte, was er zu sagen hatte, blieb Tammy stehen.

»Nimmst du mich auf den Arm?«, fragte sie.

»Als ob ich mir das alles ausdenken könnte«, gab Colin zurück. »Und warum sollte ich?«

»Ja, aber ...«

»Schau mir ins Gesicht.«

Colins Miene war so aufrichtig wie seine Worte.

Der Sturm hatte die Luft gereinigt und einem herrlichen, dramatischen Sonnenaufgang Platz gemacht. Neues Licht strahlte weithin und zeigte einen klaren Weg. Die Wahrheit konnte sich nirgendwo verstecken.

Tammy marschierte wieder los. Sie vergaß, dass ihre Beine sich wie Bleigewichte anfühlten. Sie vergaß, dass sie Durst hatte. Sie vergaß, dass sie nach Hause wollte. Sie dachte an die ganze Zeit, die sie mit Colin verbracht hatte, all diese Zeit, in der er Bescheid gewusst hatte und sie nicht.

»Warum hast du denn nichts gesagt?«, fragte sie und starrte ihn aufgebracht an. »Vor allem, nachdem ich dich um Hilfe dabei gebeten habe, alles herauszufinden.«

Colin machte sich klein, und seine Stimme klang verzagt. »Weil er gesagt hat, er würde das rausfinden.«

Tammys Zorn verflog. »Und warum erzählst du es mir jetzt?«

»Weil ich es nicht mehr für mich behalten kann.«

Tammy versuchte, sich in Colins Lage zu versetzen.

»Hast du Angst vor ihm?«

»Was glaubst *du* denn?«, fragte Colin ungläubig. Dann schlug er die Augen nieder. »Vor allem habe ich Angst davor, was er Mum antun könnte.«

Tammy fasste nach Colins Hand, und er erwiderte ihren Griff dankbar. Schweigend gingen sie weiter, hinter Suzi her, und folgten ihr, wo immer sie sie hinbringen wollte.

»Was denkst du?«, fragte Colin, nachdem sie einige Zeit unterwegs waren und immer noch keine Spur von einem Haus oder einer Straße zu erkennen war. Vom Durst und vom vielen Reden klang seine Stimme heiser.

»Ich überlege, was wir tun sollen.«

Tammy hatte keine Ahnung, was sie anfangen sollte. Sie war müde. Ihre Gedanken bewegten sich so schwerfällig wie ihre Beine.

»Du hast gesagt, wir würden gar nichts machen. Du hast behauptet, wenn wir etwas herausfinden, würden wir es vergessen. Du hast gesagt, wir würden nichts sagen.«

»Du willst, dass ich das geheim halte?«

Colin sah sie mit großen Augen an und nickte.

Tammy schaute ihm ins Gesicht, auf dem sich Vertrauen und Aufrichtigkeit malten, betrachtete die Tränenspuren auf seinen schmutzigen Wangen, sein vom Regen durchnässtes Kleid, das schlaff an seinem schmächtigen Körper klebte. Früher war er für sie eine Vergeudung ihrer Zeit gewesen; jemand, der ihr etwas wegnahm, ein Parasit. Jetzt hätte sie alles für Colin getan, ihren einzigen wahren Freund. Sie hatte geschworen, Geheimnisse sicher zu bewahren, und jetzt prüfte das Leben sie mit dem größten Geheimnis von allen.

Das Einzige, was ihr übrig blieb, das Einzige, was sie tun *konnte*, war auch das Schwerste: nichts.

# 44

Vor sich machte sie zwei Gestalten aus – Kinder –, die zwischen den Pollern am Straßenrand einhergingen, als wären sie benommen, betrunken oder spielten ein Spiel. Lydia ließ den Blick über die Umgebung schweifen. Keine Erwachsenen in Sicht. Lydia blinkte und fuhr an einer doppelt durchgezogenen gelben Linie heran. Sie drehten sich zu ihr um; zwei Wesen, die wie ersoffene Ratten aussahen und sich selbst extrem leidtaten. Sie erkannten Lydia im selben Moment, als diese sie erkannte. Der Kleinere, Colin, sank zu Boden. Jede Kraft, die ihn noch angetrieben hatte, war verbraucht. Tammy versuchte hektisch, Colin hochzuheben und versteckte das Gesicht in seinem Haar.

»Was zum Teufel habt ihr euch dabei gedacht?«, verlangte Lydia zu wissen, nachdem sie die beiden ins Auto bugsiert hatte. Die Füße der Kinder waren in einem fürchterlichen Zustand. An Tammys Bein klebte eine geronnene Blutspur. Nach dem Geruch zu urteilen, hatte mindestens einer von ihnen ein hygienisches Missgeschick gehabt.

»Wir sind in den Sturm gekommen«, erklärte Colin.

Lydia gab ihnen ihre Thermosflasche mit Tee. »Nicht besonders gut«, meinte Colin, zog ein Gesicht, trank aber trotzdem gierig seinen Anteil.

»Suzi hat uns gerettet«, erklärte Tammy. Es war das Erste, was sie sagte. Aber sie konnte Lydia trotzdem nicht direkt ansehen.

»Die Katze?«, fragte Lydia.

»Ja«, sagte Colin. »Aber nicht irgendeine Katze. Sie hat uns zurück nach Hause geführt.«

»Sie hat euch nicht nach Hause gebracht, du Dummkopf. Ihr seid zwei Vorstädte weiter gelandet.«

Lydia fuhr und überlegte, was sie Helen sagen sollte. Sie war in Uniform und musste professionell bleiben, musste ihre Verachtung beherrschen. Aber was für eine Mutter verlor einfach zwei Kinder aus dem Auge, die ganze Nacht und während eines Sturms? Lydia hätte nichts dagegen gehabt, Helen nie wiederzusehen, aber es würde sie auch zutiefst befriedigen, dass sie die Gelegenheit hatte, Helen ihr monumentales Versagen unter die Nase zu reiben.

Es ging auf halb acht zu. Wo mochte Ursula jetzt sein? Hatte sie schon angefangen, sich fern von Lydia ein neues Leben aufzubauen, die ersten Bausteine zusammenzutragen? »Es sollte für immer sein«, sagte Lydia laut, weil das der Satz war, der ihr ständig im Kopf herumging, und sie nicht mehr wusste, wohin damit.

Sieben Nächte. Ursula war jetzt seit sieben Nächten fort, und Lydia verlor langsam den Verstand. Nur Ursulas auf kleine Zettel geschriebene Nachrichten hielten sie davon ab, sie als vermisst zu melden. *Bin in Sicherheit, wir reden bald*, lautete die erste dieser Nachrichten, die an dem Abend nach der Bibelstunde im Briefkasten gelegen hatte.

Dann, zwei Tage später: *Bitte mach dir keine Sorgen.*

Und zwei Tage danach: *Ich hoffe, bald, aber es liegt nicht mehr in meinen Händen. Sobald ich kann, versprochen.*

Seitdem nichts mehr.

Tammys Blick begegnete dem von Lydia im Rückspiegel, und sie hielt ihn fest, bis Colin ihr etwas zuflüsterte und sie wegzog. Die beiden Kids flüsterten hektisch miteinander.

»Wollt ihr mir erzählen, was los ist?«, fragte Lydia.

»Nichts«, sagten sie schnell und wie aus einem Munde.

»Ich kann nicht«, sagte Tammy, und Lydia musste sich anstrengen, um sie zu verstehen. »Ich meine, ich kann, aber ich will nicht. Ich habe es versprochen. Es steht mir nicht zu, es zu erzählen.« Tammys Stimme wurde noch leiser, doch ihr nächster Satz war unmissverständlich. »Es tut mir leid.«

»Dass du es nicht erzählen willst, oder dass du das mit Ursula und mir weitergesagt hast?«, fragte Lydia und wünschte, sie säße nicht am Steuer, damit sie nicht die Straße im Auge behalten müsste.

»Beides«, erklärte Tammy. »Ist sie nach Hause gekommen?«, fragte sie dann nach einer Pause.

Jetzt war Lydia froh, dass sie auf die Straße sehen musste.

»Nein.«

»Wird sie?«

»Keine Ahnung.«

»Tut mir wirklich leid.«

»Ach.«

Durch die feuchte Kleidung und den schweren Atem der Insassen waren die Scheiben des Wagens beschlagen. Lydia wischte die Windschutzscheibe mit der Manschette ihrer Bluse ab, die sie übers Handgelenk zog. Sie schlängelten sich durch die Straßen. Auf einer Seite lag das Naturschutzgebiet, auf der anderen die Vorstädte. Die Bewohner von Canberra begannen ihren Tag in einer neuen Welt: Die Hitzewelle war vorbei. Bäume und Dächer waren von Regen und Wind durchgeschüttelt worden; jetzt trug die Luft eine kühlende Brise und ein Gefühl von Neuanfang heran. Die Vögel zwitscherten aus vollem Hals, unablässig und fröhlich. Lydia hätte am liebsten die Zeit zurückgedreht. Sie würde sich nie wieder über die Hitze beklagen, wenn sie nur Ursula zurückbekäme.

Als sie nach Warrah Place einbogen, hielt Lydia die Luft an und sah sich in alle Richtungen nach Ursula um.

Leslie stand vor seinem Haus und lud Gerätschaften in seinen Geländewagen. Er winkte Lydia fröhlich zu. Doch seine Hand erstarrte, als er die beiden blassen Gesichter auf dem Rücksitz erspähte.

Vor Leslies Nachbarhaus zerrte Richard einen abgebrochenen Ast von seiner Einfahrt, der dem Sturm zum Opfer gefallen war.

Wann war er nach Hause gekommen? Lydia vermutete, dass ihn jemand über den Vorfall bei der Bibelstunde informiert hatte, nachdem ihre und Ursulas Angelegenheiten jetzt öffentlich breitgetreten wurden.

Lydia parkte vor Nummer sechs und sah, dass Helen ihre Haustür öffnete, um den Polizeiwagen anzusehen. Also würde Helens Demütigung öffentlich stattfinden. Gut.

Lydia stieg aus und knallte ihre Autotür zu. Das zog Richards Aufmerksamkeit auf sich. Er runzelte die Stirn, doch Lydia war nicht auf seine Reaktion aus. Helen spähte die Einfahrt hinunter. Auch sie runzelte die Stirn, doch dann riss sie die Augen auf, und ihr ganzes Gesicht verzerrte sich schockiert, als sie die Kinder auf dem Rücksitz sah. Die Kids machten keinen Versuch, das Auto zu verlassen. Sie saßen dicht aneinandergedrängt da und steckten die Köpfe zusammen.

Helens Schock verflog nicht. Stattdessen schien er tiefer zu werden und sich noch zu verstärken, als sie die Einfahrt herunterkam. Sie begann zu schreien und streckte die Arme aus, als wäre sie plötzlich blind geworden.

Der Radau lockte andere aus ihren Häusern. Zuerst tauchte Duncan in einem kurzärmligen, von einem Gürtel zusammengehaltenen Morgenmantel und Flipflops auf. Auch Peggy kam nach draußen und schob sich an Leslie vorbei, um besser sehen zu können. Sheree kam herbeigerannt und wandte panisch den Kopf, um die Quelle des Geschreis zu finden. Als sie den Polizeiwagen und Lydia in Uniform sah, bremste sie und ging weiter. Anschließend kam Cecil mit langen, schweren Schritten herbei. Er knöpfte sich im Gehen das Hemd zu, Maureen folgte ihm langsamer.

Duncan überredete die Kinder zum Aussteigen und umarmte sie beide. Lydia erklärte, dass die Kinder die ganze Nacht unterwegs gewesen waren, sich verlaufen hatten und in den Sturm geraten waren. Duncans und Helens peinlich berührte Mienen machten offensichtlich, dass sie keine Ahnung gehabt hatten, dass die Kinder überhaupt verschwunden waren.

»Hast du nicht ...«, fragte Duncan.

»Ich dachte, *du* hättest?«, sagte Helen. »Es war alles ruhig, also dachte ich, du hättest sie ins Bett gebracht.«

»Aber hast du ihnen denn kein Abendessen gemacht?«

»Mir war *nicht gut*!« Helen kreischte. »Seit der ...« Sie schlug die Augen nieder und sprach leiser. »Seit der Bibelstunde. Ich dachte, unter den Umständen wärest du eingesprungen, als es mir schlecht ging.«

Duncan drehte Helen den Rücken zu. »Ich fürchte, wir hatten nicht wirklich den Überblick«, sagte er zu Lydia.

»Was geht hier vor?«, verlangte Richard zu wissen, der näher gekommen war und Duncans letzte Bemerkung gehört hatte. Er nahm Colins Hand. Tammy hielt Colins andere Hand fest.

Lydia erklärte, was passiert war. »Ich glaube nicht, dass die beiden weglaufen wollten«, sagte sie. »War wohl eher ein Missgeschick als Absicht, glaube ich.«

Duncan wirkte zutiefst beschämt. »Tut mir schrecklich leid, Mann. Ich weiß, dass du dir das nicht so vorgestellt hast, als du sagtest, er könne bei uns übernachten.«

Richard starrte seinen Sohn lange an, und Lydia stellte sich vor, wie auch sie Ursula lange anschauen würde, falls sie zurückkam.

»Letztlich ist ja kein Schaden entstanden«, meinte Richard. »Gehen wir, mein Sohn.« Doch Tammy ließ Colin nicht los, und Richard konnte nicht weiter an seinem Arm zerren, ohne dass die Sache in ein Tauziehen ausartete und eine Szene daraus wurde.

Joe und Zlata traten auf der Insel zu Peggy und Leslie, Maureen und Cecil und Sheree. Zweifellos hatte der Tumult sie angelockt. Wahrscheinlich vermuteten alle, dass es in der Mordermittlung einen Durchbruch gegeben hatte. Sie waren Lydia so nahe, dass sie hören konnte, wie sie über den Sturm und das Ende der Hitzewelle redeten, als müssten sie eine Einsatznachbesprechung abhalten. Debbie kam auch nach draußen. Sie wirkte übernächtigt; ihr Haar war zerzaust, und sie hatte sich eine Decke um die Schultern gelegt. Sie trat nicht zu den anderen, sondern setzte sich allein an den Fuß ihrer Einfahrt. Lydia suchte in ihrer Miene nach Neuigkeiten über Ursula, und Debbie schüttelte den Kopf. *Nein, nichts Neues, sorry.*

Als Lydia sich wieder umdrehte, sah sie, dass Guangyu Lau auf die Insel getreten war. Sie hatte sich nicht zu den anderen gesellt und war offensichtlich nicht an dem Trubel um die Kinder interessiert. Sie stand allein und schaute angespannt zu Richards und Naomis Haus. Lydia folgte ihrem Blick, konnte aber nichts entdecken. Guangyu beobachtete es weiter.

Eine Bewegung an dem großen Baum vor dem Haus der Laus zog Lydias Aufmerksamkeit auf sich. Eine Sekunde später hätte sie sich am liebsten in Dankbarkeit vor einem Gott verneigt, an den sie nicht glaubte. Ursula. Ursula, die sich hinter dem Baum versteckte, hinausspähte und Mrs. Lau dabei zusah, wie sie das Haus von Richard und Naomi beobachtete. Dann wandte Ursula den Kopf. Ursula und Lydia schauten sich in die Augen. Ursula legte die Hände um den Mund, ignorierte alle anderen und schrie Lydia etwas zu. »Guangyu sagt die Wahrheit.«

Lydia achtete nicht allzu genau auf die Worte, denn ihr Herz flog Ursula zu. Sie wollte ihm schon folgen, als ein weiterer Polizeiwagen nach Warrah Place einbog und neben Lydia mitten auf der Straße anhielt. Auf dem Rücksitz saß Pastor Martin. Sein Gesicht war aschgrau.

Detective Sergeant Mark Leagrove stieg aus und begann zu sprechen. Lydia hätte ihn am liebsten zum Verschwinden aufgefordert, denn das Einzige, worauf es jetzt ankam, war, dass sie zu Ursula gelangte.

Doch Lydia war in Uniform, und auch das bedeutete ihr etwas. Mark redete von dem Regen heute Nacht, als hätte sie Interesse daran, über das Wetter zu diskutieren. Dann schnappte sie die

Worte *Überreste des Verstorbenen* auf, daher wandte sie sich, ganz kurz nur, von Ursula ab. »Sagen Sie das noch mal.«

Der starke Regen hatte Teile der Gartenanlage auf dem Kirchengelände weggespült, und dabei waren die fehlenden Überreste von Antonio Marietti zutage gekommen. Der Pastor hatte sie heute Morgen entdeckt und stand seitdem ein wenig unter Schock.

»Konnte ihn dort nicht allein lassen«, erklärte Mark und wies mit einer Kopfbewegung auf den Pastor, der inzwischen aus dem Auto gestiegen war und mit dem Kopf zwischen den Knien im Rinnstein saß. »Ich habe den starken Eindruck, dass diese Leute uns an der Nase herumgeführt haben.« Er musterte die versammelten Nachbarn. »Zeit, uns ein paar ehrliche Antworten zu holen.« Er rückte seine Mütze zurecht. »Zumal wenn man bedenkt, dass der Weg heute betoniert werden sollte. Der Boden über der Leiche war mit Steinen aufgefüllt und der Weg verlegt worden, deswegen haben wir bei unserer Suche diese Stelle übersehen. Ohne den Regen hätten wir uns in alle Ewigkeit im Kreis drehen können.« Er wies mit dem Kinn auf die Kinder und ihre Eltern, die mit betretenen Mienen dastanden. »Was ist los?«

»Machen Sie ruhig weiter«, sagte Richard. »Komm schon, Colin, wir müssen nach Mum sehen.« Er zog fest an Colins Hand, und dieses Mal klammerte sich Tammy nicht nur an Colins anderer Hand fest, sondern stieß Richard weg.

»Sie können ihn nicht haben«, erklärte sie. Tammy sah Lydia flehend an, und Lydia fiel ein, wie Tammy im Auto gesagt hatte, da sei etwas, aber sie habe nicht das Recht, es zu erzählen. Noch passte das alles nicht zusammen, aber ihr Instinkt riet Lydia, diese Kinder im Auge zu behalten.

Dann passierte alles schnell, auf einmal und überall zugleich. Guangyu Lau hatte den Blick nicht abgewandt, und Lydia folgte ihm zur Tür, in der jetzt Naomi stand. Naomi, Guangyu und Ursula verständigten sich schweigend mit einem Nicken, das von einer zur anderen und dann wieder zurück lief.

Guangyu zupfte an Lydias Ärmel und zog sie beiseite. Sie redete leise und nachdrücklich auf sie ein.

Während sie sprach, zeigte sie auf Richard.

# 45

Naomi sah, wie Peggy die Kinnlade herunterfiel. Ein paarmal hörte sie ein Aufkeuchen. Richard wandte ihr den Rücken zu und schob das, von dem sie wusste, dass es kommen musste, einen kurzen Moment hinaus. Sie sah, wie er die Schultern geradezog. Diese Schulterhaltung hätte sie überall erkannt.

»Das ist ein ziemlich schwerer Vorwurf«, meinte der Polizist – Mark – zu Guangyu Lau, nahm ebenfalls die Schultern zurück und verzog zweifelnd den Mund.

»Warte ab und hör zu«, sagte Lydia. »Sie sagt die Wahrheit.«

Guangyus dringliches, an Lydia gerichtetes Murmeln wurde schneller und schriller. Die Worte konnte Naomi immer noch nicht verstehen, doch ihre Bedeutung war unmissverständlich. Köpfe wandten sich Richard zu; alle gafften ihn an.

»Was für ein Haufen Mist.« Cecils Stimme war laut und deutlich zu hören.

Richard ließ Colins Hand los. Er trat einen Schritt zurück, dann noch einen, und beim nächsten stieß er gegen Ursula, die sich mit verschränkten Armen und grimmiger Miene hinter ihm aufgebaut hatte und wie ein Fels dastand.

Das war es. Der Anfang vom Ende.

Naomi fiel wieder ein, was Debbie zu ihr gesagt hatte. *Er hat dich bis zum Schluss geliebt. Nur dich.*

Die Worte trugen sie, als sie vortrat, ließen sie das Kinn recken und verliehen ihr einen entschlossenen Blick.

Jeder Tag ohne Antonio war ein Kampf gewesen. Jetzt blickte sie sich um und sah, welchen Weg sie schon hinter sich gebracht hatte. Die Aussicht war atemberaubend. Es gab kein Zurück.

*Jetzt ist dir das vielleicht kein großer Trost, aber vielleicht wird es das eines Tages sein*, hatte Debbie gesagt. Dass Antonio sie geliebt hatte, war mehr als ein Trost; es war der Grund für alles, was sie jetzt tun würde.

Naomi stolperte voran. Das Zittern in ihren Beinen war sowohl real als auch für ihr Publikum gedacht. Sie schrie auf, ein gepresster, erstickter Laut, und fragte sich dabei, ob Antonio ein Geräusch von sich gegeben hatte, als Richard ihn umgebracht hatte. Sie hatte das Gefühl, dass auch ihr eigenes Blut aus ihr wich.

Sheree stürzte auf sie zu, und Naomi sank in ihre Arme. Sie sah, dass Ursula neben Lydia stand und sie am Ellbogen hielt. Sie bemerkte, dass Peggy nicht mitbekam, dass die Asche ihrer vergessenen Zigarette herabfiel. Sie sah Cecil, der dastand und die Hände in die Hüften stemmte. »Ach, kommt schon«, sagte er. »Das ist doch unmöglich. Sollen wir etwa *der da* glauben?« Sie sah, wie Guangyu in Rage geriet. Sie sah Sheree, die sie festhielt wie in einem Schraubstock, verlangte, dass jemand, um Himmels willen, irgendjemand Naomi Tee mit Zucker holte. Sie sah, wie Sherees älteste Tochter auf sie zukam, und dann ließ Sheree Naomi los und stürzte auf die Kleine zu, um sie auf den Arm zu nehmen. Sie sah Joe und Zlata, die einander verängstigt und bleich an den Händen hielten. Sie sah Pastor Martin auf dem Bordstein sitzen. Sie sah Helen, die, unbedarft und verwirrt, einmal mehr nicht wusste, was los war. Sie sah, wie Colin sich hinter Tammy versteckte. Sie sah Maureen, unscheinbar und vergessen. Sie sah, wie Debbie Tammys Katze streichelte, die sich neben ihr niedergelassen hatte. Dann zog sie die Knie an, beugte sich vor und wartete ab, was als Nächstes passieren würde. Offensichtlich genoss sie die Show.

Und dann sah sie Richard. Berechnend entschied er schon über ihren nächsten Schritt, so wie immer. Nur, dass ihm dieses Mal nicht klar war, dass er sich übernommen hatte.

»Hören Sie mal«, sagte er zu Mark.

»Sie meinen es bestimmt gut«, sagte er zu Guangyu. »Aber ehrlich gesagt …«

»Das ist lächerlich«, sagte er, an alle gerichtet.

»Meine Frau hier ...« Er appellierte wieder an Mark, von Mann zu Mann. »Sie kann bezeugen, wo ich in jener Nacht gewesen bin.« Er nickte Naomi kaum wahrnehmbar zu. Er wartete. Und während er wartete, schaute Naomi zu, wie seine zufriedene Miene, sein Vertrauen in seine Berechnung zu Unsicherheit umschlug.

»Los, sag es ihnen«, befahl er. »Erzähl es ihnen allen.«

Naomi wartete schweigend. Er wirkte ungläubig und warf ihr flehende Blicke zu. Sie sagte immer noch nichts.

»Nomes?« Seine Stimme klang kindlich, doch sein Gesicht wirkte plötzlich gealtert. Noch nie hatte er furchteinflößender gewirkt als jetzt in seiner Angst.

Naomi nahm all ihren Mut zusammen. Als sie aufblickte, sah sie seinen bohrenden Blick. Er umarmte sie, legte die Hand um ihren Hinterkopf und krallte die Finger hinein. »Reiß dich zusammen«, flüsterte er. »Sofort.«

Sie hing schlaff wie eine Stoffpuppe in seinen Armen, und er schüttelte sie. Alle wichen zurück, um den beiden Raum zu lassen.

»Alles, was ich getan habe, habe ich für dich getan. *Deinetwegen.* Das Ganze war von Anfang bis Ende *deine* Schuld.« Kaum beherrschter Zorn strahlte wie in Wellen von Richard ab. Seine Worte waren wie Pfeile, die er direkt in ihr Ohr abfeuerte, damit niemand anderer sie hörte.

Naomi erlaubte sich ein kurzes, triumphierendes Lächeln, solange ihr Gesicht an seinem lag; dann legte sie beide Hände auf seine Brust und stieß ihn mit aller Kraft weg.

»Es kann gar nicht anders sein«, sagte Naomi zu Lydia und Mark. Sie sprach leise, aber bestimmt. Sie spürte die Gewissheit, die man erst empfindet, nachdem eine Entscheidung gefallen, eine Handlung vollzogen ist. »Jetzt begreife ich das. Richard war in dieser Nacht nicht zu Hause. Und in den frühen Morgenstunden auch nicht. Ich hätte das gar nicht mitbekommen, wenn mich die

Morgenübelkeit nicht wach gehalten hätte. Er hat mir befohlen, nichts zu sagen. Ich hätte es tun sollen, aber ich hatte Angst vor ihm. Wenn sie sagt, sie hätte ihn gesehen ...« Hier wies sie auf Guangyu. »... dann kann ich nicht das Gegenteil behaupten.«

Und mit diesen Worten spielte Naomi die von ihr selbst gezogene Karte aus.

Richard war wie vom Donner gerührt. Eine Flut entfesselter Wut schwappte auf sie zu, er sprang hoch und stürzte sich auf sie. Sein Gebrüll erfüllte ganz Warrah Place. Einen Moment lang sah es so aus, als könnten seine Hände ihren Hals erreichen. Instinktiv sprang Naomi zurück.

Mark zog seine Waffe. »Auf die Knie!«, schrie er.

Ein schriller Schrei war zu hören, wahrscheinlich von Maureen, und ließ Richard innehalten. Er atmete schwer, Naomi hatte keine Ahnung, was er als Nächstes tun würde. Alles war möglich. Das war nicht der Mann, den sie kannte.

Richard starrte Naomi böse an. Sein Zorn brannte immer noch lichterloh. Verachtung verzerrte sein attraktives Gesicht zu einer absurden Maske.

»Auf die Knie«, wiederholte Mark. Ein verzweifelter Unterton schlich sich in seine Stimme.

Doch Richard blieb stehen. Naomi befand sich außerhalb seiner Reichweite, aber nicht viel. Sie rührte sich nicht. Das Blickfeld der beiden hatte sich zu einem Tunnel zusammengezogen, sie fixierten einander, während jeder versuchte, die nächste Bewegung des anderen vorwegzunehmen.

Helen stürzte vor und stellte sich mit weit ausgebreiteten Armen vor Naomi. »Um Himmels willen«, sagte sie zu Richard. »Sie ist schwanger«, sagte sie zu ihm. »*Schwanger.*«

»Auf ... die ... Knie«, sagte Mark noch einmal und schob sich näher an Richard heran. Er hielt die Waffe mit beiden Händen und zielte auf Richards Brust.

Endlich legte sich ein verschlossener Ausdruck auf Richards

Miene, und er ging auf die Knie. Er legte die Hände auf den Kopf.
»Na schön«, sagte er.
»Du widerlicher Mistkerl!«, schrie Duncan. »Wir haben dir vertraut. Wir haben dir alle vertraut.«
Peggy entfuhr ein unartikulierter Schrei. Sie rannte auf Richard zu und ignorierte den Polizisten, seine Aufrufe zum Stehenbleiben, seine Waffe. »Mörder. Du dreckiger, verlogener Mörder. Du Bastard, du Straßenköter, du ...«
Sie wurde unterbrochen, als Leslies mächtige Arme sie umfingen und sie zurückhielten. Er flüsterte ihr sanft zu wie einem Baby. »Alles ist gut. Ich halte dich.«
Mark behielt die Waffe in einer Hand und zog mit der anderen Handschellen aus seinem Gürtel. Er hielt sie Lydia hin. »Willst du das übernehmen?«
»Sehr, sehr gern«, sagte Lydia.

Alle schauten dem Polizeiauto nach, das Warrah Place verließ. Durch das Rückfenster war Richards Hinterkopf zu sehen.
Maureen entfaltete einen Klappstuhl, damit Naomi sich setzen konnte, und drückte ihr eine Tasse Tee in die Hand. Naomi war für beides dankbar. Der süße Tee kitzelte ihre Geschmacksknospen.
Cecil verschränkte die Arme oben vor der Brust. »Naa...ahh«, meinte er. »Ich glaube das nicht.« Niemand achtete auf ihn. Seine Worte liefen ins Leere.
Maureen hatte einen zweiten Klappstuhl gebracht. Sie hielt ihn verlegen fest und wusste nicht, was sie damit anfangen sollte. Cecil riss ihn ihr weg, schüttelte ihn, bis er sich öffnete, und setzte sich.
Debbie hatte sich nicht von ihrem Platz an der Einfahrt wegbewegt, und die Katze neben ihr auch nicht.
Sheree legte einen Arm um Colin. »Ist es okay für euch, wenn ich ihn mit nach Hause nehme, ihn wasche und ihm was zu essen gebe?«, fragte sie Duncan, nicht Naomi. »Sieht so aus, als hätte er einiges hinter sich.«

Duncan nickte. Alle sahen so aus, als hätten sie allerhand mitgemacht.

Als Sheree Colin an sich zog, machte Tammy einen Satz und biss Sheree in den Arm.

»Autsch!«, schrie Sheree und sprang zurück. »Du kleines ...«

Naomi spürte einen Drang zu lachen.

»Tammy!«, sagte Helen.

»Tut mir leid«, sagte Tammy. »Keine Ahnung, warum ich das gemacht habe. War nicht meine Absicht. Die Sache ist nur die ...« Sie zog Colin enger an sich. »... dass Sie ihn nicht haben können. Keiner kriegt ihn.«

»Colin kommt mit mir nach Hause«, erklärte Naomi. Dann sprach sie Tammy direkt an. »Jetzt kümmere ich mich um ihn.«

Der Regen hatte den Boden an einigen Stellen aufgeweicht. Eine Seite von Cecils Klappstuhl sank langsam ein, sodass Cecil nach und nach in eine Schieflage geriet, bis der Stuhl krachend zerbrach. Cecil grunzte und knallte schwer zu Boden. Zuerst eilte niemand herbei, um ihm aufzuhelfen, und als Maureen doch auf ihn zutrat, scheuchte er sie weg.

Der Sturz hatte Naomi von der allgemeinen Aufmerksamkeit erlöst.

*Tja, wie findest du das jetzt, Mum?*, dachte sie.

Sie hatte das Unmögliche vollbracht. Sie hatte die Karten, die das Leben ihr zugeteilt hatte, geändert. Und indem sie ihren Trumpf ausgespielt hatte, hatte sie endgültig mit ihrer Mutter gebrochen. Sie hielt sich die Teetasse vors Gesicht, um ihr Lächeln zu verbergen.

Als sie aufschaute, traf ihr Blick den von Debbie, und Debbie sah sie unverwandt an. Ihr Blick drang bis in Naomis Inneres. Debbie fuhr nicht vor dem zurück, was sie dort sah. Ihr leises Lächeln zeigte widerwillige Bewunderung, als wäre sie erstaunt darüber, dass Naomi es durchgezogen hatte. Sie legte zwei Finger an den Kopf: ein Salut.

## (Ameisen)

*Der Lebenssinn einer Ameise ist es, die Kolonie am Leben zu erhalten. Sie haben einen Instinkt für das Überleben der Gruppe, und dazu besitzen sie viele komplexe Mechanismen. Das lässt sie klug und altruistisch (das bedeutet, dass sie füreinander da sind) erscheinen. Aber die Sache ist die: Sie haben keine Emotionen. Nicht auf eine Art, die zählt. Sie handeln instinktiv, statt über ihre Entscheidungen nachzudenken. Früher fand ich das cool, weil sie nicht schuld waren, wenn sie es vermasselt hatten.*

*Ameisen leben in einer Gesellschaft aus Gewinnern und Verlierern, und das Ziel ist, dafür zu sorgen, dass man auf der Siegerseite ist. Nur die Kolonie ist wichtig. Einzelne Ameisen können den Gesamtüberblick verlieren und folgen dann einfach der Ameise vor ihnen, auch wenn die sie in den Tod führt. Ameisen trauern nicht. Sie lieben nicht. Ihre Gefühle werden nicht verletzt, sie haben kein schlechtes Gewissen wegen ihrer Fehler, wollen keine Rache und haben niemanden, der für sie etwas Besonderes ist.*

*Was ist das für ein Leben, in dem einem niemand wichtig ist und man selbst für niemanden zählt? Jeder braucht jemanden, für den er wichtig ist und der ihm wichtig ist. Man braucht beides.*

*Alles in allem, wer möchte schon eine Ameise sein? Ich nicht.*

# 46

Zwei Monate nach dem Mord
*Freitag, 2. März 1979*

Debbie und Tammy saßen auf der Veranda von Ursulas und Lydias Haus. Sie hatten ihre Stühle zurück an die Wand geschoben, um dem schlimmsten Wind zu entrinnen. Es war ein windiger, aber schöner Tag gewesen. Keine Spur von Regen. Die Brandgefahr war sehr hoch bis extrem, mehr auf Grund des Windes als wegen der Hitze. Die hohen Temperaturen der erdrückenden Januartage waren vorüber.

Vier Wochen Uni beziehungsweise Highschool lagen hinter ihnen. Sie hatten sich auch letzten Freitag getroffen. Es wurde zur Gewohnheit. Debbie war sich nicht sicher, ob ihr das recht war. Aber Tammy war schon in Ordnung. Sie hatte ihre Mutter überredet, ihr einen richtigen Haarschnitt machen zu lassen, und er war gar nicht übel. Endlich hatte sie die nach außen aufgedrehten Haarspitzen, die sie gewollt hatte. Damit sah sie älter aus.

Debbie drehte Zigaretten mit dem Tabak aus ihrer Blechbüchse und reihte sie in einer zweiten auf wie Sardinen. Tammy hatte eine Flasche Cola, ihr freitägliches Extra. Wenn sie den Hals reckten, konnten sie Männer sehen, die zwischen Colins Haus und dem Umzugslaster, der davor stand, hin- und hergingen. Gelegentlich kamen Naomi und Colin mit Sachen heraus, die sie in ihr Auto packten. Colin sah in einem Cape aus Goldlamé, das Debbie in einem Second-Hand-Laden für ihn aufgetrieben hatte, fabelhaft aus. Der Wind ließ es um seinen Körper flattern, wenn er sich bewegte, sodass er aussah wie ein Mini-Magier oder ein winziger Matador.

»Vielleicht sollten wir helfen«, meinte Tammy.

»Vielleicht«, sagte Debbie. Keine von ihnen rührte sich. Debbie musterte Tammy eingehender. Ihre Miene wirkte angespannt. »Kommst du klar? Ohne ihn?« Sie wies mit einer Kopfbewegung auf Colins Haus.

»Klar«, sagte Tammy. »Weiß nicht. Vielleicht.«

Tammy trank einen Schluck Cola, und Debbie versuchte, sich eine Zigarette anzuzünden, aber der Wind wehte die Flamme immer wieder weg. Tammy legte die Hände zusammen, um ihr zu helfen.

»Alle sagen, dass Richard lange Zeit ins Gefängnis kommt«, sagte Tammy. »Was meinst du?«

»Klingt richtig.«

»Ich hoffe, Antonio und das, was er getan hat, verfolgen ihn im Schlaf. Ich hoffe, dass er deswegen nie Ruhe findet.«

Ihnen gegenüber tauchte Zlatas stämmige Gestalt auf. Sie trug einen Korb und sah auf ihre Füße hinunter. Der Korb war hoch mit Obst, Gemüse und anderen, in Papier gewickelten Dingen beladen. Trauben baumelten über den Rand. Eine vom Wind aufgeblähte Plastiktüte flog durch die Luft und folgte Zlata durch Warrah Place. Sie blieb in den oberen Ästen des Baums hängen, der vor dem Haus der Laus stand, wo sie flatterte, knisterte und sich zu befreien versuchte. Zlata setzte den Korb am Fuß der Einfahrt zum Haus der Laus ab, als legte sie einen Kranz nieder. Dann ging sie nach Hause; wieder, ohne aufzublicken, und war sich anscheinend nicht bewusst, dass sie beobachtet wurde – oder sie tat es gerade deshalb. Mrs. Lau hatte alle überrascht, aber Zlata hatte einen besonderen Grund, ihr dankbar zu sein: Durch Richards Verhaftung war Joe von jedem Verdacht befreit.

Als Zlata verschwunden war, tauchte Peggy auf. Sie hatte einen Wellensittich in einem Käfig bei sich und offensichtlich keine Ahnung, dass sie Zuschauer hatte. Sie trug den Käfig durch den Vorgarten, hob ihn an Blumen und Laub hoch und redete dabei leise und zärtlich auf den Vogel ein.

»Ich glaube es nicht«, flüsterte Debbie. »Sie trägt ihren Vogel spazieren.«

Eine Weile beobachteten Peggy und ihr Vogel die Umzugskisten, die nebenan in den Laster geladen wurden. Dann verschwand sie ums Haus, wahrscheinlich, um ihren Ausflug im Garten fortzusetzen.

»Leute sind komisch«, sagte Tammy.

»Du sagst es«, meinte Debbie. Dann warf sie Tammy ein Grinsen zu. »Bis auf uns beide.«

»Bis auf uns beide«, wiederholte Tammy. Sie grinste ebenfalls. »Wir sind klasse.«

Debbie stieß Tammys Ellbogen mit ihrem an. »Verdammt richtig.«

Ein starker Windstoß ließ Bäume in der Nähe erbeben und fegte Laub und Dreck über die Veranda. Er blies die Asche von Debbies Zigarette auf ihren Arm.

»Wie sieht's bei deiner Mum aus?«, fragte Debbie.

Tammy zog eine Schulter hoch.

»Sie wird schon wieder«, meinte Debbie.

»Woher weißt du das?«

»Weil sie muss. Weil Frauen große Reserven an Resilienz haben. Weil man sich manchmal demontieren muss, bevor man anfangen kann, sich neu zu erfinden.«

»Ich habe ihr gesagt, du hättest gesagt, an der Uni gebe es einen Studiengang in Botanik. Sie hat mich angeschaut, als hätte ich den Verstand verloren.«

»Wenn sie auf Pflanzen und Bäume und alles steht, wie du sagst, dann sollte sie ihn machen. Ich habe Infos, die ich ihr geben kann.«

Tammy tippte nervös mit dem Finger an die Colaflasche, und Debbie kämpfte im Wind mit ihrer Zigarette.

»Ich weiß nicht«, meinte Tammy.

»Wegen des Studiums?«

»Ich weiß nicht, ob Mum und Dad es schaffen.«
Sie saßen schweigend da.
»Und wie sieht es da drin aus? Mit den beiden?« Ruckartig zeigte Tammy mit dem Kopf auf das Haus hinter ihnen.
»Keine Ahnung«, meinte Debbie. »Anders.«
Wer wusste schon, ob Ursula und Lydia wieder zusammenfinden würden? Sie waren jetzt selbstständiger, jede ihre eigene Persönlichkeit, weniger miteinander verschmolzen. Vielleicht würde sie das stärker machen. Oder sie würden sich zu weit voneinander entfernen. So oder so würde Debbie nicht hier sein, um es zu erleben. Sie würde sich nach einer neuen Unterkunft umsehen. Eine Wohngemeinschaft, oder vielleicht eine eigene Wohnung. Sie würde sich einen Job suchen müssen, um die Miete zu bezahlen. Das war schon okay; vielleicht würde es sogar Spaß machen. Nicht alles brauchte sich um die Uni zu drehen.
»Wie war die Uni diese Woche?«, fragte Tammy, als hätte sie ihre Gedanken gelesen.
»Gut, schon«, sagte Debbie. »Ich dachte bloß, es würde mehr ...« Sie verstummte. Mehr was? »Ist ja erst der Anfang. Vielleicht wird es noch besser.« Das war das Problem mit Hoffnungen und Erwartungen. Nichts konnte ihnen so ganz gerecht werden.
»Hey, was ist mit diesem Mädchen? Simone *Bummer*?«
»Bummer, ha ha, der ist gut«, meinte Tammy. »Vielleicht benutze ich das. Ehrlich gesagt habe ich ganz vergessen, mir ihretwegen Gedanken zu machen, du weißt schon, über allem anderen. Jetzt habe ich das Gefühl, es ist zu spät.«
»Zu spät?«
»Um mir Sorgen zu machen.« Tammy setzte sich, plötzlich munter geworden, auf. »Aber eins weiß ich. Stell dir das vor. Ich habe ein paar von den anderen auf dem Klo zugehört. Sie haben gesagt, dass Simone ausgerastet ist, weil alle Mädchen über den Sommer Brüste gekriegt haben und sie nicht.« Sie prustete vor Lachen.

Debbie warf einen betonten Blick auf Tammys flache Brust.

»Ja«, sagte Tammy, »aber *mir* ist das egal. Das ist ja das Schöne. Ich meine, ernsthaft, was soll ich mit Brüsten?«

Sie sahen zu, wie Duncans Auto nach Warrah Place einbog. Duncan, der auf dem Fahrersitz saß, trug sein Wochenendgesicht zur Schau. Sobald er Tammy sah, wurde sein Lächeln breiter, seine Miene hellte sich auf, und er winkte und wedelte komisch mit den Händen. Tammy trank den letzten Rest ihrer Cola aus und stand auf. »Man sieht sich, ich weiß nur nicht, wann«, erklärte sie, hüpfte die Einfahrt hinunter und ließ dabei ihr Haar schwingen.

Als sie die Insel überquerte, pfiff der Wind zwischen den Häusern hindurch, die Warrah Place umgaben, und ließ Tammys Haar senkrecht hochstehen. Sie hob auch beide Arme. Ergab sie sich dem Wind? Trotzte sie ihm? Oder tat sie es vor Freude? Sie rannte ihre Einfahrt bis zur Hälfte hinauf, blieb stehen, um ihre Katze unter dem Kinn zu kraulen, und lief den Rest des Weges auf der Treppe aus Eisenbahnschwellen hinauf, immer zwei Stufen auf einmal.

Ein unbekanntes Auto mit Fließheck hielt vor dem italienischen Haus. Der Fahrer schlug mit einem Hammer ein »Zu verkaufen«-Schild in den Boden. Dann fegte er den schlimmsten Dreck von der Einfahrt, wobei er häufig innehielt, um zu husten und sein Gesicht zu schützen, da der Wind alles in seinen Hals und seine Augen trug. Er brach Teile des abgestorbenen Blattwerks ab und warf es hinter einen Busch. Schließlich leerte er den Briefkasten und warf den Inhalt durchs Autofenster auf den Beifahrersitz.

Letzteres, das Heben des Briefkastendeckels mit seinen steifen, quietschenden Angeln, lenkte Debbies Gedanken auf einen Pfad, den sie normalerweise fest unter Verschluss hielt.

# 47

Jener Tag
*Samstag, 6. Januar 1979*

Am Morgen des Freiwilligen-Einsatzes wünschte Debbie sich nur, weiter mit Antonio im Bett liegenzubleiben. Die Kirchenveranstaltung bedeutete ihnen nichts – davor konnten sie sich mit Leichtigkeit drücken. Schon seit Ewigkeiten hatte sie das Gefühl, dass es zwischen ihnen nicht mehr hundertprozentig cool lief. Er hielt sie auf rätselhafte Weise auf Distanz, und das gefiel ihr gar nicht. Mehr noch, es ärgerte sie wahnsinnig und stürzte sie in eine düstere Stimmung. Wenn er glaubte, das lasse ihn mysteriös wirken, wenn er dachte, das würde sie süchtig nach ihm machen, würde er sich noch wundern. Das Dumme war nur, dass sie *wirklich* süchtig nach ihm war, verdammt.

Antonio kam mit zwei Tassen Kaffee aus der Küche; ihrer mit Milch, genau wie sie ihn mochte, seiner schwarz. Sie hatte seinen einmal probiert und das Gesicht verzogen. Er schmeckte medizinisch, wie Altona-Tropfen.

Debbie trank ihren Kaffee und sah zu, wie Antonio sich im Zimmer umherbewegte. Er war nackt, und das frühmorgendliche Licht vom Fenster schien auf seinen schlanken, geschmeidigen Körper. Er hob Kleidungsstücke vom Boden auf und warf sie wieder hin. Sie war ebenfalls nackt, reckte sich, streckte sich auf dem Bett aus und zeigte ihren Körper. Sie wusste, dass sie gut aussah, und kannte die Blickwinkel, die ihn erregten.

Debbie wollte nicht aufbrechen, solange die Stimmung noch so mies war und sie sich nicht sicher war, ob zwischen ihnen alles okay war. In dieser Hinsicht war sie wie ein Spieler, der noch einen einzigen Einsatz wagt, um alles zurückzugewinnen. Wenn sie jetzt Schluss machte, würde sie sich zu vielen Dingen stellen müssen, die zu schmerzhaft waren.

»Trink«, sagte Antonio. Er kippte seinen Kaffee mit zwei Schlucken hinunter.

Debbie griff sich seine Unterhosen vom Boden und wedelte spielerisch damit, um ihn zu einem weiteren Mal zurückzulocken.

Er packte das Wäscheteil und zerrte heftig daran, sodass sie der Länge nach unelegant über das Bett gezogen wurde. »Ich habe keine Zeit für Albernheiten.«

»Du benimmst dich wie ein Mistkerl«, sagte sie. Sie hätte sich schon längst streng ins Gewissen reden und verdammt noch mal ein wenig Würde an den Tag legen sollen.

»Kann schon sein.« Er warf ihre Sachen aufs Bett.

Debbie zog sich an. »Du kannst ganz schön gemein sein, weißt du.«

»Ist nicht meine Absicht«, sagte er. »Tut mir leid.«

Inzwischen war er angezogen. Er schaute sie an, ihre Blicke trafen sich, und ja, er bereute es wirklich. Es stand ihm ins Gesicht geschrieben. Er brachte es gar nicht fertig, ihr wehzutun.

»Siehst du«, sagte Debbie. »So ist es besser.«

Er zog sie in die Arme, und sie entspannte sich an seinem Körper. Unglaublich, wie sicher sie sich fühlte, wenn er sie umarmte. Sie war inzwischen beinahe abhängig davon.

»Tut mir leid«, sagte er noch einmal. »Ich bin zerstreut. Hab viel im Kopf. Aber du solltest dir keine Sorgen machen.« Er drückte ihr einen Kuss aufs Haar. »Du bist so stark. Du sollst immer wissen, wie sehr ich dich bewundere. Du bist ein zäher Brocken, ja?«

»Ja«, sagte sie.

»Es wird gut«, erklärte er. »Ganz gleich, was passiert, alles wird gut.«

Auf dem kurzen Fußweg von ihrem Haus zu seinem schlichen

sich nagende Zweifel in ihre Zufriedenheit. Sagte man wirklich *ich bewundere dich* zu jemandem, auf den man stand? Zu jemandem, in den man sich verliebt hatte?

Und als er gesagt hatte, alles würde gut, hatte er da gemeint, dass für sie beide, als Paar, alles gut werden würde? Oder hatte er gemeint, dass für sie – Singular, ohne ihn – alles gut werden würde?

Der Freiwilligen-Einsatz war in vollem Gang. Debbie hasste sich selbst dafür, dass sie ständig Ausschau nach Antonio hielt. Sie hasste ihn, weil er ihr keinen zweiten Blick gönnte. Wenn sie ihn bloß allein abpassen könnte …

Duncan Lanahan schenkte ihr ein strahlendes Lächeln, als er mit einem Spieß eine Wurst vom Grill holte, wobei Fett herausspritzte, und sie in Brot einschlug. »Guten Appetit«, sagte er. »Vorsicht, heiß.«

Debbie kippte dick Soße darauf und ging damit über einen Pfad aus umgedrehten, trockenen Rasenstücken zu Antonio. Er hatte mit der Kettensäge gearbeitet und war mit Sägemehl und Spänen übersät.

»Gut«, sagte er und nahm die Wurst. »Ich wollte dich sehen.«

Debbies Herz erhob sich in schwindelnde Höhen. So einfach war das? Sie sollte sich schämen.

»Hier.« Er zog ein Bündel Papier aus seiner hinteren Hosentasche. »Deine Briefe.« Dümmlich und wie vom Donner gerührt nahm sie sie an. »Du hattest recht. Es gibt eine andere. Immer schon. Ich wünschte, ich hätte ehrlicher zu dir sein können, aber ich konnte dir nicht von ihr erzählen. Aus Respekt vor ihr und ihrer Lage.« Antonio biss in das Sandwich; vorsichtig, wegen der Soße. Sogar darin war er heikel, gut erzogen. Er kaute und schluckte. Debbie wartete. »Ich liebe sie. Und das ist keine gewöhnliche Liebe. Eine größere Liebe, als ich für möglich gehalten hätte. Das kann ich nicht ignorieren, selbst wenn ich wollte. Aber ich will es nicht mehr.« Er hatte die Dreistigkeit, sein Glück zu zeigen. Es breitete sich über sein Gesicht und ging über alle Gewissensbisse hinweg, die er vielleicht hatte. »Ich werde die Sache mit ihr in Ordnung bringen. Es ist das Beste, wenn du die Wahrheit weißt.« Er dachte wohl, er täte ihr einen Gefallen. Dieser schleimige Mistkerl glaubte wirklich, er tue ihr einen Gefallen. »Ich hoffe, du nimmst mir das nicht übel.«

Vielleicht nicht in den Einzelheiten, aber das war alles wieder wie bei Edgar.

Debbie drehte sich um und ging davon.

Der Arbeitseinsatz neigte sich dem Ende zu. Die Teilnehmer waren verschwitzt, verklebt und sonnenverbrannt. Nach und nach verdrückten sie sich in kleinen Grüppchen. Debbie hatte in dem Getränkeladen, der zu der Tankstelle an der Straße gehörte, Bier geholt und sich den Keim eines Plans ausgedacht.

Antonio war immer noch bei der Arbeit, stemmte Holzklötze und stapelte sie ordentlich auf. Bei wem versuchte er sich einzuschmeicheln? Sie wollte es gar nicht wissen. Sie wollte gar nichts mehr von ihm wissen. Lieber sah sie ihn als etwas, das sie hinter sich gelassen hatte. Als unbedeutend.

Mit ihren Briefen polsterte Debbie die zwei langhalsigen Bierflaschen in der Papiertüte ab, damit sie nicht klirrten. Sie hatte sich unter die Kiefern gesetzt; eine gute Stelle, um einen Überblick über Antonio, den Grillplatz und den Parkplatz zu haben. Sie wartete und schlug sich gelegentlich auf die Fußknöchel, wenn die Insekten ihr zu nahe kamen.

Der letzte Wagen verließ den Parkplatz: Duncan mit seiner schwachsinnigen Frau und seinem komischen Kind, das immer den Kopf in den Wolken hatte. Die Frau – Helen hieß sie, glaubte Debbie – winkte Antonio zu, als gebe sie einem vorbeifahrenden Schiff Signale. »Bis später dann!«, schrie sie.

Antonio legte einen weiteren Holzklotz an seinen Platz, zog

seinen Rücken gerade, rollte die Schultern und wischte sich die Hände an der Front seiner Jeans ab.

Auf dem Boden lag Grillwerkzeug und beschwerte einen Stapel Metzgerpapier und Plastiktüten. Debbie hob sie auf – Zangen, einen Pfannenwender, einen Spieß mit scharfer Spitze, alle mit langen Griffen – und legte einen Stein auf das Papier. Antonio sah sie, und Debbie lächelte ihm zu. Sie legte die Zange und den Pfannenwender ab und klemmte sich den Spieß unter den Arm.

»Waffenstillstand«, sagte sie, trat ihm an den Holzstämmen entgegen und hielt die Papiertüte hoch. »Ich komme in Frieden.«

Antonio zog eine leichte Jacke mit Reißverschluss über sein schwarzes T-Shirt und ließ sie offen. Er bewegte die Schultern, damit sie gerade saß, und sah Debbie mit schiefgelegtem Kopf von der Seite an; skeptisch und geduldig. Dieser Blick brachte Debbies Blut zum Kochen. Trotzdem fand sie ihn so sexy, dass es sie in Rage versetzte. Das war ein Fluch, den sie brechen musste.

»Wie wär's, wenn wir auf das Ende anstoßen?«, fragte sie. »Um dir zu beweisen, dass ich nicht nachtragend bin.«

Die Dämmerung ließ einen kastanienbraunen Schimmer in Antonios Haar aufscheinen, der Debbie noch nie aufgefallen war. Sie stand mit dem Rücken zur untergehenden Sonne und Antonio in ihrem langen Schatten. Er sah sie blinzelnd an. Kondenswasser lief an dem braunen Glas der zwei Bierflaschen hinunter. Sie bewahrten noch ein wenig Kälte, nachdem sie im Kühlschrank gewesen waren. Sie zog einen Flaschenöffner – auch im Getränkeladen gekauft; sie war gut in solchen Details – aus der hinteren Hosentasche und entfernte die Kronkorken. »Hier, halt die mal«, sagte sie und streckte ihm die zwei Bierflaschen entgegen. »Aber sieh zu, dass du nichts verschüttest. Mehr haben wir nicht.«

Sobald Antonio in jeder Hand eine Flasche hielt, stieß Debbie ihm rasch den Bratspieß in die Brust. Sie wusste, was sie tat, denn sie hatte Optionen recherchiert, um sich Edgar vom Hals zu schaffen. Aus ihrer Rache an Edgar war nie etwas geworden, doch jetzt bereitete es ihr eine grimmige Befriedigung, dass ihre Recherchen nicht umsonst gewesen waren. Manchmal musste man im Leben halt ein wenig länger als gedacht warten, um ein Unrecht wiedergutzumachen.

Zuerst die Hautschichten: Epidermis, Dermis, subkutanes Bindegewebe. Sie setzten ihr keinen Widerstand entgegen. Das Problem mit dem Herz ist, dass es nicht so weit links sitzt, wie man meinen würde. Aber man sollte auch nicht direkt auf die Mitte zielen, weil einem sonst das Brustbein im Weg ist. Pectoralis major, der große Brustmuskel. Dann zwischen zwei Rippen hindurch. Zwischenrippenmuskulatur. Ein kräftiger Stoß mit beiden Händen, um den Herzbeutel zu durchdringen, und dann schließlich ins Herz. Nur gerecht, da er ihr ihres gebrochen hatte.

Zuerst hielt Antonio die Flaschen fest und gehorchte ihrer einfachen Anweisung, nichts zu verschütten. Seine Miene drückte Verwirrung aus. War es die Überraschung? Der Schmerz? Ihr fester Blick in seine Augen? Dann ließ er die Flaschen fallen und sackte in die Knie. Zu spät versuchte er, den Spieß zu fassen zu bekommen, doch Debbie hatte ihn schon herausgezogen. Sein Atem ging keuchend. Die Arme sanken an, die Handflächen nach oben, neben ihm. Er rutschte weiter zu Boden. Seine Beine lagen auf der einen Seite, und sein Rücken lehnte an dem Holzstapel. Sein Gesicht alterte innerhalb von Sekunden um Jahre.

Debbie trat ein paar Schritte zurück und schaute zu. Ein Blutfleck breitete sich auf Antonios schwarzem T-Shirt aus, war aber kaum zu erkennen, wenn man nicht wusste, wonach man suchte. Bier lief schäumend aus den Flaschen und bildete Rinnsale auf dem Boden. Als die kleinen Bäche aus den beiden Flaschen zusammengelaufen waren, hatte Antonio das Bewusstsein verloren. Die Sonne war untergegangen, hatte ihre Schatten mitgenommen und nur Zwielicht zurückgelassen. Debbie richtete Antonios Beine gerade vor seinem Körper aus, um seine Haltung zu stabilisieren.

Sie zog seine Jacke über seinem T-Shirt zusammen und schloss den Reißverschluss.

Während sie den Spieß an dem Wasserhahn vor dem Gemeindesaal abwusch, hörte Debbie Autoreifen über den Schotter knirschen. Sie fuhr zusammen und verletzte sich die Handfläche an der scharfen Spitze. Sie warf den Bratspieß in Richtung Grillbereich und verdrückte sich mit ihrer Tasche voller Briefe unter die Bäume. Von dort aus sah sie, wie dieser große, gutaussehende Navy-Typ, Richard, und sein Sohn auf dem Parkplatz aus ihrem Auto stiegen. Sie hielt sich nicht länger auf, sondern gelangte zwischen den Bäumen auf einen Fußweg, der sie zur Straße und zu einer Bushaltestelle führte, wo sie wartete und auf die Schnittwunde an ihrer Hand drückte.

# 48

Zwei Monate nach dem Mord
*Freitag, 2. März 1979*

Helen war in letzter Zeit jeden Morgen neben dem Kinderbettchen im Gästezimmer aufgewacht. Alles andere hatte sie schon entrümpelt, aber das Bettchen würde das Zimmer als Letztes verlassen. Sie hatte sogar Tammys Kleiderschrank ausgeräumt und Colin aussuchen lassen, was er haben wollte. Zuerst war ihr Antrieb gewesen, so viel Platz im Gästezimmer zu schaffen, dass sie dort schlafen konnte, getrennt von Duncan. Doch als sie einmal angefangen hatte, konnte sie nicht wieder aufhören, und die Unvermeidlichkeit des Ganzen trieb sie an. Sie rechnete damit, unglücklich zu sein, und sie war es. Aber sie hatte auch das Gefühl, mit etwas abgeschlossen zu haben; dass eine Tür zufiel und sie nicht mehr ständig mit dieser schmerzlichen Hoffnung zu leben brauchte.

»Was willst du heute zum Abendessen?«, fragte sie Duncan beim Frühstück.

»Ist mir egal«, sagte er. Er schaufelte sich den Toast in einem Tempo in den Mund, dass man kaum hinsehen konnte.

»Ich kann dich gern zur Arbeit fahren, wann immer du soweit bist.«

»Danke, aber ich hab eine Mitfahrgelegenheit.«

»Ich könnte etwas Aufwändigeres machen«, erklärte Helen. »Zum Abendessen. Zeit habe ich genug.«

»Klar.«

»Also, worauf hast du Lust?«

»Egal, Helen. Entscheide du. Mir ist das gleich.«

Er nannte sie nicht mehr Hells-bells. Wenn er es vermeiden

konnte, redete er überhaupt nicht mit ihr. Duncan hatte Helen etwas weggenommen; sie spürte den Verlust. Und sie fühlte, dass Tammy sich an Duncan anschloss. Erstaunlich war das nicht, denn die beiden passten von Natur aus zusammen, und Helen gehörte nicht dazu. Wenn sie jetzt zurückblickte, konnte sie erkennen, dass die beiden sich zuerst stückweise und dann mit einem Ruck von ihr entfernt hatten. Der Schmerz darüber nagte unaufhörlich an ihr.

Wenn sie aus dem Haus ging, war es das Gleiche. Helen hatte die Kirchgänge aufgegeben. Sie brachten ihr nichts mehr. Seit der Bibelstunde, der letzten, die Helen je ausgerichtet hatte, ging Peggy ihr aus dem Weg. Maureen, mit der sie einst befreundet gewesen war, hatte sich in ihr Schneckenhaus zurückgezogen und ließ niemanden an sich heran. Seit Sheree gehört hatte, was passiert war, starrte sie sie offen feindselig an. Ursula huschte so schnell, wie sie konnte, davon, wenn sie Helen nur von Weitem sah. Merkwürdigerweise war Lydia ihr gegenüber ein wenig nachsichtiger geworden, zumindest so weit, dass sie sie mit einem knappen Nicken grüßte. Vielleicht hatte sie das Gefühl, gesagt zu haben, was sie zu sagen hatte, ihren Zorn schon herausgelassen zu haben. Helen war ständig auf einen neuen Ausbruch gefasst. Sie fragte sich, ob das besser wäre, als mit Schweigen gestraft zu werden. Sie hatte sich so große Mühe gegeben, damit die Leute nicht schlecht von ihr dachten, und sich so angestrengt, um sich beliebt zu machen. Und was war dabei herausgekommen?

Der Gedanke ließ sie nach den Autoschlüsseln greifen. Duncan war gerade von der Arbeit nach Hause gekommen, und sie hatte keine Lust, sich schon wieder die kalte Schulter zeigen zu lassen. Es hatte eine Zeit gegeben, als Freitagabende sich verheißungsvoll angefühlt hatten. Jetzt kamen sie ihr vor wie der Anfang einer Belastungsprobe.

Helen fuhr zwanzig Kilometer ostwärts nach Queanbeyan und folgte dem Fluss zu den Außenbezirken der Stadt. Sie hätte den

Weg mit geschlossenen Augen gefunden. Sie hielt am Feldweg, neben dem Garten. Das Haus wirkte kleiner, schiefer und baufälliger als in ihrer Erinnerung. Dort, wo das Dach vorstand, waren Rostflecken zu erkennen, und Helen sehnte sich nach einer unkomplizierten Kindheit, als sie im Bett gelegen und dem Regen gelauscht hatte, der auf das Wellblech trommelte. Damals hatte sie noch nicht begriffen, was ihr fehlte. Noch lange nicht.

Der Zaun müsste repariert werden. Die Pfosten standen schief und waren an einigen Stellen durchgefault. Keine Gartenmöbel, nur eine schiefe Wäschespinne mit durchhängenden Leinen. Keine Pflanzen. Der Boden war mit Kaninchenlöchern und -kötteln übersät. Ihr ältester Bruder Scott war der Einzige, der an dem Haus arbeitete und dafür sorgte, dass es beinahe nett aussah. Wahrscheinlich saß er gerade mal wieder im Gefängnis.

Helen wollte schon wieder fahren, da sie keine Ahnung hatte, warum sie überhaupt hergekommen war oder was sie sich erhofft hatte, als sich knarrend die Hintertür öffnete und ihre Mum mit einem Wäschekorb auf der Hüfte herauskam. Sie trug einen Kittel, der ihr bis zu den Knien reichte, und darüber eine Wolljacke, die unterhalb ihrer Brüste von einem einzigen Knopf zusammengehalten wurde. Sie bückte sich aus der Hüfte, um Kleidungsstücke aus dem Korb zu nehmen, und richtete sich nie vollständig auf, als sie die Arme hob, um sie mit Klammern auf die Leine zu hängen. Helen spürte einen Anflug von Nostalgie, als sie den Umriss der Beine ihrer Mum sah, die ihr so vertraut waren wie ihre eigenen. Das Gefühl wurde aber rasch gefolgt von Abscheu, als sie sich die Zukunft vorstellte, die vor ihr lag.

Helen tastete blindlings nach ihrem Gurt, startete den Wagen und fuhr davon. Sie sah nur aus dem Augenwinkel auf die Straße, bis sie das Haus weit hinter sich gelassen hatte.

Als sie heimkam und ausstieg, tauchte Debbie auf und gab ihr eine Broschüre. Man hätte meinen können, Debbie hätte nach ihr Ausschau gehalten und auf sie gewartet.

»Was ist das?«, fragte Helen.

»Nur, falls Sie interessiert sind«, sagte Debbie. »Ein Studiengang über Botanik an der Uni.«

»Warum?« Was Helen meinte, war: Wie kam jemand darauf, dass sie sich für die Uni interessierte; warum sollte die Uni sich für sie interessieren, und wieso sollte Debbie etwas für sie tun?

Ein Teil ihres letzten Gedankens musste in ihrem Blick gelegen haben.

»Ich habe mich immer schon für die Person interessiert, die alle hassen.« Debbies Blick war eindringlich und aufdringlich, als weidete sie sich an Helens Schmerz und Demütigung. »Was Sie getan haben, war mies. Aber ich nehme an, Sie hatten Ihre Gründe.«

# Ein Jahr später

Debbie hatte sich auf einen Anschlag an einem schwarzen Brett an der Uni gemeldet, in dem eine Mitbewohnerin gesucht wurde, und war bei Ursula und Lydia ausgezogen. Sie war eine schlechte Zimmernachbarin. Sie stahl Geld aus der Einkaufskasse und hortete Bananen in ihrem Zimmer, die für die ganze Wohngemeinschaft bestimmt waren. Sie blockierte das Bad und duschte den Boiler leer, und wenn sie mit Spülen und Putzen an der Reihe war, erledigte sie es schludrig, falls sie sich überhaupt damit abgab.

Sie nahm einen Job in einem Club an, wo sie den Gästen, die an den Poker-Maschinen spielten, Drinks servierte. Dabei steckte sie regelmäßig einen Teil ihres Wechselgeldes ein und argumentierte, wenn sie zu dumm wären, um es zu bemerken, hätten sie das Geld auch nicht verdient.

Sie ließ sich die Achselhaare wachsen und beschloss, sich ein Tattoo stechen zu lassen, konnte sich aber nicht entscheiden, was für eins oder wohin.

Sie besuchte Treffen der Lobby für Wählerinnen und machte sich einen Namen als Plaudertasche. Die anderen Frauen hassten sie entweder oder sie liebten sie; ein Zwischending existierte nicht. Ab und zu störte es sie, dass sie keine bleibenden Freundschaften mit anderen Frauen geschlossen hatte.

Sie ging zu Protesten und schrie sich heiser, und einmal spuckte sie einem Polizisten ins Gesicht und forderte ihn provozierend auf, sie zu verhaften.

Sie ging zu Gigs und tanzte barfuß, bis sie ihre Zehen nicht mehr spürte.

Sie rauchte Kette, Selbstgedrehte und Nelkenzigaretten, und bekam eine Bronchitis nach der anderen.

Sie schrieb nicht mehr viel, sondern wartete, bis sie etwas hatte, das es wert war, festgehalten zu werden. Ihre Noten an der Uni waren gemischt. Sie besuchte nur die Seminare und Vorlesungen, die sie mochte. Sie erledigte die Hausarbeiten nur unter Voraussetzungen, mit denen sie einverstanden war. Sie fiel in drei Fächern durch, und man erklärte ihr, dass sie ihren Studienplatz verlieren würde, wenn sie sich nicht einige Zusatzpunkte verdiente. Was sie wütend machte.

Sie begann eine Beziehung zu einem Typen in einer Band. Er nannte sich Rasputin oder kurz Razza und hatte blonde Dreadlocks. Sein richtiger Name war, wie Debbie herausfand, indem sie seine Brieftasche durchwühlte, Gavin. Razza trank nicht, rauchte weder Zigaretten noch Pot und nahm auch keine anderen Drogen. Er erklärte, Sex sei die einzige Droge, die er brauche, und er wollte sie ständig. Debbie fand den Sex enttäuschend durchschnittlich, und als sie genug von ihm hatte, machte sie Schluss mit ihm, indem sie mit einem Wirtschaftsstudenten schlief, der die Liberale Partei wählte und immer seine Hemden in den Hosenbund steckte, sogar T-Shirts. Er erklärte Debbie, er finde sie erfrischend, also verließ sie ihn auch. Seitdem hatte sie nur noch One-Night-Stands gehabt. Nichts von Dauer.

Wenn sie an Antonio dachte, dann als eine Erfahrung, die sie einmal gemacht hatte. Einfach ein Teil eines zerfaserten Patchworklebens. Richard war es, über den sie nachdachte. Alle anderen gingen ihr auf die Nerven, doch mit Richard empfand sie nur Einigkeit. Sie war sich sicher, dass er genauso auf sie eingestimmt war wie sie auf ihn, selbst wenn er nicht begriff, woran das lag. Oft hatte sie das Gefühl, zu wissen, was er tat, wie er sich fühlte, was er von einem Moment zum anderen dachte. Zwischen ihnen bestand eine unsichtbare Verbindung, und Debbie betrachtete ihn schließlich als Verlängerung ihrer selbst. Wenn sie eine Orange aß, fragte sie sich, ob er sie gern mochte. Sie quetschte das Fruchtfleisch an ihre Zähne, um den Saft herauszupressen, damit er ihn genießen konnte. Wenn es sie juckte, dann kratzte sie sich ebenso zu seiner Erleichterung wie zu ihrer eigenen.

Mitleid empfand Debbie nie für Richard. Unschuldig war er beileibe nicht. Er hatte bekommen, was er verdiente, und zusätzlich noch das, was Debbie zustand. Dafür war sie dankbar, doch es tat ihr nicht leid. Und hatte Debbie bekommen, was sie verdiente? Ihr war noch niemand begegnet, der es wert gewesen wäre, darüber zu urteilen.

Eines Abends ging auf der Arbeit Debbies Temperament mit ihr durch. Kein besonderer Anlass, nur ein wachsendes Gefühl, dass eine Ungerechtigkeit zur anderen kam, ihre Unzufriedenheit wuchs und sie kein Ventil für ihre innere Unruhe fand, bis sie einen Barhocker in einen der Spielautomaten warf. Sie wurde natürlich auf der Stelle gefeuert, ohne Abmahnung oder dergleichen.

Bald darauf verloren ihre Mitbewohner die Geduld mit Debbie und warfen sie hinaus. Sie packte eine Tasche und fuhr zum ersten Mal seit über einem Jahr zurück nach Warrah Place. Sie würde Ursula und Lydia fragen, ob sie wieder bei ihnen wohnen konnte; nur, bis sie etwas Neues fand.

Sie versteckte ihre Tasche hinter einem Busch vor dem italienischen Haus. Es wäre zu demütigend, damit aufzukreuzen. Sie würde abwarten und zuerst die Lage peilen. Sie blickte zu Antonios Haus auf. In ihrer Erinnerung stand es hell und leuchtend in der Sommersonne. Jetzt, in dem gedämpften Licht des Herbstes, wirkte es trist, doch es stand immer noch hoch aufgerichtet am unteren Ende der Straße wie ein Wachposten. Davor steckte immer noch das »Zu verkaufen«-Schild im Erdboden.

Vor Richards Haus stand kein Schild, doch es zeigte auch kein Lebenszeichen. Der Garten wirkte vernachlässigt. Es sah abweisend aus, als hätte es der Straße den Rücken gekehrt. Debbie spürte nicht, wie sie es sich erhofft hatte, Richards Gegenwart.

Vom unteren Ende der Straße aus gesehen sah Lydias Haus

genauso aus wie vorher: enttäuschend unscheinbar, langweilig, spießig. Als sie den ersten Schritt in die Richtung tat, kam Tammy aus der Einfahrt der Laus gerannt.

»Hey!« Tammys Gesicht leuchtete auf. Sie trug ihre Schuluniform und hatte ihre Tasche über eine Schulter gehängt.

Tammy wirkte auf eine Art anders, die Debbie nur schwer definieren konnte. Sie hatte jetzt ihr ganz eigenes Gesicht, auf dem sich ihre Emotionen vollkommen natürlich zeigten. Und sie war in ihren Körper hineingewachsen, den sie unbefangen bewohnte. Er wirkte fließender in seinen Bewegungen statt gestelzt und beherrscht, als ginge sie nicht mehr mit angezogenen Bremsen durchs Leben.

Einen verlegenen Moment lang schienen die beiden nicht zu wissen, ob sie sich umarmen sollten. Sie taten es nicht. Tammy lachte.

»Erzähl mir alles«, sagte Debbie. »Ich will alles wissen, was inzwischen passiert ist.«

»Ich weiß gar nicht, wo ich anfangen soll.«

»Fang damit an, warum du da drin warst.« Debbie wies mit einer Kopfbewegung auf das Haus der Laus.

»Oh, da bin ich jeden Nachmittag. Nach der Schule fahre ich zusammen mit Jennifer mit dem Fahrrad zurück und warte dort, bis Dad von der Arbeit kommt.«

»Wirklich?«

»Ja, sie kann mich inzwischen gut leiden.« Tammy strahlte voll ungetrübter Freude. »Du würdest es nicht glauben, aber wir haben eine Menge gemeinsam. Wir sind beide richtig gut in Human Cannonball für Atari, und wir bauen zusammen Schaltkreise. Das ist cool.« Sie zuckte mit den Schultern. Ihr Ton war nüchtern; sie suchte nicht nach Debbies Zustimmung, sondern sagte es so, wie es war.

»Schaltkreise?«

»Du weißt schon, Elektronik.«

»Na, dann brauchst du mich wohl nicht mehr«, meinte Debbie und hasste es, dass sie wie eine jämmerliche dumme Gans klang.

»Nöö, mir geht's gut«, sagte Tammy. Und dann passierte das Allerschlimmste: Tammy sah sie mitleidig an. »Aber du könntest mit uns abhängen, wenn du willst. Ich wette, Jennifer hätte nichts dagegen.«

Debbie wandte den Blick ab und entdeckte Peggy, die an einem Fenster ihres Hauses stand und sie beobachtete. Debbie zeigte sie Tammy, und die beiden lachten und starrten sie offen an, während Peggy davonhuschte.

»Was ist denn jetzt mit ihr?«, fragte Debbie.

»Immer noch stinksauer, weil sie nie auf die Idee gekommen ist, dass es Richard war.«

Debbie wollte sich schon nach Richard erkundigen, wollte fragen, ob es Neues von ihm gebe. Doch ein Kloß in ihrem Hals ließ die Worte nicht durch. Sie wollte sich die Vorstellung von Richard, die sie mit sich herumtrug, nicht zerstören lassen.

»Wie kommt's, dass du warten musst, bis dein Dad nach Hause kommt? Wo steckt denn deine Mum?«

Tammy verdrehte die Augen. »Herrje, du warst aber wirklich lange weg, was? Mum ist auch fort. Also, nur irgendwie. Sie ist an der Uni und lebt in einem Wohnheim, und manchmal kommt sie nach Hause und schläft im Gästezimmer; angeblich, damit für mich alles *normal* ist. Ich glaube, Dad tut sie leid. Wenn ich dabei bin, sind die beiden wahnsinnig höflich zueinander. Es ist grauenhaft.«

»Gott, das tut mir leid«, sagte Debbie.

»Ach ja?«

Debbie lachte. »Nicht wirklich. So ist das Leben, stimmt's? Vielleicht ist es das Beste so.«

»Kann schon sein. Mum unternimmt sogar ziemlich oft etwas mit mir, nur wir beide, und das ist nett. Es ist, als würde sie sich umso mehr Zeit für mich nehmen, je beschäftigter sie ist. Eigenartig. Aber gut.«

Debbie holte tief Luft und schluckte die Angst hinunter, die ihr die Kehle zuschnürte. Sie konnte doch nicht anders. »Hast du noch mal was von denen gehört?« Mit einer ruckartigen Kopfbewegung zeigte sie auf Richards Haus.

»Ja, Colin schreibt mir ständig«, sagte Tammy, und ihre Miene hellte sich wieder auf. »Das wird dir gefallen. Colin und Naomi sind ans Meer gezogen. Sie leben auf einem Campingplatz, und Naomi hat einen Freund, der Surfer ist. Colin lernt surfen und hat sich die Haare lang wachsen lassen. Er füttert die Kängurus, und ich glaube, er ist richtig verwildert. Hier, schau mal.« Tammy kramte in ihrer Tasche herum und fischte zwischen Papieren ein Foto heraus.

Es zeigte Colin windzerzaust an einem Strand, unbekümmert und glücklicher, als Debbie ihn je gesehen hatte. Aber was Debbie den Atem verschlug, war das Baby auf seinem Arm. Ein dunkler Haarschopf mit einer weichen Welle über der Stirn. Diese Wimpern! Das kleine Mädchen war Antonio wie aus dem Gesicht geschnitten.

Debbie drückte das Foto Tammy in die Hand. »Niedlich.«

»Komm«, sagte Tammy. »Ich gehe mit dir. Ich muss sowieso Guangyu bei euch abholen.«

»Was?«

»Jennifers Mum. Jennifer will, dass sie nach Hause kommt und das Abendessen kocht, und ich habe gesagt, dass ich sie hole. Sie ist immer bei euch, also bei Ursula und Lydia. Hey, ziehst du wieder hierher?«

»Ich muss los«, erklärte Debbie, warf einen Blick über die Schulter und machte schon einen Schritt zurück.

»Willst du sie nicht zuerst besuchen? Ursula und Lydia?«

»Heute nicht. Hab zu viel um die Ohren.«

»Du spinnst«, sagte Tammy. Sie ging schon rückwärts davon, und der Abstand zwischen ihnen wurde größer. »Du kommst aber wieder, oder?«, rief sie.

»Klar«, sagte Debbie.

Sie wartete, bis Tammy nicht mehr zu sehen war, und holte dann ihre Tasche.

Hatte sie sich das eingebrockt – war es ihre wohlverdiente Strafe? Allein zu sein, niemals Ruhe oder einen Ort zu finden, an den sie hinpasste? Tja, gerade umwerfend war das nicht. Doch sie würde sich nicht damit abfinden, bei irgendjemandem die zweite Geige zu spielen. Sie würde der wichtigste Mensch in ihrem eigenen Leben sein. Die Welt vor ihr war eine Reihe von Möglichkeiten, und niemand würde sie aufhalten oder sich ihr in den Weg stellen. Jetzt begriff sie es richtig: Die Hoffnung auf etwas, das nicht mehr existierte, hatte sie zurück nach Warrah Place geführt. Das war sentimental, aber Gefühlsduselei war Schwäche, und Debbie wusste, dass sie so etwas nicht fördern durfte. Es würde nicht wieder passieren. Sie würde sich anderswo niederlassen. Und wenn das nicht funktionierte, würde sie etwas Neues finden. Das gehörte alles dazu; in Bewegung zu bleiben, nicht zu wissen, was hinter der nächsten Ecke wartete, der darauffolgenden und der übernächsten.

# Dank

Ich danke Nelle Andrew, meiner Agentin, Heldin und Vertrauten. Was für eine unglaubliche Teamkameradin! Danke dafür, dass du mir immer alles so sagst, wie es ist, und für die kreative Freiheit, die mir das gewährt. Es ist immer eine Freude, Zeit mit dir zu verbringen. Ein Dank geht auch an Alexandra Cliff, Charlotte Bowerman und Rachel Mills. Ich liebe die Agentur, die ihr gemeinsam aufgebaut habt, und bin sehr stolz darauf, ein kleiner Teil davon zu sein.

Ich bedanke mich auch bei Francesca Main, meiner Redakteurin bei Phoenix Books, Orion. Hat es je einen so netten Menschen, eine so nette Redakteurin gegeben? Dein Tiefblick, deine Sensibilität und Klarheit sind grenzenlos. Danke, dass du den Freiraum und die Bedingungen schaffst, um mit Worten zu spielen. Ich hatte solchen Spaß! Deine sorgfältige, scharfsinnige und geschickte Anleitung hat dieses Buch viel besser gemacht, als es vorher war.

Mein Dank geht auch an Vanessa Radnidge, meine Redakteurin bei Hachette Australia: für deine Begeisterung und die Art, wie du mich aufgenommen hast, und dafür, dass du das perfekte Zuhause für mein Australien-Buch geschaffen hast.

Ich danke den gesamten Teams bei Orion UK und Hachette Australia für ihren klugen und kreativen Geist und ihre harte Arbeit. Ich habe mich bei euch immer in sicheren Händen gefühlt.

Ein besonderer Dank gilt Lyn Ellis, meiner lieben Freundin und ersten Leserin, für all die Gespräche, die immer gleich zum Wesentlichen vorstoßen. Ich liebe dich.

Dank auch an meine Autoren-Freundinnen und -Freunde Ian Russell-Hsieh, Clare Milling, Mouna Mounaya, Theresa Ildefonso, Sallie Clement, Audrey Healy, Babatdor Dkhar, Angela

Martin und Gayle Roberts für ihre Solidarität, ihren Humor und ihre Begleitung auf dieser unwahrscheinlichen Reise.

Ich danke dir, Andrew Wille, für deine innere Großherzigkeit, deine Zeit und Aufmerksamkeit.

Mein Dank gilt Sarah Pfitzner, Sarah Allen und Karen Barton. Ihr habt schon an dieses Buch geglaubt, bevor ihr es gelesen hattet; ganz einfach, weil ihr an mich geglaubt habt. Was für ein Geschenk!

Ich bedanke mich bei allen Autoren, deren Bücher mich inspiriert und mich etwas gelehrt haben.

Ein besonderer Dank geht an Dad und Re, für alles. Ich bin so glücklich und dankbar, dass wir gemeinsam zu einer Familie gehören.

Und vor allem danke ich Will, Ayden und Freddie. Ich liebe euch, über alles und für immer.

*Eine Frau mit einem Geheimnis und eine gefährliche Mission*

Jean Reno
EMMA
Thriller. Das aufsehenerregende Romandebüt des weltberühmten französischen Filmschauspielers Jean Reno – »Mitreißend bis zur letzten Seite« ELLE
Aus dem Französischen von Monika Buchgeister
320 Seiten

Emma führt ein ruhiges Leben an der bretonischen Küste. Nach einem tragischen Ereignis in ihrer Vergangenheit widmet sie all ihre Kraft ihrer Arbeit in einem namhaften Zentrum für Meerestherapie. Bis sie die Chance erhält, im Oman das Team eines neuen Wellness-Resorts zu schulen. An der Spitze der luxuriösen Einrichtung steht Tariq, der Sohn eines mächtigen Ministers. Die beiden fühlen sich zueinander hingezogen, als ein heikler Auftrag Emma zu einer folgenschweren Entscheidung zwingt. Inmitten eines weitreichenden Machtspiels voller Intrigen kann sie bald niemandem mehr trauen und gerät in tödliche Gefahr. Doch Emma weiß, wie man überlebt …

Lübbe

*Vierzig Sekunden. So lange dauert der Film. Er wird ihr Leben zerstören ...*

Cleo Konrad
DEEP FAKE
Thriller. Deinen Lügen kannst du nicht entkommen – atemberaubender Psychothriller um künstliche Intelligenz und einen raffinierten Racheplan

528 Seiten
ISBN 978-3-7577-0082-9

Mira ist fassungslos, als sie das Nacktvideo sieht, in dem sie ihr eigenes Gesicht, ihren eigenen Körper erkennt. Rasend schnell verbreitet sich das Deepfake im Netz und droht alles zu zerstören: ihre Karriere als Lehrerin, ihre Ehe, ihr Familienglück. Doch wer könnte Mira so grausam verleumden wollen? Die Suche führt Mira zurück in das abgeschiedene Dorf ihrer Kindheit. Hier, inmitten der dunklen Wälder, muss sie sich endlich ihrer Vergangenheit stellen. Denn vor vielen Jahren hat auch Mira durch eine Lüge ein Leben zerstört. Nur ist sie nicht die Einzige, die sich damals schuldig gemacht hat. Als Mira in ihrem Heimatdorf eintrifft, wird sie bereits erwartet ...

Lübbe

# Die Community für alle, die Bücher lieben

**Das Gefühl, wenn man ein Buch in einer einzigen Nacht verschlingt – teile es mit der Community**

In der Lesejury kannst du
- ★ Bücher lesen und rezensieren, die noch nicht erschienen sind
- ★ Gemeinsam mit anderen buchbegeisterten Menschen in Leserunden diskutieren
- ★ Autoren persönlich kennenlernen
- ★ An exklusiven Gewinnspielen und Aktionen teilnehmen
- ★ Bonuspunkte sammeln und diese gegen tolle Prämien eintauschen

**Jetzt kostenlos registrieren: www.lesejury.de**

**Folge uns auf Instagram & Facebook:**
www.instagram.com/lesejury
www.facebook.com/lesejury